1781

Desmond Bagley

DER TRANSPORT

Roman

Aus dem Englischen
von Sepp Leeb

Hoffmann und Campe

Titel der Originalausgabe: »Juggernaut«
Erschienen bei William Collins Sons & Co. Ltd., London 1985

CIP-Kurztitelaufnahme der Deutschen Bibliothek

Bagley, Desmond:
Der Transport : Roman / Desmond Bagley. Dt. von
Sepp Leeb. – Hamburg : Hoffmann und Campe, 1986.
Einheitssacht.: Juggernaut ⟨dt.⟩
ISBN 3-455-00368-0

Schutzumschlaggestaltung Hannes Jähn
Gesetzt aus der Korpus Sabon-Antiqua
Satz: Fotosatz Otto Gutfreund, Darmstadt
Druck- und Bindearbeiten: May & Co, Darmstadt
Printed in Germany

Der Transport

1

Der Anruf kam, als ich gerade unten an dem großen, runden Swimmingpool mit zwei deutschen Mädchen plauderte, auf die ich ein Auge geworfen hatte. Nicht, daß ich mir bei ihnen große Chancen ausgerechnet hätte – sie waren noch in einem Alter, in dem Männer über fünfunddreißig schon zum alten Eisen zählen. Aber zumindest frischte ich auf diese Weise meine Deutschkenntnisse wieder etwas auf.

Ungläubig sah ich in das braune Gesicht des Kellners. »Ein Anruf? Für mich?«

»Jawohl, Sir. Aus London.« Er schien sichtlich beeindruckt.

Ich seufzte und griff nach meinem Bademantel. »Ich bin gleich wieder zurück«, versprach ich den Mädchen und folgte dann dem Kellner die Treppe zum Hotel hinauf. Am obersten Absatz blieb ich kurz stehen. »Stellen Sie mir den Anruf aufs Zimmer durch.« Und damit steuerte ich auf meine Cabana zu, die seitlich vom Hauptgebäude des Hotels lag.

Drinnen war es kühl, fast kalt; die Klimaanlage summte leise vor sich hin. Ich nahm eine Dose Bier aus dem Kühlschrank, öffnete sie und hob den Hörer ab. Wie erwartet, war es Geddes. »Was treiben Sie denn in Kenia?« wollte er wissen. Die Verbindung war hervorragend; er hätte im Nebenraum sitzen können.

Ich trank einen Schluck Bier. »Was kümmert es Sie, wo ich Urlaub mache?«

»Auf dem richtigen Erdteil sind Sie schon. Nur schade, daß Sie vorher noch nach London zurückkommen müssen. Wie ist das Wetter da unten?«

»Ziemlich heiß. Was hätten Sie am Äquator anderes erwartet?«

»Hier regnet es. Und kalt ist es auch.«

Inzwischen kannte ich die Engländer. Wie die Araber müssen sie erst ein paar Belanglosigkeiten austauschen, bevor sie zum

Thema kommen; die Engländer reden dabei grundsätzlich übers Wetter. Das konnte ziemlich unerträglich werden. »Sie haben mich doch wohl kaum angerufen, um mir den Wetterbericht durchzugeben. Was soll diese Sache mit London?«

»Ihren Urlaub können Sie vergessen, fürchte ich. Wir haben einen Job für Sie. Ich würde Sie deshalb übermorgen gern in meinem Büro sprechen.«

Ich rechnete kurz nach. Eine halbe Stunde würde ich zum Packen brauchen, dann eine Stunde mit dem Mietwagen nach Mombasa. Von dort würde ich die Nachmittagsmaschine nach Nairobi nehmen und dann den Mitternachtsflug nach London. Den Rest des Tages würde ich benötigen, um mich von der Reise zu erholen. »Das könnte zeitlich klappen«, erklärte ich also. »Trotzdem wüßte ich gern, warum Sie mich sprechen wollen.«

»Das kann ich Ihnen am Telefon nicht erklären. Bis dann also – in London.«

»Okay«, sagte ich. »Woher wußten Sie übrigens, daß ich hier bin?«

Geddes lachte. »Wir haben da unsere Methoden, mein lieber Watson.« Darauf ertönte ein leises Klicken. Er hatte eingehängt.

Wütend legte ich den Hörer auf die Gabel zurück. Da war noch ein Zug an den Engländern, den ich nicht ausstehen konnte: ständig warfen sie mit Zitaten aus *Sherlock Holmes* oder *Alice im Wunderland* um sich. Oder gar aus *Pu der Bär*!

Ich trat auf die Terrasse meiner Cabana hinaus und trank mein Bier zu Ende. Der Indische Ozean kräuselte sich sanft, die Palmen wiegten sich in der leichten Brise. Die Mädchen plantschten im Swimmingpool; ihr Lachen zwitscherte durch die warme Luft. Zwei junge Männer beobachteten sie mit interessierten Blicken. Ein Abschied erübrigte sich also; ich ging zum Packen nach drinnen, nachdem ich mein Bier ausgetrunken hatte.

Ich arbeitete für die British Electric, die als Konzern etwa genau so britisch ist wie Shell niederländisch. Die Gesellschaft operiert längst auf multinationaler Ebene, und ich bin einer der keineswegs wenigen Amerikaner, die in ihren Diensten stehen. Man kann von British Electric weder einen Heizlüfter noch einen normalen Hundert-Liter-Kühlschrank kaufen, aber wer sich für ein mittleres Kraftwerk interessiert, das im Megawatt-Bereich Strom produziert, ist bei uns an der richtigen Adresse.

Eigentlich bin ich Ingenieur, aber es liegt sicher schon zehn Jahre zurück, daß ich tatsächlich etwas gebaut oder geplant habe. Je höher man in einem Konzern wie dem unseren aufsteigt, desto weniger hat man sich mit Problemen rein technischer Natur zu befassen. Natürlich klingt im modernen Managementjargon alles fürchterlich technisch, und die Büros der Unterausschüsse hallen wider von gewichtigen Phrasen wie kritische Vorgehensanalyse, Planungsforschung und industrielle Dynamik. Doch am Hauptkonferenztisch entfällt diese Augenwischerei. Hier werden Entscheidungen von Männern getroffen, die sich darüber im klaren sind, daß zu einem vernünftigen Management mehr gehört als technisches Know-how.

Für Leute wie mich gibt es die unterschiedlichsten Berufsbezeichnungen, wie zum Beispiel Expeditor oder Problembereiniger. Meine Arbeit läßt sich am ehesten als ein recht vielfältiger Tätigkeitsbereich beschreiben, der sich mit der Lösung von technischen, finanziellen, politischen und nicht zuletzt einfach menschlichen Problemen befaßt. Wenn ich einen Namen für meinen Beruf prägen sollte, fände ich politischer Ingenieur am treffendsten.

Was das Wetter in London betraf, hatte Geddes recht gehabt; es war kalt und regnerisch. Der starke Wind peitschte den Regen klatschend gegen die Fenster seines Büros. Nach Afrika erschien mir das alles reichlich trostlos.

Er stand auf, als ich eintraf. »Braun sind Sie geworden«, bemerkte er anerkennend.

»Trotzdem hätte ich meine restlichen Tage Urlaub noch gut vertragen können. Wo drückt der Schuh?«

»Ihr Amerikaner habt es immer so furchtbar eilig«, schmollte Geddes. Das war natürlich ein Witz. Man leitet einen Konzern wie die British Electric nicht, indem man eine ruhige Kugel schiebt, und wie viele andere Briten in leitenden Positionen erweckte Geddes den irreführenden Eindruck extremer

Langsamkeit und Behäbigkeit, wenn er auch am Ende doch meistens seine Nase vorn hatte. Am besten traf auf Geddes wohl die klassische Charakterisierung eines Ungarn zu: ein Mann, der hinter einem in eine Drehtür trat und vor einem wieder herauskam.

»Kommen Sie doch bitte mit«, forderte er mich auf. »Sie werden im Konferenzraum erwartet.«

Ich kannte die meisten Anwesenden, und als Geddes mich mit den Worten »Neil Mannix kennen Sie ja alle« vorstellte, gab es ein zustimmendes Murmeln. Unter den Anwesenden befand sich nur ein unbekanntes Gesicht; Geddes stellte vor: »Das ist John Sutherland – unser Mann vor Ort.«

»Und wo wäre das?« wollte ich wissen.

»Ich sagte Ihnen doch schon, daß Sie auf dem richtigen Erdteil waren, wenn auch auf der falschen Seite.« Geddes zog einen Vorhang zurück, eine große Landkarte kam zum Vorschein. »Nyala.«

»Dort sollen wir doch ein Kraftwerk bauen«, warf ich ein.

»Ganz richtig.« Geddes tippte mit einem Zeigestock auf einen bestimmten Punkt der Karte. »Und zwar hier, im Norden des Landes. In Bir Oassa.«

Irgend jemand hatte eine Nadel in die Haut der Erde gestochen, worauf diese nachhaltig zu bluten begonnen hatte. Bei einem zweiten Aderlaß wurde das Öl durch den Druck natürlicher Gasvorkommen an die Oberfläche gepreßt. Dieses Gas, obwohl man mit seinem Vorhandensein gerechnet hatte, stellte einen willkommenen Bonus dar. Überhaupt waren die Ölfunde ein wahres Himmelsgeschenk für diejenigen, die an den Hebeln der Macht dieses politisch noch auf eher wackligen Beinen stehenden Staates saßen. Heutzutage bedeuten umfangreiche Ölvorkommen enormen Einfluß auf weltpolitischer Ebene, so daß nun auch Nyala seine Chance witterte, sich international Geltung zu verschaffen, was ihm bisher noch nicht gelungen war. Außerdem war Öl gleichbedeutend mit Geld – und zwar mit einer Menge Geld.

»Das Öl ist qualitativ sehr hochwertig«, führte Geddes dazu aus. »Niedriger Schwefelgehalt und genau die richtige Viskosität, so daß es für den Transport nicht raffiniert werden muß. Eben ist eine Pipeline von Bir Oassa nach Port Luard fertiggestellt worden.« Er deutete auf eine andere Stelle der Landkarte. »Port Luard liegt an der Küste, ungefähr vierzehnhundert Kilometer von Bir Oassa entfernt. In Nyala hofft man nun, den Schiffen, die um Afrika herum nach Asien unterwegs sind, billiges Öl anbieten zu können. Außerdem will man mit Südamerika ins Geschäft kommen. Aber das wird noch einige Zeit dauern.«

Die Spitze des Zeigestabs wanderte wieder nach Bir Oassa zurück. »Nun haben wir hier noch die neu entdeckten Gasvorkommen. Ursprünglich war der Bau einer Gasleitung im Gespräch, die parallel zu der Ölpipeline verlaufen sollte. In Port Luard sollte dann eine Verflüssigungsanlage gebaut werden, um das Gas für die Verschiffung nach Europa aufzubereiten. Doch angesichts der Ölfunde in der Nordsee sind diese Pläne unwirtschaftlich.«

Geddes richtete den Stab mit ausgestrecktem Arm auf einen Punkt noch weiter im Norden. »Hier oben am Rand der Sahara liegt die Republik Niger zwischen der Wüste im Norden und den tropischen Regenwäldern des Südens. Und hier in Bir Oassa plant Nyala den Bau eines Kraftwerks.«

Davon hatten alle Anwesenden – außer mir – bereits gehört. Dennoch breitete sich eine gewisse Unruhe im Raum aus. Um die in Verbindung mit diesem Projekt auftretenden Probleme aufzuzählen, hätten die Finger beider Hände kaum ausgereicht. Ich griff mehr oder weniger wahllos eines davon auf.

»Wo wollen die das Kühlwasser hernehmen? In der Sahara herrscht Dürre, soweit ich weiß.«

McCahill fühlte sich angesprochen. »Kein Problem. Wir haben bei Versuchsbohrungen in zweitausend Metern Tiefe umfangreiche Wasservorkommen entdeckt.« Er verzog das Gesicht. »Aus dieser Tiefe kommt das Wasser natürlich ziemlich warm nach oben, aber das wird sich mit zusätzlichen Kühltürmen schon regeln lassen.« McCahill gehörte dem Planungsstab an.

»Außerdem können wir genügend Wasser für die Trinkwasserversorgung und für den landwirtschaftlichen Gebrauch der umliegenden Gebiete abzweigen, was uns sicherlich große Sympathien unter den Einheimischen schaffen wird.« Das konnte natürlich nur von der Werbeabteilung kommen.

»Die Dürre in der Sahel-Zone wird noch eine Weile andauern«, sagte Geddes. »Wenn die Nyalaner mit ihrem überschüssigen Gas also ein Kraftwerk betreiben können, steht ihnen automatisch mehr Elektrizität zur Verfügung, um die unterirdischen Wasservorräte an die Oberfläche zu pumpen und für die Bewässerung einzusetzen. Außerdem können sie ihre Gasüberschüsse an benachbarte Staaten verkaufen. Die Republik Niger hat bereits Interesse angemeldet.«

Daran war natürlich nichts auszusetzen. Doch bevor sie sich daranmachen konnten, mit ihrem Öl und Gas ein Vermögen zu scheffeln, galt es erst einmal, das Zeug zu fördern. Ich ging zur Karte und studierte sie eine Weile.

»Mit dem Transport wird es bestimmt Probleme geben. Denken Sie an die Kessel und die Transformatoren. Sie können unmöglich erst an Ort und Stelle zusammengebaut werden. Wie viele Trafos brauchen Sie?«

»Fünf«, gab McCahill Auskunft. »Jeder mit fünfhundert Megawatt. Vier für den ständigen Einsatz, einer als Reserve.«

»Und jeder mit einem Gewicht von dreihundert Tonnen«, fügte ich noch hinzu.

»Damit hat Milner sich bereits eingehend beschäftigt«, warf Geddes ein.

Milner war unser Logistikspezialist. Er hatte dafür zu sorgen, daß alles zum richtigen Zeitpunkt am richtigen Ort eintraf, und seine Abteilung hatte unsere Computer mehr oder weniger völlig für sich allein in Beschlag genommen. Er kam zu mir an die Karte. »Kein Problem«, erklärte er. »Es gibt mehrere gute Straßen in diesem Gebiet.«

Ich verleugnete meine Skepsis nicht. »Dort unten? In Nyala?«

Er nickte nachdenklich. »Oder waren Sie vielleicht schon mal da unten, Neil? Lesen Sie doch erst mal unsere ausführlichen Berichte. Aber ich bin gern bereit, Ihnen das Ganze näher zu erläutern. Nachdem das Land die Selbständigkeit erlangt hatte, war Maro Ofanwe sein erster Präsident. Können Sie sich noch an ihn erinnern?«

Irgend jemand fuhr sich mit der Handkante über den Hals – eine eindeutige Geste, die ein etwas gequältes Gelächter hervorrief.

»Er hatte die üblichen Anfälle von Größenwahn. Eine seiner ersten Amtshandlungen war der Bau einer supermodernen Autobahn von Port Luard entlang der Küste nach Hazi. Auf halber Strecke – hier bei Lasulu – zweigt eine Straße nach Bir Oassa ab. Sie führt sogar noch weiter – ins Nichts. In dieser Hinsicht ist also kaum mit Schwierigkeiten zu rechnen.«

»An diese Straße glaube ich erst, wenn ich sie gesehen habe.«

Milner ließ sich seinen Ärger über diese Bemerkung anmerken. »Ich habe sie mir mit dem Chef der Transportabteilung persönlich angesehen. Wenn Sie einen Blick auf diese Fotos werfen wollen...«

Er verharrte an meiner Seite, während ich die Luftaufnahmen studierte. Es gab diese Autobahn also tatsächlich. Sie sah aus, als wäre sie von einem gigantischen Hubschrauber von Los Angeles durch die Luft nach Afrika transportiert und in einem von Büschen bewachsenen Niemandsland zu Boden gelassen worden.

»Wer macht davon Gebrauch?«

»Die Küstenstraße ist ziemlich befahren; die Abzweigung ins Landesinnere dagegen nicht. Sie ist auch schlecht instandgehalten. Im Süden macht sich bereits der Dschungel wieder breit, und im Norden ist mit Sandverwehungen zu rechnen. Im Straßenbelag machen sich Schlaglöcher bemerkbar, und an den Banketten bröckeln die Ränder ab.« Das war im afrikanischen Straßenbau nicht weiter ungewöhnlich und überraschte mich keineswegs. Milner fuhr fort: »Die paar Brücken sind natürlich eine Sache für sich, aber unser Transportexperte rechnet auch in diesem Punkt nicht mit nennenswerten Schwierigkeiten.«

»Und was meint die Firma dazu, die den Transport durchführen soll?«

»Auch von dieser Seite keinerlei Befürchtungen.«

Das bezweifelte ich. Aber im Augenblick wurde offensichtlich von mir erwartet, daß ich zuhörte und die Kritik unterließ. Jedenfalls wandte ich mich nun wieder Geddes zu, nachdem ich Milners Fotos gebührend bewundert und ihn damit wieder halbwegs besänftigt hatte.

»Ich glaube, Mister Shelford möchte noch etwas sagen«, ließ Geddes das Stichwort für unseren Fachmann in Sachen Politik fallen.

Shelford gehörte der Abteilung von British Electric an, die man am ehesten mit dem Auswärtigen Amt der Regierung hätte vergleichen können. Er begann mit einem kurzen Seitenblick in Richtung Geddes: »Ich nehme an, Mr. Mannix würde gern ein kurzes Resümee der politischen Lage hören?«

»Was sonst?« entgegnete Geddes leicht säuerlich.

Ich mochte Shelford nicht sonderlich. Er war einer von diesen Stresemannträgern, wie sie Whitehall und Washington in Scharen bevölkern – Leute, die sich nur zu gern als die großen politischen Drahtzieher sehen, in deren Händen die Geschicke der Welt liegen. In Wirklichkeit sind sie davon noch ein gutes Stück entfernt und wissen das im übrigen auch recht gut. Seinem Tonfall nach zählte auch Geddes nicht unbedingt zu Shelfords uneingeschränkten Bewunderern.

Shelford war jedoch diese gereizten Reaktionen auf seine Person offensichtlich gewohnt und achtete nicht weiter darauf. Er stützte sich mit den Händen auf den Tisch und begann mit seinen Ausführungen: »Ich halte Nyala für einen der wenigen Staaten in Afrika, der gegenwärtig so etwas wie eine gewisse politische Stabilität aufzuweisen hat. Das war natürlich nicht immer so. Nach dem Sturz der Regierung Ofanwe kam es zu erheblichen Unruhen im Land, worauf das Militär die Macht an sich riß – eine Entwicklung, die wir bei afrikanischen Staaten zur Genüge kennen. Untypisch war im Falle Nyalas jedoch der Umstand, daß die Militärs nach einiger Zeit die Macht freiwillig wieder in die Hände einer verfassungsgemäß gewählten demokratischen Regierung legten, die das Land seitdem erstaunlich fest im Griff zu haben scheint.«

Im Raum machten sich einige Anzeichen der Ungeduld bemerkbar, was Geddes veranlaßte, Shelfords Einleitung zu einer längeren Rede kurzerhand zu kappen. »Das kann uns ja nur recht sein«, schaltete er sich ein. »Zumindest werden wir uns nicht mit der Sturheit militärischen Denkens herumschlagen müssen.«

Ich grinste. »Sondern nur mit den taktischen Winkelzügen der Politiker.«

Shelford hatte offenbar immer noch vor, seine Ansichten weiter auszuwalzen; diesmal schritt ich ein. »Waren Sie in letzter Zeit in Nyala, Mister Shelford?«

»Nein.«

»Waren Sie überhaupt schon mal dort?«

»Nein«, erwiderte er pikiert. Ich sah, wie hier und dort im Raum mühsam ein Lächeln unterdrückt wurde.

»Ich verstehe.« Ich blickte zu Sutherland hinüber. »Dann schlage ich vor, daß wir uns anhören, was unser Mann vor Ort zu sagen hat. Welchen Eindruck haben Sie von der Lage in Nyala, John?«

Sutherland wartete erst auf Geddes' zustimmendes Nicken, bevor er zu sprechen begann.

»Nun, grob gesagt, würde ich Mister Shelford durchaus zustimmen. Das Land weist beachtliche politische Stabilität auf – innerhalb gewisser Grenzen, versteht sich. Zu schaffen machen der gegenwärtigen Regierung vor allem Bargeldknappheit, Engpässe in der Wasserversorgung und die üblichen Grenzstreitigkeiten – die üblichen afrikanischen Probleme. Jedenfalls sind mir keine größeren Konfliktsituationen aufgefallen, als ich im Land war.«

Shelford grinste unverhohlen, und Geddes fragte: »Glauben Sie, daß die Regierung von Nyala auch unter extremeren Belastungen ihre Sicherheitsgarantien einhalten wird?«

Sutherland stellte sich dieser folgenschweren Frage durchaus couragiert. »Ich glaube schon – vorausgesetzt, daß an den nötigen Finanzspritzen nicht gespart wird.«

Letzten Endes lief doch alles immer wieder auf das liebe Geld hinaus. »Sie haben die Dinge bisher eher von der positiven Seite her betrachtet, John«, hakte ich nach. »Wie stellen sie sich dar, wenn Sie sie eher von der negativen her betrachten?«

Diese Frage schien Sutherland etwas Unbehagen zu bereiten. Seine Blicke wanderten erst zu Geddes und Shelford, bevor er antwortete: »Nun, es heißt, daß es in verschiedenen Teilen des Landes zu Stammesunruhen gekommen ist.«

Diese Feststellung ließ ein leises Raunen durch den Raum gehen. Dem Durchschnittseuropäer, der an internationalen, nationalen und sogar städtischen Rivalitäten nichts Ungewöhnliches findet, fehlt es oft an jeglichem Verständnis für die

Probleme, die ein nach Stämmen gegliedertes Gesellschaftssystem mit sich bringt. Mir entging nicht, wie sich auf Sutherlands Mitteilung verschiedene Augenbrauen hoben – eine Geste selbstgerechter Intoleranz, die niemandem an diesem Konferenztisch gut anstand. Shelford versuchte sofort, eventuell auftretende Befürchtungen abzuwiegeln.

»Unsinn«, erklärte er entschieden. »Nyala ist ein fest konsolidierter Staat, in dem Konflikte auf Stammesebene längst bereinigt sind.«

Ich beschloß, seinem Ballon mit einer spitzen Nadel zu Leibe zu rücken. »Wovon Sie sich nicht mit eigenen Augen überzeugt haben, Mister Shelford. Meines Erachtens lassen sich Konflikte dieser Art nie ganz aus der Welt schaffen. Nehmen Sie doch nur Nigeria, wo genau das passiert ist – und zwar in unmittelbarer Nachbarschaft von Nyala. Auch in Kenia hat man mit diesen Problemen zu kämpfen, wie überhaupt in ganz Afrika. Und wie sehr uns auch allen bewußt sein mag, daß es nicht gerade einfach ist, Fakten von Fiktionen zu trennen, so können wir uns es doch keinesfalls leisten, einen dieser Aspekte der Wirklichkeit zu ignorieren. Wer sind denn in Nyala die Platzhirsche, John? Der einflußreichste Stamm?«

»Die Kinguru.«

»Demnach dürften der Präsident und die meisten Kabinettsmitglieder Kinguru sein? Das gleiche trifft vermutlich auf die Beamtenschicht, die Kaufleute und das Militär zu?« Er nickte bei jedem einzelnen Punkt zustimmend, nur als ich das Militär erwähnte, schüttelte er den Kopf.

»Letzteres trifft überraschenderweise nicht zu. Offensichtlich sind die Kinguru keine guten Krieger. Das Militär befindet sich fest in der Hand der Wabi, die jedoch auf stammespolitischer Ebene den Kinguru nahestehen. Wenn Sie darüber Genaueres wissen wollen, sollten Sie sich eine unserer soziologischen Studien zu Gemüte führen.«

»Wenn die Kinguru keine Krieger sind, werden sie das Kämpfen vermutlich früher oder später noch lernen müssen«, warf ich ein. »Wie die Ibo in Nigeria und die Kikuyu in Kenia.«

Irgend jemand sagte: »Sie beschwören den Konflikt regelrecht herauf, Neil.«

Geddes stärkte mir jedoch den Rücken. »Ich halte diese

Einstellung durchaus nicht für unangebracht. Auch unser Dossier enthält Hinweise in dieser Richtung. Ihre Hausaufgabe, Neil.« Damit tippte er auf eine umfangreiche Akte auf dem Tisch vor ihm – ein Manöver, mit dem er die Atmosphäre im Raum entspannte. »Ich glaube, wir können vorerst zu anderen Fragen übergehen. Wie steht es mit der Einhaltung des Zeitplans, Bob?«

»Alles verläuft genau nach Plan«, erklärte Milner zufrieden. Sicherlich wäre es ihm peinlich gewesen, Verzögerungen zugestehen zu müssen. Nicht weniger unangenehm wäre ihm jedoch das Eingeständnis gewesen, daß man zeitlich etwas voraus war. Beides hätte bedeutet, daß seine Computer keine exakten Berechnungen des Projektverlaufs erstellen konnten, was völlig undenkbar für ihn gewesen wäre. Doch dann beugte er sich vor, und der Ausdruck der Zufriedenheit schwand von seinem Gesicht. »Möglicherweise werden wir jedoch mit einem kleinen Problem konfrontiert werden.«

Bei Projekten wie diesem gab es keine kleinen Probleme. Sie waren immer schwerwiegend, einerlei, wie geringfügig sie anfangs auch erschienen sein mochten.

»Die Fertigung ist bereits ziemlich weit vorangeschritten«, fuhr Milner mit seinen Ausführungen fort, »und wir sind an dem Punkt angelangt, wo wir mit dem ersten Schwertransport beginnen könnten. Nach unseren Berechnungen sollte als erstes einer der großen Kessel an Ort und Stelle geschafft werden. Doch die Regierung besteht darauf, mit einem Trafo zu beginnen. Das hieße, daß die Kesselmonteure die ganze Zeit untätig herumsitzen müßten, während der Trafo ungenutzt im Sand herumliegt, weil die Elektriker ihn noch nicht installieren können.« Milner klang keineswegs erfreut, was ich nur zu gut verstehen konnte. Auf diese Weise ließen sich immense Summen verschleudern.

»Und warum bestehen die Nyalaner auf dieser Regelung?« wollte ich wissen.

»Sie versprechen sich von dem Trafotransport eine Menge Publicity. So ein Trafo ist der größte Gegenstand, der dort hingeschafft werden muß, und diesen Showeffekt will sich die Regierung natürlich zunutze machen, bevor sich die Bevölkerung an die Schwertransporte durch ihr Land gewöhnt hat.«

»Schließlich zahlen sie dafür«, erklärte Geddes lächelnd. »Warum sollten wir ihnen dann nicht diese Freude lassen?«

»Weil es auch uns Geld kosten wird«, warnte Milner.

»Die Kosten für das ganze Projekt belaufen sich auf hundertfünfzig Millionen Pfund«, widersprach Geddes. »Und ich hoffe doch, daß wir diese Verschiebung verkraften können. Wenn das alles ist, was sie anders haben wollen, wäre ich mit dem Verlauf des Projekts immer noch sehr zufrieden. Außerdem finden sich bestimmt Mittel und Wege, solche Verluste in irgendeiner Weise zu kompensieren.« Geddes war die Versöhnlichkeit in Person, und natürlich gelang es ihm, auch Milner zu trösten – Milner hatte auf das Problem hingewiesen; außerdem hatte er sicher irgendeine Möglichkeit parat, seine Computer derlei Zwischenfälle ausbügeln zu lassen.

Die Besprechung zog sich bis in die frühen Morgenstunden hin. Die Leute von der Finanzabteilung brachten ihre Probleme mit der Vorauszahlung im Verhältnis zum Bargeldfluß aufs Tapet, und dann kam es zu umfangreichen Diskussionen über die Kostenvoranschläge für das Stromversorgungsnetz, das in Zusammenhang mit dem Bau des Kraftwerks errichtet werden sollte. Schließlich machte Geddes dem Ganzen ein Ende, und während die Anwesenden sich von ihren Plätzen erhoben, beugte er sich zu mir herüber und sagte leise: »Wir treffen uns zum Lunch, Neil.«

Das war ein Befehl, keine Einladung. »Gern«, erwiderte ich. Offensichtlich hatte er mir noch weitere Neuigkeiten mitzuteilen.

Auf dem Weg nach draußen holte ich Milner ein. »Da wäre noch ein Punkt, über den wir noch nicht gesprochen haben. Warum löschen wir unsere Fracht eigentlich in Port Luard und nicht in Lasulu, das an der Abzweigung der Straße ins Landesinnere liegt?«

Er schüttelte den Kopf. »Port Luard ist der einzige Hafen mit geeigneten Kaianlagen und der nötigen Wassertiefe. In Lasulu muß die Fracht erst auf uralte Leichter umgeladen werden. Hätten Sie vielleicht Lust, einen dreihundert Tonnen schweren Transformator bei Seegang auf einen Leichter zu laden?«

»Wohl kaum«, konnte ich darauf nur erwidern.

Ich war davon ausgegangen, daß ich im Speisesaal für die

Direktoren mit Geddes zu Mittag essen würde; aber er führte mich in ein Restaurant. Über einem Drink an der Bar unterhielten wir uns erst über die Lage in Afrika im allgemeinen, über den momentanen Stand des Währungsmarktes, über die bevorstehenden Wahlen. Erst als wir schließlich an unserem Tisch saßen und den Hauptgang vor uns stehen hatten, kam Geddes auf das eigentliche Thema zu sprechen.

»Wir möchten, daß Sie da unten für uns die Lage sondieren, Neil.«

Das überraschte mich nicht im geringsten, wenn man vielleicht davon absah, daß dafür eigentlich kein offenkundiger Anlaß bestand. »Eigentlich sollte ich jetzt in Leopard Rock südlich von Mombasa in Begleitung einiger netter Mädchen am Swimmingpool liegen, aber vermutlich ist die Sonne an der Westküste genauso heiß.«

Darauf bemerkte Geddes, keineswegs völlig zusammenhanglos: »Sie sollten verheiratet sein.«

»Das war ich.«

Wir wandten uns wieder unserem Essen zu. Glücklicherweise konnte ich ihm das Reden überlassen. »Sie haben also nichts dagegen, unser Problem zu lösen?« brach er schließlich das Schweigen.

»Welches Problem? Milners Organisation läßt doch nicht das geringste zu wünschen übrig.«

»Ich weiß auch nicht, welches Problem«, entgegnete Geddes schlicht. »Ich weiß nur, daß es ein Problem gibt, und ich möchte herausfinden, wo es liegt.« Er hob seine Hand, damit ich ihn nicht unterbrach. »Das Ganze ist nicht so einfach, wie es klingt. Und die Lage in Nyala ist, wie Sie schon richtig bemerkt haben, unter der Oberfläche alles andere als heiter. Sir Tom hat von einigen seiner alten Leute da unten einiges flüstern gehört.«

Geddes bezog sich damit auf unseren Vorsitzenden, Inhaber und leitenden Direktor, eine Dreifaltigkeit namens Sir Thomas Buckler. Mit beiden Beinen fest auf der Erde, den Kopf in den Wolken, hatte Sir Thomas Riesenohren für jeden Hinweis, daß seiner geliebten Gesellschaft von irgendeiner Seite Gefahr drohen könnte. Es erschien in jedem Fall angeraten, seine Ohren nicht vor irgendwelchen Warnungen aus dieser Ecke zu verschließen. Ich war mit einem Schlag hellwach, während bis dahin nichts meine Aufmerksamkeit in überdurchschnittlichem Maße auf sich hatte lenken können. Doch nun war mit einem Mal eine – wenn auch noch so leise – Warnung laut geworden, daß einiges im argen liegen könnte, und eben mit diesen versteckten Hinweisen konnte man mich hinter dem Ofen hervorlocken. Während wir nun weiter speisten und plauderten, verflog mein Ärger über meinen vereitelten Kenia-Urlaub zusehends.

»Vielleicht höre ich auch nur die Flöhe husten, Neil, aber weil Sie nun mal eine Nase dafür haben, wo sich Unheil zusammenbrauen könnte, verlasse ich mich ganz auf Sie«, erklärte Geddes, als wir uns vom Tisch erhoben. »Wissen Sie übrigens, wie Port Luard in der Kolonialzeit genannt wurde?«

»Nicht, daß ich wüßte.«

Er lächelte milde. »Die Bratpfanne.«

2

Fünf Tage später flog ich nach Nyala. In der Zwischenzeit hatte ich mich ausgiebig über das Land informiert. Ich studierte die betreffenden Abschnitte in *Keesings Archiven*, obgleich sich die firmeneigenen Unterlagen, von unserer Informationsabteilung zusammengestellt, als nützlicher erwiesen; das wohl nur, weil für unsere Leute die Gefahr, wegen Verleumdung belangt zu werden, nicht so groß war wie für die Kompilatoren des *Keesing*.

Die Geschichte des Landes war für afrikanische Verhältnisse ziemlich typisch. Nyala war britische Kolonie gewesen, bis die Engländer das Land schließlich unter seinem ersten Präsidenten Maro Ofanwe in die Unabhängigkeit entlassen hatten. Ofanwe konnte zumindest eine der üblichen Qualifikationen vorweisen, die ihn zum Regierungschef einer ehemaligen britischen Kolonie prädestinierten; er hatte in einem britischen Gefängnis eine Haftstrafe verbüßt. Die Gefängnisse in den Kolonien hatten sich als Bildungsstätten politischer Führer einen hervorragenden Namen gemacht, sozusagen die Etons und Harrows des dunklen Kontinents.

Zu Beginn seiner Regierung hielt Ofanwe sich von größeren Eskapaden zurück; doch sobald er fest im Sattel saß, zeigten sich die ersten Anzeichen von Größenwahn. Es fehlte nicht viel daran, daß er sich selbst zur Staatsreligion erhob. Wie alle Megalomanen hatte natürlich auch er architektonische Ambitionen. Er ließ das alte Kolonialzentrum von Port Luard abreißen; an seiner Stelle entstand der Independence Square, eine riesige, leere Fläche, gesäumt von den neuen Regierungsgebäuden im Stil des totalitären Gigantismus.

Ofanwe war ein glühender Verehrer Mussolinis, und entsprechend verfügte der neue Justizpalast über einen speziell konzipierten Balkon, auf dem er sich der begeisterten Menge zu präsentieren pflegte. Die gleiche Menge zeigte sich ebenso begeistert, als Ofanwes Leiche an den Beinen an einem der Laternenpfähle auf dem Independence Square hochgehievt wurde. Nicht nur im Leben, sondern auch im Tod blieb Mussolini Ofanwes Vorbild.

Nach seinem Sturz herrschte drei Jahre lang totales Chaos. Ofanwe hatte die Staatskasse völlig ausgeplündert, die Parteien rieben sich im Kampf um die politische Macht gegenseitig auf, und das Land wurde immer unregierbarer. Schließlich schaltete sich das Militär ein und bildete unter der Leitung von Oberst Abram Kigonde eine Junta.

Überraschenderweise entpuppte sich Kigonde als politisch gemäßigte Persönlichkeit. Er zerschlug extremistische Bestrebungen von links und rechts mit gleicher Rücksichtslosigkeit, bürdete der Kaufmannsschicht empfindliche Steuerlasten auf, nachdem sie bis dahin kaum zur Kasse gebeten worden war, und benutzte das Geld dazu, die Plantagen für Exportfrüchte wieder aufzubauen, nachdem sie während der letzten drei Jahre ziemlich heruntergewirtschaftet waren. Dabei erwies er sich noch zusätzlich vom Glück begünstigt: gerade zu dem Zeitpunkt, da die Kakaoplantagen mit den ersten nennenswerten Erträgen aufwarten konnten, schnellten die Kakaopreise auf dem Weltmarkt in die Höhe, so daß für ein paar Jahre einiges Geld ins Land floß, bis das Pendel der Kakaopreise wieder in die andere Richtung ausschwang.

Der relative Wohlstand in Nyala ging mit zunehmender politischer Stabilität einher. Die Bevölkerung hatte genug zu essen und zeigte wenig Interesse an irgendwelchen Veränderungen. Diese stabilen Verhältnisse zogen ausländische Investoren an, die nach eingehender Überprüfung der Lage umfangreiche Kredite gewährten; Kigonde verwendete sie zum Ausbau der Landwirtschaft und zu einer vorsichtig beginnenden Industrialisierung des Landes. Gewiß, einen beträchtlichen Anteil dieser Gelder investierte er in die Aufrüstung seiner Truppen.

Schließlich düpierte er die Weltöffentlichkeit durch eine überraschende Entscheidung. Er setzte die Verfassung wieder in Kraft und kündigte Wahlen an, um die Geschicke des Landes erneut in die Hand einer demokratischen Regierung zu legen. Nach fünfjähriger Militärherrschaft gab er sich mit dem Posten eines Generalmajors und Oberbefehlshabers der Streitkräfte von Nyala zufrieden. Seither hatte sich die zivile Regierung gefestigt, wozu die Ölfunde im Norden des Landes nicht unwesentlich beigetragen hatten. Damit war zwar die Korruption im Lande keineswegs ausgerottet – wie hätte das in einem afrikanischen Staat auch anders sein können? –, aber insgesamt schien Nyala doch einer einigermaßen gesicherten Zukunft entgegenblicken zu können.

Doch es gab Gerüchte.

Ich las alle greifbaren Untersuchungen über Nyala, studierte Landkarten und Statistiken und befaßte mich also vornehmlich auf theoretischer Ebene mit dem Thema. Ich traf eine Unmenge von Verabredungen, um möglichst mit jedem, der in das Nyala-Projekt verwickelt war, zumindest ein paar Worte zu wechseln. In der Regel waren diese Termine mit geringem Aufwand verbunden; die meisten meiner Gesprächspartner waren in der City ansässig – mit einer Ausnahme. Und da es sich dabei um einen wichtigen Partner handelte, sprach ich erst mit Geddes.

»Diese Schwertransportfirma, Wyvern Haulage Ltd., ist mir völlig neu. Warum sind Sie ausgerechnet auf die gekommen?«

Geddes erklärte mir die Sache. British Electric war zwar selbst an einer Transportgesellschaft beteiligt – einer Firma, die auch über langjährige Erfahrungen in Übersee verfügte –, aber im Augenblick war man dort mit Aufträgen überlastet. Und weil es in England nur noch wenige vergleichbare Firmen gab, hatte Geddes für den Auftrag eine niederländisch-amerikanische Gesellschaft ins Auge gefaßt. Doch am Ende war man sich mit einer Firma einig geworden, die noch nicht allzulange in diesem Geschäft tätig war. Das veranlaßte mich zu der Frage, ob bei dieser Entscheidung irgendwelche Formen von Vetternwirtschaft im Spiel gewesen wären.

»Nicht, daß ich wüßte«, erklärte Geddes. »Diese Leute können gute Erfolge vorweisen, und vor allem ihr Preis kann sich sehen lassen. Es gibt einfach zu wenige Schwertransportfirmen, die den Anforderungen unseres Projekts gewachsen sind. Außerdem steigen ihre Preisforderungen ins Astronomische, was übrigens auch auf unsere eigene Gesellschaft zutrifft.

Schon deshalb bin ich bereit, jeden zu unterstützen, der auf diesem Gebiet den Wettbewerb wieder etwas ankurbelt.«

»Für uns mag der Preis durchaus in Ordnung sein. Aber ist er es auch für sie selbst?« gab ich zu bedenken. »Ich sehe nicht, wie sie bei diesem Angebot überhaupt noch etwas verdienen wollen.«

Es war von größter Wichtigkeit, daß keine Firma, die für uns arbeitete, am Ende Verluste machte. British Electric konnte es sich nicht leisten, den Anschein zu erwecken, als brächte einen die Zusammenarbeit mit ihr in die roten Zahlen. Und ich war nun einmal alles andere als glücklich über die Kostenvoranschläge dieser Wyvern Haulage Ltd., wie attraktiv sie Milner und Geddes auch erscheinen mochten.

»Wer sind diese Leute?«

»Sie verstehen was von ihrem Geschäft, das steht außer Zweifel. Es ist eine Splittergruppe von Sheffield Hauliers, von wo offenbar die besten Leute zu Wyvern übergewechselt sind, als die Firma gegründet wurde. Der Firmenchef ist ein noch ziemlich junger Mann, Geoffrey Wingstead, und als rechte Hand hat er sich Basil Kemp angeheuert.«

Ich kannte beide Männer vom Hörensagen. Mit Kemp hatte ich bei einem ähnlichen Projekt sogar schon zusammengearbeitet. Der einzige Unterschied hatte darin bestanden, daß damals ein Transformator von den britischen Midlands nach Schottland transportiert werden mußte – keine einfache Aufgabe, aber doch ein Zuckerlecken im Vergleich zu einem Transport durch den afrikanischen Busch. Ich hätte gern gewußt, ob Wyvern über Erfahrungen in Übersee verfügte, und beschloß deshalb, mich auf eigene Faust zu vergewissern.

Ich fuhr nach Leeds, um mich mit Wingstead zu treffen. Die erste Überraschung erwartete mich gleich bei meiner Ankunft. Ich wäre der letzte gewesen, der von einer jungen, aufstrebenden Firma erwartet hätte, daß sie sich von Anfang an in aufwendig eingerichteten Geschäftsräumen präsentierte; aber daß Geoff Wingstead seine Firma von einer kargen Fertigbauhalle inmitten von Reparaturwerkstätten und kleinen Industriebetrieben leitete, nötigte mich doch zu einem verstohlenen Kopfschütteln. Wingstead schien jedoch geradezu stolz auf dieses Provisorium zu sein.

Im Lauf unserer Unterredung mußte ich dann jedoch seiner Fachkenntnis und seinen Vorarbeiten auf dem Papier volle Anerkennung zollen. An beidem gab es nichts auszusetzen. Als ich mich nach Kemp erkundigte, erfuhr ich, daß er sich mit seiner Transportcrew bereits in Nyala befand und auf die Ankunft der kostbaren Fracht wartete. Wingstead hatte vor, nach Port Luard zu fliegen, sobald der Frachter mit dem Transformator dort eintraf. Er sah diesem kleinen Ausflug mit unverhohlener Freude entgegen; er war noch nie in Afrika gewesen. Ich gab mir Mühe, den richtigen Mittelweg zu finden; einerseits wollte ich ihn nicht einschüchtern, indem ich ihm erzählte, mit welchen Überraschungen bei einem solchen Job in Afrika zu rechnen war, auch wenn er glaubte, in Europa bereits ausreichend Erfahrungen gesammelt zu haben; andererseits wollte ich ihn auch nicht zu sehr in seinem Selbstvertrauen bestärken. Wenn meine Bedenken durch dieses Treffen auch noch keineswegs zur Gänze ausgeräumt werden konnten, so reiste ich doch mit einem wesentlich besseren Gefühl aus Leeds ab, als ich es noch wenige Stunden zuvor für möglich gehalten hatte.

Auf dem Papier sah alles bestens aus. Doch ich hatte noch nie erlebt, daß sich irgend etwas vom Papier in die Realität übertragen ließ, ohne daß durch die Übersetzung einiges verlorenging.

Port Luard war heiß und stickig. Die Temperatur näherte sich der Vierzig-Grad-Grenze, und die Luftfeuchtigkeit tat das ihre dazu, die Hitze unerträglich zu machen. John Sutherland holte mich vom Flughafen ab, einem Musterbeispiel für Ofanwes architektonischen Größenwahn: die Landepisten waren für Jumbos konzipiert, und das Abfertigungsgebäude war geräumig genug, um den Anforderungen eines Flughafens wie, sagen wir einmal, Rom gerecht zu werden.

Vor dem Eingang der Ankunftshalle erwartete uns ein Wagen mit Fahrer. Als ich mit Sutherland auf dem Rücksitz Platz nahm, klebte mir das Hemd bereits am Rücken fest. Ich knöpfte den Kragen auf und legte Jackett und Krawatte ab. In Heathrow hatte ich mich beim Abflug gegen die Kälte wappnen müssen, so daß ich für hiesige Verhältnisse viel zu dick angezogen war – das übliche Dilemma des Flugreisenden. In meinem Gepäck befanden sich neben einem hocheleganten leichten Tropenanzug, der für Treffen mit Ministern und ähnlichen Leuten gedacht war, mehrere Safarianzüge. Was ich sonst noch brauchte, wollte ich mir an Ort und Stelle kaufen, um es dann bei meiner Abreise einfach zurückzulassen. Billige Baumwollhemden und Shorts bekam man praktisch überall.

Ich machte es mir in meinem Sitz bequem und ließ das Land an mir vorübergleiten. Zwar war ich zum erstenmal in Nyala, aber die Landschaft unterschied sich kaum von der Nigerias oder eines anderen westafrikanischen Landes. An sich bevorzugte ich Gebiete mit weniger üppiger Vegetation, die Savannen und Steppenregionen, aber davon würde ich später noch zur Genüge zu sehen bekommen. Reklametafeln für Brook Bond Tea und Raleigh-Fahrräder erinnerten allerorts an die britische Kolonialvergangenheit Nyalas, obwohl ihnen die Coca-Cola-Reklame eindeutig den Rang ablief.

Es war noch früh am Morgen, und ich hatte im Flugzeug geschlafen. Ich fühlte mich frisch und munter und voller Tatendrang, was man von Sutherland nicht unbedingt behaupten konnte. Er wirkte sichtlich erschöpft, so daß ich mich fragte, ob für ihn wohl harte Zeiten bevorstanden.

»Haben wir eigentlich ein Firmenflugzeug zur Verfügung?« erkundigte ich mich.

»Ja, und einen zuverlässigen Piloten – einen Rhodesier.« Darauf machte er eine längere Pause, um schließlich vorsichtig anzusetzen: »Eine komische Konferenz war das letzte Woche. Ich wurde innerhalb von zwölf Stunden nach London beordert, nur um mit den anderen an einem Tisch zu sitzen und über Dinge zu sprechen, die sowieso schon jeder wußte.«

Das war ein Versuch, ein paar detailliertere Informationen aus mir herauszulocken.

»Mir war das meiste neu. Ich bin auf diese Weise in meine Aufgabe eingeweiht worden.«

»Ja, das habe ich mir fast gedacht.«

»Wie lange arbeiten Sie schon für British Electric?«

»Sieben Jahre.«

Ich hatte ihn bis dahin weder kennengelernt noch etwas über ihn gehört. Aber das war nicht weiter ungewöhnlich.

Unser Mitarbeiterstab war nicht gerade klein, so daß man ständig auf neue Gesichter stieß. Umgekehrt hatte Sutherland sicher schon von mir gehört, da mein Name unweigerlich fiel, wenn es irgendwo Probleme gab. Sobald ich auf irgend jemandes Territorium auftauchte, stand der Boß vor Ort vor der bangen Frage, was zum Teufel nun wohl wieder schiefgelaufen war.

Um Sutherland zu beruhigen, erklärte ich: »Keine Sorge, John. Bisher ist der einzige Grund meiner Anwesenheit, daß Geddes wieder mal die Flöhe husten hört, wobei es diesmal auch noch Flöhe sind, die niemand sonst entdecken kann. Ich hole hier mehr oder weniger nur meinen abgebrochenen Urlaub nach.«

»Ach so«, nickte Sutherland und glaubte mir kein Wort. »Und was haben Sie als erstes vor?«

»Ich denke, ich werde mal nach Bir Oassa raufflіegen, das Terrain sondieren. Dann möchte ich noch mit dem Flugzeug die Straßen abfliegen. Danach könnte ich mich vielleicht mit einem Kabinettsmitglied in Verbindung setzen. Wen schlagen Sie vor?«

Sutherland massierte sich das Kinn. Ihm war klar, daß ich mich in London ausgiebig über die Verhältnisse in Nyala informiert hatte und möglicherweise mehr darüber wußte als er. »Da wäre zum Beispiel Hamah Ousemane, der Innenminister, oder John Chizamba, der Finanzminister. Die beiden wären sicher kein schlechter Anfang. Und dann wird sich vermutlich noch Daondo einmischen wollen.«

»Das ist doch der einheimische Goebbels?«

»Ja, der Minister für Fehlinformation.«

Ich grinste, und von Sutherland fiel die Spannung etwas ab. »Und wer von den Jungs hat die offenste Hand? Oder sollte hier wie durch ein Wunder niemand für kleine Geschenke aufgeschlossen sein?«

»Wer der gierigste ist, kann ich Ihnen nicht sagen. Aber Informationen sind hier an jeder Straßenecke zu haben.«

Wir waren nicht weniger bestechlich als die Männer, mit denen wir zu tun hatten. In meinem Beruf hatte eine gewisse Ehrbarkeit ebenso ihren Raum wie private Geschäfte, und – um das gleich zu gestehen – ich fand das nur gut so. Mir machte es einfach Spaß, und ich sah nicht ein, warum man sich seinen Lebensunterhalt auf möglichst freudlose Art und Weise verdienen sollte.

»Und jetzt zu Ihnen«, wechselte ich das Thema. »Erzählen Sie mir bitte nicht, es gäbe keine Probleme, John. Was bereitet Ihnen im Augenblick am meisten Kopfzerbrechen?«

»Der Schwertransport.«

»Wyvern? Wieso? Wo stimmt da etwas nicht?«

»Der erste Transport soll heute in einer Woche starten, aber das Schiff mit dem Transportfahrzeug ist noch nicht eingetroffen. Es handelt sich um einen Spezialfrachter, der eigens dafür eingesetzt wurde. Aber seine Ankunft hat sich wegen irgendwelcher Probleme mit dem Zoll verzögert. Der Mann von Wyvern, der für die Straßen zuständig ist, ist schon einige Zeit hier und ganz schön am Schwitzen. Er ist die Straße, über die der Transport verlaufen soll, rauf- und runtergefahren, um vor allem die kritischen Stellen genau zu überprüfen. Offensichtlich ist er nicht gerade glücklich über das, was er dabei gesehen hat. Inzwischen ist er wieder in der Stadt, um beim Ausladen des Fahrzeugs dabei zu sein.«

»Und unsere Fracht?«

»Den Trafos und den Kesseln geht es bestens. Sie sind nur ein bißchen zu groß, um sie auf einem Landrover zu transportieren. Wollen Sie den Mann von Wyvern gleich treffen?«

»Nein. Erst wenn ich von Bir Oassa zurück bin. Warum sollten wir uns jetzt schon treffen, wo wir noch keinen Gesprächsstoff haben? Die Verspätung des Transporters ist kein abendfüllendes Thema.«

Darauf versicherte ich Sutherland, daß ich nicht vorhatte, ihm ins Handwerk zu pfuschen – eine Zusicherung, die ihn sichtlich beruhigte. Wir waren eine breite Prachtstraße entlanggefahren; sie mündete in einen riesigen, staubigen Platz ein, den die gigantische Statue eines Herrn zierte, bei dem es sich meines Wissens nur um Maro Ofanwe handeln konnte. Warum das Denkmal nicht zusammen mit dem Original gestürzt worden war, konnte ich nicht recht verstehen. Unser Wagen schlängelte sich durch den chaotischen Verkehr und hielt vor den letzten Überresten von Kolonialarchitektur, die ringsum noch zu sehen war. Nicht einmal die abblätternde

Farbe und die durchhängenden Balkone fehlten. Es handelte sich bei diesem Gebäude – überflüssig, dies zu sagen – um mein Hotel.

»War gar nicht so einfach, ein Zimmer für Sie aufzutreiben«, bemerkte Sutherland dazu.

»Wieso das? Touristen dürfte es hier doch schwerlich geben?«

»Allerdings nicht! Aber Sie vergessen das Öl. In Port Luard wimmelt es von Vertretern der Ölgesellschaften – Amerikanern, Franzosen, Russen, die ganze Palette rauf und runter. Die Regierung hat bei der Vergabe der Förderrechte einen deutlichen Hang zum Eklektizismus an den Tag gelegt.«

Als unser Wagen vor dem Eingang hielt, fragte er: »Kann ich im Augenblick noch was für Sie tun?«

»Nein, John. Vielen Dank. Ich will mich nur ein wenig frisch machen, mich umziehen, einkaufen. Können Sie mir morgen um halb acht einen Wagen schicken, der mich zum Flugplatz bringt? Und heute abend ... haben Sie schon was vor?«

Sutherland war auf diese Frage vorbereitet und erklärte, daß er noch frei war. Wir verabredeten uns zum Abendessen. Bei dieser Gelegenheit konnte ich ihm dann auch ein paar Fragen stellen, die sich auf meine ersten Eindrücke an Ort und Stelle bezogen. Man sollte die einheimischen Informationsquellen nie vernachlässigen.

Am nächsten Morgen um neun Uhr flogen wir dann bereits die Küste entlang. Die ersten dreihundert Kilometer folgte die Maschine der Straße nach Lasulu, wo wir zum Auftanken zwischenlandeten, bevor wir nach Bir Oassa weiterflogen. Auf der Straße herrschte regerer Verkehr, als ich erwartet hatte, wenn ihre Kapazität auch nicht annähernd ausgelastet war. Ich studierte sie mit meinem Fernglas.

Neben ein paar Limousinen und Allradfahrzeugen sowie den unvermeidlichen klapprigen alten Lastwagen zählte ich zu meiner Überraschung auch eine beachtliche Menge großer Lastzüge, Dreißig- und Vierzigtonner. Einer davon hatte Bohrrohre geladen. Beim nächsten handelte es sich um einen Tankwagen, und ein dritter zog eine Spur hinter sich her, die auf eine Ladung Bohrschlamm schließen ließ. Der Verkehr auf dieser Straße war durch die Ölfunde im Landesinnern geprägt und diente dem Nachschub von Port Luard zu den Ölfeldern im Norden Nyalas.

Ich wandte mich dem Piloten zu, einem umgänglichen jungen Mann namens Max Otterman. »Können Sie noch ein Stück über Lasulu hinausfliegen? Nicht weit. Dreißig Kilometer würden vollauf genügen. Ich möchte mir die Straße dort auch noch ansehen.«

»Die Straße hört zwei Kilometer hinter der Stadt auf. Aber ich zeig's Ihnen gern.«

Die Straße löste sich in den Außenbezirken von Lasulu auf, um sich dann auf der anderen Seite der Stadt fortzusetzen. Dieser Abschnitt der Küstenstraße war zwar lange nicht mehr so beeindruckend wie das vorhergehende Teilstück, aber er schien durchaus brauchbar. Der kleine Hafen erweckte nicht gerade den Eindruck hektischer Betriebsamkeit, obwohl dort immerhin zwei oder drei größere Schiffe vor Anker lagen. Aus der Luft ließ sich das zwar nicht mit Sicherheit beurteilen, aber allem Anschein nach war in Lasulu kein Gebäude höher als drei Stockwerke. Über dem Hafenviertel hing der allgegenwärtige Rauch von Holzfeuern in der Luft.

Das Auftanken war rasch erledigt; wir flogen ins Landesinnere weiter. Wir folgten dem vierzehnhundert Kilometer langen Betonstreifen von Lasulu nach Bir Oassa, der sich wahllos durch Mangrovensümpfe, Dschungel, Savanne und karge Wüstenrandgebiete fraß. Die Straße war von italienischen Ingenieuren, japanischen Vermessungsspezialisten und Bautrupps unterschiedlichster Nationalitäten mit russischem Geld gebaut und doppelt so teuer geworden wie ursprünglich veranschlagt, wobei die Mehrkosten sich auf Hunderte von unbefugten Brieftaschen und Nummernkonten bei Schweizer Banken verteilt hatten – ein wahrhaft internationales Unternehmen.

Die Russen stießen sich nicht an der Art und Weise, wie über ihre Gelder verfügt wurde. Sie schauten nicht auf jeden Pfennig und sorgten im übrigen dafür, daß wenigstens ein Teil der Mehrkosten in die richtigen Taschen floß. Sie sahen darin eine günstige Gelegenheit, sich ohne allzu großen finanziellen Aufwand Freunde in einem Land zu schaffen, das sich bisher noch für keine eindeutige Ausrichtung nach Ost oder West entschieden hatte. Diese Gelder waren für sie nur ein weiterer Einsatz am Pokertisch der internationalen Diplomatie, mit dem man einem ähnlichen Angebot von seiten einer anderen Macht entgegenzuwirken trachtete.

Die Straße fraß sich durch dicht bewaldete Dschungelgebiete, um sich schließlich zu einem gewaltigen Hochplateau emporzuwinden. Nach Durchqueren eines Meeres aus Gras und Büschen erreichte der Betonstreifen die trockene Wüstenregion und schließlich Bir Oassa, wo sich ein Wald von Bohrtürmen aus der kargen Landschaft erhob.

Ich verbrachte zwei Tage in Bir Oassa und sprach mit den Männern der Bohrtrupps und ihren Bossen. Ich informierte mich über den Fortgang der Arbeiten und achtete vor allem auf irgendwelche Anzeichen von Unbehagen oder Unsicherheit, gleich welchen Ursprungs sie sein mochten. Doch ich erfuhr nichts Nennenswertes. Unter anderem mußte ich mir die Klagen Dick Scahills anhören, der für die Installation der Kessel zuständig war. Er hatte bereits von der neuen Transportregelung gehört und zeigte sich darüber keineswegs erfreut.

»Ich habe dreißig Monteure hier, die die ganze Zeit nichts als Karten spielen werden«, polterte er. »Warum zum Teufel müssen die erst die Trafos herschaffen?«

Die Gründe hierfür waren ihm zwar mitgeteilt worden, aber er sah sie einfach nicht ein. Ich versuchte, ihn zu beruhigen: »Regen Sie sich doch nicht unnötig auf. Das Ganze war schließlich eine Entscheidung von Geddes in London.«

»London! Was wissen die denn schon? Dieser Geddes hat doch von Tuten und Blasen keine Ahnung.« Scahill war kein Mann, der ein Blatt vor den Mund nahm. Ich beruhigte ihn, so gut es ging, und machte mich dann auf die Suche nach weiteren Problemen. Zu meiner Besorgnis gab es jedoch keine.

Am zweiten Tag bekam ich einen Anruf von Sutherland. Die Verbindung war miserabel, so daß seine Stimme nur bruchstückhaft durchkam. »...haben ein Treffen mit Ousemane und Daondo. Wollen Sie...?«

»Ja, das würde ich gern mit anhören. Wer kommt außer Ihnen noch mit?« brüllte ich in den Hörer.

»... Kemp von Wyvern. Morgen früh...«
»Ist der Transporter endlich angekommen?«
»... wird ausgeladen... gestern eingetroffen...«
»Ich komme sofort.«

Die Besprechung fand in einem kühlen Raum des Justizpalastes statt. Das wichtigste Regierungsmitglied unter den Anwesenden war Innenminister Hamah Ousemane, der milde lächelnd am Kopfende des Konferenztisches thronte. Er sagte kaum etwas und überließ das Reden einem zierlichen kleinen Mann, der uns als Zinsou Daondo vorgestellt wurde. Mir war nicht recht klar, ob Ousemane nicht begriff, worum es ging, oder ob er es sehr wohl begriff, sich aber nicht groß für die Angelegenheit interessierte. Jedenfalls stellte er eine Teilnahmslosigkeit zur Schau, die den Eindruck erweckte, als ginge ihn das alles nicht das geringste an.

Höchst überraschend dagegen war die Anwesenheit von Generalmajor Abram Kigonde, dem militärischen Oberbefehlshaber. Auch wenn er der Regierung nicht angehörte, war er doch die lebendige Verkörperung von Maos Ausspruch, daß jede Macht der Mündung eines Gewehrs entspringt. Ohne Kigondes zustimmendes Nicken war in Nyala keine Regierung lebensfähig. Ich begriff zuerst nicht recht, was er in einer Besprechung zu suchen hatte, in der es um den Transport schwerer Maschinenteile ging.

Unsere Seite vertraten außer mir noch Sutherland und Basil Kemp, ein schlaksiger Engländer mit einem schmalen, wettergegerbten Gesicht, das jedoch deutliche Anzeichen von Übermüdung und Besorgnis aufwies. Er begrüßte mich mit offensichtlicher Herzlichkeit und schien durch meine Anwesenheit in keiner Weise beunruhigt. Vermutlich hatte er schon Sorgen genug. Ich überließ es Sutherland, eine kurze Einführung zu geben. Er wandte sich dabei an den Innenminister, aber die Antworten kamen von Daondo. Es wirkte wie der Auftritt eines Bauchredners, wobei sich nur nicht so recht feststellen ließ, wer von den beiden die Puppe war. Kigonde verharrte in steifem Schweigen.

Nach einigem einleitenden Geplauder, das zum Glück nicht das Wetter zum Inhalt hatte, kamen wir zur Sache. Sutherland erläuterte erst ein paar Routinefragen, bis er schließlich Kemp in die Diskussion miteinbezog. »Könnten wir jetzt bitte die Karte sehen, Mister Kemp?«

Kemp breitete eine Landkarte auf dem großen Konferenztisch aus und wies auf die verschiedenen problematischen Stellen hin.

»Wir müssen mit dem Transport durch Port Luard und Lasulu. In beiden Fällen handelt es sich um größere Städte, in denen ein solcher Schwertransport mit nicht unerheblichen Schwierigkeiten verbunden ist. Die Erfahrung lehrt, daß solche spektakulären Transporte – zumindest in Europa – zahlreiche Schaulustige anziehen, und ich glaube nicht, daß es hier anders sein wird. Deshalb wären wir Ihnen sehr dankbar, wenn Sie uns eine Polizeieskorte zur Verfügung stellen könnten, Herr Minister.«

Daondo nickte. »Ganz sicher wird der Transport eine Menge Schaulustiger anziehen.« Diese Vorstellung schien ihn eher zu freuen.

»In Europa«, fuhr Kemp fort, »führen wir solche Transporte deshalb möglichst in den frühen Morgenstunden durch, wenn auf den Straßen kaum Verkehr herrscht.«

Auf diese Feststellung hin legte Daondos Stirn sich in Falten, und ich glaubte sogar die Andeutung eines Kopfschüttelns von seiten des Ministers zu bemerken. Ich wurde schlagartig wach.

Nun ergriff zum erstenmal Kigonde das Wort. Er sprach mit einer tiefen, sorgfältig artikulierten Stimme: »Selbstverständlich stellen wir Ihnen eine Eskorte zur Verfügung, Mister Kemp – jedoch nicht aus den Reihen der Polizei. Ich werde eine militärische Einheit bereitstellen.« Darauf beugte er sich leicht vor und drückte auf einen Knopf. Die Tür ging auf, und ein Offizier in tadelloser Uniform betrat den Raum. »Das ist Hauptmann Ismail Sadiq, der die Eskorte befehligen wird.«

Hauptmann Sadiq salutierte stramm und stellte sich dann auf ein Nicken Kigondes hin ans Fußende des Tisches.

»Das Militär wird den ganzen Transport begleiten«, erklärte Daondo weiter.

»Die ganze Strecke bis Bir Oassa?« fragte Sutherland erstaunt.

»Ja, und das gilt auch für alle weiteren Transporte.«

Ich spürte, daß Sutherland im Begriff war, etwas Falsches zu sagen, und kam ihm deshalb zuvor. »Das ist selbstverständlich eine große Ehre für uns, Herr Generalmajor. Ich halte diese Ihre Entscheidung für äußerst vorausschauend und möchte Ihnen meinen aufrichtigen Dank dafür aussprechen, wenn es auch fast zu viel der Ehre für ein solches Unternehmen ist.«

»Unsere Polizeikräfte sind nicht sehr umfangreich und zudem mit Arbeit überlastet. Wir halten es jedoch für unumgänglich, solche Unternehmungen nur unter größtmöglichen Sicherheitsvorkehrungen durchzuführen, Mister Mannix. Die Armee von Nyala steht Ihnen also jederzeit zu Diensten.« Kigonde war offensichtlich mit allen Wassern gewaschen, aber ich fand, daß unser kleiner Wortwechsel mit einem Unentschieden geendet hatte. Langsam begann mir das Ganze richtig Spaß zu machen.

»Erläutern Sie uns bitte die Zusammensetzung Ihrer Eskorte, Hauptmann«, erteilte Daondo das Wort an Sadiq.

Sadiqs sanfte Stimme stand in unerwartetem Kontrast zu seinem Äußeren. »Zur Absicherung der Straße habe ich vier Truppentransporter der Infanterie mit jeweils sechs Mann zur Verfügung; dazu zwei Nachschubfahrzeuge und einen Stabswagen nebst Begleitfahrzeugen. Das heißt, insgesamt acht Fahrzeuge, sechs Motorräder und sechsunddreißig Mann einschließlich meiner Person. In den Städten bin ich befugt, an Ort und Stelle stationierte Militäreinheiten anzufordern, um die Menge unter Kontrolle zu halten.«

So etwas nannte ich mit schweren Geschützen auffahren. Ich hatte noch nie von einem Schwertransport gehört, der eines derartigen Schutzes bedurfte, wenn er nicht gerade in Kriegszeiten durchgeführt wurde. Gespannt harrte ich also der Dinge, die nun noch folgen würden, sagte aber nichts, sondern ließ Sutherland fortfahren. Offensichtlich hatte er meinen Wink mit den Zaunpfahl verstanden, da er im folgenden nur noch seiner Zufriedenheit über die großzügige Eskorte Ausdruck verlieh. Schließlich hatte er bestenfalls mit einer Handvoll und noch dazu schlecht ausgebildeter Polizisten gerechnet.

Nun ergriff wieder Kigonde das Wort: »In der Armee von Nyala ist der Rang eines Hauptmanns relativ hoch, meine

Herren. Fürchten Sie also nicht, in irgendeiner Weise aufgehalten oder behindert zu werden.«

»Daran habe ich nie gezweifelt«, erklärte Kemp höflich. »Ich freue mich, Hauptmann, Ihrer Unterstützung gewiß sein zu können. Aber leider muß ich Sie noch auf ein paar weitere Probleme aufmerksam machen, meine Herren. An verschiedenen Stellen hat sich der Straßenzustand in einem Ausmaß verschlechtert, daß ich angesichts der enormen Belastung, die unsere Transporte darstellen, mit ernsthaften Schwierigkeiten rechne.«

Das war eindeutig untertrieben. Doch Kemp hatte seine Lektion in Diplomatie offensichtlich gelernt. Sicherlich fragte er sich, ob Sadiq sich auch nur annähernd vorstellen konnte, welche Anforderungen solch ein Schwertransport stellte, und ob seine militärische Eskorte auch gewillt war, selbst Hand anzulegen, falls Not am Mann sein sollte. Doch Daondo kam Kemps Befürchtungen zuvor: »Hauptmann Sadiq ist auch ermächtigt, mit den Zivilbehörden der Regionen zu verhandeln, in denen Sie auf Schwierigkeiten stoßen sollten. Ich kann Ihnen versichern, daß Ihnen gegebenenfalls die erforderlichen Arbeitskräfte zur Verfügung gestellt werden. Und das gilt selbstverständlich auch für die nötigen Materialien.«

Das klang alles fast zu schön, um wahr zu sein. Kemp ging also zum nächsten Problempunkt über.

»In den Städten stellen die Massen von Schaulustigen nur einen Teil des Problems dar. Nehmen Sie allein die Schwierigkeiten, die es mit sich bringt, ein so immenses Gefährt durch die Straßen einer Stadt zu manövrieren. Auf diesem Stadtplan habe ich den Transportweg vom Hafen bis zu den Außenbezirken von Port Luard eingezeichnet, der mir als am günstigsten erscheint. Ich schätze, daß wir allein für dieses Streckenstück acht bis neun Stunden benötigen werden. Die rote Linie kennzeichnet die unproblematischste, ja sogar die einzige in Frage kommende Transportroute; die eingekreisten Ziffern geben die für die einzelnen Abschnitte erforderlichen Zeiträume an. Vielleicht erleichtert Ihnen das die Umleitung des Verkehrs. Ich rechne allerdings nicht mit nennenswerten Schwierigkeiten, da der Transport die Innenstadt vorwiegend nachts durchqueren wird.«

Der Innenminister machte unerwartet eine rasche Bewegung mit seinem Zeigefinger. Daondo warf ihm einen kurzen Blick zu, bevor er erklärte: »Es wird nicht nötig sein, den Transport durch Port Luard nachts durchzuführen, Mister Kemp. Wir würden das lieber tagsüber machen.«

»Das wird aber zu erheblichen Verkehrsbehinderungen führen«, entgegnete Kemp sichtlich überrascht.

»Machen Sie sich deswegen keine Sorgen; das regeln wir.« Daondo beugte sich über den Stadtplan. »Wie ich sehe, verläuft Ihre Route über den Independence Square.«

»Anders ließ es sich nicht machen«, erklärte Kemp in eher defensivem Tonfall. »Es wäre vollkommen unmöglich, den Transport auf den engen Straßen zu beiden Seiten der angegebenen Route durchzuführen, ohne erheblichen Gebäudeschaden anzurichten.«

»Ganz meiner Meinung«, nickte Daondo. »Übrigens hätte ich Sie darum gebeten, den Transport über den Independence Square zu leiten, wenn Sie diesen Vorschlag nicht selbst gemacht hätten.«

Kemp schien dies alles noch nicht recht fassen zu können. Ich konnte ihm regelrecht ansehen, wie er an die Unkenrufe und Protestschreie von seiten der Londoner Polizei dachte, wenn er ihr den Vorschlag unterbreitet hätte, während der Hauptverkehrszeit einen Dreihundert-Tonnen-Schwertransport über den Trafalgar Square zu leiten. Wo auch immer er in Europa bisher seiner Tätigkeit nachgegangen war, hatte man ihn in die entlegensten Ecken und Winkel abgedrängt, durch die er sich dann auch noch spät nachts mit der Heimlichkeit eines Diebes schleichen sollte.

Seinen Finger immer noch auf dem Stadtplan, hielt er erst einen Moment inne, um das eben Gesagte zu verdauen. »Allerdings haben wir auch in diesem Fall mit einem Problem zu tun. Es handelt sich dabei um das große steinerne Podest auf dem Mittelstreifen der Avenue, die auf den Platz zuführt. Es ist – nur aus unserer Sicht, versteht sich – sehr ungünstig plaziert. Es dürfte nicht ganz einfach werden, mit unserem Transport daran vorbeizukommen. Ich würde deshalb vorschlagen ...«

Der Innenminister unterbrach ihn mit einem unerwarteten, zufriedenen Glucksen; sein Gesicht jedoch blieb unbewegt.

Auf Daondos Lippen dagegen breitete sich ein Lächeln aus – ein Lächeln freilich, das nicht auf seine Augen übergriff. »Uns ist klar, worauf Sie hinauswollen, Mister Kemp. Ich glaube nicht, daß Sie sich wegen des Podests Sorgen machen müssen. Wir werden es entfernen lassen, was unter anderem auch einen eindeutig positiven Effekt auf den Verkehrsfluß auf der Victory Avenue haben wird.«

Kemp und Sutherland tauschten verstohlene Blicke aus. »Ich... ich nehme aber doch an, daß dies einige Zeit in Anspruch nehmen wird«, stotterte Sutherland. »Es handelt sich schließlich um eine erhebliche Masse an Mauerwerk.«

»Das ist Aufgabe der Armee«, erklärte Kigonde, um sich dann Sadiq zuzuwenden. »Leiten Sie alles Nötige in die Wege, Hauptmann.«

Sadiq nickte und machte sich ein paar flüchtige Notizen. Danach wandten wir uns der Ausfallroute aus Port Luard zu und der Durchquerung von Lasulu; in beiden Fällen hegten unsere Gesprächspartner entgegen allen unseren Befürchtungen keinerlei Bedenken. Eine Stunde später, nachdem man uns noch mit einigen Erfrischungen bewirtet hatte, wurde die Gesprächsrunde aufgehoben. Kemp und Sutherland begleiteten mich auf mein Hotelzimmer; wir konnten es kaum erwarten, unsere Eindrücke von diesem ungewöhnlichen Treffen auszutauschen. Wir waren bisher noch nie auf eine derartige Kooperationsbereitschaft von seiten der einheimischen Behörden gestoßen – ein Entgegenkommen, das sämtliche Probleme wie Schneeflocken in der heißen Sonne Port Luards dahinschmelzen ließ. Auf der anderen Seite war es genau dieses bereitwillige Ausräumen aller auftretenden Problempunkte, das uns am meisten beunruhigte.

»Ich kann es immer noch nicht fassen«, erklärte Kemp. »Sie tragen uns förmlich auf Händen, finden Sie nicht auch?«

»Ich finde, damit treffen Sie den Nagel auf den Kopf, Basil«, nickte ich. »Sie sind auf uns angewiesen und setzen alles daran, uns für sich zu gewinnen. Überdies sind sie es offenbar gewohnt, sich über die Bedürfnisse und Wünsche der Bevölkerung hinwegzusetzen – vorausgesetzt, die Bevölkerung hat überhaupt solche Bedürfnisse. Sie wollen uns also am hellichten Tag mitten durch die Stadt bugsieren – und wehe jedem Hindernis, das uns dabei in die Quere kommen sollte.«

»Wie zum Beispiel dieses steinerne Podest«, fügte Sutherland hinzu, worauf wir alle drei lachten.

»Irgend etwas muß mir bei dieser Besprechung entgangen sein«, begann Kemp nach einer Weile wieder wesentlich nachdenklicher. »Irgendeine versteckte Ironie. Ich muß gestehen, daß ich mir dieses Ding noch nicht näher angesehen habe. Wessen Bild steht eigentlich darauf – eine einheimische Größe?«

»Das ist es ja gerade«, kicherte Sutherland. »Die Statue auf dem Steinsockel stellt Maro Ofanwe dar, zehn Meter hoch, in Bronze und sehr heldenhaft. Bis jetzt haben sie sich an dem Ding wohl nicht allzusehr gestoßen; vielleicht war es auch wohl zu massiv, um es in die Luft zu sprengen oder einzureißen. Aber jetzt haben sie dafür einen triftigen Grund. Außerdem werden sie auf diese Weise auf nicht gerade feinfühlige Art kundtun können, daß man in Nyala nicht mehr an starken Männern interessiert ist. Ofanwe war eine nationale Katastrophe, wie man sie sich in Nyala so schnell nicht wieder leisten kann.«

3

Während der nächsten Tage machte ich mit meiner Arbeit weiter, die hauptsächlich darin bestand, herauszufinden, worin meine Aufgabe eigentlich bestand. Ich sprach mit verschiedenen Regierungsmitgliedern und hatte eine ausgiebige Besprechung mit dem Finanzminister, die zu beiderseitiger Zufriedenheit verlief. Darüber hinaus unterhielt ich mich in verschiedenen Bars mit Journalisten, Geschäftsleuten und Veteranen der britischen Kolonialvergangenheit, die sich immer noch an ihre alten Positionen klammerten, wobei die meisten nur zu bereit waren, den guten alten Zeiten nachzutrauern. Ich sortierte einiges von dem aus, was ich in diesem Zusammenhang erfuhr, aber nach einer Weile glaubte ich doch, mir ein ungefähres Bild von der allgemeinen Lage in Nyala machen zu können – ein Bild, das sich doch etwas von dem unterschied, das Shelford in London entworfen hatte.

Unter anderem wurde ich als Ehrenmitglied in den Luard Club aufgenommen, der zur Zeit der Kolonialherrschaft nur weiße Mitglieder in seinen Reihen gezählt, sich aber inzwischen Angehörigen aller Rassen geöffnet hatte. Auch dort gab es noch ein paar alte Haudegen aus der Kolonialzeit, von denen ich den einen oder anderen Hinweis auf Dinge erhielt, die in Nyala in nächster Zukunft schiefgehen konnten.

Währenddessen widmeten sich auch Kemp und Sutherland ihren Aufgaben, die etwas deutlicher umrissen waren als die meinen. An dem Morgen, an dem dann der erste Transport anrollen sollte, war ich schon in aller Frühe auf den Beinen. Die Sonne war eben aufgegangen, und die Temperatur näherte sich der Dreißig-Grad-Grenze, als ich zum Hafen hinunterfuhr, um mir das Schauspiel anzusehen. Bis dahin hatte ich kaum eine Gelegenheit gefunden, mit Kemp zu sprechen, und da dies kaum der rechte Augenblick war, dieses Versäumnis nachzuholen, würde ich einen festen Termin mit ihm vereinbaren müssen.

Ich traf ihn und Sutherland im Zentrum hektischer Betriebsamkeit. Beide wirkten besorgt und angespannt, während ringsum Dutzende von Männern hin- und herrannten und sich aufgeregte Fragen und Befehle zuriefen. Sie waren schon eine ganze Weile zugange, und es konnte nicht mehr lange dauern, bis es endgültig losging. Fasziniert genoß ich das Bild, das sich mir bot.

Zwar sah ich den gigantischen Tieflader nicht zum ersten Mal, aber er bot nach wie vor einen atemberaubenden Anblick. Vor der riesigen Plattform, auf die der Transformator Zentimeter für Zentimeter niedergelassen worden war, standen die gewaltigen Zugfahrzeuge bereit. Um sie herum bewegte sich ein Gewirr von Hafenfahrzeugen, Gabelstaplern und Transportern, die wie ein Schwarm Ameisen ihre reglose Königin umschwirrten. Am meisten faszinierte mich jedoch ein kleiner Trupp von Hafenarbeitern, die, behende und lärmend wie eine Gruppe von Affen, über die gigantische Ladeplattform kletterten und zwischen jedem vorspringenden Punkt, der sich dafür eignete, Schnüre mit bunten Wimpeln zogen. Hauptsächlich stachen darunter das Grün und Gelb der Flagge von Nyala hervor. Eine davon wurde sogar an einem eigens an der Stoßstange eines Zugfahrzeugs befestigten Flaggenstock angebracht. Kein Wunder, daß Kemp dieses Schauspiel nur mit grimmiger Miene über sich ergehen ließ.

Als ich auf ihn zueilte, hielt gerade eine schwarze Limousine neben ihm, der Mr. Daondo entstieg. Die Hände in die Hüften gestemmt, ließ Daondo seine Blicke voller Zufriedenheit über das gigantische Transportfahrzeug wandern, um sich schließlich uns zuzuwenden. »Einen guten Morgen, meine Herren«, begrüßte er uns. »Wie ich sehe, läuft alles bestens.«

»Guten Morgen, Mister Daondo«, erwiderte Kemp seinen Gruß, um sich dann mir zuzuwenden. »Neil, dürfte ich vielleicht mal fragen, was ...«

»Hallo, Basil. Ein großer Tag heute, finden Sie nicht auch? Würden Sie uns bitte einen Augenblick entschuldigen, Mister Daondo? Ich habe hier die Ergebnisse der von Ihnen angeforderten Berechnungen, Basil ...«

Indem ich, größte Dringlichkeit vortäuschend, mit meinem

Notizbuch in der Luft fächelte und Kemp keine Zeit zu einer Erwiderung ließ, gelang es mir, ihn von Daondos Seite wegzudrängen und den Politiker für eine Weile der Obhut Sutherlands zu überlassen.

»Was bilden die sich eigentlich ein?« platzte Kemp heraus.

»Beruhigen Sie sich erst mal, Basil. Begreifen Sie denn nicht? Sie haben vor, aus diesem Transport ein Schauspiel für die Massen zu machen. Dieses Kraftwerk gehört zu den größten und aufwendigsten Projekten, die die Regierung von Nyala je durchgeführt hat, und daraus will man nun natürlich den entsprechenden Propagandaeffekt schlagen. Das ist doch nur zu verständlich.«

»Aber wie stellen die sich das vor?« Wenn es um seinen Transport ging, konnte Kemp extrem begriffsstutzig sein.

»Begreifen Sie noch immer nicht? Sie werden im Mittelpunkt einer gigantischen Parade durch die Stadt stehen – genauso, wie die Russen am Maifeiertag ihre Raketen über den Roten Platz karren. Girlanden, Militärmusik, das ganze Brimborium. Und Sie im Mittelpunkt.«

»Das ist doch wohl nicht Ihr Ernst«, zischte Kemp angewidert.

»Und ob. Die Regierung muß hier nicht nur regieren. Sie muß auch sehen lassen, daß sie regiert. Und dafür ist unser Transport genau der richtige Anlaß.«

Kemp ließ sich nur langsam beruhigen.

»Keine Sorge, Basil. Sobald Sie das Stadtgebiet hinter sich haben, können Sie Ihrem geliebten Trafo die Wimpel und Bänder aus dem Haar nehmen und sich an die Arbeit machen. Reden Sie auch mit Ihren Fahrern. Ich würde sie übrigens bei Gelegenheit gern kennenlernen – aber nicht jetzt gleich. Und sagen Sie ihnen, sie sollen das Beste aus dem Ganzen machen. Es ist eine Galavorstellung.«

»Na gut, dann müssen wir eben. Aber verdammt unangenehm ist das Ganze trotzdem. Es ist, weiß Gott, schon schwierig genug, dieses schwere Ding durch die Stadt zu bugsieren, und das dann auch noch zwischen jubelnden und Fähnchen schwingenden Menschenmengen hindurch.«

»Das ist nicht Ihre Sache. Wofür ist er schließlich da?« Ich deutete mit dem Daumen auf Daondo. »Sie karren das Ding einfach durch die Stadt, und damit hat es sich. Aber ich glaube, wir sollten uns jetzt besser wieder zu ihm gesellen.«

Wir gingen wieder zu der Stelle zurück, wo Daondo, hofiert von einer kleinen Schar dienstbeflissener Untergebener, lässig am Kühlergrill seines Mercedes lehnte. Auch Sutherland befand sich in der kleinen Gruppe. Neben ihm stand ein kleiner, stämmiger Mann mit wettergegerbtem Gesicht; Sutherland stellte ihn vor.

»Neil, das ist Ben Hammond, mein Cheffahrer. Ben, Mister Mannix von British Electric.«

»Freut mich, Ben.« Ich schüttelte ihm die Hand. »Ich würde Sie und Ihre Leute später gern noch näher kennenlernen.« Dann wandte ich mich wieder Sutherland zu: »Wie soll's nun weitergehen?«

»Ich habe eben Mister Daondo gesagt, daß ich glaube, daß sie jeden Augenblick losfahren werden. Aber letztlich ist das natürlich Mister Kemps Entscheidung.«

»Danke, Mister Sutherland«, nickte Kemp. »Ich spreche eben noch kurz mit Daondo, und dann kann es losgehen.«

Wie hartnäckig meine britischen Kollegen doch an Titeln und Nachnamen festhingen! Es hätte mich nicht gewundert, wenn sie sich jeden Tag, wo auch immer der Transport für die Nacht im Busch haltmachte, zum Abendessen in Schale geworfen hätten. Doch dann wandte ich meine Aufmerksamkeit wieder Daondo zu, der inzwischen von einer Gruppe von Journalisten umringt war; ihre Videokameras und Fotoapparate im Anschlag, Notizbücher und Bleistifte gezückt, zeigten sie sich wesentlich zurückhaltender, als man es bei solchen Anlässen von Europa her kannte. Aber vielleicht spielte auch die Anwesenheit eines kleinen Trupps bewaffneter Soldaten in unmittelbarer Nähe eine Rolle.

»Da sind Sie ja, Mister Mannix«, rief mir Daondo entgegen. »Ich halte eben eine kleine Pressekonferenz ab; hätten Sie nicht Lust, sich uns anzuschließen?«

»Welche Ehre, Herr Minister – aber das hier fällt nicht in mein Ressort, sondern in das von Mister Kemp.«

Kemp quittierte den Schwarzen Peter, den ich ihm zugespielt hatte, mit einem kurzen, finsteren Blick. »Wenn ich vielleicht Mister Hammond hinzuziehen dürfte?« Er zerrte Ben Hammond hinter sich her. »Er hat das Transportfahrzeug entworfen und kann uns deshalb auch am besten darüber Auskunft geben.«

Ich sah den untersetzten Mann nicht ohne Verblüffung an. Das hatte ich nicht gewußt; es gab mir zu denken. Wyvern Haulage mochte zwar noch eine sehr junge Firma sein, aber man hatte dort offensichtlich eine Menge fähiger Leute zusammengeholt. Geoff Wingstead stieg wieder einmal erheblich in meiner Achtung.

Um der Pressekonferenz den entsprechenden Hintergrund zu geben, postierte Daondo sich mit seinen Gesprächspartnern vor dem Tieflader; eine Salve klickender Kameraverschlüsse folgte. Die Fernsehkameramänner bewegten sich rückwärts von dem Monstrum fort, um seine volle Größe einzufangen. Die Reporter duckten sich mit ihren Notizbüchern unter dem Gewirr aus Seilen und Ketten hindurch und machten sich eifrig Notizen. Bei dieser Gelegenheit wurden natürlich auch die gewohnten Fragen gestellt. Ich hörte sorgfältig zu; dies war auch für mich eine günstige Gelegenheit, mich über die technischen Einzelheiten zu informieren.

»Wie groß ist dieses Gefährt eigentlich?«

Kemp winkte Ben Hammond nach vorn. Dieser grinste, als wäre er eben einer Zahnpastareklame entsprungen. Er genoß es ganz offensichtlich, im Scheinwerferlicht zu stehen. »Die Gesamtlänge des Tiefladers beträgt knapp fünfunddreißig Meter. Wenn nötig, ließen sich noch weitere sechs Meter anfügen, aber das hat sich für diesen Transport als nicht erforderlich erwiesen.«

»Sind dabei die Zugmaschinen schon eingeschlossen?«

»Nein, die Zugfahrzeuge sind dabei noch nicht mit eingerechnet. Wenn wir in hügeliges Gelände kommen, spannen wir noch vier weitere Zugmaschinen vor, so daß die Gesamtlänge des Transports fünfundsiebzig Meter betragen wird.«

»Unsere Leser werden sich unter diesen Zahlen schwerlich etwas vorstellen können«, meldete sich eine andere Stimme zu Wort. »Läßt sich die Größe des Fahrzeugs mit irgendetwas vergleichen?«

Hammond dachte kurz nach und sagte schließlich: »Wie ich feststellen konnte, spielt man hier auch Fußball.«

»Und ob«, schaltete sich Daondo ein. »Ich bin begeisterter Fußballanhänger.« Er lächelte bescheiden. »Ich habe mir letztes Jahr in Wembley das Cup-Finale angesehen, als ich noch als Botschafter in Großbritannien war.«

»Dann stellen Sie sich das mal so vor«, fuhr Hammond fort. »Wenn Sie mit diesem Transport im Wembley-Stadion oder sonst einem Fußballplatz auf die Spielfläche fahren, dann würde er die volle Breite des Spielfelds ausfüllen. Ist das ein guter Vergleich?«

Während sich unter den versammelten Reportern zustimmendes Gemurmel erhob, flüsterte Kemp seinem Cheffahrer leise ins Ohr: »Gut gemacht, Ben. Weiter so.«

»Wie schwer ist das ganze Gefährt?« wollte einer der Reporter wissen.

»Der Tieflader wiegt neunzig Tonnen, und der Transformator selbst hat ein Gewicht von dreihundert Tonnen. Fügen Sie dem noch jeweils vierzig Tonnen für jede Zugmaschine hinzu, und Sie kommen auf satte fünfhundertfünfzig Tonnen.«

Die Stifte der Reporter huschten über ihre Blöcke, die Kameras surrten leise. Auch hierzu brachte Hammond ein Beispiel, von dem er selbst erst seit einigen Tagen wußte. »Ein ausgewachsener Elefant wiegt bekanntlich etwa sechs Tonnen. Sie haben es also in diesem Fall mit dem Gewicht von fast hundert Elefanten zu tun.«

Dieser Vergleich wurde mit Erheiterung aufgenommen.

»Die Zugmaschinen sehen aber gar nicht so aus, als wögen sie vierzig Tonnen«, meldete ein Reporter seine Bedenken an.

»Das ist richtig. Aber sie sind zusätzlich durch in Beton eingebettete Stahlplatten beschwert. Wir brauchen ein Gegengewicht für das Gewicht des Transformators. Sonst würde der Tieflader – zumal auf abschüssiger Straße – die Zugmaschinen überrollen. Besonders in hügeligem Gelände ist so ein Transport nicht einfach zu fahren.«

»Wie schnell wird sich der Transport ungefähr voranbewegen?«

Hier schaltete sich Kemp wieder ein. »Auf ebenem Gelände und mit allen Zugmaschinen könnten wir es auf runde fünfunddreißig Stundenkilometer bringen. Bei leichtem Gefälle sogar auf etwas mehr. Aber das werden wir nicht tun. Fünfhundertfünfzig Tonnen, die mit einer Geschwindigkeit von fünfunddreißig Stundenkilometern fortbewegt werden, hätten einen extrem langen Bremsweg. Und wir wollen kein unnötiges Risiko eingehen. Deshalb glaube ich, daß wir an keinem Punkt unserer langen Reise ein Tempolimit von fünfzehn Stundenkilometern überschreiten werden. Über weite Strecken werden wir sogar noch wesentlich langsamer vorankommen. Wir haben uns für einen Tag mit zehn Stunden Fahrt eine Durchschnittsgeschwindigkeit von acht Stundenkilometern zum Ziel gesetzt. Demnach rechnen wir mit einer Fahrtzeit von zwanzig Tagen von Port Luard bis Bir Oassa.«

Diese Feststellung trug Kemp ungläubige und erstaunte Pfiffe ein. Erstaunlich, wie heutzutage extreme Langsamkeit ähnliche Faszination hervorruft wie extreme Schnelligkeit.

»Wie viele Reifen hat der Tieflader?«

Diesmal antwortete wieder Hammond. »Sechsundneunzig, plus acht Ersatzreifen.«

»Mit wie vielen Platten rechnen Sie?«

»Überhaupt nicht. – Hoffentlich...« Diese Antwort wurde mit erheitertem Lachen beantwortet.

»Welchem Zweck dient dieser andere große Laster?«

»Auf ihm wird die Luftkissenhebevorrichtung transportiert«, erklärte Kemp. »Damit verteilen wir das Gewicht der Ladung, wenn wir eine Brücke überqueren müssen. Das Ding funktioniert nach dem Hovercraft-Prinzip und wird von vier zweihundertvierziger Rolls Royce-Motoren angetrieben. Das Fahrzeug selbst wiegt acht Tonnen.«

»Und die anderen Lastwagen?«

»Ersatzteile, Treibstoff, Lebensmittelvorräte. Und eine ganze Werkstätte für Reparaturarbeiten. Wie Sie sehen, haben wir alles, was wir brauchen, selbst dabei.«

In diesem Augenblick drängte sich ein Adjutant durch die Menge, um Daondo etwas ins Ohr zu flüstern, worauf dieser seine Hand hob und laut verkündete: »Meine Herren, das wäre es fürs erste. Vielen Dank. Ich lade Sie ein, sich zur Einweihung dieser eindrucksvollen Maschine durch Seine Exzellenz, den Minister des Inneren, den Ehrenwerten Hamah Ousemane, OBE, zu versammeln.« Er berührte mich am Arm. »Hier lang, bitte.«

Während wir Daondo folgten, hörte ich Hammond zu Kemp sagen: »Was hat er denn jetzt vor? Etwa gar eine Flasche Champagner am Kotflügel zerschmettern?«

»Haben Sie das Ding wirklich selbst entworfen?« wandte ich mich zu ihm um.

»Ich habe der Standardausführung noch ein paar Besonderheiten hinzugefügt.«

»Ben hat eine Menge davon selbst gebaut«, schaltete sich Kemp ein.

Ich war beeindruckt. »Für so einen kleinen Kerl haben Sie wirklich eine Vorliebe für großes Spielzeug.«

Hammond zuckte zusammen und sah mich böse an. Offensichtlich hatte ich einen wunden Punkt getroffen. »Ich bin genau einen Meter siebenundfünfzig groß«, entgegnete er kurz. »Genau so groß war übrigens auch Napoleon.«

»Das war nicht böse gemeint«, entschuldigte ich mich; und dann standen wir vor dem Transporter, um Ousemanes Rede zuzuhören. Er sprach erst in Englisch und dann endlos in der Landessprache; dann wurde ein Band durchgeschnitten, und unzählige Hände wurden geschüttelt – einige für die Presse auch ein zweites Mal –, bis der Minister sich schließlich in seinem Mercedes entfernte. Kemp wischte sich erleichtert die Stirn. »Glauben Sie, daß wir jetzt endlich anfangen können?« fragte er.

Daondo kam wieder auf uns zugeeilt. Im Hintergrund war in der Zwischenzeit eine Menge Militär aufmarschiert; gleichzeitig hatte sich eine Stimmung gespannter Erwartung breitgemacht. »Großartig, Mister Kemp!« strahlte Daondo. »Wir können losfahren. Sie werden doch alle Zugmaschinen vorspannen?«

Kemp wandte sich daraufhin erst zu mir und sagte mit leicht besorgtem Unterton: »Wozu das denn? Wir fahren doch sowieso nicht schneller als zehn Stundenkilometer, und dafür ist eine Zugmaschine bei weitem genug.«

Langsam hatte ich Kemp und seine Begriffsstutzigkeit satt. Ich wollte auf keinen Fall, daß Daondo ihn hörte und sich auf den Schlips getreten fühlte. Deshalb lächelte ich an Kemp vorbei und erwiderte: »Aber selbstverständlich, Herr Minister. Ganz wie Sie es wünschen.«

»Sehr gut«, nickte Daondo. »Ich muß jetzt sehen, daß ich zum Independence Square komme, bevor Sie dort eintreffen. Hauptmann Sadiq kümmert sich von nun an um alles weitere.« Daraufhin eilte er zu seinem Wagen.

Ich faßte Kemp an der Schulter und sagte nicht ohne einen scharfen Unterton: »Man erwartet hier von uns, daß wir ein Spektakel veranstalten. Also werden wir diesen Wünschen nachkommen. Setzen Sie alle Maschinen ein, die Ihnen zur Verfügung stehen. Sie sollen alle schön in einer Reihe fahren – auch der Küchenlaster. Die Leute hier wollen eine Parade; sie sollen sie haben, bis die Stadt hinter uns liegt.«

»Und wer führt diese Parade an?«

»Sie in Ihrem Landrover. Ich fahre übrigens mit Ihnen. Sagen Sie Ihren Fahrern einfach, sie sollen schön hinter Ihnen herfahren.«

Kemp zuckte mit den Achseln. »Verrückte Bande.« Da ich vorerst nichts mehr zu tun hatte, nachdem Kemp sich entfernt hatte, um seinen Fahrern die entsprechenden Anweisungen zu erteilen, ging ich noch einmal auf den Tieflader zu, um mir das Gefährt in Ruhe anzusehen. Es ist eigentlich eine komische Angewohnheit, aber jeder Mann, der gerade einen neuen Wagen ansieht, tritt unwillkürlich gegen einen Reifen. Sie brauchen nur einen Gebrauchtwagenhändler zu fragen. Jedenfalls war es genau das, was auch ich tat. Der Effekt kam in etwa dem gleich, als träte man gegen eine Mauer. Die Reifen waren alle neu; die Profile waren noch unverbraucht. Überhaupt machte das ganze Fahrzeug einen nagelneuen Eindruck, als käme es zum erstenmal zum Einsatz. Ich wußte nicht recht, ob ich das eher positiv oder negativ bewerten sollte. Als ich nun zu diesem in den Himmel aufragenden Monster hochblinzelte, mußte ich unwillkürlich an das eine Mal denken, als ich einen Wohnwagen hinter meinem Wagen herzog, der mich fast überrollt hätte. Diese Erinnerung ließ mich kurz meinen nicht vorhandenen Hut vor den Fahrern des Transports ziehen. Auf dieser Fahrt würden sie Können und Glück in gleichem Maße benötigen.

In diesem Augenblick hielt Kemps Landrover neben mir. Er saß neben dem Fahrer auf dem Vordersitz, so daß ich hinten einstieg. Um uns herum herrschte hektisches Getriebe, und

Kemp erteilte über Sprechfunk in alle Richtungen seine Anweisungen.

»Also gut, Leute, es kann losgehen«, sprach Kemp in sein Walkie-Talkie. »Fahren Sie hinter mir her, Ben. Mit etwa fünf Stundenkilometern. Und fahren Sie nicht zu dicht auf.« Darauf kletterten die Fahrer in die Führerhäuser ihrer Zugmaschinen, und wenige Augenblicke später erfüllte das mächtige Dröhnen der schweren Motoren die Luft. Hauptmann Sadiq rollte in einem offenen Stabswagen auf uns zu und salutierte.

»Ich fahre voran, Mister Kemp. Bitte, folgen Sie mir.«

»Aber halten Sie sich mit dem Tempo an mich, Hauptmann«, entgegnete Kemp.

»Selbstverständlich, Sir. Aber achten Sie bitte auch genau auf mich. Möglicherweise werde ich irgendwann einmal anhalten müssen. Sind Sie alle bereit?«

Kemp nickte, worauf Sadiq losfuhr. Kemp holte noch einmal ein letztes Okay von seinen Fahrern ein und gab dann seinem Fahrer ein Zeichen, Sadiq zu folgen. Ich wäre lieber hinter dem Transport gefahren; nun mußte ich mich auf dem Rücksitz herumdrehen, um das riesige Gefährt im Auge zu behalten. Zu meiner Überraschung schloß sich der Parade etwas an, was mir bis dahin noch nicht aufgefallen war. Als Kemp sich auf meinen erstaunten Ausruf ebenfalls umdrehte, begann er lautstark zu fluchen.

Zwischen seinen Wagen und den Transport schoben sich zwei rückstoßfreie Geschütze, zwei Granatwerfer und zwei schwere Maschinengewehre, alle auf die entsprechenden Fahrzeuge montiert. Ihnen folgten ein Panzer und mindestens zwei Mannschaftswagen. »Großer Gott«, stöhnte Kemp entsetzt und gab dann seinem Fahrer hastige Anweisungen, worauf dieser aus der Reihe ausschwenkte und sich so weit zurückfallen ließ, bis er auf gleicher Höhe mit unserer militärischen Eskorte zu fahren kam. Eindringlich redete Kemp über Funk auf Sadiq ein.

»Ich werde mich hinter Ihren Armeefahrzeugen einordnen, Hauptmann. Ich muß in unmittelbarer Nähe des Transports bleiben!«

Ich grinste ihn hämisch an, während er den Hauptmann gerade mitten im Satz unterbrach.

»Diese Verrückten sind bis an die Zähne bewaffnet«, wandte er sich dann gereizt wieder an mich. »Warum hat man uns davon nichts gesagt?«

»Vielleicht lassen sich hier in Nyala die Massen nicht so leicht in Schach halten wie zu Hause in England«, entgegnete ich und beobachtete fasziniert, wie die unerwarteten neuen Teilnehmer an unserer Parade an uns vorüberrollten.

»Wir sollen dafür herhalten, daß sie damit protzen können, was sie alles vorzuzeigen haben. Schließlich wissen sie nur zu gut, daß dieses Theater auf der ganzen Welt im Fernsehen zu sehen sein wird«, schimpfte Kemp weiter.

»Freuen Sie sich doch über die Publicity, Basil. Schließlich steht auf dem Tieflader in riesigen Lettern *Wyvern* geschrieben. Schade, daß ich nicht an ein Fähnchen mit der Aufschrift *British Electric* gedacht habe.«

Aber im Grunde nahm auch ich diese militärische Kraftmeierei nicht ohne eine gewisse Besorgnis zur Kenntnis. Ich ließ es mir nur nicht anmerken. Kemp war schon nervös genug. Nachdem der Panzer, dessen Kommandant aus der Turmluke salutierte, an uns vorbeigerollt war, ordneten wir uns wieder unmittelbar vor dem Transport, vor den alle Zugmaschinen gespannt waren, in die Parade ein. Ben Hammond winkte uns aus seinem Führerhaus herab zu, und dann setzte sich das gigantische Gefährt langsam in Bewegung. Kemp behielt es genau im Auge, während er über Funk den restlichen Firmenfahrzeugen Anweisung erteilte, sich dahinter anzuschließen. Das Schlußlicht bildete John Sutherland in einem zweiten Landrover.

Kemp ließ den Tieflader keine Sekunde aus den Augen. Er stand über Funk ständig mit den Fahrern in Verbindung und bemühte sich gleichzeitig, nicht auf die jubelnden und winkenden Menschenmassen zu achten, die sich an den Straßenrändern drängten. Wir bewegten uns so langsam fort, daß immer wieder kleine Jungen behende zwischen den einzelnen Fahrzeugen des Konvois über die Straße flitzten. Das grelle Schrillen unzähliger Trillerpfeifen, mit dem die Polizei Ordnung in die Menge zu bringen versuchte, verstärkte nur den allgemeinen Lärm. Die Beifallsbekundungen schwollen noch lauter an, als wir die Strandpromenade erreichten, die ins

Stadtzentrum führte. Immer dichter drängten sich die Schaulustigen.

Als der Transport dann in die Victory Avenue einbog, nahm Kemps Anspannung sichtlich zu. Ein fünfundsiebzig Meter langes Fahrzeug um eine Straßenecke zu manövrieren ist alles andere als eine leichte Aufgabe; übrigens wäre sie mit einer einzigen Zugmaschine einfacher zu bewerkstelligen gewesen. Der Tieflader war an beiden Enden steuerbar, und nun kurbelte ein Mitglied des Teams hektisch an einem schiffsgroßen Steuerrad am hinteren Ende des Tiefladers, wobei er sich genau nach Ben Hammonds Anweisungen aus dem vorderen Führerhaus richtete. Nachdem das lange Gefährt schließlich glücklich in die breite Avenue manövriert worden war, wurde es auf beiden Seiten von einer Motorradeskorte flankiert. Und nun war die Menge nicht mehr zu halten.

»Die müssen wohl den heutigen Tag zum Nationalfeiertag erklärt haben«, bemerkte Kemp bissig.

»Einem guten Politiker geht eben nichts über eine begeisterte Menge«, entgegnete ich mit einem Grinsen auf den Lippen. Kemp richtete sich etwas in seinem Sitz auf und schien sich langsam zu beruhigen. Vermutlich begann er langsam doch, diesen Augenblick des Ruhms ein wenig zu genießen. Als der Landrover plötzlich über ein notdürftig ausgebessertes Straßenstück holperte, fiel mir schlagartig ein, daß an dieser Stelle noch vor wenigen Tagen Ofanwes Denkmal gestanden hatte.

Als wir den Independence Square erreichten, tauchten wir in ein Meer von schwarzen Gesichtern und farbenfrohen Gewändern, von wild gestikulierenden Armen und stürmischen Beifallsrufen, die sich an den Mauern der umliegenden Gebäude brachen. Obwohl die zahlreichen Flaggen in der windstillen, brütenden Hitze schlaff an ihren Fahnenmasten hingen, war der große Platz ein einziges, gigantisches Gewimmel.

»Nicht zu glauben!« entfuhr es Kemp. »Man kommt sich vor wie bei einem Triumphzug im alten Rom. Fehlt nur noch der Sklave, der einem mahnende Sprüche ins Ohr flüstert. Zum Beispiel: *Memento mori* – denke daran, daß du sterben mußt.«

Ich grunzte verächtlich. Zwar kannte ich die Angewohnheit der Briten zur Genüge, immer in den unpassendsten Momenten mit Zitaten um sich zu werfen, aber von Kemp hätte ich derlei nicht erwartet.

»Sehen Sie sich das mal an.« Damit deutete Kemp auf den gewaltigen Balkon des Justizpalastes, auf dem sich neben dem Präsidenten und dem Premierminister auch zahlreiche Kabinettsmitglieder und hohe Militärs versammelt hatten. Einige trugen europäische Anzüge, einige bombastische Uniformen, aber nicht wenige, darunter auch Daondo, waren in der traditionellen Landestracht erschienen, die aus einem farbenprächtigen, weiten Gewand und einer Kopfbedeckung mit einer Quaste bestand. Es war ein Anblick, der selbst einen Zyniker wie mich beeindrucken konnte.

Nachdem Panzer und Kanonen den Balkon mit den hohen Herrschaften passiert hatten, kamen wir an die Reihe. »Sollen wir uns verbeugen, oder was?« wandte Kemp sich hilfesuchend an mich.

»Bleiben Sie einfach sitzen und behalten Sie den Transport im Auge. Die da oben sollen ruhig merken, daß das immer noch eine ernste Angelegenheit ist, die volle Konzentration erfordert.« Währenddessen war Sadiq in seinem offenen Wagen aufgestanden, um in strammer Haltung zu salutieren. »Überlassen Sie die Show ruhig unserem Freund, dem Hauptmann«, beruhigte ich Kemp.

Während der Transport langsam über den Independence Square kroch, hatten Militär und Polizei alle Hände voll zu tun, die begeisterte Menge in Schranken zu halten. Sobald wir in unserem Wagen den Platz überquert hatten, hielten wir an, um auf den Tieflader zu warten. Sobald er uns eingeholt hatte, fuhren wir wieder hinter Sadiq her. Die Panzer und die Fahrzeuge mit den Kanonen polterten in einer anderen Richtung davon, und unser Konvoi mit seinem militärischen Geleitschutz kroch nun durch engere Straßen und spärlichere Mengen von Schaulustigen weiter.

Schließlich erreichten wir den Stadtrand, wo wir zwischen Feldern und verstreuten Hütten erst einmal haltmachten. Unser Publikum bestand nun nur noch aus ein paar Ziegen und Hirtenjungen.

Sadiqs Wagen hielt neben dem unseren; der Hauptmann stieg aus und trat auf Kemp zu, der inzwischen so viel gelernt hatte, daß er Sadiq dankte und ihm zu seiner hervorragenden Organisation gratulierte. Offensichtlich waren beide Männer erleichtert, daß alles gut gegangen war; nun zeigten sie sich ebenso begierig, die anstehende Aufgabe unverzüglich anzupacken. Binnen weniger Minuten hatte Kemp den Transformator von allen Wimpeln und Girlanden befreien lassen. Von dem Triumphzug kaum beeindruckt, trieb er seine Leute zu höchster Eile an.

»Weg mit diesem Kram«, hörte ich ihn sagen. »Heute ist schon genug gefeiert worden. Jetzt gilt es erst einmal, sich die Vorschußlorbeeren auch wirklich zu verdienen.«

»So richtig feiern werden Ihre Leute doch wohl erst heute abend«, wandte ich mich spöttisch an Kemp.

Doch der schüttelte energisch den Kopf.

»In diesem Punkt sind wir absolut strikt. Während wir unterwegs sind, rührt hier niemand etwas Stärkeres als Bier an, und auch das nur unter meiner Aufsicht. Schließlich haben die Leute noch einige anstrengende Tage vor sich.«

»Das allerdings«, nickte ich.

»Sie fahren diese Tour ja mehrere Male«, fuhr Kemp fort. »Sie werden also monatelang unterwegs sein. Im Augenblick ist das eine nicht gerade sonderlich erbauliche Aussicht.«

»Haben Sie nur diesen einen Tieflader?«

Ich hatte immer noch das Gefühl, nicht alles über Wyvern zu wissen, was ich eigentlich hätte wissen sollen. Nachdem ich inzwischen zumindest einen oberflächlichen Eindruck von der Arbeitsweise der Transportfirma gewonnen hatte, konnte ich es kaum erwarten, mit Geddes in London zu sprechen und mich mit Wingstead zu treffen. Deshalb fragte ich Kemp auch gleich, wann sein Chef in Nyala erwartet wurde.

»Nächste Woche, soviel ich weiß«, erwiderte er. »Er wird sich uns auf dem mittleren Abschnitt des ersten Transports anschließen. Unser zweiter Tieflader steht kurz vor der Fertigstellung; er sollte uns gegen Ende dieses Transports zur Verfügung stehen. Aber das allein wird wohl kaum genügen. Da in ein paar Monaten die Regenzeit einsetzen wird, gilt es noch einige Schwierigkeiten zu überwinden.«

»Können Sie die Transporte denn auch während der Regenzeit durchführen?«

»Wenn die Straßen mitmachen, ohne weiteres. Wobei ich sagen muß, daß der Straßenzustand über weite Strecken durchaus zufriedenstellend ist. Wäre es anders, hätten wir den Auftrag erst gar nicht angenommen.«

»Ehrlich gesagt, war ich sowieso etwas verwundert«, gestand ich nun, »daß Sie sich überhaupt für dieses Projekt beworben haben. Für eine junge Firma wie Sie ist das doch ein verdammt verzwickter Auftrag. Wären Sie nicht mit ähnlichen Jobs in Europa besser bedient gewesen?«

»Wir haben uns eben entschlossen, aufs Ganze zu gehen. Schließlich gibt es keine bessere Starthilfe für ein junges Unternehmen als einen spektakulären Erfolg.«

Ich konnte mich des Eindrucks nicht erwehren, daß diese Entscheidung eher zu Wingstead paßte als zu dem von Grund auf konservativen Kemp. Und ich hätte gern gewußt, wie er es geschafft hatte, meine Bosse davon zu überzeugen, daß er genau der richtige Mann für diesen Job war.

»Also gut, Basil, ich muß Sie jetzt leider verlassen«, verabschiedete ich mich. »Wir werden voneinander hören, und ich werde auch dann und wann mal vorbeischauen, um zu sehen, wie Sie vorankommen. Vorerst habe ich allerdings selbst noch ein paar Eisen im Feuer – in der Bratpfanne.«

Wir schüttelten uns die Hände, worauf ich in Sutherlands Wagen stieg, der uns nach Port Luard zurückbrachte, während Kemp seinen Transport allein weiterbegleitete.

4

Verschwitzt, ausgedörrt und müde kehrten wir in unser Büro zurück. Auf den Straßen wimmelte es nach wie vor von Menschen; wir mußten uns mühsam einen Weg durch die Menge bahnen. Zum Glück fuhr Sutherland sofort ein paar Gin Tonics auf; vier Minuten nach unserer Ankunft konnte ich mich mit einem eisgekühlten Drink in einem Sessel zurücklehnen und die Kohlensäurebläschen beobachten, die zwischen den Eiswürfeln an die Oberfläche sprudelten.

»Na, das wäre fürs erste geschafft«, sagte Sutherland nach seinem ersten Schluck. »Bis Einbruch der Nacht dürften sie schon eine ganz ordentliche Strecke zurückgelegt haben.«

Ich nahm einen weiteren Schluck und genoß das Prickeln, bevor ich hinunterschluckte. »Nur gut, daß Sie auf diesen Denkmalsockel hingewiesen haben«, sagte ich. »Sonst wären wir mit dem Tieflader kaum zum Independence Square durchgekommen.«

Sutherland lachte. »Offen gestanden, das habe ich in meiner Aufregung völlig vergessen.«

»Sadiq hätte um ein Haar den ganzen Independence Square in Schutt und Asche gelegt. Er hat das Monstrum mitten in der Nacht sprengen lassen. Vermutlich ist dabei im weiteren Umkreis jedes Fenster zu Bruch gegangen. Als ich jedenfalls in meinem Hotelzimmer von dem Knall aufwachte, durfte ich gleich die Splitter der zerbrochenen Fensterscheibe aus meinem Bett klauben. Ich weiß zwar nicht, wer seine Sprengstoffexperten sind, aber mit dem Zunder gespart haben sie eindeutig nicht. Sie meinten doch neulich, daß darin unverkennbar eine versteckte Anspielung zu sehen sei – also, wenn Sie mich fragen, war das eher so subtil wie ein Tritt in den Hintern.«

Sutherland füllte unsere Gläser auf. »Was steht als nächstes auf dem Programm?«

»Ich fliege mit der nächsten Maschine nach London zurück.

Kümmern Sie sich bitte um die Reservierung. Mein Hotelzimmer behalte ich – ich bin in Kürze wieder zurück.«

»Wozu das Ganze? Wo gibt es denn Schwierigkeiten?«

»Wenn Ihnen das bis jetzt noch nicht klar ist«, entgegnete ich direkt, »dann kommen Sie offensichtlich Ihren Pflichten nicht nach.« Der eisige Unterton in meiner Stimme verfehlte seine Wirkung nicht. Jedenfalls wurde ihm mit erschreckender Klarheit bewußt, daß ich immer dort auftauchte, wo es Probleme zu bereinigen galt.

»Ich möchte Ihre Unterlagen über Notmaßnahmen und Rückzugsrouten sehen, mit denen Sie anrücken werden, wenn irgendwo etwas Unvorhergesehenes passiert«, verlangte ich.

Sutherland zuckte sichtlich zusammen, und ich konnte sein Mienenspiel nur zu gut deuten. Ich war also keineswegs der nette und umgängliche Bursche, als der ich anfänglich erschienen war, sondern doch nur einer von diesen ungehobelten Amerikanern – eine Erkenntnis, die ihn schockierte. Aber ich war nicht gekommen, um mich mit den feineren Regungen seines Seelenlebens zu befassen. Meine Aufgabe war, wenn nötig, mit den Mitteln der Schocktherapie zu arbeiten.

Ich verlieh meiner Stimme einen bedrohlichen Unterton. »Also, können Sie so etwas überhaupt vorlegen?«

»Es ist nicht meine Art«, erwiderte Sutherland beleidigt, »einen Auftrag mit dem Gefühl zu übernehmen, daß etwas schiefgehen könnte. Das nennt man Defätismus.«

»John, Sie sind ein Riesenroß. Ich habe von Notmaßnahmen gesprochen, und zu Ihren Aufgaben gehört nun einmal, daß Sie auf alle Eventualitäten vorbereitet sind. Hat Ihnen das B. E. nicht von Anfang an beigebracht?«

Ich erhob mich. »Wenn ich zurückkomme, möchte ich Ihre Unterlagen hier auf dem Tisch haben – einschließlich einer schnellen Evakuierung unseres gesamten Personals und soviel technischer Ausrüstung wie möglich. Es muß nicht so weit kommen, aber wir müssen auf alles vorbereitet sein. Barry Meredith in unserem Büro in Zambia kann Ihnen helfen. Er hat Erfahrung in solchen Dingen. Habe ich mich deutlich genug ausgedrückt?«

»Das haben Sie«, erwiderte Sutherland kurz angebunden und ohne jeden Rest von Sympathie.

Ich trank mein Glas leer. »Vielen Dank für den Lebensretter, und schicken Sie mir die Flugtickets ins Hotel. Sie werden mich früh genug wieder zu sehen bekommen. Halten Sie Augen und Ohren offen, John.«

Damit ließ ich ihn allein in seinem Büro zurück.

Wieder in London, verbrachte ich die erste Nacht in meiner Wohnung, die mich, weiß Gott, nur selten zu sehen bekam. Am darauffolgenden Morgen traf ich mich dann mit Geddes. Es war, als wäre die Zeit stehengeblieben; er saß hinter seinem Schreibtisch, trug denselben Anzug, und der Regen klatschte nach wie vor gegen die Fensterscheiben. Selbst der Verlauf unseres Gesprächs war vorhersehbar gewesen. »Braun sind Sie geworden«, begrüßte er mich. »Sie hatten wohl gutes Wetter da unten?«

»Nein, ich habe mir eine neue Höhensonne zugelegt. Das sollten Sie vielleicht auch mal tun. Wie sieht es mit Ihren unguten Gefühlen aus?«

»Sie sind immer noch da. Ich hoffe, Sie haben mir etwas zu berichten, das dagegen hilft.«

»Leider nicht.« Ich durchquerte den Raum, nahm eine Flasche Scotch aus der versteckt untergebrachten Bar und goß mir eine ordentliche Portion ein.

»Schlechte Angewohnheiten haben Sie neuerdings«, rügte mich Geddes. »Drinks am frühen Morgen, das war doch bisher nicht Ihre Art.«

»Es ist schon fast Mittag. Und wer sagt Ihnen, daß dieses Glas für mich bestimmt ist? Es ist für Sie. Sie werden es brauchen. Aber wenn Sie mich schon einladen, halte ich mit.« Ich schenkte ein zweites Glas ein, stellte die beiden Drinks auf den Schreibtisch und nahm wieder Platz.

Geddes sah erst sein Glas an, dann mich. »Schlechte Nachrichten?«

»Zumindest keine guten. Und gleichzeitig ist das Ganze ziemlich ungewiß. Eine unberechenbare Situation. Ich habe mich über die Arbeiten in Nyala informiert, und was uns betrifft, war nichts daran auszusetzen. Alles klappt wie am

Schnürchen. Von Wyvern bin ich, mit gewissen Einschränkungen, durchaus beeindruckt. Aber ich habe mich auch im weiteren Umkreis umgehört. Und was ich dabei erfuhr, hat nicht unbedingt dazu beigetragen, meine Befürchtungen zu vertreiben. Wollen Sie es jetzt gleich hören, oder warten wir damit bis zur Vorstandssitzung?«

»Ich möchte doch darum bitten, daß Sie mich auf der Stelle einweihen.«

»Also gut. Bis vor wenigen Jahren, nach dem Sturz Ofanwes, herrschte in Nyala das Militär unter Abram Kigonde. Als er sich aus dem politischen Leben zurückzog und demokratische Wahlen einberief, bildeten sich zunächst zwei Parteien, die Landwirtschaftliche Volkspartei und die Nationalistische Volkspartei. Die Landwirtschaftler gewannen die erste Wahl und machten sich sofort daran, alles Mögliche zu reformieren, wenn auch auf sehr gemäßigte Weise. Man hätte ihr Programm keineswegs als revolutionär bezeichnen können.«

Ich nahm einen Schluck Whisky. »Inzwischen hat sich einiges geändert. Aufgrund der zunehmenden politischen Stabilität flossen beachtliche Investitionsgelder ins Land, und dann trugen auch die Ölfunde zu einer Verbesserung der finanziellen Situation Nyalas bei. Die gemäßigten Kräfte gerieten zusehends ins Hintertreffen; nach der nächsten Wahl kamen die Nationalisten an die Macht. Sie drängten in wesentlich stärkerem Maße auf die Industrialisierung des Landes, das dafür inzwischen auch über die nötigen Geldmittel verfügte. Es gab in Nyala also seit neuestem einiges abzusahnen. Und damit wären wir auch am springenden Punkt: Wer hat hier nun kräftig abgesahnt?«

»Wir wissen, daß in eine Menge Taschen Gelder geflossen sind, Neil. Das ist doch nicht weiter ungewöhnlich. Ich meine, wir haben das doch auch gemacht.«

»Ich habe dabei nur das Gefühl, daß zu viel Geld in die falschen Taschen geflossen ist – zumindest aus der Sicht bestimmter Leute.«

»Und wer wären diese bestimmten Leute?«

»Generalmajor Abram Kigonde zum Beispiel.«

Geddes spitzte die Lippen und nickte nachdenklich. »Was hat er damit zu tun?«

»Eine ganze Menge. Er hat Schwierigkeiten, das Militär bei der Stange zu halten. Als er die Macht in die Hände der Zivilregierung legte, wurden unter seinen Offizieren kritische Stimmen laut. Einige von ihnen sprachen sich gegen den Machtwechsel aus; sie hatten an der Macht Geschmack gefunden und wollten sich nicht so rasch wieder von ihr trennen. Allerdings ging das Ganze dann doch glatt über die Bühne – vermutlich, weil es nicht allzu viel Macht – oder auch Beute – aufzuteilen gab. Doch dann kam in Zusammenhang mit der Industrialisierung des Landes und den Ölfunden der wirtschaftliche Aufschwung. Jetzt gibt es plötzlich etwas, um das zu streiten sich gelohnt hätte. Jeder weiß, daß die Regierung kräftig absahnt, und nun beginnen auch einige hohe Militärs, sich die Lippen zu lecken. Sie stellen den Sachverhalt selbstverständlich so dar, daß sie das Land von den Umtrieben Maro Ofanwes befreit haben und nun nicht mitansehen wollen, wie es von ähnlich korrupten Politikern erneut ausgebeutet wird. Soweit die Formel für die Meinungsbildung der breiten Öffentlichkeit.«

»Das klingt durchaus plausibel. Wer ist der Hauptunruhestifter?«

»Ein Oberst Sagundisi soll die treibende Kraft sein. Seine Popularität unter den jüngeren Offizieren nimmt ständig zu. Er predigt moralische Sauberkeit. Wenn Kigonde ihm nicht bald das Handwerk legt, wird er eines Tages aufstehen und neuerlich das Militär auf den Plan rufen.«

»Mit welchem Ergebnis?«

»Einen Staatsstreich halte ich nicht für ausgeschlossen.«

»Aha«, nickte Geddes. »Und wie sieht es mit dem günstigsten Zeitpunkt für so etwas aus? Und mit der Wahrscheinlichkeit, daß es dazu kommt?«

»Das läßt sich selbstverständlich schwer voraussagen. Zum Teil hängt es von der Luftwaffe ab.«

Geddes seufzte kaum hörbar. »Das übliche. Die beiden Extreme gegen die Mitte, ist es nicht so?«

»Im Augenblick ist das Militär in zwei Gruppen gespalten; die eine ist für Kigonde und den *status quo*, die andere für Sagundisi und eine rasche Machtübernahme. Wie es heißt, halten sich die beiden Gruppierungen im Augenblick noch die

Waage, wobei jedoch Sagundisi zusehends Anhänger gewinnt, während Kigonde sie verliert. Der Einfluß der sogenannten Marine ist unerheblich. Mit der Luftwaffe ist das etwas anderes. Sollte es zum offenen Konflikt kommen, dann siegt die Seite, die die Luftwaffe hinter sich hat.«

»Also ein Pokerspiel.«

»Sie haben verdammt recht. Der Oberbefehlshaber der Luftwaffe ist ein gerissener alter Fuchs namens Semangala, der die beiden rivalisierenden Gruppen innerhalb des Heeres gegeneinander ausspielt. Natürlich bemüht sich auch die Regierung innerhalb dieses Gerangels um Verbündete, wobei sie verständlicherweise mehr in Kigondes Richtung tendiert. Aber es würde mich auch nicht wundern, wenn sie sich einfach für die Seite entscheiden würde, von der sie sich die meisten Vergünstigungen erwartet.«

»Wie Sie die Sache darstellen, scheint die entscheidende Rolle Semangala zuzufallen. Wenn er sich eines Tages entscheidet, wird das politische Gleichgewicht im Land sich abrupt nach der einen oder anderen Seite verlagern.«

»Natürlich spielen auch noch andere Faktoren eine Rolle. Die Studentenunruhen greifen immer mehr um sich. Die Linken wittern eine Chance, ihre Ansprüche geltend zu machen; und im Norden – wo das Öl ist – besteht die Bevölkerung überwiegend aus Moslems, die sich natürlich verstärkt nach den arabischen Ländern ausrichten und orientieren. Und wenn alle Stricke reißen, gibt es natürlich auch noch alte Konflikte zwischen den einzelnen Stämmen; die unbedeutenderen Stämme sind nur zu bereit, sich gegen die erfolgreichen Kinguru, einschließlich ihrer Wabi-Vettern, die das Rückgrat des Heeres bilden, zusammenzutun. Wie gesagt, die Kombinationsmöglichkeiten sind unerschöpflich.«

Geddes griff nach seinem Glas und stellte verblüfft fest, daß er es bereits geleert hatte. »Na schön, Neil. Und wann denken Sie, daß die Bombe platzt?«

»In etwa zwei Monaten setzt die Regenzeit ein. Allerdings läßt sich das in letzter Zeit nicht mehr so genau vorhersagen, da das Wetter in den letzten Jahren ziemlichen Schwankungen unterworfen war. Jedenfalls wird der Regen allen Umsturzplänen einen deutlichen Dämpfer aufsetzen. Dieses Risiko würde kein hoher Militär eingehen. Wenn die Bombe also platzt, dann tut sie das meiner Meinung nach entweder innerhalb der nächsten vier Wochen oder erst wieder nach einem halben Jahr.«

»Und wenn Sie eine Wette darauf abschließen müßten?«

Ich tippte mit dem Zeigefinger auf den Tisch. »Jetzt.«

»Und da haben wir nun unseren Drei-Jahres-Vertrag«, sagte Geddes mehr zu sich selbst. »Was zum Teufel ist eigentlich mit Shelford und seinen Leuten los? Er müßte doch informiert sein.«

»Woher denn, wenn er sich zu fein ist, die Lage an Ort und Stelle persönlich zu sondieren? Wenn es nach mir ginge, hätte ich diesen Lahmarsch schon längst vor die Tür gesetzt.«

»Das ist nun mal nicht unsere Art«, erwiderte Geddes steif.

Ich konnte mir ein Grinsen nicht verkneifen. Geddes würde sich Shelfords eben auf die feine englische Art entledigen. In der *Financial Times* würde ein Bericht erscheinen, daß Mr. Shelford in der Hierarchie der British Electric seine Position immer mehr habe festigen können, und der Artikel würde von einem Foto Shelfords begleitet werden, auf dem er eine Menge Zähne zeigte. Aber seltsamerweise würde er vom gleichen Augenblick an zu den lebendigen Toten gehören; sein Schreibtisch würde immer leerer werden und sein Telefon immer seltener klingeln, bis er die Zeichen an der Wand richtig deuten und seinen Abschied einreichen würde, um fürderhin nur noch Rosen zu züchten und sich für den Rest seines Lebens zu wundern, weshalb er so plötzlich in Ungnade gefallen war. Ein Stilett zwischen die dritte und vierte Rippe wäre jedenfalls gnädiger gewesen.

»Aber Sutherland hätte doch davon wissen müssen«, fuhr Geddes fort. »Er hätte uns darauf aufmerksam machen müssen.«

Obwohl ich Sutherland bereits einen ordentlichen Rüffel erteilt hatte, wollte ich nicht, daß er Shelfords Schicksal teilte. Er mußte zwar noch Erfahrungen sammeln, aber außer mir waren noch einige andere Leute im Vorstand daran interessiert, daß er seinen Posten nicht verlor. Deshalb spielte ich sein Versagen Geddes gegenüber etwas herunter.

»Er hat uns damals bei dieser Besprechung zu warnen

versucht. Aber Shelford hat ihn einfach überfahren. Meiner Meinung nach ist Sutherland ein durchaus brauchbarer Mann. Er begreift rasch, arbeitet nur ein wenig zu hart.«

»Was Sie nicht sagen«, entgegnete Geddes mit schneidender Höflichkeit. »Gibt es das überhaupt?«

»Natürlich gibt es das. Er sollte sich mehr Zeit nehmen, um seine sozialen Kontakte zu pflegen. Er sollte öfter ausgehen und mehr trinken – oder genauer gesagt: trinken und die Ohren aufsperren. Woher glauben Sie denn, habe ich die ganzen Informationen, die ich Ihnen eben aufgetischt habe? Ich hätte mir bei den Saufgelagen mit den alten Kolonialfossilien, die mehr über die Vorgänge hinter den Kulissen von Nyala wissen als der Präsident höchstpersönlich, die schönste Leberzirrhose holen können. Diese Leute sind durchweg ganz schön desillusioniert. Einige von ihnen haben zeit ihres Lebens in Nyala gelebt und wissen trotzdem, daß sie dort nie richtig zu Hause sein werden, weil ihre Haut nicht schwarz ist. Sie werden in Nyala von den neuen Herren nur noch geduldet, aber das ist auch schon alles. Trotzdem sperren sie Augen und Ohren auf. Und vor allem wissen sie auch wirklich Bescheid, wohin die Entwicklung tendiert.«

»Das könnte aus einer Erzählung von Somerset Maugham stammen«, bemerkte Geddes sarkastisch. »Weiß Sutherland darüber Bescheid? Ist er im Bilde?«

Ich schüttelte den Kopf. »Ich wollte erst mit Ihnen darüber sprechen. Allerdings würde es mich nicht wundern, wenn er sich inzwischen einen Teil davon selbst zusammengereimt hätte. Ich habe ihn zwar vor meiner Abreise ein wenig erschreckt; aber ich halte ihn nicht für einen Mann, der leicht ins Bockshorn zu jagen ist.«

Das ließ sich Geddes kurz durch den Kopf gehen, um schließlich zu derselben Schlußfolgerung zu gelangen wie ich. Anstatt dies jedoch auszusprechen, fragte er nur: »Gibt es sonst noch etwas, das ich wissen sollte?«

»Kigonde hat die halbe Armee zur Verfügung gestellt, um den Transport auf seiner ersten Reise zu begleiten. Darüber später mehr; bisher ist alles glatt verlaufen. Im übrigen glaube ich, daß er eine Infanteriebrigade nach Bir Oassa abkommandiert hat.«

»Ich finde es nicht weiter ungewöhnlich, daß er die Ölfelder überwachen läßt. Rechnet er mit irgendwelchen Sabotageakten?«

»Die Regierung schlachtet unser Projekt ausgiebig zu Propagandazwecken aus, wie Sie meinem ausführlichen Bericht entnehmen werden. Der erste Transport durch Port Luard wurde zu einem regelrechten Volksfest umfunktioniert. Wenn der Transformator also *nicht* in Bir Oassa eintreffen oder dem Transport unterwegs etwas zustoßen sollte, stände die Regierung nach all dem Trubel, den sie darum veranstaltet hat, ziemlich dumm da. Und folglich ist der Transport für die Opposition das gefundene Fressen, um der Regierung eins auszuwischen.«

»Du meine Güte!« entfuhr es Geddes, der zum erstenmal ernsthaft besorgt schien. »Haben Sie das denn wenigstens Kemp gesagt?«

»Nein, das habe ich nicht. Kemp hat schon genug Sorgen, und ich weiß nicht, ob er nicht endgültig zusammengebrochen wäre, wenn ich ihm auch noch damit gekommen wäre. Der Mann, der in diese Vorgänge eingeweiht werden sollte, und der dieses Wissen auch verkraften könnte, ist meiner Meinung nach Wingstead.«

»Er wird morgen auch hier sein, um sich Ihren Bericht an den Vorstand anzuhören, Neil. Dann wird er nach Nyala fliegen.«

»Sehr gut. Ich hätte mich gern mal ausführlicher mit ihm allein unterhalten. Wenn es irgendwie möglich ist, nähme ich gern dieselbe Maschine. Wie sind Sie eigentlich auf dieses Schmalspurunternehmen gekommen?«

Geddes zuckte die Achseln. »Nun, sie machten einen durchaus kompetenten Eindruck. Geoff ist ein kluger Kopf, und zudem hat er ein Team von brauchbaren Mitarbeitern. Und ihr Kostenvoranschlag kann sich wirklich sehen lassen. Sie haben haarscharf kalkuliert, und trotzdem ist auch für sie noch was drin. Sie haben übrigens noch weitere Tieflader in Auftrag gegeben. Wußten Sie das?«

»Ich habe nur von einem gehört. Aber ich habe den Mann kennengelernt, der das Ding entworfen hat. Er scheint etwas von seinem Geschäft zu verstehen, aber was ist, wenn mit dem bisher einzigen Tieflader, den sie haben, etwas schiefgeht? Das hieße doch, daß wir das ganze Projekt abblasen könnten, oder etwa nicht?«

»Wingstead hat von einer holländischen Firma einen zweiten Tieflader gemietet, den er in Kürze nach Nyala runterschaffen will. Er und Kemp haben schon ihr ganzes Leben lang mit Schwertransporten zu tun gehabt. So schnell lassen sie uns nicht im Stich.«

Und nach kurzem Nachdenken fügte er hinzu: »Jedenfalls sorge ich dafür, daß Sie zusammen mit Wingstead zurückfliegen. Ich werde Ihnen unser Firmenflugzeug zur Verfügung stellen. Das ist im Moment eine Stanstead. Sie können schon morgen gleich nach der Sitzung starten.«

Die Schnelligkeit, mit der Geddes seine Entscheidungen traf, brachte mir unmißverständlich zu Bewußtsein, daß sich die Flöhe, die er vor kurzem noch husten gehört hatte, in einen aufgeregt summenden Bienenschwarm verwandelt hatten.

5

In Port Luard war es kühler, als wir zurückkamen – ungefähr um ein Grad. Einen echten Temperatursturz jedoch erlebte ich, als ich in John Sutherlands Büro trat. Zweifellos hatte er gehofft, ich würde mich in Luft auflösen und nie wieder zurückkehren.

Ich hob beschwichtigend die Hand und sagte: »Es war nicht meine Idee, so schnell wieder hier aufzutauchen. Beschweren Sie sich bei Mister Geddes. Wenn es nach mir ginge, könnten Sie gerne allein hier schalten und walten.«

»Sie sind jederzeit willkommen«, erklärte er unaufrichtig.

»Machen wir uns nichts vor«, sagte ich und nahm mir ein Bier aus dem Bürokühlschrank. »Ich bin hier ebensowenig willkommen wie Pickel bei einem Jungen, der zum ersten Mal ein Mädchen trifft. – Also, was gibt es Neues?«

Meine entgegenkommende Art verunsicherte ihn. Er hatte nicht gewußt, wann er mit mir zu rechnen hatte; aber er wußte, daß es für ihn mit Scherereien verbunden sein würde. »Eigentlich nichts. Bisher ist alles glatt verlaufen.« Sein Ton deutete an, daß das hinfort nicht mehr so sein würde.

Es war also an der Zeit, ihm etwas um den Bart zu streichen. »Geddes hat sich übrigens sehr zufrieden über Ihre Arbeit hier unten geäußert.«

Für einen Augenblick schoß so etwas wie Panik über sein Gesicht. Allein die Vorstellung, Geddes könnte sich über irgend etwas zufrieden geäußert haben, war ungewöhnlich genug, um jedem seiner Mitarbeiter schlaflose Nächte zu bereiten. Ein Lob von seiner Seite war fast ein Ding der Unmöglichkeit. Aber dafür kam das Lob, was ich Sutherland nicht wissen ließ, ja auch von mir. »Bei Ihrer Abreise haben Sie doch angedeutet, daß die Lage hier alles andere als erfreulich wäre«, sagte er. »Allerdings haben Sie nie gesagt, mit was für Schwierigkeiten Sie rechnen.«

»Das sollten doch gerade Sie am besten wissen. Sie haben doch bei unserer Besprechung in London damit angefangen.«

»Ich?« Man sah ihm förmlich an, wie er sich angestrengt an seine damaligen Worte zu erinnern versuchte.

»Nur Sie haben doch auf diese Stammesunruhen hingewiesen«, half ich ihm auf die Sprünge. »Haben Sie vielleicht ein Glas hier? Ich sehe mein Bier gern, wenn ich es trinke.«

»Natürlich.« Er brachte mir eines.

»Und damit haben Sie absolut ins Schwarze getroffen. Wir wissen natürlich, daß Sie sich nicht gleichzeitig um das Bir-Oassa-Projekt kümmern und sich umhören können, was über die politische Lage geredet wird. Das wäre eigentlich Shelfords Aufgabe gewesen, aber er ließ uns damit hängen. Also mußte irgendein anderer das für ihn übernehmen. Zufällig fiel Geddes' Wahl auf mich. Und ich kann Ihnen nur bestätigen, daß Sie von Anfang an den richtigen Riecher hatten.« Ich ließ ihm keine Zeit, sich darüber länger Gedanken zu machen, sondern beugte mich etwas vor und sagte mit dem gewinnendsten Tonfall, der mir zu Gebote stand: »Es tut mir leid, wenn ich bei meiner Abreise etwas grob war. Diese verdammte Parade ist mir doch mehr auf die Nerven gegangen, als ich dachte. Wenn ich mich also danebenbenommen haben sollte, möchte ich mich hiermit entschuldigen.«

Er war entwaffnet – und das sollte er auch. »Schon gut. Übrigens habe ich mir inzwischen durch den Kopf gehen lassen, was Sie neulich sagten – ich meine die Planung von Notmaßnahmen. Ich habe in der Zwischenzeit einen Plan ausgearbeitet.«

»Großartig«, erklärte ich großzügig. »Den würde ich bei Gelegenheit gern sehen. Im Augenblick habe ich allerdings genügend anderes zu tun. Ich habe jemanden mitgebracht, den Sie unbedingt kennenlernen sollten – Geoff Wingstead, den Chef von Wyvern Haulage. Könnten Sie mit uns zu Abend essen?«

»Das hätten Sie mir sagen sollen. Er braucht doch eine Unterkunft.«

»Hat sich schon erledigt, John. Er wohnt in meinem Hotel.« Damit gab ich ihm durch die Blume zu verstehen, daß er keineswegs der einzige war, der seine Beziehungen spielen lassen konnte. »Wingstead wird vermutlich schon morgen hinter dem Transport herfliegen, um sich an Ort und Stelle über den Stand der Dinge zu informieren. Ich dagegen bleibe noch eine Weile in Port Luard, bevor ich mich ihnen anschließe. Von Ihnen erwarte ich demnächst einen umfassenden Lagebericht, wobei ich fast wetten möchte, daß Sie mir einiges zu erzählen haben werden.«

»Das habe ich allerdings.«

Sutherland war mit einem Mal wieder die Freundlichkeit in Person und konnte es gar nicht erwarten, mir zu erzählen, was ich schon lange wußte.

Während der nächsten Tage päppelte ich Sutherland weiter auf. Sein Notmaßnahmen-Plan konnte sich sehen lassen, wenn es ihm auch ein wenig an Vorstellungskraft mangelte; doch auch das sollte sich später bessern. Überhaupt war dies Sutherlands schwacher Punkt – die Unfähigkeit, sich die Frage zu stellen: »Was geschieht, wenn ...?« Damit will ich ihn nicht unbedingt persönlich herabsetzen; er verstand durchaus etwas von seinem Job, nur war er nicht in der Lage, sich auch über die Grenzen seines unmittelbaren Aufgabenbereichs hinaus nützliche Gedanken zu machen. Ich habe da so meine Theorie über Männer wie Sutherland. Sie sind wie Knetmasse. Wenn man damit richtig umzugehen weiß, läßt sie sich in jede gewünschte Form bringen. Und genau aus diesem Grund werden die Manipulatoren, wie zum Beispiel ich einer bin, dreimal so hoch bezahlt wie Männer wie Sutherland.

Ich kümmerte mich also um ihn. Zum Beispiel führte ich ihn im Luard Club ein (er hätte nie daran gedacht, ihm beizutreten) und ließ ihn auf die alten Haudegen los, die nur zu gern bereit waren, in seiner Anwesenheit entsprechende Informationen fallenzulassen. Sicher würde er in Bälde zu mir kommen, um mir zu erzählen, was ich bereits wußte. »Tatsächlich?« würde ich dann staunend fragen. »Wird sich das auf Ihre Notmaßnahmen auswirken?«

Und er würde nur voller Zuversicht grinsen. »Nichts, was sich nicht regeln ließe.« Und damit würde er keineswegs übertreiben. Aufs Kompensieren verstand er sich wirklich. Und zehn Tage später würde er davon überzeugt sein, daß alles nur seine Idee war, und dann würde er von der allgemeinen Situation ein wesentlich klareres Bild haben. Und von noch etwas würde er dann felsenfest überzeugt sein – daß nämlich dieser Mannix für einen Amerikaner doch nicht einmal so übel war. Ich hatte nicht vor, ihn zu desillusionieren.

Sorgen dagegen machte mir Geoff Wingstead. Er blieb ein paar Tage in Port Luard, erledigte dies und jenes, bevor er schließlich dem Transport nachflog. Und in dieser kurzen Zeit hatte er sich schon ziemlich genau zusammengereimt, was in Nyala los war. Darüber hinaus hätte ich schwören können, daß er mein Spielchen mit Sutherland voll durchschaute, und zu meiner Beunruhigung schien er meiner Strategie auch noch voll zuzustimmen. Leute, die so verdammt clever waren, mochte ich nicht. Er beeindruckte mich immer mehr, und ich mußte sogar feststellen, daß er seiner Tätigkeit dieselbe Befriedigung abgewann wie ich. Und das ist ein ebenso seltener wie kostbarer Charakterzug. Er war jung, intelligent und dynamisch, und ich war nur froh, daß er nicht in derselben Firma arbeitete wie ich. Er hätte einen verdammt ernsthaften Konkurrenten abgegeben. Doch um mit ihm zu rivalisieren, mochte ich ihn eindeutig zu sehr.

Sich über den Verlauf des Transports auf dem laufenden zu halten, war nicht immer einfach. Das einheimische Telefonnetz war häufig überlastet, und unsere Funkgeräte verfügten nur über eine begrenzte Reichweite. Eines Morgens hatte John Sutherland es jedoch geschafft, ein längeres Gespräch mit Kemp zu führen; es gab Neuigkeiten für mich, als ich im Büro auftauchte.

»Sie haben den Zeitplan nicht ganz eingehalten. Ich habe ihren Standort auf der Karte eingezeichnet. Hier, sehen Sie. Die Hälfte der für die ganze Strecke vorgesehenen Zeit ist zwar um, aber sie haben noch nicht die ganze erste Hälfte des Weges zurückgelegt. Dabei werden sie in den nächsten Tagen sogar noch langsamer vorankommen, da es nun gilt, die Steigung zum Plateau hinauf zu bewältigen. Ach, und Geoff Wingstead fliegt heute nach Port Luard zurück. Er möchte, daß seine Leute eine Trinkwasseraufbereitungsanlage bekommen. Anscheinend ist das Wasser dort oben zum Trinken nicht geeignet.«

Das hätte ich Geoff schon vor seinem Abflug sagen können; ich war ein wenig überrascht, daß er das erst jetzt festgestellt hatte. Deshalb beschloß ich, mir den Transport auch selbst endlich einmal an Ort und Stelle anzuschauen, falls es noch Einzelheiten gab, die ihm nicht aufgefallen waren. Außerdem stand mir ohnehin London bevor, und ich mußte mich auf jeden Fall noch mit eigenen Augen über den Stand der Dinge informieren.

Ich studierte die Landkarte. »In der nächsten Stadt, auf die sie im Moment zusteuern – das ist Kodowa –, gibt es einen Flugplatz. Glauben Sie, man kann dort einen Wagen mieten?«

Sutherland schnitt eine Grimasse. »Kaum. Der Ort hat höchstens fünftausend Einwohner. Wenn Sie dort einen Wagen ergattern sollten, ist er sicher kurz vor dem Auseinanderbrechen. Der Flugplatz gehört einem Privatunternehmen, einer Plantagengenossenschaft.«

Ich maß die Entfernungen ab. »Vielleicht sollten wir da oben einen Firmenwagen bereitstellen und die Mitbenutzung des Flugplatzes vereinbaren. Das würde nicht schaden, falls jemand mal schnell an Ort und Stelle sein müßte. Könnten Sie das vielleicht veranlassen, John? Ich fliege fürs erste nach Lasulu und fahre dann fast fünfhundert Kilometer mit dem Wagen. Da wäre es sicher gut, wenn einer von Wyverns Ersatzleuten mich begleiten könnte.« Ich wußte, daß es unverantwortlich gewesen wäre, eine so lange Strecke durch kaum erschlossenes Gebiet ganz allein zu fahren.

Nach Wingsteads Eintreffen führten wir ein langes Gespräch. Er zeigte sich über den bisherigen Verlauf des Transports durchaus zufrieden. Der Nachschub klappte offensichtlich reibungslos. Über die allgemeine politische Situation im Lande schien Wingstead merklich beunruhigt. Ich fragte ihn, ob er vorhätte, nach England zurückzukehren.

»Vorerst noch nicht«, erwiderte er. »Ich habe hier noch einiges zu erledigen. Dann werde ich den Transport noch eine Weile begleiten. Ich habe den Finger immer gern am Puls. Wissen Sie, Neil ...«

»Was wollen Sie von mir?« kam ich ihm zuvor.

»Ich hätte gern, daß Sie Basil Kemp reinen Wein einschenken. Er weiß nicht, was auf dem Spiel steht, und auf mich würde er vermutlich nicht hören. Weshalb sollte er auch? Wir sind beide Neulinge in Afrika und in diesem Land. Aber auf Sie wird er hören. Er sollte über die allgemeine politische Lage besser im Bilde sein.«

»Ich würde Kemp nicht als jemanden bezeichnen, der dazu tendiert, die Dinge auf die leichte Schulter zu nehmen«, hielt ich dem entgegen.

»Genau darin liegt das Problem. Er ist so sehr mit seinen eigenen Sorgen beschäftigt, daß er sich nicht auch noch die meinen aufbürden will – es sei denn, man kann ihn überzeugen, daß sie begründet sind. Sie fliegen doch in den nächsten Tagen selber rauf, habe ich gehört. Machen Sie ihm doch bitte den Ernst der Lage mal mit allem Nachdruck klar.«

Dazu erklärte ich mich nicht ohne ein gewisses Gefühl der Erleichterung bereit. Es war höchste Zeit, daß Kemp auch über die allgemeineren Probleme im Bilde war, zumal mir in jüngster Vergangenheit nicht das geringste zu Ohren gekommen war, was meine Befürchtungen hinsichtlich der Zukunft Nyalas hätte beschwichtigen können. Am nächsten Morgen ließ ich mich dann von Max Otterman zusammen mit Ritchie Thorpe, dem Ersatzmann von Wyvern, nach Lasulu fliegen. Von dort fuhren wir dann auf dieser phantastischen Straße mitten durch das Landesinnere von Nyala. Seit ihrer Erbauung durch Ofanwe war die Straße kaum benutzt worden, und noch weniger hatte man für ihre Instandhaltung getan. An vielen Stellen hatte die üppige Vegetation die Fahrbahn überwuchert oder von unten her mit ihren Wurzeln den Asphalt gesprengt. Durch die Ölfunde im Landesinnern war die Straße plötzlich wieder erheblich stärkerem Verkehr ausgesetzt, und die schweren Laster trugen in erheblichem Maß zu ihrer Erosion bei. Der Verkehr war nicht sonderlich dicht, aber zumindest wurden nun einige verdammt schwere Lasten über die bereits genügend mitgenommene Straße befördert. Unser Transformator war bis auf weiteres nur die schwerste darunter.

Die Fahrzeuge, die wir unterwegs antrafen, reichten von antiquierten Ochsenkarren, die mit nervenzerreißend quietschenden Holzrädern am Straßenrand dahinkrochen, bis zu modernen Sechzigtonnern und noch schwereren Fahrzeugen. Einmal passierten wir ein Monstrum von Sattelschlepper, das gerade am Straßenrand stand, während die Mannschaft Mittagspause machte. Auf der Ladefläche lag ein ganzer Ölbohrturm, der sicher an die hundert Tonnen wog.

Ich hielt ebenfalls an und unterhielt mich kurz mit dem Fahrer des Lastzugs. Er war Russe und sehr stolz auf sein Gefährt. Wir verständigten uns in einem Kauderwelsch aus schlechtem Englisch und noch miserablerem Französisch. Doch dann demonstrierte mir der Russe am vorhandenen Objekt, wozu sein Fahrzeug fähig war. Im Gegensatz zu Ritchie waren mir diese technischen Errungenschaften völlig neu. Das Gefährt war speziell für Fahrten auf weichem, sandigem Untergrund konzipiert. Man konnte vom Führerhaus per Knopfdruck den Luftdruck jedes einzelnen Reifens beliebig variieren. Fuhr der Sattelschlepper über weichen Sand, konnte der Reifendruck verringert werden, um das Gewicht besser zu verteilen. In diesem Fall, so der Fahrer, übte das voll beladene Gefährt einen geringeren Druck pro Quadratzentimeter auf den Untergrund aus als der Fuß eines Kamels. Ich brachte meine Bewunderung unverhohlen zum Ausdruck, und wir trennten uns in bestem Einvernehmen.

Wir waren von der langen Fahrt erschöpft und bis zur Unkenntlichkeit eingestaubt, als wir schließlich den Transport erreichten. Der Regenwald lag hinter uns; wir befanden uns nun in trockeneren Regionen, deren Vegetation sich hauptsächlich auf vereinzelte niedrige Dornenbüsche und halb vertrocknete Kürbisranken beschränkte. Das beherrschende Element war der allgegenwärtige Staub. Der Straßenrand war fast überall abgebröckelt; unsere Fahrtroute glich einem Slalomkurs, der dem Zweck diente, den endlosen Schlaglöchern auszuweichen. Der schwere Tieflader von Wyvern stand am Straßenrand, als wir ihn erreichten; die Ladefläche war mittels der Hydraulik auf den Boden abgesenkt worden, um die Federung zu schonen. Offensichtlich hatten die Fahrer bereits für die Nacht haltgemacht, was uns jedoch wunderte. Nachts zu fahren war bei diesem langsamen Tempo mit keinerlei Problemen verbunden, ganz abgesehen davon, daß es dann kühler war.

Ich hielt am Straßenrand und sah mich um. Von den Männern, die ich sehen konnte, kannte ich nur einen beim

Namen – McGrath, den hünenhaften Iren, der bei der Parade durch Port Luard die vorderste Zugmaschine gefahren hatte. Ritchie stieg aus, bedankte sich fürs Mitnehmen und ging zu seinen Kollegen. Ich rief McGrath zu mir herüber.

»Tag. Wo steckt Mister Kemp?« erkundigte ich mich.

McGrath deutete die Straße hinunter. »Da ist eine Brücke, ungefähr zwei Kilometer voraus. Die sieht er sich mal näher an.«

»Danke.« Während ich gemächlich weiterfuhr, fiel mir auf, daß der Konvoi irgendwie an ein riesiges Zigeunerlager erinnerte. Der Wagen mit der Verpflegung war hinten offen, und ein paar Männer waren gerade am Kochen. Ein Stück weiter kamen dann die anderen Lastwagen, einschließlich des großen Fahrzeugs mit der Hebevorrichtung, und das Lager Sadiqs und seiner Leute, das einen sehr ordentlichen und militärischen Eindruck machte. Sadiq stand auf, als er mich sah, aber da es bereits dämmerte, gab ich ihm mit ein paar Handzeichen zu verstehen, daß ich ihn nach meiner Rückkehr von der Brücke sprechen würde, und fuhr weiter. Zufrieden nahm ich zur Kenntnis, daß der Tankwagen mit dem Treibstoff ein gutes Stück abseits vom übrigen Fahrzeugpark stand. Ich nahm mir vor, nachzusehen, ob er auch bewacht wurde.

Die Straße lief hier durch eine Schneise, die durch einen flachen Hügelzug gesprengt worden war; dahinter lag ein Fluß. Kurz vor der Brücke hielt ich hinter Kemps Landrover, der am Straßenrand stand. Ich konnte Kemp in einiger Entfernung mit Hammond über die Brücke gehen sehen. Ich winkte den beiden zu, worauf sie ihre Schritte beschleunigten.

Kemp sah besser aus als damals in Port Luard. Er wirkte nicht mehr so erschöpft und überarbeitet. Offensichtlich bekam ihm die praktische Durchführung seines Jobs wesentlich besser als die theoretische Planung. Ben Hammond neben ihm wirkte mißtrauisch und wachsam wie immer.

»Guten Abend allerseits«, begrüßte ich die beiden. »Ich dachte, ich schaue mal zum Abendessen vorbei.«

Kemp schüttelte mir grinsend die Hand, während Hammond gleich loslegte: »Sie wollen uns wohl auf die Finger schauen? Aber Sie wissen doch, daß Mr. Wingstead gerade erst hier war?«

Vermutlich wollte er damit sagen, daß es vollauf genügte, wenn sein Boß nach dem Rechten sah. Seine Stimme verriet, daß er große Stücke auf seinen Chef hielt, und das wiederum freute mich. Manchmal fragte ich mich, ob ich für andere Leute ebenso leicht zu durchschauen war, wie sie es für mich waren.

Ich deutete mit dem Daumen über meine Schulter die Straße hinunter. »Natürlich will ich hier nach dem Rechten sehen. Wissen Sie eigentlich, was allein der Tieflader wert ist? Beim Ausladen in Port Luard wurde sein Wert mit einer Million zweiundvierzigtausendneunhundertsechsundachtzig Pfund und fünf Pence angegeben.« Um dieser Belehrung die Schärfe zu nehmen, fügte ich grinsend hinzu: »Wofür die fünf Pence sein sollen, habe ich allerdings bis heute nicht herausfinden können. Würden Sie sich also nicht auch lieber vergewissern, daß das Ding in sicheren Händen ist, wenn es Ihnen gehören würde?«

Hammond machte einen gereizten Eindruck, weshalb ihm Kemp gut zuredete: »Regen Sie sich doch nicht gleich so auf, Ben.« Ich fand den Rollentausch nicht ohne Reiz. »Mister Mannix kann sich jederzeit hier umsehen, und er ist uns auch jederzeit willkommen. Entschuldigen Sie, Neil, wenn Ben etwas unwirsch ist – wir haben da ein paar Probleme.«

Das zu hören überraschte mich nicht im geringsten; dennoch erkundigte ich mich pflichtschuldig, worin diese denn lägen. Kemp streckte mir einen Brocken Beton entgegen. »Das habe ich mit meiner Stiefelspitze losbekommen, und ich mußte nicht einmal sonderlich fest zutreten.«

Ich ergriff den Brocken und rieb mit dem Daumen daran. Er war ziemlich bröselig und zerfiel mir beinahe in der Hand. »Ich würde fast sagen, daß da jemand ein bißchen zu viel Sand beigemischt hat.« Ich deutete auf die Brücke. »Milner hat gesagt, die Brücken wären problematisch. Ist das die schlimmste?«

Kemp schüttelte den Kopf. »Durchaus nicht. Diese hier geht sogar. Die wirklich schlimme kommt erst noch. Diese hier ist gar nicht mal so übel. Nur ein bißchen wacklig, das ist alles.« Kemp und Hammond tauschten wissende Blicke. »Sie im Dunkeln zu überqueren wäre allerdings zu riskant, und weil spätestens in einer halben Stunde die Nacht hereinbricht, haben wir beschlossen, bis morgen früh zu warten. Abgesehen davon, ist das die erste Nacht, in der wir nicht mindestens ein paar Stunden gefahren sind. Das wird unseren Leuten sicher gut tun.«

»Dann bin ich ja genau zum richtigen Zeitpunkt gekommen – wenn's ans Feiern geht. Haben Sie was dagegen, wenn ich mich anschließe? Ich habe übrigens Ritchie Thorpe mitgebracht.«

»Das trifft sich gut. Wir können ihn brauchen. Nach dem Essen schlagen wir noch zwei zusätzliche Feldbetten auf.« Damit stieg Kemp mit Hammond in seinen Wagen und fuhr los. Ich folgte ihnen zurück ins Lager, hielt aber unterwegs noch einmal kurz an, um Sadiq meine Anerkennung für seine bisherigen Leistungen zu zollen. Er versicherte mir seinerseits, daß er jederzeit Arbeitskräfte anfordern könnte, falls die Brücke ausgebessert werden müßte. Als ich mich von ihm verabschiedete, konnte ich nicht umhin, über das Selbstbewußtsein nachzudenken, das eine Uniform einem Mann verleihen kann.

Aber dann dachte ich über die Brücke nach. Bei ihrem Bau hatte der Bauunternehmer ein hübsches Sümmchen in seine Tasche gewirtschaftet. Es würde sicher höchst interessant werden, wenn der Tieflader am nächsten Morgen die Brücke überquerte. Ich würde mir das Schauspiel ansehen – allerdings nur aus sicherer Entfernung. Doch wenn diese Brücke gar nicht mal so übel war, wie würde dann die wirklich schlimme aussehen?

Ich schob meinen Teller zur Seite. »Nicht übel.«

Mit einem Anflug von Humor entgegnete Kemp: »Mit einem Drei-Sterne-Restaurant-Menü können wir zwar nicht aufwarten, aber zum Überleben reicht's.«

Wir saßen unter einer Plane, die zwischen zwei Zugmaschinen gespannt war. Kemp war sichtlich gelassener als damals in Port Luard, und ich überlegte, wie ich mir das zunutze machen konnte. Wir waren nicht allein, einige andere Mitarbeiter hatten sich uns angeschlossen. Offensichtlich hielt Kemp nicht auf Distanz zwischen sich und seinen Leuten. Aber wenn ich unter vier Augen mit ihm sprechen wollte, mußte ich ihn von der Herde absondern. Deshalb beugte ich mich zu ihm vor und flüsterte im Verschwörerton: »Was hielten Sie von einem Scotch zum Nachtisch? Allerdings müßten Sie dazu ein paar Gläser auftreiben.«

»Nein, danke«, erwiderte Kemp ebenso leise. »Ich halte mich lieber an die Lagervorschrift, wenn Sie nichts dagegen haben. Aber gegen ein Bier hätte ich nichts einzuwenden.« Damit stand er auf und verschwand im Dunkeln, um wenige Augenblicke später mit einem Viererpack Bier zurückzukehren. Aber ich war inzwischen aufgestanden, nahm ihn beim Arm und führte ihn aus unserem provisorischen Speisesaal. »Auf ein Wort, Basil«, sagte ich. »Wo kann man hier ungestört reden?«

Schließlich saßen wir in einer stillen Ecke, gegen zwei gewaltige Reifen gelehnt; der Nachtwind kühlte uns die Gesichter, und wir hatten jeder eine Dose mit eiskaltem Bier.

»Sie leben wirklich nicht schlecht hier«, sagte ich anerkennend. »Wie kriegen Sie das Bier so kalt?«

Kemp lachte. »Wir haben einen Dieselgenerator für die Beleuchtung auf dem Tieflader, und wenn man ohnehin schon dreihundert Tonnen durch die Gegend karrt, kommt es auf einen Kühlschrank auch nicht mehr an. Wir haben sogar eine Tiefkühltruhe dabei. Der Koch behauptet, morgen abend gibt es Hummerschwänze als Vorspeise.«

»Ich sehe, ich muß mir erst wieder ein Bild von den Größenmaßstäben dieses Projekts machen.«

»Das brauchten Sie nicht, wenn Sie dieses Ding tagaus, tagein selbst durch die Gegend karren müßten.«

Ich nahm einen Schluck Bier. Ein paar private Worte mochten am Platz sein. »Sind Sie eigentlich verheiratet?«

»Natürlich. Ich habe eine Frau und zwei Söhne in England. Die Jungen sind sechs und acht. Und Sie?«

»Ich hab's versucht, aber es hat nicht hingehauen. In meinem Beruf ist man nicht lange genug zu Hause, um seinen Hut an den Haken zu hängen, und das mögen Frauen nun mal nicht.«

»Da haben Sie allerdings recht.« Der Tonfall seiner Stimme verriet mir, daß es ihm ähnlich ging.

»Wie lange sind Sie nun schon von Zuhause weg?«

»Ungefähr zwei Monate. Ich mußte mir doch vorher diese verdammte Straße ansehen. Und vermutlich dauert es noch eine Weile, bis ich wieder nach Hause komme.«

»In Bir Oassa baut die Regierung eine Landepiste, die auch für schwere Transportmaschinen groß genug ist. Das Ding soll in Bälde in Betrieb genommen werden, heißt es; allerdings ist uns nicht recht klar, was unter ›in Bälde‹ zu verstehen ist.«

»Aber keine Paraden da oben«, entgegnete Kemp. »In Ermangelung jubelnder Menschenmassen.«

»Hoffen wir's«, lachte ich. »Aber wir können die nicht zu schweren Teile, die Turbinenwellen zum Beispiel, mit dem Flugzeug einfliegen, und es würde mich sehr wundern, wenn in diesen Maschinen nicht hin und wieder jemand auf Kurzurlaub nach England fliegen könnte. Das gilt natürlich auch für Ihre Leute.«

»Das wäre natürlich großartig. Ich werde am besten gleich einen Urlaubsplan aufstellen.« Allein der Gedanke an einen Heimaturlaub weckte seine Lebensgeister sichtlich.

»Wie sind Sie eigentlich dazu gekommen, für eine Schwertransportfirma zu arbeiten?« fragte ich ihn weiter.

»Ich bin fast hineingeboren. Mein Vater hat im Krieg Panzertransporte gefahren, und der Apfel fällt bekanntlich nicht weit vom Stamm.«

»Hatten Sie schon mal mit einer so großen Ladung zu tun?«

»Sicher. Für die Central Electricity habe ich zu Hause sogar schon mal einen noch größeren Transport durchgeführt – unter etwas anderen Bedingungen natürlich, aber auch mit einem Haufen Probleme. In England stehen eben wesentlich mehr Gebäude rum, von denen man leicht mal eine Ecke mitnimmt, ganz zu schweigen von den Knüppeln, die einem die Behörden zwischen die Beine werfen.«

»Waren Sie damals schon bei Wyvern?«

»Nein, das war vorher.« Ihm war durchaus klar, daß ich ihn vorsichtig aushorchte; aber es schien ihn nicht weiter zu stören. »Damals war ich noch bei einer dieser großen Gesellschaften angestellt.«

Ich trank mein Bier leer. »Wyvern Transport – das sind doch eigentlich Sie, oder nicht?«

»Ja. Zusammen mit Ben und Geoff Wingstead. Wir hatten alle vorher schon in diesem Beruf gearbeitet und hielten es für eine gute Idee, eine Firma zu gründen. Inzwischen bin ich da nicht mehr so sicher.« Ich sah seine Hand durch die Luft fahren – eine verschwommene Geste in der Dunkelheit –, und mir entging auch nicht der bittere Unterton in seiner Stimme. Daß Wyvern diesen Auftrag haarscharf kalkuliert hatte, wußte ich längst, und ich wollte Kemp auf keinen Fall die Laune verderben, indem ich irgendwelchen finanziellen Schmutz aufwirbelte. Aber ich hatte das Gefühl, daß ich von ihm noch ein paar Antworten bekommen konnte, ohne zu sehr in ihn dringen zu müssen.

Und tatsächlich fuhr er fort, mir sein Leid zu klagen. »Wir alle waren damals zu etwas Geld gekommen – ich zum Beispiel hatte geerbt. Ben hatte ein paar brauchbare Ideen, wie man die üblichen Tieflader verbessern könnte. Er hatte zuvor schon mit Geoff zusammengearbeitet. Der eigentliche Kopf des Unternehmens ist natürlich Geoff – er macht nicht nur das Finanzielle, er kümmert sich eigentlich um alles. Trotzdem glaube ich nicht, daß es unsere Firma noch gäbe, wenn wir diesen Auftrag nicht an Land gezogen hätten.«

Ich hatte bereits an anderer Stelle meine Zweifel geäußert, diesen enorm wichtigen und umfangreichen Auftrag einer Firma zu geben, die noch neu im Geschäft war. Und nun weihte Kemp mich in die genaueren Details des Unternehmens ein. Die kostspielige Airlift-Hebevorrichtung, deren Notwendigkeit ihnen erst nach Vertragsabschluß bewußt geworden war, mußten sie von der Central Electricity mieten. Zwei der Zugmaschinen waren gebraucht, die anderen noch nicht abbezahlt. Ihr Kostenvoranschlag, der so niedrig wie möglich angesetzt worden war, um den Auftrag auf jeden Fall zu bekommen, hatte sich inzwischen als völlig unrealistisch erwiesen: es stand bereits fest, daß mit diesem Schwertransport kein Geld zu machen war. Andererseits würde der Firma der erfolgreiche Abschluß dieses großangelegten Projekts eine Menge Aufträge eintragen. Das Ganze war eine höchst riskante Angelegenheit – aber sie konnte funktionieren.

Mir wurde bewußt, daß die Zeit verging – und noch immer hatte ich das Thema der möglichen Gefahren, die dem Transport drohten, nicht berührt. Um dieses Problem grundlegend zu erörtern, war es nun schon zu spät; aber ich konnte Kemp zumindest darauf vorbereiten. Kemp war so mit seinen praktischen Problemen beschäftigt, daß er für von außen kommende Störfaktoren keinen Blick mehr hatte. Auch hatte er bisher nur in Ländern gearbeitet, in denen man politische Meinungsverschiedenheiten am Verhandlungstisch und nicht mit militärischer Gewalt austrug.

»Wie kommen Sie eigentlich mit Hauptmann Sadiq zurecht?« erkundigte ich mich deshalb.

»Ich kann nicht klagen. Hin und wieder ist er sogar eine wertvolle Hilfe.«

»Hat es bisher irgendwelche Probleme gegeben? Ich meine, abgesehen vom Zustand der Straße?«

»Ach, nur das übliche. Bei der Durchfahrt durch die Dörfer war selbstverständlich immer der Teufel los. Aber Sadiq hat die Leute immer gut im Griff. Für meinen Geschmack nimmt er seine Aufgabe sogar etwas zu ernst. Bei jedem Halt stellt er Wachen auf; außerdem schickt er ständig Kundschafter voraus – er muß seine Leute eben beschäftigen, nehme ich an.« Er deutete in die Nacht hinaus. »Wenn Sie jetzt da runtergehen, kann ich nicht dafür garantieren, daß Sie keine Kugel zwischen die Rippen bekommen, wenn Sie sich nicht sofort laut und deutlich zu erkennen geben. Ich mußte schon meine Männer davor warnen. In England sieht so ein Schwertransport anders aus.«

»Sadiq spielt hier keineswegs nur den Verkehrspolizisten«, sagte ich. »Er ist auch zu Ihrem Schutz hier – oder genauer gesagt: zum Schutz des Tiefladers und des Transformators. Wir müssen nämlich immer mit Sabotageakten rechnen. Sperren also auch Sie Augen und Ohren auf, Basil; und ich wäre Ihnen dankbar, wenn Sie auch Ihre Männer dazu anhalten könnten.«

Ich wußte, daß er mich in diesem Augenblick ungläubig anstarrte. »Wer sollte uns denn sabotieren? Außer uns wollte doch keiner den Auftrag haben.«

Seine Gedanken verliefen immer noch in den Bahnen wirtschaftlicher Konkurrenz; seine politische Naivität beunruhigte mich. »Hören Sie, Basil, ich möchte Ihnen in diesem Punkt nur zu gern reinen Wein einschenken – Ihnen und Ben Hammond.

Aber es ist jetzt schon ziemlich spät, und Sie haben morgen früh eine schwierige Aufgabe vor sich. Mein Problem hat keine Eile; aber ich werde Sie bei der nächsten Gelegenheit, wenn Sie wieder etwas mehr Luft haben, näher einweihen. Einverstanden?«

»Wenn Sie meinen.« Ich spürte, wie er in Gedanken bereits woanders war. Mein Hinweis auf die Aufgaben des morgigen Tages hatte zur Folge gehabt, daß seine Gedanken sich nun vornehmlich wieder um dieses Thema drehten, und ich spürte, daß ich ihn besser damit allein ließ.

»Dann also gute Nacht«, verabschiedete ich mich. »Ich nehme an, Sie werden noch ein wenig über Ihren morgigen Hinderniskurs nachdenken wollen.«

Kemp stand auf. »Leider läßt sich diese Brücke weder auf dem Papier noch in Gedanken überqueren«, entgegnete er mit einem sarkastischen Grinsen. »Schlafen Sie gut. Ihr Bett ist da drüben aufgebaut. Ich schlafe auf einer der Zugmaschinen – da ist man vor Schlangen sicherer.«

»Das kenne ich«, grinste ich. »Bei mir sind es Skorpione. Gute Nacht.«

Damit schlenderte ich durch die angenehm frische Abendluft auf den Tieflader zu und sah zu dem gigantischen Transformator hinauf. Hier wurde also technisches Gerät im Wert von mehr als einer Million englischer Pfund von einer Transportfirma, die kurz vor dem Bankrott stand, durch ein afrikanisches Land bugsiert, in dem jederzeit ein Bürgerkrieg ausbrechen konnte. Und was sollte ich unter diesen Umständen ausrichten?

Ich beschloß, das Ganze erst einmal zu überschlafen.

6

Am nächsten Morgen war schon alles auf den Beinen, als sich am Horizont der erste Lichtstreifen zeigte. Ich frühstückte mit der Crew und stand mit ihr am Küchenwagen für meine Ration an. Es war ein gutes Frühstück; ich spülte es mit einer großen Tasse heißen, starken, süßen Tees mit Milch hinunter.

Nach dem Frühstück wurde das Lager aktiv. Ich machte mich auf die Suche nach Hauptmann Sadiq. Er saß in seinem Stabswagen. Den Kopfhörer des Funkgeräts übergestülpt, machte er sich hastige Notizen. Als er mich kommen sah, hob er nur kurz die Hand, winkte dann einen Unteroffizier zu sich heran und gab ihm den Kopfhörer. Erst dann stieg er aus dem Wagen und kam auf mich zu. »Guten Morgen, Mister Mannix.«

»Guten Morgen, Hauptmann. Tut mir leid, daß ich gestern abend etwas in Eile war. Irgendwelche Probleme? Mister Kemp hat sich übrigens sehr anerkennend über Ihre Arbeit geäußert.«

Diese Feststellung entlockte ihm sogar ein Lächeln. »Alles okay, Sir«, sagte er – eine Redensart, denn er wirkte eher abwesend und besorgt.

Die Sonne ging gerade auf, als ich einen schweren Motor losdröhnen hörte. Er klang ganz nach einer der schweren Zugmaschinen. Inzwischen war plötzlich eine kleine Schar von Schaulustigen aufgetaucht, die von Sadiqs Männern sofort zurückgedrängt wurden; mehrere kleine Jungen flitzten behende zwischen den Soldaten hin und her.

Ich deutete auf die Neugierigen. »Diese Leute sind ja schon früh auf den Beinen. Ist das immer so?«

»Die Leute weichen uns nie von den Fersen.« Er deutete ebenfalls zu der kleinen Gruppe hinüber. »Die dort zum Beispiel kommen aus einem kleinen Dorf, das etwa zwei Kilometer von hier entfernt ist. Sie sind absolut harmlos.«

Inzwischen löste sich ein Militärlastwagen aus der Kolonne und fuhr langsam die Straße entlang. Auf seiner Ladefläche war ein rückstoßfreies Geschütz montiert. Die Reichweite dieser Dinger war zwar begrenzt, aber sie hatten eine beachtliche Durchschlagskraft und ließen sich von einem leichten Fahrzeug abfeuern. »Nicht schlecht, Ihre Artillerie«, sagte ich zu Sadiq. »So ein Ding habe ich seit Korea nicht mehr gesehen.«

Sadiq lächelte höflich. Ich spürte, daß er mich loswerden wollte.

»Kann ich irgend etwas für Sie tun, Hauptmann?« Ich wollte sehen, wie weit ich gehen konnte, bevor er sich auf seine militärische Befehlsgewalt berief – oder es zumindest versuchte. Aber dazu sollte es nicht mehr kommen.

»Nicht das geringste, Mister Man ...«

Seine Worte gingen im Donnern dreier Kampfflugzeuge unter, die unvermutet ganz tief über uns hinwegdröhnten, so daß wir beide uns unwillkürlich duckten. Sie verschwanden in Richtung Süden. Ich wandte mich zu Sadiq um und hob die Brauen. »Hier ist ein Militärflugplatz in der Nähe«, sagte er – ein Versuch der Erklärung, der keinen täuschte.

Ich bedankte mich und ging. Als ich mich nach wenigen Schritten umdrehte, sah ich, wie Sadiq sich bereits wieder die Kopfhörer aufsetzte.

Ich mußte austreten und arbeitete mich deshalb ein Stück durch das dichte Gestrüpp am Straßenrand, bis ich auf einen unbewachsenen Streifen stieß, auf dem ich mich leichter vorwärts bewegen konnte. Mir fiel auf, daß dieser Streifen schnurgerade durch das dichte Gestrüpp verlief. Und dann wäre ich um ein Haar in ein Loch im Boden gestürzt; ich konnte mich gerade noch an einem Strauch festklammern und zog mir dabei einen Dorn in die Handfläche. Ich fluchte kurz, dann sah ich mir das Loch genauer an. Es war erst vor kurzem ausgehoben worden; die Spatenspuren waren noch zu erkennen. Das ausgehobene Erdreich war zu beiden Seiten des Lochs verteilt und mit Büschen getarnt worden. Ein solches Loch hatte ich seit meiner Zeit beim Militär nicht mehr gesehen.

Ich setzte mich auf seinen Rand, ließ mich hineingleiten und schaute dann in die Richtung, aus der ich gekommen war. Der durch das Gebüsch gerodete Streifen führte direkt auf die Straße zu, abgeschirmt durch ein paar Büsche, durch die man jedoch von dieser Seite problemlos sehen konnte. Hauptmann Sadiq verstand etwas von seinem Job. Es handelte sich um eine versteckte Maschinengewehrstellung mit ausgeräumtem Schußfeld, von der aus ein Straßenstück von gut einem halben Kilometer Länge unter Beschuß genommen werden konnte. Aus purer Neugier rief ich mir noch einmal ins Gedächtnis zurück, was während meiner Ausbildungszeit beim Militär in mich hineingepaukt worden war. Wo mochte Sadiq seine Granatwerfer postiert haben? Ich brauchte nicht lange danach zu suchen. Offensichtlich war Sadiq der perfekte Lehrbuchsoldat – alles exakt nach Vorschrift. Daran war nicht das geringste auszusetzen, solange die Leute auf der anderen Seite nicht dasselbe Buch gelesen hatten.

Als ich zum Konvoi zurückkam, winkte mich Kemp zu sich heran.

»Es kann losgehen«, rief er mir entgegen. »Fahren Sie mit einem von meinen Leuten mit.« Nur nicht mit mir, schien sein Tonfall hinzuzufügen; ich konnte es ihm nicht verdenken – im Moment hatte er sicher Wichtigeres zu tun, als meine Fragen zu beantworten.

»Einen Augenblick noch«, hielt ich ihn zurück. »Hauptmann Sadiq scheint sich plötzlich nicht mehr von seinem Funkgerät losreißen zu können. Seit wann ist das schon der Fall?«

Kemp zuckte mit den Achseln. »Keine Ahnung. Das geht schon den ganzen Morgen so. Er tut eben seine Arbeit – und ich meine.«

»Haben Sie nicht das Gefühl, daß er etwas beunruhigt wirkt?« ließ ich nicht locker. Ich hatte selten jemanden gesehen, der den Vorgängen um sich herum so wenig Beachtung schenkte wie Kemp. »Wie erklären Sie sich übrigens diese Flugzeuge von vorhin?«

»Hier soll doch ein Militärflugplatz in der Nähe sein. Vielleicht wollten sie sich den Konvoi mal aus der Nähe ansehen. Hören Sie, Neil, ich habe jetzt Wichtigeres zu tun. Wir können uns später noch unterhalten.« Damit winkte er Hammond zu, der in einem Landrover auf ihn zufuhr, und im nächsten Augenblick waren die beiden in einer Staubwolke verschwunden. Während ich mich im Gebüsch herumgetrieben hatte, war schon fast der gesamte Konvoi aufgebrochen, so daß ich mich nun auf den Lastwagen mit den Lebensmittelvorräten schwang und mich zur Brücke mitnehmen ließ.

Dort erwartete mich bereits ein faszinierender Anblick. Kemp ließ den Tieflader von einer einzigen Zugmaschine über die Brücke schleppen. Eine weitere Zugmaschine wartete bereits am anderen Ende. Der Tieflader, der am Brückenanfang stand und mit der Luftkissenhebevorrichtung versehen worden war, machte einen höchst skurrilen Eindruck; am ehesten hätte man seinen Anblick mit der entschärften Maskulinität der berockten griechischen Wachsoldaten vergleichen können, wie man sie in Athen vor öffentlichen Bauwerken postiert sieht. Kemp, der über die bunte Beflaggung während der Parade durch Port Luard empört gewesen war, sah darin mit Sicherheit nichts Komisches. Hinter dem Tieflader stand der Lastwagen mit den Kompressoren für den Airlift bereit, mit ihm verbunden durch eine dicke Gumminabelschnur, durch die die vier schweren Rolls Royce-Motoren die Druckluft pumpten.

Falls Kemp nervös war, so ließ er sich das nicht anmerken. Er gab seinen Leuten genaue Instruktionen, was sie zu tun hatten. Dabei machte er nicht viele Worte, aber da er und seine Leute ein gut eingespieltes Team bildeten, war das auch gar nicht weiter nötig. Die Zugmaschine fuhr McGrath, der Ire; Kemp selbst postierte sich mit Hammond auf dem Tieflader.

»Solange wir nicht über die Brücke sind, hat dort niemand etwas zu suchen«, erteilte er seinen Leuten Anweisung. »Und paßt auf, daß es mit der Druckluftversorgung klappt. Sonst landen wir auf halber Strecke im Bach.« Das wurde mit vereinzeltem Gelächter quittiert.

McGrath ließ die Zugmaschine an, und kurz darauf sprangen auch die vier Motoren auf der Ladefläche des Airlift-Wagens nacheinander mit lautem Dröhnen an. Unter dem Tieflader stieg eine mächtige Staubwolke auf, als durch den Luftdruck der Schmutz der Straße weggeblasen wurde. Mir war natürlich klar, daß der Tieflader auf diese Weise nicht zum Schweben gebracht werden konnte, aber ich glaubte doch zu sehen, wie sich das schwere Gefährt um ein weniges anhob, während der Druck auf seine Achsen gleichmäßig über die gesamte Fläche verteilt wurde.

Das alles geschah unter ohrenbetäubendem Lärm. Kemp hatte ein Mikrophon dicht vor seinen Lippen. Die Zugmaschine setzte sich nun so langsam in Bewegung, daß man erst gar nicht erkennen konnte, daß sie überhaupt vom Fleck kam; doch allmählich beschleunigte sie ihr Tempo. McGrath war ein hervorragender Fahrer. Ich glaube nicht, daß es viele Leute gibt, die den Druck, den sie auf ein Gaspedal ausüben müssen, um eine Last von vierhundertdreißig Tonnen in Bewegung zu setzen, so exakt dosieren können. Die Vorderreifen der Zugmaschine überquerten den Spalt des Brückengelenks, der den Beginn der eigentlichen Brücke anzeigte. Kemp tanzte behende auf dem Tieflader hin und her, um zu überprüfen, ob Zugmaschine und Tieflader auch genau hintereinander ausgerichtet waren. Hinter dem Tieflader zog sich die Nabelschnur der Luftversorgung mehr und mehr in die Länge.

Meiner Schätzung nach bewegte sich der gesamte Transport mit einer Geschwindigkeit von höchstens vierhundert Metern pro Stunde, so daß es etwa sechs Minuten dauerte, bis der Tieflader in seiner ganzen Länge auf der Brücke stand. Wenn es einen Zeitpunkt gab, den Atem anzuhalten, dann war er in diesem Augenblick gekommen.

Während ich wie gebannt auf den Tieflader starrte, hörte ich über dem Dröhnen der Rolls Royce-Motoren und dem Brausen der Luftkissen einen schwachen Schrei, und dann packte mich jemand am Arm. Als ich mich daraufhin umdrehte, blickte ich in das verzerrte Gesicht von Sadiqs Unteroffizier, der mir etwas zuschrie. Als ich immer noch nicht begriff, riß er mich erneut am Arm und deutete die Straße hinunter, auf der wir eben auf die Brücke zugefahren waren. Und jetzt sah ich die lange Reihe von Fahrzeugen auf uns zukommen – Jeeps, Motorräder und dahinter die drohenden Silhouetten mehrerer Panzer.

Zusammen mit dem Unteroffizier rannte ich ihnen entgegen. Sobald der Lärm so weit nachgelassen hatte, daß eine Verständigung möglich war, blieb ich stehen und fragte: »Wo ist Hauptmann Sadiq?«

Der Arm des Unteroffiziers schnellte hoch und deutete in Richtung Fluß. »Auf der anderen Seite.«

»Verdammt! Los, holen Sie ihn – und zwar schnell!«

Der Unteroffizier starrte mich ratlos an. »Wie soll ich das machen?«

»Wozu haben Sie Füße, Mann! Laufen Sie! Auf der Brücke ist genügend Platz. Sie kommen ohne weiteres am Transport vorbei. Halt! Warten Sie! Mister Kemp wird vielleicht anhalten, wenn er Sie sieht. Signalisieren Sie ihm, er soll weiterfahren. So.« Ich vollführte mit den Armen kreisende Bewegungen und deutete dabei nach vorn. Als ich sah, daß der Unteroffizier begriffen hatte, was er zu tun hatte, schickte ich ihn los. »Gehen Sie jetzt!«

Er drehte sich um und rannte auf die Brücke zu, während ich mit zunehmend steigendem Puls weiter auf die näherrückende Militärkolonne zulief. Der Stabswagen, der die Spitze des Trecks bildete, stoppte abrupt und hüllte mich in eine Wolke von Staub. Gleichzeitig rief mir eine wütende Stimme in Kinguru etwas zu; zumindest nahm ich an, daß es sich um Kinguru handelte. Ich fächelte mit den Armen den Staub beiseite und rief zurück: »Tut mir leid, ich verstehe Sie nicht. Könnten Sie bitte Englisch sprechen?«

Ein Offizier, der auf dem Beifahrersitz des offenen Stabswagens saß, stand nun auf und beugte sich über die Windschutzscheibe, um mit ungläubigen Blicken auf die Brücke zu starren. Als er sich schließlich wieder mir zuwandte, waren seine Augen hart wie Stein, und er fuhr mich barsch an: »Ja, ich spreche Englisch. Was geht hier vor?«

»Wir bringen einen Schwertransport über die Brücke; es handelt sich dabei um einen Transformator für das Kraftwerk in Bir Oassa.«

»Schaffen Sie das Ding sofort runter!« brauste er auf.

»Genau das tun wir gerade«, erwiderte ich gelassen.

»Ich meine, schaffen Sie es sofort von der Brücke«, brüllte er erneut los. »Wir haben keine Zeit zu verlieren.«

»Der Transport bewegt sich so rasch, wie es sich im Hinblick auf die Belastbarkeit der Brücke verantworten läßt.«

Mit einem wütenden Schnauben wandte sich der Offizier nach der Kolonne hinter sich um. Dann schrie er einem

Meldefahrer auf einem Motorrad eine Serie von Befehlen zu, worauf dieser seine Maschine wendete und auf die Panzer zuraste. Sobald er den vordersten erreichte, hielt er an, und ich sah, wie sich der Panzerkommandant aus der Turmluke herabbeugte. Darauf löste sich der Panzer aus der Kolonne, um auf uns zuzurattern und knirschend neben dem Stabswagen stehenzubleiben. Der Offizier schrie dem Panzerkommandanten etwas zu, worauf sich dessen Turm zu drehen und der Geschützlauf leicht zu senken begann.

Ich kam unversehens noch stärker ins Schwitzen, und mein Mund fühlte sich völlig ausgetrocknet an. Wo blieb Sadiq? Ich sah mich erwartungsvoll nach ihm um, aber weder vom Hauptmann noch von einem seiner Leute war etwas zu sehen.

»Herr Hauptmann«, rief ich deshalb dem Offizier mir gegenüber zu, wobei ich ihm einen möglichst schmeichelhaften Rang verlieh, ohne daß ich mir über seinen wahren ein Bild hätte machen können. »Was haben Sie vor? Da werden eben vierhundertdreißig Tonnen über die Brücke bewegt.«

Sein Gesicht verzog sich zu einem hämischen Grinsen. »Ich werde dafür sorgen, daß sie sich etwas schneller bewegen.«

Ich trat drohend einen Schritt auf ihn zu. Offensichtlich war ihm mit vernünftigen Gründen nicht beizukommen. »Hören Sie, Herr Hauptmann. Wenn in der Nähe des Tiefladers eine Granate explodiert, kann das nicht nur den Verlust der Ladung zur Folge haben, sondern auch den der Brücke. Dieser Transformator ist Ihrer Regierung ein paar Millionen Pfund wert. Und ich kann mir nicht vorstellen, daß Ihre Vorgesetzten es gern sehen würden, wenn Sie auch noch die Brücke zum Einsturz brächten.«

Zwar sah er mich daraufhin kurz verdutzt an, um jedoch gleich mit einem Gegenzug zu kontern. »Ich werde nicht die Brücke unter Beschuß nehmen, sondern die Lastwagen und die Männer am Ufer, wenn dieses Ding nicht sofort schneller fährt. Sagen Sie das Ihren Leuten.«

Er hatte inzwischen seinen Arm gehoben, und mir war klar, daß der Panzer feuern würde, sobald er ihn fallen ließ. »Sie meinen den Lastwagen mit der Airlift-Vorrichtung? Das würde alles nur noch schlimmer machen.«

»Airlift? Was ist das?«

»Eine Maschine, die nach dem Hovercraft-Prinzip funktioniert.« Die Frage war nur, ob er sich darunter etwas vorstellen konnte. Jedenfalls mußte ich versuchen, ihn mit Wissenschaftlichkeit zu verblüffen. »Die Hebevorrichtung wird über den Lastwagen am Ufer betrieben; ohne sie bekommen wir den Tieflader nie über die Brücke. Sie brauchen das Ding nur zu zerstören – oder sonst etwas tun, was den Transport behindert – und Sie können mit Ihren Panzern ewig hier sitzen, anstatt nur für die nächste halbe Stunde. Es sei denn, Sie haben Ihre eigene Brücke dabei.«

Sein Arm schwankte etwas unsicher über seinem Kopf, so daß ich weiter auf ihn einredete. »Ich glaube, Sie sollten Ihren Vorgesetzten zu Rate ziehen. Wenn Sie die Brücke zerstören, werden Sie sich kaum bei ihm beliebt machen.«

Er starrte mich wütend an, aber zumindest ließ er nun – sehr langsam – seinen Arm sinken. Dann setzte er sich wieder auf den Beifahrersitz und griff nach dem Mikrophon vor ihm. Während ich mich nun umdrehte, um zu sehen, was sich auf der Brücke tat, legten sich die Härchen in meinem Nacken langsam wieder an.

Indessen waren Sadiqs Männer mit ihren Fahrzeugen hinter uns aufgetaucht, als hätte sie jemand aus dem Boden gestampft. Da sie nicht in Marschordnung angetreten waren, sondern sich im losen Verband näherten, gingen sie wohl nicht davon aus, daß sie uns gegen Truppen von ihrer eigenen Seite würden verteidigen müssen – vorausgesetzt, daß der Panzerkonvoi immer noch zu ihrer Seite gehörte. Dahinter sah ich den Tieflader mit quälender Langsamkeit weiter über die Brücke kriechen. Sadiq stand auf dem Trittbrett eines der Militärlastwagen, die auf uns zufuhren, und als er dicht vor mir hielt, ging ich wieder einmal in einer Staubwolke unter. Sadiq war bereits im Fahren vom Trittbrett gesprungen und stürmte nun auf seinen Kollegen in dem offenen Stabswagen zu. Der von mir zum Hauptmann ernannte Offizier rüstete sich bereits für den bevorstehenden Wortwechsel, aber bevor er und Sadiq sich noch in die Haare geraten konnten, kam ein weiterer Stabswagen heran, dem ein Mann entstieg, bei dem es sich nur um den Bataillonskommandeur handeln konnte.

Er sah sich erst von oben herab um, beobachtete dann durch

seinen Feldstecher die Brücke und zog schließlich Sadiq zu Rate, der steif salutierend vor ihm stand. Im Verlauf dieses Gesprächs deutete das hohe Tier einmal auch mit einem fragenden Blick auf mich. Während ihm Sadiq daraufhin die Gründe für meine Anwesenheit auseinanderzusetzen begann, trat ich unaufgefordert auf die beiden zu. »Ich kann für mich selbst sprechen, Herr Hauptmann. Guten Morgen, Herr Oberst. Ich bin Neil Mannix, der Vertreter der British Electric. Das da vorn ist unser Transformator.«

Da er keine weiteren Fragen stellte, ging ich davon aus, daß er bereits, wie sich das für einen hohen Offizier gehörte, hinreichend informiert war. Stattdessen befahl er barsch: »Schaffen Sie das Ding da aus dem Weg. Und zwar so schnell wie möglich!«

»Aber es fährt doch sowieso«, erwiderte ich.

»Verfügt der Fahrer über Funk?« wollte der Oberst darauf wissen.

»Jawohl, Sir«, antwortete Sadiq. Schade. Ich hätte das Gegenteil behauptet.

»Setzen Sie sich mit ihm in Verbindung, und sagen Sie ihm, er soll schneller fahren.« Damit deutete er auf seinen Stabswagen. Während Sadiq nun darauf zutrat, schaltete ich mich wieder ein. »Lassen Sie mich mit dem Fahrer sprechen, Herr Oberst. Meinen Anweisungen wird er eher folgen.«

»Also gut, Mister Mannix. Aber ich werde Ihnen dabei zuhören.«

Ich wartete, bis Sadiq die Verbindung mit Kemp hergestellt hatte, und ergriff dann das Mikrophon. »Basil, hier spricht Neil Mannix. Können Sie mich hören? Ende.«

»Ja, Neil. Was ist da hinten los? Ende.«

»Hören Sie nur zu. Sprechen Sie nicht. Hier ist eine Truppeneinheit eingetroffen, die dringend über die Brücke muß. Ich nehme an, Sie fahren im Moment mit der verabredeten Geschwindigkeit. Es ist nun jedoch erforderlich, daß Sie etwas schneller fahren, um ...«

An diesem Punkt unterbrach mich der Oberst. »Wie hoch ist die verabredete Geschwindigkeit?«

»Bleiben Sie noch dran. Ende.« Ich wandte mich vom Mikrophon ab und dem hohen Militär zu. »Etwa eineinhalb

Stundenkilometer, Herr Oberst.« Ohne mich von seiner verwunderten Miene beeindrucken zu lassen, sprach ich nun wieder ins Mikrophon. »Basil? Erhöhen Sie die Geschwindigkeit so weit wie möglich. Wie lange werden Sie schätzungsweise noch brauchen, bis Sie über die Brücke sind? Ende.«

»Fünfzehn Minuten, vielleicht auch zwanzig. Ende.«

Kemp hatte meinen Wink mit dem Zaunpfahl verstanden und gab tatsächlich nur Antworten durch. In dieser Hinsicht schaltete er entgegen seinen sonstigen Gepflogenheiten verdammt schnell. Natürlich hatten wir keine bestimmte Fahrtgeschwindigkeit verabredet, und Kemp wußte das. Ich sprach also weiter ins Mikrophon: »Sehen Sie zu, daß Sie auf keinen Fall länger als fünfzehn Minuten brauchen. Vielleicht schaffen Sie es ja auch in zehn. Ende.«

Ich flehte irgendeine Ablenkung herbei und sollte auch diesmal wieder Glück haben. Sadiqs Leute waren ungeduldig geworden, und mehrere Fahrzeuge, darunter die Lastwagen mit den Geschützen, kamen auf uns zugefahren. Und tatsächlich wandte ihnen der Oberst seine gesamte Aufmerksamkeit zu, um zu sehen, was dort vor sich ging. Ich nutzte diese Gelegenheit, als mich außer dem Fahrer des Obersten niemand hören konnte, und zischte hastig ins Mikrophon: »Basil, sehen Sie zu, daß Sie von der Brücke kommen, wenn Sie nicht ein paar Granatsplitter abbekommen wollen. Diese Burschen verstehen keinen Spaß. Fahren Sie, was das Zeug hält. Bestätigen Sie förmlich. Ende.«

Mehr konnte ich nicht sagen. Aber es genügte. Der Oberst, inzwischen aufgebrachter denn je, wandte nun wieder mir seine volle Aufmerksamkeit zu – gerade rechtzeitig, um Kemp noch antworten zu hören. »Habe verstanden, Neil. Werde mein Möglichstes versuchen. Ende.«

Ich übergab das Mikrophon dem Fahrer des Obersten und erklärte: »Das wär's, Herr Oberst. Er wird alles in seiner Macht Stehende tun. In einer Viertelstunde dürfte die Brücke frei sein. Inzwischen sorge ich dafür, daß unsere anderen Fahrzeuge warten, bis Sie die Brücke überquert haben.«

Die Muskeln seines Unterkiefers traten kurz hervor, und dann nickte er steif. Als nächstes blickte er kurz zum Himmel hoch und erteilte schließlich seinem Hauptmann eine Reihe von Befehlen, der sich daraufhin am Funkgerät zu schaffen machte. Plötzlich machte sich innerhalb des gesamten Konvois hektische Betriebsamkeit breit, und nicht ohne Besorgnis stellte ich fest, daß sich aus den Turmluken der Panzer bedrohliche Maschinengewehrläufe schoben, die alle himmelwärts gerichtet waren. Mir fielen die drei Düsenjäger wieder ein, und gleichzeitig fragte ich mich, was wohl der Oberbefehlshaber der Luftwaffe Semangala in diesem Augenblick gerade tat. In einiger Entfernung sah ich die vier Läufe einer Zwanzig-Millimeter-Flugabwehrschnellfeuerkanone rotieren.

»Ist hier Krieg ausgebrochen, Herr Oberst?« wandte ich mich deshalb an den grimmigen Offizier.

»Ein Manöver«, entgegnete er knapp. »Sie können jetzt gehen.«

Das war ein etwas unfreundlicher Abschied, über den ich jedoch nur froh war. Zusammen mit Sadiq fuhr ich wieder zu unseren Reihen zurück. Ich ließ an alle durchgeben, sich der Brücke fernzuhalten und erst den Militärkonvoi durchzulassen, sobald der Tieflader sicher das andere Ufer erreicht hatte und von der Luftversorgung abgekoppelt war. Das trug natürlich noch einmal zusätzlich zu einer Erhöhung der Spannung bei, mit der die Fahrt des Tiefladers über die Brücke beobachtet wurde.

Siebzehn Minuten später hatte der Tieflader die andere Seite erreicht und wieder festen Boden unter den Rädern. Alles ist relativ, und nach der Brücke würde nun selbst die schlaglochreichste Straße wie eine wahre Vergnügungsfahrt erscheinen – zumindest für eine Weile. Die Hebevorrichtung wurde abgekoppelt, die Schläuche verstaut und der Lastwagen von der Brücke gefahren. Darauf fuhr der Oberst in seinem Wagen auf uns zu.

»Danke«, erklärte er knapp. Dankbarkeit war hierzulande nicht gerade eine verbreitete Tugend, so daß diese kurze Dankesbezeigung schon viel war. Der Oberst erteilte ein paar kurze Befehle in sein Mikrophon, worauf die Motorräder von der Spitze seines Konvois über die Brücke brausten.

»Dürfte ich Ihnen noch einen Rat geben, Herr Oberst?« meldete ich mich noch einmal zu Wort.

Er durchbohrte mich mit seinen dunklen Augen. »Bitte?«

»Die Brücke ist nicht besonders stabil. Bei ihrem Bau wurde mit Zement gespart. Deshalb würde ich an Ihrer Stelle die Panzer beim Überqueren einen entsprechenden Sicherheitsabstand einhalten lassen.«

Er nickte kurz. »Danke, Mister Mannix.«

»Gern geschehen.«

Er sah mich für einen Moment unsicher an und gab dann seinem Fahrer ein Zeichen, loszufahren. Als er sich darauf, bereits wieder in sein Mikrophon sprechend, entfernte, gedachte ich mit einem Seufzer der seligen Zeiten, als Nachrichten noch mit den legendären Buschtrommeln übermittelt wurden. Die Einheit des Obersten setzte sich aus einer recht stattlichen Anzahl von Panzern und Lastwagen mit Kanonen auf der Ladefläche zusammen, und bis schließlich der ganze Zug die Brücke überquert hatte, waren zwanzig staubreiche Minuten vergangen. Ich sah dem Konvoi noch eine Weile nach, während er sich die Anhöhe auf der anderen Seite des Flusses hinaufschlängelte, um mich schließlich den umstehenden Männern zuzuwenden: »So, Leute, jetzt sind wir dran. Sollen wir losfahren?«

Als sich unser Konvoi in Bewegung setzte, wandte ich mich Sadiq zu. »Wenn Sie so gut wären, Hauptmann, und von Ihrem Fahrer in Erfahrung bringen könnten, was zum Teufel hier eigentlich vor sich geht. Ich weiß, daß Sie ihm seit heute morgen strikte Weisung erteilt haben, ständig den Funk zu überwachen.«

Und dann sahen wir beide aus irgendeinem unerfindlichen Grund kurz zum Himmel hoch.

7

Kemp und Hammond sahen ziemlich mitgenommen aus. Das war nicht weiter verwunderlich; niemand läßt schließlich gern den Lauf einer Kanone auf sich richten. Hammond zeigte sich, wie nicht anders zu erwarten, von der aufsässigen Seite. »Davon stand nichts im Vertrag, Mannix. Was wollen Sie nun unternehmen?«

»Das war doch kaum Neils Schuld«, schaltete Kemp sich ein.

»Ich werde trotzdem etwas unternehmen«, erklärte ich. »Etwas, das ich schon längst hätte tun sollen. Ich werde Sie beide über den Ernst der Lage ins Bild setzen.«

»Ist es das, worüber Sie mit mir sprechen wollten?« fragte Kemp. Ich nickte.

»Wie Sie sehen, ist das schon längst überfällig. Aber erst möchte ich noch mit Hauptmann Sadiq sprechen. Wollen Sie mich begleiten?«

Nachdem Kemp und Hammond sich kurz beraten hatten, erklärte Kemp: »Ja. Im Augenblick sitzt uns der Schreck noch etwas in den Gliedern. Wir sollten erst weiterfahren, nachdem wir uns ein Bild von der allgemeinen Lage gemacht haben. Zu dumm, daß Geoff nicht hier ist.«

»Wir werden versuchen, mit ihm in Verbindung zu treten.« Mir war zwar nicht klar, was er hätte ausrichten können, aber wenn seine Anwesenheit ausreichte, die Befürchtungen seiner Partner einzudämmen, sollte mir das nur recht sein. Wie erwartet, trafen wir Sadiq in seinem Wagen an. Und auch diesmal versäumte er nicht, die Kopfhörer an seinen Unteroffizier weiterzureichen, bevor er auf uns zutrat. »Was gibt es Neues, Hauptmann?« kam ich gleich zur Sache.

»Sie haben doch selbst gehört, was Oberst Hussein gesagt hat«, antwortete er in neutralem Tonfall. »Die Armee hält Manöver ab.«

Ich sah ihn unverwandt an. »Kommen Sie uns doch nicht mit diesem Blödsinn. Kein Hauptmann droht im Zuge eines Manövers damit, ein Zivilfahrzeug unter Beschuß zu nehmen. Er mußte damit rechnen, schon am nächsten Tag die Latrinen schrubben zu müssen. Und dieser Hauptmann war verdammt nahe daran, seine Drohung wahr zu machen.«

»Sie werden sich also eine stichhaltigere Erklärung einfallen lassen müssen, Hauptmann«, kam mir Kemp zu Hilfe.

Ich deutete auf den Unteroffizier. »Sie haben ständig den Funk überwachen lassen. Was haben Sie in diesem Zusammenhang in Erfahrung gebracht?«

Sadiq zuckte mit den Achseln. »Schwer zu sagen. Zwar kommen andauernd irgendwelche Durchsagen, aber sie sind alle chiffriert. Jedenfalls scheint es zu umfangreichen Truppenbewegungen gekommen zu sein, und auch die Luftwaffe ist ständig unterwegs.«

»Wir haben ja beide heute früh diese Düsenjäger gesehen.« Daraus hatte ich schon eine Reihe von Schlußfolgerungen gezogen, doch wollte ich auch Sadiqs Version der ganzen Geschichte hören. »Was passiert *Ihrer* Meinung nach gerade?«

»Wenn ich das nur wüßte.«

»Was hat Radio Nyala dazu zu sagen?«

»Nichts Ungewöhnliches. Viel Musik.« Kemp und ich warfen uns vielsagende Blicke zu. »Es gab ein paar Hinweise auf unseren Transport und auf das geplante Kraftwerk in Bir Oassa. Außerdem war davon die Rede...«

Langsam kam er der Sache schon näher. Er wählte seine Worte sehr vorsichtig. Ich sagte nichts und wartete, bis er schließlich fortfuhr: »Außerdem wurde gemeldet, daß heute der neue Flugplatz in Bir Oassa feierlich eröffnet wurde.«

Ich starrte ihn ungläubig an. »Aber der sollte doch erst in ein paar Monaten fertig werden. Wer hat den Flugplatz eröffnet?«

»Der Oberbefehlshaber der Luftwaffe.«

»Ist das nicht der Bursche, der in Frankreich war, als wir in Port Luard aufgebrochen sind?« schaltete sich Kemp wieder ein. »Der einzige hohe Militär, der unserer Parade nicht beiwohnen konnte?«

»Ja«, nickte ich grimmig. »Und was das schlimmste ist: er sollte eigentlich im Augenblick in der Schweiz sein. Er ist vor zwei Tagen mit seiner Familie abgereist. Ich habe ihn selbst am Flughafen gesehen, als ich nach Lasulu flog. Er wurde mit allen militärischen Ehren verabschiedet, obwohl er selbst in Zivil war. Sind Sie auch ganz sicher, Sadiq?«

»Jawohl Sir.« Um seine Augen legte sich nun ein trauriger Zug. »Er hat eine Rede gehalten.«

»Wer ist dieser Semangala eigentlich?« wollte Hammond wissen. »Und wieso ist er so wichtig?«

»Er ist der Chef der Luftwaffe und damit im Augenblick der wichtigste Mann in Nyala. Würden Sie das nicht auch sagen, Sadiq?«

Ich drängte ihn in die Enge, was ihm gar nicht gefiel. »Ich weiß nicht, was Sie meinen, Sir.«

»Oh doch, das wissen Sie sehr wohl. Sie sind nicht auf den Kopf gefallen. Und ich weiß ebenso gut wie Sie, was auf dem Spiel steht. Hören Sie jetzt also gut zu: ich werde mich bemühen, mich so knapp und deutlich wie möglich auszudrükken. Dieses Land steht kurz vor einer neuerlichen Machtübernahme durch das Militär. Sie beide, Basil und Ben, haben davon bisher nicht Wind bekommen, weil Sie noch Neulinge im Land sind und überdies mehr als genug mit Ihren eigenen Problemen beschäftigt waren. Die Armee ist in zwei Hälften gespalten; die eine Seite unterstützt nach wie vor die Zivilregierung, die andere befürwortet die Einsetzung einer Junta. Das Ganze ist reichlich kompliziert, aber wegen der Gründe brauchen Sie sich im Augenblick keine Gedanken zu machen. Jedenfalls sind beide Seiten auf die Unterstützung der Luftwaffe angewiesen, und bisher hat Semangala eine Seite gegen die andere ausgespielt. Korrigieren Sie mich bitte, Hauptmann Sadiq, wenn ich bisher irgend etwas Falsches gesagt habe.«

»Ich bin kein Politiker«, wußte dieser nur zu erwidern.

Ich grinste. »Sondern nur ein einfacher Soldat, ja? Das ist doch ein alter Hut, mein Freund. Jedenfalls, Semangala war also in Frankreich – vermutlich, um dort ein paar Flugzeuge oder Raketen einzukaufen. Er kommt zurück und gelangt zu dem Schluß, daß er mal dringend wieder einen kleinen Urlaub nötig hat. Der Zeitpunkt dafür scheint etwas eigenartig gewählt. Aber schließlich ist er der Boß. Er fliegt also in aller Öffentlichkeit mit Kind und Kegel los, um am nächsten Tag wieder zurückzukehren. Vermutlich hat in Zürich schon eine Maschine auf ihn gewartet. Wenn Sie mich fragen, ist er zu einer endgültigen Entscheidung gekommen und hat als erstes seine Familie in Sicherheit gebracht. Und nun hat er auf eigene Faust den Flugplatz in Bir Oassa eröffnet, was heißt, daß die zivile Luftfahrtbehörde dort nichts mehr zu sagen hat. Die einzige Frage, die nun freilich wirklich von Interesse ist, wäre die, für welche Seite Semangala sich entschieden hat.«

Hammond und Kemp hörten aufmerksam zu. »Na, so was«, polterte Hammond. »Sonst liest man so was doch nur in der Zeitung.«

»Inwieweit sind wir überhaupt davon betroffen, auf wessen Seite er sich geschlagen hat?« erkundigte sich Kemp. »Das Kraftwerk werden sie doch so oder so fertigstellen.«

»Seien Sie doch nicht so naiv. Natürlich werden sie das, aber trotzdem heißt das noch lange nicht, daß wir einfach weiter durch die Lande ziehen können, als wäre nichts geschehen. Wir werden mitten in einen Bürgerkrieg hineingeraten, in dem scharf geschossen wird.«

Sadiq nickte. »Das kann schlimm für Sie werden. Ich weiß nicht, wie ich für Ihre Sicherheit garantieren soll.«

Genauer gesagt: er wußte nicht, vor welcher Seite er uns schützen sollte.

»Falls es zu Kampfhandlungen kommen sollte, wird die siegreiche Seite natürlich weiter an uns interessiert sein. Aber wer nun in diesem Konflikt die Oberhand behalten wird, muß sich leider erst noch herausstellen.« Ich sah Kemp und Hammond ernst an. »Wir stecken jedenfalls mitten drin, und in solchen Fällen muß man bekanntlich mit allem rechnen. Falls die Luftwaffe gegen die Regierung ist, könnten sie durchaus auf die Idee kommen, uns eins überzubraten, um der Wirtschaft des Landes einen schweren Schlag zu versetzen. Und können Sie mir vielleicht sagen, was wir dagegen unternehmen könnten?«

»Aber Sie reden von einem Bürgerkrieg!« platzte Kemp heraus.

»Von was denn sonst? Hauptmann Sadiq, auf wessen Seite werden Sie stehen?«

Entsetzen huschte über seine Miene. »Ich weiß es nicht. Ich

habe Ihnen doch gesagt, daß ich nicht das geringste über diese Vorgänge weiß. Ich muß meinen Befehlen von Generalmajor Kigonde nachkommen.«

»Und falls Sie keine Befehle bekommen sollten? Konfuzius sagt, wer mitten auf der Straße geht, wird überfahren. Und was ist mit diesem Oberst Hussein? Auf wessen Seite steht er Ihrer Meinung nach?«

»Auf der von Kigonde.«

»Wohin wollte er – und warum?«

Gereizt erwiderte Sadiq: »Das hat er mir nicht gesagt. In der Regel weiht ein Oberst einen Hauptmann nicht in seine Order ein.«

»Was hat er über uns gesagt?« wollte Kemp wissen.

»Daß ich bei Ihnen bleiben sollte – um Sie zu beschützen. Und ich sollte vor möglichen Sabotageakten auf der Hut sein.«

»Und das werden Sie tun – auch wenn Ihre eigenen Leute auf Sie schießen werden?«

Als er darauf nichts antwortete, konnte ich ihm das nicht unbedingt zum Vorwurf machen. Ich war inzwischen in einer Sackgasse angelangt; um Entscheidungen zu treffen, brauchte ich mehr Informationen. Doch dann wurde mir diese Aufgabe zu meiner Überraschung und Erleichterung entschlossen abgenommen. Basil Kemp hatte schon seit einiger Zeit angefangen, gedankenversunken irgendwelche Figuren mit einer Stiefelspitze in den Sand zu zeichnen. Dies weckte in mir den Verdacht, er könnte unter derselben Entschlußlosigkeit leiden, die auch mich befallen hatte, als er sich plötzlich aufrichtete – und was er sagte, klang bestimmt.

»Wir haben noch einiges zu tun. Ich glaube, so vergeuden wir nur kostbare Zeit, Neil. Jedenfalls sollten wir sofort aufbrechen. Alles weitere können wir unterwegs besprechen.«

»Aufbrechen? Wohin?« wollte ich wissen.

»Nach Bir Oassa. Während Sie geredet haben, habe ich nachgedacht. Der Krieg ist noch nicht ausgebrochen, und niemand kann sagen, ob es tatsächlich so weit kommen wird. Und solange es keinen Krieg gibt, hat sich für uns nicht das geringste geändert. Wenn es doch dazu kommen sollte, möchte ich lieber nicht mehr so weit von Bir Oassa entfernt sein, wie wir das im Augenblick noch sind. Sadiq hat gesagt, daß der neue Flugplatz eröffnet worden ist. Dies wäre also zumindest ein Fluchtweg, der uns offenstünde. Hier dagegen sind wir vollkommen ausgeliefert; wir geben nur prächtige Zielscheiben ab. Und zurück können wir nicht mehr. Falls es zu offenen Kampfhandlungen kommt, werden die beiden größten Städte des Landes am ehesten in Mitleidenschaft gezogen, von den Häfen ganz zu schweigen.«

Was Kemp sagte, war absolut richtig, und er war sich dessen auch bewußt.

Auch Ben Hammond stimmte zu: »Also, worauf warten wir noch? Fahren wir los. Wir haben reichliche Treibstoff- und Wasservorräte. Und auch unser Proviant reicht noch eine Weile.« Sein Verstand arbeitete auf Hochtouren, und die Aussicht, etwas tun zu können, hob seine Stimmung merklich.

Kemp fuhr fort: »Hauptmann Sadiq meint, es könnte zu Kampfhandlungen kommen. Wir müssen auf jeden Fall mit unseren Leuten sprechen. Wenn Sie sie bitte zusammentrommeln würden, Ben. Wenn nur Geoff hier wäre! Er versteht von solchen Dingen mehr als ich.«

»Sie machen sich auch nicht schlecht«, erklärte ich anerkennend. »Besser als ich jedenfalls. Ich finde auch, daß wir nicht einfach hier sitzen bleiben können. Zudem gibt es noch einen weiteren Grund, auf jeden Fall weiterzufahren.« Auch ich gewann meine alte Geistesgegenwart langsam wieder zurück.

»Und der wäre?«

»Das werde ich Ihnen gleich sagen. Reden Sie schon mal mit Ihren Leuten; ich werde inzwischen nochmal mit dem Hauptmann sprechen.« Ich sah ihn streng an, wobei er auch diesmal rasch begriff und unverzüglich erklärte: »Gut. Dann also bis nachher.« Damit entfernte er sich zusammen mit Ben Hammond, während ich mich Sadiq zuwandte.

»Schöne Aussichten, Hauptmann. Nur gut, daß Sie bei uns bleiben wollen. Im übrigen habe ich schon die ganze Zeit Ihre weise Voraussicht bewundert. Ich denke zum Beispiel an die getarnten Gefechtsstände für die Maschinengewehre.«

Er lebte sichtlich auf. »Das haben Sie bemerkt? Ich wurde auf mögliche Gefahren aufmerksam gemacht.«

»Was geht Ihrer Meinung nach tatsächlich vor?«

Er nahm seine Mütze ab und kratzte sich am Kopf; aus dem smarten Offizier wurde ein ganz gewöhnlicher, leicht verunsicherter Mann. »Oberst Hussein stößt zur Siebten Brigade, die in Bir Oassa stationiert ist. Dann werden sie gemeinsam nach Süden vordringen. Unglücklicherweise werden sich unsere Wege also noch einmal kreuzen.«

»Werden sie denn nicht an Ort und Stelle bleiben, um die Ölfelder in ihren Schutz zu nehmen?«

»Den Ölfeldern droht keine Gefahr. Schließlich werden beide Seiten sie brauchen. Aber hier in Kodowa...« Er entfaltete eine Landkarte. Kodowa lag etwa fünfzig Kilometer nördlich von unserem gegenwärtigen Standort. Es handelte sich dabei um die einzige größere Ansiedlung im weiteren Umkreis. Wir hatten geplant, dort unsere Lebensmittelvorräte zu ergänzen.

»Von Kodowa führt eine Straße nach Osten und Westen«, fuhr Sadiq fort. »Die Stadt ist ein wichtiger Verkehrsknotenpunkt im Zentrum des Kinguru-Gebiets. Wenn Kodowa in die Hand der Aufständischen fiele, wäre der Widerstand der Kinguru mehr oder weniger gebrochen. Deshalb kommt die Siebte Brigade nach Süden. Sie wollen sowohl die Stadt wie auch diese Brücke unter allen Umständen halten. Hussein wird irgendwo nördlich von Kodowa auf sie treffen.«

»Großer Gott! Dann befinden wir uns ja mitten im Brennpunkt des Geschehens. Was ist mit dem Luftwaffenstützpunkt, der sich hier ganz in der Nähe befindet?«

»Er liegt außerhalb von Kodowa. Deshalb dürfte es sehr schwierig werden, die Stadt einzunehmen, falls sich die Luftwaffe auf die Seite der Aufständischen geschlagen haben sollte. Und aus diesem Grund wird Hussein sich erst mit der Siebten Brigade treffen.«

»Und Sie glauben, die Luftwaffe ist übergelaufen?«

Sadiq zuckte mit den Achseln. »Das ist schwer zu sagen, Mister Mannix. Aber ich glaube...«

»Ja, der Meinung bin ich auch.« Nachdem wir auf diese Feststellung hin eine Weile in betretenem Schweigen verharrt hatten, fuhr ich schließlich fort. »Ich möchte Ihnen für Ihre Offenheit danken, Hauptmann. Ich schlage vor, daß wir uns von jetzt an gegenseitig über alle unsere Befürchtungen und Vermutungen auf dem laufenden halten. Aber jetzt muß ich gehen. Ich habe noch einiges mit Mister Kemp zu besprechen.«

Trotzdem standen noch Hunderte von Fragen offen. Zum Beispiel hätte ich Sadiq nur zu gern nach seinen persönlichen Ansichten gefragt. Als Moslem war er vielleicht unzufrieden mit der Kinguru-Herrschaft; zudem hatte er bereits einen Glaubensgenossen als Vorgesetzten, und es war keineswegs ausgeschlossen, daß auch der Kommandeur der Siebten Brigade Moslem war. Dennoch galt es, meine Neugier, was seine Person betraf, fürs erste zu zügeln. Im Augenblick konnte ich nur auf den Umstand bauen, daß beiden Seiten an der Sicherheit unseres Transports gelegen sein mußte. Folglich würde uns Sadiq, ungeachtet seiner Loyalität, in jedem Fall weiter von Nutzen sein. Dennoch handelte es sich hier um eine verflucht verfahrene Situation.

Ich erreichte Kemp, als er gerade die Versammlung auflöste. Seine Männer gingen heftig debattierend wieder an die Arbeit, während Kemp sich merklich erleichtert mir zuwandte. »Sie sind verständlicherweise etwas geschockt. Außerdem war gleich von einer Gefahrenzulage die Rede.«

»Du lieber Gott! Bisher ist noch kein einziger Schuß gefallen – und möglicherweise wird auch nie einer fallen.«

»Der Vorschlag kam nur von einem Mann. Einem dieser Klugscheißer von der Gewerkschaft.«

»Sie sollten ihm klarmachen, daß wir uns hier im schwärzesten Afrika befinden und nicht in Merry Old England. Der Kerl, der ihm mit seiner Knarre zu Leibe rückt, wird ihn wohl kaum erst fragen, ob er einen Gewerkschaftsausweis hat. Wer ist der Mann?«

»Hören Sie, er hat doch nichts ...«

»Basil, ich muß über *alle* Einzelheiten informiert sein. Wer ist der Mann? Ich werde nichts gegen ihn unternehmen. Aber im Auge möchte ich diesen Burschen doch behalten.«

»Er heißt Johnny Burke und ist einer meiner tüchtigsten Leute. Machen Sie also nicht gleich ein Drama aus der ganzen Geschichte.«

»Werde ich nicht. Dessen können Sie sicher sein. Aber wenn dieser Burke anfangen sollte, Unruhe zu stiften, muß ich das wissen. So, und jetzt werde ich erst mal Sie in alle nötigen Einzelheiten einweihen.«

Nachdem ich ihn kurz über mein Gespräch mit Sadiq und meine eigenen Vermutungen unterrichtet hatte, sagte Kemp: »Aber Sie wollten mir doch noch etwas anderes mitteilen – vermutlich, ohne daß Sadiq etwas davon hört.«

»Ja. Je weniger Sadiq von unseren Plänen und Unterredungen zu hören bekommt, desto besser. Haben Sie eine Karte von Nyala?«

Wir beugten uns beide über die Landkarte. Von Kodowa führte die Straße weiter in nördlicher Richtung durch zunehmend kargere Steppengebiete und halbwüstenartige Regionen bis nach Bir Oassa, wo unzählige Bohrtürme den neu entdeckten Reichtum des Landes aus dem Erdinnern förderten. Der Fluß, den wir eben überquert hatten, gehörte mit zwei weiteren, die wir bereits hinter uns hatten, und einem, den es noch zu überwinden galt, zu den größeren Nebenflüssen des Katali, der die Grenze zu Nyalas Nachbarstaat Manzu bildet und nördlich von Lasulu ins Meer mündet. In Kodowa kreuzt eine kleinere, in Ost-West-Richtung verlaufende Straße die unsere, um im Westen am Katali zu enden. Da es hier keine Brücke gab, wickelte sich der Personen- und Güterverkehr zwischen den beiden Nachbarländern vermittels einer Fähre ab. Jedenfalls stellte diese Straße den einzigen Zugang zu den Ölfeldern im Norden Nyalas dar.

Ich deutete auf die Landkarte. »Wissen Sie etwas über diese Straße?«

»Nicht viel. Ich habe sie natürlich im Zuge meiner Erkundungsfahrten gesehen, aber allzu genau habe ich sie mir nicht unter die Lupe genommen. Sie war übrigens relativ stark befahren – allerdings vorwiegend von kleineren Fahrzeugen. Warum fragen Sie?«

»Falls dieser verfluchte Krieg schon ausgebrochen sein sollte, wenn wir nach Kodowa kommen, dann können wir, wie Sie vorhin völlig richtig bemerkt haben, nicht mehr zur Küste zurück. Aber nach Bir Oassa möchte ich auch nicht unbedingt. Da oben muß doch alles, was man zum Überleben braucht, eigens angeschafft werden – Lebensmittel, Wasser ...«

»Sogar der Treibstoff«, ergänzte Kemp meine Liste mit

einem bitteren Lächeln. »Das Zeug, das sie dort oben fördern, muß erst noch raffiniert werden.«

»Richtig. Ich möchte da oben jedenfalls nicht festsitzen. Und wenn sich der Flughafen in den Händen der Aufständischen befindet, werden sie uns nicht so einfach nach Hause fliegen lassen. Sie werden uns alle als Geiseln festhalten. Demnach sollten wir also lieber nicht da rauf, finden Sie nicht auch?«

Kemp sah mich entsetzt an. Alle seine sorgfältig ausgearbeiteten Pläne wurden mit einem Mal über den Haufen geworfen, und nun kam ich mit diesem reichlich unausgegorenen Vorschlag.

»Sie wollen also, daß ich diese Dreihundert-Tonnen-Ladung auf einer miserablen, kleinen Landstraße irgendwohin ins Nichts karre? Wozu das, um Himmels willen?«

»Sehen Sie sich doch mal die Straße nach Westen an. Sie führt durch die Regenwaldregion, und es gibt dort einige Dörfer, wo wir uns mit Lebensmitteln und Wasser versorgen können – und auch mit Treibstoff: Benzin und Diesel. Die Straße mag durchaus miserabel sein, aber es ist immerhin eine Straße. Am Katali folgt sie dann dem Flußlauf in Richtung Küste und Lasulu. Ich habe das Straßenstück hinter Lasulu gesehen; es war gar nicht so schlecht. Wir würden hier, am Pirie-See, auf den Fluß stoßen.« Dabei handelte es sich nicht eigentlich um einen See, sondern um eine verbreiterte Stelle des Stroms. »Hier liegt auch Fort Pirie, eine kleine Stadt, etwa von der Größe Kodowas.«

»Ja, das sehe ich. Und mir ist auch klar, was Sie wegen unserer Lebensmittel- und Treibstoffversorgung vorgebracht haben. Aber da muß es doch noch andere Gründe geben.«

»Natürlich. Manzu zum Beispiel.«

»Die Republik Manzu? Aber mit dem Tieflader kommen wir doch nicht über den Fluß. Es gibt doch keine Brücke über den Katali, und außerdem handelt es sich dabei um ein anderes Land. Wir haben keinerlei Papiere, die uns die Einreise dort ermöglichen würden. In Manzu haben wir doch nichts zu suchen.«

Ich hatte Mühe, meinen Ärger im Zaum zu halten. »Basil, wozu haben Sie eigentlich Ihren Kopf? Nötigenfalls werden wir den Tieflader eben zurücklassen. Ja, zurücklassen. Ich weiß, was das Ding gekostet hat, aber das Leben unserer Leute ist nun einmal wichtiger. Wir können sie über den Fluß schaffen; in Manzu sind wir in Sicherheit. Und was den Tieflader betrifft, so glaube ich nicht, daß irgend jemand wagen würde, ihm auch nur nahezukommen; schließlich sind an seiner kostbaren Fracht doch beide Parteien nachhaltig interessiert.«

Das glaubte ich allerdings nicht einmal selbst. Ohne uns, die wir als einzige in der Lage waren, den Transformator an Ort und Stelle zu schaffen, würde jeder den irgendwo im Dschungel abgestellten Tieflader für nichts weiter ansehen als einen gigantischen Haufen Schrott. Trotzdem mußte ich Kemp dazu bringen, die Dinge von meiner Warte aus zu betrachten. Ich war mir über die Prioritäten durchaus im klaren, und die lauteten keineswegs, daß wir unsere Leute in die Wüste lotsen sollten, wo sie in einem Bürgerkrieg für beide Seiten willkommene Geiseln dargestellt hätten – oder ein Festmahl für die Geier.

»Das muß ich mir erst mal in Ruhe überlegen.«

»Natürlich, tun Sie das, Basil. Vor allem sollten wir im Augenblick noch eine Menge Dinge in Erfahrung bringen, bevor wir weitere Entscheidungen fällen können. Aber halten Sie sich trotzdem vor Augen, was ich Ihnen eben gesagt habe. Solange wir nicht in Kodowa sind, wird nichts passieren, und im Augenblick sind wir noch nicht dort. Bis dahin kann sich bereits alles wieder in einem anderen Licht darstellen.«

»Sie haben recht. Machen wir also mit dem Hier und Jetzt weiter. Werden Sie bei uns bleiben?«

»Selbstverständlich. Ich habe keine Lust, mich unter diesen unsicheren Verhältnissen zur Küste durchzuschlagen. Wann wollen Sie aufbrechen?«

»Sofort. Wir sollten bis morgen früh in Kodowa eintreffen. Unter diesen Umständen möchte ich allerdings schon ein gutes Stück vor der Stadt haltmachen. Wollen Sie in meinem Landrover mitfahren? Dann können wir weiter unsere Pläne schmieden. Ihren Wagen kann einer meiner Leute fahren.«

Wenig später waren wir wieder unterwegs. In einer gewaltigen Staubwolke dahinkriechend, ließen wir den Schwertransport hinter uns zurück, um die Lage in Kodowa auszukundschaften. Noch gestern hatte Kemp vorgehabt, auf dem dortigen Markt frisches Obst und Gemüse zu kaufen; doch inzwischen sah er unserem Aufenthalt in der kleinen Stadt mit gemischten Gefühlen entgegen.

8

Als Kemp sich aus der Fahrzeugkolonne gelöst hatte, waren sofort zwei von Sadiqs Kradmeldern an uns vorbeigeschossen, um dann jedoch – der eine nach vierhundert, der andere nach achthundert Metern – ihre Geschwindigkeit wieder zu verlangsamen und der unseren anzupassen.

Kemp fuhr relativ langsam, um die Straßenoberfläche und die Krümmung der einzelnen Kurven in aller Sorgfalt überprüfen zu können. Nur hin und wieder setzte er sich über Funk mit dem Fahrer der Zugmaschine in Verbindung, während wir sonst meist schweigend dahinfuhren. Er war ganz in Gedanken versunken.

Nach etwa zwanzig Kilometern Fahrt brach er endlich das Schweigen. »Ich habe nachgedacht.«

Seinen Worten haftete etwas Ominöses an.

»Dann halten Sie doch mal am Straßenrand, damit wir uns in Ruhe unterhalten können.«

Darauf bat er mich, ihm einen kurzen Überblick über die allgemeine innenpolitische Situation des Landes zu vermitteln. Das tat ich, nicht ohne ihm auch von meinen Vermutungen hinsichtlich der Luftwaffe und der Einstellung Sadiqs zu erzählen. Ich spürte seine wachsende Ungeduld. Doch als mir schließlich ihre Ursache bewußt wurde, war ich schockiert. Ich hatte schon John Sutherlands Mangel an Phantasie erschrekkend gefunden; aber das war nichts, verglichen mit Kemp.

»Davon halte ich, ehrlich gesagt, herzlich wenig«, erklärte er, als ich mit meinen Ausführungen fertig war. »Es gibt doch nicht den geringsten konkreten Beweis dafür.«

»Vor noch gar nicht allzu langer Zeit wollte ein kleiner Hauptmann unseren Konvoi unter Beschuß nehmen«, hielt ich dem entgegen. »Wie wollen Sie sich das zum Beispiel erklären?«

»Ach, diese Einheimischen haben eben ein etwas hitziges

Gemüt. Die regen sich schnell wegen nichts fürchterlich auf. Wieso sollen sie nicht tatsächlich ein Manöver abgehalten haben? Und was diese Düsenjäger betrifft – von den Dingern haben wir auch schon öfter mal welche vorbeirauschen gesehen. Ich weiß wirklich nicht, ob ich das alles glauben soll, Neil. Und diese Truppeneinheit ist inzwischen schon ein gutes Stück vor uns.«

»Woher wollen Sie das so sicher wissen? Sie könnten gleich hinter der nächsten Kurve haltgemacht haben. Zudem gibt es noch andere, die uns keineswegs ebenso freundlich gesonnen sein müssen.« Währenddessen spürte ich jedoch bereits, daß ich damit nicht bei ihm durchkam. Aus irgendeinem Grund versteifte er sich in seiner Meinung über die Vorgänge der letzten Stunden, und für mich galt es nun, möglichst schnell in Erfahrung zu bringen, was ihn so nachhaltig in seiner Ansicht bestärkte.

Deshalb fuhr ich fort: »Sobald wir in Kodowa sind, erkundige ich mich nach einer Möglichkeit, nach Port Luard zurückzukehren. Vielleicht kann ich ein Flugzeug bekommen – oder zumindest eine Militäreskorte. Ich will die Wahrheit vom Hauptquartier bestätigt bekommen und nicht nur über Funkdurchsagen. Bevor ich aufbreche, möchte ich allerdings noch eine Liste von sämtlichen Männern des Konvois.« Ich nahm mein Notizbuch zur Hand. Kemp stierte mich an, als wäre ich verrückt geworden.

»Wozu denn das?«

Mir entging nicht, daß er gegen meine Rückkehr nach Port Luard keinerlei Einwände erhob. Vermutlich war er sogar froh, mich loszuwerden. »Geben Sie mir einfach die Liste der Namen.«

»Ich bestehe darauf, den Grund hierfür zu erfahren.«

Ich hielt es für das beste, ihm den Sachverhalt klipp und klar darzulegen.

»Um ihre Angehörigen – und die Firma – benachrichtigen zu können, falls sie umkommen sollten. Das gilt selbstverständlich auch für Sie.«

»Sie nehmen dieses Affentheater doch wohl nicht wirklich ernst!«

»Das tue ich sehr wohl. Diese Geschichte ist keineswegs zum

Spaßen, und ich glaube, daß auch Ihnen das klar ist. Geben Sie mir also schon endlich diese Namen.«

Widerstrebend kam er meiner Aufforderung nach. »Da wäre einmal Ben Hammond; die Fahrer sind McGrath, Jones, Grafton und Lang. Bert Proctor ist mit Ben für den Tieflader zuständig. Dann die zwei Mann vom Airlift-Wagen Sisley und Pitman – beide heißen mit Vornamen Bob. Thorpe, der mit Ihnen heraufgekommen ist. Burke und Wilson. Im Verpflegungslaster Bishop und Sandy Bing. Einschließlich meiner Person also vierzehn Mann. Die Adressen weiß ich allerdings nicht.« Das war natürlich ironisch gemeint, aber ich nahm es zur Kenntnis.

»Die kann ich mir nötigenfalls von der Verwaltung besorgen. Wollen Sie vielleicht noch irgendeine Nachricht für Wingstead mitgeben – für den Fall, ich schaffe es noch bis Port Luard.«

»Sie wollen es also wirklich versuchen? Das könnte doch unter Umständen ...«

»Gefährlich werden? Aber Sie haben doch eben selbst gesagt, das alles wären nur Hirngespinste?«

Er spielte mit seinen Wagenschlüsseln. »Für wie blöd halten Sie mich eigentlich, Mannix? Natürlich ist mir klar, daß es Schwierigkeiten geben könnte. Aber was Sie vorhaben ...«

Langsam kamen wir also der Wurzel seines Problems näher. Irgend etwas an meinem hastig entworfenen Fluchtplan war ihm übel aufgestoßen, und ich begann langsam zu ahnen, was es war. »Ich kann Ihnen auch eine schriftliche Bestätigung hierlassen, wenn Sie meinen. Falls Gefahr im Anzug sein sollte und der Transport zurückgelassen werden müßte, um die Sicherheit der Männer nicht zu gefährden, haben Sie ihn auf der Stelle aufzugeben.«

Ich hatte richtig vermutet. Er starrte mich stur und verbohrt an. »Einen Augenblick mal. Darum geht es doch. Ich werde diesen Transport nicht einfach auf Ihre Anweisungen hin aufgeben – oder wegen irgendeines läppischen Aufstands. Dafür haben wir schon zu viel darin investiert.«

Ich sah ihn mit eiskalter Miene an, doch er fuhr unbeirrt fort: »Meine Firma hat ihre vertraglichen Verpflichtungen zu erfüllen, und das gleiche gilt für British Electric. Sie können uns nicht zwingen, den Tieflader einfach irgendwo im Busch stehen zu lassen.«

»So, glauben Sie? Dann versuchen Sie doch mal, uns gerichtlich zu belangen. Ich kann Ihnen jetzt schon sagen, daß man Sie in der Luft zerreißen wird. Mein Gott, der Transformator ist mindestens zehnmal so viel wert wie dieser Tieflader, und dennoch würde ich keine Sekunde zögern, ihn aufzugeben, wenn es für die Sicherheit unserer Leute erforderlich wäre. Ich bin durchaus befugt, Sie zu veranlassen, den Tieflader zurückzulassen, und ich werde nötigenfalls von dieser Befugnis Gebrauch machen – auch schriftlich, wenn Sie darauf Wert legen. Ich übernehme die volle Verantwortung.«

Für einen Moment war Kemp sprachlos. Er war außer sich vor Wut, wenn auch vermutlich im selben Maß auf sich selbst wie auf mich. Er war sich des Abgrunds bewußt geworden, der sich mit einem Mal vor seinen Füßen aufgetan hatte – der Augenblick, in dem ein Mann materielle Dinge höher einschätzt als ein Menschenleben, stellt eindeutig einen kritischen Punkt dar. Und das war Kemp als einem moralisch integren Mann sehr wohl zu Bewußtsein gekommen.

»Jetzt beruhigen Sie sich erst mal, Basil«, lenkte ich deshalb ein. »Ich kann Sie durchaus verstehen. Aber Sie müssen trotzdem Vernunft annehmen. Verdammt noch mal, die British Electric wird doch dafür geradestehen, wenn Sie auf meine Weisung hin Ihren Tieflader aufgeben. Meine Gesellschaft müßte Ihnen in jedem Fall den Verlust ersetzen.«

»Natürlich kommt das Leben meiner Leute an erster Stelle – von meinem ganz zu schweigen. Es ist einfach nur, daß ich ... daß ich mich einfach nicht mit dem Gedanken abfinden kann ...«

»Den Tieflader einfach im Dschungel verrotten zu lassen? Natürlich, wer könnte das nicht verstehen? Aber der Krieg bringt nun einmal vieles mit sich, womit man sich schwerlich abfinden kann – vorausgesetzt, es bricht tatsächlich der Bürgerkrieg aus. Wobei wir im Augenblick diese Möglichkeit leider keineswegs außer acht lassen dürfen. Überlegen Sie doch mal.«

Blaß und sichtlich erschüttert, saß Kemp eine Weile schweigend da, bis er schließlich sagte: »Also gut, wenn es unbedingt sein muß, werden wir den Transport eben aufgeben. Aber dazu wird es erst kommen, wenn ich wirklich keinen Ausweg mehr sehe. Haben Sie mich verstanden?«

»Natürlich. Abgesehen davon werden Sie das Ding ja nicht von einer steilen Felsklippe stürzen müssen. Sie lassen den Tieflader irgendwo neben der Straße stehen, und wenn die Schießerei vorüber ist, holen Sie ihn einfach wieder ab.«

Er lächelte bitter. »Ich möchte jetzt lieber mal zum Transport zurückfahren, um mit Ben zu reden. Außerdem könnte ich langsam was zu essen vertragen.« Das war ein Waffenstillstandsangebot, das ich gern akzeptierte.

Der Tieflader schleppte sich so langsam durch die brütende Hitze, daß er kaum Staub aufwirbelte. Vor und hinter ihm aufgereiht, krochen die anderen Fahrzeuge des Konvois. Der Szenerie haftete etwas Friedliches an, doch mir war nicht recht klar, wie weit man diesem Frieden trauen konnte.

Kemp winkte den Verpflegungswagen an den Straßenrand, worauf Bishop sich daranmachte, Getränke und Sandwiches zu verteilen, die mein Mietwagen auslieferte. Kemp nahm das mit Erleichterung zur Kenntnis, da er damit bis auf weiteres mit seinem Landrover dieser Aufgabe entledigt war. »Wir behalten Ihren Mietwagen ruhig weiter hier«, erklärte er. »Wir hätten sowieso schon die ganze Zeit noch einen zusätzlichen Wagen brauchen können.«

»Darüber wird Avis sicher entzückt sein.«

Sadiq meldete, er habe Kundschafter losgeschickt, um die Lage zu sondieren. Auch hinter dem Konvoi hatte er eine kleine Militäreskorte postiert, falls dem Transport aus dieser Richtung Gefahr drohen sollte.

Über ihrem Tee und ihren Sandwiches führten Hammond und Kemp ein ausführliches Gespräch, das ausschließlich technische Belange zum Inhalt zu haben schien. Es drehte sich dabei um das Fahrverhalten des Tiefladers, seit die Airlift-Vorrichtung abgekoppelt worden war.

Schließlich erklärte Kemp, er werde eine Weile neben dem Tieflader herfahren, um sein Fahrverhalten zu studieren, und er lud mich ein, ihn zu begleiten.

Gerade als wir wieder losfuhren, ließ uns ein leises Rauschen zum Himmel hochblicken, wo in großer Höhe mehrere Düsenflugzeuge in Richtung Norden unterwegs waren. Daran war nichts weiter Ungewöhnliches, weshalb sich auch niemand dazu äußerte. Trotzdem folgten alle Augen den winzigen, blitzenden Punkten in der Luft, bis sie am Horizont verschwunden waren.

Der Rest des Vormittags verstrich so langsam, als wäre die Zeit selbst stehengeblieben. Wir erreichten die Ausläufer des Steilabbruchs, der die Steppenregion von den wüstenähnlichen Gebieten vor uns trennte. Dabei galt es jedoch erst, ein paar querliegende Höhenzüge zu überqueren, die unserem Transport eine regelrechte Berg- und Talfahrt bescherten. Nachdem wir uns mühsam die erste Steigung hinaufgequält hatten, würden wir den schweren Tieflader vorsichtig wieder in ein Tal hinabmanövrieren müssen, vor uns die nächste Anhöhe, die es danach zu erklimmen galt. Und jedesmal, wenn wir wieder eine Anhöhe erreicht haben würden, würde die hinter einem flirrenden Hitzeschleier bläulich grau in den Himmel aufragende Wand des Steilabbruchs etwas näher rücken. Kemp hatte indessen drei Zugmaschinen vor den Tieflader gespannt, um das schwere Gefährt die Steigungen hinaufzuschleppen und dann wiederum seine Talfahrt zu bremsen. Zur Überwindung des eigentlichen Steilabbruchs wollte er dann alle vier Zugmaschinen zum Einsatz bringen.

Seltsamerweise war hier die Vegetation etwas üppiger, wie auch die Bevölkerungsdichte zuzunehmen schien. Fast alle paar Kilometer stießen wir auf ein kleines Dorf, und auch dazwischen gab es immer wieder vereinzelte Hütten an der Straße. Dabei handelte es sich entweder um Grasgeflechthütten mit Palmdächern oder um reine Lehmbauten. Wenn eine dieser Behausungen abbrannte oder einstürzte, konnte sie sicher binnen eines Tages wieder aufgestellt werden.

Die Dorfbewohner bauten auf ihren Feldern vor allem Mais und Süßkartoffeln an; außerdem pickten fast vor jeder Hütte ein paar schwindsüchtige Hühner im Staub. Hin und wieder stießen wir auf Herden von zerzausten Ziegen oder Kühen. Überall lungerten ausgehungerte Hunde mit hervortretenden Rippen herum, ständig auf der Suche nach etwas Freßbarem. Auch die Menschen wirkten ausgemergelt, wenn sie auch anständig gekleidet waren und eine gewisse ernste Würde ausstrahlten. Sie säumten die Straße, um uns vorüberziehen zu sehen; sichtlich gebannt und beeindruckt von dem ungewohnten Anblick, aber keineswegs in Festtagsstimmung. In einem Dorf führte eine Abordnung von Männern Sadiq zum Dorfältesten. In diesem Dorf waren im Gegensatz zu sonst keine Frauen und Kinder zu sehen, und die Männer erweckten unverkennbar einen feindseligen Eindruck.

Sadiq kehrte mit schlechten Nachrichten zurück. »Als Husseins Bataillon hier durchgekommen ist, ist ein Kind überfahren worden. Niemand hat angehalten und sich entschuldigt. Die Bewohner des Dorfes sind deshalb sehr aufgebracht.«

»Mein Gott, das ist ja schrecklich.« Mit einem Mal erweckte Kemp den Eindruck, als schiene ihm unser Gerede vom bevorstehenden Ausbruch eines Bürgerkriegs doch nicht mehr ganz so übertrieben. Wenn sich diese Vorfälle häuften, würden wir kaum mit der bereitwilligen Unterstützung der Landbevölkerung zu rechnen haben, was nicht bedeutet hätte, daß diese irgendwelchen Einfluß auf die bevorstehenden Ereignisse hätte nehmen können.

Kemp erkundigte sich, ob wir irgendwelche Hilfe beisteuern könnten. Er mußte sich sagen lassen, daß es das beste wäre, einfach weiterzufahren. »Diesen Leuten ist durchaus klar, daß Sie den Jungen nicht überfahren haben«, erklärte Sadiq. »Sie hegen keinen Groll gegen Sie, wollen Sie aber auch nicht länger hier haben. Schließlich können Sie den toten Jungen nicht wieder lebendig machen.«

Als wir daraufhin aufbrachen, um den Transport wieder einzuholen, bat ich Sadiq, in seinem Wagen mitfahren zu dürfen. Ich hatte noch eine Reihe von Fragen an ihn. Nachdem wir losgefahren waren, begann ich mit einer harmlosen Frage: »Wieso ist die Gegend hier so dicht besiedelt? Wie es scheint, leben hier mehr Menschen als an der Küste.«

»Das Klima hier ist gesünder. Die Hitze ist nicht so schlimm, und die Menschen leiden weniger am Fieber. Zudem ist der Boden sehr fruchtbar – wenn es regnet.«

In diesem Moment begann eine Stimme aus dem Funkgerät zu krächzen, worauf sich Sadiq sofort den Kopfhörer überstülpte und lauter stellte. Er hörte eine Weile aufmerksam zu, antwortete dann etwas und wandte sich schließlich mir zu: »Ein Stück die Straße hinauf ist irgend etwas los. Hört sich nicht gut an. Ich werde jedenfalls gleich mal nachsehen. Wollen Sie mitkommen?«

»Ja, gerne.« Zwar hatte ich nicht die geringste Lust, mir irgendwelche Scherereien aufzuhalsen, aber je mehr ich über die Vorgänge um uns herum in Erfahrung bringen konnte, desto besser.

Sadiq löste sich aus der Kolonne und brauste los. Hinter uns kauerte der Unteroffizier über dem Funkgerät. Einige Kilometer hinter der Stelle, an der ich mit Kemp kehrtgemacht hatte, stießen wir auf einen von Sadiqs Truppentransportern und die Kradmelder, die unterhalb einer Kammhöhe am Straßenrand standen. Der Feldwebel, dem der Spähtrupp unterstellt war, deutete zum Horizont, wo aus dem nächsten oder übernächsten Tal Rauch aufstieg.

»Vielleicht ein Steppenbrand?« fragte ich, wenn ich auch etwas anderes vermutete.

»Vielleicht. Mein Feldwebel sagte, er hätte vor einer Stunde ein Donnern gehört. Er ist ein Trottel; er denkt, die Regenzeit setze diesmal früher ein.«

»Keine Wolken am Himmel.«

»Er hat noch nie Geschützfeuer gehört.«

»Ich habe. Und Sie?« Ich sah Sadiq forschend an, worauf er nickte.

»Ich hoffe nur, daß es nicht Kodowa ist«, sagte er dann leise. »Aber ich glaube, dafür ist der Rauch zu nahe. Am besten, wir fahren hin und sehen nach.« Die Flugzeuge, die wir vor kurzem gesehen hatten, erwähnte er mit keinem Wort.

Wir fuhren also in Begleitung der Kradmelder los; der Lastwagen folgte in einigem Abstand. Im nächsten Tal fiel uns nichts Ungewöhnliches auf, doch als wir dann die nächste Anhöhe hinauffuhren, kam einer der Kradmelder zu uns zurück. Sadiq hörte sich an, was der Soldat zu berichten hatte, und ließ dann dicht unterhalb der Hügelkuppe anhalten. Er stieg aus und schritt auf den Lastwagen zu, der uns inzwischen eingeholt hatte. Auf ein paar knappe Befehle Sadiqs hin sprangen die Soldaten von der Ladefläche und verteilten sich zu beiden Seiten der Straße.

Dann rannte er neben der Straße zwischen Büschen und Sträuchern hindurch auf die Anhöhe der Kuppe zu und winkte mir, ihm zu folgen. Sobald wir die höchste Stelle erreicht hatten, warf er sich flach auf den Bauch. »Was ist los?« stieß ich atemlos hervor, als ich ihn eingeholt hatte.

»Auf der anderen Seite des Hügels sind Panzer. Ich möchte erst wissen, auf wessen Seite sie stehen, bevor ich weiterfahre.«

Er rutschte ein Stück auf dem Bauch nach vorn und holte sein Fernglas aus dem Etui. Nachdem er flüchtig das gesamte Tal vor uns überflogen hatte, nahm er längere Zeit einen bestimmten Punkt ins Visier. Dann winkte er mir zu und reichte mir den Feldstecher.

Auf der Straße waren vier Panzer zu erkennen. Einer brannte noch, einer lag umgestürzt auf der Straße. Ein dritter war von der Fahrbahn abgekommen und im Straßengraben gelandet. An dem vierten war nichts Auffälliges zu bemerken; er stand einfach nur am Straßenrand. Außerdem waren drei Leichen zu sehen, und die Straße war von zahlreichen kleinen Einschußkratern und Geröll übersät.

So etwas sah ich nicht zum erstenmal. Ich gab Sadiq das Fernglas zurück und sagte: »Ein Raketenangriff aus der Luft. Sind das Husseins Panzer?«

»Ja, sie gehören zum Zweiten Bataillon. Der Stabswagen ist nirgends zu sehen.«

Sadiq sah zu der Stelle zurück, wo sein Feldwebel wartete, und machte eine weit ausholende Geste, um sich dann die Hand flach auf den Kopf zu legen. Die Anweisung war ziemlich unmißverständlich: seine Leute sollten sich seitlich an die Stelle heranschleichen und dabei die Köpfe unten behalten.

Doch Sadiqs Vorsichtsmaßnahmen sollten sich als überflüssig erweisen. Mit Ausnahme der ersten neugierigen Aasgeier war nirgends in weitem Umkreis ein Lebewesen zu sehen. Sadiq ließ den Rest seiner Leute mit ihren Fahrzeugen nachkommen, und dann sahen wir uns die Unglücksstelle näher an. Die drei Leichen, die auf der Straße lagen, waren Soldaten, die aus dem brennenden Panzer zu flüchten versucht hatten. Sie waren übel verkohlt – ihre Kleidung war völlig verbrannt –, aber es zeigte sich, daß sie durch Maschinengewehrfeuer umgekommen waren. Der Panzer, der uns aus der Ferne unbeschädigt erschienen war, wies im Turm ein kleines Loch auf, um das herum die Farbe versengt war, so daß das darunterliegende Metall zum Vorschein kam. Ich wußte, welcher Anblick sich Sadiqs Männern im Innern des Panzers bieten würde, und verspürte nicht die geringste Lust, mich selbst zu vergewissern. Die Insassen des Panzers würden säuberlich über die gesamten Innenwände verteilt sein.

Sadiq erteilte Anweisung, den brennenden Panzer zu löschen; dann wurden alle Leichen an einer Stelle zusammengetragen und mit einer Plane zugedeckt. Mit Ausnahme einiger Blutspuren, die sich in die Büsche seitlich der Straße zerstreuten, war von den restlichen Soldaten keine Spur zu sehen. Verwundet oder nicht, hatten sie die Flucht ergriffen.

Schließlich erklärte ich: »Wir kommen hier mit dem Transport nicht durch, solange die Straße nicht geräumt ist. Soll ich zurückfahren und Kemp berichten, was passiert ist? Dann kann er einen seiner Fahrer mit einer Zugmaschine herschikken. Im Augenblick brauchen sie sowieso nur drei davon.«

»Ja, lassen Sie sich von einem meiner Kradmelder zurückbringen. Ich glaube, im Augenblick droht keine Gefahr mehr.« Dennoch suchten wir mit unseren Blicken den Himmel ab. Eines schien nun jedenfalls mit ziemlicher Sicherheit klar, ohne daß es langer Debatten bedurft hätte: der Bürgerkrieg war zum offenen Ausbruch gelangt, und die Luftwaffe hatte sich auf die Gegenseite geschlagen.

Einer von Sadiqs Leuten fuhr mich zurück und ließ mich ohne lange Umschweife bei Kemps Wagen absteigen. Kemp starrte mich fassungslos an. Erst jetzt wurde mir bewußt, daß ich bereits zum zweitenmal an diesem langen Tag über und über verdreckt und zerschrammt vor ihm auftauchte.

»Dieser Krieg, an den Sie lieber keinen Gedanken verschwenden wollten, ist eben ein Stück die Straße runter ausgebrochen«, sagte ich. »Im Augenblick ist dort kein Durchkommen. Die Straße ist durch vier zerstörte Panzer von Husseins Einheit blockiert. Wir brauchen eine Zugmaschine und einen verdammt guten Fahrer, um sie wegzuschaffen. Am liebsten wäre mir McGrath. Und noch ein paar Helfer. Außerdem könnte es nicht schaden, wenn auch Sie mitkämen; Sie verstehen doch was von Schwertransporten, oder nicht?«

Vermutlich wirkte ich leicht hysterisch. Zumindest sah Kemp mich so an.

»Sie wollen mich doch hoffentlich nicht für dumm verkaufen?«

»Sie sind witzig. Hätte ich Ihnen zum Beweis vielleicht einen Toten mitbringen sollen?«

»Einen Toten?«

»Ja, das gehört nun mal zum Krieg.«

Ich sah die Straße hinunter. Der Tieflader kroch langsam auf uns zu. Vor ihm her fuhr die Zugmaschine mit McGrath am Steuer. Ich winkte ihm zu, worauf er voller Neugier neben uns hielt. Niemandem war die plötzliche hektische Aktivität unserer Militäreskorte entgangen, so daß allen klar war, daß irgend etwas nicht stimmte.

»Basil, lassen Sie den Transport anhalten«, wandte ich mich an Kemp. »Wir sollten lieber nicht zu dicht auffahren.«

Kemp sah von mir zu seinem Tieflader, um dann langsam das Mikrophon aus seiner Halterung am Armaturenbrett des Landrover zu nehmen. Einen Schwertransport zum Stehen zu bringen, ist nicht einfach damit getan, daß man auf die Bremse tritt; eher ließe sich dieses Manöver mit dem Stoppen eines Schiffs vergleichen. Zum einen mußten die Fahrer der drei Zugmaschinen bestens aufeinander eingespielt sein, und dann mußte der Mann auf dem Tieflader – das war in der Regel Hammond selbst oder Bert Proctor – genau den richtigen Moment abpassen, in dem er die Bremse anzog. Obwohl die Fahrer über Funk miteinander in Verbindung standen, wurden sie noch zusätzlich vom Kommandowagen durch Flaggensignale dirigiert – eine ebenso einfache wie wirkungsvolle Methode. Kemp reckte nun also sein Fähnchen zum Fenster des Landrover hinaus und begleitete seine Signale mit genauen mündlichen Anweisungen über Funk. McGrath kletterte aus dem Führerhaus seiner Zugmaschine und kam auf uns zu. »Was gibt's Neues, Mister Mannix?«

»Der Krieg ist ausgebrochen.«

»Wie sieht es dort vorne aus?«

»Tja, wie es in so einem Krieg eben zugeht. Hussein wurde aus der Luft unter Beschuß genommen und verlor dabei vier Panzer. Einer davon stellt weiter kein Problem dar, aber die drei anderen blockieren die Straße. Sie müssen uns helfen, sie beiseite zu schaffen.«

Inzwischen hatten sich mehrere Männer um uns geschart, die aufgeregt durcheinanderredeten. McGrath übertönte den allgemeinen Lärm.

»Wird da vorn geschossen, Mister Mannix?«

»Nein, und ich glaube auch nicht, daß damit in nächster Zukunft zu rechnen ist. Wir nehmen an, daß uns beide Seiten unbehelligt lassen werden. Schließlich sind wir auch für die Aufständischen von einigem Interesse.«

»Irgendwelche problematischen Stellen bis dorthin?« erkundigte sich McGrath weiter.

»Nicht, daß ich wüßte.«

»Also gut. Ich fahre mit Bert. Barry, du trommelst ein paar Leute zusammen und kommst hinterher. Sag den Jungs mit dem Tankwagen und dem Airlift, sie sollen zurückbleiben. Wir fahren mit Ihrem Wagen, Mister Mannix – einverstanden? Sandy, schaff mir Bert her, und dann bleibst du am besten gleich dort und sagst Mister Hammond, was los ist.«

Er erteilte seine Befehle mit ruhiger Entschlossenheit und schritt dann wieder auf seine Zugmaschine zu. Ich war beeindruckt. Er hatte auf höchst kompetente Weise die Initiative ergriffen und dabei einen verläßlichen Eindruck gemacht. Ich war gespannt zu sehen, wie er reagieren würde, wenn es wirklich hart auf hart ging, was sicherlich in nächster Zukunft der Fall sein würde.

Inzwischen gesellte Kemp sich wieder zu mir, und nachdem ich ihn über unser weiteres Vorgehen unterrichtet hatte, nickte er zustimmend. »Mick versteht was vom Organisieren. Zwar platzt ihm manchmal der Kragen, aber was will man von einem Iren schon anderes erwarten? Ben wird sich mit der restlichen Crew um den Transport kümmern. Und Sadiqs Leute können ihnen währenddessen die Händchen halten. Ich komme mit Ihnen. Steigen Sie ein.«

Er entschuldigte sich mit keinem Wort, daß er bezweifelt hatte, es könnte jemals so weit kommen, wie es nun tatsächlich gekommen war. Er war nun wieder von der alten Anspannung befallen, die ich bereits in Port Luard an ihm bemerkt hatte, und zu meiner Besorgnis mußte ich feststellen, daß dazu nicht so sehr die Vorstellung beitrug, ein ganzes Land vom Bürgerkrieg verwüstet zu sehen, sondern vielmehr die Aussicht, sein sorgfältig ausgeklügelter Fahrplan, einschließlich seiner logistischen Kalkulationen, könnte durcheinandergebracht werden. Kemp konnte manchmal wirklich nervenaufreibend engstirnig sein.

Als wir gerade McGrath überholten, der mit seiner Zugmaschine vorausgefahren war, fragte Kemp: »Sie haben Tote erwähnt. Wie viele?«

»Gesehen habe ich drei. Aber in den Panzern sind sicher noch mehr. Der Rest hat die Flucht ergriffen.«

»Verdammter Mist. Als ob wir nicht schon genügend Probleme hätten. Und jetzt muß uns auch noch dieser verfluchte Bürgerkrieg in die Quere kommen.«

»Es könnte schlimmer sein.«

»Wie hätte es denn noch schlimmer kommen sollen? Können Sie mir das vielleicht sagen?« Kemp warf mir einen gereizten Seitenblick zu.

»Die Flugzeuge hätten zum Beispiel unseren Transport unter Beschuß nehmen können.«

Als er darauf nichts erwiderte, ließ ich ihn eine Weile schweigend weiterfahren. Ich war im Augenblick dankbar für ein paar ruhige Minuten.

Der Schauplatz des Luftangriffs hatte sich kaum verändert; nur die Toten waren von der Straße geschafft worden und das Feuer gelöscht. Sadiq erwartete uns bereits ungeduldig. »Wie lange werden Sie brauchen, um die Straße freizuräumen?« wollte er sofort wissen.

Kemp sah ihn verständnislos an.

»Wie lange?« wiederholte Sadiq.

Kemp riß sich zusammen. »Wenn die Zugmaschine hier ist, haben wir die Panzer in einer halben Stunde von der Straße geräumt. Schließlich brauchen wir nicht allzu vorsichtig mit ihnen umzugehen.«

Ich hörte nicht zu, sondern starrte wie gebannt auf die Hügelkette vor uns, hinter der mehrere Rauchsäulen zum Himmel aufstiegen. Sadiq folgte meinem Blick.

»Meine Leute haben schon Meldung erstattet, Mister Mannix. Kodowa brennt.«

Ich konnte es mir nicht verkneifen, Kemp zu fragen: »Haben Sie immer noch vor, dort frisches Gemüse einzukaufen?« Er schüttelte niedergeschlagen den Kopf. Der Krieg war ausgebrochen, und wir steckten mittendrin.

McGrath und Proctor verstanden etwas von ihrem Geschäft. Nachdem sie sich kurz besprochen hatten, machten sie sich daran, die schweren Drahtseile anzubringen. Und im Augenblick bugsierte McGrath gerade den ersten Panzer von der Fahrbahn, als handelte es sich dabei um ein Spielzeugmodell aus Blech. Wir anderen sahen fasziniert zu, wie das schwere Gefährt im Staub neben der Straße zum Stehen kam; und schon machten sich McGraths Helfer an die Vertäuung des nächsten Panzers.

Sobald Sadiq sich vergewissert hatte, daß wir mit den Panzern keine Probleme hatten, brach er mit seiner Motorradeskorte in Richtung Kodowa auf. Die Räumarbeiten zogen sich noch bis in den späten Nachmittag hin. Dann fuhr Kemp zum Hauptkonvoi zurück, um den Tieflader nachkommen zu lassen. Er hatte beschlossen, nach diesem anstrengenden und ereignisreichen Tag nachts Pause zu machen, wollte aber bis zum Einbruch der Dunkelheit noch möglichst weit vorankommen.

McGrath und Proctor legten eine Teepause ein, nachdem sie den umgestürzten Panzer beiseite geräumt hatten. Ich trat auf die beiden zu und fragte: »Haben Sie einen Spaten dabei?«

McGrath grinste. »Haben Sie schon mal einen Arbeiter ohne Spaten gesehen? Wir brauchen die Dinger doch, um uns darauf zu stützen, wenn wir gerade wieder mal Pause machen. Sie sind auf der Zugmaschine.«

Wir begruben die Toten, nachdem wir Sadiqs Feldwebel die Erkennungsmarken ausgeliefert hatten. Danach saßen alle, jeder in seine eigenen Gedanken versunken, still herum. McGrath war verschwunden, doch nun hörte ich ihn plötzlich rufen.

»Hey, Mister Mannix! Bert!«

Ich sah mich nach ihm um, konnte ihn jedoch nirgends entdecken. »Wo sind Sie?«

»Hier drinnen.« Seine Stimme klang gedämpft, und ich hatte Schwierigkeiten festzustellen, aus welcher Richtung sie kam.

Als ich ihn noch immer nicht sah, deutete Proctor auf den Panzer, der schon neben der Straße stand, und in dessen Turmluke nun McGraths Kopf auftauchte. Gut gelaunt verkündete er: »Die Kiste hier sieht aus, als wäre sie noch ganz in Ordnung.«

»Haben Sie denn auch von Panzern eine Ahnung?«

»Na, was habe ich wohl beim Militär gelernt? Sie werden so schnell nichts finden, das sich auf Rädern bewegt, von dem ich keine Ahnung habe«, erklärte er mit unverhohlenem Stolz. Proctor neben mir nickte auf seine ernste, bedächtige Art.

»Können Sie das Ding da rausfahren?« fragte ich.

»Ich denke schon. Die Kiste hat keinen einzigen Treffer abgekriegt. Die Besatzung hat sich einfach aus dem Staub gemacht und hat das Ding hier im Straßengraben stehen gelassen. Soll ich's mal probieren?«

»Warum nicht?«

Sein Kopf verschwand wieder in der Luke, und nach einigem metallischem Scheppern sprang der Panzer dröhnend an. Erst bewegte er sich ein Stück vorwärts und wühlte sich noch tiefer in den Staub, aber dann legte McGrath den Rückwärtsgang ein. Unter lautem Kettengerassel, gegen das der Applaus der Umstehenden mühsam anzukämpfen versuchte, schob sich das schwere Gefährt dann langsam, aber unaufhaltsam aus dem Straßengraben auf die Fahrbahn. Dort blieb es stehen. Doch wenige Augenblicke später begann der Turm sich zu bewegen. Das Geschützrohr senkte sich ein Stückchen, bis es schließlich genau auf uns deutete.

»Pfoten hoch!« brüllte McGrath unter schallendem Gelächter, als er wieder in der Luke auftauchte.

»Nehmen Sie bloß das verdammte Geschütz weg«, konterte ich. »Einmal am Tag in so ein Mündungsloch zu starren, genügt wirklich. Jedenfalls sieht es ganz so aus, als hätte sich unserem Konvoi nun auch noch ein intakter Panzer angeschlossen. Hauptmann Sadiq wird entzückt sein.«

9

Es war eine unruhige Nacht. Obwohl nichts Ungewöhnliches mehr passierte, fanden doch die wenigsten richtig Schlaf. Am Verpflegungswagen war ein ständiges Kommen und Gehen, immer wieder hörte man im Dunkeln leises Tuscheln, eine deutlich spürbare Anspannung lag in der Luft. Tagsüber hatten sich die Ereignisse überstürzt – in totalem Gegensatz zur bisherigen, einschläfernden Routine. Niemand wußte, was ihn am nächsten Tag erwartete. Mit dem gewohnten Alltagstrott war es aus.

Der Tieflader hatte inzwischen das Tal erreicht, in dem die Panzer außer Gefecht gesetzt worden waren und wo er nun auch für die Nacht haltmachte. Kemp wollte nicht weiterfahren, solange wir nicht wußten, was in Kodowa los war. Sadiq war dann im Morgengrauen mit ihm losgefahren, um sich die Straße anzusehen. Ich blieb bei der Kolonne zurück.

Beim Frühstück wurde wenig gesprochen, und ich spürte deutlich die Anspannung, die die Männer befallen hatte. Mir war klar, daß sie alles andere als sicher waren, diese Krisensituation unbeschadet zu überstehen. Auch wurde ich den Verdacht nicht los, daß Johnny Burke und Bob Sisley die Stimmung noch zusätzlich anheizten. Das verdiente beobachtet zu werden. Ich legte mir für den Fall, daß ich sie mit ein paar stichhaltigen Argumenten würde überzeugen müssen, schon die richtigen Worte zurecht. Schließlich waren diese Männer nicht wie Soldaten gedrillt, ohne Widerrede zu gehorchen.

Ben Hammond hatte Kemp begleitet, um sich die Straße anzusehen. McGrath und drei oder vier andere Männer spielten noch mit dem Panzer, den sie genauer untersuchen wollten, bevor sie ihn dem Militär übergeben würden. Die anderen, darunter auch ich, saßen eher untätig herum. Wenn man von den drei Panzerwracks neben der Straße absah, wirkte sonst alles durchaus friedlich und normal.

Der plötzliche Einbruch in diese friedvolle Stimmung war deshalb umso erschreckender.

Schlagartig schwoll die Luft zu einem gewaltigen Zischen an, und unsere Ohren erfüllte ein mächtiges Dröhnen. Wie Schachtelteufel sprangen ringsum Männer auf, als fünf Düsenjäger extrem niedrig über unsere Köpfe hinwegschossen und hinter dem nächsten Hügelkamm verschwanden.

»Herr im Himmel!« Ich spürte den Herzschlag in der Kehle und verschüttete meinen Kaffee, als ich mit einem Ruck hochschnellte.

»Sie greifen an!« hörte ich jemanden schreien; alles hechtete in Deckung. Die meisten Männer suchten unter dem Tieflader selbst Deckung, was glattem Selbstmord gleichgekommen wäre, wenn uns die Flugzeuge tatsächlich angegriffen hätten. Aber sie warfen weder Bomben, noch schossen sie Raketen auf uns ab. Sie waren ebenso schnell wieder verschwunden, wie sie gekommen waren. Die Männer tauchten wieder aus ihrer Deckung auf. Die Soldaten griffen verspätet nach ihren Gewehren.

»Sollte das ein Angriff sein?« wandte sich Ritchie Thorpe an mich. Weil er mit mir dem Transport nachgefahren war, war ihm stillschweigend die Funktion des Vermittlers zwischen mir und den Männern übertragen worden.

»Nein, dazu sind sie viel zu schnell geflogen. Ich glaube nicht einmal, daß sie uns überhaupt bemerkt haben.«

»Wohin sind sie Ihrer Meinung nach geflogen?«

»Wenn ich das wüßte.« Ich kam mir vor wie auf einer einsamen Insel. »Bekommen Sie denn über Funk gar nichts herein? Wenigstens irgendeinen lokalen Sender?«

»Tut mir leid, Mister Mannix. Außer Rauschen ist nichts zu hören. Vermutlich ist der gesamte Funkverkehr gestört. Mister Kemp wollte sich in einer halben Stunde melden. Mal sehen, ob ich ihn schon jetzt erreiche. Vielleicht kann er Neuigkeiten berichten.«

Aus der Ferne näherte sich ein rasch lauter werdendes Dröhnen; einer der Düsenjäger kam zurück. Er flog jetzt wesentlich höher, umkreiste uns in einer weiten Schleife und verschwand dann in der Richtung, aus der er gekommen war. Doch selbst nach ihrem Verschwinden schien die Maschine ein schwaches Echo zu hinterlassen. Wenige Augenblicke später wußte ich auch schon, woher dieses Geräusch rührte.

»Bert, da kommt noch ein anderes Flugzeug. Ein kleines. Können Sie es sehen?«

Proctor suchte den Himmel ab.

»Nein, aber ich kann es hören.« Er schrie den anderen zu. »Kann irgend jemand ein kleines Flugzeug sehen?«

Alle starrten wie auf Kommando zum Himmel hoch, einige kletterten sogar auf den Tieflader, um besser sehen zu können. Es war Brad Bishop, der schließlich vom Verpflegungslaster herunterschrie: »Ja, da drüben!« und nach Süden deutete.

Und dann sah ich es auch – ein winziger Fleck, der in geringer Höhe auf uns zukam. Noch während ich nach meinem Feldstecher tastete, wurde mir schlagartig klar, um welche Maschine es sich handelte. Ich besitze keinen Flugschein und habe auch keinen Blick für die unzähligen verschiedenen Flugzeugtypen, obwohl ich sicherlich schon Hunderte von Flugstunden in den unterschiedlichsten Maschinen vom kleinen Firmenflugzeug bis zum Jumbo-Jet aufweisen kann; aber dieses Flugzeug erkannte ich trotzdem.

»Das ist die Maschine der British Electric«, verkündete ich lauthals. »Wir bekommen Besuch.«

»Wo wollen die denn landen?« fragte mich Thorpe.

»Das ist eine schlaue Frage, Ritchie«, nickte ich besorgt. »In Kodowa gibt es zwar einen kleinen Flugplatz, aber ich weiß nicht, ob sie dort landen können. Und daß sie hier nicht runterkommen können, steht eindeutig fest.«

Und genau in diesem Punkt sollte ich mich täuschen.

Allerdings handelte es sich nicht um eine beabsichtigte Landung. Als die Maschine näherkam, bemerkten wir die ersten Anzeichen, daß irgend etwas nicht mit ihr stimmte. Sie flog leicht zur Seite geneigt und zog eine dünne Rauchfahne hinter sich her. Und nach einer Weile wurde das volle Ausmaß des Schadens erkennbar. Das Fahrwerk war zum Teil weggerissen, und das Leitwerk hatte sich verzogen.

»Die Kiste kann jeden Augenblick runterkommen.«

»Glauben Sie, die Düsenjäger haben sie angegriffen?«

»Nein«, schüttelte ich den Kopf. »Sie sind zu hoch und zu schnell geflogen. Die Maschine wurde vom Boden aus beschossen. Unglaublich! Das Flugzeug ist doch offensichtlich kein Kampfflugzeug; es ist nicht einmal bewaffnet.«

Besorgt beobachteten wir, wie die Maschine schwankend dem Boden entgegenkreiste.

»Den Wassertanker!« schrie ich und sprintete auf den Mietwagen zu. Drei oder vier andere sprangen neben mir in den Wagen, der nicht gerade für das holprige Buschland zu beiden Seiten der Straße gebaut war. Aber da Kemp mit dem Landrover unterwegs war, blieb uns keine andere Wahl. Der Lastwagen mit dem Wassertank und ein paar Militärflugzeuge folgten uns. Ich war vollauf damit beschäftigt, den vermutlichen Kurs des notlandenden Flugzeugs zu verfolgen und die schlimmsten Hindernisse, die sich mir in den Weg legten, zu umfahren. Die anderen klammerten sich an den Sitzen fest und lehnten sich trotz der um uns aufwirbelnden Staubwolken aus den offenen Wagenfenstern, um das Flugzeug nicht aus den Augen zu verlieren.

Im nächsten Augenblick senkte es sich auch schon steil dem Horizont entgegen, um dahinter zu verschwinden. Ich versuchte, das Letzte aus dem Wagen herauszuholen. Als das Flugzeug noch einmal kurz in unser Blickfeld schoß, war mir nicht recht klar, ob es schon aufgesetzt hatte und wieder in die Luft geschleudert worden war. Dann war es erneut verschwunden, und eine gewaltige Staubwolke stieg zum Himmel auf.

Meine Hände kämpften mit dem Steuerrad, um den Wagen auf Kurs zu halten. Ich preschte durch eine undurchdringliche Wand aus Dornbüschen und stieg dahinter mit aller Kraft auf die Bremse. Sich in den Federn wiegend, blieb der geschundene Wagen stehen. Ein Stück vor uns den leichten Abhang hinunter lag halbzerstört auf der Erde, was sich eben noch durch die Lüfte geschwungen hatte.

Wir sprangen aus dem Wagen und rannten darauf zu. Die Feuersgefahr war enorm. Es stand nicht nur zu befürchten, daß das Flugzeug in Flammen aufging; vielmehr drohte auch Gefahr, daß es dadurch zu einem verheerenden Buschbrand kam. Vorerst jedoch waren noch keinerlei Anzeichen eines Brandes zu erkennen; auch war die Maschine nicht zur Seite gekippt. Die Cockpitabdeckung hatte zahlreiche Knicke und Sprünge im Glas, war aber nicht eingedrückt.

Während wir uns noch dem Flugzeug näherten, regte sich bereits eine Gestalt in dem demolierten Cockpit. Die Maschine war zwar ein Sechssitzer, aber im Innern waren nur zwei Personen zu erkennen. Die Männer, die mit mir gekommen waren, kletterten auf die Tragflächen und versuchten, die Cockpitabdeckung zu lösen. Der Tanklastwagen holperte, umringt von mehreren Militärfahrzeugen, schwerfällig auf uns zu. Ich gab den näher kommenden Fahrzeugen durch Handzeichen zu verstehen, sie sollten sofort stehenbleiben.

»Halt! Nicht weiter! Wenn das Flugzeug zu brennen beginnt, wird euch das Feuer ebenfalls erreichen. Keine Funken – nicht die Zündung ausschalten!« Ich schrie mir die Seele aus dem Leib. »Wilson, legen Sie mit Burke eine Wasserspur zum Flugzeug hinüber.«

Während nun einer der dicken Schläuche ausgerollt wurde und ihm ein erster Wasserstrahl entsprudelte, löste sich die Kanzelabdeckung, so daß wir den beiden Männern im Innern der Maschine ins Freie helfen konnten. Ich stürzte zum Wagen zurück und fuhr ihn näher an das Flugzeug heran. Einer der Insassen der Maschine schien unverletzt; zwar stützten ihn zwei Männer, aber er kam mit recht entschlossenen Schritten auf mich zu. Sein Begleiter hatte jedoch das Bewußtsein verloren und mußte von Grafton und Ron Jones getragen werden. Im Näherkommen erkannte ich die beiden schließlich.

Der bewußtlose Mann war Max Otterman, unser rhodesischer Pilot. Und der andere war Geoffrey Wingstead.

Max Ottermans Zustand erwies sich als bedenklich.

Zwar hatte er es geschafft, die Maschine den Umständen entsprechend fast unversehrt aufzusetzen – jedoch mit nicht unerheblichen Folgen. Sein linker Arm war gebrochen, und trotz seines Helms und der Brille wies vor allem sein Gesicht zahlreiche Quetschungen und Schnittwunden auf. Als wir ihn zusammen mit Wingstead zum Konvoi brachten, kam er halbwegs zu Bewußtsein. Aber er hatte offensichtlich starke Schmerzen und wurde immer wieder ohnmächtig. Schließlich betteten wir ihn vorsichtig im Schatten des Tiefladers, um ihn von Bishop gründlich untersuchen zu lassen. Bishop war in Erster Hilfe ausgebildet und verstand es auch durchaus, die

Männer der Crew bei ihren alltäglichen, kleinen Arbeitsunfällen zu verarzten. Aber in diesem Falle mußte auch er passen, wenn er auch ziemlich sicher war, daß weder sein Genick noch sein Rückgrat gebrochen war.

Von einer tiefen Schnittwunde an der linken Schulter und einigen Schrammen abgesehen, bot Wingsteads Zustand keinerlei Grund zur Beunruhigung. Dennoch redeten ihm Bishop und ich gut zu, die Dinge nicht auf die leichte Schulter zu nehmen und sich erst einmal von dem Schock zu erholen. Er beobachtete uns noch eine Weile bei unseren Bemühungen um Otterman und machte es sich dann an einem schattigen Platz mit einem kalten Bier bequem.

Natürlich zog er automatisch die Aufmerksamkeit seiner Leute auf sich. Sie alle kannten Geoff persönlich und hielten offensichtlich große Stücke auf ihn. Ihre Verwunderung über seinen unerwarteten Besuch wandelte sich jedoch mehr und mehr in unverhohlene Neugier.

Dies wiederum veranlaßte mich, sie nachdrücklich darum zu bitten, ihren Boß vorerst in Ruhe zu lassen.

»Los jetzt, Leute. Geoff ist im Augenblick sicher nicht danach zumute, hier eine Pressekonferenz abzuhalten.« Ich wollte ihre Neugier nicht zu schroff abwiegeln; aber sie folgten meiner Aufforderung und entfernten sich ein Stück.

»Ich muß Ihnen allen meinen aufrichtigen Dank aussprechen«, erklärte Wingstead mit etwas zittriger Stimme. »Sie haben Ihre Sache wirklich gut gemacht.«

»Nicht zu vergessen Max«, warf ich ein. »Wir haben noch genügend Zeit, Geoff. Ruhen Sie sich erst mal aus. Ihre Fragen können Sie uns dann später stellen.«

Natürlich hätte ich nur zu gern gewußt, was ihn veranlaßt hatte, uns aufzusuchen, und was er über die allgemeine Lage in Nyala zu berichten hatte; aber ich hielt es für besser, daß sich auch Kemp und Sadiq anhörten, was Wingstead zu erzählen hatte. Und ich wollte ihn nicht mit unnötigen Wiederholungen seines Berichts belasten. Also entfernte auch ich mich ein Stück, und nach einer Weile sah ich, daß Wingstead mit nach vorne gesunkenem Kopf erschöpft einschlief. Währenddessen wartete ich gespannt auf Kemps Rückkehr. Es sollte fast Mittag werden, bis ich ihn mit Sadiqs Eskorte zurückkehren sah. Ich ging ihnen einen Stück entgegen, um sie gleich abzufangen.

»Neil«, begrüßte mich Kemp. »Auf uns kommen einige Probleme zu.«

»Na, warten Sie erst mal ab, was ich Ihnen zu berichten habe.«

Kemps Blicke zuckten sofort zum Tieflader hinüber. »Sie hatten auch Probleme?«

»So würde ich es nicht unbedingt nennen. Ich bin natürlich schon fürchterlich gespannt, was Sie zu berichten haben, aber ich glaube doch, unsere Neuigkeiten gehen vor. Wir haben Besuch.«

»Von wem? Militär?«

Inzwischen war auch Sadiq ausgestiegen; er suchte mit seinem Feldstecher die Straße ab. Von der Stelle, an der wir standen, konnte er das Flugzeug nicht sehen. An sich hätte ich über die jüngsten Ereignisse lieber mit Kemp allein gesprochen, aber Sadiq einzuweihen, würde sich als unumgänglich erweisen. Zudem würde er auch allein schnellstens in Erfahrung bringen, was sich zugetragen hatte.

»Nein. Vor kurzem sind hier ein paar Kampfflugzeuge vorbeigekommen, die aber offensichtlich nichts mit uns im Sinn hatten. Kurz darauf ist dann jedoch auch noch eine kleine Privatmaschine hier aufgetaucht. Sie ist da drüben notgelandet.« Ich deutete zur Absturzstelle. »Meiner Ansicht nach ist sie vom Boden aus beschossen worden. An Bord befanden sich zwei Männer, die wir bergen konnten. Einer von ihnen ist allerdings schwer verletzt.«

»Und wer sind die beiden?«

»Na, Sie werden staunen, Basil. Einer von ihnen ist Ihr Boß. Er ist übrigens nicht ernsthaft verletzt.«

»Geoffrey!« In Kemps Gesicht zeigten sich erst Erstaunen und Erleichterung, dann jedoch Besorgnis. »Und wer ist der andere Mann – der Verletzte?«

»Unser Pilot, Max Otterman. Er hat eine verdammt gute Landung hingelegt – vermutlich hat er ihnen beiden Kopf und Kragen gerettet –, aber es hat ihn dabei ziemlich übel erwischt. Und die Maschine können wir abschreiben.«

Das waren nun allerdings sensationelle Neuigkeiten. Sowohl Kemp wie Sadiq waren sichtlich beeindruckt und bestürmten mich mit Fragen. Nach einer Weile konnte ich uns schließlich Sadiq mit der Feststellung vom Hals schaffen, daß die Bewachung des Flugzeugs möglicherweise nicht seinen Vorstellungen entsprach. Wie erwartet, entfernte er sich unverzüglich, um sich selbst zu vergewissern. Auch Kemp wäre ihm gefolgt, wenn ich ihn nicht zurückgehalten hätte.

»Sie können sich das Flugzeugwrack später ansehen.«

»Ich hätte gern Geoff und den Piloten gesprochen.«

»Der eine schläft, und der andere ist die meiste Zeit ohne Bewußtsein. Im übrigen können Sie augenblicklich für keinen von beiden etwas tun. Erzählen Sie doch lieber erstmal, was Sie alles in Erfahrung gebracht haben.«

»Bis kurz vor Kodowa befindet sich die Straße in durchaus zufriedenstellendem Zustand. Aber in der Stadt selbst ist der Teufel los. Sie wurde aus der Luft angegriffen und ist mehr oder weniger abgebrannt. Die Bevölkerung befindet sich meiner Meinung nach in völliger Auflösung und dürfte uns kaum in irgendeiner Weise von Nutzen sein. Ebensowenig dürften wir etwas für sie tun können. Die Lage ist gespenstisch.«

Das konnte ich als Entschuldigung nehmen, wenn ich wollte.

»Wir sind übrigens nicht sehr weit gekommen, da uns die Bevölkerung mit offenkundiger Feindseligkeit entgegentrat. Verständlicherweise waren sie auf jegliche Art von Uniform nicht gerade gut zu sprechen, und Sadiq hatte nicht genügend Leute bei sich, um etwas dagegen zu unternehmen. Irgendwann in nächster Zukunft wird für uns jedoch kein Weg an Kodowa vorbeiführen. Hat Geoff Ihnen schon etwas erzählt?«

»Noch nicht. Ich wollte erst noch auf Sie warten, und außerdem hielt ich es für besser, wenn er sich vorher noch etwas ausruht. Wo steckt übrigens Ben Hammond?«

Kemp machte eine verzweifelte Geste. »Sie werden es nicht glauben, aber dieser verdammte Armeelaster ist auf dem Rückweg mit Motorschaden liegengeblieben. Natürlich wußte niemand, wie der Schaden zu beheben ist, so daß Ben zurückbleiben mußte, um die Kiste zu reparieren. Allerdings sollte er jeden Augenblick hier auftauchen. Sadiq hat gleich ein paar seiner Männer losgeschickt, um ihm nötigenfalls behilflich zu sein. Auf der Straße war keine Menschenseele zu sehen, also werden sie auch kaum Schwierigkeiten bekommen.« Ich konnte ihm ansehen, daß er Ben nur sehr ungern mitten im Busch mit dem defekten Lastwagen zurückgelassen hatte.

»Es wird schon alles gut gehen«, versuchte ich ihn zu trösten. »Besorgen Sie sich erstmal was zu essen – und zu trinken.«

»Ja, ein Bier könnte ich jetzt wirklich vertragen.« Er überlegte kurz. »Oder lieber doch nicht. Von jetzt an sollten wir mit unseren Vorräten sparsam umgehen. Deshalb werde ich mich fürs erste mit einer Tasse Tee begnügen.«

Wir tauschten ein bitteres Lächeln.

Zwei Stunden später tauchte Ben Hammond auf, ausgedörrt und gierig nach etwas Trinkbarem. Für ihn setzte Kemp noch einmal die von ihm selbst eingeführte Bierrationierung außer Kraft, von der wir den anderen noch nichts gesagt hatten – eine Aufgabe, der Kemp nicht gerade mit Freuden entgegensah. Wingstead hatte die ganze Zeit ruhig geschlafen; wir wollten ihn nicht wecken. Dagegen machte Otterman nach wie vor keinen guten Eindruck. Er bewegte sich im Schlaf, murmelte ständig vor sich hin, stieß auch gelegentlich einen lauten Schrei aus und stürzte uns damit ausnahmslos in schwere Besorgnis.

»In Kodowa muß es doch einen Arzt geben«, sagte Kemp. »Die Frage ist nur, wie wir ihn in diesem Chaos auftreiben sollen, oder ob er Otterman überhaupt helfen kann.« Einerseits machte er sich Max' wegen Sorgen, zum anderen beunruhigte ihn jedoch auch die sich mehr und mehr zuspitzende Lage.

»Und was werden Sie jetzt tun?« wollte Hammond von Kemp wissen.

»Ich fahre noch heute nachmittag nach Kodowa. Wir müssen dort irgendwelche offiziellen Stellen ausfindig machen – falls es so etwas dort überhaupt gibt – und uns Klarheit über den gegenwärtigen Stand der Dinge verschaffen. Außerdem brauchen wir Lebensmittel, Medikamente und vor allem Wasser – wir haben bei der Rettungsaktion eine Menge Wasser verbraucht. Ich wäre Ihnen dankbar, wenn Sie mich beide begleiten könnten; außerdem werde ich noch ein paar von meinen Leuten mitnehmen.«

In diesem Augenblick kam Sandy Bing auf uns zugerannt.

»Brad sagt, Sie sollen kommen, Mister Kemp. Mister Wingstead ist aufgewacht.«

»Komme sofort.«

Inzwischen war zwischen dem Tieflader und einer Zugmaschine wieder die Plane gespannt worden, und darunter saß Geoff Wingstead, der nun einen wesentlich muntereren Eindruck machte. Gut gelaunt griff er nach Kemps ausgestreckter Hand, um sie kräftig zu schütteln.

»Bei Ihnen ist also alles in Ordnung?« sagte er.

»Ja, wir können nicht klagen. Wir haben zwar Probleme, aber bis auf weiteres noch keine Unglücksfälle.«

»Ich mußte einfach hier raufkommen, um selbst nach dem rechten zu sehen. Nur kann ich leider kein Flugzeug fliegen, und Max...« Er hielt mitten im Satz inne, um nach einer kurzen Pause fortzufahren. »Max ist wirklich ein prima Kerl. Ich habe gehört, daß sein Zustand ziemlich bedenklich ist. Können wir denn nichts für ihn tun?«

Darauf schilderte ihm Kemp in knappen Worten die Lage in Kodowa, was Wingstead mit sichtlicher Besorgnis zur Kenntnis nahm.

Schließlich resümierte er Kemps Lagebericht mit den Worten: »Was unsere Treibstoffvorräte betrifft, besteht also noch kein Grund zur Besorgnis. Anders ist es mit Lebensmitteln, Wasser und ärztlicher Versorgung. Trotzdem kann ich Ihnen versichern, daß Sie hier mitten im Busch immer noch besser dran sind, als wenn Sie in Port Luard geblieben wären. Sie sind zumindest noch am Leben.«

»Sieht es denn so schlimm aus?« fragte ich.

»Sehr schlimm sogar.« Wingstead nickte ernst. »Überall Aufstände und gewaltsame Auseinandersetzungen. Den Behörden ist die Kontrolle über die Bevölkerung völlig entglitten. Schießereien auf den Straßen; Plünderungen. Die Hafenanlagen stehen in Flammen. Die Polizei steht dem Ganzen hilflos gegenüber, und das Militär läuft mehr oder weniger ziellos Amok. Genau das, was wir sonst nur aus den Abendnachrichten im Fernsehen kennen.«

»Na, großartig. Wir sitzen also in der Klemme. Die Chancen, das Land zu verlassen, dürften also gleich Null sein.«

»Im großen und ganzen, ja. Der Flughafen von Port Luard ist in der Hand der Aufständischen. Verkehrsmaschinen haben weder Start- noch Landeerlaubnis. Kigonde hat sich irgendwo verkrochen, um seine Truppen zusammenzutrommeln. Ousemane soll tot sein; Daondo ist es noch rechtzeitig gelungen, das Land zu verlassen, was ihm übrigens durchaus ähnlich sieht. Aber diese Informationen stammen natürlich nicht aus zuverlässiger Quelle.«

Kemp, Hammond und ich starrten Wingstead fassungslos an, während er eine Hiobsbotschaft an die andere reihte.

»Das Chaos ist jedenfalls perfekt. Und ich habe im Augenblick nicht die geringste Ahnung, was wir im weiteren unternehmen sollen. Jedenfalls war mir klar, daß ich unbedingt hier raufkommen mußte, schon weil Sie über die Entwicklung im Land kaum auf dem laufenden gehalten werden.«

»Wie recht Sie mal wieder haben, Geoff«, bemerkte ich sarkastisch. »Es geht uns allen wirklich wesentlich besser, nachdem wir nun auch Bescheid wissen.«

Darauf erzählte Wingstead grinsend weiter: »Ja, und am Anfang lief eigentlich alles ganz glatt. Ich fragte Max, was er von einem kleinen Ausflug hier rauf hielte, und er war sofort Feuer und Flamme. Wir hätten es auch geschafft, wenn nicht ...«

Er legte eine kurze Pause ein.

»Wir hatten unterwegs schon eine Menge Kampfflugzeuge der Luftwaffe gesehen, die uns jedoch keinerlei Beachtung schenkten. Auch auf dem Boden war allerhand los. Überall waren Panzer und Militärkolonnen – ganze Truppenkontingente – unterwegs. Außerhalb von Port Luard kam es jedoch nicht zu Kampfhandlungen.«

»Wie haben Sie es überhaupt geschafft, aus Port Luard herauszukommen?«

»Das allein wäre schon eine Geschichte für sich. Jedenfalls rechneten wir damit, etwa in Kodowa auf den Konvoi zu treffen. Sie haben den Zeitplan gut eingehalten, Kemp. Alle Achtung!«

Kemp schnaubte nur verächtlich.

»Wir hatten vor, dort zu landen und dann zu Ihnen zu stoßen. Ursprünglich zeigten sich auch keinerlei Anzeichen irgendwelcher Unruhen, so daß wir schon dachten, wir wären in Sicherheit. Und dann ... plötzlich passierte alles auf einmal. Ich sah Sie und den Tieflader am Straßenrand, und wir wollten eben näher heranfliegen ... plötzlich sah ich ein paar Militärlastwagen, wobei mir jedoch nicht ganz klar war, ob das nun Ihr offizieller Geleitschutz war oder nicht. Und dann hat es mit einem Mal fürchterlich gekracht, das Flugzeug wurde kräftig durchgeschüttelt, und Max sagte, wir hätten einen Treffer abbekommen. Du lieber Gott, ich ... ich kann es immer noch nicht glauben. Wir hatten doch nirgendwo ein Flugzeug gesehen. Ich konnte einfach nicht glauben, daß man uns angegriffen hatte. Max war wirklich unvergleichlich. Ich glaube, er hatte einen Metallsplitter abbekommen; er blutete schon ziemlich stark, als er beschloß, eine Notlandung zu riskieren. Das war vielleicht ein Ding, finden Sie nicht auch, Neil? Sie haben uns doch runterkommen sehen, oder nicht?«

»Ja, die Landung konnte sich wirklich sehen lassen.«

Wingstead lehnte sich gegen ein Kissen zurück. »Ich kann Ihnen zwar eine Menge über die Vorgänge in Port Luard berichten; aber ich habe keinen brauchbaren Vorschlag, wie ich Sie alle hier rausschaffen könnte«, sagte er. Da er inzwischen wieder etwas erschöpft wirkte, hielt ich es für das beste, ihn wieder eine Weile ausruhen zu lassen. Allerdings wollte ich vorher seine Stimmung noch etwas heben.

»Dafür haben wir schon einen Plan«, erklärte ich und warf Kemp einen auffordernden Blick zu. »Stimmt's, Basil?«

»Tatsächlich?« staunte Wingstead.

»Natürlich«, kam mir Kemp zu Hilfe. »Das Ganze ist hauptsächlich Neils Idee, und ich kann mir nicht vorstellen, weshalb sein Plan sich nicht durchführen lassen sollte. Aber im Augenblick sollten Sie sich wirklich ein wenig ausruhen. Wir haben nicht vor, heute noch weiterzufahren. Und je ausgeruhter Sie sind, desto nützlicher werden Sie uns morgen sein können.«

Kaum hatten wir uns genügend weit von Wingstead entfernt, so daß er uns nicht mehr hören konnte, atmeten wir beide mit einem tiefen Seufzer aus.

»Denken Sie auch, was ich denke?« fragte Kemp schließlich.

»Ja«, nickte ich. »Ich wüßte nur zu gern, ob die Hälfte der Männer unseres netten Hauptmanns zu den Aufständischen gehört, oder ob es sich von Anfang an um ein abgekartetes Spiel handelte. Sadiq konnte zwar nicht wissen, daß Geoff kam, aber er kann durchaus den Befehl ausgegeben haben, niemanden in unsere Nähe zu lassen. Er neigt ja nun mal zur Übervorsichtigkeit. Die andere Möglichkeit wäre, daß sich in seinen Reihen Verräter befinden, ohne daß er davon weiß.«

»Oder er gehört selber dazu.«

»Das glaube ich nicht. In diesem Fall hätte er uns schon längst wesentlich nachhaltiger das Handwerk legen können.«

»Werden Sie ihn fragen?« schaltete sich Hammond ein.

»Im Augenblick noch nicht. Wir sollten ihn lieber noch eine Weile hinhalten. Ich schlage vor, vorerst mit niemandem darüber zu sprechen. Wir werden erst einmal, wie geplant, die Lage in Kodowa näher auskundschaften. Dazu brauchen wir Sadiq, und solange wir auf der Hut sind, können wir ihn immer noch für unsere Zwecke einspannen.«

Als wir die Anhöhe erreichten und in das dahinterliegende Tal hinabblickten, war mein erster Gedanke: das Hauptproblem war nicht, über Kodowa hinaus-, sondern überhaupt erst einmal hineinzukommen. Weite Teile der Stadt standen immer noch in Flammen.

Das Zentrum von Kodowa lag an der Kreuzung der beiden Hauptstraßen, die jedoch beide nicht so großzügig angelegt waren wie die Überlandpiste, auf der wir bisher das Land durchquert hatten. Das größte Gebäude in diesem Stadtkern war drei Stockwerke hoch – oder genauer: gewesen. Denn inzwischen lag es wie fast die ganze Stadt in Schutt und Asche.

Sonst beherrschten die üblichen Palmdachhütten und Lehmbauten das Stadtbild, die natürlich dem Beschuß und dem Feuer wenig entgegenzusetzen hatten. Die Stadt bot ein Bild des Grauens. Der Wind hatte noch das seine dazu beigetragen, das Feuer auszubreiten, so daß am Ende kaum ein Gebäude von den Flammen verschont blieb.

»Sie haben Kodowa vernichtet«, bemerkte Sadiq dazu mit unverkennbarer Bitterkeit.

Ich wand mich unbehaglich auf meinem Sitz. Kemp und ich

hatten verabredet, daß ich mit dem Hauptmann fuhr, während Kemp seinen Landrover und meinen Mietwagen mit seinen Leuten vollgestopft hatte. Außerdem sollte ich Sadiq im Auge behalten.

Am Stadtrand verengte sich die Straße; gleichzeitig wurde der Verkehr – alle Fahrzeuge bewegten sich stadtauswärts – zunehmend dichter. Unter dem Gewirr aus klapprigen, alten Personenwagen und Kleintransportern, Ochsenkarren und Fahrrädern fiel vor allem eine große Limousine auf, die quer auf der Straße stand und den sowieso schon zähflüssigen Verkehr noch zusätzlich behinderte. Sadiq hielt am Straßenrand und griff nach seinem Mikrophon. Ich stieg aus und ging auf den Wagen zu. Unter der hochgeklappten Kühlerhaube machten sich zwei Männer zu schaffen, ein Nyalaner und einer jener asiatischen Kaufleute, die den afrikanischen Kleinhandel fest in der Hand haben.

Ich tippte ihm auf die Schulter. »Los, schaffen Sie den Wagen von der Straße.«

Er wandte mir sein schweißüberströmtes Gesicht zu und schnitt eine Grimasse des Nicht-Verstehens. Darauf gab ich ihm mit Händen und Füßen zu verstehen, er sollte den Wagen beiseite schieben. Als Antwort darauf schüttelte er nur gereizt den Kopf. Dazu stieß er ein paar Worte hervor, um dann wieder unter der Kühlerhaube zu verschwinden. Das genügte. Ich beugte mich über seine Schulter, griff nach ein paar Drähten und riß kräftig daran.

Aufgebracht wirbelte der Syrer herum und packte mich an der Schulter. Ich versetzte ihm einen Schwinger in die Magengrube, so daß er zu Boden ging. Als er sich aufzurappeln versuchte und dabei unter seiner Jacke nach einer Waffe griff, trat ich ihn in die Rippen, so daß er neuerlich in den Staub sackte. In diesem Augenblick kam Sadiq auf uns zu, seine Hand an der Pistolentasche.

»Sie haben kein Recht, gegen einen nyalanischen Bürger tätlich zu werden, Mister Mannix«, wies er mich energisch zurecht.

Ich deutete zu Boden, wo ein schwerer Totschläger aus der Jacke des Syrers gerutscht und neben seiner reglosen Hand liegengeblieben war.

»Manche Leute bedürfen eben endlosen guten Zuredens«, entgegnete ich nachsichtig. »Schaffen wir jetzt lieber diese Kiste von der Straße.« Der andere Mann war inzwischen verschwunden.

Sadiqs Pistole erwies sich jedenfalls wesentlich beredter als meine Stimme. Im Nu hatte der Hauptmann aus der Menge vier kräftige Männer rekrutiert, und es dauerte keine drei Minuten, bis die Straße geräumt war. Während er seine Pistole in die Tasche zurücksteckte, wandte er sich an mich: »Sie fackeln wirklich nicht lange, Mister Mannix?«

»Wenn es sein muß, nicht. Allerdings werde ich langsam etwas zu alt für derlei Raufereien.« Übrigens spürte ich bereits die erleichternde Wirkung dieses kurzen Dampfablassens. Meine im Lauf der Zeit angestauten Aggressionen hatten schon längst zur Entladung gedrängt, und dieser syrische Kaufmann hatte das Pech gehabt, mir genau im ungünstigsten Augenblick in die Quere zu kommen.

»Ich möchte Sie dennoch bitten, künftig derlei zu unterlassen. Bleiben Sie bis auf weiteres bei Ihren eigenen Leuten und sagen Sie Mister Kemp, daß wir uns gleich auf dem Hauptplatz treffen werden.« Bevor ich noch etwas erwidern konnte, war er verschwunden.

Ich bahnte mir einen Weg durch die Menge und stieß schließlich an der Kreuzung der zwei Hauptstraßen auf unseren Landrover. Dutzende von verängstigten Menschen jeden Alters irrten durch die zum Teil noch schwelenden Trümmer der zerstörten Stadt. Der beißende Rauch trieb mir die Tränen in die Augen. Zerbrochenes Glas knirschte unter meinen Sohlen, während wir uns einen Weg durch das allgemeine Chaos ringsum bahnten. Obdachlose Nyalaner wichen ängstlich vor uns zurück, weinende Frauen zogen ihre verschreckten Kinder an sich, und überhaupt schien alles in Auflösung begriffen.

Und ebenso rasch stellte sich auch heraus, daß alle Ordnungskräfte kapituliert hatten. Nirgends war Polizei oder Militär zu sehen, wenn man von Sadiqs Leuten absah. Und wir stießen auch auf keinerlei Ärzte oder Sanitäter, geschweige denn ein Krankenhaus oder eine Rot-Kreuz-Station. Unsere Versuche, aus den umherirrenden Schwarzen eine vernünftige Antwort herauszubekommen, erwiesen sich als vergeblich.

Deshalb beschlossen wir, uns fürs erste wieder aus der Stadt zurückzuziehen.

Der Strom der Flüchtlinge ebbte langsam ab, als wir Kodowa verließen, wenn auch immer noch viele Menschen – weiß Gott, wohin – unterwegs waren. Zu meiner Zufriedenheit stellte ich jedoch fest, daß Sadiq am Straßenrand eine provisorische Befehlsstelle errichtet hatte und seine Leute allmählich wieder etwas Ordnung in das allgemeine Chaos brachten, indem sie zersprengte Familien zusammenführten und notdürftig Erste Hilfe leisteten. Sogar ein provisorisches Lazarett wurde errichtet, wo bereits eine Reihe von Verletzten untergebracht und mit Lebensmitteln und Getränken versorgt wurden. Meine Befürchtungen, soweit sie Sadiq betrafen, legten sich ein wenig.

Unsere Männer erboten sich, Sadiq behilflich zu sein, aber er hielt es für besser, wenn wir uns aus der Stadt zurückzogen. Auch Kemp wollte seine Leute möglichst zusammenhalten. Zum einen trug er die Verantwortung für ihre Sicherheit, aber wie ich ihn kannte, war ihm vor allem auch an der Sicherheit des Transports gelegen. Jedenfalls fuhren wir in ziemlich gedrückter Stimmung ins Lager zurück.

Kemp teilte Wingstead in etwas beschönigter Form mit, was wir in Erfahrung gebracht hatten. Ich machte es mir währenddessen mit einer wohlverdienten Zigarette bequem, um auf das Abendessen zu warten, das Bishop zubereitete. Nach einer Weile gesellten sich noch McGrath und Ron Jones zu mir, so daß nun zwei Zigaretten und eine Pfeife in der Dunkelheit stumm vor sich hin glommen.

»War das vielleicht ein Schlamassel«, brach Ron Jones nach einer Weile das Schweigen. »Sollten wir doch nicht lieber wieder zurückfahren und helfen?«

»Ich glaube nicht, daß wir dort viel ausrichten könnten«, erwiderte ich. »Außerdem ist Hauptmann Sadiq auf unsere Anwesenheit nicht sonderlich erpicht. Und falls er unsere Hilfe wirklich brauchen sollte, weiß er ja, wo wir zu finden sind.«

»Wir könnten diesen Leuten wenigstens was zum Essen übrig lassen.«

McGrath schnaubte verächtlich.

»Das sind doch mindestens fünftausend Menschen, Ron,

und keiner von uns ist Jesus Christus. Wie wollen Sie mit fünf Baguettes und zwei Hummerschwänzen so viele hungrige Mäuler stopfen?« warf ich ein.

»Laß die nur mal von unseren Lebensmittelvorräten Wind kriegen«, setzte McGrath nach, »und wir sind in kürzester Zeit ausgeplündert. Was mich betrifft, würde ich mich mit einer Waffe in der Hand wesentlich sicherer fühlen.«

»Ich weiß nicht«, versuchte ich ihn zu beschwichtigen. »Die Nyalaner sind ein sehr friedliebendes Volk. Deshalb halte ich es nicht unbedingt für eine gute Idee, wenn sie Fremde bewaffnet herumlaufen sehen. Sie könnten den Eindruck gewinnen, wir ergriffen in diesem Bürgerkrieg für eine der beiden Seiten Partei.«

»Trotzdem hätte ich lieber eine Knarre im Führerhaus«, beharrte McGrath. »Eine von diesen russischen Kalaschnikows, mit denen diese Schwarzen rumlaufen. Oder noch besser eine Uzi, wie Sadiq sie in seinem Wagen hat.«

Ich sah ihn kurz durchdringend an. »Sie sind ein verdammt scharfer Beobachter.«

»Das muß man sein. Außerdem habe ich Ihnen doch schon gesagt, daß ich beim Militär war.«

»Wie weit haben Sie es da denn gebracht?«

Er grinste. »Nur bis zum Sergeanten.«

Ron Jones lachte. »Ich hatte dieses Vergnügen bisher noch nicht. Fand immer schon, man sollte sich so was lieber im Fernsehen anschauen als im wirklichen Leben.«

Ganz ähnlich hatte sich auch Wingstead geäußert. Offensichtlich waren in dieser Hinsicht doch eine ganze Reihe von Männern meines Alters mehr oder weniger unerfahren.

»So etwas ist immer übel.« McGrath klopfte nachdenklich seine Pfeife aus. »Ich kenne das zur Genüge. Für Soldaten ist das Ganze noch einigermaßen erträglich, aber die wirklichen Leidtragenden sind die Zivilisten. Und daran können wir im Augenblick herzlich wenig ändern.«

Auch mir war das alles nicht neu. Ich mußte an meine Erlebnisse in Pusan und Inchon zurückdenken, an die zerstörten Städte und die von Flüchtlingen wimmelnden Straßen, an den Schmutz und das Elend. Und eigentlich wollte ich nichts mehr davon sehen.

Plötzlich stieß mir McGrath den Ellbogen in die Seite.
»Da ist jemand – mit einem weißen Gesicht. Und ich glaube, es ist eine Frau!«
Damit sprang er auf und stürzte in das Dunkel davon.

10

Sie hieß Schwester Ursula und war eine Nonne. Wie McGrath im Dunkel ihr weißes Gesicht erkannt hatte, wird sich für immer meiner Kenntnis entziehen, es war von Rauch und Asche völlig geschwärzt. Ihr Ordenskleid war versengt und zerrissen, und man konnte erkennen, daß sie darunter knielange Hosen trug.

Sie war sichtlich erschöpft, aber gefaßt und zeigte kaum Anzeichen von Streß. Ich kenne einen Installateur, der überzeugter Atheist ist. Er hatte den Auftrag, in einem Nonnenkloster neue Wasserleitungen zu installieren, in der festen Überzeugung angenommen, dort auf eine Ansammlung von Halbverrückten zu treffen. Als er nach einer Woche mit seiner Arbeit fertig war, fragte ich ihn, ob sich seine Meinung über das Leben im Kloster geändert hätte. Er sagte: »Diese Frauen sind die vernünftigsten Leute, denen ich jemals begegnet bin.«

Ich holte eine Flasche Whisky aus meinem Gepäck. Dies war nicht der Zeitpunkt, sich strikt an Kemps Vorschriften zu halten. Als ich zurückkam, saß die Frau, von unseren Männern umringt, auf einem Klapphocker. Trotz ihrer Neugier waren sie zurückhaltend genug, die Nonne nicht mit Fragen zu bedrängen. McGrath' Augen leuchteten auf, als er den Whisky sah. »Schade, daß es nur Scotch ist«, wandte er sich an die Nonne. »So ein richtiger irischer Whisky wäre doch noch ganz was anderes, finden Sie nicht auch, Schwester?«

Ihre Lippen verzogen sich zu einem zaghaften, müden Lächeln. »Im Augenblick ist Whisky für mich Whisky. Vielen Dank, Mister ... Mannix, stimmt's?«

Ich hätte ihr Alter auf fünfunddreißig bis vierzig Jahre geschätzt. Aber bei Nonnen ist das nicht immer so einfach; sie hätte auch älter sein können. In Hollywoodfilmen werden Nonnen immer von Deborah Kerr oder Julie Andrews gespielt; aber der Typ war Schwester Ursula nicht. Sie hatte ein energisches Kinn und auffallend dichte, schwarze Augenbrauen, die ihr etwas Strenges, wenn nicht sogar Einschüchterndes verliehen. Ihr Gesicht war ein wenig zu schmal, als hätte sie in letzter Zeit nicht genug gegessen. Doch wenn sie lächelte, war sie mit einem Mal ganz verändert und sah richtig bezaubernd aus. Im Augenblick jedoch lächelte sie kaum, was auch nicht weiter verwunderlich war.

»Hol doch einer mal schnell ein Glas«, wandte ich mich an die herumstehenden Männer.

»Ich kann auch aus der Flasche trinken.« Bevor ich noch etwas erwidern konnte, hatte sie mir die Flasche aus der Hand genommen und einen kräftigen Schluck daraus getrunken. Die Umstehenden sahen ihr dabei wie gebannt zu. Ob ihre Aufmerksamkeit der Nonne oder dem Whisky galt, hätte ich nicht sagen können.

»Ah. Schmeckt genau so gut wie beim letzten Mal – vor ungefähr sechs Jahren.« Schwester Ursula reichte mir die Flasche zurück.

»Nehmen Sie doch noch einen Schluck.«

»Nein, danke. Das genügt.«

Darauf wurde sie von verschiedenen Seiten mit aufgeregten Fragen bestürmt, die ich jedoch sofort abwürgte. »Immer mit der Ruhe, Leute. Wollt ihr Schwester Ursula etwa zerquetschen?« Gehorsam traten sie einen Schritt zurück. Ich beugte mich zu Schwester Ursula herab und fragte sie: »Sie sehen ziemlich mitgenommen aus. Wollen Sie erst mal in Ruhe schlafen?«

»Nein, das ist nicht nötig. Ein bißchen waschen würde ich mich gern.« Sie fuhr mit ihren schmutzigen Händen übers Gesicht und wischte sie dann an den Fetzen ihrer Schwesterntracht ab. Nonne oder nicht, war sie doch Frau genug, auf ihr Aussehen zu achten.

»Sandy, sehen Sie doch mal, ob Sie nicht irgendwo etwas heißes Wasser auftreiben können«, wandte ich mich an den Küchengehilfen. »Ben, könnten Sie mit ein paar Leuten für ein provisorisches Bad eine Plane zwischen den Zugmaschinen spannen? Und Sie, Schwester, werden nachher mit uns zu Abend essen, wenn Sie sich etwas frisch gemacht haben.«

Sandy Bing verschwand in Richtung Verpflegungslaster,

während Hammond mit ein paar anderen Männern ein Badezelt errichtete. McGrath half Schwester Ursula auf die Beine und war auch sonst rührend um sie besorgt. Als Katholik fühlte er sich vermutlich ganz besonders für sie verantwortlich. Schließlich dankte sie uns allen und verschwand mit einer Schüssel Wasser und einem Rasierspiegel in dem Zelt.

Kemp hatte währenddessen nach Wingstead und Otterman gesehen, so daß er von alledem nichts mitbekommen hatte. Während ich ihm nun nachträglich davon erzählte, betrachtete er nachdenklich das Zelt.

»Ich wüßte nur zu gern, wo die anderen sind«, sagte er schließlich.

»Die anderen?«

»Nonnen treten doch in der Regel nicht allein in Erscheinung, und schon gar nicht im afrikanischen Busch.«

Langsam fiel auch bei mir der Groschen. »Sie meinen, sie kommt von einer Missionsstation? Natürlich! Und vielleicht gibt es dort sogar einen Arzt.«

Eine halbe Stunde später tauchte Schwester Ursula in wesentlich saubererem und ordentlicherem Zustand wieder auf. Inzwischen war das Abendessen fertig, und ich fragte sie, ob sie lieber allein oder mit uns essen wollte. Offensichtlich hatte ihr jemand Nähzeug geliehen; der Riß in ihrer Ordenstracht war sauber geflickt.

»Ich würde mich Ihnen gern anschließen, wenn ich darf. Sie sind wirklich sehr freundlich. Und sicher werden Sie alle hören wollen, was ich Ihnen zu erzählen habe«, bemerkte sie trocken.

Mir entging nicht, daß sie kurz für sich ein Tischgebet sprach, bevor sie sich zu uns an den Tisch setzte – eine Geste der Zurückhaltung, die ich zu schätzen wußte. Sie saß zwischen Kemp und mir; ich machte sie kurz mit den Anwesenden bekannt und erklärte ihr, was wir hier taten. Sie erwiderte darauf, sie hätte vor einigen Tagen, bevor der Bürgerkrieg ausgebrochen war, im Radio von unserem Transport gehört. Wir ließen sie erst einmal in Ruhe essen, doch sobald sie damit fertig war, stellte ich ihr die erste Frage. Sie war ziemlich umfassend.

»Was ist passiert?«

»Ein Luftangriff«, erwiderte sie knapp. »Das wissen Sie doch.«

»Wir waren noch nicht hier, sondern ein Stück weiter südlich. Aber wir haben es fast vermutet.«

»Es war etwa gegen Mittag. Unter den Einheimischen machte sich eine gewisse Unruhe bemerkbar. Gerüchte kamen auf. Aber das ist an sich nichts weiter Ungewöhnliches. Dann hörten wir allerdings, daß Panzer und Soldaten durch die Stadt kämen. Doktor Katabisirua schlug vor, daß jemand losginge, um zu sehen, was passiert war.«

»Wer ist Doktor Katabisirua?« fragte Kemp.

»Der Leiter des Krankenhauses.« Ihre letzten Worte wurden ringsum mit einem deutlich hörbaren Aufatmen zur Kenntnis genommen. Kemp warf mir einen kurzen, fast triumphierenden Blick zu.

»Schwester Mary hat mich dann losgeschickt. Die Fahrt in die Stadt dauerte nicht sehr lange. Als ich eintraf, kamen gerade eine Menge Panzer durch. Sie fuhren viel zu schnell. Offenbar wollten sie nach Norden, in Richtung Ngingwe.«

Ngingwe war das erste Dorf nördlich von Kodowa. Sadiq hatte also möglicherweise mit seiner Vermutung recht gehabt, daß Hussein sich im Norden zur Siebten Brigade schlagen wollte.

»Ein Teil der Soldaten blieb in der Stadt zurück, um die Straße freizuhalten. Angeblich wurden noch mehr Panzer erwartet.« Das waren vermutlich die zerstörten Panzer, auf die wir unterwegs gestoßen waren. »Als die Flugzeuge kamen, waren noch viele Menschen auf dem Hauptplatz. Sie flogen sehr schnell und tief. Erst dachte sich niemand etwas dabei. Schließlich flogen ständig Maschinen von dem Militärflughafen außerhalb Kodowas über die Stadt.« Sie deutete vage nach Westen.

»Wie viele Flugzeuge waren es ungefähr?« wollte Kemp wissen.

»Ich habe sieben gezählt. Vielleicht waren es auch mehr. Dann überstürzten sich die Ereignisse. Ein fürchterlicher Lärm – Schüsse und Krachen. Dann das Geräusch von Bomben. Gleichzeitig fing es überall zu brennen an. Ich suchte im Laden von Mister Ithanga Deckung. Aber dann stürzte das Haus ein, und irgend etwas ist mir auf den Kopf gefallen.«

Sie hatte keine Kopfverletzung; ich nahm an, daß sie durch die Druckwelle eines schweren Geschosses zu Boden geschleudert worden war. Jedenfalls konnte sie nicht lange bewußtlos gewesen sein; wie ich am nächsten Tag sehen sollte, war der Laden völlig niedergebrannt. Sie erzählte, daß sie sich auf der Straße befunden hätte, als sie wieder zu sich kam, ohne zu wissen, wie sie dorthin gelangt war. Danach war sie mit einer Ladung Verwundeter – ihr Wagen war glücklicherweise der Zerstörung entgangen – zum Krankenhaus zurückgekehrt, um es jedoch bereits mit schwerverletzten Zivilisten und Soldaten überfüllt vorzufinden.

Die Belegschaft des kleinen Lazaretts, die zum Teil aus halbausgebildeten einheimischen Helfern bestand, war den Anforderungen der Lage nicht gewachsen. Medikamente und Unterkünfte reichten nicht aus. Dazu kam noch der Ausfall der Wasser- und Stromversorgung. Eine Weile konnten sie zwar noch Trinkwasser aus dem Brunnen der Station pumpen, der jedoch auf Dauer den enormen Bedarf nicht decken konnte und schließlich nur noch Eimer voller schlammiger Brühe hergab. Nachdem die allgemeine Stromversorgung ausgefallen war, gab zu allem Unheil auch noch das kleine Notstromaggregat den Geist auf, so daß keine Möglichkeit mehr bestand, Spritzen und chirurgisches Besteck zu sterilisieren. Man konnte nur noch Erste Hilfe leisten.

Am Spätnachmittag endlich war Hauptmann Sadiq im Krankenhaus aufgetaucht. Er hatte nach einem längeren Gespräch mit dem Arzt sowie mit den Schwestern Mary und Ursula angeregt, daß einer von den dreien mit ihm unseren Konvoi aufsuchen sollte, um in Erfahrung zu bringen, ob wir nicht bei der Lösung der technischen Probleme helfen könnten. Weil der Doktor unabkömmlich und Schwester Mary nicht mehr die jüngste war, fiel die Wahl auf Schwester Ursula.

Nun erkundigte sich Kemp, weshalb Hauptmann Sadiq sie nicht persönlich ins Lager gebracht, sondern zugelassen hätte, daß sie sich allein zu uns durchzuschlagen versuchte. Er schien über diese Nachlässigkeit nicht weniger aufgebracht als ich.

»Ach, der Hauptmann hatte doch selbst alle Hände voll zu

tun. Ich habe ihm gesagt, er sollte mich drüben im Lager seiner Leute absetzen. Das letzte Stück bin ich dann zu Fuß gegangen. Das war nicht weiter schlimm.«

»Sie haben sich dadurch unnötigen Gefahren ausgesetzt.«

»Das glaube ich nicht. Der Hauptmann wurde von seinen Leuten von allen Seiten mit Fragen bestürmt; außerdem war gerade kein Fahrzeug frei. Was regen Sie sich also auf? Sie sehen doch selbst: hier bin ich.«

»Ja, hier sind Sie, Schwester. Gott sei Dank. Wollen Sie über Nacht im Lager bleiben? Schlafen Sie erst mal ordentlich. Morgen früh bringen wir Sie ins Krankenhaus zurück. Mal sehen, was sich dort machen läßt.«

Ich traute meinen Ohren nicht, welche Veränderung Kemp in so kurzer Zeit durchgemacht hatte. Noch vor drei Tagen wäre es unvorstellbar gewesen, daß er seinem Transport den Rücken gekehrt hätte, um in einem kleinen Missionskrankenhaus nach dem Rechten zu sehen. Vielleicht hatten ihn der unvermutete Kriegsausbruch, der Anblick der zerstörten Stadt mit ihrer geplagten Bevölkerung, und möglicherweise auch das Unglück, das unserem Piloten widerfahren war, von seiner Engstirnigkeit geheilt.

Jedenfalls fügte er jetzt seinem Vorschlag noch hinzu: »Einer unserer Leute ist schwer verletzt, Schwester. Er ist mit dem Flugzeug abgestürzt und braucht dringend ärztliche Hilfe. Könnten Sie ihn sich heute abend vielleicht noch ansehen?«

»Aber natürlich«, erklärte sich Schwester Ursula ohne Umschweife bereit.

Kurz zuvor war Ben Hammond vom Tisch aufgestanden und kam nun mit ein paar Sechser-Packs Bier zurück.

»Für heute abend haben wir die Rationierungsvorschriften etwas entschärft«, erklärte er. »Ich glaube, das haben wir alle verdient. Wenn Sie schon keinen zweiten Schluck Whisky wollten, Schwester, sind Sie doch gewiß für ein kühles Bier zu haben?« Er reichte ihr eine Dose.

»Das ist ja eiskalt!« sagte sie überrascht.

»Es kommt ja auch direkt aus dem Kühlschrank«, grinste Hammond.

»Sie haben einen Kühlschrank? Das ist ja großartig! Damit

können wir unsere Medikamente kühl lagern, damit sie nicht verderben.«

Kemp und Hammond tauschten kurze, aber vielsagende Blicke. Wie nötig das Krankenhaus den Kühlschrank auch gebraucht hätte, war es doch nicht möglich, ihn dort zu lassen; er wurde über den Generator betrieben, der fest in den Tieflader eingebaut war; und ohne ihn lief gar nichts.

Am nächsten Morgen sah alles schon besser aus. Über der Stadt stieg kein Rauch mehr auf, wenn auch nur, weil es dort nichts mehr gab, was noch hätte brennen können. Erfreulicherweise konnte Sam Wilson melden, er habe in einem nahegelegenen Dorf, das von der Bombardierung verschont geblieben war, einen intakten Brunnen aufgespürt, der über reichlich Wasser verfügte. Er schlug vor, den Wassertankwagen dort aufzufüllen. Als wir ihm von der Wasserknappheit im Krankenhaus erzählten, meinte er, das Wasser müßte auch dafür reichen, falls es dort entsprechende Tanks für die Lagerung gab.

Zum Frühstück gesellte sich nun auch Geoff Wingstead zu uns und machte bei dieser Gelegenheit Schwester Ursulas Bekanntschaft. Sie hatte sich Otterman bereits angesehen, hatte dann aber darauf gedrängt, ihn auf jeden Fall ins Krankenhaus zu bringen, damit der Doktor sich seiner annähme. Nun untersuchte sie Wingsteads Verletzungen und äußerte sich anerkennend über seine vorläufige medizinische Versorgung. Wingstead erklärte sich für vollkommen gesund und drängte darauf, sich mit eigenen Augen ein Bild von der Lage in der Stadt und in der Missionsstation zu machen. Trotz seiner beträchtlichen finanziellen Beteiligung an der Firma schien er weniger um den Tieflader und die Zukunft von Wyvern Transport besorgt als Kemp. Vielleicht lag das einfach daran, daß er jünger und unternehmungslustiger war.

Ich fuhr mit Kemp, Wingstead, Schwester Ursula und Hammond im Landrover nach Kodowa. Bevor wir aufbrachen, gab uns Sadiq zu verstehen, daß er uns später beim Krankenhaus treffen würde. Er wirkte abgekämpft und angespannt. Die ständige Eigenverantwortlichkeit, hervorgerufen durch die abgerissene Verbindung zu seinen Vorgesetzten, forderte ihren Tribut. Trotzdem hielt er sich ganz anständig. Zwar hegten Kemp und ich, was seine Loyalität betraf, immer noch leise Zweifel, wenn uns auch nichts aufgefallen war, was uns in unserer Meinung in der einen oder anderen Richtung bestärkt hätte. Jedenfalls hatte er uns bisher nie im Stich gelassen, was vielleicht doch einiges zu besagen hatte. Über den Abschuß unseres Flugzeugs war noch mit keinem Wort gesprochen worden, und es sollte mir nur recht sein, die Sache auf sich beruhen zu lassen.

Die Feuer des gestrigen Tages waren inzwischen erloschen, und anstatt des Rauchs erfüllte die Luft nun ein leichter, flirrender Dunst aus aufgewirbelter Asche und dem Qualm der letzten verglimmenden Balken. In Kodowa gab es nichts mehr, was noch hätte zerstört werden können. Vereinzelt standen noch ein paar verkohlte Gebäude, aber das Ortszentrum war mehr oder weniger dem Erdboden gleichgemacht worden.

Inzwischen waren nur noch ganz vereinzelt Bewohner Kodowas zu sehen. Der Großteil der Bevölkerung hatte sich in den Busch oder in die Missionsstation geflüchtet. Auch in der Nähe unseres Lagers waren in den frühen Morgenstunden einige bemitleidenswerte Gestalten aufgetaucht. Ohne uns lange in der Stadt aufzuhalten, baten wir Schwester Ursula, uns zu der Missionsstation zu führen, die im Osten der Stadt lag. Die Straße dorthin befand sich in relativ gutem Zustand, was Kemps Stimmung ein wenig hob.

Schwester Ursula hatte keineswegs übertrieben, als sie uns die Zustände in dem kleinen Krankenhaus geschildert hatte. Wir mußten uns mühsam einen Weg zwischen den dicht gedrängten Gruppen von Flüchtlingen aus der Stadt bahnen, die sich bereits notdürftig auf dem nackten Boden eingerichtet hatten. Überall brannten kleine Kochfeuer, Tiere liefen aufgeregt zwischen den einzelnen Gruppen hin und her, und dann waren da noch die zahlreichen nackten Kinder, die uns neugierig umschwärmten. Die Erwachsenen starrten uns zwar mit unverhohlenem Interesse an, kamen uns aber nicht näher, wie dies in weniger schweren Zeiten in den Dörfern gang und gäbe war. Schwester Ursula wurde jedoch von allen Seiten namentlich und auch durchaus überschwenglich begrüßt, als wir aus dem Wagen stiegen.

Im Krankenhaus trafen wir dann auf Schwester Mary, eine alte, zerbrechlich wirkende Nonne, und zwei jüngere Schwestern, die alle Hände voll zu tun hatten. Mir fiel auf, daß keine von ihnen auch nur den leisesten Anflug von Überraschung oder auch Erleichterung über Schwester Ursulas glückliche Rückkehr von ihrer keineswegs ungefährlichen Mission zeigte, obwohl sie sich auch noch in Begleitung mehrerer Ausländer befand. Offensichtlich hatten sie alle vollstes Vertrauen in Schwester Ursulas Fähigkeit, auf eigene Faust zu erreichen, was sie sich in den Kopf gesetzt hatte – ein Standpunkt, den ich inzwischen sehr gut verstand.

Sie führte uns in ein Büro, wo sie uns zu warten aufforderte, um dann zu verschwinden und wenig später mit dem Arzt im Schlepptau wieder aufzutauchen.

Kemp stand bei seinem Eintreten sofort auf. »Es freut mich sehr, Ihre Bekanntschaft zu machen, Doktor ...«

Der Arzt war ein hochgewachsener, düster blickender Nyalaner mit stark asiatischem Einschlag, grauhaarig und respekteinflößend. Sein weißer Kittel war blutverschmiert. Als er die Hand ausstreckte, um die Kemps zu schütteln, teilten sich seine Lippen zu einem strahlenden Lächeln.

»Katabisirua. Hier nennen mich alle Doktor Kat. Freut mich, Sie zu sehen – vor allem in diesem Augenblick.«

»Doktor – Doktor Kat, ich bin Basil Kemp von Wyvern Transport. Vielleicht sind Sie über die Gründe unserer Anwesenheit in Nyala informiert. Das ist mein Partner, Mister Wingstead. Mister Hammond, unser Chefmechaniker. Und Mister Mannix ist der Vertreter von British Electric, in deren Auftrag wir diesen Transport durchführen.« Darauf folgte einiges förmliches Händeschütteln.

Als wir damit fertig waren, erklärte der Doktor: »Meine Herren, ich hoffe, Sie entschuldigen mich, wenn ich Ihnen nicht den gebührenden Empfang bereiten kann.«

Wingstead machte eine wegwischende Handbewegung. »Selbstverständlich. Wir hätten das auch gar nicht erwartet. Es gibt hier schließlich genügend Wichtigeres zu tun. Vorerst gleich mal so viel: ich glaube, daß wir mit Hilfe eines meiner

Leute bereits Ihre Probleme mit der Trinkwasserversorgung gelöst haben – vorausgesetzt, daß Sie über die entsprechenden Tanks oder sonstigen Lagerungsmöglichkeiten verfügen.«

Dr. Kats Augen leuchteten auf. »Gott sei Dank. Wir brauchen dringend Wasser. Unser Vorratstank ist fast leer. Ich habe natürlich versucht, mit unseren Vorräten so sparsam wie möglich umzugehen, aber was will man machen, wenn man das Wasser einfach braucht.«

»Wir werden es bei nächster Gelegenheit mit unserem Tankwagen hierherschaffen lassen. Wir rechnen jeden Augenblick mit dem Eintreffen von Hauptmann Sadiq, dem unsere Militäreskorte untersteht. Sobald er hier ist, werde ich ihn bitten, einen seiner Leute mit einer entsprechenden Nachricht ins Lager zurückzuschicken«, sagte Wingstead. Er und Dr. Kat schienen sich sofort bestens zu verstehen, was angesichts der Tatsache, daß es sich bei beiden um Männer der Tat und der schnellen Entschlüsse handelte, nicht weiter verwunderlich war. Mit seiner ihm eigenen Sturheit und geringen Anpassungsfähigkeit gegenüber radikal veränderten Umständen würde Basil Kemp gegen die beiden bestimmt einen schweren Stand haben.

»Und was ist mit der Stromversorgung?« fragte Dr. Kat. »Wir bringen unseren Generator nicht wieder in Gang. Wir haben noch etwas Treibstoff, aber nicht viel. Glauben Sie, Sie können in diesem Punkt irgendwie Abhilfe schaffen?« Ihm haftete auch noch die ruhige Zuversicht eines Mannes an, der sich ganz in den Dienst einer Sache – in diesem Fall des Krankenhauses – gestellt hatte. Ohne diese Zuversicht wäre jeder Mensch schon zu Beginn eines solchen Projekts gescheitert. Ich konnte mir unschwer vorstellen, welche Schwierigkeiten Katabisirua im bisherigen Verlauf seiner Tätigkeit an dieser Einrichtung bereits zu überwinden gehabt hatte.

»Ich werde mir mit Hammond gleich mal das Notstromaggregat ansehen«, erklärte Wingstead. »Ich kann Ihnen zwar keine großen Versprechungen machen, aber wir werden auf alle Fälle unser Bestes versuchen.«

»Wie ist das eigentlich mit Ihrem Kühlschrank?« unterbrach ihn Schwester Ursula.

Dr. Kat horchte auf. »Sie haben einen Kühlschrank?«

Wingstead war bei dem Gespräch am Abend zuvor nicht dabeigewesen, und Kemp hatte ihm, aus welchen Gründen auch immer, nicht davon erzählt. Jedenfalls erklärte Schwester Ursula unbeirrt: »Der Tieflader ist mit einem Generator ausgestattet, über den auch ein Kühlschrank betrieben wird. Wir sollten alle unsere Medikamente, die kühl gelagert werden müssen, und möglichst viele Lebensmittel dorthin bringen. Auf diese Weise könnten wir noch eine Menge vor dem Verderben retten.«

Dr. Kat strahlte übers ganze Gesicht. »Das ist ja großartig!«

Und unerbittlich fuhr Schwester Ursula fort: »Sie verfügen außerdem über Elektrizität. Sie haben Licht, Kochgelegenheiten, sogar eine Tiefkühltruhe. Ist es nicht so, meine Herren?«

»In der Tat«, gab Wingstead zu. »Wir werden alles in unserer Macht stehende versuchen, ihre Stromversorgung mit unserem Generator wieder in Gang zu setzen. Allerdings werden wir dazu den Tieflader hierherschaffen müssen, was nicht gerade einfach ist.«

»Ich habe auf dem Weg hierher die Straßenverhältnisse studiert«, warf Kemp beunruhigt ein. »Wenn man dazu noch die Behinderungen durch die Unmengen von Flüchtlingen berücksichtigt, halte ich das Ganze für ziemlich ausgeschlossen, Geoff.«

Doch Schwester Ursula fuhr, entschlossener denn je, dazwischen: »Alles, was wir brauchen, ist der Generator. Dieses Monstrum von Tieflader ist vollkommen überflüssig. Die Tiefkühltruhe wäre natürlich auch nicht schlecht. Außerdem könnten wir mit Ihrem Generator auch unseren Kühlschrank wieder in Betrieb nehmen. Wir brauchen ihn also äußerst dringend. Ich denke, Sie kommen auch ohne gekühltes Bier aus.«

»Schwester, Doktor Kat«, sagte Hammond schließlich. »Das geht nicht.«

»Und warum nicht, wenn ich fragen dürfte?« entgegnete der Arzt.

Nun bewies Schwester Ursula, daß sie am Abend zuvor die Vorgänge im Lager sehr genau beobachtet und auch in den richtigen Zusammenhang gebracht hatte. Sie wandte sich an mich: »Mister Mannix, Sie vertreten hier einen riesigen und, wie ich wohl annehmen darf, auch finanzkräftigen Konzern. Würden Sie Ihren Kollegen bitte klarmachen, daß wir diesen Generator dringendst benötigen? Ich bin ganz sicher, daß dies auch ganz im Sinn der Firmenleitung sein dürfte. Wir brauchen den Generator unbedingt!«

Für einen Moment blieb mir tatsächlich die Spucke weg. »Darin liegt das Problem nicht, Schwester«, fing ich mich schließlich wieder. »Selbstverständlich können Sie von British Electric jede menschenmögliche Hilfe erwarten. Die Gründe, weshalb Sie den Generator nicht haben können, sind nicht ökonomischer, sondern technischer Natur. Erkläre ihr das doch mal jemand.«

Hammond griff nach einem Block, der auf dem Schreibtisch lag, und machte ein paar hastige Skizzen.

»Sehen Sie, Schwester. Und auch Sie, Doktor.«

Die beiden beugten sich über den Schreibtisch, während ich über Bens Schulter spähte. Er hatte eine einfache, aber aufschlußreiche Skizze des Tiefladers zu Papier gebracht. Während er sprach, deutete er auf die einzelnen Teile.

»Hier haben wir den Generator. Um ihn zu betreiben, benötigt man einen Motor, der sich hier befindet. Motor und Generator lassen sich nicht voneinander trennen; sie bilden eine Einheit, wobei ein Element ohne das andere nicht funktionsfähig ist.«

»Dann werden wir den Motor auch übernehmen«, erklärte Schwester Ursula ungerührt.

Kemp blieb die Spucke weg.

»Das geht leider nicht.« Hammond schüttelte den Kopf. »Der Motor ist nicht nur da, um den Generator anzutreiben. Wenn er den Strom für den Kühlschrank, die Tiefkühltruhe, die Lagerbeleuchtung und ähnliches erzeugt, so sind das im Grunde nur ein paar willkommene Nebenerscheinungen.«

Er deutete auf die Skizze des Tiefladers.

»Im Augenblick ruht das Gewicht des Transformators mehr oder weniger auf dem Boden. Bevor wir weiterfahren können, müssen wir diese dreihundertdreißig Tonnen – das ist das Gewicht der Ladung einschließlich der Plattform, auf der sie ruht – um etwa einen Meter anheben. Das geschieht mit Hilfe einer Hydraulik, die über den Motor betrieben wird. Ferner ist der Motor für die Funktion der ebenfalls hydraulischen Bremsen unerläßlich. Ohne den Motor könnten wir also nicht losfahren.«

»Dann müssen Sie eben ...«

Hammond kam Schwester Ursulas Forderung zuvor.

»Wir können die Ladung nicht einfach stehen und liegen lassen. Sie mußte mit Hilfe mehrerer schwerer Krane auf den Tieflader gehievt werden. Sie werden also selbst sehen, daß wir den Transformator nicht so ohne weiteres abladen können. Manche Tieflader lassen sich zwar seitlich kippen, aber in unserem Fall ist das nicht möglich. Zudem würden wir auf diese Weise an den Anlagen des Tiefladers erheblichen Schaden anrichten.«

Es war also tatsächlich nichts zu machen – eine Erkenntnis, die Kemp mit einem erleichterten Seufzen quittierte.

In dem darauf eintretenden Schweigen meldete Wingstead sich zu Wort: »Nehmen Sie sich das Ganze nicht zu sehr zu Herzen. Wir können Ihre Medikamente und einen Teil Ihrer Lebensmittelvorräte trotzdem kühl lagern, wenn Sie das wollen – zumindest solange wir hier sind. Und wahrscheinlich können wir auch mit dem ganzen Transport hierherkommen, um uns an Ihr Stromnetz anzukoppeln. Wir werden alles versuchen, was in unserer Macht steht.«

Katabisirua versuchte, Schwester Ursula, die einen sichtlich niedergeschlagenen Eindruck machte, zu trösten. »Ist doch nicht so schlimm, Schwester. Es war eine gute Idee, aber vielleicht findet sich ja noch eine andere Lösungsmöglichkeit.«

»Aber was tun wir, wenn sie wieder weiterfahren?«

»Wir werden so schnell nicht von hier aufbrechen«, beruhigte sie Wingstead. »Erst müssen wir uns Klarheit über die allgemeine Lage und über unser weiteres Vorgehen verschaffen. Also – alles schön der Reihe nach, einverstanden? Als erstes sollten wir in unser Lager zurückkehren. Packen Sie vielleicht schon mal alle Medikamente zusammen, die in unserem Kühlschrank Platz haben, Schwester? Wir werden sie dann mitnehmen. Falls Sie in der Zwischenzeit etwas davon benötigen, können wir veranlassen, daß Hauptmann Sadiq einen seiner Kradmelder abstellt, um Ihnen die jeweils nötigen

Medikamente überbringen zu lassen. Und was machen wir Ihrer Meinung nach mit unserem verletzten Piloten?«

»Ich werde mit Ihnen kommen, damit ich mir persönlich ein Bild über seinen Zustand machen kann«, sagte der Doktor. »Im Augenblick werde ich hier sowieso nicht benötigt.« Nach einer kurzen Unterredung verließ Schwester Ursula das Büro, um die Medikamente zusammenzupacken. Dr. Kat ergriff eine dieser unvermeidlichen, schwarzen Ärztetaschen und erklärte sich zum Aufbruch bereit.

Unser Landrover wurde inzwischen von einem Soldaten bewacht, und daneben stand Sadiqs Stabswagen. Der Hauptmann sprach gerade mit einer Gruppe von Nyalanern, vermutlich den Dorfältesten von Kodowa. Als er uns sah, kehrte er ihnen unverzüglich den Rücken und trat auf uns zu.

»Guten Morgen, Sir. Geht es Ihnen wieder etwas besser?« Diese Begrüßung galt Wingstead, der gut gelaunt nickte.

»Ich wüßte gern, was Sie im weiteren vorhaben, Sir«, fuhr Sadiq fort. »Es gäbe hier einiges zu tun. Oder haben Sie vor, unverzüglich nach Norden weiterzufahren?«

»Sicherlich nicht sofort«, erwiderte Wingstead. Mir entging nicht, wie selbstverständlich er das Kommando übernahm und wie widerspruchslos Kemp es abgab. Mit einer Ausnahme vielleicht; all jenen Dingen, die unmittelbar mit der Fortbewegung des Transports zu tun hatten. Mir war das nur recht. Geoff Wingstead war ein entschlußkräftiger Mann und erkannte gleichzeitig alternative Möglichkeiten. Er war ein Mann nach meinem Geschmack.

Er fuhr, an Sadiq gewandt, fort: »Ich würde unser weiteres Vorgehen gern mit Ihnen absprechen, Hauptmann; aber erst müssen wir uns in diesem Punkt selbst Klarheit verschaffen. Wir werden versuchen, hier im Krankenhaus auszuhelfen, so gut es geht. Vorher aber müssen wir ins Lager zurück. Könnten Sie vielleicht während der nächsten Stunden nachkommen?«

In diesem Augenblick rief Sadiqs Unteroffizier seinen Vorgesetzten zum Stabswagen zurück und streckte ihm den Kopfhörer entgegen. Sadiq lauschte kurz hinein und drehte dann am Lautstärkeregler, so daß wir alle, die sich inzwischen um den

Wagen gedrängt hatten, eine blecherne Stimme hören konnten, die das laute Rauschen übertönte. »Radio Nyala sendet wieder«, erklärte Sadiq dazu.

Es handelte sich offensichtlich um eine Nachrichtensendung in der Landessprache, die nach einer Weile auf Englisch wiederholt wurde. Die Stimme des Sprechers war bar jeden Ausdrucks, und die extrem sorgfältige Wortwahl ließ massive Zensur von staatlicher Seite ahnen. Angeblich war es in mehreren Kasernen des Heeres und der Luftwaffe zu Meutereien »abweichlerischer Elemente« gekommen. Doch die Regierung hatte die Lage bereits wieder fest im Griff. Den Rädelsführern würde vor einem Militärgericht der Prozeß gemacht werden. Für die Bevölkerung bestünde keinerlei Anlaß zur Beunruhigung. Namen oder Orte wurden nicht genannt. Auch Kodowa wurde mit keinem Wort erwähnt. Ansonsten gab es keine weiteren Meldungen. Die Stimme wurde kommentarlos von heiterer afrikanischer Schlagermusik abgelöst.

Ich hörte mir diese Augenwischerei mit säuerlichem Lächeln an. Nächste Woche, falls die Regierung dann noch am Ruder sein sollte, würden die »abweichlerischen Elemente« als Landesverräter verurteilt sein. Und in den Nachrichten würde mit keinem Wort erwähnt werden, daß in Teilen des Landes der Bürgerkrieg offen ausgebrochen war. Die Wahrheit würde also auf diesem Weg nicht zu erfahren sein. Und selbstverständlich hing alles davon ab, ob der Rundfunk in Regierungshand blieb. Sollten sich die Aufständischen seiner bemächtigen, würden wir mit einer ziemlich andersartigen Version der »Wahrheit« konfrontiert werden.

Weil niemand diese Rundfunknachrichten ernst nahm, fühlte sich auch niemand zu einem Kommentar veranlaßt. Wir zwängten uns mit Dr. Kat schweigend in den Landrover und fuhren ins Lager zurück.

11

Drei Stunden später ließ ich nach einer kurzen Vorbesprechung mit Wingstead die Männer zusammenrufen, die an unserer Lagebesprechung teilnehmen sollten. Es sollte keine Vorstandssitzung werden; ich hatte nicht vor, über meine Vorschläge abstimmen zu lassen. Ein Austausch von Informationen und Ideen – aber die verbindlichen Entscheidungen lagen schließlich allein in meiner Hand.

Auf McGrath stieß ich, als er sich gerade vor seiner Zugmaschine rasierte. »Sie werden ab sofort wieder Ihren alten Rang bekleiden, Mick«, sagte ich zu ihm; er sah mich einen Moment verständnislos an, und der Rasierschaum trocknete in der heißen Sonne an seinem Kinn. »Sie sind hiermit wieder zum Sergeanten ernannt. Er ist möglich, daß es in den nächsten Tagen hart auf hart geht, und deshalb brauche ich jemanden, der unseren Leuten klarmacht, wo's lang geht. Dafür sind Sie doch der geeignete Mann?«

»Könnte ich mir fast denken«, erwiderte er mit einem gemächlichen Grinsen.

»Und jetzt sehen Sie zu, daß Sie mit dem Rasieren fertig werden. Ich möchte, daß Sie an unserer Besprechung teilnehmen.«

Und dann saßen wir zusammen: McGrath, Hammond, Kemp, Wingstead, Hauptmann Sadiq und ich. Höflichkeitshalber zog ich auch Dr. Katabisirua und Schwester Ursula hinzu. Unsere Entscheidungen betrafen auch sie – also konnte ich sie nicht ausschließen. Wie weit sie jedoch ihren Einfluß geltend machen sollten, würde sich erst noch herausstellen.

Zuerst erläuterte ich unsere genaue geographische Position und meine Gründe für die von mir vorgeschlagene Änderung unserer Fahrtroute. Anstatt uns weiter in die trockenen Wüstengebiete um Bir Oassa vorzuwagen, würden wir uns zum Pirie-See an der Grenze zu Manzu durchschlagen. Dort konnten wir dann zwischen zwei Möglichkeiten wählen; in Bir Oassa wäre uns keine Alternative geblieben. Falls die angespannte Situation in Nyala sich wieder einigermaßen beruhigt hatte, konnten wir am Katali entlang zurück an die Küste und nach Lasulu gehen, während wir andernfalls zumindest unsere Leute über den Katali nach Manzu in Sicherheit bringen konnten.

Wingstead war von mir bereits in die näheren Einzelheiten eingeweiht worden und hatte sich auch mit der Möglichkeit abgefunden, den Transport aufgeben zu müssen und seinen Vertrag mit der Regierung von Nyala nicht erfüllen zu können. Auch mit Kemp hatte ich darüber gesprochen, und Kemp hatte Hammond eingeweiht. Während Kemp sich nach wie vor sträubte, gewann in Hammond wohl sein uneingeschränktes Vertrauen in seinen Chef Wingstead die Oberhand, so daß er sich in das Unvermeidliche fügte. Wenn sein Boß nichts gegen diesen Plan einzuwenden hatte, dann hatte auch er keine Einwände. Ich fragte McGrath, wie seiner Meinung nach die Männer der Crew auf unsere Vorschläge reagieren würden.

»Wie ich die Sache sehe, haben wir kaum eine Wahl. Sie sind nun mal der Boß. Folglich werden sie die Dinge wie Sie sehen.« Und wenn sie das nicht taten, würde man es ihnen beibringen. Ein Standpunkt, der mir gefiel.

Sadiq schwankte zwischen Gehorsam und Erleichterung. Die Aussicht auf eine lange, beschwerliche und vor allem gefährliche Fahrt durch die Wüste, die letztlich ins Ungewisse führte, da kein Mensch wußte, was uns in Bir Oassa erwartete, hatte wenig Verlockendes. Da war es schon besser, auf einen hinreichend bekannten Stützpunkt zuzusteuern, wenn auch dort mit einigen Überraschungen zu rechnen war. Und alles, was mit dem Vorankommen des Tiefladers zusammenhing, ging ihn nichts an.

Wir diskutierten kurz den vermutlichen Zustand der Straße zum Katali. Wir mußten uns dabei zu Kemps Leidwesen ausschließlich auf Vermutungen stützen, aber zumindest war uns das Terrain etwas vertraut. Hinzu kam, daß wir in dieser Richtung kaum Steigungen zu überwinden haben würden, da wir vom Hochplateau wieder hinab in die tiefer liegenden Regenwaldgebiete fuhren. Dort würde die Wasserbeschaffung kein Problem darstellen, und da die Region wesentlich dichter besiedelt war als die dürren Steppengebiete, standen auch die Chancen besser, daß wir unsere Treibstoff- und Lebensmittelvorräte auffüllen konnten. Zudem waren wir im Dschungel nicht so gut sichtbar wie auf der kahlen Hochebene; die Möglichkeit eines Luftangriffs auf den Transport war nach wie vor nicht auszuschließen.

Hammond und Kemp sollten mit einem Trupp Soldaten die Straße auskundschaften, während McGrath und Bert Proctor alles Nötige für den Aufbruch des Konvois vorbereiten sollten. Wingstead bat McGrath, seine Männer zusammenzurufen, damit er sie über den neuesten Stand der Dinge unterrichten konnte, bevor wir uns daran machten, die Nachschubfrage zu klären. Wie sich zeigen sollte, fügte sich alles zum besten – sogar die ziemlich aufwendige Hilfsaktion für das Krankenhaus.

Doch darin war noch nicht die unvermeidliche Unbekannte X eingeschlossen, die alles über den Haufen werfen sollte. Und diese Unbekannte X saß im Augenblick mitten unter uns.

Und so trat die entscheidende Wende ein, als ich mich an Dr. Katabisirua wandte: »In welchem Umfang sind die Medikamente, die in unserem Kühlschrank liegen, für Sie von Wichtigkeit, Doktor Kat?«

Er verschränkte die Arme vor der Brust. »In der Tiefkühltruhe sind die Serumproben und die Kontrollseren sowie die Blutgerinnungsagentien für unsere wenigen Bluter. Im Kühlschrank lagern wir Nativblut, Plasma, Blutzucker, Insulin und noch verschiedenes anderes. Eigentlich nicht sehr viel, weil wir möglichst nicht zu sehr von der Möglichkeit, unsere Medikamente kühl zu lagern, abhängig sein wollen. Wichtiger ist der Kühlschrank für die Aufbewahrung unserer Lebensmittelvorräte, obwohl diese sich sowieso schnell dem Ende zuneigen werden.«

Zu meiner Erleichterung konnten sie also auch ohne unseren Kühlschrank auskommen. Schließlich arbeiten die meisten Missionskrankenhäuser in den Tropen unter relativ primitiven Bedingungen.

»Wir werden Ihr Zeug jedenfalls so lange wie möglich auf Eis legen«, erklärte ich. »Und wir werden versuchen, Ihren Generator zu reparieren. Wir werden vor unserer Abfahrt alles für Sie tun, was sich tun läßt.«

Die kurzen Blicke, die Dr. Kat und Schwester Ursula daraufhin austauschten, interpretierte ich fälschlicherweise als ein Zeichen, daß sie sich in das Unvermeidliche gefügt hatten.

»Herr Hauptmann«, wandte sich der Doktor an Sadiq, »haben Sie eigentlich eine Ahnung, ob in nächster Zukunft mit irgendwelchen Hilfsmaßnahmen seitens der Regierung zu rechnen ist?«

Sadiq breitete die Hände aus. »Leider nein. Ich weiß nicht einmal, wer im Augenblick die Regierung ist. Selbstverständlich würde ich mich mit allem Nachdruck für die Belange der Zivilbevölkerung einsetzen, aber ich habe ausdrücklichen Befehl, Mister Mannix' Transport zu begleiten. Darüber hinaus kann ich nur Vermutungen anstellen.«

Man sprach Englisch, vermutlich aus Rücksicht auf uns.

»Die Bewohner von Kodowa werden sich auf die kleinen Dörfer der Umgebung verteilen«, erklärte Dr. Kat. »Die Region ist ziemlich dicht besiedelt, weshalb auch die Errichtung eines Krankenhauses nötig wurde. Die meisten sind schon weggezogen. Für meine Patienten ist das freilich keine Lösung.«

»Warum?« wollte Kemp wissen.

»Weil wir nicht genug Personal haben, um die über die einzelnen Dörfer verstreuten Patienten medizinisch zu versorgen. Viele von ihnen sind in einem zu bedenklichen Zustand, um sie lediglich der Fürsorge ihrer Verwandten zu überlassen. Durch den Luftangriff ist die Zahl unserer Patienten um ein Vielfaches angestiegen.«

»Wie viele Patienten haben Sie inzwischen?«

»Etwa fünfzig, die unbedingt in Betten untergebracht werden müßten, wenn wir welche hätten, und gut hundert, die ambulant behandelt werden können. Man könnte sie als die Verletzten bezeichnen, die noch gehen können«, fügte er bitter hinzu.

»Demnach brauchten Sie also lediglich zusätzliche Unterbringungsmöglichkeiten«, meinte Sadiq. Mir war klar, daß damit das Problem nicht aus der Welt geschafft wäre, aber ich wartete, daß es ihm der Doktor selbst erklärte.

»Es ist nicht nur das, Herr Hauptmann«, erwiderte Dr. Kat.

»Natürlich brauchen wir zusätzliche Unterbringungsmöglichkeiten, aber das ist nicht das Hauptproblem. Wir brauchen Medikamente; unsere Vorräte gehen bald zu Ende. Und vor allem brauchen unsere Patienten Nahrung, Wasser und medizinische Pflege.«

»Sicher wird bald die Ruhr ausbrechen«, schaltete sich Schwester Ursula ein. »Die hygienischen Bedingungen sind weit unter das erträgliche Maß gesunken.«

»Dazu kommt noch die Gefährdung durch marodierende Gruppen von Aufständischen«, setzte Dr. Kat wirkungsvoll nach.

»Und davon sind natürlich auch wir betroffen, ganz zu schweigen von den jüngeren Schwestern«, fügte Schwester Ursula hinzu. Das Ganze klang langsam wie ein sorgfältig einstudiertes Bühnenstück. Wingstead und ich warfen uns ahnungsvolle Blicke zu.

»Gehe ich richtig in der Annahme, Mister Mannix, daß Sie es für Ihre Männer für das sicherste und beste halten, Kodowa möglichst schnell den Rücken zu kehren und sich an einen sicheren Ort zu begeben?«

»Sie haben doch selbst gehört, daß ich das gesagt habe, Herr Doktor.«

»Daraus folgt doch, daß genau dies auch für meine Patienten das beste wäre.«

Darauf sagte erst einmal ziemlich lange niemand etwas, bis ich schließlich das Schweigen brach. »Und wie stellen Sie sich das vor?«

Katabisirua holte tief Luft. Dies war der Augenblick, auf den er schon die ganze Zeit gewartet hatte. »Erst möchte ich mich noch einmal vergewissern, ob ich Sie auch in allem richtig verstanden habe. Mister Hammond, Sie haben gesagt, daß dieser schwere Gegenstand, den Sie befördern, über dreihundert Tonnen wiegt. Ist das richtig?«

»Ja.«

»Könnten Sie noch weitere sieben Tonnen transportieren?«

»Kein Problem.«

»Sieben Tonnen entsprechen ungefähr dem Gewicht von hundert Menschen«, erklärte Katabisirua.

Oder dem eines ausgewachsenen Elefanten, dachte ich mit

verzweifelter Ironie. Das Schweigen zog sich hin, während wir alle diesen grotesken Vorschlag in Erwägung zogen. Schließlich ergriff wieder der Doktor das Wort. »Damit will ich natürlich nicht sagen, daß Sie uns bis zur Küste mitnehmen sollen. Es gibt in Kanja an der Straße nach Norden ein ähnliches kleines, aber leistungsfähiges Krankenhaus. Es gibt dort keinen Flugplatz, und auch der Ort selbst ist bedeutungslos, so daß uns dort keine Gefahr drohen dürfte. In diesem Krankenhaus könnten wir alle unterkommen.«

Das bezweifelte ich. Ebensowenig konnte ich mir vorstellen, daß Dr. Kat daran glaubte. Aber eines mußte man ihm lassen, – er vertrat seine Sache mit enormem psychologischem Geschick. Nicht nur, daß sich sein Vorschlag durchaus im Rahmen des realistisch Machbaren hielt; ich konnte auch an den hingerissenen Gesichtern der Versammelten ablesen, daß der Doktor sie mit seinem aberwitzigen Vorschlag beinahe schon überzeugt hatte. Unwillkürlich drängte sich mir der Vergleich mit dem Rattenfänger von Hameln auf.

Nur gab es dabei ein kleines Problem. Kanja lag genau an der Straße, der nicht mehr weiter zu folgen wir eben beschlossen hatten. Als ich auf diesen Umstand hinweisen wollte, kam mir zu meiner Überraschung Wingstead mit einer Frage zuvor, die keinen Zweifel daran ließ, daß er keineswegs in denselben Bahnen dachte wie ich.

»Wie weit ist es von hier bis Kanja?«

»Etwa achtzig Kilometer«, antwortete der Doktor. »Die Straße dorthin ist relativ gut. Ich bin schon häufig dort hinaufgefahren.«

»Entschuldigen Sie, Doktor«, schaltete sich Hammond ein. »Führt die Straße durch ebenes Gelände? Oder ist es dort eher hügelig?«

»Ich würde sagen, daß Sie keine nennenswerten Steigungen zu überwinden hätten.«

»Wir könnten ein paar Planen spannen«, schlug McGrath vor. »Zum Schutz gegen die Sonne.«

Bereits voll und ganz mit den einzelnen praktischen Problemen beschäftigt, erkundigte sich Hammond: »Gehen wir mal von fünfzig Patienten aus. Mit wie viel Personal würden Sie rechnen?«

»Sagen wir mal, zehn Personen«, antwortete Schwester Ursula.

»Und was machen wir mit dem Rest?«

»Sie müßten zu Fuß gehen. Die Leute sind einiges gewöhnt. Wir haben in der Missionsstation ein paar Autos, aber keinerlei Treibstoffvorräte mehr. Zudem nehme ich doch an, daß Sie mit diesem Riesending nicht sonderlich schnell fahren werden.«

»Ein paar Leute könnten wir noch auf den Lastwagen unterbringen. Dann wäre da noch Ihr Wagen, Mister Mannix, und der Landrover von Mister Kemp. Vielleicht fände sich auch in den Militärfahrzeugen noch Platz.« Diese Vorschläge kamen von Hammond.

»Und was ist mit den Zugmaschinen?« wollte Schwester Ursula wissen.

»Das geht leider nicht, Schwester. Jede freie Stelle ist mit Ballastplatten ausgefüllt, und auch der Airlift-Wagen ist voll mit Geräten und zusätzlichen Ausrüstungsgegenständen beladen. Nur hier und da ließe sich vielleicht noch eine Person dazwischenquetschen.«

»Und in den Führerhäusern könnten wir eventuell auch ein paar Kinder unterbringen«, schlug McGrath vor.

Ich ließ meine Blicke von Gesicht zu Gesicht wandern; nur eines – erwartungsgemäß war es das von Kemp – zeigte Spuren von Zweifel oder Besorgnis. Mit einem Mal waren alle Feuer und Flamme für dieses groteske Vorhaben. Die geographischen Gegebenheiten wurden in diesem Zusammenhang völlig außer acht gelassen oder absichtlich übergangen, und irgendwie brachte auch ich es nicht über mich, den allgemeinen Enthusiasmus mit einer kalten Dusche zu löschen.

In die Betrachtung seiner Handrücken versunken, bog Dr. Kat nachdenklich seine Finger. »Es könnte sein, daß ich unterwegs operieren muß. Gäbe es hierfür irgendwo eine Möglichkeit?«

»Platz hätten wir schon, Doktor, wenn es auch etwas holprig werden dürfte«, gab Hammond bereitwillig Auskunft. »Sie könnten also nur operieren, wenn wir nicht fahren.« Er hatte sein Notizbuch gezückt und machte sich eifrig Aufzeichnungen.

»Meine Leute können zu Fuß gehen, damit die Verwundeten fahren können«, meldete sich Sadiq zu Wort. »Schließlich sind es unsere Landsleute.« Seine Schultern strafften sich, und mir entging nicht, welche Bürde eben von ihm genommen worden war. Endlich hatte er eine Aufgabe, bei der es nicht mehr darauf ankam, wer aus diesem mysteriösen Krieg als Sieger hervorging. Ein solches Unternehmen bedurfte sorgfältiger Planung und eindeutiger Anweisungen an seine Untergebenen – alles Dinge nach seinem Geschmack. Zudem würden wir weiter die von seinen Vorgesetzten festgelegte Route befahren. Für ihn waren damit alle Probleme mit einem Schlag gelöst.

Schwester Ursula erhob sich.

»Haben Sie ein Bandmaß, Mister Hammond?«

»Ja, Schwester. Was wollen Sie damit?«

»Ich möchte Ihren Tieflader ausmessen, damit ich wegen der Betten planen kann.«

»Gut, ich komme mit«, erklärte Hammond sich bereit. »Sagen Sie mir, was Sie brauchen.«

»Ich werde mal unsere Leute zusammentrommeln.« McGrath erhob sich von seinem Sitz. »Sie werden doch sicher persönlich mit ihnen sprechen wollen, Mister Wingstead.«

Auch der Doktor stand auf. Mit einer leichten Verneigung vor Wingstead erklärte er: »Ich möchte Ihnen an dieser Stelle meinen herzlichen Dank aussprechen, Sir. Sie haben viel für uns getan. Aber ich muß jetzt zur Missionsstation zurück. Es gibt dort noch einiges für mich zu erledigen.«

»Ich bringe den Doktor zurück und kümmere mich dann um alles, was meine Zuständigkeit betrifft«, sagte Sadiq. »Ich werde sofort wieder zurückkommen, damit wir dann alles weitere besprechen können, Mister Mannix. Ich glaube, wir sollten keine Zeit verlieren.«

Die Versammlung löste sich langsam auf. Jeder ihrer Teilnehmer ging seinen Geschäften nach. Erstaunlicherweise war niemand auf die Idee gekommen, die neue Wendung, welche die Ereignisse so plötzlich genommen hatten, auch nur andeutungsweise einer kritischen Betrachtung zu unterziehen oder sich des Einverständnisses der sogenannten Bosse zu vergewissern. Kemp, Wingstead und mir war jede Möglichkeit der Einflußnahme entzogen worden.

»Das ist doch purer Wahnsinn«, zuckte Kemp die Achseln. »Wir können uns doch unmöglich einlassen auf dieses... dieses...«

»Aberwitzige Husarenstück«, kam ihm Wingstead nachsichtig zu Hilfe. »Wir haben uns längst auf diese Geschichte eingelassen, Basil. Das haben diese beiden doch wirklich verdammt geschickt eingefädelt. Wir hatten von Anfang an keine Chance gegen Doktor Kat und Schwester Ursula. Und außerdem«, fuhr er, sich über Kemps Einwände hinwegsetzend, fort, »glaube ich auch gar nicht, daß ich mich gegen den Strom stellen will. So verrückt der Plan auch klingen mag, ist er doch durchführbar und nach menschlichen Gesichtspunkten vertretbar. Sie sehen doch selbst, mit welcher Begeisterung unsere Leute bei der Sache sind. Nach der Frustration der letzten Tage kann ihnen dieser plötzliche Aufschwung bestimmt nicht schaden.«

»Aber wir waren uns doch einig geworden, daß wir auf keinen Fall weiter nach Norden vordringen sollten«, gab ich zu bedenken. »Es wäre ja alles wunderbar, Geoff, wenn wir dadurch nicht...«

»Sind Sie etwa auch dagegen, Neil? Ich finde diese Sache verdammt wichtig. Und außerdem – es sind doch nur achtzig Kilometer. Das bedeutet, daß wir vielleicht zwei, höchstens drei Tage verlieren werden, bis wir wieder in Kodowa sind. Dann können wir wieder völlig frei über unser weiteres Vorgehen entscheiden. Und noch etwas. Meine Leute hätten die Nachricht, daß wir umkehren, sicherlich nicht gerade begeistert aufgenommen. Aber jetzt haben sie wenigstens das Gefühl, etwas Sinnvolles getan zu haben.«

Er streckte die Arme von sich und gähnte.

»Mir geht es in diesem Punkt genauso. Packen wir's also an.«

McGrath hatte die Crew beim Verpflegungslaster versammelt. Zusammen mit Wingstead gesellte ich mich zu ihnen. Unterwegs blieb ich kurz stehen, um Bishop eine Anweisung zu erteilen, die ihm erst ein Stirnrunzeln entlockte, das jedoch kurz darauf einem amüsierten Grinsen wich. Nachdem er dann seinerseits Bing instruiert hatte, verschwanden die beiden.

»Was haben Sie den beiden denn gesagt?« wollte Wingstead wissen.

»Ach, nur etwas angewandte Psychologie. Sie werden gleich sehen. Warten Sie nur ab.«

Kurz darauf kehrten Bishop und Bing mit ein paar Pappkartons zurück. Nun wandte ich mich an die versammelte Mannschaft. »Alle mal herhören, Leute. Ein Sechser-Pack pro Mann. Fangt schon mal mit dem Verteilen an.«

Bishop begann, den Umstehenden Sechser-Packs mit Bierdosen auszuhändigen. »Vergessen Sie die Geschäftsleitung nicht«, rief ich ihm ins Gedächtnis zurück. »Einschließlich Doktor Kat und Schwester Ursula.« Das Verteilen der Bierdosen löste ein aufgeregtes Stimmengewirr aus, bis ich mit erhobener Hand Ruhe verlangte.

»Na, alle zufrieden?«

Meine Frage wurde mit allgemeinem Gelächter beantwortet. Die ersten Dosen wurden geöffnet, und dann fragte Barry Lang, bereits zum ersten Schluck ansetzend: »Was feiern wir eigentlich, Boß? Das Ende des Krieges?«

»Nicht ganz. Wir feiern lediglich den Umstand, daß dies das letzte kühle Bier ist, das wir uns genehmigen können.« Darauf folgte ein deutlich verwirrtes Raunen. Ich hielt meine Dose Bier hoch. »Einige von euch wissen bereits Bescheid. Unser Kühlschrank wird bis auf weiteres ausschließlich dazu dienen, die Medikamente und Lebensmittel des Krankenhauses zu lagern. Was uns betrifft, werden wir uns vorerst mit warmem Bier und Essen aus der Dose begnügen müssen. Mein Mitgefühl habt ihr, Leute.«

Das trug mir wieder ein paar Lacher ein. »Das heißt also, daß wir hierbleiben?« ergriff Grafton das Wort.

Nun war Wingsteads großer Augenblick gekommen. Er schwang sich auf das Dach des Führerhauses. Er hatte sich von den Folgen des Flugzeugabsturzes erholt; Max Otterman dagegen lag zu unserer wachsenden Besorgnis immer noch bewußtlos im Schatten des Wassertankers.

»Nein, wir werden nicht hierbleiben«, verkündete Wingstead. »Wir fahren weiter. Vielleicht schon heute, wahrscheinlich erst morgen. Allerdings ist unser Fahrtziel nicht mehr Bir Oassa.«

Unter dem aufmerksamen Schweigen seiner Leute, dem keinerlei feindseliger Unterton anhaftete, erläuterte er ihnen dann unsere geographische Position und die politische Lage, die uns gezwungen hatte, von unseren vertraglichen Verpflichtungen Abstand zu nehmen. Die Mannschaft nahm seine Erklärungen ohne Widerrede zur Kenntnis. Voller Anerkennung stellte ich fest, wie gut Wingstead seine Leute im Griff hatte. Ich hatte ein besonders scharfes Auge auf Sisley und Lang geworfen; von denen hätte ich am ehesten Widerstand erwartet. Doch mein Verdacht bestätigte sich nicht. Für die Männer der Crew war das stichhaltigste Argument der Hinweis auf ihre eigene Sicherheit, da ihnen im Gegensatz zur Firmenleitung an der Erfüllung der vertraglichen Verpflichtungen nichts gelegen zu sein brauchte.

Als Wingstead schließlich zum zweiten Teil der Geschichte überging, war das Erstaunen selbstverständlich groß. Das Stimmengewirr wurde mit einem Mal lauter, und die Männer schienen ebenso rasch von der plötzlich aufkeimenden Begeisterung angesteckt wie zuvor schon die anderen Teilnehmer an unserer Lagebesprechung.

»So wäre das also, Leute«, schloß Wingstead. »Wir brechen so bald wie möglich auf, und wir werden möglichst viele Verletzte und Kranke sowie die gesamte Belegschaft des Hospitals mitnehmen. Und wer gehen kann, soll uns zu Fuß folgen, um sich täglich seinen Verband wechseln zu lassen. Die Schwerverletzten bringen wir auf dem Tieflader unter. Den Rest packen wir, so gut es geht, auf die Lastwagen. Wir sind dabei natürlich vollkommen auf euren Einsatz und eure Hilfsbereitschaft angewiesen. Kann ich damit rechnen?«

Seine Frage wurde einstimmig bejaht, worauf Wingstead fortfuhr: »Sollte jemand eine brauchbare Idee haben, dann soll er sich damit an Mick oder Mister Hammond oder mich wenden. Medizinische Ratschläge bitte direkt an Schwester Ursula.« Mit einem Lächeln nahm ich zur Kenntnis, wie die Engländer selbst in solchen Krisensituationen noch fein säuberlich unterschieden, wer ein »Mister« war und wer nicht.

»Wenn wir die ganze Bagage im Krankenhaus von Kanja abgeliefert haben, werden wir kehrt machen und in Richtung Katali weiterfahren. Wir rechnen damit, daß uns dieser kleine

Umweg höchstens zwei Tage kostet. Vielen Dank für eure Aufmerksamkeit, Leute.«

Kaum war Wingstead mit seiner Ansprache zu Ende, sprang McGrath auf und bellte los.

»Auf geht's, Jungs! Ihr habt fünf Minuten Zeit, euer Bier auszutrinken. Aber dann heißt es anpacken! Es gibt einiges zu tun.«

Während Wingstead und ich uns, durchaus zufrieden über die Aufnahme, die unsere Neuigkeit gefunden hatte, von der Gruppe entfernten, lauerte uns Schwester Ursula auf. Sicher hatte sie in der Zwischenzeit von Ben Hammond alles bekommen, was sie haben wollte.

»Könnten Sie mich bitte ins Krankenhaus zurückbringen lassen, Mister Mannix?«

»Nein. Kommt gar nicht in Frage«, wagte ich ihr zu widersprechen. »Sie werden hier gebraucht. Unsere Männer werden Sie sicher gleich mit Fragen und Vorschlägen bombardieren wollen. Und was Geoff und mich betrifft, sieht es kaum anders aus.«

»Aber ich werde doch im Krankenhaus gebraucht.«

»Daran zweifle ich nicht im geringsten, Schwester. Aber da stehen Schwester Mary und die anderen zur Verfügung; hier haben wir nur Sie. Wie ich Doktor Kat inzwischen kenne, wird er außerdem schon binnen der nächsten Stunde die ersten Patienten zu uns herüberschaffen lassen. Unsere Leute werden sich ganz nach Ihren Anweisungen richten – nach Ihren und denen von Ben Hammond. Sie müssen Planen spannen, Bettstellen errichten und ähnliches mehr. Außerdem müssen Sie noch eine Stelle aussuchen, wo Sie operieren wollen.«

»Das habe ich bereits getan.« Trotzdem erwies sie sich nicht als starrköpfig und stur, wenn man ihr mit vernünftigen Argumenten kam. Sie erklärte sich bereit, bei uns zu bleiben und sich um alles weitere zu kümmern. Jedenfalls konnte ich mir nicht vorstellen, daß es mir gelingen würde, mich gegen sie durchzusetzen, falls es einmal hart auf hart gehen sollte.

Der Umbau des Tiefladers war harte Arbeit. Sadiqs Männer hatten ein paar einheimische Frauen aufgetrieben, die aus Palmwedeln Dachmatten flechten konnten. Sie machten sich unverzüglich an die Arbeit; erst taten sie es schweigend, aber als ihre Angst und ihre Verwunderung über die ungewohnte, neue Umgebung allmählich wich, sangen sie im Chor vor sich hin. Der Tieflader sah mit seinen Palmdachschirmen immer eigenartiger aus. Ich erwartete bereits mit Spannung Kemps Kommentar zu dieser grotesken Verkleidung – er hatte das Lager verlassen, um sich die Straße nach Kanja näher anzusehen.

Über die Ladeflächen der Lastwagen wurden Planen gespannt. Am Flußufer wurde Schilfrohr für die Krankenbetten gesammelt, die, so gut es ging, über die einzelnen Fahrzeuge verteilt werden sollten. Sogar der Panzer, den McGrath wieder einsatzfähig gemacht hatte, mußte für den Transport von ein paar Verletzten herhalten. Das Geschützrohr hatten wir übrigens entfernt, nachdem sich herausstellte, daß wir keine Munition dafür hatten. Ich bezweifle, daß es einen absurderen Anblick gibt als einen Panzer mit einem Palmdach.

Sadiq hatte noch zusätzlich zwei alte Lastwagen aufgetrieben, die Ben Hammond notdürftig wieder einsatzbereit gemacht hatte. Der eine verfügte bereits über eine Plane, so daß wir nur für den anderen eine Abdeckung aus Palmwedeln anfertigen mußten. Sonst gab es in Kodowa kaum noch ein Gefährt, das den Luftangriff und die daraus resultierenden Brände heil überstanden hatte.

Was die Treibstoffversorgung anbetraf, waren wir sogar relativ gut gestellt. Wir entdeckten vor der Stadt einen vollen 15 000-Liter-Tanklastzug, den sein Fahrer während des Luftangriffs einfach am Straßenrand hatte stehen lassen. Dieses Fahrzeug sowie unser eigener Tanklaster blieben von der Palmdachverkleidung verschont; ich sprach mich entschieden dagegen aus, die Patienten auf potentiellen Bomben zu transportieren.

Schwester Ursula hatte alle Hände voll zu tun. Sie überwachte die Anfertigung der Lagerstätten, fertigte eine genaue Aufstellung unserer Lebensmittelvorräte und sonstigen Gebrauchsgegenstände an, sammelte alle unsere Handtücher und Laken ein und wählte einen Platz für Dr. Kats mobilen Operationssaal aus. Ihre Wahl fiel auf das Dach der vordersten Zugmaschine, dort würde während der Fahrt die Staubentwicklung noch relativ harmlos sein. Der Platz war natürlich so gut wie ungeschützt. Dem wurde jedoch mit Hilfe eines geringfügig umgeänderten Zelts Abhilfe geleistet. Ein zweites Zelt wurde zur Patiententoilette umfunktioniert.

Schwester Ursula war wie ein Ein-Personen-Heuschreckenschwarm über unser Lager hereingebrochen und hatte nichts ungenutzt gelassen, was sich irgendwie für ihre Zwecke einspannen ließ. Jede Schere, deren sie habhaft werden konnte, wurde konfisziert. Fast hätte sie auch noch den Verpflegungslastwagen sämtlicher Messer beraubt. Außerdem hielt sie Sandy Bing ordentlich auf Trab, indem sie ihn ihre sämtlichen Beutestücke mit kochendem Wasser sterilisieren ließ.

Danach wurde alles in Plastikfolie eingepackt und in unserem Kühlschrank verstaut, um die Bakterienentwicklung möglichst einzudämmen. Des weiteren konfiszierte sie jede Papierklammer, deren sie habhaft werden konnte. Sogar vor Kemps Landrover machte sie nicht halt. Alle unsere Verbandskästen wanderten zusammen mit Schnüren, Klebestreifen und Gummibändern in ihren Schatz.

Indessen trafen die ersten Militärlastwagen aus dem Krankenhaus ein. Sie waren mit Lebensmitteln, Medikamenten, Verbandmaterial, Werkzeug, Geschirr und sonstigen nützlichen Utensilien beladen. Unter anderem befand sich darunter ein eigenartiger Apparat auf vier Rädern, dessen Erscheinen Schwester Ursula mit einer verärgerten Handbewegung zur Kenntnis nahm.

»Das Ding funktioniert doch schon seit ewigen Zeiten nicht mehr – reine Platzverschwendung.«

»Was ist das überhaupt, Schwester?« wollte Ben Hammond wissen, der Schwester Ursula auf Schritt und Tritt folgte, um ihr jederzeit behilflich sein zu können.

»Das ist – oder besser: war – ein Narkosegerät.«

»Hätten Sie dafür denn noch Verwendung, wenn wir das Ding reparieren könnten?«

Als sie nickte, machte er sich sofort an die Arbeit und schaffte es auch tatsächlich, das Monstrum wieder in Gang zu bringen.

Als nächstes ließ Schwester Ursula Max Otterman auf eine der notdürftig errichteten Lagerstätten betten. Er wurde der erste Patient des Wyvern Transport-Krankenhauses. Er sah alles andere als gut aus.

Ich hatte genügend anderes zu tun und hatte deshalb nicht allzu große Mühe, nicht an ihn denken zu müssen. Ich steckte Max einfach in eine speziell dafür ausersehene Schublade, in der bereits eine Reihe anderer Probleme vorläufig unter Verschluß gehalten wurden, wie zum Beispiel die allgemeine politische Lage in Nyala, der sich ausweitende Bürgerkrieg oder die Möglichkeit eines Luftangriffs auf unseren wehrlos am Straßenrand liegenden Transport. Nicht weniger ausgeschlossen war, daß plötzlich wieder ein größeres Truppenkontingent mit Panzern und schweren Geschützen aus dem Nichts auftauchte, ganz zu schweigen von den unzähligen anderen möglichen Krisenherden, sei es nun, daß wir Schwierigkeiten mit der Treibstoff-, Wasser- oder Lebensmittelversorgung bekamen, daß unter unseren Leuten eine Epidemie ausbrach oder daß es zu irgendwelchen technischen Störungen und Defekten kam. Dies alles wurde noch verschlimmert durch den Ausfall jeglicher Kommunikationsmöglichkeiten mit der Außenwelt, wenn man einmal von den sporadischen Funksprüchen absah, die Sadiq hin und wieder auffing. Ich widmete mich also weiter den unmittelbar anfallenden Problemen, da mir klar war, daß alle diese Sorgen schlagartig über mich hereinbrechen würden, sobald ich mir eine ruhige Minute gönnte, und sollte ich auch noch so müde und erschöpft sein.

Und so wurde es für uns alle ein langer, folgenschwerer und anstrengender Tag. Es wurde kaum gesprochen, als die Nacht über uns hereinbrach. Das Abendessen wurde in nachdenklichem Schweigen eingenommen, und danach gingen alle sofort zu Bett. Die Nacht war von ungewohnten Geräuschen erfüllt. Immer wieder drang vom Tieflader ein gequältes Stöhnen oder ein abrupter Schrei herüber, und dann wurde wieder der tanzende Lichtschein einer Taschenlampe sichtbar, wenn eine der Schwestern zwischen den Verletzten hin und her wanderte. Ich selbst lag noch eine Weile wach und versuchte, gegen die Verzweiflung anzukämpfen, während ich die Chancen für unser Durchkommen abwog. Sie schienen mir nicht sonderlich hoch.

12

Am Nachmittag hatten wir unsere Pläne noch einmal umgestoßen. Wir hielten es für vernünftiger, mit dem Tieflader zum Krankenhaus zu fahren, um die Patienten nicht mehr als unbedingt nötig hin- und hertransportieren zu müssen. Und bei Morgengrauen brachen wir zur Missionsstation auf. Langsam bewegte sich unser grotesk verwandelter Konvoi durch die zerstörte Stadt. Der Stabswagen holperte über die von Trümmern übersäte Hauptstraße, vorbei an ausgebrannten Panzern, die wir am Tag zuvor mühevoll von der Fahrbahn in das Chaos aus verkohlten Balken und Mauerresten am Straßenrand geräumt hatten. Über ganz Kodowa lag noch der Gestank von Tod und Feuer.

Als wir an einem verkohlten Telegraphenmast vorbeikamen, von dem eine Leiche baumelte, erklärte Sadiq lakonisch: »Ein Plünderer.«

»Haben Sie viele aufgegriffen?«

»Es geht. Er war einer der ersten. Und er sollte als abschrekkendes Beispiel dienen, wie man so schön sagt.«

Im Lauf der Zeit kam Sadiqs offensichtlich überdurchschnittliche Bildung immer deutlicher zum Vorschein. Für einen Offizier seines Dienstgrades, der noch dazu in einem Land der Dritten Welt ausgebildet worden war, verfügte er eindeutig über einen beachtlichen militärischen Sachverstand, so daß es mir bedauerlich erschien, daß er nicht mehr von seinen geistigen Fähigkeiten Gebrauch machte, sondern sich weiter strikt auf seine Verpflichtung zum Gehorsam berief.

Als wir an der verkohlten, aber noch halbwegs intakten Fassade eines Ladens vorbeikamen, stand ein Soldat mit einem Gewehr vor dem Eingang. »Würden Sie bitte mal kurz anhalten, Hauptmann? Ich würde mir gern mal diesen Laden ansehen.«

»Das geht leider nicht, Mister Mannix.«

Ich lächelte wissend. »Und wir kennen auch beide den Grund, weshalb nicht.«

Ohne mich auf lange Diskussionen einzulassen, stieg ich aus dem Wagen und gab dem Soldaten zu verstehen, er solle mich vorbeilassen. Sadiq folgte mir in den zerstörten Laden. Durch ein Chaos von landwirtschaftlichen Gerätschaften, Kleidungsstücken, Zeitschriften und Haushaltswaren, dem typischen Warenangebot eines Ladens in der afrikanischen Provinz, bahnte ich mir einen Weg auf einen verschlossenen Glastürenschrank zu, der im hinteren Teil des Geschäfts stand. Die Glasscheiben waren zerbrochen und die Türen von der Hitze verzogen. Ich nahm ein Jagdmesser von einem der Regale, steckte seine Spitze genau unterhalb des Schlosses in den Türspalt und drückte dann leicht nach rechts, bis ein kurzes Knacken ertönte und die Türen von selbst aufsprangen. Die Auswahl war nicht sonderlich groß – sechs Flinten. Vier darunter waren doppelläufig, wie sie die Engländer immer noch bevorzugen.

Ich griff mir eine sechsschüssige Mossberg Modell 500 und legte sie auf die Ladentheke. Als nächstes rückte ich den arg verzogenen Schubladen unter dem Waffenschrank zu Leibe, in der Hoffnung, auch das zu finden, was ich brauchte. Und ich wurde tatsächlich mit zwei Packungen extra grobem Rehposten fündig. Jede Patrone enthielt neun Bleikügelchen mit einem Durchmesser von acht Millimetern, die selbst einen vier Zentner schweren Hirsch mühelos zur Strecke bringen. Und ein Hirsch ist nicht so leicht zu töten wie ein Mensch.

Ich legte die Munition neben die Flinte, fügte noch ein Fläschchen mit Öl hinzu und machte mich schließlich, einer plötzlichen Eingebung folgend, noch auf die Suche nach einer Scheide für das Jagdmesser. Sadiq sah mir kommentarlos dabei zu. Dann riß ich von einem angesengten Rechnungsblock auf der Ladentheke ein Blatt Papier und kritzelte darauf eine kurze Nachricht, die ich in die offene Ladenkasse legte. Schließlich schob ich die Kasse scheppernd zu und verließ mit meinen Einkäufen den Laden.

»Wollen Sie mich nun ebenfalls als Plünderer hängen, Hauptmann? Was ich da eben in die Ladenkasse gelegt habe, war übrigens eine Empfangsbestätigung. Der Inhaber des Ladens kann also den ausstehenden Betrag von der British Electric anfordern.«

»Falls er noch am Leben ist«, entgegnete Sadiq trocken.

Er beobachtete mich, wie ich eine der beiden Munitionspakkungen aufriß und die Flinte lud. »Rechnen Sie denn beim Krankenhaus mit Schwierigkeiten, Mister Mannix?«

»Sie sind doch hier der Soldat und sollten deshalb auch wissen, daß eine ungeladene Schußwaffe nicht mehr wert ist als ein Stück Schrott. Sagen wir mal, ich schließe nicht aus, daß es Schwierigkeiten geben könnte. Punkt. Und daß Sie vielleicht nicht gerade zur Stelle sind, um mir den nötigen Schutz angedeihen zu lassen.«

»Aber lassen Sie die Waffe bitte nicht jeden sehen. Ich werde keinen Waffenschein von Ihnen verlangen; schließlich bin ich nicht von der Polizei. Ich ermächtige Sie hiermit zum Tragen dieser Waffe. Ich würde es an Ihrer Stelle übrigens genauso machen.«

Sein einlenkendes Verhalten überraschte mich. Eigentlich hatte ich damit gerechnet, daß er mir Schwierigkeiten machen würde; andererseits wäre ich jedoch unter keinen Umständen mehr gewillt gewesen, weiter ohne eine Waffe in diesem Chaos herumzulaufen. Nachdem ich mich vergewissert hatte, daß die Flinte gesichert war, legte ich sie neben meinen Sitz auf den Boden. »Was Ihre Bewaffnung betrifft, können Sie bestimmt nicht klagen«, wandte ich mich dann wieder dem Hauptmann zu. »Einer meiner Leute hat bereits einen scheelen Blick auf Ihre Uzi geworfen. Werfen Sie auf Ihre Gewehre ein wachsames Auge, damit Ihnen keines abhanden kommt.« Ich dachte dabei an Mick McGrath, den ich schon bevor wir in dieses Schlamassel geraten waren, lieber unbewaffnet herumlaufen sah.

»Keine Sorge, Mister Mannix. Und sehen Sie vor allem auch zu, daß Ihnen Ihre Flinte nicht abhanden kommt.«

Als wir die Missionsstation erreichten, waren alle Patienten bereits ins Freie gebracht worden. Die Schwestern eilten zwischen ihnen hin und her. Für mich sah das Ganze aus wie eine Menschenmenge, die unter freiem Himmel starb. Da ich bei meinem letzten Besuch nur die Büros zu sehen bekommen hatte, schockierte mich dieser unerwartete Anblick doch ziemlich stark.

Nach einer Weile erkannte ich jedoch eine gewisse Ordnung in dem vordergründigen Chaos. Ziemlich weit hinten hatte sich eine größere Menschenmenge angesammelt. Die Leute saßen auf dem Boden oder gingen auf und ab; einige mußten von Angehörigen oder Freunden gestützt werden. Von vereinzelten Feuern, an denen gekocht wurde, stieg Rauch in den Himmel empor. Dann kamen mehrere Reihen von provisorischen Betten, um die sich die Angehörigen der darin untergebrachten Patienten scharten. Hinter ein paar wackligen Wandschirmen vermutete ich die schlimmsten Fälle – oder die Latrinen. In der Mitte dieser Fläche waren mehrere Tische aufgestellt, an denen die Schwestern in ihren zerknitterten Trachten beschäftigt waren. Eben wurde auf den Tisch, an dem Doktor Katabisirua stand, eine Tragbahre geschoben. An einem anderen erteilte Schwester Mary, zerbrechlich und auf einen Stock gestützt, einer jüngeren Schwester Anweisungen, wie sie einen Verletzten zu verbinden hatte. Schwester Ursula konnte ich nirgendwo entdecken.

Etwas abseits von diesem Feldlazarett bemerkte ich drei Gräben; zwei davon waren eben erst wieder zugeschüttet worden, einer stand dagegen noch offen. Langsam ging ich darauf zu. Der offene Graben war zur Hälfte mit Erde und Steinen gefüllt, die mit Kalk besprenkelt waren. An einer Stelle ragte ein nackter Fuß aus der Erde. Der Geruch schnürte mir die Kehle zu. Der Kalk konnte den Verwesungsgeruch keineswegs hinreichend überdecken.

Als ich mich abwandte, standen dicke Schweißtropfen auf meiner Stirn. Und der Grund hierfür war nicht die Morgensonne.

Sadiqs Wagen war verschwunden; stattdessen entdeckte ich einen Mann, der mich offensichtlich zu sprechen wünschte. Es handelte sich dabei um einen kleinen Weißen mit wettergegerbtem Gesicht, der mit einem zerrissenen Buschhemd und Shorts bekleidet war. Sein linker Arm lag in einer Schlinge, und sein Gesicht war von Abschürfungen verunstaltet.

»Mister Mannix?« wandte er sich mit heiserer Stimme an mich.

»Ja.«

»Vielleicht würden Sie sich noch an mich erinnern, wenn ich etwas weniger übel zugerichtet wäre. Ich bin Dan Atheridge. Wir haben uns kürzlich im Port Luard Club kennengelernt.«

Ich konnte mich noch an ihn erinnern, wenn meine Erinnerung auch kaum etwas mit dem Mann zu tun hatte, der nun vor mir stand. Damals war er ein quicklebendiger, energischer und makellos gekleideter Herr mit auffallend blauen Augen gewesen, die immer leicht gelächelt hatten. Doch nun wirkte seine Haut unter ihrer Bräune fahl und teigig, und die Augen hatte ein matter, verblichener Schimmer überzogen. »Vielleicht hätte ich in Port Luard bleiben sollen«, fuhr er nachdenklich fort. »Vielleicht aber auch nicht. Was geht hier eigentlich vor? Offensichtlich haben Sie vor, die ganze Missionsstation zu evakuieren. Ist das richtig?«

»Ich könnte natürlich sagen: Freut mich, Sie zu sehen«, entgegnete ich. »Aber angesichts der Umstände halte ich diese Begrüßung für etwas unangebracht.«

Er bewegte seinen linken Arm leicht, um jedoch sofort schmerzlich zusammenzuzucken. »Ich habe mir die Flosse gebrochen. Tut verdammt weh. Aber zumindest bin ich noch am Leben.« Er nickte zu dem offenen Grab. »Im Vergleich zu diesen armen Teufeln kann ich jedenfalls nicht klagen.«

»Wie kommen Sie hierher?«

»Ich habe im Hochland hinter Kanja eine Rinderfarm. Vor drei Tagen hatte ich meinen Lastwagen zur Reparatur nach Kodowa gebracht. Ich stand gerade auf dem Balkon meines Hotelzimmers und sah mir die vorbeiziehenden Truppen an, als plötzlich der Teufel los war. Sagen Sie, wollen Sie wirklich das ganze Krankenhaus nach Kanja schaffen?«

»Wir werden es zumindest versuchen.«

»Kann ich mitkommen? Ich bin dort oben zu Hause. Meine Frau macht sich bestimmt schon Sorgen um mich.«

Ich versuchte mir vorzustellen, was wohl in einer Frau vorging, die allein auf ihrer abgelegenen Farm irgendwo im nyalanischen Busch saß, während gerade der Bürgerkrieg losbrach und ihr Mann in einer zerbombten Stadt verschwunden war. Doch im nächsten Augenblick kam mir bereits ein praktischerer Gedanke. Atheridge kannte den Weg nach Kanja sicher in- und auswendig.

»Selbstverständlich können Sie mitkommen. Mal sehen, ob sich nicht auch was zum Essen für sie auftreiben läßt – und ein warmes Bier.«

»Das wäre ja wunderbar!« Ein warmes Lächeln verlieh seinen Augen fast wieder den gewohnten Glanz.

»Mister Mannix!«

Ich drehte mich um und sah Dr. Kat auf uns zukommen. »Der Mann ist wirklich in Ordnung«, murmelte Atheridge neben mir.

Der Doktor wirkte erschöpfter denn je. Seine Augen hatten dunkle Ränder, und seine Wangen waren eingefallen. Offensichtlich verlangte er sich zu viel ab, und ich nahm mir vor, Schwester Ursula zu bitten, sie sollte ihn nach Möglichkeit dazu bewegen, sich etwas weniger anzustrengen. Im übrigen würde sie auch selbst ganz gut eine kleine Verschnaufpause vertragen können.

»Wir haben heute nacht fünfzehn Patienten verloren«, sagte Dr. Kat. »Wir haben alles, was wir konnten, für diese armen Menschen getan, ohne sie jedoch retten zu können.« Dr. Kat wandte sich mir zu. »Wie ich sehe, haben Sie den Konvoi bereits für unsere Zwecke umgestaltet, Mister Mannix.« Wir sahen beide zu dem mit Palmdächern verzierten Tieflader hinüber. »Ich bin Ihnen dafür zu großem Dank verpflichtet.«

»Haben Sie schon Ihren neuen Operationssaal gesehen? Sie werden staunen, wie Schwester Ursula das hingekriegt hat.«

»Das kann ich mir denken. Ich kenne sie schließlich.«

»Was ist im Augenblick Ihr größtes Problem, Doktor?« fragte ich.

»Die Patienten mit schweren Verbrennungen oder Verletzungen sind bereits tot oder werden bis Ende des heutigen Tages sterben. Dann wird die Anzahl der Todesfälle rasch absinken, um allerdings in zwei Tagen wieder anzusteigen.«

»Warum?«

»Sepsis. Ich gäbe ein Vermögen für fünfzig Liter Karbolsäure. Wir haben keinerlei Desinfektionsmittel mehr, und auch unsere sterilisierten Verbände werden bald verbraucht sein. Einen Patienten unter diesen Umständen zu operieren kommt der Unterzeichnung seines Todesurteils gleich. In Zeiten wie diesen kann ich mit meinem Messer allein nichts mehr ausrichten.«

Ich stand völlig hilflos vor dem Doktor. Über medizinische Kenntnisse verfügte ich so gut wir gar nicht, und mit meinem Mitleid würde ihm kaum geholfen sein. Deshalb bot ich ihm das einzige an, was in meiner Macht stand. »Wir werden Sie so schnell wie möglich nach Kanja bringen, Doktor. Wir können abends aufbrechen, wenn es kühler wird, und dann die ganze Nacht durchfahren. Zum Glück kennt Mister Atheridge die Strecke dort hinauf sehr gut.«

Der Doktor nickte und ging wieder an die Arbeit.

Ich würde mich nie zum Arzt eignen, ich bin einfach zu zimperlich. Befreundete Ärzte haben mir zwar wiederholt versichert, daß man sich an so etwas gewöhnt; doch ich habe da, was mich betrifft, stets meine Zweifel. Was wir nun auf den Tieflader betteten, waren keine Menschen, sondern dick verpackte Bündel aus Schmerz. Die Verbrennungsfälle waren die schlimmsten.

Es war eine langwierige, bittere Arbeit. Als wir schließlich alle notdürftig untergebracht hatten, machte ich mich auf die Suche nach Dr. Katabisirua. Ich fand ihn in Begleitung Schwester Ursulas, die ich im Näherkommen gerade mit entschiedenem Tonfall sagen hörte: »Ich will nichts mehr von Ihnen hören, Doktor Kat. Ich habe gesagt, ich bleibe. Und dabei bleibt es.« Darauf wandte sie sich in keineswegs weniger strengem Tonfall mir zu: »Versuchen Sie doch, den Doktor zu überreden, daß er sich etwas Ruhe gönnt, Mister Mannix. Das gilt auch für Sie – und für alle anderen.« Darauf marschierte sie, ohne auf eine Antwort zu warten, auf einen von Sadiqs Lastwagen zu, der etwas abseits von den anderen Fahrzeugen im Schatten einer Gruppe Palmen stand. Zwei Soldaten lehnten gelangweilt am vorderen Kotflügel, und dicht neben ihnen lagen drei weiße Bündel auf dem Boden. Über ihnen kauerten ein paar Nyalaner, die mit Palmwedeln die Fliegen fernzuhalten versuchten.

»Um was geht es?« fragte ich den Doktor.

»Das sind die letzten Fälle mit schweren Verbrennungen –

zwei Männer und eine Frau. Sie sind unter keinen Umständen transportfähig. Deshalb wird Schwester Ursula hierbleiben, um ihnen beim Sterben beizustehen. Die Soldaten werden sie dann begraben. Wenn alles vorbei ist, kommen sie uns mit Schwester Ursula nach. Leider konnte ich sie nicht von ihrem Vorhaben abbringen.«

Ich sah der Nonne, die sich mit steifen Schritten von uns entfernte, voller Anerkennung nach. »Schwester Ursula ist eben wirklich eine außergewöhnliche Frau.«

»Und fürchterlich starrköpfig«, fügte Dr. Kat hinzu.

Das mußte gerade er sagen. Ich hatte Mühe, mir ein Grinsen zu verkneifen, und erklärte stattdessen: »Wir sind zum Aufbruch bereit. Ich muß nur noch kurz mit Basil Kemp sprechen. Sind Sie bereit, Doktor?«

»Ja, ich denke schon.« Wir ließen beide ein letztes Mal unsere Blicke über diesen Ort der Verzweiflung wandern – über die blutgetränkte Erde, die verlassenen Betten und Feuerstellen, die Abfallprodukte und Hinterlassenschaften menschlicher Existenz, die über die gesamte Fläche vor dem Krankenhaus verstreut waren. Wir hatten nicht die Zeit, um aufzuräumen; es wäre auch unnötig gewesen. Wozu waren schließlich die Geier da?

Ich machte mich auf die Suche nach Basil Kemp. Er war den ganzen Tag über auffallend still. Er wirkte fast, als befände er sich in Trance, wenn er auch ganze Arbeit leistete. Ben Hammond stand ihm mustergültig zur Seite und sprang sofort ein, wenn sein Chef sich irgendwelche Nachlässigkeiten zuschulden kommen ließ.

»Doktor Kat ist fertig«, teilte ich Kemp schließlich mit. »Wir können jederzeit losfahren.«

Kemp hatte vor, wenn möglich, die ganze Nacht durchzufahren. Er hatte keine Zeit gehabt, die Straße zu studieren, aber er verfügte über die schon früher erarbeiteten Berichte, denen zu entnehmen war, daß uns auf den nächsten vierzig Kilometern keine engen Kurven oder starken Steigungen erwarteten. Bis zum nächsten Fluß brauchten wir mit keinerlei nennenswerten Schwierigkeiten zu rechnen. Dummerweise mußten wir diesen Fluß auf dem Weg nach Kanja überqueren, aber auch das sollte nicht mit sonderlichen Schwierigkeiten verbunden sein. Selbstverständlich tobte irgendwo um uns herum immer noch der Bürgerkrieg, aber weil es über den Verlauf der Kampfhandlungen keinerlei Informationen gab, blieb uns nichts anderes übrig, als den Bürgerkrieg einfach zu ignorieren. Wir hatten auch keinerlei Flugzeuge mehr zu Gesicht bekommen, und der Flugplatz, der etwa zwei Kilometer außerhalb von Kodowa lag, war nach Aussagen Sadiqs völlig verlassen.

»Also gut, dann brechen wir auf. Ich hoffe nur, daß uns diese verdammten Palmdächer nicht zu sehr behindern.« Dem Tonfall seiner Stimme nach zu schließen, meinte er nicht so sehr die Dächer, als vielmehr die Leute selbst. Wenn schon nicht aus Menschlichkeit, so würde er doch aus Besorgnis um den Transport dafür sorgen, daß alles möglichst glatt über die Bühne lief.

Ich fuhr den Mietwagen. Neben mir auf dem Vordersitz saßen noch eine einheimische Schwester und Atheridge. Die Schwester fuhr mit uns, weil sie sich am Bein verletzt hatte. Auf dem Rücksitz saßen vier leichtverletzte Patienten, darunter drei Halbwüchsige.

Als ich losfuhr und meinen gewohnten Platz zwischen dem Tieflader und den Militärlastwagen einnahm, wandte ich mich an die Krankenschwester: »Sie sprechen doch Englisch?«

»Ja.«

»Sagen Sie bitte Ihren Patienten hinten auf dem Rücksitz, sie sollen sofort Bescheid geben, wenn sich mein Fahrstil als zu unsanft erweisen sollte. Ich versuche natürlich möglichst vorsichtig zu fahren.«

Sie drehte sich halb zu ihren Landsleuten um und redete kurz in Nyalanisch auf sie ein.

»Wie heißen Sie, Schwester?«

»Helen Chula.«

»Können Sie Auto fahren, Helen?«

»Ja, an sich schon. Aber mein Bein ... ich müßte ziemlich langsam fahren.«

Ich mußte lachen. »Machen Sie sich deswegen keine Sorgen. Wir fahren hier langsam genug. Notfalls können also Sie das Steuer übernehmen. Wenn Mister Atheridge mit seinem Arm auch kaum viel ausrichten kann, so dürfte er doch in der Lage sein, mit seinem Fuß aufs Gaspedal zu drücken.«

Als uns Sadiqs Wagen überholte, fiel mir etwas ein. Als er auf mein Hupen hin anhielt, sprang ich aus dem Wagen und rannte auf den seinen zu, um mir meine Flinte und die Munition zu holen. Mick McGrath, der gerade auf dem Weg zu seiner Zugmaschine war, blieb erstaunt stehen, um wie gebannt auf die Flinte zu starren.

»Da haben Sie sich ja eine prima Knarre besorgt, Mister Mannix. Und wie steht es mit mir?«

»Wen wollen Sie denn umbringen, Mick?«

Er zuckte mit den Achseln. »Wer redet denn gleich von Umbringen. Ich komme mir einfach nur etwas nackt vor – mitten in einem Bürgerkrieg und ohne Waffe.«

Ich grinste. »Na, in dem Fall wird sich doch hoffentlich auch ein anderes Feigenblatt finden lassen, oder etwa nicht?«

Als er darauf wortlos weiterging und ich in meinen Wagen stieg, beschlich mich wieder einmal ein ungutes Gefühl. Auch Atheridge beäugte die Waffe, als ich sie neben meinem Sitz verstaute. Hinter uns ertönte nun das Donnerrollen mehrerer anspringender schwerer Motoren, welche, eingehüllt vom dichten Qualm der Auspuffgase, den endgültigen Aufbruch der langen Kolonne ankündigten. Ich streckte meinen Kopf aus dem offenen Wagenfenster und lauschte.

Sicher bildete ich mir das alles nur ein. Hätten die Verletzten auf dem Tieflader tatsächlich vor Schmerzen gestöhnt, so hätte ich sie über dem Dröhnen des Konvois kaum hören können. Dennoch krampfte sich mein Magen zusammen, als ich mir die langsam und vibrierend vorankriechende Folterbank des Tiefladers unter ihren schmerzgepeinigten Leibern vor Augen führte. Als sich mein Blick kurz mit dem von Helen Chula traf, wurde mir bewußt, daß es ihr ebenso ging wie mir.

Aber es mußte sein. Mit einem Achselzucken legte ich den ersten Gang ein und fuhr ebenfalls los. Ein Fahrzeug nach dem anderen, setzte sich die lange Kolonne gemächlich in Bewegung, das Krankenhaus und die Ruinen von Kodowa hinter sich lassend.

13

Hinter Kodowa führte die Straße ähnlich weiter wie vor der Stadt, nur waren die Steigungen länger und auch etwas höher. Der Transport kam also nicht mehr so schnell voran; mußte er bergab schon langsam genug fahren, schienen sich die langen Steigungen endlos hinzuziehen. Insgesamt bewegten wir uns fast nur im Schrittempo voran, so daß die Schar von Nyalanern in unserem Gefolge, obwohl sich einige Leichtverletzte unter ihnen befanden, keinerlei Probleme hatte, uns zu folgen.

Dennoch machten wir uns ihretwegen Sorgen. Wir hatten über die Notwendigkeit gesprochen, sie mit Nahrung zu versorgen; Sadiq hatte geltend gemacht, daß wir sie unterwegs beschaffen mußten. Aber unter unserem Gefolge gab es viele Frauen mit Neugeborenen und kleinen Kindern, alte Männer und Verwundete aller Altersstufen. Eigentlich war es nicht unsere Aufgabe, sie mit Lebensmitteln zu versorgen, aber was würde uns schon anderes übrigbleiben?

Nachdem wir eine Weile gefahren waren, sagte Helen Chula: »Würden Sie mich bitte in einer Stunde wecken, falls ich einschlafen sollte?« Und prompt war sie auch schon eingenickt, den Kopf gegen Atheridges unverletzten Arm gelehnt. Ich sah nach den vier Nyalanern auf dem Rücksitz. Zwei schliefen, und die anderen beiden starrten mich aus wachsamen, braunen Augen an. Niemand sprach ein Wort.

Nach zwei Stunden extrem langsamer Fahrt wich die relative Kühle des Morgens mehr und mehr der sengenden Hitze der Mittagssonne. Atheridge und ich sprachen kaum miteinander, um die junge Krankenschwester nicht zu wecken. Ringsum hüllte der allgegenwärtige Staub die kleinen Gruppen von gehenden Nyalanern in gedämpftes Licht. Vereinzelt waren zwischen ihnen auch Soldaten zu sehen. Langsam begann ich, mir Sorgen zu machen, daß der Motor heißlief; ich fuhr ständig im ersten Gang.

Und plötzlich wurde mir bewußt, daß ich der größte Idiot war, den man sich denken konnte. Die Sonne mußte mir das Gehirn aus dem Schädel gesengt haben. Ich drückte auf die Hupe, schwenkte aus der Kolonne aus und bahnte mir einen Weg zwischen den vorausgehenden Nyalanern hindurch bis zu Sadiqs Stabswagen, der die Spitze des Konvois bildete. Mit Handzeichen gab ich ihm zu verstehen, er sollte am Straßenrand anhalten. Er hatte zwei nyalanische Frauen auf dem Rücksitz, aber neben ihm auf dem Beifahrersitz saß nach wie vor sein Unteroffizier.

»Das ist doch glatter Wahnsinn«, weihte ich ihn in meine neueste Erkenntnis ein. »Warum zum Teufel müssen wir alle im selben Tempo fahren wie der Tieflader? Ich könnte in weniger als zwei Stunden nach Kanja hochfahren, meine Leute im Krankenhaus abliefern und wieder zurückkommen, um die nächsten abzutransportieren. Und das trifft natürlich auch auf alle übrigen Fahrzeuge mit Ausnahme des eigentlichen Schwertransports zu. Lassen Sie sofort alle Fahrzeuge zusammenrufen, damit wir die nötigen Schritte in die Wege leiten können.«

Sadiq schüttelte jedoch den Kopf. »Nein, Mister Mannix, ich halte das nicht für eine gute Idee.«

»Um Himmels willen, warum denn nicht?«

Er sah hoch, so daß ich für einen Augenblick dachte, er suchte den Himmel nach Flugzeugen ab. Doch dann wurde mir bewußt, daß seine Blicke einem der Telegraphenmasten gegolten hatte, die die Straße säumten. Mir blieb nichts anderes übrig, als neuerlich meine Begriffsstutzigkeit zu verfluchen. »Verdammt, Sie haben doch ein Feldtelephon dabei. Damit können wir doch nach Kanja telefonieren.«

»Das habe ich versucht. Aber die Leitung war tot. Daß es mit Kodowa keine Verbindung gibt, ist nicht weiter verwunderlich, aber die Leitung nach Kanja ist ebenfalls tot.«

»Wenn wir weiter so langsam fahren, sterben uns unterwegs eine Menge Patienten. Abgesehen davon haben sich uns wesentlich mehr Menschen angeschlossen, als Doktor Kat voraussehen konnte. Die meisten von ihnen sind weder krank noch verletzt.«

»Ich kann sie nicht daran hindern, sich uns anzuschließen, Mister Mannix. Wie stellen Sie sich das vor?«

Ich war baff. Noch mehr Münder, die es zu stopfen galt? Waren wir etwa verpflichtet, die gesamte überlebende Bevölkerung von Kodowa in Sicherheit zu bringen?

»Sollten nicht trotzdem ein paar von uns schon mal vorausfahren? Da wäre mein Wagen, einschließlich der zwei Lastwagen, die wir gefunden haben, und Ihre vier. Selbst der Panzer könnte um einiges schneller fahren, und er befördert immerhin sechs Personen. Der Landrover muß auf jeden Fall beim Tieflader zurückbleiben. Doch selbst Sie ...«

»Ich bleibe beim Konvoi«, schnitt mir Sadiq das Wort ab. »Und das gleiche gilt für meine Lastwagen. Ist Ihnen eigentlich schon aufgefallen, daß es keinerlei Gegenverkehr gibt, Mister Mannix? Und ist Ihnen vielleicht schon einmal der Gedanke gekommen, daß uns in Kanja ein ähnliches Bild erwarten könnte wie in Kodowa?«

Der Gedanke war mir gekommen. »Wenn es so sein sollte, dann wäre es an der Zeit, uns darüber Klarheit zu verschaffen.«

»Dafür habe ich bereits gesorgt. Ich habe eine Motorradpatrouille vorausgeschickt.« Er warf einen kurzen Blick auf seine Uhr. »Sie müßten jeden Augenblick zurückkommen.«

Ich entschuldigte mich in Gedanken bei Sadiq, daß ich ihn für ebenso dumm gehalten hatte wie mich. Er fuhr fort: »Wenn sie nicht innerhalb der nächsten Stunde zurück sind, fürchte ich, daß uns in Kanja nichts Gutes erwartet. Zumindest werden sie uns warnen können. Sie haben ein Funkgerät.«

»Diesmal muß ich wirklich passen«, seufzte ich entschuldigend. »Sie sind mir eindeutig zuvorgekommen.«

Er nahm meine Entschuldigung mit einem ernsten Nicken entgegen. »Die Sache ist wirklich nicht einfach, Mister Mannix. Umsomehr weiß ich zu schätzen, daß Sie sich so nachhaltig für das Wohl meiner Landsleute einsetzen.«

Als ich zu meinem Wagen zurückkehrte, waren Atheridge und Helen Chula ausgestiegen. Die junge Krankenschwester reckte sich den Schlaf aus den Gliedern. »Hauptmann Sadiq ist wirklich auf Draht«, wandte ich mich an Atheridge, der mir jedoch keinerlei Beachtung schenkte. Durch die Scharen von Flüchtlingen und den Staub kam langsam ein klappriger Suzuki auf uns zu, den ich noch nie gesehen hatte.

»Großer Gott, Margretta«, stieß Atheridge atemlos hervor. Der Wagen hielt und eine ungefähr fünfzigjährige Frau in khakifarbener Arbeitskleidung stieg aus. Ihr graues Haar war am Hinterkopf lose verknotet. Sie sah aus, als müßte sie jeden Augenblick zusammenbrechen.

»Gretta, mein Mädchen, wie kommst du denn hierher?« fragte Atheridge.

»So schwer bist du wirklich nicht zu finden, Dan.« Ihre Stimme war kaum mehr als ein Flüstern.

»Gretta, das ist Neil Mannix. Mister Mannix, ich darf Sie mit Doktor Marriot bekannt machen.« Atheridges Umgangsformen wirkten angesichts der Umstände leicht absurd.

Ich drehte mich um und öffnete den Wagenschlag.

»Nehmen Sie doch erst mal Platz, Doktor.«

»Danke.« Sie nickte schwach. »Es geht mir schon etwas besser.« Sie hatte einen skandinavischen Akzent.

»Sind Sie Ärztin?«

»Sie hat in einer Missionsstation nicht weit von Kodowa gearbeitet«, beantwortete Atheridge meine Frage für die vollkommen erschöpfte Frau. Dann beugte er sich über sie und fragte sie behutsam: »Wo ist Brian, Gretta? Wir glaubten alle, ihr wärt in Port Luard.«

Deshalb also hatte bis dahin niemand von ihr gesprochen. Nachdem die Frau eine Weile leise auf Atheridge eingeredet hatte, brach sie in Tränen aus. Da sich nun Helen Chula ihrer annahm, zog ich Atheridge beiseite.

»Was ist passiert, Dan?«

»Ganz schön übel, diese Geschichte. Sie sind gerade zum Zeitpunkt des Luftangriffs von der Küste nach Kodowa zurückgefahren. Brian, ihr Mann, ist dabei umgekommen. Sie muß sich schon über einen Tag im Schockzustand befinden. Sie ist zum Krankenhaus rausgefahren, wo sie auf Schwester Ursula getroffen ist, die sie dann gedrängt hat, hinter uns herzufahren.«

»Da haben wir aber ein schlechtes Geschäft gemacht.« Wir wandten uns wieder Dr. Marriot zu.

»Sie sehen ganz so aus, als könnten Sie einen anständigen Drink vertragen, Ma'am. Wie wär's mit einem lauwarmen Scotch?« schlug ich vor.

»Dagegen wäre nichts einzuwenden.«

Ich holte eine Flasche aus dem Kofferraum des Mietwagens und goß ihr in ein verstaubtes Glas etwas davon ein. Atheridge bedachte die Flasche zwar mit sehnsüchtigen Blicken, sagte aber nichts, als ich den Verschluß entschlossen wieder zuschraubte. Von nun an war der Inhalt dieser Flasche nur noch medizinischen Zwecken vorbehalten.

»Ich bin gekommen, um Dr. Kat zu helfen«, erklärte die Ärztin. »Schwester Ursula sagte, er könnte dringend Hilfe brauchen, und wir haben schon öfter zusammengearbeitet. Wo ist er denn im Augenblick gerade?«

»Das soll jetzt noch nicht Ihre Sorge sein. Ruhen Sie sich erst mal etwas aus. Ein bißchen Schlaf wird Ihnen bestimmt nicht schaden. Helen, sagen Sie ihr doch, wie viel besser es ihr danach gehen wird.«

Helen lächelte schüchtern. »Mister Mannix hat recht, Doktor Merry. Schlafen Sie erst mal ein Stündchen, dann können Sie Doktor Kat immer noch helfen. Inzwischen kann ich ihm assistieren.« Dabei bettete sie den Kopf der Ärztin behutsam gegen die Rücklehne des Beifahrersitzes.

»Was macht denn Ihr Bein?« fragte ich sie.

»Ach, es geht schon wieder.« Sie deutete auf den näherkriechenden Tieflader. »Ich warte einfach hier und steige dann auf.«

Indessen war Doktor Merry bereits in Schlaf gefallen.

»Steigen Sie ein, Dan. Wir fahren langsam weiter. Auf diese Weise entsteht wenigstens etwas Fahrtwind.«

In diesem Schneckentempo dahinzukriechen, frustrierte mich mehr denn je; aber vorläufig mußte ich mich damit zufriedengeben, daß der Hauptmann die Lage wesentlich besser im Griff hatte als ich. Dr. Margretta Marriot war eine wichtige Bereicherung unseres medizinischen Personals. So schleppte sich das Wyvern-Krankenhaus durch die Gluthitze eines afrikanischen Tages. Je eher wir Kanja erreichten, desto besser.

Eine halbe Stunde später sahen wir uns erneut mit völlig anderen Gegebenheiten konfrontiert. Es schien, als wären wir in ein gigantisches Kaleidoskop geraten, das von einer Riesenhand immer wieder von neuem geschüttelt wurde. Einer von Sadiqs Kradmeldern kam auf mich zu und meldete, daß der Hauptmann mich zu sprechen wünschte. Um Dr. Marriot nicht zu wecken, schwenkte ich vorsichtig aus der Kolonne aus, obwohl es vermutlich eines mittleren Erdbebens bedurft hätte, um sie aus dem Schlaf zu reißen.

Kemp und Wingstead waren bereits bei Sadiq eingetroffen und unterhielten sich mit zwei weißen Männern, die ich nicht kannte. Hinter ihnen stand ein amerikanischer Straßenkreuzer, der in dieser Umgebung ebenso fehl am Platze wirkte wie ein Flugzeugträger auf dem Genfer See. Atheridge und ich stiegen aus und traten auf die kleine Gruppe zu.

Einer der Fremden war ein großer, schlaksiger und sehniger Mann in Jeans und einem verschwitzten karierten Hemd. Zu allem Überfluß trug er auch noch einen ausladenden Cowboyhut, den er sich verwegen in den Nacken geschoben hatte. Ich blickte auf seine Füße. Gerade, daß er keine Sporen trug, aber immerhin handgefertigte, hochhackige Cowboystiefel. Er hatte eine auffallende Ähnlichkeit mit Clint Eastwood, und es hätte nur noch gefehlt, daß er eine Schachtel Marlboro oder einen Beutel mit Bull Durham-Tabak hervorgeholt hätte. Er roch nach Öl aus Texas.

Im Vergleich dazu wirkte sein Begleiter eher unauffällig. Er war kleiner, breitschultrig und untersetzt; außerdem war seine Kleidung afrikanischen Verhältnissen eher angemessen; er trug Khakihose und Buschhemd. Beide wirkten müde, abgekämpft und verdreckt, wie auch der Rest von uns.

»Hallo«, begrüßte ich die beiden. »Woher so plötzlich?«

Der größere der beiden drehte sich nach mir um. »Hi. Uns geht es ähnlich wie Ihnen.« Er deutete die Straße hinunter. »Wir sind ein Stück weiter steckengeblieben.«

Kemps Miene wirkte noch angespannter als gewöhnlich.

»Neil, ein Stück die Straße runter ist eine Brücke.«

»Gütiger Gott! Doch nicht etwa die, um die Sie sich schon die ganze Zeit Sorgen gemacht haben?«

Kemp nickte. »Doch, genau die. Inzwischen existiert sie jedoch schon gar nicht mehr, wie uns diese beiden Herren eben mitgeteilt haben. Und sie liegt natürlich vor Kanja. Wie hätte es auch anders sein sollen.«

Wingstead wirkte eher voll konzentriert als niedergeschlagen – bereit, sich der nächsten Herausforderung zu stellen. Er war wirklich nicht so leicht unterzukriegen.

»Ich bin Neil Mannix, British Electric«, stellte ich mich vor. »Sicher ist es ein Vergnügen, Sie kennenzulernen; aber ich weiß es noch nicht so genau.«

Der größere der beiden lachte. »Mal sehen. Ich bin Russ Burns, und das hier ist Harry Zimmerman. Wir arbeiten für Lat-Am Oil. Übrigens stecken ein Stück weiter die Straße rauf noch ein paar Leute fest. Sie gehören allerdings nicht zu uns. Ein Franzose und ein paar Iwans, die mit schweren Lastzügen unterwegs sind.«

»Was ist passiert? Haben Sie die Brücke einstürzen sehen?«

Burns schüttelte den Kopf. »Wir waren gerade auf dem Weg dorthin, als die Flugzeuge Kodowa bombardierten. Natürlich wußten wir nicht mit Sicherheit, was hier eigentlich vorging, aber wir haben uns unseren Teil dabei gedacht. Schließlich waren uns die Truppenbewegungen ein paar Tage zuvor auch nicht entgangen. Gerüchte, bei denen es um einen Militärputsch ging, gab es schon seit einiger Zeit. Die Stadt selbst konnten wir zwar nicht sehen, aber der Lärm war unüberhörbar. Und dann sind die Flugzeuge über uns hinweggeflogen.«

Seine Hand fuhr in die Brusttasche seines Hemds. »Harry und ich wußten erst nicht, was wir tun sollten. Schließlich beschlossen wir, einfach weiterzufahren. Wir hatten keine Lust, uns in dieses Schlamassel hinter uns hineinziehen zu lassen. Und dann sind wir auf die Russen getroffen.«

»Waren die auch mit einem Konvoi unterwegs?« Burns zog ein Päckchen Zigaretten aus seiner Hemdtasche. Es waren tatsächlich Marlboros. Sogar die Art, wie er sich die erste Zigarette ansteckte, hätte aus der Marlboro-Werbung stammen können. Er bot allerdings niemandem eine Zigarette an.

»Nein, nur ein schwerer Lastzug. Der Franzose ist auch mit einem Laster unterwegs. Er hat seinen Beifahrer in Kodowa zurückgelassen. Vermutlich hat er bei dem Luftangriff was abbekommen. Haben Sie den Mann irgendwo gesehen?«

Da wir alle diese Frage nur mit einem Kopfschütteln beantworten konnten, durften wir also auch einen französischen Fernfahrer abschreiben.

»Die ersten zehn Minuten nach dem Luftangriff bin ich gefahren wie ein Wahnsinniger«, fuhr Burns in seiner Erzählung fort. »Obwohl mir natürlich klar war, daß wir kaum einem Düsenjäger davonfahren konnten. Etwa fünfzig Kilometer von hier wären wir dann in einer Kurve um ein Haar mit diesem Röhrentransporter zusammengestoßen. Die Sowjets. Sie hatten nichts gesehen und gehört. Als nächstes ist dann der Froschfresser mit einem einheimischen Beifahrer aufgetaucht.« Er warf dabei einen vorsichtigen Blick auf Sadiq.

Nun meldete sich zum erstenmal auch Zimmerman zu Wort. »Wir vier haben dann gemeinsam für die Nacht unser Lager aufgeschlagen, und am nächsten Morgen sind wir mit einem der Russen in unserem Wagen weitergefahren. Ich spreche ein wenig Russisch.« Das klang fast entschuldigend. »In fünfzehn Kilometern kommt diese Brücke.«

»*Kam* diese Brücke. Inzwischen besteht sie nur noch aus einem Haufen Trümmern auf dem Grund der Schlucht, die sie überspannt hat. Die müssen ganz schön draufgehalten haben.«

»Ist sie bombardiert worden?« fragte ich.

»Ja, ich denke schon. Die Trümmer waren weit verstreut.«

»Wie stehen die Chancen, da noch rüberzukommen?« Obwohl ich die Antwort auf meine Frage bereits wußte, stellte ich sie doch.

»Ausgeschlossen. Da kommt weder ein Lastwagen rüber noch ein Kunstfahrer vom Zirkus. Die Kluft ist mindestens sechzig bis siebzig Meter breit.«

Burns seufzte. »Wir sind den ganzen Tag nur tatenlos herumgesessen. Niemand konnte sich zu einer Entscheidung durchringen. Aus dem Funk kam nichts. Weiterfahren konnten wir nicht, und zurück in dieses Chaos wollten wir nicht. Die Russen waren ziemlich gut mit Proviant versorgt, und der Franzose hatte auch einiges dabei. Wir hatten nur etwas Bier beizusteuern, das allerdings schnell weg war. Heute morgen beschlossen wir dann, uns zu trennen. Der Franzose sollte sich mit den zwei Russen nach Kodowa durchschlagen, während wir uns bereit erklärten, die Schlucht zu Fuß zu durchqueren und uns nach Kanja durchzuschlagen.«

»Ich könnte nicht behaupten, daß ich darauf sonderlich scharf war«, warf Harry ein.

»Und als wir dann gerade aufbrechen wollten, tauchten diese beiden da auf.« Burns deutete auf Sadiqs Kradmelder. »Erst dachten wir schon, sie gehörten zu den Aufständischen. Und wir hatten nur unsere Spielzeugpistolen eingesteckt. Dann haben sie uns allerdings erzählt, was hier los ist. Ich muß schon sagen, daß die ganze Geschichte reichlich unwahrscheinlich klang.«

Sie hatten also Schußwaffen bei sich.

»Ein verdammter Wanderzirkus«, brummte Kemp mürrisch.

»Wenn es das wenigstens wäre. Ein paar Elefanten könnten wir jetzt gut gebrauchen. Na ja, jedenfalls haben wir unsere Pläne wieder geändert. Während die anderen bei ihren Lastern zurückblieben, sind Harry und ich zurückgefahren, um uns mit eigenen Augen zu überzeugen.«

»Kann man die Schlucht zu Fuß überqueren?« wollte ich darauf wissen.

»Ich denke schon – zumindest, wenn man einigermaßen klettern kann.«

Ich sah Sadiq an. »Und was jetzt?«

»Was sollen wir schon machen, Neil«, schaltete sich Wingstead ein. »Wir können unsere Patienten nicht nach Kanja schaffen, und selbst wenn das Krankenhaus noch stehen sollte, kann man uns von dort nicht zu Hilfe kommen. Uns bleibt keine andere Wahl.«

Ich nickte, worauf sich mir gleich das erste Problem auftat.

»Wie wendet man eigentlich den Tieflader?« wandte ich mich ohne Umschweife an Kemp.

»Überhaupt nicht«, erwiderte dieser. »Wir brauchen nur die Zugmaschinen anders herum anzuspannen.« Ich sah ihm an, daß er in Gedanken bereits voll und ganz mit diesem Manöver beschäftigt war. Und wie immer, wenn er es mit Problemen rein praktischer Natur zu tun hatte, machte Kemp gleich einen weit weniger unglücklichen Eindruck.

»Was wollen Sie jetzt tun, Mister Mannix?« wandte sich nun Sadiq an mich. Auch er sah aus, als hätte man ihm eben den Boden unter den Füßen weggezogen.

Ich betrachtete kurz die zwei Neuankömmlinge. »Als erstes werden wir diesen beiden Herren eine ordentliche Mahlzeit und einen kräftigen Schluck Bier zukommen lassen. Außerdem ist vor kurzem noch eine Dame zu uns gestoßen, die sicher ebenfalls etwas Eßbares vertragen könnte. Geoff, könnten Sie bitte Bishop entsprechend Bescheid sagen? Danach halten wir eine ausführliche Lagebesprechung ab. Hauptmann, könnten Sie allen mitteilen lassen, daß wir nicht weiter nach Kanja fahren? Wir ruhen uns erst einmal ein wenig aus, essen ein bißchen und fahren dann wieder weiter.«

»Wer ist die Frau?« wollte Wingstead wissen.

»Eine Ärztin. Ihr Mann ist beim Luftangriff auf Kodowa ums Leben gekommen. Sie schläft im Augenblick noch in meinem Wagen. Da ich sowieso mit Doktor Kat sprechen muß, kann ich sie ihm am besten gleich vorstellen. Übrigens, Dan Atheridge scheint sie ganz gut zu kennen.«

Als ich mich darauf von der kleinen Gruppe entfernte, blieb Dan Atheridge, bleicher denn je unter seiner Bräune, zurück. Die Neuigkeiten, die uns die beiden Lat-Am-Männer mitgeteilt hatten, betrafen ihn nachhaltiger als jeden einzelnen von uns. Denn irgendwo hinter Kanja wartete seine Frau auf ihn. Er war von Zuhause abgeschnitten.

»Dan ...«

»Schon gut. Susie ist in Sicherheit. Ich mache mir ihretwegen keine Sorgen. Aber Sie haben natürlich vollkommen recht, daß Sie die Patienten unmöglich nach Kanja schaffen können. Ich kenne ein paar Kilometer flußabwärts eine Stelle, wo man den Fluß überqueren kann. Wenn Sie mich vielleicht von ein paar Soldaten dorthin bringen lassen könnten, Hauptmann?« Er hatte seine Stimme beim Sprechen völlig unter Kontrolle.

»Keine Sorge, Dan. Wir schaffen Sie schon über den Fluß«, versuchte ich, ihn zu trösten, wobei ich hoffte, mein Wort auch tatsächlich halten zu können. »Los jetzt, Leute, besorgen wir uns was zu trinken, damit wir in Ruhe alles weitere besprechen können.« Wir stiegen in meinen Wagen und fuhren zum Tieflader zurück, gefolgt von Kemp mit den beiden Neuankömmlingen. Der Flüchtlingsstrom hatte sich bereits in kleine Grüppchen aufgeteilt, die sich auf ein langes Warten einstellten. Im Busch klappt die Verständigung oft besser als mit den modernsten Kommunikationsmitteln.

14

Dr. Margretta Marriot und ich blickten an dem Tieflader hinauf. Auf jeder freien ebenen Fläche lagen Patienten unter ihren Behelfslaken auf Lagern aus Schilfrohr. An jedem Vorsprung waren Handtücher oder Kopfkissenbezüge befestigt, um Schatten zu spenden. Und durch dieses Gewirr kletterten behende Gestalten mit Verbandmaterial und anderen medizinischen Hilfsmitteln. Schwester Mary, die sich wegen ihrer eigenen, schon etwas angegriffenen Gesundheit nicht auf dem Tieflader aufhalten durfte, stand neben einem der gewaltigen Reifen und erteilte ihren Schwestern Anweisungen. Einige unserer Leute halfen den Verletzten, die ohne Hilfe aufstehen konnten, auf die behelfsmäßig errichteten Latrinen. Und auch um den Verpflegungslaster herrschte Hochbetrieb, als Bishop und sein junger Helfer Sandy Bing eine Mahlzeit für uns und unsere Besucher zubereiteten.

Irgendwann im Lauf des Tages war auch Schwester Ursula zu uns gestoßen. Sie winkte mir kurz zu, als sie mich sah, um sich dann Dr. Marriot zuzuwenden.

»Doktor Gretta! Was machen Sie denn hier?«

Mick McGrath eilte sofort herbei, um ihr beim Aussteigen behilflich zu sein. Die Nonne spürte sofort, daß etwas nicht stimmte, und führte die Ärztin zur Seite.

»Warum fahren wir nicht weiter?« wollte McGrath wissen. »Gibt es schon wieder Schwierigkeiten?«

»Das kann man wohl sagen. Zwischen hier und Kanja ist eine Brücke zerstört. Wir kommen also unmöglich nach Kanja durch. Wir sind zwar noch zu keiner endgültigen Entscheidung gelangt, aber umkehren müssen wir in jedem Fall.«

»Werden wir also doch die Straße zum Katali nehmen? Und das mit der ganzen Bande hier?«

»Schon möglich. Holen Sie doch mal Doktor Kat.«

»Der wird bestimmt nicht kommen.«

»Warum nicht?«

»Weil er gerade zu tun hat. Sobald wir angehalten haben, hat er sich ans Operieren gemacht. Im Augenblick hebt er gerade jemandem die Schädeldecke ab.«

»Na gut, lassen wir ihn arbeiten. Aber sagen Sie ihm, sobald sich eine Gelegenheit dazu findet, daß Doktor Marriot bei uns ist. Das wird ihn sicher freuen. Sagen Sie ihm auch, daß ihr Mann in Kodowa umgekommen ist. Und daß ich so bald wie möglich mit ihm sprechen möchte.«

Darauf begab ich mich zu der Stelle zurück, wo die Firmenleitung von Wyvern und die Männer von Lat-Am im Schatten eines der Lastwagen saßen. Atheridge war nicht bei ihnen. Als ich auf sie zutrat, sagte Wingstead: »Neil, ich habe Harry und Russ eben in unsere vorläufigen Pläne eingeweiht. Sie haben übrigens vor einigen Monaten die Ost-West-Straße befahren und fanden sie gar nicht so übel. Die zwei Flüsse münden bei Makara ineinander. Das ist zwar nur ein kleines Dorf, das aber zu einiger strategischer Bedeutung gelangen könnte. Bevor unter Ofanwe die neue Straße gebaut wurde, verlief die einzige Verbindung von Lasulu und Fort Pirie nach dem Norden durch Makara.«

»Gibt es dort eine Brücke?«

»Ja. Sie befindet sich offensichtlich in brauchbarem Zustand, wenn sie auch schmaler ist als die, bei der Sie den kleinen Zwischenfall mit den durchmarschierenden Truppen hatten. Natürlich immer vorausgesetzt, daß sie noch steht. Wir werden auf jeden Fall schon mal Kundschafter vorausschicken. Falls Ihr wackerer Hauptmann wirklich so auf Draht ist, hat er das vermutlich bereits getan. Außerdem müssen wir noch jemanden losschicken, um die Weggefährten unserer Freunde von Lat-Am hierher zu holen.«

»Vielleicht erwartet uns in Makara bereits die Armee. Einerlei, auf welcher Seite ich stände, ich würde auf jeden Fall versuchen, Makara in meine Hand zu bringen – falls das Dorf noch nicht dem Erdboden gleichgemacht worden ist.«

Wingstead stand auf. »Wir brauchen ja noch keine Entscheidung zu fällen, bis wir nicht die ersten Meldungen gehört haben. Wo steckt übrigens Doktor Kat?«

»Er operiert gerade. Sobald er Gelegenheit dazu findet, wird er sich zu uns gesellen. Und ich nehme an, daß er uns einiges mitzuteilen haben wird.«

Als auch ich aufstand, trat Mick McGrath auf mich zu. Irgendwie war ihm anzusehen, daß etwas nicht stimmte.

»Mister Wingstead, wir bekommen Schwierigkeiten«, sagte er. »Da will jemand mit Ihnen sprechen.«

Mit dem breiten, etwas schwerfälligen Schritt, wie man ihn aus dem Fernsehen von streikenden Arbeitern kennt, kamen fünf Männer auf uns zu. Sie schienen noch in einen kurzen Wortwechsel mit ein paar von Sadiqs Soldaten verwickelt, bevor sie sich endgültig vor uns aufpflanzten. Ich war keineswegs überrascht, Bob Sisley und Johnny Burke unter ihnen zu sehen. Burke hatte neulich Ansprüche auf eine Gefahrenzulage geltend gemacht. Die anderen drei waren Barry Lang, Bob Pitman und – dies überraschte mich nun wirklich – Ron Jones. Sie traten stumm auf uns zu. Obwohl ich in solchen Auseinandersetzungen reichlich Erfahrung hatte, hielt ich mich zurück; dies war Wingsteads Angelegenheit.

Als Sprecher der Streikenden wandte sich Sisley nicht an Wingstead, sondern an Kemp, der eindeutig mehr Angriffspunkte bot: »Mister Kemp, diese Yankees sagen, daß die Brücke im Norden zerstört ist. Stimmt das?«

»Ja.«

»Demnach können wir also in dieser Richtung nicht mehr weiterfahren. Sie hatten doch sowieso vor, zum Pirie-See zu fahren, bevor diese Geschichte mit dem Krankenhaus losging. Was hindert uns daran, jetzt dorthin zu fahren? Sie wollten uns doch dort über die Grenze in ein neutrales Land schaffen.«

Ich spürte Ärger über diese Worte in mir hochsteigen und stellte anhand der Mienen der Umstehenden fest, daß es einigen anderen ebenso ging. Seltsam war nur, daß sich Ron Jones auf die Seite dieser Männer geschlagen hatte. Da Kemp immer noch nichts sagte, fuhr Sisley fort.

»Nachdem Sie Ihre vertraglichen Verpflichtungen nicht mehr erfüllen können, sehen wir uns auch der unseren entbunden. Langsam wird es hier ganz schön gefährlich, und wir haben uns keineswegs dazu verpflichtet, unsere Köpfe für die politischen Streitereien irgendwelcher Bimbos hinzuhalten. Wir hauen ab hier.«

»Mit dem Tieflader?« fragte Kemp eisig.

»Zum Teufel mit dem Tieflader. Wir stecken in der Klemme. Von einem Krieg ist in unserem Arbeitsvertrag nirgendwo die Rede. Wir wollen nichts anderes als weg von hier. Es ist Ihre Pflicht, uns sicher hier rauszuschaffen – Ihre und die vom Boß.« Dabei deutete er mit dem Finger auf Wingstead. Sisley mochte ein guter Transportarbeiter sein – sonst hätte er bestimmt nicht für Wyvern gearbeitet –, aber ein unangenehmer und ungehobelter Bursche war er trotzdem.

An diesem Punkt schaltete sich Wingstead ein.

»Wir fahren mit dem Tieflader und der gesamten Kolonne nach Kodowa zurück, einschließlich der Kranken und Verletzten. Dort angekommen, werden wir uns Klarheit zu verschaffen versuchen, wie wir am besten vorgehen. Vielleicht können wir sogar direkt nach Port Luard zurückfahren. Falls uns diese Route als zu riskant erscheinen sollte, können wir nach Fort Pirie ausweichen. Im Augenblick sind wir hier alle ziemlichen Belastungen ausgesetzt, zumal wir von jeglichen Informationsmöglichkeiten abgeschnitten sind. Aber wir versuchen unser Bestes.«

Doch mit vernünftigen Argumenten war unter solchen Umständen nichts zu erreichen. Sisleys Gesicht verzerrte sich zu einer Grimasse der Verachtung. »Ziemlichen Belastungen ausgesetzt! Das will ich wohl meinen. Wir spielen hier den Arzt für einen Haufen Schwarze, die auf uns angewiesen sind, und karren einen Tieflader durch die Gegend, an dem kein Mensch mehr interessiert ist; währenddessen gehen uns langsam, aber sicher die Lebensmittel aus, und dieser Staat steht kurz vor dem totalen Zusammenbruch. Meine Fresse, wir haben schon zwei Wochen keinen Lohn mehr ausbezahlt bekommen. Meinetwegen können Sie diese Scheißstraße so oft rauf und runter fahren, wie Sie wollen – aber bitte ohne uns.«

»Was wollen Sie eigentlich?« fragte Wingstead.

»Wir wollen, wie ursprünglich geplant, nach Fort Pirie fahren. Ob mit oder ohne Tieflader, ist uns völlig egal.«

»*Sie* haben hier gar nichts geplant, Freundchen«, konnte ich mich nun nicht mehr länger zurückhalten, obwohl mir klar war, daß ich mich besser nicht eingemischt hätte. »Ihr Boß hat verdammt viel riskiert, um hier zu Ihnen heraufzukommen, und er ist auch derjenige, der hier Entscheidungen zu treffen hat.«

»Halten Sie sich da mal raus, Mannix.«

»Seien Sie doch vernünftig, Bob«, versuchte Wingstead Sisley zu beschwichtigen. »Schließlich sind wir doch alle aufeinander angewiesen.«

»So? Und was ist mit den alten Männern und den Babies und den halbtoten Krücken und, weiß Gott, wen wir hier noch alles mit uns durch die Gegend schleppen? Und jetzt lassen Sie auch noch zu, daß sich uns noch ein paar hergelaufene Fremde anschließen. Wir machen da jedenfalls nicht mehr mit.«

Von den anderen sagte keiner ein Wort. Wie eine Mauer stummer Verbitterung hatten sie sich hinter Sisley aufgepflanzt. Gleichzeitig spürte ich, wie McGrath neben mir mehr und mehr auf Touren kam. Um der sich anbahnenden Katastrophe vorzubeugen, versuchte ich, zwischen den beiden gegnerischen Parteien zu vermitteln.

»Meinetwegen können Sie sich mit Ihrem Boß über Fragen Ihrer gegenseitigen vertraglichen Verpflichtungen so lange unterhalten, wie Sie wollen, Sisley, aber lassen Sie dabei bitte persönliche Beleidigungen aus dem Spiel, und halten Sie gefälligst Ihre Zunge etwas im Zaum, wenn Sie über diese bedauernswerten Leute sprechen.«

Sisley trat einen Schritt auf mich zu. »Halten Sie bloß Ihr großes Maul, Sie neunmalkluger Scheißami! Das geht Sie einen Dreck an!« Ich trat einen Schritt vor, als McGrath' Hand sich in stählernem Griff um meinen Arm legte. »Lassen Sie das, Mister Mannix«, redete er beruhigend auf mich ein, um sich dann Sisley zuzuwenden. »Noch so ein dummes Wort von dir, Freundchen, und du wirst Zähne scheißen.« Ich glaube, es war vor allem die vollkommen unemotionale und ruhige Art, in der er das sagte, die Sisley zurückweichen und seinen Arm senken ließ.

Für einen Augenblick schien alles wie erstarrt – die zwei Gruppen, die einander gegenüberstanden, sowie die Männer von Lat-Am und ein paar unbeteiligte Wyvern-Angestellte, die sie umringten und neugierig der Dinge harrten, die nun kommen würden. Und dann ertönte plötzlich aus dem Nichts Ben Hammonds Stimme.

»Na gut, Bob, du hast also gesagt, was du zu sagen hattest. Und du hast kein Blatt vor den Mund genommen. Aber jetzt laß Mister Wingstead und Mister Kemp mal fünf Minuten Zeit, damit Sie die Angelegenheit in Ruhe miteinander besprechen können. Ihr könnt bis dahin schon mal Leine ziehen; vorerst tut sich nämlich gar nichts. Sandy! Du wolltest uns doch was zu essen auftischen? Schlagt euch also erst mal den Bauch voll, solange das Essen noch warm ist. Bert, es gäbe da übrigens noch ein kleines Problem mit dem hinteren linken Achsschenkel.«

Das war wirklich gekonnt. Die erstarrte Konfrontation schmolz so sanft wie der letzte Schnee im Frühling, und binnen weniger Augenblicke fand ich mich allein in Begleitung Kemps und Wingsteads, die beide sowohl ungläubig wie erleichtert die Köpfe schüttelten. Hammond war wirklich immer wieder für eine Überraschung gut.

»Sisley und Pitman fahren den Airlift-Laster«, begann Wingstead. »Deshalb ist es nicht weiter verwunderlich, daß die beiden ins selbe Horn stoßen. Johnny Burke ist zwar ein guter Mann, wenn er auch manchmal seine Nase zu gern in Dinge steckt, die ihn absolut nichts angehen. Lang und Jones sind gute Fahrer. Spezialisten sind Sisley und Pitman; und wir werden den Airlift auch weiterhin brauchen. Wer sonst kann ihn noch bedienen?«

Kemp schüttelte den Kopf. Doch Hammond, der eben noch eine Reihe von Anweisungen an seine Leute erteilt hatte, erklärte bestimmt: »Kein Problem. Wäre doch gelacht, wenn ich mit diesem Ding nicht zurechtkäme. Und McGrath würde das auch noch schaffen, wenn es darauf ankommt.«

»Aber wir brauchen sie beide beim Tieflader«, warf Kemp ein.

»Das können Sie doch machen«, entgegnete Hammond. »Außerdem könnte ich mit Sammy Wilson zusammenarbeiten.«

»Ich denke, wir können davon ausgehen, daß Sisley sich an alle unsere Leute herangemacht hat, um sie für sich zu gewinnen«, warf ich ein. »Demnach dürften alle, die sich nicht hinter ihn gestellt haben, auf unserer Seite stehen?«

»So dürfte es sein«, nickte Wingstead. »Wir hätten demnach also noch Grafton, Proctor und Ritchie Thorpe. Nur gut, daß Sie ihn hereingebracht haben, Neil.«

»Ich glaube kaum, daß er in diesem Punkt einer Meinung mit Ihnen ist«, wußte ich darauf nur zu erwidern.

Das Schmunzeln, mit dem diese Bemerkung erwidert wurde, ließ uns alle für einen kurzen Augenblick die angespannte Lage vergessen.

»Also, ich möchte keine der Zugmaschinen, wenn sie vor den Tieflader gespannt ist, von einem unerfahrenen Mann fahren lassen«, gab Kemp zu bedenken. »Aber wir können ja auch nur mit drei Zugmaschinen fahren, wenn wir eine geringfügige Geschwindigkeitseinbuße in Kauf nehmen. Und diesen blöden Panzer lassen wir einfach stehen. Oder können Sie eine Zugmaschine fahren, Mannix?« Ich lächelte still in mich hinein. Manchmal hatte Kemps Engstirnigkeit auch ihre guten Seiten. Im Augenblick war er so sehr mit organisatorischen Problemen beschäftigt, daß er gar keine Zeit fand, sich groß über die Meuterei unter seinen Mitarbeitern aufzuregen.

»Nein, das kann ich nicht«, antwortete ich. »Aber ich könnte vielleicht jemanden auftreiben, der es kann.«

Darauf ließ ich Wingstead und Kemp allein, damit die beiden sich beraten konnten. Die Abtrünnigen nahmen ihre Mahlzeit ein gutes Stück abseits von den anderen ein. Sie hatten die Köpfe zusammengesteckt und tuschelten miteinander. Unsere Getreuen, wie ich es unwillkürlich nannte, redeten und lachten demonstrativ laut, um ihren Zusammenhalt und ihr gutes Gewissen zu beweisen. Die Nyalaner, die sehr deutlich spürten, daß etwas in der Luft lag, hielten sich in gebührender Entfernung von uns, während von der Krankenhausbelegschaft keine Spur zu sehen war.

Nach einer Weile winkte Wingstead mich zu sich.

»Wir lassen sie gehen«, erklärte er lakonisch.

»Sie meinen, Sie *feuern* sie?«

»Natürlich, was denn sonst? Ich kann sie doch nicht zwingen, hier zu bleiben, wenn sie nicht wollen.«

»Aber was sollen sie dann weiter machen?«

Wingstead legte eine erstaunliche Härte an den Tag. »Das ist ihr Problem. Ich habe... um wie viele Personen, würden Sie sagen, haben wir uns im Augenblick zu kümmern? Ich habe mir das alles bestimmt nicht freiwillig aufgehalst, aber nachdem es nun mal so ist, stehe ich zu meiner Verantwortung. Ich kann doch wegen dieser Radaubrüder all diese hilfebedürftigen Menschen nicht einfach zurücklassen.«

Mit einem Mal wirkte Wingstead wesentlich älter. Er war nicht mehr der jungenhaft enthusiastische, sorglose Draufgänger, als der er mir bei unserem ersten Treffen in seinem provisorischen Büro in England erschienen war. Er hatte die ganze Last dieses seltsamen Konvois auf seine Schultern genommen. Und als ich ihn nun beobachtete, wie er mit dieser zusätzlichen Bürde auf seinen Schultern von seinem Sitz aufstand, bewunderte ich ihn mehr denn je.

»Sagen Sie ihnen, sie sollen herkommen, Basil.«

Mißtrauisch und immer noch sichtlich aufgewühlt, traten die Meuterer auf uns zu. Diesmal hielt sich McGrath – auf Wingsteads ausdrücklichen Wunsch – etwas abseits; er sollte mit der ihm eigenen Autorität dafür sorgen, daß neugierige Lauscher außer Hörweite gehalten wurden.

»Also gut, Leute, wir hätten uns soweit ausgesprochen«, begann Wingstead. »Wollt ihr immer noch aussteigen?«

»Ja. Wir haben es gründlich satt – dieses ganze Theater.«

»Sprechen Sie eigentlich für alle?« Wingsteads Blicke glitten von Sisley zu den anderen, von denen jedoch keiner ein Wort sagte, woraufhin Sisley großspurig erklärte: »Das sehen Sie doch.«

»Na schön. Dann können Sie gehen. Alle fünf – Sie sind entlassen.«

Diesmal nahm das Schweigen fast komische Ausmaße an.

Schließlich sagte Sisley: »Versuchen Sie das erst mal. Sie können uns hier nicht einfach auf die Straße setzen! Wir haben schließlich einen Vertrag, oder etwa nicht, Johnny?«

»Ganz richtig«, kam ihm Burke zu Hilfe.

»Sie haben doch selbst gesagt, daß Ihr Vertrag nicht mehr gültig ist, sobald der unsere mit der Regierung von Nyala annulliert wäre. Und das ist ja nun auch tatsächlich der Fall«, konterte Wingstead. »Was wollen Sie also noch?«

»Wie ist das mit unserem Lohn? Sie sind schon zwei Wochen im Rückstand, nicht zu vergessen die Gefahrenzulage. Wir wollen das Geld jetzt, auf der Stelle.«

»Schreiben Sie ihnen doch einen Scheck aus, Geoff«, bemerkte ich sarkastisch. »Den können sie dann auf der Bank in Kodowa einlösen.«

»Ich lasse Ihnen eine Gutschrift ausstellen, für die Wyvern in jedem Fall geradestehen wird«, erklärte Wingstead. »Sie können sich den Wisch in einer Stunde von Mister Kemp abholen.«

»Das werden wir auch tun«, nickte Sisley störrisch. »Außerdem werden wir einen Lastwagen mitnehmen.«

»Versuch das erst mal, Bob!« knurrte Hammond bedrohlich.

»Oder den Airlift-Laster. Auf dem haben wir besser Platz, und er ist auch mehr wert. Genau, das ist sogar eine noch bessere Idee.«

Hammond verlor allmählich die Beherrschung. »Nur über meine Leiche!«

Wingstead hob beschwichtigend die Hand. »Sie können sich sämtliche Diskussionen zu diesem Thema sparen. Ich verbiete Ihnen hiermit ausdrücklich, eines von meinen Fahrzeugen anzurühren, Sisley.«

»Und wie wollen Sie uns daran hindern, wenn wir es versuchen?«

Langsam wurde es mir wirklich zu dumm. »Der Airlift-Laster bleibt hier«, fuhr ich dazwischen. »Und das gilt auch für die anderen Fahrzeuge des Transports. Wyvern Transport ist der British Electric gegenüber schwer verschuldet, und ich fordere diese Schuld ein. Als Gegenwert der entsprechenden Zahlungen ziehe ich hiermit die gesamte Ausrüstung der Firma ein, einschließlich sämtlicher Fahrzeuge. Die Gutschriften für Ihre Lohnzahlungen werden also von mir ausgestellt, und Sie können sie dann bei meiner Gesellschaft einlösen, falls Sie noch weit genug kommen sollten, um Ihre Forderungen geltend zu machen. Sie haben eine Stunde Zeit, und dann möchte ich keinen von Ihnen mehr hier sehen.«

Sisley starrte mich mit offenem Mund an. »Sie wollen uns zu Fuß losschicken? Aber bis Fort Pirie sind es doch ...«

»Etwa vierhundert Kilometer. Vielleicht finden Sie unterwegs jemanden, der Sie mitnimmt. Andernfalls können Sie genau das tun, was diese Leute hier tun, die Sie als Bimbos zu bezeichnen belieben – nämlich zu Fuß gehen.«

Er machte eine Bewegung, die darauf hindeutete, daß er sich gleich auf mich stürzen würde, um sich dann doch eines besseren zu besinnen. Die Männer hinter ihm brachen in aufgeregtes Gemurmel aus, doch nur Burke begehrte lautstark auf. McGrath, der davon Wind bekam, eilte auf uns zu, und auch diesmal reichte wieder allein seine Gegenwart aus, die Streitgelüste der Gegenseite empfindlich zu dämpfen. Die Meuterer traten sang- und klanglos den Rückzug an.

Zwar konnte Sisley es sich nicht verkneifen, noch ein paar Obszönitäten auf uns loszulassen, die wir jedoch einfach ignorierten. Wenige Sekunden später waren die Unruhestifter hinter einem der Lastwagen verschwunden.

»Behalten Sie die Burschen im Auge, Mick«, wandte Hammond sich an McGrath. »Aber halten Sie sich ansonsten zurück.«

Wingstead atmete lang und deutlich hörbar aus.

»Im Augenblick gäbe ich was für einen Schluck Scotch aus Ihrer Flasche, Neil. Oder sogar für ein warmes Bier. Aber ich werde mich mit einer Tasse Tee begnügen.«

»Ganz meiner Meinung«, schmunzelte ich, und wir grinsten uns gegenseitig an.

»Sie sind ab sofort mein Boß. Wissen Sie das eigentlich?«

»Und ob mir das klar ist. Und hier wäre auch gleich meine erste Anweisung: Eine Tasse von diesem Satansgebräu, mit dem uns Bishop täglich verwöhnt, und einen Teller von dem Zeug, das sich heute unser Mittagessen schimpfen wird.« Und an Kemp gewandt fuhr ich fort: »Dasselbe gilt auch für Sie, Basil. Sparen Sie sich Ihre Kalkulationen für später auf.«

Später an diesem Nachmittag fand ich dann endlich Gelegenheit, mit Dr. Katabisirua zu sprechen. Die Tatsache, daß uns fünf unserer Männer verlassen hatten, berührte ihn herzlich wenig; sie waren gesund und kräftig und würden auf sich selbst aufpassen können. Ebensowenig interessierte ihn der Umstand, daß zwei Amerikaner, ein Franzose und zwei Russen zu uns stoßen wollten – es sei denn, sie hätten irgendwelche Medikamente für unsere Gemeinschaftsapotheke beizusteuern gehabt. Über die Anwesenheit von Dr. Marriot zeigte er sich dagegen hoch erfreut.

Er beklagte sich ein wenig über die mangelnde Ernährung und die unzureichenden hygienischen Bedingungen, aber vor allem schien ihn der Umstand zu beunruhigen, daß seine Patienten während der Fahrt doch recht kräftig durchgeschüttelt wurden. Meine Besorgnis weckte dagegen vor allem, was Dr. Katabisirua über Max Ottermans Zustand zu berichten hatte; unser Pilot erwachte nun überhaupt nicht mehr aus seiner Bewußtlosigkeit.

Von der zerstörten Brücke hatte Dr. Kat natürlich auch schon gehört.

»Es gibt also keine Möglichkeit, nach Kanja zu kommen?«

»Wenn, dann nur zu Fuß.«

»Aber Mister Atheridge soll doch einen Weg wissen«, beharrte der Doktor.

»Ja«, entgegnete ich, »aber er ist verletzt und schon über fünfzig; außerdem hat er einen Schock erlitten. Er ist mit ein paar Soldaten und einem unserer Männer losgefahren, um sich die Stelle genauer anzuschauen; aber sie dürften kaum vor Einbruch der Nacht wieder zurück sein. Zudem kann ich mir nicht vorstellen, daß sie irgendeine Möglichkeit auskundschaften werden, über diese Schlucht zu gelangen.«

»Dann werden Sie also umkehren«, seufzte Dr. Kat.

»Ja, nach Kodowa. Von dort werden wir uns entweder nach Süden oder nach Westen wenden. Wahrscheinlicher nach Westen. Wissen Sie, ob es in der Stadt Makara ein Krankenhaus gibt?«

Dr. Kat wußte nur, daß es um die medizinische Versorgung dort sehr schlecht stand. Es gab in Makara nicht einmal eine ausgebildete Krankenschwester, so daß alle ernsten Fälle nach Kodowa gebracht worden waren. Doch plötzlich erhellte sich seine Miene. »Aber es gibt dort eine Baumwollfabrik, die über mehrere sehr solide gebaute Lagerhallen verfügt. Ich habe gehört, daß sie mehr oder weniger leerstehen, da die Fabrik stillgelegt worden ist. Das wäre eine durchaus geeignete Unterkunft für meine Patienten.«

»Falls die Hallen noch stehen«, mußte ich seine Begeisterung etwas dämpfen.

Wenig später trafen die Russen und der Franzose im Lager ein. Die beiden Russen glichen sich wie ein Ei dem anderen – breite slawische Gesichtszüge und ein allgegenwärtiges Grinsen. Sie hatten mehrsilbige und unaussprechbare Namen, und keiner von beiden konnte mehr als zehn Worte Englisch. Ich hätte wirklich gern gewußt, wie die beiden bisher zurechtgekommen waren. Zimmerman, der früher einmal im Iran beim Bau einer Pipeline mit ein paar Russen zusammengearbeitet hatte, entpuppte sich jedoch als ein ganz brauchbarer Dolmetscher. Wir nannten die beiden später nur noch Breschnew und Kossygin, was sie jedoch nicht im geringsten zu stören schien. Möglicherweise verstanden sie ihre Namen so, wie wir sie aussprachen, nicht einmal selbst. Sie waren mit einer Ladung Röhren in Richtung Norden zu den Ölfeldern unterwegs gewesen.

Der Franzose sprach relativ gut Englisch und hieß Antoine Dufour. Er war im Auftrag der Petrole Meridional unterwegs. Sie waren alle froh, nicht mehr auf sich allein gestellt zu sein, und erklärten sich auch bereit, umzukehren. Allerdings weigerten sie sich standhaft, ihre Lastzüge aufzugeben, und dies um so mehr, nachdem sie erfahren hatten, daß wir noch über einige Treibstoffvorräte verfügten. Nach längerem Hin und Her, das nahe an eine babylonische Sprachenverwirrung heranreichte – Wingsteads Französisch konnte sich durchaus sehen lassen –, erklärten sie sich jedoch schließlich bereit, sich uns anzuschließen.

Das gleiche galt für Russ Burns und Zimmerman. Doch bei ihnen sah das Problem anders aus.

»Wie ich höre, haben Sie noch Benzin«, erklärte Burns. »Unser Tank ist so gut wie leer.«

»Wir haben noch Benzin«, nickte ich. »Aber wir werden es nicht herausrücken, um damit Ihre Klimaanlage zu betreiben und diesen Haufen Chrom durch Afrika zu karren.« Ich trat auf ihren Wagen zu, um ihn mir näher anzusehen. Das Heck ragte mindestens eineinhalb Meter über die Hinterachse hinaus, und der Kühlergrill erinnerte an einen grinsenden Haifisch mit Chromplomben. »In Texas hat man wohl noch einen etwas altmodischen Geschmack, was Autos betrifft, hm?«

»Sagen Sie nichts gegen meinen Wagen. Mich kriegen Sie

jedenfalls nicht in eines von diesen mickrigen europäischen Modellen. Oder können Sie mir vielleicht sagen, wo ich in diesen Blechkisten meine Beine lassen soll? Abgesehen davon handelt es sich hier um einen Firmenwagen. Wie sähe es denn aus, wenn wir von Lat-Am Oil mit so einem mickrigen Benzinsparer durch die Gegend kutschieren würden! Das wäre doch eindeutig eine schlechte Werbung für einen Ölkonzern.«

»Wirklich sehr interessant«, entgegnete ich ungerührt. »Bisher sind Sie nur auf Asphaltstraßen unterwegs gewesen. Aber was ist, wenn die Straßenverhältnisse mal etwas ruppiger werden? Diese Kiste hat doch schon nach dem ersten Kilometer ihren Auspuff verloren – und nach dem zweiten die Ölwanne.«

»Er hat recht, Russ«, schaltete sich nun Zimmerman ein.

»Na, wenn Sie unbedingt meinen«, seufzte Burns. Ganz offensichtlich trennte er sich nur höchst ungern von seinem Statussymbol.

Ich deutete auf eine der Zugmaschinen. »Kann einer von Ihnen so ein Ding fahren?«

»Ja, ich«, meldete sich Zimmerman prompt. »Ich habe früher mal als Fernfahrer gearbeitet. Mit etwas Fahrunterricht, um meine Kenntnisse wieder auf den neuesten Stand zu bringen, müßte ich das eigentlich schaffen.«

»Sie kennen unser Problem. Von den fünf Leuten, die ausgestiegen sind, waren zwei Fahrer. Übrigens brauchen Sie die Zugmaschine nicht zu fahren, wenn sie vorgespannt ist; das würde Kemp unter keinen Umständen zulassen. Ich lasse auch meinen Mietwagen hier stehen, weil er auf den Dschungelpisten, über die wir jetzt fahren müssen, sowieso gleich den Geist aufgeben würde. Und Ihnen wird mit Ihrem Schlitten auch nichts anderes übrigbleiben, zumal Sie von mir keinen Tropfen Benzin kriegen werden. Sie fahren also die Zugmaschine und kümmern sich um die Kranken auf dem Dach.« Ich wandte mich Burns zu. »Sie können mit mir im Landrover fahren. Dort werden Sie ausreichend Platz für Ihre Beine haben.«

Mit einem schweren Seufzer tätschelte Burns die Kühlerhaube seines Wagens. »Na, dann also adieu. Es war eine schöne Zeit.«

Wie ich vermutet hatte, war es bereits dunkel, als Atheridge und sein Suchtrupp ins Lager zurückkehrten. Sie waren ziemlich gedrückter Stimmung. Die Furt hatte sich im Lauf der Jahre ziemlich verändert, so daß an dieser Stelle ein Überqueren des Flusses vollkommen ausgeschlossen war. Etwas später erzählte mir Thorpe dann unter vier Augen, sie hätten einige Mühe gehabt, Atheridge zu überreden, wieder mit ihnen ins Lager zurückzukehren. Er war fest entschlossen gewesen, den Fluß auf eigene Faust zu überqueren.

Schließlich richtete sich das ganze Lager für die Nacht ein. Doch niemand fand so recht Schlaf. Die fünf Meuterer oder Streikenden, oder wie auch immer man sie bezeichnen wollte, waren mit ihren Sachen verschwunden. Mir war nicht recht wohl bei dem Gedanken an die Zukunft. Wie würden die fünf sich, ganz auf sich allein gestellt, durchschlagen? Und wie würden wir ohne sie zurechtkommen? Meine Befürchtungen wurden im übrigen auch von Wingstead geteilt. Ich hatte alle unsere Fahrzeuge von Sadiqs Leuten bewachen lassen, falls die Meuterer versuchen sollten, sich eines davon gewaltsam unter den Nagel zu reißen. Ansonsten gab es nicht mehr viel zu entscheiden, so daß wir schließlich alle dem nächsten Morgen entgegenharrten.

15

Der Morgen brachte dann das übliche hektische Durcheinander, das mit jedem neuerlichen Aufbruch des umfangreichen Konvois zur Weiterfahrt verbunden war, wobei natürlich diesmal noch die Schwierigkeiten hinzukamen, die die Umstellung des Transports in ein Krankenhaus auf Rädern mit sich brachte. Während wir unter Kemps Aufsicht voll damit beschäftigt waren, die Zugmaschinen am anderen Ende des Tiefladeanhängers vorzuspannen, stellte sich plötzlich heraus, daß McGrath nirgends zu finden war. So mancher ärgerliche Fluch wurde laut, als Kemp und Hammond sich auf die Suche nach ihrem Cheffahrer machten. Etwa zum gleichen Zeitpunkt meldete Sadiqs Unteroffizier, daß auch der Mietwagen fehlte.

Und dann tauchte plötzlich McGrath mitten unter uns auf. Er hatte einen Arm um die Schultern eines völlig verängstigten und sichtlich aufgelösten Ron Jones geschlungen. Hinter den beiden trotteten Lang und Bob Pitman einher, die nicht weniger mitgenommen und erschöpft wirkten.

»Mister Kemp«, verkündete McGrath, so daß es alle deutlich hören konnten. »Diese Jungs haben es sich anders überlegt; sie wollen mit uns kommen. Würden Sie die drei also wieder anstellen? Ich habe ihnen versprochen, ein gutes Wort bei Ihnen für sie einzulegen.«

Kemp war sich nicht recht sicher, wie er darauf reagieren sollte, und warf mir einen hilfesuchenden Blick zu. Ich schüttelte jedoch den Kopf. »Ich bin hier nicht derjenige, der über die Einstellung und Entlassung von Mitarbeitern zu entscheiden hat. In diesem Fall müssen Sie sich schon an Geoff wenden.«

Im Grunde genommen war die Sache jedoch ziemlich klar; unser Zögern war nur eine Formsache. Nach einer längeren Besprechung mit Kemp verkündete Wingstead schließlich, daß er bereit wäre, die drei Abtrünnigen wieder in seine Dienste zu nehmen und ihnen auch ihre alten Aufgabenbereiche zuzuteilen, was vor allem Harry Zimmerman mit einiger Erleichterung zur Kenntnis nahm.

Bis auf weiteres war es mir jedoch nicht möglich, in Erfahrung zu bringen, was sich nun eigentlich abgespielt hatte; McGrath hatte alle Hände voll zu tun und keine Zeit für einen ausführlicheren Bericht über die Vorgänge der letzten Stunden. Wingstead konnte mir nur so viel erzählen, daß Bob Sisley und Johnny Burke sich strikt geweigert hatten zurückzukehren, als McGrath sie zur Rede gestellt hatte. Offensichtlich war er schon in aller Frühe mit dem Mietwagen hinter den fünf Meuterern hergefahren. Die drei Rückfälligen hatten nie so ganz hinter Sisley gestanden. Insbesondere hatte dies jedoch für Ron Jones gegolten. Selbstverständlich würden wir künftig ein wachsames Auge auf die drei werfen; dennoch waren wir alle froh, sie wieder in unseren Reihen zu wissen.

Am Abend dieses Tages schlugen wir unser Lager in der Nähe von Kodowa auf, aber nicht bei der Missionsstation, da Dr. Kat die von den dort zurückgelassenen Abfällen drohende Infektionsgefahr fürchtete. Statt dessen fanden wir an der Straße nach Westen, auf der wir am nächsten Tag zum Katali weiterfahren wollten, einen geeigneten Platz. Ansonsten war es ein vergeudeter Tag gewesen. Wir waren am Spätnachmittag an der Stelle angekommen und hatten als erstes unsere Toten – insgesamt vier Personen – begraben. Danach bauten wir für die Nacht das Lager auf und planten unsere Weiterfahrt nach Makara.

Jedenfalls hatte ich wirklich genug, als der Tag sich seinem Ende zuneigte. Ich hatte es satt, zu reden und zuzuhören, Streitigkeiten zu schlichten, Probleme zu lösen und mit guten Ratschlägen und tröstenden Worten um mich zu werfen. Die einzigen erfreulichen Neuigkeiten, die wir den ganzen Abend über zu hören bekamen, war Dr. Marriots Nachricht, daß Max Ottermans Zustand sich nun doch langsam besserte.

Ich machte einen kleinen Abendspaziergang. Da überall Flüchtlinge lagerten, mußte ich ziemlich weit gehen, um das Lager hinter mir zu lassen. Vor wilden Tieren hatte ich keine Angst; sicher hatten wir mit unserem Lärm und Getriebe sämtliche wilden Tiere im weiten Umkreis verscheucht, und als ich mich nach dem Lager umblickte, wo ein Lagerfeuer neben dem anderen brannte, konnte ich mich nur wundern, woher all das Essen kam, das auf diesen Feuern zubereitet wurde.

Ich hatte mit dem Gedanken gespielt, die Flasche Whisky mitzunehmen, um es dann aber doch bleiben zu lassen. Inzwischen bereute ich meine Standhaftigkeit jedoch bereits wieder. Als das Lager endlich außer Hör- und Sichtweite hinter mir lag, machte ich es mir auf dem Boden bequem und trat den Rückweg erst wieder an, als ich mich wieder einigermaßen bei Kräften fühlte. Ich war keine zehn Schritte gegangen, als dicht vor mir ein deutlich vernehmbares Knacken ertönte. Mein Herz begann wie wild zu schlagen. Und dann hörte ich eine leise Stimme. »Mister Mannix, kann ich mal mit Ihnen sprechen?«

Es war Ron Jones. Für einen Augenblick stieg blinde Wut in mir auf, daß man mich nicht einmal hier draußen in Ruhe lassen konnte, doch ich hatte mich schnell wieder im Griff und erwiderte: »Jones, sind Sie das? Was gibt's?«

Er war immer noch gedrückter Stimmung und weit entfernt von seiner sonstigen guten Laune. »Tut mir leid, wenn ich Sie störe, Mister Mannix. Aber ich muß unbedingt mit Ihnen sprechen. Ich muß einfach irgendjemandem erzählen, was passiert ist. Aber Sie müssen mir versprechen, niemandem zu verraten, von wem Sie das alles wissen.«

»Ich weiß doch noch gar nicht, was Sie mir überhaupt erzählen wollen.«

»Ich rede nur, wenn Sie mir versprechen, nichts zu sagen.«

»Wie stellen Sie sich das eigentlich vor, Jones. Entweder Sie erzählen mir, was Sie zu sagen haben, oder eben nicht. Auf einen Handel lasse ich mich hier nicht ein.«

Das ließ Jones sich kurz durch den Kopf gehen, bis er schließlich sagte: »Es dreht sich um Bob Sisley. Er ist tot.«

»Wie bitte? Was soll das heißen?«

»Ich habe Ihnen doch gesagt, er ist tot. McGrath hat ihn erschossen.«

Großer Gott, zuckte es mir durch den Kopf. Hatte ich also doch recht gehabt. Schon die ganze Zeit hatte ich McGrath nicht so recht über den Weg getraut, und diese Nachricht sollte nun meine Befürchtungen bestätigen. »Das sollten Sie mir allerdings in aller Ausführlichkeit erzählen. Setzen wir uns erst mal.«

»Aber Sie dürfen auf keinen Fall verraten, daß Sie es von mir wissen«, drängte Jones neuerlich. Er klang sichtlich verängstigt, was auch nicht weiter verwunderlich war.

»Also gut, ich verspreche es. Und jetzt reden Sie schon.«

»Es war so. Als wir das Lager verließen, nahmen wir so viel von unseren Sachen mit, wie wir tragen konnten. Wir machten uns in Richtung Kodowa auf den Weg. Bob wollte einen Lastwagen klauen, aber sie wurden alle bewacht. Darauf meinte er, daß sich unterwegs schon irgend etwas ergeben würde. Schließlich ständen in Kodowa eine Menge Fahrzeuge herum.«

Er kam mit keinem Wort auf die Gründe zu sprechen, die zu ihrer Meuterei geführt hatten und vor allem auch ihn persönlich bewegt hatten, sich ihr anzuschließen. Aber da das alles längst der Vergangenheit angehörte, fragte ich ihn auch nicht danach.

»Wir kamen allerdings nicht sehr weit. Zu Fuß kommt man eben doch wesentlich langsamer voran als mit einem Fahrzeug, und vor allem hier draußen im Busch. Die Hitze hat uns ganz schön zu schaffen gemacht. Ich muß sagen, mein Respekt vor diesen Nyalanern ist seitdem wesentlich größer ... jedenfalls haben wir uns also noch eine ganze Weile redlich abgemüht. Bevor wir los sind, hatten wir noch etwas Lebensmittel und Bier geklaut. Brad Bishop hat davon übrigens nichts gewußt«, beeilte er sich hinzuzufügen; genau dieser Zug unterschied Ron Jones von einem Mann wie Bob Sisley, dem so etwas vollkommen gleichgültig gewesen wäre.

»Plötzlich haben wir einen Wagen gehört. Es war Mick, der ganz allein hinter uns herkam. Er versuchte, uns zur Umkehr zu bewegen, aber es dauerte nicht lange, daß er und Sisley ziemlich aneinander gerieten. Irgendwann ging Bob dann auf Mick los, aber er hatte keine Chance gegen ihn. Mick ist schließlich um einiges kräftiger als Bob. Wir anderen wollten uns auf keine Schlägerei einlassen, wenn man vielleicht mal von Johnny Burke absieht. Aber da auch er nichts gegen Mick hätte ausrichten können, hat er es erst gar nicht versucht. Um ehrlich zu sein, hatten Barry, Bob Pitman und ich sowieso schon gründlich die Nase voll. Ich wollte damals schon umkehren.«

Als er nun zögerte, spürte ich, daß seine bisherige Entschlossenheit zusehends dahinschwand. Deshalb drängte ich ihn: »Und was war weiter? Sie können jetzt nicht plötzlich aufhören. Dafür haben Sie schon zu viel erzählt.«

»Dann hat uns Mick gezwungen, ein Stück abseits der Straße zu gehen und...«

»Was heißt hier, er hat Sie gezwungen?«

»Er hatte eine Knarre.«

»Eine Schußwaffe?«

»Ja, eine automatische Pistole. Er hat uns befohlen, ein Stück von der Straße ins Gebüsch zu gehen, wo niemand uns sehen konnte. Und dann hat er erklärt, wir hätten nur die Wahl, entweder zurückzukehren oder hier zu sterben. Er meinte, notfalls würde er uns so lange prügeln, bis wir uns dazu bereit erklärten – einen nach dem anderen. Als ersten nahm er sich dann Bob Sisley vor. Aber Bob ließ sich nichts von ihm gefallen. Er sagte, Mick könnte uns nicht zur Arbeit zwingen und uns ständig mit einer Schußwaffe in Schach halten. Er wurde sogar ziemlich ausfallend.«

»Haben sie wieder angefangen, sich zu prügeln?«

»Nein. Sisley sagte ein paar Dinge, die er vielleicht lieber nicht gesagt hätte, und... dann hat Mick ihn erschossen.«

»Einfach so?«

»Ja, Mister Mannix. Bob stand vor ihm, und im nächsten Augenblick lag er auf dem Boden. Dieser wahnsinnige Ire hat ihn einfach in den Kopf geschossen, ohne auch nur mit der Wimper zu zucken!«

Jones begann am ganzen Körper zu zittern, und seine Stimme drohte zu versagen.

»Und was geschah dann?« drängte ich ihn weiterzusprechen.

»Erst mal hat eine Weile keiner von uns auch nur ein Wort gesagt. Und dann mußte sich einer plötzlich übergeben – ja, das war ich. Und dann ging es Barry genauso. Darauf hat Mick erneut gedroht, wir sollten zurückkommen. Wir sollten wieder unsere bisherigen Aufgaben am Tieflader übernehmen. Und wenn einer von uns auch nur ein Sterbenswörtchen erzählen sollte, was passiert war, dann würden wir einen Kopf kürzer gemacht.«

»Einen Kopf kürzer gemacht? War das der Ausdruck, den er gebraucht hat?«

»Ja. Bob Pitman hat sich dann gebückt, um nach Sisley zu sehen. Er war mausetot. Und während wir noch alle nach ihm sahen, rannte Johnny Burke plötzlich, was das Zeug hielt, durch das Gebüsch davon. Ich dachte sofort, Mick würde auch ihn erschießen, aber er hat nicht einmal einen Versuch unternommen, so daß Johnny also ungeschoren davonkam.«

»Wissen Sie, was dann aus ihm geworden ist?«

»Nein, niemand von uns weiß das.«

»Und was geschah dann?«

»Na ja, wir erklärten uns einverstanden, ins Lager zurückzukehren und den Mund zu halten. Was hätten wir denn sonst tun sollen? Außerdem wollten wir damals sowieso schon alle wieder umkehren.«

»Was geschah dann mit Sisleys Leiche?«

Jones drohte erneut die Stimme zu versagen. »Mick hat ihn ausgezogen, und dann hat er ihn mit Barry zu einer kleinen Bodenvertiefung geschleppt und notdürftig mit Erde und trockenen Zweigen bedeckt, aber nicht richtig begraben. Mick meinte, das würden die wilden Tiere schon erledigen.«

»Womit er recht hatte«, nickte ich bitter. »Es war völlig richtig, Ron, daß Sie mir das alles erzählt haben. Sprechen Sie mit niemandem über die Sache. Ich werde mich um McGrath kümmern. Gehen Sie jetzt ins Lager zurück und versuchen Sie zu schlafen. Sie haben nicht das geringste zu befürchten – zumindest nicht aus dieser Richtung.«

Erleichtert und dankbar trat er den Rückweg ins Lager an. Ich folgte ihm etwas langsamer. Hatte ich mir also doch noch eine weitere unangenehme Aufgabe für diesen Abend aufgehalst. Wieder im Lager, schlenderte ich auf den Landrover zu und stieg auf der Beifahrerseite ein. Die Tür ließ ich offen. Um diese Stunde waren immer noch einige Leute unterwegs, und als einer der Männer am Landrover vorbeikam, rief ich ihn an und trug ihm auf, McGrath zu suchen und zu mir zu schicken.

Darauf schaltete ich die Innenbeleuchtung ein und ergriff die Flinte, die ich zuvor näher untersucht und neu geladen hatte.

Ich hatte nämlich bereits festgestellt, daß sie sich nur mit drei Patronen laden ließ. Doch schließlich war ich auf den Grund dafür gestoßen. In den Vereinigten Staaten waren Schrotflinten für die Jagd auf bestimmte Zugvögel auf drei Schuß beschränkt. Deshalb wird die Feuerkapazität solcher Flinten mit einer eingebauten Sperre auf drei Schuß beschränkt, solange man diese Sperre nicht ausbaut, was im Fall dieser Waffe offensichtlich nicht geschehen war.

Ich war also gerade dabei, die Flinte auseinanderzunehmen. Als McGrath auf mich zutrat, entfernte ich eben die Sperre aus dem Magazin. McGrath sah die Waffe neugierig an. »Ein tolles Ding, diese Flinte«, bemerkte er leichthin. »Wie oft kann man damit schießen, Mister Mannix?«

»Im Augenblick dreimal. Aber durch einen kleinen Trick läßt sich die Kapazität auf sechs Schuß erhöhen.« Ich entfernte die Sperre und setzte die Flinte wieder zusammen.

»Man sieht, daß Sie so was nicht zum erstenmal machen«, stellte McGrath ganz richtig fest.

»Allerdings.« Die Flinte fügte sich unter meinen Händen problemlos wieder zusammen, zuletzt schob ich sechs Patronen in das Magazin. Dann richtete ich die Waffe wie beiläufig nicht allzu weit von McGrath entfernt zu Boden, ohne jedoch auf ihn zu zielen. Und nachdem ich unter einem leisen Klicken die Sicherung gelöst hatte, forderte ich ihn auf: »Jetzt erzählen Sie mir, was aus Bob Sisley geworden ist.«

Falls ich gehofft haben sollte, ihn durch dieses unerwartete Manöver zu einem plötzlichen Geständnis bewegen zu können, hatte ich mich gründlich getäuscht. Er zuckte mit keiner Wimper, als er entgegnete: »Hat also einer von den dreien geredet. Die Frage wäre jetzt nur, wer. Wenn Sie mich fragen, kommt dafür eigentlich nur Ronnie Jones in Frage.«

»Das steht jetzt kaum zur Debatte. Falls einem von diesen dreien irgend etwas zustoßen sollte, dann gnade Ihnen Gott – falls er Ihnen überhaupt noch gnädig sein sollte.«

»Ich wüßte nicht, was ich zu befürchten hätte«, entgegnete McGrath ungerührt.

»Und was ist, wenn Sadiq Sie am nächsten Baum aufknüpfen läßt?«

»Dazu müßte ihm jemand von der ganzen Sache erzählen.«

»Ich könnte das doch, zum Beispiel.«

Er schüttelte den Kopf. »Das ist nicht Ihre Art, Mister Mannix. Mister Kemp wäre so etwas schon eher zuzutrauen, aber nicht Ihnen.«

»Sind Sie da völlig sicher?« Dieses Gespräch nahm keineswegs den Verlauf, mit dem ich gerechnet hatte. McGrath ließ sich nicht im geringsten aus der Ruhe bringen, und ich muß gestehen, daß er damit eine gewisse Wirkung auf mich nicht verfehlte.

»Sie sind nun mal um einiges härter im Nehmen als Mister Kemp«, erklärte McGrath grinsend. »Im Grunde genommen sind Sie mir verdammt ähnlich – mit einigen Abstrichen selbstverständlich, wie Sie sicherlich für sich in Anspruch nehmen würden. Aber im großen und ganzen verlaufen unsere Gedanken in denselben Bahnen. Wir machen alles mit uns selbst aus. Und wir lassen die Drecksarbeit nicht andere für uns machen. Jedenfalls würden Sie die Ihre auf keinen Fall von einem schwarzen Hauptmann erledigen lassen, wie ich Sie kenne. Wir erledigen das, was getan werden muß, selbst.«

»Und Sie glauben also, daß Sisley getötet werden mußte. Ist es nicht so?«

»Keineswegs. Es hätte jeden von den fünfen treffen können, um den anderen etwas auf die Sprünge zu helfen. Aber ich nehme doch an, daß uns Sisley die ganze Zeit ein Dorn im Auge geblieben wäre. Warum sich also unnötigen Ärger schaffen?«

Diese Worte erinnerten mich unwillkürlich an einen ähnlichen Ausspruch, den ich vor nicht allzu langer Zeit aus Sadiqs Mund gehört hatte. Und ich konnte mich gegen meinen Willen der Überzeugungskraft dieser Denkweise nicht ganz entziehen. »Halten Sie mir hier keine großen Reden über die Philosophie des Krieges, McGrath«, sagte ich. »Was Sie getan haben, ist glatter Mord.«

»Meine Güte! Wir sind hier mitten in einem Krieg. Rings um uns sterben die Menschen wie die Fliegen. Sie wollen das Leben Hunderter von Kranken und Verletzten retten und scheren sich gleichzeitig um den Tod einer miesen Ratte. Ich will Ihnen mal was sagen. Diese drei anderen Scheißkerle werden wieder anstandslos für Sie arbeiten. Dafür sorge ich schon.«

»Rühren Sie sie bloß nicht an«, drohte ich.

»Das wird nicht nötig sein. Sie wissen also Bescheid; es wird nicht lange dauern, und auch die anderen werden von der Sache Wind bekommen. Jedenfalls wird uns so schnell niemand mehr dumm kommen, darauf können Sie Gift nehmen. Und genausowenig wird jemand mir am Zeug zu flicken versuchen.«

»Warum haben Sie das eigentlich getan, McGrath? Doch nicht etwa aus Treue zu Wyvern Transport?«

»Seien Sie doch nicht kindisch, Mannix. Ich will mit heiler Haut aus diesem Schlamassel herauskommen. Und je mehr Leute dabei an einem Strick ziehen, um so höher stehen die Chancen für jeden einzelnen von uns. Aber dazu muß in unseren Reihen Einigkeit herrschen. Dafür zu sorgen, sind Sie Ihren Leuten schuldig, und umgekehrt haben auch sie ihren Teil dazu beizutragen.«

Langsam machte sich nun doch der politische Unterton bemerkbar, auf den ich gewartet hatte. »Also schön, McGrath, zu welcher Seite gehören Sie? Zur IRA oder zu den Loyalisten?«

»Muß ich denn irgendwo dazugehören?«

»Sie müssen schon. Einigkeit als einzige Möglichkeit, sich gegen Repressionen zur Wehr zu setzen; Hinrichtungen ganz nach eigenem Gutdünken; und die Androhung ähnlicher Maßnahmen für diejenigen, die vielleicht anderer Meinung sind. Das paßt doch alles ins Bild. Aber ich gehöre keineswegs zu diesen pseudo-irischen Sympathisanten, wie es sie in Amerika im Überfluß gibt. Wenn es nach mir ginge, könnten wir auf beide Vereine verzichten, und zwar je früher, desto besser.«

Wie erhofft, förderte diese Rede nun doch etwas zutage. Instinktiv bewegte sich McGrath' Rechte auf seine Jackentasche zu, wenn er auch schon im nächsten Moment in seiner Bewegung innehielt. Doch ich hatte genug gesehen.

»Also gut«, lenkte ich ein. »Lassen wir die Politik aus dem Spiel. Doch zu einem anderen Thema: woher haben Sie die Pistole?«

»Ich habe sie in dem Panzer gefunden, den wir geborgen haben.«

»Und wo ist sie jetzt?«

»Im Führerhaus meiner Zugmaschine.«

Ich schüttelte kaum merklich den Kopf und hob ganz leicht den Lauf meiner Flinte.

Und nun lachte er doch tatsächlich. »Sie haben von mir nichts zu befürchten, Mister Mannix. Sie sind einer von den Leuten, die uns noch am ehesten aus diesem Schlamassel heraushauen werden.«

»Geben Sie mir die Pistole, McGrath«, forderte ich ungerührt.

Ohne zu zögern, fuhr seine Hand in die Jackentasche, kam mit der Automatik wieder zum Vorschein und warf sie in meinen Schoß. »Das wird bestimmt nicht die einzige bleiben«, bemerkte er dazu.

»Und noch etwas – von jetzt ab können Sie sich als unter Arrest betrachten.«

Er lachte lauthals los. »So ist das also, Mister Mannix. Jetzt greifen Sie auf die alten Sitten beim Militär zurück – wie in der guten, alten Zeit.«

»Welche gute, alte Zeit bei welchem Militär, das ist doch die Frage, McGrath. Im übrigen glaube ich nicht, daß das Ihr richtiger Name ist. Ich möchte wetten, daß auf Sie eine ganze Reihe von Steckbriefen ausgestellt ist.«

Er schien plötzlich ganz in Gedanken versunken. »Ja, das mit dem Namen ist so eine Sache. Ich hatte schon einige davon, ganz zu schweigen von den entsprechenden Pässen. Das hier ...«, er deutete unbestimmt in das Dunkel um uns hinaus, »... sollte eigentlich so eine Art Urlaub für mich werden. Aber wie es scheint, bin ich nur aus dem Regen in die Traufe gekommen.«

Ich überlegte, was ich nun tun sollte. McGrath auf freiem Fuß zu lassen, war verdammt riskant. Er war ein kaltblütiger Killer ohne jede Hemmungen und ohne jede Moral. Andererseits war ein Mann wie er in Kriegszeiten ebenso nützlich, wie er gefährlich war. Ich durfte ihm auf keinen Fall trauen, wenn ich auch feststellen mußte, daß er mir keineswegs nur unsympathisch war. Irgendwie hatte ich das Gefühl, daß wir ein ganz gutes Gespann abgeben würden. Eines Tages würde dann zwar eine Entscheidung zwischen uns fallen müssen, aber im Augenblick war der Zeitpunkt dafür noch nicht gekommen.

Natürlich konnte ich ihn auch an Sadiq ausliefern, der ihn vermutlich am nächsten Telegraphenmast hätte aufknüpfen lassen. Aber einmal ganz abgesehen davon, daß ich eine Schwäche für McGrath hatte, hätte sich das verheerend auf die allgemeine Moral ausgewirkt. Sein Hinweis auf unser beider Abgebrühtheit gab mir zu denken; und ich fragte ihn: »Wie alt sind Sie eigentlich, McGrath?«

Etwas überrascht antwortete er: »Neunundvierzig.«

Er war genau so alt wie ich. Und vielleicht war nur meine Nationalität schuld daran, daß ich ihm nicht ähnlicher war. Trotz allem, was ich über die irische Politik gesagt hatte, konnte ich seine Motive bis zu einem gewissen Grad verstehen. Hätte ich in gleicher Lage anders gehandelt als er? Es war mehr oder weniger Zufall, daß nicht das Gewehr meine Waffe geworden war, sondern der Verhandlungstisch. »Hören Sie zu«, sagte ich. »Wenn Sie von jetzt ab nicht spuren, werden Sie Ihr halbes Jahrhundert nicht voll kriegen. Sie haben vollkommen recht, McGrath – wir denken tatsächlich in denselben Bahnen. Von nun an noch mehr als je zuvor. Was Sie denken und tun, wird nämlich von jetzt an von mir bestimmt. Sie werden bis auf weiteres ohne meinen ausdrücklichen Befehl keinen Finger mehr rühren. Und ich werde keinerlei Hemmungen haben, den Abzug zu drücken, falls ich das für angebracht halten sollte. Ist das ein für allemal klar?«

Er sah mich unverwandt an. »Ich habe doch schon gesagt, daß Sie hart im Nehmen sind. Und ich weiß genau, was Sie jetzt denken, Mannix. Sie denken, daß es nicht schaden kann, einen tüchtigen Kerl in der Nähe zu haben, wenn es hart auf hart gehen sollte. Sie glauben, Sie könnten mich wie eine Waffe einsetzen. Sie drücken auf den Abzug, und schon gehe ich los. Nun, darüber will ich mich auf keine weiteren Diskussionen mit Ihnen einlassen, weil es mir in diesem Punkt ganz ähnlich geht. Und weil wir gerade von Waffen reden ...«

»Sie bekommen die Automatik nicht zurück.«

»Na, meinetwegen. Nichts leichter, als sich in einem Krieg eine Knarre zu beschaffen. Aber was ich noch sagen wollte: ich hatte noch keine Gelegenheit, sie zu reinigen. Ich weiß, das war nachlässig von mir. Aber ich nehme an, daß Sie das lieber selbst machen wollen.«

Ich sicherte meine Flinte und legte sie wieder an ihren alten Platz auf dem Boden des Landrovers zurück. »Und vergessen Sie eines nicht, McGrath. Ich werde Sie nicht eine Sekunde unbeobachtet lassen.«

»Ich bin also sozusagen nur auf Bewährung frei?«

»Keineswegs. Ihr Prozeß steht noch aus. Bleiben Sie also bis dahin verfügbar. Oder wollen Sie etwa Ihre Kaution aufs Spiel setzen?«

»Hier, mitten im Busch, ganz auf mich allein gestellt? Ich bin doch nicht verrückt geworden, Mannix. Glauben Sie etwa im Ernst, ich hätte mir alle diese Scherereien aufgehalst, wenn ich mir nicht genau das hätte ersparen wollen, was sich meine Kollegen zugemutet haben? Übrigens wüßte ich trotzdem nur zu gern, wer von den dreien nicht dichtgehalten hat. Das wäre doch wirklich nicht nötig gewesen, oder?«

Ich gab ihm mit einer flüchtigen Handbewegung zu verstehen, er solle sich entfernen. Ich spürte instinktiv, daß im Augenblick keine Gefahr von ihm drohte.

»Ich glaube, wir können jetzt alle etwas Schlaf vertragen. Dann also bis morgen früh, Mannix. Ich fand unser Gespräch im übrigen sehr anregend.« Und damit war er im Dunkel verschwunden.

Ich saß noch eine Weile da und überlegte, ob ich wohl richtig gehandelt hatte.

16

Schon früh am nächsten Morgen machte ich einen Rundgang durchs Lager, in dessen Umkreis sich immer mehr Flüchtlinge zu sammeln schienen. Mit dem Lager der Soldaten, das etwas abseits von unserem Wagenpark lag, bildeten wir bereits eine provisorische Ansiedlung von beachtlichen Ausmaßen. Am Tieflader brannte noch die Beleuchtung, da die Sonne noch nicht aufgegangen war, und zwischen den Krankenbetten herrschte rege Betriebsamkeit; gerade wurde die Nachtschicht der Schwestern und Pflegerinnen abgelöst. Schwester Ursula machte gerade im Operationszelt sauber.

»Guten Morgen, Schwester. Alles in Ordnung?«

Sie lächelte gequält. »Nun ja, zumindest den Umständen entsprechend.« Offensichtlich hatte sie sich mühelos auf die neue und ungewohnte Umgebung eingestellt, denn sie turnte auf dem Tieflader herum, als hätte sie ihr Leben lang nichts anderes getan.

»Wenigstens hatten wir diese Nacht keine Todesfälle«, setzte sie nach einer Weile hinzu. »Nur schade, daß das mit Kanja nicht geklappt hat. Aber wir werden es auch so schaffen.«

Als ich ihr von den Lagerhallen der Baumwollfabrik erzählte, nickte sie. »Ja, ich weiß. Da ist es wesentlich kühler und geräumiger. Es wird für die Schwestern bestimmt leichter werden.« Wir hatten inzwischen den Kühlschrank erreicht. Sie öffnete ihn, um anhand einer Liste seinen Inhalt zu überprüfen. »Der Kühlschrank ist wirklich wie von Gott geschickt«, erklärte sie, als sie die Tür hastig wieder schloß, um möglichst wenig Kälte entweichen zu lassen.

»Im Auftrag Gottes, überreicht von Wyvern Transport«, bemerkte ich darauf mit leicht bissigem Unterton. Manchmal hatte ich diese religiösen Phrasen einfach satt, in denen alles, was Menschen leisteten, Gott zugeschrieben wurde.

»Glauben Sie etwa nicht an Gott, Mister Mannix?« stellte

mich Schwester Ursula auch sofort zur Rede. »Oder warum halten Sie nichts davon, ihm unseren Dank auszusprechen?«

Nachdem ich bereits am Abend zuvor mit McGrath über das Thema Terrorismus diskutiert hatte, verspürte ich nicht die geringste Lust, mich auch noch über das Thema Religion auszulassen. »Darüber können wir uns ein andermal unterhalten, Schwester. Ich glaube, im Augenblick haben wir beide Wichtigeres zu tun. Wo sind eigentlich die Ärzte?«

»Doktor Marriot frühstückt gerade, und Doktor Kat schläft noch.« Sie lächelte. »Ich habe ihm gestern abend ohne sein Wissen ein Schlafmittel in den Tee gegeben. Sonst wäre er sicher längst wieder auf den Beinen.«

»Kommen Sie bloß nicht auf die Idee, das auch mit mir zu versuchen, Schwester«, grinste ich zurück. »Sonst können Sie was erleben. Ich lasse nicht gern andere Leute über mich bestimmen.«

»In Ihrem Fall wäre so etwas auch gar nicht nötig. Sie wissen zum Glück, wann Sie etwas kürzer treten müssen. Im Gegensatz zu Doktor Kat.«

»Aber was ist, wenn er dringend gebraucht würde? Mit Schlaftabletten vollgepumpt, wäre doch wohl kaum viel mit ihm anzufangen.«

»Mit der Dosierung kenne ich mich aus«, fuhr sie mir barsch über den Mund. »Wenn er aufwacht, wird er frisch sein wie am ersten Schöpfungstag. Außerdem sind ja auch noch Doktor Marriot und ich da. Übrigens, Schwester Mary hat nach wie vor nichts auf dem Tieflader zu suchen. Sie kann wieder auf dem Lastwagen mit den Kindern mitfahren. Und sollte sie etwas Gegenteiliges behaupten, dann hören Sie nicht auf sie.«

Sie verstand es wirklich, einen herumzukommandieren. »Ich habe Schwester Mulira und Schwester Chula, die beide gut ausgebildet sind«, fügte sie hinzu. »Und die anderen machen sich auch nicht schlecht. Schwester Mary weiß einfach nicht, wie alt und gebrechlich sie schon ist.«

»Ich habe verstanden, Schwester. Übrigens, wie lange haben Sie eigentlich letzte Nacht geschlafen?«

»Das geht Sie nichts an.« Und bevor ich darauf noch etwas erwidern konnte, fuhr sie bereits fort: »Ich habe eben nach Mister Otterman gesehen. Es geht ihm nicht sonderlich gut ...« Sie wich meinem Blick aus. »Ich glaube, da will Sie jemand sprechen. Offensichtlich ist es dringend.«

»Das ist es immer. Stellen Sie sich darauf ein, daß wir in etwa einer Stunde weiterfahren, Schwester.«

Darauf hangelte ich mich vom Tieflader; drunten wartete Sadiqs Unteroffizier. »Der Hauptmann möchte Sie sprechen. Es ist sehr dringend.«

Ich folgte dem Mann zum Stabswagen, wo ich Sadiq über eine zerfledderte Landkarte gebeugt vorfand. Er wirkte gleichzeitig besorgt und erleichtert, als er sich mir zuwandte: »Die Funkverbindung ist wiederhergestellt. Eben habe ich neue Anweisungen erhalten. Ich bin zur Truppe zurückbeordert worden.«

»Großer Gott, das hat uns gerade noch gefehlt. Wie lauten Ihre Befehle genau? Und von wem kommen sie?«

»Oberst Maksa hat mich aufgefordert, mich mit meinen Leuten in Ngingwe einzufinden.« Dieser Ort lag an der blockierten Straße nach Kanja; der Befehl war folglich unausführbar.

»Nach Ngingwe! Können Sie sich darauf einen Reim machen, Hauptmann?«

»Nein, Mister Mannix. Aber es steht mir nicht zu, den Befehl eines Vorgesetzten in Frage zu stellen.«

In diesem Augenblick kam der Unteroffizier mit Geoff Wingstead auf uns zu. Als ich kurz rekapitulierte, was ich eben von Sadiq erfahren hatte, reagierte Wingstead ähnlich verdutzt wie ich. »Ich verstehe nicht, wie dieser Oberst Maksa nach Ngingwe gekommen ist und weshalb er Hauptmann Sadiq dort haben will«, erklärte er.

Das einzig Positive an der ganzen Sache war, daß die Funkverbindung wiederhergestellt war. Wenn jemand mit uns Kontakt aufnehmen konnte, dann konnten auch wir uns mit der Außenwelt in Verbindung setzen. Und wir mußten dringend mehr über den neuesten Stand der Dinge in Nyala in Erfahrung bringen.

»Können Sie uns irgend etwas über Oberst Maksas politische Einstellung sagen?« wandte ich mich wieder an Sadiq.

»Nicht gerade viel, Mister Mannix. Wir haben über derlei nie gesprochen. Dazu kenne ich den Oberst nicht gut genug.

Aber – er hat noch nie zu den Bewunderern des Präsidenten gezählt.«

»Demnach könnte er sich ohne weiteres auf die Seite der Aufständischen geschlagen haben. Was werden Sie tun?«

»Ich kann einen direkten Befehl nicht verweigern.«

»Es sind schon schlimmere Dinge passiert. Was haben Sie ihm geantwortet?«

»Wir konnten nicht mit ihm sprechen, weil wir nicht zu ihm durchgekommen sind. Die Verbindung ist immer noch sehr schlecht; unser Funkgerät hat nicht die nötige Reichweite.«

»Er hat Ihnen also den Befehl durchgegeben, aber Sie konnten nichts erwidern. Also kann er gar nicht wissen, ob Sie seinen Befehl überhaupt gehört haben. Bezog er sich eigentlich direkt auf Sie, oder handelte es sich dabei um eine allgemeine Aufforderung an alle Truppenteile, sich in Ngingwe einzufinden?«

»Der Befehl war direkt an mich gerichtet.«

»Wer weiß außer Ihnen noch davon?« fragte ich.

»Nur mein Unteroffizier.«

»Dann erteilen Sie ihm wohl am besten den Befehl, für den Rest des heutigen Tages taub zu sein«, meinte Wingstead.

Sadiq fand das jedoch alles andere als spaßhaft.

»So hören Sie doch, Hauptmann. Oberst Maksa könnte sich auf die Seite der Rebellen geschlagen haben. Was dann?«

»Daran habe ich selbstverständlich auch schon gedacht. Ich komme diesem Befehl doch nicht nach, ohne vorher meine Erkundigungen eingezogen zu haben.«

»Wie wollen Sie das machen?« erkundigte sich Wingstead.

»Ich werde mich mit dem Hauptquartier oder mit dem Stab von General Kigonde in Verbindung setzen«, erklärte Sadiq. »Mein Unteroffizier hat schon mehrfach versucht, durchzukommen – allerdings ohne Erfolg. Unser Sender ist nicht stark genug.«

»Das dürfte sich ändern lassen«, entgegnete Wingstead überraschenderweise.

»Wie?« Ich wußte, daß die Reichweite unserer Funkgeräte äußerst beschränkt war.

»Ich weiß nämlich, daß wir einen ebenso begeisterten wie fähigen Amateurfunker in unseren Reihen haben.«

»Wer soll das denn sein?« fragte ich erstaunt.

»Sandy Bing. Vor ein paar Tagen haben wir ihn dabei ertappt, wie er sich an dem Funkgerät in Ihrem Wagen zu schaffen gemacht hat. Zwar hielt einer Ihrer Männer Wache, aber Bing konnte ihn davon überzeugen, daß Sie ihm Ihre Erlaubnis dazu erteilt hätten. Wir haben ihn dabei erwischt und ihm ordentlich die Leviten gelesen; auf weitere Maßnahmen haben wir verzichtet. Wir sind hier weder vom Militär noch von der Polizei; zudem habe ich im Augenblick Wichtigeres zu tun, als mich um die Erziehung eines gelangweilten Jungen zu kümmern.«

»Wußten Sie denn schon länger von seiner Begabung auf diesem Gebiet?« fragte ich.

»Ich habe ihn auch schon mal erwischt, als er dem Funkgerät in meinem Landrover zu Leibe gerückt ist. Er hatte das Ding vollkommen auseinandergenommen. Ich habe ihm dann zugesehen, wie er das Gerät wieder zusammengebaut hat. Offensichtlich versteht der Junge wirklich etwas von der Sache; und das Gerät funktionierte danach wieder einwandfrei.«

»Glauben Sie denn, er könnte die Reichweite von Hauptmann Sadiqs Gerät verbessern?«

»Schon möglich. Kommen Sie mit, Neil. Wir können gleich mal mit Bing sprechen. Vorher muß ich allerdings noch Basil sagen, daß sich unser Aufbruch etwas verzögern wird.«

Sadiq erklärte sich einverstanden, erst einmal abzuwarten, ob es Sandy Bing gelingen würde, sich mit seinem Hauptquartier in Verbindung zu setzen. Ich vermutete sowieso, daß er lieber bei uns geblieben wäre, wenn er auch im Augenblick zwischen Neigung und Pflicht schwankte.

Wenig später beobachteten wir fasziniert, wie sich Sandy Bing mit Feuereifer am Sender von Sadiqs Funkgerät zu schaffen machte. Um den gewünschten Effekt zu erzielen, erwies es sich jedoch als notwendig, eines von Kemps Funkgeräten auszuschlachten, wozu dieser erst nach einigem guten Zureden seine Einwilligung erteilte.

»Wir brauchen eine bessere Antenne«, erklärte Bing, ganz in seinem Element. »Außerdem brauche ich Kupferdraht und Isoliermaterial.«

Hammond trieb das Gewünschte auf. Unsere Reparaturwerkstatt auf vier Rädern war erstaunlich gut ausgerüstet.

Unser Aufbruch verzögerte sich um mehr als vier Stunden, und bis Bing die ersten Erfolge vorweisen konnte, war der halbe Vormittag verstrichen. Endlich ließ sich der auffrisierte Sender in Betrieb nehmen. Es war alles andere als einfach, General Kigondes Hauptquartier zu orten und dann die Verbindung herzustellen; und selbst dann waren noch nicht alle Schwierigkeiten aus dem Weg geräumt. Schließlich kann ein Hauptmann nicht einfach im Hauptquartier anrufen und den Oberkommandeur zu sprechen verlangen, wie es ihm gerade paßt. Es dauerte weitere zwei Stunden, bis Sadiq endlich zu den maßgeblichen Stellen vorgedrungen war. Er riskierte im Zuge dieses Unternehmens wirklich einiges, und ich glaube, er hätte seine weitere Karriere am besten gleich in den Wind schreiben können, wenn Kigonde sich nicht hinter ihn gestellt hätte. Als Sadiq schließlich doch den General am Apparat hatte, strahlte er kaum weniger als die Mittagssonne, die inzwischen den Zenit erklommen hatte.

»Das haben Sie gut gemacht, Sandy«, lobte ich unser junges Funkgenie, der mit einem zufriedenen Grinsen zur Kenntnis nahm, daß die letzte, entscheidende Verbindung zustande kam. Wingstead klopfte ihm anerkennend auf die Schulter, und auch die anderen Umstehenden lächelten ihm aufmunternd zu.

Sadiq und Kigonde unterhielten sich in der Landessprache; wir bekamen nur mit, daß die Antworten des Hauptmanns zunehmend kürzer und einsilbiger wurden. Er schien sichtlich verwirrt und hätte uns offensichtlich gern über den Inhalt des Gesprächs informiert, während er gleichzeitig Angst hatte, Kigondes Geduld zu sehr zu strapazieren. Auch ich wurde immer nervöser und ungeduldiger, bis ich schließlich die Hand nach dem Kopfhörer ausstreckte und Sadiq barsch anfuhr.

»Sagen Sie dem General, daß ich ihn sprechen möchte.«

Bevor Sadiq noch etwas erwidern konnte, hatte ich ihm den Kopfhörer entrissen. Ich drückte auf die Sprechtaste und sagte: »General Kigonde, hier spricht Mannix. Was geht hier eigentlich vor?«

Ich befürchtete bereits, mir durch meine schroffe Art alles verscherzt zu haben, doch der General antwortete ohne Zögern.

»Mister Mannix, im Augenblick ist nicht die Zeit für lange Reden. Ihr Hauptmann hat einen Befehl erhalten und muß ihn ausführen. Ich kann mich nicht um jeden einzelnen Schritt, den meine Untergebenen tun, persönlich kümmern.«

»Hat er Sie über die Lage in Ngingwe in Kenntnis gesetzt? Daß die Brücke zerstört ist, und daß es keine Möglichkeit gibt, dorthin zu gelangen? Außerdem *brauchen* wir ihn hier, Herr General. Hat er Ihnen erzählt, was hier passiert ist – mit Ihren Landsleuten?«

Kigondes Stimme übertönte das Rauschen nur mühsam. »Hauptmann Sadiq hat seinem Befehl nachzukommen. Ich weiß, daß Sie sich in schwerer Bedrängnis befinden, Mister Mannix. Aber das trifft im Augenblick auf viele Menschen zu.«

Das brachte mich auf eine Idee. »General Kigonde, wissen Sie, wer Hauptmann Sadiq diesen Befehl erteilt hat?«

»Nein, er hat keinen Namen genannt. Wieso fragen Sie?«

»Sagt Ihnen der Name Oberst Maksa etwas?« Damit ging ich natürlich ein gewisses Risiko ein, obwohl ich es für ziemlich unwahrscheinlich hielt, daß Maksa oder sonst ein Stabsoffizier Zeuge dieses Gesprächs wurde.

Aus dem Kopfhörer drang ein kurzes Rauschen und dann Kigondes zögernde Stimme. »Das ist – etwas anderes. Ihm sind die Truppen im Norden des Landes unterstellt. Allerdings habe ich schon länger nichts mehr von ihm gehört.«

Offenbar war sich Kigonde seiner Sache nicht mehr so sicher.

Deshalb hakte ich nach: »Herr General, ich glaube, Sie hegen Zweifel hinsichtlich Oberst Maksas Loyalität. Wenn er gegen Sie ist – was könnte er Besseres tun, als Ihre Truppen abzuziehen? Hauptmann Sadiq verhält sich absolut loyal. Wo würde er Ihnen am meisten nützen? Hier bei uns – oder völlig abgeschnitten vom Rest der Truppe oben im Norden? Ich an Ihrer Stelle würde diesen Befehl für nichtig erklären, Herr General.«

»Vielleicht haben Sie recht, Mister Mannix. Ich muß tatsächlich sagen, daß Hauptmann Sadiq unserer Sache im Süden dienlicher wäre. Ich werde ihn deshalb nach Makara schicken.«

»Aber wir fahren doch auch nach Makara. Kann er bei uns bleiben, bis wir dort eingetroffen sind?«

Ich ging wirklich aufs Ganze. Als der General nun jedoch erneut den Hauptmann zu sprechen verlangte, überraschte mich dies keineswegs. Es war eine lange, einseitige Unterhaltung, und als Sadiq schließlich den Kopfhörer abnahm und das Funkgerät ausschaltete, wirkte er sichtlich mitgenommen.

Rasch erlangte er jedoch seine äußere Fassung wieder; er wandte sich Bing zu und sagte: »Vielen Dank. Sie haben Ihre Sache wirklich gut gemacht.« Und obwohl Sadiq keineswegs dankbar aussah, sondern nur aufs äußerste besorgt, strahlte Sandy Bing vor Stolz übers ganze Gesicht.

»Vielleicht sollten wir uns erstmal in Ruhe und ungestört unterhalten, Hauptmann«, schlug ich vor. »Nur Sie, Geoff, Basil und ich. Die anderen machen sich wieder an ihre Arbeit. Oder habt ihr etwa nichts zu tun, Leute?«

Sadiq berichtete uns über den Inhalt seines Gesprächs mit Kigonde. Er sollte uns bis Makara begleiten, um uns dort jedoch uns selbst zu überlassen und sofort weiter nach Fort Pirie vorzustoßen. Mehr hätten wir auch nicht verlangen können. Gleichzeitig brachte mir diese Entscheidung jedoch zu Bewußtsein, daß es um die Position des Generals nicht sonderlich gut bestellt sein konnte, wenn er auf die Unterstützung so geringfügiger Truppenteile wie Sadiqs Abteilung angewiesen war.

»Der General hat gesagt, daß die Regierung die Lage in Port Luard wieder voll unter Kontrolle hat. Der Aufstand ist niedergeschlagen.« Was hätte Kigonde über Funk auch schon anderes sagen sollen? Jedenfalls schenkte niemand von uns dieser Feststellung sonderlich großen Glauben. Andererseits ließ sich dieser Aussage jedoch auch entnehmen, daß die Regierung noch nicht gänzlich entmachtet war.

»Ich glaube, der Aufstand ist verfrüht losgebrochen«, erklärte Sadiq weiter. »Die oppositionellen Kräfte hatten sich noch nicht hinreichend formiert und konnten in den meisten Fällen problemlos in die Schranken gewiesen werden.«

»Aber nicht überall. Weiß der General eigentlich, wo sich dieser Oberst Maksa herumtreibt? Wir müssen doch wohl davon ausgehen, daß er sich auf die Gegenseite geschlagen hat«, warf ich ein.

»Ja, hinsichtlich der politischen Einstellung des Obersten bestehen berechtigte Zweifel. Angeblich soll er sich hier irgendwo aufhalten. Der General hat bereits mehrere Aufklärungsflugzeuge losgeschickt, die nach den Truppen des Obersten Ausschau halten sollen.«

»Aufklärungsflugzeuge?« entfuhr es Wingstead erstaunt. »Wessen Aufklärungsflugzeuge?«

»Ach ja, wir haben uns bedauerlicherweise getäuscht, Sir. Die Luftwaffe unter Marschall Semangala steht auf der Seite der Regierung.«

»Auf seiten der Regierung?« Ich starrte Sadiq fassungslos an. »Aber warum haben sie dann Wingsteads Maschine abgeschossen?«

»Das weiß ich nicht, Mister Mannix. Vielleicht ging die Luftwaffe davon aus, daß ein Zivilflugzeug, das in diesem Gebiet unterwegs war, nur zu den Aufständischen gehören konnte.« Sadiq klang sichtlich niedergeschlagen. Ich mußte an Max Otterman denken, der irgendwo auf dem Tieflader mit dem Tode rang.

Unglaubliche Wut stieg in mir hoch, doch bevor ich noch etwas sagen konnte, legte Geoff Wingstead los: »Und was ist mit der Bombardierung von Kodowa? Die Truppen, die zu diesem Zeitpunkt durch die Stadt zogen, waren doch Kigondes eigenes Zweites Bataillon. Oder wollen Sie mir vielleicht sagen, das war auch ein Versehen?«

»Das war wirklich höchst bedauerlich. Die Luftwaffe glaubte, das Zweite Bataillon wäre bereits in Bir Oassa zur Siebten Brigade gestoßen. Als sie deshalb Truppen durch Kodowa ziehen sahen, dachten sie, es handelte sich dabei um Aufständische, welche der Siebten Brigade den Weg nach Süden versperren wollten. Deshalb hat man sie angegriffen.« Sadiq sah aus, als wäre er am liebsten selbst im Boden versunken.

Ein Versehen! Sie hatten ihre eigenen Leute bombardiert, weil sie sie für Aufständische hielten. Es wäre nicht das erste Mal gewesen, daß so etwas in einem Krieg passierte. Aber es wäre mit Sicherheit nicht nötig gewesen, sie ausgerechnet auch noch beim Durchqueren einer Stadt unter Beschuß zu nehmen. Wer würde also letztendlich die Verantwortung für diesen ebenso gigantischen wie tragischen Irrtum zu tragen haben? Für die unzähligen Todesopfer, die zerstörte Stadt und vor allem auch für die Menschen, die der Katastrophe entronnen waren und sich nun in unserem Gefolge durch den afrikanischen Busch schleppten? Für den Tod von Dr. Marriots Mann und von Antoine Dufours Beifahrer? Irgendwer würde sein Bedauern darüber zum Ausdruck bringen. Aber niemand würde es ehrlich bedauern.

17

Wir brachen also erneut von Kodowa auf.

Diesmal fuhren wir in nordwestlicher Richtung. Die Straße führte von den Savannen der Hochebene wieder in die tiefer gelegenen Regenwaldgebiete hinab. Wenn wir diesmal eines der kleinen Dörfer am Straßenrand durchquerten und die Bewohner aus ihren Hütten strömten, bekamen wir keine lachenden Gesichter zu sehen. Voller Besorgnis folgten ihre stummen Blicke diesmal dem gigantischen Tieflader mit seiner grotesken Fracht. Selbst auf die Kinder hatte sich die gedrückte Stimmung der Erwachsenen übertragen.

Die Patienten auf dem Tieflader wechselten ständig. Die einen erholten sich langsam, so daß sie auf einen der Lastwagen verlegt werden konnten, während andere, deren Zustand sich verschlechtert hatte, auf dem Tieflader ein Bett zugewiesen bekamen. Unter anderem kamen auch zwei Frauen auf dem Tieflader nieder, und Dr. Kat operierte einen zehnjährigen Jungen am Blinddarm. Der Vorrat an Medikamenten neigte sich bedrohlich dem Ende entgegen.

In jedem Dorf schickte Sadiq seine Leute aus, um für Nachschub zu sorgen. Auf diese Weise wurde unser Konvoi um zwei klapprige Lastwagen erweitert. Gelegentlich konnten die Soldaten auch Lebensmittel und Treibstoffvorräte auftreiben. Unsere Ernährung wurde immer einfacher, und unser Biervorrat war längst zu Ende. Aber es mußte auch so gehen.

In einem Dorf stießen wir auf ein Lager von Kleidern, die wir gegen Lebensmittel eintauschten. Es fühlte sich herrlich an, nach so langer Zeit wieder einmal frische Sachen am Leib zu tragen, zumal wir mit unseren inzwischen kräftig sprießenden Bärten zusehends verwilderter aussahen.

Die Zusammensetzung unseres Gefolges einheimischer Flüchtlinge veränderte sich von Stunde zu Stunde. Am ehesten hätte man den Konvoi mit einem Kometen vergleichen können, der auf seinem Flug durchs All Teile seines Schweifs abstieß und gleichzeitig neue Partikel anzog. Wenn wir ein Dorf erreichten, verließen uns in der Regel immer einige Nyalaner, die entweder dort Verwandte hatten oder einfach zu erschöpft waren, uns noch weiter zu folgen. Dafür schlossen sich andere unserem Zug an, der inzwischen auf mehrere hundert Menschen angewachsen war. Der Tieflader hatte für diese Menschen eine fast religiöse Bedeutung gewonnen, da sich immer wieder Nyalaner aus der langen Prozession in seinem Gefolge lösten, um auf das gigantische Gefährt zuzutreten und es ehrfürchtig mit den Händen zu berühren.

Dan Atheridge erklärte mir die Bedeutung dieses Rituals. Er lebte schon seit vielen Jahren im Land und sprach auch Nyalanisch. Obwohl ihm sein Arm Sorgen bereitete, mußten wir ihn immer wieder zurückhalten, daß er sich nicht unnötig überanstrengte. Mir war jedoch klar, daß er sich absichtlich das Äußerste abverlangte, um vergessen zu können, daß er seine Frau allein auf ihrer Farm in der Gegend von Kanja zurückgelassen hatte. Immer wieder hatte er darum gebeten, uns verlassen und sich auf die Suche nach seiner Frau machen zu dürfen, was wir ihm jedoch jedesmal mit viel Mühe ausreden konnten.

»Ihr Transport wird zu einer Art Juggernaut, Neil«, erklärte er mir, als ich ihn wegen des seltsamen Verhaltens der Nyalaner fragte.

»So nennt man doch in Indien diese heiligen Prozessionswagen?«

Er lächelte. »So könnte man es auch nennen. Im Grunde handelt es sich um einen der Namen des Gottes Krischna, der dann jedoch auf die gigantischen Standbilder des Gottes übertragen wurde, wie sie einmal im Jahr durch die Straßen der indischen Städte gefahren werden. Früher wurden diesem Gefährt Menschen als rituelle Opfer unter die Räder geworfen – ein höchst blutrünstiger Brauch also.«

»Der Vergleich mit unserem Tieflader erscheint mir nicht einmal so unangebracht«, entgegnete ich. »Nur daß bisher zum Glück noch niemand unter seine Räder geraten ist. Toi, toi, toi.«

»Ja, diesem Prozessionswagen folgt ein langer Zug von

Gläubigen, die das Gefährt als ein heiliges Symbol ihres Wohlergehens betrachten. Hier liegt die Ähnlichkeit mit diesem Transport, Neil. Für die Nyalaner hat der Tieflader die Funktion eines Fetischs übernommen. Er führt sie sozusagen ins Gelobte Land, wo immer das auch liegen mag. Jedenfalls glauben diese Menschen, daß dies ein Ort sein wird, wo sie sich sicher fühlen können.«

»Ich hoffe nur, daß wir sie in diesem Punkt nicht enttäuschen müssen, Dan. Außerdem brauchen sie einfach etwas, woran sie glauben können, nehme ich an.«

Als ich ihn in diesem Zusammenhang auf die Ähnlichkeit mit dem Rattenfänger von Hameln hinwies, entgegnete er lächelnd: »Ich hoffe nur, daß Sie diese Leute in diesem Fall mehr als Kinder betrachten und nicht so sehr als Ratten.«

Genau den gegenteiligen Standpunkt sollte etwas später Russ Burns vertreten, als wir schließlich auf halbem Weg nach Makara haltmachten. Wir saßen in einer kleinen Gruppe beisammen und warteten auf das, was uns Brad Bishop zum Abendessen vorsetzen würde. Bei dieser Gelegenheit kam ich auch darauf zu sprechen, daß nach Dan Atheridges Meinung der Tieflader für die Nyalaner die Funktion eines Fetischs übernommen hatte – eine Vorstellung, die Wingstead sofort begeistert aufgriff. Ich sah ihn schon in Gedanken einen Artikel für eine Fernfahrerzeitschrift verfassen. Burns' Reaktion war ebenso typisch wie andersgeartet.

»Genau wie die Ratten«, nickte er mit Nachdruck, als ich auch den Vergleich mit dem Rattenfänger von Hameln zur Sprache brachte. »Sie fressen uns weg, was nicht niet- und nagelfest ist, diese miese Bande. Und ich möchte erst gar nicht wissen, was die alles für ansteckende Krankheiten mit sich herumtragen.« Ich mußte mich mühsam beherrschen, ihn nicht auf der Stelle niederzuschlagen. Wingstead stand wortlos auf und entfernte sich.

Nach längerem drückendem Schweigen ergriff Burns neuerlich das Wort. »Wieso arbeiten Sie eigentlich für eine englische Firma?« Offensichtlich machte es ihm Spaß, mich zu reizen.

»Gute Bezahlung«, entgegnete ich kurz angebunden.

Er schnaubte verächtlich. »Dafür, daß Sie dieses Monstrum durch die Wildnis karren?«

»Ich wüßte nicht, was daran auszusetzen sein soll.«

Offensichtlich war er der Ansicht, ich gehörte zu der Transportfirma – ein Glauben, in dem ich ihn gern beließ. Weshalb hätte ich ihm meine wahre Funktion unter die Nase reiben sollen?

»Was machen Sie eigentlich bei Lat-Am?« fragte ich ihn.

An diesem Punkt schaltete sich Zimmerman ein. »Russ überwacht die Bohrungen, und ich bin Sprengmeister.«

»Sind Sie schon lange in Nyala?« Während ich von Burns nicht gerade viel hielt, schien mir Zimmerman ganz in Ordnung zu sein.

»Etwa sechs Monate. Wir waren in Bir Oassa stationiert, sind dann aber zur Küste runtergefahren, um uns dort ein wenig umzusehen. Wir hätten lieber da oben in der Wüste bleiben sollen.«

»Das kann man wohl sagen«, schaltete sich Burns ein. »Dann säßen wir jetzt hier nicht in der Scheiße.«

»Ich war erst kürzlich in Bir Oassa«, sagte ich. »Viel zu sehen gibt es dort oben ja nun wirklich nicht. Wie kommen Sie eigentlich mit der Arbeit auf den Ölfeldern voran?«

»Die Sache läßt sich gut an«, gab Zimmerman bereitwillig Auskunft. »Das Öl ist sehr hochwertig; es braucht wegen des niedrigen Schwefelgehalts so gut wie gar nicht raffiniert zu werden. Lat-Am hat da einen verdammt guten Fang gemacht.«

»Aber der Krieg?«

Burns zuckte mit den Achseln. »Das kann Lat-Am doch letztlich vollkommen egal sein. Wir stellen bis auf weiteres die Förderung ein – das ist alles. Das Öl löst sich deswegen nicht in Luft auf, und die Konzession haben wir immer noch. Einerlei, wer aus diesem Krieg als Sieger hervorgeht – sie sind in jedem Fall auf uns angewiesen.«

So konnte man es auch sehen, mußte ich ihm eingestehen.

Darauf unterhielten sich die beiden Amerikaner noch eine Weile untereinander; sie bedienten sich dabei ihres typischen Ölfelder-Jargons, den ich besser verstand, als ich mir hatte anmerken lassen. Burns wurde mir immer unsympathischer. Er war ein Mann, für den das Wort Chauvinist wie geschaffen schien. Texas war das Paradies auf Erden und Dallas der

Nabel der Welt. Widerwillig würde er vielleicht noch eingestehen, daß auch Kalifornien nicht übel war, während es an der Ostküste nur so von diesen gottverdammten Liberalen, Juden und langhaarigen Hippies wimmelte. Ebensogut hätte man auch gleich in Europa sein können, das für ihn einen Ausbund an Dekadenz darstellte. Aber zumindest waren die Leute von der Ostküste noch Amerikaner, so daß man nötigenfalls mit ihnen auskommen konnte, wenn es unbedingt sein mußte, während sich den Rest der Welt Kommunisten, Nigger, Araber und Japse teilten, die zu nichts anderem taugten, als den Amerikanern die Ölfelder dieser Welt streitig zu machen.

Am nächsten Tag kamen wir in Makara an. Der Ort war nicht größer als andere Dörfer, die wir unterwegs passiert hatten. Daß er auf der Landkarte erschien, verdankte er der Brücke, die dort den Fluß überquerte. Weiter im Westen, wo der Fluß in der Nähe des Pirie-Sees in den Katali mündete, war er schon so breit, daß er sich nicht mehr mit einer Brücke hätte überspannen lassen. Unser erster Gedanke galt natürlich dem Zustand der Brücke; Sadiq, Kemp und ich fuhren dem Konvoi ein Stück voraus, um uns zu vergewissern, ob sie auch passierbar war. Zu unserer Erleichterung machte die Brücke einen recht stabilen Eindruck.

Nachdem wir am Ortsrand haltgemacht hatten, machte sich ein Trupp Soldaten auf den Weg, um die Lagerhallen der Baumwollfabrik zu inspizieren. Sie kehrten mit der guten Nachricht zurück, daß sie noch standen und leer waren; also eigneten sie sich zur Unterbringung unserer Patienten. Wir zogen also zur Baumwollfabrik weiter und schlugen dort unser Lager auf. Außer den ernsten Gesichtern der Bewohner Makaras gab es keinerlei Anzeichen dafür, daß irgend etwas nicht stimmte.

Nachdem Dr. Katabisirua die Lagerhallen inspiziert hatte, ließ er die größte von einigen nyalanischen Frauen gründlich säubern, um am nächsten Tag seine Patienten dort unterbringen zu können. Daß er damit bis zum nächsten Morgen warten wollte, begründete er mit der Feststellung: »Die Schwestern sind ziemlich überarbeitet und müde. Und genau an diesem Punkt kommt es oft zu groben Fehlern.«

Sonst wirkte er ziemlich niedergeschlagen. Zwei weitere Patienten waren gestorben; außerdem fürchtete er um das Leben eines der Neugeborenen. Auch der Zustand einiger Verletzter besserte sich nicht im erwarteten Maß. »Und jetzt berichtet mir Schwester Ursula auch noch, daß wir kein Laktat mehr haben.«

»Was ist das?«

»Eine Art Plasmaersatz. Und wir haben nichts, was wir statt dessen einsetzen könnten.« Das nächste Krankenhaus befand sich in Lasulu, das für uns wiederum weiter entfernt lag als der Mond. Außerdem beklagte sich der Doktor über Schwester Mary, die unter der ständigen Belastung zusehends seniler wurde.

Gegen Ende unseres Gesprächs war ich schließlich noch deprimierter als Dr. Kat. Es gab nichts, was ich für ihn oder für seine Patienten hätte tun können, und diese Hilflosigkeit frustrierte mich. Nie zuvor in meinem Leben war ich einer bestimmten Situation so machtlos gegenübergestanden. Und das wurmte mich gewaltig.

»Hey, Mannix, der Niggerhauptmann möchte Sie sprechen«, rief mir Burns im Vorbeigehen kurz zu.

»Burns!«

Ohne stehenzubleiben, blickte er sich über seine Schulter nach mir um. »Ja?«

»Kommen Sie sofort hierher!«

Er machte kehrt. »Na, na, na – was haben Sie denn?«

»Heute morgen hat Hauptmann Sadiq seinen Vorgesetzten überredet, ihn weiter bei unserem Konvoi bleiben zu lassen. Er hat dabei seine Karriere aufs Spiel gesetzt – und zwar ausschließlich unseretwegen. Außerdem hat er während der letzten paar Tage mehr geleistet, als Sie in einem Monat zustandebrächten. Achten Sie also künftig auf die Wahl Ihrer Worte, wenn Sie mit ihm und über ihn sprechen. Haben Sie verstanden?«

»Na, wer wird denn gleich so empfindlich sein?«

»Ich warne Sie, Burns. Treiben Sie es nicht auf die Spitze.«

»Also, was wollen Sie nun eigentlich von mir?«

Ich seufzte, während sich meine Nackenmuskeln langsam entspannten. »Ich will Sie künftig von unserem Hauptmann nicht mehr als einem Nigger oder Bimbo, oder was für nette Bezeichnungen Sie sonst noch auf Lager haben, sprechen hören. Das gleiche gilt für seine Soldaten und überhaupt alle Schwarzen. Langsam haben wir Ihr Benehmen wirklich satt.«

»Wie kommen Sie eigentlich dazu, mir Vorschriften zu machen?«

»Weil ich im Augenblick hier die Verantwortung trage. Solange Sie also Wert auf unsere Gesellschaft legen, tun Sie in Zukunft gefälligst, was ich sage; und wenn Ihnen das nicht paßt, können Sie jederzeit gehen. In diesem Fall können Sie Ihren Job bei Lat-Am oder jeder anderen Ölgesellschaft vergessen. Und falls Sie glauben sollten, das könnte ich nicht veranlassen, dann erkundigen Sie sich vorsichtshalber vorher bei Mister Kemp. Habe ich mich klar genug ausgedrückt?«

Damit drehte ich mich um und ging, innerlich kochend, davon. Wenn ich seine Gegenwart noch länger hätte ertragen müssen, hätte ich mich, glaube ich, nicht mehr beherrschen können. Ich passierte ein paar verdutzte Männer, die sich neugierig um uns geschart hatten, und dann war plötzlich McGrath neben mir.

»Kann ich Ihnen helfen, Mister Mannix?«

McGrath hatte mir gerade noch gefehlt. »Nein«, erwiderte ich.

»Ich bleibe jedenfalls in der Nähe, falls Sie mich doch noch brauchen sollten.« Damit machte er sich wieder an seine Arbeit.

Erst jetzt fiel mir wieder ein, daß der Grund für diese kleine Auseinandersetzung eigentlich gewesen war, daß Sadiq mich sprechen wollte. Deshalb machte ich mich auf die Suche nach ihm und fand ihn auch. Nachdem alles Nötige geklärt war, deutete ich auf die Scharen von Nyalanern, die sich im Umkreis unseres Lagers niedergelassen hatten.

»Wie viele Ihrer Landsleute folgen uns eigentlich inzwischen schon, Hauptmann?«

»Etwa zweihundert. Aber sie bleiben nicht mehr lange bei uns. Trotzdem werden es immer mehr.«

»Ja, das habe ich ebenfalls schon bemerkt. Offensichtlich

hat der Transport in der Zwischenzeit eine Art religiöse Bedeutung für sie bekommen. Er ist sozusagen zu einer Art Talisman oder Fetisch für sie geworden. Wissen Sie darüber eigentlich Genaueres?«

»Ich persönlich bin gläubiger Moslem«, erklärte Sadiq. »Selbstverständlich haben diese Menschen sehr unterschiedliche Glaubensvorstellungen. Trotzdem sind diese Leute keine Wilden, Mister Mannix. Vielleicht bedeutet das Ganze nicht mehr als dieses Ding, das Mister Lang im Führerhaus seiner Zugmaschine hängen hat – eine Art Glücksbringer.«

»Ich weiß. Sie meinen seine Hasenpfote«, entgegnete ich. »Nur daß eben unser Tieflader etwas größer ist als ein gewöhnlicher Talisman. Trotzdem mache ich mir wegen Ihrer Landsleute Sorgen. Bekommen sie auch genügend Lebensmittel und Wasser? Was ist, wenn eine Epidemie unter ihnen ausbricht? Und wie könnten wir sie dazu bewegen, wieder nach Hause zurückzukehren?«

»Ich glaube nicht, daß es eine Möglichkeit gibt, sie zum Umkehren zu bewegen, Mister Mannix. Was die Versorgung mit Lebensmitteln betrifft, kommen sie schon irgendwie über die Runden. Im übrigen wird keiner von ihnen weiter gehen, als er kann. Mehr gibt es dazu eigentlich nicht zu sagen.«

Einen Vorteil brachte diese Völkerwanderung zumindest mit sich. Die Bevölkerung der einzelnen Dörfer wurde dadurch in stärkerem Maße vermischt, als es sonst in friedlichen Zeiten der Fall gewesen wäre. Trotzdem wollte ich lieber nicht an die Folgen denken, wenn irgendein Unheil über die Menschen in unserem Gefolge hereinbrach. Würden sie ihren Glücksbringer plötzlich als eine Macht des Bösen betrachten?

Unwillkürlich mußte ich an die Kreuzzüge denken, die nicht nur von bewaffneten und geharnischten Rittern veranstaltet wurden. So gab es zum Beispiel auch den Bauernkreuzzug unter Peter dem Einsiedler und die verschiedenen Kinderkreuzzüge. Besonders den Kindern war Schreckliches zugestoßen. Im übrigen hatten auch die Ratten und Kinder von Hameln ein recht grausames Schicksal zu erleiden gehabt.

Ich gefiel mir jedenfalls nicht sonderlich gut in der Rolle eines verrückten Einsiedlers, der seinen bizarren Kreuzzug ins Nichts führte. Das konnte einer Menge Menschen das Leben kosten. Die Vorstellung, daß angreifende Panzer über meine Schützlinge herfallen könnten, ließ mir das Blut in den Adern gefrieren.

Mir war natürlich klar, daß die Sache mit Burns durch unser kurzes Gespräch keineswegs bereinigt war. Die Männer, die auf den Ölfeldern arbeiten, sind ein bunt zusammengewürfelter Haufen von Abenteurern, und man darf nicht allzu zartbesaitet sein, um sich als Boß eines Bohrtrupps durchsetzen zu können. Vielleicht hätte ich Burns etwas feinfühliger behandeln sollen, vielleicht hatte ich auch nur die Beherrschung verloren – jedenfalls war geschehen, was geschehen war. Ich hatte nicht unbeträchtliche Drohungen gegen ihn ausgesprochen und hätte eigentlich wissen müssen, daß er so etwas nicht einfach auf sich sitzen lassen würde.

Doch vorerst galt es, die Lagerhalle so weit in Schuß zu bringen, daß Dr. Kat dort am nächsten Morgen mit seinen Patienten einziehen konnte. Wir stellten den Tieflader unmittelbar vor der Halle ab, um gleich eine Stromleitung vom Generator dorthin legen zu können. Wie üblich, trug auch diesmal wieder Ben Hammond einen Löwenanteil zum Gelingen dieses Vorhabens bei, indem er neben einer Vielzahl von guten Ideen und praktischen Ratschlägen auch eine dicke Kabelrolle und verschiedene Lampen beisteuerte.

Während die Arbeiten in vollem Gang waren, sah ich mich in der Halle um. Im Grunde war es nur eine ganz gewöhnliche Scheune, in deren hinterem Viertel noch Baumwollvorräte lagerten. Die Baumwollballen eigneten sich hervorragend als Betten, und es dauerte nicht lange, bis sich jeder ein Plätzchen für die Nacht gesucht hatte.

Am späten Nachmittag sah ich Harry Zimmerman neben dem Landrover auf einer Werkzeugkiste sitzen. Er rauchte eine Zigarette und hatte eine Tasse Tee in der Hand. Ich spürte, daß er auf mich gewartet hatte. Unser Gespräch fing ganz harmlos an.

»Ein anstrengender Tag war das heute«, bemerkte er mit einem leichten Seufzen.

»Das kann man wohl sagen. Und wir haben noch eine anstrengende Nacht vor uns. Ich hätte übrigens noch einen Job für Sie, sobald Sie Ihren Tee zu Ende getrunken haben.« Ich setzte mich neben ihn. »Könnte ich mal einen Schluck von Ihrem Tee haben, Harry?«

Er reichte mir seine Tasse und sagte lachend: »Ich hoffe nur, Sie haben mir für dieses herrliche Getränk auch was als Gegenleistung anzubieten.«

Ich nahm einen kräftigen Schluck und gab ihm die Tasse zurück. »Und ob – ein schönes, weiches Bett für heute nacht.«

»Das nenne ich ein Angebot. Doch nicht auch noch mit jemandem drin?«

»In diesem Punkt muß ich Sie leider enttäuschen – es sei denn, Sie nehmen mit mir vorlieb und mit dem Rest der Crew. Wieso sollen wir uns nicht auch mal eine Nacht auf herrlich weichen Baumwollballen gönnen, bevor wir die Halle an Dr. Kat und seine Patienten abtreten.«

Darauf schwieg Zimmerman eine Weile, dann fragte er: »Haben Sie Russ in letzter Zeit mal gesehen?«

»Nein. Warum?«

»Ich dachte nur, ich mache Sie besser darauf aufmerksam, daß Sie auf seiner Abschußliste stehen. Wenn man es mit ihm mal verdorben hat, kann er verdammt unangenehm werden.«

Diese Warnung überraschte mich nicht sonderlich. Trotzdem nickte ich Zimmerman zum Dank kurz zu, bevor ich mich erhob und auf den Landrover zuging. Es schien, als wartete Zimmerman auf etwas. Und im nächsten Augenblick wußte ich, worauf er gewartet hatte. Als ich die Tür des Landrovers öffnete, rollte ein Gegenstand vom Fahrersitz, um vor meinen Füßen zu zerspringen. Es handelte sich dabei um eine Flasche Scotch. Sie war leer.

»War das Russ, Harry?«

»Ich fürchte, ja.«

Er hatte die Flasche an einer Stelle plaziert, wo ich sie auf jeden Fall finden mußte. Es war eine offene Herausforderung.

»Wo steckt er jetzt?«

»Mit Russ ist nicht gut Kirschen essen, Neil«, warnte mich Zimmerman. »Seien Sie vorsichtig.«

»Keine Sorge. Ich werde mit Ihrem Kumpel schon fertig.«

»Russ ist nicht mein Kumpel.« Zum erstenmal hatte sich in

Zimmermans ansonsten völlig ruhige Stimme ein verärgerter Unterton geschlichen. »Wir arbeiten nur zusammen. Ich kenne dieses Theater zur Genüge, und es reicht mir inzwischen. Er pokert übrigens gerade mit ein paar von Ihren Leuten.«

Ich hob die Glassplitter vom Boden auf und räumte sie bis auf den größten, auf dem das Etikett klebte, beiseite. Als ich die Wagentür wieder schloß, fügte Zimmerman noch hinzu: »Und passen Sie auf seine Linke auf. Die kann verdammt gefährlich werden.«

»Danke, Harry.«

Ich wußte, wo ich Burns finden würde. Eine der Lampen, die an das Stromkabel angeschlossen waren, hing über einem Ast und warf ihr Licht auf eine Gruppe von fünf Männern, die auf dem Boden saßen und Karten spielten. Als Tisch diente ihnen ein Koffer. Ich achtete nicht auf die anderen Mitspieler. Ich hatte nur Augen für Burns. Er griff gerade gelassen nach seinen Karten, aber ich wußte, daß er mich kommen sah.

Ich blieb außerhalb des Lichtkreises stehen, den die Lampe auf den Boden warf und sagte: »Kommen Sie mal her, Burns. Ich habe mit Ihnen zu sprechen.«

Er sah auf und beschattete mit einer Hand seine Augen. »Oh, der Boß persönlich. Was kann ich für Sie tun, Mister Mannix?«

Wie auf ein Kommando legten alle Spieler ihre Karten auf den Koffer, als ich sagte: »Kommen Sie mal hierher.«

»Aber selbstverständlich. Warum nicht?« Er richtete sich zu voller Größe auf.

Ich beobachtete ihn scharf, als er auf mich zukam. Er war jünger, größer, schwerer und vermutlich schneller als ich; ich mußte zusehen, daß mir der Überraschungseffekt blieb. Nur ein Tölpel begibt sich in eine Schlägerei, ohne sich vorher seine Chancen ausgerechnet zu haben. Aber das galt nicht weniger für Burns. Er konnte es gar nicht erwarten, mir einen gehörigen Denkzettel zu verpassen, und er hatte auch den Ort und den Zeitpunkt hierfür bestimmt. Es lag Jahre zurück, daß ich mich das letzte Mal mit den Fäusten geschlagen hatte, und nicht nur mit Worten, während Burns vermutlich auf eine langjährige Praxis in diesen Dingen zurückblicken konnte.

Aus dem Augenwinkel nahm ich verschwommen wahr, wie

sich um uns herum langsam ein Ring von Schaulustigen bildete. Ich konnte es mir jedoch nicht erlauben, meine Blicke von Burns abzuwenden, zumal die Zuschauer eindeutig auf meiner Seite stehen würden.

Ich hielt das Glasstück mit dem Etikett hoch. »Haben Sie meinen Whisky getrunken?«

»Klar. Man wird sich doch wohl noch einen Schluck Scotch borgen dürfen? Das Zeug hat übrigens nicht übel geschmeckt.«

Ich hielt meine Wut im Zaum und konzentrierte mich voll auf die bevorstehende Auseinandersetzung, so daß ich erst gar nicht begriff, wie mir geschah, als sich eine Hand auf meine Schulter legte und mir das Stück Glas abnahm. »Hätten Sie was dagegen, wenn ich mir das mal näher ansehe?« ertönte hinter mir eine Stimme.

Schräg hinter mir stand McGrath und besah sich das Etikett. Niemand rührte sich.

»Das Etikett kommt mir doch bekannt vor. Ist das nicht die Flasche, die Sie für medizinische Notfälle aufgespart haben, Mister Mannix?«

Und im nächsten Augenblick fuhr die Hand, welche nicht den Glassplitter hielt, zur Faust geballt an das Kinn des Texaners, so daß dieser leicht taumelte und dann wie vom Blitz getroffen zu Boden ging. Erst danach sah ich den Totschläger.

Ich riß McGrath am Arm. »Verflucht noch mal, McGrath, ich habe Ihnen doch gesagt, Sie sollen sich zusammenreißen!«

Darauf erwiderte er leise, so daß nur ich es hören konnte: »Sie wissen genausogut wie ich, daß Sie gegen diesen Mistkerl keine Chance gehabt hätten. Er hätte Sie in kürzester Zeit fertiggemacht. Ich habe den Burschen schon die ganze Zeit beobachtet; mit dem ist nicht zu spaßen.« Das mußte ausgerechnet McGrath sagen. »Wenn ich den Kerl nicht jetzt sofort entschärfe, geht er vielleicht noch auf uns beide los. Und möglicherweise besorgt er sich auch noch eine Knarre. Er muß also unschädlich gemacht werden. Einverstanden?«

»Nein, verdammt noch mal! Sie sollen ihn nicht umbringen.«

»Wer redet denn von Umbringen? Ich habe doch nur gesagt,

daß ich ihn unschädlich machen will. Geben Sie mir also endlich Ihr Einverständnis?«

Mir blieb keine andere Wahl. »Aber tun Sie ihm nichts zuleide.«

»Nein, nein, keine Angst; er wird es schon überleben.« Damit drängte er sich durch die Männer, die sich um Burns geschart hatten. Alle machten ihm Platz.

Eindeutig am schnellsten waren dabei jedoch Jones und Bob Pitman. Wingstead und Kemp waren nicht anwesend.

McGrath riß nun Burns an seinem Hemdkragen vom Boden hoch und schüttelte ihn kräftig durch. »Na, alles in Ordnung, Texas?«

Über Burns' Augen lag noch ein leichter Nebel. Er fuhr sich mit der Hand ans Kinn und murmelte: »Du blödes Arschloch – du hast mir den Kiefer gebrochen!«

»Das glaube ich nicht«, entgegnete McGrath ruhig. »Sonst hättest du das eben nämlich nicht sagen können. So hart habe ich nun wirklich nicht zugeschlagen. Außerdem möchte ich mir ein für allemal diesen Ton verbitten.«

McGrath hob nun die Hand, in der er den Totschläger gehalten hatte; doch jetzt hielt er ein Messer darin. McGrath war ein wandelndes Arsenal. Er drückte die Schneide an Burns' Kehle, worauf an dieser ein dünnes Rinnsal Blut heruntertropfte. Dann stieß er den Texaner so lange vor sich her, bis er mit seinem Rücken an einem der Lastwagen stand.

»Und jetzt hör mal schön zu«, fuhr McGrath in geschäftsmäßigem Ton fort. »Du kannst deine Kehle schnell, langsam oder gar nicht aufgeschlitzt bekommen. Wofür würdest du dich entscheiden?«

Burns würgte. »Für... für gar nicht.«

»Aha. Dann kannst du mir gleich mal ein paar Fragen beantworten. Wenn du sie richtig beantwortest, bekommst du sogar einen Preis – dein Leben. Also, die erste Frage. Bist du bereit?«

»Ja«, flüsterte Burns kleinlaut.

»So ist es brav«, nickte McGrath. »Und jetzt nenne mir einen der Bosse hier im Lager.«

»S-sie«, stotterte Burns.

»Falsch«, erklärte McGrath geduldig. »Ich muß sagen, du

enttäuschst mich, meine Junge. Aber ich gebe dir noch eine Chance. Du darfst noch einmal raten.«

Burns zögerte, worauf sich das Messer an seinem Hals leicht bewegte. Mehr Blut tropfte auf sein Hemd. »Mannix?«

»Ja, Mister Mannix. Aber ich möchte doch um einen etwas respektvolleren Ton bitten. Und jetzt gleich die nächste Frage. Bist du bereit?«

»Verdammt noch mal, ja.« Burns Gesicht troff von Schweiß.

»Sehr gut. Dann würde ich gern noch den Namen eines anderen Bosses hören.«

»Wing... Mister Wingstead.«

»Sehr gut. Siehst du, wie das klappt, wenn du dir nur etwas Mühe gibst. So, und wenn ab sofort Mister Mannix oder Mister Wingstead sagen, du sollst dies oder das machen, dann parierst du gefälligst. Ist das klar?«

»Ja.«

»Und jetzt noch eine dritte Frage. Wenn du einem der beiden in irgendeiner Weise dumm kommen solltest, was ist dann?«

»Du mieses...«

McGrath' Hand vollführte erneut eine kurze Bewegung, worauf Burns hastig hervorstieß: »Ich werde ihnen keine Schwierigkeiten machen. Jetzt lassen Sie mich endlich los!«

Genau das tat McGrath, und Burns sackte gegen den Lastwagen zurück. Als er seine Hand an seinen Hals führte und dann vor seine Augen hielt, war sie blutverschmiert. Er starrte erst McGrath an und wandte sich dann an mich. »Dieser Kerl ist vollkommen verrückt! Halten Sie ihn mir bloß vom Leib.«

»Er wird Sie bestimmt in Frieden lassen. Zumindest wenn Sie tun, was er Ihnen gesagt hat.« Und dann kam ich wieder zum eigentlichen Thema unserer Auseinandersetzung zurück. »Sie sagten doch eben, Sie hätten sich meinen Whisky geborgt. Ich hätte ihn gern wieder zurück.«

Er starrte mich fassungslos an. »Sie sind ja genauso verrückt wie dieser Irre! Sie wissen genau, daß das nicht möglich ist.«

»Soviel ich weiß, nennt man einen Mann, der etwas an sich nimmt, was er nicht wieder zurückgeben kann, einen Dieb.«

Als er nichts darauf erwiderte, ließ ich die Sache auf sich beruhen und wandte mich den anderen zu. »Also gut, Leute, damit ist die Vorführung zu Ende. Es gibt keinen...«

Ich wurde durch ein aufgeregtes Stimmengewirr unterbrochen.

»Mannix! Ben Hammond! Sind Sie da?«

Es war Kemp, der nach uns rief. Hammond schrie zurück: »Wir sind beide hier. Was gibt's?«

Kemp kam aus dem Dunkel auf uns zugelaufen. Er war sichtlich außer Atem. Angesichts dieser neuen Krise war Burns schnell vergessen.

»Kommen Sie sofort zum Tieflader. Geoff braucht Sie.«

»Was ist denn jetzt los?«

»Es ist wegen Max. Er hat schreckliche Krämpfe. Wir glauben, daß er stirbt.«

Um uns herum erhob sich ein leises Raunen. Die meisten Männer der Crew kannten Otterman zwar kaum; aber er war in ihren Augen der Pilot, der Wingstead unter Einsatz seines Lebens eingeflogen hatte. Sie nahmen daher alle regen Anteil an seinem Zustand und waren dabei fast ebenso abergläubisch wie die Einheimischen, die ihrem gigantischen Talisman durch den afrikanischen Busch folgten. Die Verschlechterung von Ottermans Zustand war für uns alle ein böses Omen. Da ich Otterman etwas besser kannte und schon einmal von ihm nach Lasulu geflogen worden war, versetzte mir Kemps Nachricht einen besonderen Stich.

Und dann wurde die Stille der Nacht erneut durchbrochen. Aus dem Osten ertönte lautes Donnergrollen. Dann folgten Geräusche, die an ein Feuerwerk erinnerten, und gleichzeitig erzitterte der Boden unter unseren Füßen. Es handelte sich dabei um das Geräusch schweren Geschütz- und Gewehrfeuers. Der Krieg holte uns langsam, aber sicher ein.

18

Und dann überstürzten sich die Ereignisse.

Von Sadiqs Lager rannten Soldaten auf die Lagerhalle zu. Überall im Dunkel um uns her wimmelte es von aufgeregt durcheinanderlaufenden Menschen, die sich gegenseitig Fragen zuriefen. Die Männer in meiner unmittelbaren Umgebung schienen einer Panik nahe.

»Das war Gewehrfeuer«, schrie ich in die Menge. »Bitte zusammenbleiben und ruhig verhalten. Alles weitere sollen die Soldaten erledigen. Hammond, sind Sie da?«

»Ja.«

»Stellen Sie vor allen Fahrzeugen Wachen auf; das gilt vor allem für die Lastwagen. Der Tieflader läßt sich nicht ohne weiteres bewegen und ist ziemlich sicher. Basil, sagen Sie den beiden Ärzten und den Schwestern, sie sollen sich ruhig verhalten, was auch immer geschehen mag. Es tut mir schrecklich leid wegen Max, aber sagen Sie Geoff, daß ich ihn unverzüglich hier brauche.«

Während er davonstürzte, wandte ich mich Zimmerman zu: »Wenn Russ Burns sich nicht auf den Beinen halten kann, bringen Sie ihn zu den Ärzten. Ich sehe inzwischen nach dem Hauptmann.«

Während ich mich bereits zum Gehen wandte, hörte ich Burns noch murmeln: »Ich bin schon wieder in Ordnung, Harry.« Ich hätte gern gewußt, was aus McGrath geworden war. Er war beim Krachen der ersten Schüsse mit der Lautlosigkeit einer Katze in der Nacht verschwunden. Immer wieder über herumliegende Gegenstände stolpernd, suchte ich das Lager unseres militärischen Geleitschutzes auf. Währenddessen ertönte immer wieder das Krachen von Schüssen.

Ich fand Sadiq bei seinem Stabswagen über das Funkgerät gebeugt. Er sprach abgehackt ins Mikrophon und riß sich dann mit besorgter Miene den Kopfhörer vom Kopf.

»Was ist passiert?« fragte ich ihn.

»Aus dem Osten, von Kodowa, rücken mehrere Armee-Einheiten an. Als sie auf eine Patrouille meiner Leute stießen, haben sie das Feuer eröffnet.«

»Wir haben auch ein Geschütz gehört.«

»Ich glaube, sie haben einen Lastwagen beschossen.«

»Demnach muß es sich um Aufständische handeln.«

»Vermutlich. Aber im Dunkeln wird man bekanntlich schnell nervös, Mister Mannix.«

»Wie viele?«

»Das weiß ich im Augenblick noch nicht. Mein Feldwebel hat gemeldet, daß eine beachtliche Anzahl von Fahrzeugen auf uns zukommt. Nicht gerade ein ganzes Bataillon, aber viel fehlt wohl nicht. Dann wurde die Verbindung unterbrochen.«

Demnach war unter Umständen ein ganzer Trupp von Sadiqs Leuten vernichtet worden. Ich fragte ihn, wie weit sie noch entfernt wären.

»Etwa zehn Kilometer. Sie müßten spätestens in einer halben Stunde hier eintreffen.«

Das konnte ja heiter werden. Es war keineswegs auszuschließen, daß die anrückenden Truppen uns attackierten, und wir hatten zu unserem Schutz nur eine Handvoll mit Gewehren bewaffneter Soldaten und zwei leichte Geschütze.

»Jeder Widerstand wäre zwecklos«, erklärte Sadiq. »Wir hätten nicht einmal gegen eine Kompanie eine Chance, geschweige denn gegen eine Streitkraft von dieser Stärke. Unteroffizier! Lassen Sie unsere Leute antreten. Wir müssen einen Schußwechsel unter allen Umständen vermeiden. Wir ziehen in dieser Richtung ab.« Er deutete von Makara weg. Er hatte seine Befehle, ganz offensichtlich meinetwillen, in Englisch weitergegeben, fuhr aber nun in der Landessprache fort. Der Unteroffizier rannte in die Nacht davon.

»Sie ziehen also ab und lassen uns zurück«, wandte ich mich wieder an ihn. »Was sollen wir nun machen, ganz auf uns allein gestellt?«

Er hob seine Hand, um mir Schweigen zu gebieten. Die drohende Gefahr hatte ihm zu verstärkter Autorität verholfen – ein Umstand, der ihm durchaus bewußt war. »Nein, Mister Mannix. Hinter den Lagerhallen führt ein Weg in den Busch.

Dorthin werde ich mich mit meinen Männern zurückziehen. Wenn wir hier etwas ausrichten können, dann nur, wenn wir uns den Überraschungseffekt zunutze machen. Sorgen Sie unverzüglich dafür, daß Ihr Lager einen möglichst friedlichen Eindruck erweckt. Das heißt, daß Sie alle Schußwaffen beiseite schaffen – einschließlich Ihrer Flinte. Und denken Sie dabei vor allem auch an Mister McGrath.«

»Wissen Sie über ihn Bescheid?«

»Ich bin doch nicht auf den Kopf gefallen, Mister Mannix. Sie haben ihm zwar eine Pistole abgenommen, aber das heißt noch lange nicht, daß er nicht noch ein paar andere Schußwaffen hat. Verhalten Sie sich absolut friedfertig, wenn die Soldaten hier eintreffen. Und dann geben Sie mir ein Zeichen, sobald es Ihnen möglich ist. Wenn es sich um regierungstreue Truppen handelt, dann feuern Sie damit eine weiße Leuchtkugel ab.«

Er reichte mir eine Leuchtpistole und ein paar Patronen.

»Wenn es sich um Aufständische handelt, schießen Sie eine rote ab. Aber sehen Sie zu, daß Sie sie unter keinen Umständen provozieren.«

Sadiq hätte sich natürlich ohne weiteres im Busch davonmachen und uns einfach zurücklassen können, aber ich war fest davon überzeugt, daß er es nicht tun würde. Deshalb sagte ich: »Vielen Dank, Hauptmann. Und viel Glück.«

Er salutierte, sprang in seinen Wagen und war wenige Augenblicke später im Dunkel der Nacht verschwunden.

»Wirklich beachtlich«, hörte ich nun hinter mir eine Stimme. Wingstead hatte unsere Unterhaltung mitangehört. Ich nickte kurz und rief dann nach Bing. »Laufen Sie zum Tieflader, Sandy, und sagen Sie unseren Leuten, sie sollen sich möglichst ruhig versammeln und auf uns warten. Ziehen Sie die Wachen von den Fahrzeugen ab. Sagen Sie Mister Hammond, ich hätte das angeordnet.« Ich zog auch in Erwägung, unsere Fahrzeuge fahruntauglich zu machen, aber letzten Endes hätte sich diese Maßnahme für uns selbst nicht weniger nachteilig erweisen können als für den anrückenden Feind.

Nachdem Bing davongestürzt war, wandte ich mich Zimmerman zu, der neben mir stand. »Holen Sie bitte Mister Kemp hierher. Sie finden ihn in der Nähe des Tiefladers. Und schaffen Sie mir auch Doktor Kat her. Sagen Sie ihm, es ist absolut dringend.«

»Aber es ist doch noch gar nicht sicher, ob nun die Guten oder die Bösen anrücken?« warf Wingstead ein.

»Ganz richtig. Deshalb sollten wir auch möglichst Ruhe bewahren und erst mal abwarten, wie sich die Dinge weiter entwickeln. Was ist eigentlich mit Otterman?«

»Er hatte schreckliche Krämpfe, und die Ärzte haben keine Beruhigungsmittel mehr. Ich fühle mich zwar für ihn verantwortlich, aber ich weiß wirklich nicht, was ich für ihn tun könnte. Das ist das erste Mal, daß ein Mann, der etwas für mich getan hat, unter meinen Augen stirbt.«

»Vorerst ist Max ja noch nicht tot«, versuchte ich, ihn zu trösten. »Wenn es irgendwie geht, werden wir ihn schon durchbringen.« Ich wollte, ich hätte meinen Worten auch selbst mehr Glauben schenken können. Als wir dann auf den Tieflader zueilten, stellte ich fest, daß die Flüchtlinge verschwunden waren. Wie die Soldaten schienen sie mit einem Mal von dem uns umgebenden Busch verschluckt. Sie hatten das Geschützfeuer gehört und die richtigen Schlüsse daraus gezogen.

Inzwischen hatte Hammond bereits den Rest unserer Leute am Tieflader versammelt. »Die Soldaten hauen ab«, hörte ich jemand sagen.

»Wer hat da geschossen?«

»Alle mal Ruhe!« rief ich in die Runde. »Hört erst mal zu, was ich euch zu sagen habe, Leute. Wenn Sie bitte für unsere russischen Freunde dolmetschen könnten, Harry. Im Augenblick sieht es folgendermaßen aus, soweit wir die Lage beurteilen können. Aus Kodowa rückt ein größeres Truppenkontingent an. Sie sind auf eine von Sadiqs Patrouillen gestoßen und haben sie vermutlich aufgerieben. Demnach dürfte es sich um Aufständische handeln. Mit Gewißheit läßt sich das bisher jedoch noch nicht sagen. In der Dunkelheit unterläuft einem schnell ein Fehler.«

Manchmal sogar am hellichten Tag; ich dachte an den Luftangriff auf Kodowa.

»Falls es sich jedoch um Aufständische handeln sollte, wären sie eindeutig in der Übermacht, weshalb sich Sadiq mit seinen

Leuten vorläufig aus dem Staub gemacht hat. Wir werden ihm jedoch signalisieren, ob es sich bei unseren Besuchern um regierungstreue Truppen oder Aufständische handelt, sobald wir darüber Klarheit haben. Falls sie wissen wollen, wo Sadiq ist, dann sagen wir einfach, daß er mit seinen Leuten abgezogen ist. Es ist von größter Wichtigkeit, daß wir uns in unseren Aussagen nicht widersprechen. Sadiq hat uns also hier zurückgelassen, sobald wir hier eingetroffen sind. Ist das klar?«

»Wozu dieses Theater?« wollte Kemp wissen. »Er hat doch den Auftrag, beim Transport zu bleiben.«

Das war nicht das erste Mal, daß mich Kemps Begriffsstutzigkeit hart an den Rand des Wahnsinns trieb. Ich wimmelte ihn nur mit den Worten ab: »Das erkläre ich Ihnen später«, und wandte mich dann wieder den anderen zu.

»Wenn die Soldaten hier eintreffen, soll das Lager ganz normal wirken. Vergeßt nicht, wir wissen nichts über die Hintergründe dieses Bürgerkriegs. Wir werden dafür bezahlt, diesen Transport durchzuführen, und alles andere interessiert uns nicht. Wir sind ein Haufen Fremde, die mitten in einen Bürgerkrieg hineingeraten sind, aus dem wir nur mit heiler Haut wieder herauskommen wollen. Und entsprechend haben wir auch alle die Hosen ganz schön voll.«

»Um diese Rolle überzeugend zu spielen, muß man ja nun wirklich nicht gerade Laurence Olivier sein«, rief jemand dazwischen.

»Wenn die Soldaten irgendwelche Fragen beantwortet haben wollen, dann überlassen Sie das Mister Wingstead und mir. Und keinerlei Widerstand, keinerlei Feindseligkeiten, was auch immer geschehen mag.« Das würde bestimmt nicht einfach werden. Männer wie diese ließen sich nun einmal nicht gern herumkommandieren. Dennoch war gerade dies wichtig. Jeglicher Widerstand von unserer Seite konnte nur verheerende Folgen nach sich ziehen.

»Warum bleiben wir eigentlich hier?« wollte einer der Männer wissen. »Wieso verdrücken wir uns nicht auch wie die Soldaten in den Busch und warten, bis die Truppen wieder abgezogen sind?«

»Ich lasse meine Patienten nicht im Stich«, fuhr Dr. Kat scharf dazwischen.

»Ich glaube nicht, daß das viel nützen würde«, warf Wingstead ein. »Sonst wäre ich der erste, der sich aus dem Staub gemacht hätte. Wenn das Lager völlig verlassen ist, werden sie nur argwöhnisch und fangen an, nach uns zu suchen.«

Seine ruhige Entschlossenheit war genau das, was wir jetzt brauchten. Es gab niemanden unter den Umstehenden, der ihm in diesem Augenblick nicht im stillen seine Hochachtung gezollt hätte.

»Also gut«, schaltete ich mich wieder ein. »Sehen wir zu, daß das Lager möglichst friedlich aussieht.«

Während Wingstead alles Nötige in die Wege leitete, ging ich zum Landrover und brachte die Flinte mit der Munition in die Lagerhalle, wo ich sie unter einem Baumwollballen verbarg. Währenddessen achtete ich selbstverständlich sorgsam darauf, daß niemand mich dabei beobachtete. Dann gesellte ich mich wieder zu Wingstead am Tieflader.

Er hatte inzwischen die beiden Ärzte und Schwester Ursula von der Notwendigkeit unseres Täuschungsmanövers überzeugen können; sie erteilten dem Pflegepersonal die entsprechenden Anweisungen. Ich sah mir kurz Max Otterman an. Sein Zustand war besorgniserregend.

Dann machten Geoff und ich einen kurzen Rundgang durchs Lager, um uns zu vergewissern, daß alles einigermaßen normal aussah. Von den nyalanischen Flüchtlingen war nichts mehr zu sehen, und auch Sadiqs Trupp hatte keinerlei Spuren hinterlassen. Sämtliche Lagerfeuer waren gelöscht, und nichts deutete auf einen überstürzten Aufbruch hin.

Angespannt und nervös ließen wir uns dann im Umkreis des Tiefladers nieder, um auf unsere Besucher zu warten. Es dauerte etwa eine Stunde, bis sie schließlich eintrafen, und diese Stunde wurde eine der längsten in unserem Leben.

19

Wir hörten sie, bevor wir sie sahen.

Bert Proctor neigte seinen Kopf leicht zur Seite und lauschte dem fernen Rumpeln, um sich dann wieder seinen Karten zuzuwenden. »Spielen wir einfach weiter«, erklärte er ruhig.

Doch Ron Jones sprang nervös auf. »Ich steige aus, Bert. Ich bin einfach zu nervös, um mich noch auf das Spiel konzentrieren zu können.«

Ich nahm seinen Platz ein. »Kann ich ein paar Karten haben? Regen Sie sich nicht auf, Ron. Immer schön mit der Ruhe.«

Während Proctor neue Karten verteilte, stellte ich fest, daß auch Russ Burns unter den Mitspielern war. Zu meiner Verwunderung wandte er sich direkt an mich.

»Sie haben wirklich verdammt rauhe Manieren, Mannix«, begann er ohne Umschweife. Das »Mister« hatte er inzwischen wieder beiseite gelassen. »Woher haben Sie eigentlich diesen Gorilla, den Sie auf mich angesetzt haben?«

»Ich habe ihn sozusagen übernommen. Er ist einer von Wyverns besten Leuten«, erwiderte ich. Obwohl ich nicht erwarten konnte, daß Burns mir sonderlich freundlich gesinnt war nach all dem, was vorgefallen war, schien er doch recht zugänglich.

»Ich habe wirklich gedacht, er würde mir die Kehle durchschneiden. Der Mann ist gefährlich.«

»Ich gebe mir Mühe, ihn an der Leine zu halten«, entgegnete ich beiläufig. »Übrigens, hat eigentlich in letzter Zeit jemand Mick irgendwo gesehen?«

Meine Frage wurde nur mit Kopfschütteln beantwortet.

Nach einem mißmutigen Blick auf seine Karten fuhr Burns fort: »Wir beide, Sie und ich, haben da noch ein paar Dinge zu klären, wenn das hier alles vorbei ist. Aber falls wir in der Zwischenzeit Schwierigkeiten bekommen sollten, können Sie voll auf mich rechnen. Einverstanden?«

»Nichts dagegen einzuwenden.«

Wir spielten noch mit zunehmend nachlassender Konzentration ein paar Runden, während die Geräusche der näherkommenden Kolonne lauter und lauter wurden. Gleichzeitig wurden auch schon die ersten Stimmen hörbar. Und schließlich legten wir alle unsere Karten nieder, um die Ankunft der Soldaten zu beobachten.

Die Vorhut bildeten ein paar Kradmelder. Sie blieben mit knatternden Motoren auf dem Kamm des Hügels stehen, von dem die Straße sich nach Makara und zu unserem Lager herabsenkte. Hinter ihnen hatte sich von den zahlreichen Scheinwerfern ein schwacher Lichtschein über den Nachthimmel gebreitet. Während sie näher kamen, krochen mehrere Soldaten unter den Büschen zu beiden Seiten der Straße hervor. Ich hoffte nur, daß sie nicht so weit ausgeschwärmt waren, daß sie auf Sadiqs Abteilung stießen.

Die Minuten verstrichen mit quälender Langsamkeit, während immer wieder ein Rascheln oder Knacken aus dem Unterholz ertönte. Sie gingen mit äußerster Vorsicht vor, da sie nicht wußten, was sie erwartete. Und ein nervöser Soldat mit einer Waffe in der Hand konnte zu allerlei Dummheiten in der Lage sein. Daß wir nicht erkennen konnten, was um uns herum vorging, weckte in uns allen ein Gefühl der Wehrlosigkeit.

Schließlich verkündete Wingstead etwas unnatürlich laut: »Ich gehe jetzt schlafen. Wir haben einen anstrengenden Tag vor uns. Gute Nacht allerseits.«

Ich folgte seinem Beispiel. »Ich lege mich auch flach. Für heute haben wir wirklich genug gepokert.«

Einer plötzlichen Eingebung folgend, fragte Hammond laut: »Was ist da draußen eigentlich los, Mister Wingstead? Denken Sie, das könnte irgendwas von Bedeutung sein?«

»Das glaube ich nicht«, antwortete sein Chef. »Vermutlich hält die Armee wieder irgendwelche Manöver ab. Die werden uns schon in Ruhe lassen.«

Ein Lastwagen nach dem anderen kam nun über den Hügel auf uns zu. Panzer konnte ich bisher nicht erkennen, aber die Scheinwerfer der Lastwagen tauchten unser Lager inzwischen in grelles Licht. Außerdem war es von bewaffneten Soldaten umstellt. Wir saßen in der Falle.

Ich versuchte, das Dröhnen der Motoren zu übertönen. »Wir bekommen Besuch. Mal sehen, vielleicht kriegen wir auf diese Weise etwas Lebensmittel und Medikamente.«

Nun löste sich ein Stabswagen aus der Kolonne. Auf seinem Rücksitz saß ein Hauptmann, der die gleiche Uniform wie Sadiq trug, nur daß seinen rechten Arm zusätzlich noch eine rote Binde zierte. Vom Aussehen war dieser Hauptmann Sadiq jedoch sehr unähnlich; während Sadiq eine relativ helle Haut und leicht arabisch anmutende Gesichtszüge hatte, war die Haut des Neuankömmlings tief schwarz. Er war sehr groß und kräftig gebaut und trug zu allem Überfluß auch noch eine dunkle Sonnenbrille, was im Dunkel der Nacht in Verbindung mit seiner extrem schwarzen Haut höchst eigenartig aussah.

Er erhob sich von seinem Sitz im Fond des Wagens und sah von uns zum Tieflader hinüber und dann wieder zu uns zurück. »Wer sind Sie?« fragte er uns dann auf Englisch.

Ich antwortete: »Wir sind die Tiefladercrew von Wyvern Transport. Und wer sind Sie?« Mein Gegenangriff prallte wirkungslos an ihm ab.

»Sind Sie verantwortlich für – für das da?« Er deutete auf den Tieflader.

»Nein«, erwiderte ich. »Das ist Mister Wingstead. Ich bin sein Partner. Wir schaffen diesen Transformator zu den Ölfeldern rauf.« Ich hoffte, daß er nicht merken würde, daß wir dafür eigentlich in der falschen Richtung unterwegs waren.

»Wo ist Hauptmann Sadiq?« fragte er abrupt.

Mit dieser Frage hatte ich bereits gerechnet.

»Unterwegs nach Fort Pirie. Er ist schon bei Morgengrauen losgefahren.«

»Sie lügen. Wo ist er?«

Einer seiner Männer hob sein Gewehr. Wir befanden uns in den Händen einer Militärmacht, die uns keineswegs freundlich gesinnt war. Ich war es schon seit langem nicht mehr gewohnt, mir durch irgend jemand anderen den Mund verbieten zu lassen, und ich muß sagen, daß ich dies nun als eine ziemlich unangenehme Erfahrung empfand. Ich verlieh meiner Stimme einen etwas schärferen Unterton. »Jetzt hören Sie bitte zu, Hauptmann. Sie haben es hier nicht mit Soldaten zu tun. Ziehen Sie lieber erst mal Ihren Vorgesetzten zu Rate, bevor Sie uns Zivilisten herumkommandieren. Ich habe Ihnen klar und deutlich gesagt, daß Hauptmann Sadiq uns heute früh verlassen hat und nach Fort Pirie aufgebrochen ist. Er hatte einen entsprechenden Befehl erhalten. Ich weiß also nicht, wo er sich im Augenblick befindet, und abgesehen davon ist es mir auch völlig egal. Er hat uns ohne jede Erklärung sitzen lassen.«

Der Hauptmann zeigte sich jedoch von meinen Worten in keiner Weise beeindruckt. »Ich glaube Ihnen nicht. Irgend etwas stimmt hier nicht. Woher kommen all diese Leute, die wir auf dem Weg hierher an der Straße gesehen haben?«

»Sie meinen die Frauen und Kinder? Das sind Einheimische, die sich uns angeschlossen haben, weil sie von uns Hilfe in ihrer Notlage erwarten. Aber jetzt können Sie ja etwas für diese armen Menschen tun.«

Er sah erneut zum Tieflader hinüber. »Was soll das Zeug da oben?« Ihm war also keineswegs entgangen, daß die Palmdächer auf dem Transformator nichts zu suchen hatten.

»Das ist eine komplizierte Geschichte«, erklärte ich. »Waren Sie in letzter Zeit mal in Kodowa? Dann dürften Sie ja wissen, wie es dort aussieht. Da das dortige Krankenhaus nicht mehr zu gebrauchen war, haben wir den Tieflader zu einem Krankenhaus auf Rädern umfunktioniert. Wir wollen die Patienten nach Fort Pirie schaffen. Vielleicht können Sie uns dabei behilflich sein, Hauptmann?«

Er starrte mich ungläubig an. »Warum bringen Sie sie nicht nach Kanja? Dort gibt es doch auch ein Krankenhaus; und es liegt wesentlich näher.«

»Das hatten wir ursprünglich vor. Aber leider gab es auf dem Weg dorthin eine Brücke, die es jetzt nicht mehr gibt.«

Offensichtlich hatte er das nicht gewußt; er stellte eine Reihe von Fragen, die diese Brücke betrafen, und gab seinen Kradmeldern ein paar knappe Befehle. Als er damit fertig war, wandte er sich wieder mir zu und sagte schroff: »Ich lasse meine Soldaten zu Ihrer Bewachung hier. Warten Sie, bis ich zurückkomme oder der Oberst eintrifft.«

»Wir wollten sowieso hier bleiben«, entgegnete ich. »Wir fahren erst morgen früh weiter. Und dann können Sie uns vielleicht behilflich sein, den Tieflader über die Brücke zu schaffen.«

Er erteilte einen weiteren Befehl, worauf sein Wagen wendete und in der Nacht verschwand. Wir waren von Soldaten, die Waffen im Anschlag, umringt. Sie waren alle mit Kalaschnikows bewaffnet.

Mit einem Seufzen setzte ich mich wieder.

»Das haben Sie gut gemacht«, erklärte Wingstead anerkennend. »Sie gäben wirklich einen hervorragenden Schauspieler ab.«

»Nicht so laut, Geoff. Wer weiß, wie viele von denen Englisch verstehen.«

Erst jetzt stellten wir jedoch fest, daß die Soldaten keineswegs nur den Befehl hatten, uns zu bewachen. Sie schwärmten über unser Lager aus, und binnen kurzem hörte ich das Splittern von Glas.

»Halt!« brüllte Kemp in das Dunkel hinaus. »Was machen Sie da?«

»Wir führen nur unsere Befehle aus«, antwortete eine teilnahmslose Stimme. »Bleiben Sie, wo Sie sind.«

Ich wandte mich an einen Unteroffizier. »Wie heißt Ihr Oberst?«

Er dachte kurz nach, entschloß sich dann aber doch, meine Frage zu beantworten. »Oberst Maksa. Er muß jeden Augenblick hier eintreffen. Und jetzt treten Sie zurück.«

Widerstrebend zogen wir uns von den Fahrzeugen zurück. Ich hoffte nur, daß die Soldaten sich nicht auch am Tieflader zu schaffen machen würden und daß sie vor allem die Ärzte und die Krankenschwestern in Ruhe ließen.

Uns blieb nichts anderes übrig, als hilflos herumzustehen.

»Was wollen die eigentlich?« fragte Kemp aufgebracht.

»Das können Sie ja Oberst Maksa fragen, wenn er hier eintrifft, obwohl ich es Ihnen nicht empfehlen würde. Ich möchte wetten, daß auch er ein Mann ist, der Fragen stellt und nicht beantwortet. Ich bin ziemlich sicher, daß es sich bei diesen Leuten um Aufständische handelt. Regierungstreue Truppen würden sich Fremden gegenüber, die für Ihre Regierung arbeiten, wesentlich respektvoller verhalten.«

»Wollen Sie Sadiq eigentlich ein Signal geben?«

»Noch nicht. Sparen wir uns diesen Trumpf lieber für später auf, wenn wir ihn wirklich dringend nötig haben.«

»Verdammte Terroristenbande«, schimpfte Kemp drauflos. »Eigentlich müßte ihnen doch klar sein, daß sie keine Chance haben, diesen Krieg zu gewinnen.«

»Dessen wäre ich mir mal lieber nicht so sicher«, warf Wingstead ein. »Außerdem würde ich mit dem Gebrauch dieses Wortes etwas vorsichtiger umgehen. Des einen Terrorist ist des anderen Freiheitskämpfer. Zweifellos sehen diese Leute sich als die glorreichen Befreier des Landes.«

Die Tore der Lagerhalle gingen auf, und das Licht aus ihrem Innern drang nach draußen. Mehrere Soldaten schleppten zwei Männer ins Freie. Es handelte sich um Antoine Dufour und Dan Atheridge, die sich bereits auf den Baumwollballen schlafen gelegt hatten. Atheridge wand sich vor Schmerzen, als ihm einer der Soldaten den gebrochenen Arm aus der Schlinge riß.

»Gütiger Gott, wie gehen die denn mit den beiden um?« entfuhr es Kemp entsetzt.

»Das würde ich auch gern wissen«, brummte ich grimmig. »Diese beiden dürften so ziemlich die friedfertigsten Menschen sein, die ich kenne.« Insgeheim stellte sich mir jedoch die bange Frage, ob diese ruppige Behandlung möglicherweise etwas mit der Flinte zu tun hatte, die ich unter den Ballen versteckt hatte.

In diesem Augenblick fuhren zwei Stabswagen vor; in dem einen saß unser dunkel bebrillter Hauptmann, in dem anderen thronte ein großer, imposanter Mann, bei dem es sich um Oberst Maksa handeln mußte. Er hatte die leicht arabisch angehauchten Gesichtszüge, wie sie für viele seiner Landsleute typisch waren; sie waren jedoch durch eine Narbe entstellt, die quer über sein Gesicht verlief. Seine Uniform sah aus, als wäre sie gerade vom Schneider gekommen. Nachdem sein Wagen angehalten hatte, stand der Oberst auf und sah uns eisig an.

Ich versuchte, die Initiative zu ergreifen.

»Oberst Maksa, ich muß in aller Form protestieren.«

»Tatsächlich?« erwiderte er mit milder Ironie. Der Oberst war offensichtlich ein Mann von anderem Format als sein Hauptmann, und schon diese knappe Antwort ließ mich ahnen, daß mit ihm nicht zu spaßen war.

»Wir sind eine Transportcrew, die sich ausschließlich aus Zivilisten zusammensetzt. Ihre Soldaten sind in unser Lager eingedrungen und belästigen meine Leute. Dagegen möchte ich mit allem Nachdruck protestieren!«

»Tatsächlich?« Meine Vorwürfe schienen ihn nicht im geringsten zu berühren. Er stieg aus seinem Wagen und ging an mir vorbei auf den Tieflader zu, um ihn sich näher anzusehen. Dann trat er auf den Hauptmann zu und besprach sich kurz mit ihm.

Schließlich wandte er sich wieder uns zu.

»Lassen Sie Ihre Männer hier antreten«, befahl er. Wingstead winkte seine Männer zu sich heran, worauf wir uns in einer Reihe aufstellten, deren Exaktheit militärischen Ansprüchen vermutlich nicht ganz genügt hätte. Die Soldaten schleppten Dufour und Atheridge heran und stellten sie zu uns. Beide sahen ziemlich benommen aus. Ich ließ meine Blicke über die Reihe unserer Männer wandern. Die zwei Texaner von Lat-Am waren da; Burns konnte von Zimmerman nur mit Mühe zurückgehalten werden. Auch die beiden Russen wirkten eher streitlustig, so daß ich nur hoffte, daß Zimmerman sich mit dem Dolmetschen beeilte. Sie hätten nämlich in ernste Schwierigkeiten geraten können, wenn sie einen Befehl nicht rasch genug verstanden hätten. Und welch eine Ironie des Schicksals, wenn sie ausgerechnet durch in Rußland hergestellte Waffen den Tod gefunden hätten!

Alle unsere Männer waren anwesend – bis auf Mick McGrath, auf den ich die ersten absurden Hoffnungen zu setzen begann. Von den Ärzten und Krankenschwestern war niemand zugegen. Der Umstand, daß sich vor und hinter uns Soldaten aufgestellt hatten, erleichterte mich paradoxerweise etwas, da die Szenerie auf diese Weise nicht ganz so stark an eine Exekution erinnerte.

Maksa redete kurz auf den Hauptmann ein, worauf dieser einen Befehl hinausbellte.

»Gehen Sie in die Lagerhalle.«

»Jetzt warten Sie aber erst mal ...« setzte Wingstead an.

Der Hauptmann schoß mit seinem dank der Brille undurchschaubaren Gesicht alarmierend nahe auf ihn zu. »Ich würde Ihnen nicht raten, sich den Anordnungen des Herrn Obersten zu widersetzen«, fuhr er ihn an. »Widersetzlichkeit ist etwas, das er absolut nicht vertragen kann.«

Mir war nicht recht klar, ob dies eine Warnung oder eine Drohung sein sollte. Jedenfalls schritten wir nun zwischen zwei Reihen von Soldaten auf die Lagerhalle zu und traten ein.

Wir versammelten uns im hinteren Teil, wo die Baumwollballen gelagert waren. Atheridge sank plötzlich völlig entkräftet zu Boden. Auch Dufour machte einen recht benommenen Eindruck, konnte sich aber noch auf den Beinen halten. Die Tore wurden wieder geschlossen, und dann postierte sich eine Reihe von Soldaten mit Maschinenpistolen davor.

Ich mußte unbedingt in Erfahrung bringen, was aus meiner Flinte geworden war. Deshalb flüsterte ich Hammond leise zu: »Gehen Sie möglichst unauffällig in die Ecke links hinter Ihnen rüber. Und sehen Sie zu, daß ein paar von den anderen Ihnen nachkommen. Wir müssen sie kurz ablenken, damit sie diese Ecke hier für ein paar Sekunden außer acht lassen.«

»Lassen Sie mich das mal machen«, erklärte sich Russ Burns mit gedämpfter Stimme bereit.

»Gut. Sehen Sie zu, daß sie ein paar Augenblicke vollauf mit Ihnen beschäftigt sind.«

Er nickte kurz und entfernte sich. Unterwegs in besagte Ecke, kam ich an Bishop vorbei. »Brad, sehen Sie zu, daß Sandy auf keinen Fall in die Sache mit hineingezogen wird.«

Er packte Bing am Arm und entfernte sich mit ihm in die andere Richtung. Zusammen mit den beiden Russen ging Zimmerman hinter Burns her. Auf diese Weise waren wir über die ganze Halle verteilt, so daß uns die fünf Soldaten nicht alle gleichzeitig im Auge behalten konnten.

Burns trat auf die Soldaten zu und verwickelte sie in ein Gespräch. Sie stellten sich ihm drohend entgegen und redeten aufgebracht auf ihn ein. Während nun aller Augen auf sie gerichtet waren, schlich ich in die Ecke davon, wo ich durch die Gruppe von Männern, die Hammond um sich geschart hatte, notdürftig vor neugierigen Blicken verborgen war.

Ich tastete die Baumwolle nach dem Versteck der Flinte ab, ohne daß meine Finger die Waffe aufgespürt hätten. Über meine Stirn legte sich ein Film aus eiskaltem Schweiß. Die Flinte war weg. Ich stellte mich wieder zu den anderen, als das Tor erneut aufging.

Diesmal wurden die Ärzte und Schwestern hereingeführt. Schwester Ursula und Dr. Kat kochten vor Wut.

»Was ist da draußen los?« wandte sich Wingstead an die beiden.

»Sie haben uns gezwungen, unsere Patienten zurückzulassen«, stieß Dr. Kat heiser hervor. »Sie haben ihre Gewehre auf uns gerichtet. Ihre *Gewehre!* Wir sind Ärzte, keine Soldaten! Wir müssen zu unseren Patienten zurück.«

Schwester Ursulas Augen blitzten unter ihren dunklen Augenbrauen bedrohlicher denn je hervor. »Diese Barbaren! Sie müssen uns wieder zu den Patienten zurück lassen, Mister Mannix. Eines der Neugeborenen ist schwer krank, und auch Mister Ottermans Zustand ist höchst bedenklich.«

»Wo ist Schwester Mary?« erkundigte sich jemand, worauf sich Schwester Ursulas Miene noch mehr verdüsterte. »Sie ist selbst krank geworden. Der Anführer dieser Soldaten muß einfach Vernunft annehmen!«

Doch solange der Oberst nicht da war, blieb uns nichts anderes übrig, als zu warten. Ich zog die zwei fehlenden Faktoren in Erwägung – McGrath und die Flinte. Hier mußte ein Zusammenhang bestehen. Zwar hatte ich sorgfältig darauf geachtet, daß mich beim Verstecken der Flinte niemand beobachtete, aber man konnte nie wissen, wie viel McGrath nun wirklich wußte. Er war es gewohnt, auf eigene Faust zu handeln, und mir war klar, daß einem Mann wie ihm alles zuzutrauen war. Ich hoffte nur, daß er keine Dummheiten machte. Eine falsche Bewegung, und wir waren alle tot.

Während ich noch in derlei düstere Gedanken versunken war, ging das Tor der Halle erneut auf, und Maksa trat ein. Als ich die Flinte in seiner Hand sah, war mir zumute, als hätte mir jemand mit voller Wucht gegen die Stirn geschlagen.

Er starrte uns alle eindringlich an und sagte: »Ich möchte mit Ihnen sprechen. Treten Sie in Reih und Glied an.« Diese Aufforderung wurde durch eine kurze, ruckartige Bewegung der Flinte in seinen Händen unterstrichen. Er stieß einen knappen Befehl aus, worauf bis auf einen Unteroffizier sämtliche Soldaten die Halle verließen und das Tor hinter sich schlossen. Wir stellten uns in einer Reihe vor dem Obersten auf.

»Ich bin Oberst Maksa, Kommandeur des Fünfzehnten

Infanteriebataillons der nyalanischen Volksbefreiungsarmee«, begann er seine Ansprache. »Ich befinde mich hier auf der Verfolgung eines feindlichen Trupps unter Führung von Hauptmann Sadiq. Nun deutet einiges darauf hin, daß Sie in einem Akt der Aggression gegen die Volksrepublik Nyala diese militärische Einheit zu decken versuchen. Ich bin fest entschlossen, von Ihnen die gewünschten Informationen zu bekommen.«

»Herr Oberst, wir wissen wirklich nicht...« setzte Wingstead an.

»Schweigen Sie!« fuhr ihm der Oberst über den Mund. »Sie haben nur zu reden, wenn Sie gefragt werden. Ich werde damit beginnen, Sie nach Ihren Namen und Aufgabenbereichen zu fragen. Fangen wir gleich mal mit Ihnen an.« Er deutete mit dem Lauf der Flinte auf Ritchie Thorpe, der den Abschluß der Reihe bildete.

»Äh... Mister Wingstead?«

Wingstead nickte ihm aufmunternd zu. »Tun Sie nur, was der Oberst sagt, Ritch. Nennen Sie ihm Ihren Namen.«

»Ich bin Richard Thorpe und arbeite für Mister Wingstead hier. Für Wyvern Transport.«

Der Lauf der Flinte wanderte zum nächsten weiter. »Und Sie?«

»Mein Name ist Bert Proctor. Ich fahre für Wyvern den Tieflader. Ich bin Engländer.«

»Ich ebenfalls. Derek Grafton, Wyvern Transport.«

»Sam Wilson, Fahrer...«

So ging dieser Appell dann weiter. Ein paar reagierten gleichgültig, einige wirkten sichtlich verängstigt, und ein paar bewiesen durchaus Courage, wenn sich auch niemand zu antworten weigerte. Die Krankenschwestern, die sich eng aneinandergedrängt hatten, antworteten in Nyalanisch, während Dr. Kat nur Englisch sprach und die Gelegenheit auch gleich zu nutzen versuchte, für seine Patienten ein gutes Wort einzulegen. Maksa gebot ihm jedoch nur mit einer kurzen, wegwerfenden Handbewegung Schweigen und schritt zum nächsten in der Reihe weiter. Als plötzlich der Fluß der Stimmen ins Stocken geriet, zischte Maksa eisig: »Was ist mit Ihnen? Weigern Sie sich etwa, mir Ihre Namen zu nennen?«

Nun meldete sich Zimmerman zu Wort.

»Herr Oberst, diese Männer können Sie nicht verstehen. Sie sprechen kein Englisch.«

»Wer sind die beiden?«

»Sie sind Russen – Fernfahrer. Sie heißen...« Zimmerman nannte die beiden Namen, die sonst keiner von uns behalten konnte. Maksas Stirn legte sich in Falten, und er fragte: »Russen? Das ist ja höchst interessant. Sie sprechen demnach also Russisch?«

»Ja, ein bißchen.«

»Wer sind Sie?«

»Harry Zimmerman. Ich arbeite für Lat-Am Oil als Sprengmeister. Ich bin Amerikaner und habe mit diesem Krieg und dem Hauptmann, hinter dem Sie her sind, nicht das geringste zu tun.«

Maksa bedachte ihn mit einem kalten Blick. »Das genügt! Der nächste?«

Während der Oberst sich von Zimmerman abwandte, flüsterte ihm der Unteroffizier etwas ins Ohr. Der nächste in der Reihe war Burns.

»Russell Burns, Lat-Am Oil, ein gestandener Texaner, der sich vor allem nicht gern herumkommandieren läßt. Wie stellen Sie sich dazu?«

Burns konnte es also wieder einmal nicht lassen.

»Der Unteroffizier hat mir eben gesagt, daß er bereits Scherereien mit Ihnen hatte. Sie haben meine Soldaten beleidigt. Stimmt das?«

»Und ob das stimmt! Ich mag es nun mal nicht, wenn so eine Bande von Saftsäcken Ihres Schlages denkt, Sie könnten alles mit mir machen.«

Er trat nun auch noch einen Schritt vor.

»Burns, lassen Sie den Blödsinn!« warnte ich ihn.

»Um Himmels willen, Russ, mit den Kerlen ist doch nicht zu spaßen«, fiel Zimmerman ein.

Die Flinte in den Händen des Obersten hob sich, bis ihr Lauf direkt auf den Texaner gerichtet war. Burns wich zwar zurück, aber es war bereits zu spät. Der Oberst trat nun auf ihn zu, drückte den Lauf der Flinte gegen die Stelle unter Burns' Kinn und preßte seinen Kopf leicht nach hinten.

»Es mangelt Ihnen eindeutig am nötigen Respekt«, sagte Maksa. »Was haben Sie denn da? Hat schon jemand versucht, Sie umzubringen?«

Der Lauf der Flinte rieb gegen den Verband an Burns' Hals, worauf dieser krampfhaft zu schlucken begann. Und aus irgendeinem verrückten Eigensinn heraus sagte er dann: »Das geht Sie einen feuchten Dreck an. Ich habe mich beim Rasieren geschnitten.«

Maksa lächelte gewinnend. »Sieh mal an, ein Mann mit Humor.« Und dabei drückte er den Abzug.

Burns' Schädeldecke spritzte davon, und sein Körper klatschte zu Boden. Entsetzt stob die Reihe der umstehenden Männer auseinander. Maksa zog sich in Richtung Tor zurück, wo er neben dem Unteroffizier, der ebenfalls sein Gewehr im Anschlag hielt, stehenblieb. Irgend jemand kotzte sich sämtliche Innereien leer, und eine der Krankenschwestern sank ohnmächtig zu Boden. Der blutige Ernst des Krieges hatte uns nun vollends eingeholt.

20

Unser Entsetzen wich langsam wilder Wut. Die Männer begannen lautstark ihren Ärger zu äußern. Ich sah auf Burns' Leiche hinab. Die neun Bleikugeln mit ihren acht Millimetern Durchmesser, die zusammen etwa dreißig Gramm wogen und aus unmittelbarer Nähe auf ihn abgefeuert worden waren, hatten ihn auf der Stelle erledigt. Es war sicher ein ebenso schneller wie schmerzloser Tod für ihn gewesen; aber um so mehr überfiel uns nun eine allumfassende Todesangst.

Ungerührt überschrie Maksa das allgemeine Stimmengewirr.

»Ruhe!« Er wog die Flinte in seiner Hand. »Wem gehört diese Waffe hier?« Seine Blicke wanderten langsam von Mann zu Mann.

Niemand sprach ein Wort.

»Wem gehört diese Flinte?« wiederholte er.

Ich überlegte fieberhaft, was ich tun sollte. In diesem Augenblick trat Maksa vor und deutete auf Helen Chula. »Sie – treten Sie vor.« Nach kurzem Zögern trat die junge Krankenschwester langsam auf ihn zu, worauf er sie am Arm packte und herumriß, so daß sie uns zugewandt war. Dann stieß er ihr den Lauf der Flinte unsanft in den Rücken. »Ich frage Sie zum letzten Mal. Wem gehört diese Flinte?«

Ich hatte Gewalt noch nie für ein probates Mittel gehalten, wenn es um die Lösung von Problemen ging. Aber im Falle Maksas schien das anders zu sein. In Sachen Terrorismus hätte selbst McGrath noch etwas von ihm lernen können. »Sie gehört mir«, erklärte ich und trat vor.

Maksa stieß Helen von sich. Ich hörte zwar ihr Schluchzen, sah aber nichts als die Mündung des Flintenlaufs, der, in meinen Augen so groß wie ein Fünfzig-Zentimeter-Geschütz, auf meinen Bauch gerichtet war.

»So«, knurrte Maksa. »Da hätten wir also einen amerikanischen Staatsbürger, der während eines bewaffneten Konflikts mit einer Schußwaffe unterwegs ist. Keineswegs ungefährlich, so etwas – finden Sie nicht auch?«

»Das ist doch ein Jagdgewehr«, führte ich mit trockenem Mund zu meiner Verteidigung an.

»Haben Sie einen Waffenschein?«

Ich schluckte. »Nein.«

»Und vermutlich werden Sie mir auch erzählen, daß Sie selbstverständlich nicht für den CIA arbeiten.«

»Das tue ich auch nicht. Ich arbeite für eine britische Firma – und sonst niemanden.«

»Und unterstützen dabei die Korruptionspraktiken unserer sogenannten Regierung?«

»Keineswegs.«

»Kein Mensch kann zwei Herren dienen«, fuhr Maksa darauf nachdenklich fort. »Ihr Amerikaner und Briten habt immer schon an einem Strang gezogen. Gute Imperialisten halten eben zusammen, ist es nicht so? Ihr gebt eure Kolonien auf und erklärt den Vereinten Nationen, daß Nyala nun selbständig ist. Aber trotzdem laßt ihr das Land danach nicht in Frieden.«

Ich schwieg.

»Sie erklären uns zwar für unabhängig«, fuhr Maksa fort, »aber finanziell halten Sie uns nach wie vor unter Ihrer Knute. Sie graben uns mit Ihren Krediten das Wasser ab, aber den Profit streichen Sie ein. Sie korrumpieren unsere Politiker. Sie berauben uns unserer Rohstoffe und überschwemmen uns als Gegenleistung mit den sogenannten Wohltaten Ihrer westlichen Zivilisation, um uns das wenige Geld, das Sie uns gelassen haben, auch noch aus der Tasche zu ziehen. Und nun haben sich auch noch die feinen Herren aus Moskau auf Ihre Seite geschlagen. Die alten zaristischen Imperialisten haben sich mit Ihnen verbündet, um sich unser Öl zu sichern und unser Land in den Ruin zu stürzen.«

Er holte tief Atem, um sich wieder in den Griff zu bekommen, und änderte dann seine Taktik.

»Doch nun zu Hauptmann Sadiq. Wo ist er, und was sind seine Pläne?«

»Oberst Maksa, der Hauptmann ist heute früh mit seinen

Leuten hier abgezogen«, gab ich zur Antwort. »Mehr wissen wir nicht.«

»Sie haben schon genug geredet«, fuhr er mich an. »Sie langweilen mich. Sicher läßt sich aus den anderen mehr herausbekommen.«

Ich stand wie erstarrt da. Die Hand des Obersten glitt den Lauf der Flinte entlang, als plötzlich hinter mir vom Dachstuhl herunter eine unerwartete Stimme ertönte. Sie war nicht sonderlich laut, aber sehr bestimmt.

»Falls Sie Ihre Flinte heben sollten, Oberst, können Sie nachher Ihre Gliedmaßen einzeln aufsammeln.«

Maksa starrte über meine Schulter hinweg nach oben. Ich wirbelte herum, um einen großen Mann mit schwarzem Gesicht eine Maschinenpistole auf den Oberst richten zu sehen. Ich drehte mich rasch wieder um und nahm Maksa die Flinte ab.

Darauf schwang der Mann, der ganz oben auf den Baumwollballen stand, den Lauf seiner Maschinenpistole herum und deutete auf den Unteroffizier, worauf dieser wortlos seine Waffe zu Boden legte und zurücktrat. Hammond nahm das Gewehr an sich. Während er und ich nun die beiden Soldaten in Schach hielten, schwang sich der Mann mit dem schwarzen Gesicht und McGrath' Stimme auf den Boden der Halle herab. Trotz der Leiche von Russ Burns, die blutüberströmt zu unseren Füßen lag, hatte die Lage eine dramatische Wendung erfahren.

»Sie haben ja selbst gesehen, Maksa, welche Wirkung diese Flinte hat«, wandte ich mich an den Oberst. »Eine Bewegung, und Sie sehen genauso aus.«

»Wenn Sie mich erschießen, werden meine Soldaten die Halle stürmen – und Sie alle niedermachen.«

»Das werden sie keineswegs«, korrigierte ihn Hammond. »Als Sie eben Russ erschossen, hat kein Mensch die Halle gestürmt.«

McGrath, Arme und Gesicht geschwärzt, schlang sich seine Maschinenpistole über die Schulter. »Hände hoch, und dann umdrehen«, befahl er Maksa barsch. Zitternd vor Wut, kam der Oberst seiner Aufforderung nach. Gleichzeitig holte McGrath seinen Totschläger aus der Hosentasche. Er versetzte dem Oberst damit einen Schlag hinters Ohr, worauf dieser lautlos zu Boden sackte.

Dann wandte sich McGrath dem Unteroffizier zu. »So, und jetzt du, Freundchen. Umdrehen.«

Widerstrebend gehorchte der Mann. Nun erst kam wieder etwas Bewegung in unsere Leute. »Haltet euch doch still, ihr verdammten Idioten«, fuhr sie McGrath jedoch unverzüglich an. »Oder wollt ihr vielleicht, daß die Wachen aufmerksam werden? Von nun an keinen Laut mehr.«

Erleichtert wandte ich mich an McGrath: »Wo haben Sie denn die ganze Zeit gesteckt?«

»Ach, ich war nur etwas unterwegs.« Währenddessen machte er sich bereits daran, dem Oberst seine Uniformjacke mit der roten Armbinde auszuziehen. »Fesseln Sie den Kerl, und dann verstauen Sie ihn irgendwo zwischen den Baumwollballen. Das gleiche gilt für den Unteroffizier.«

»Verdammt noch mal, McGrath, wie stellen Sie sich das eigentlich vor? Vielleicht hätten wir uns noch herausreden können. Aber jetzt ist es dazu eindeutig zu spät.«

»Ich glaube nicht, daß Sie sonderlich viel Zeit gehabt hätten, sich herauszureden, Mister Mannix«, wies er mich nachsichtig zurecht. Obwohl er recht hatte, sträubte sich doch alles in mir, dies zuzugestehen. Dem Tod so nahe zu sein, wollte eben niemand gern wahrhaben.

McGrath fuhr indessen mit seiner Entkleidungsaktion fort und zerrte an der Hose des Obersten herum. »Wissen Sie eigentlich, was die da draußen gerade machen? Sie karren ein paar Treibstoffässer an, mit denen sie die Halle in Brand stecken wollten.«

»Und uns wollten sie mitverbrennen?« fragte Kemp entsetzt.

»Um Himmels willen, dann nichts wie raus hier«, rief jemand.

»Immer mit der Ruhe«, fuhr McGrath dazwischen. »Bevor der Oberst die Halle nicht verlassen hat, droht uns hier drinnen keine Gefahr.« Er schlüpfte in Maksas Uniform. »Irgend jemand, dem die andere Uniform paßt?«

Während wir diesbezüglich zu einer Entscheidung zu gelangen versuchten, fuhr McGrath fort: »Leider habe ich auch noch eine schlechte Nachricht.«

»Und die wäre?«

»Max Otterman ist tot.«

»Ich hätte bei ihm bleiben sollen«, erklärte Dr. Kat.

Doch McGrath fügte hinzu: »Er wurde ermordet.«

Wir erstarrten vor Entsetzen.

»Ich habe gesehen, wie sich die Soldaten auf dem Tieflader zu schaffen gemacht haben, nachdem sie Sie hier reingebracht hatten. Sie gingen ganz schön grob mit den Kranken um – sogar mit ihren eigenen Landsleuten. Und dann bekam Max wieder einen seiner Anfälle. Er hat zu schreien angefangen, wie er das immer tut, worauf sie ... ja, sie haben ihn einfach mit ein paar Tritten vom Tieflader befördert. Ich glaube, dabei hat er sich das Genick gebrochen.«

»Gütiger Gott!« flüsterte Wingstead entsetzt.

»Vermutlich hat ihn schon der Sturz vom Tieflader das Leben gekostet, aber einer der Soldaten hat ihm dann auch noch den Gnadenschuß versetzt. Tut mir leid, daß ich Ihnen das sagen mußte.«

Die Veränderung, die auf diese Nachricht hin in uns vorging, war fast spürbar. Weder der Ausbruch des Krieges, die Bombardierung von Kodowa und unsere Gefangennahme noch der Tod von Russ Burns hatte diese Veränderung bewirken können. Eher schon hatte die Nachricht, daß die Soldaten vorhatten, uns bei lebendigem Leib in unserem Gefängnis verbrennen zu lassen, diesen Mut der Verzweiflung geweckt. Aber der endgültige Auslöser war die brutale Ermordung unseres Piloten gewesen. Plötzlich waren die Männer zu allem bereit.

Wingstead wandte sich an McGrath. »Sie haben doch sicher schon einen Plan, oder nicht?«

»Wir tun einfach so, als wäre der Oberst immer noch hier.« Er legte letzte Hand an seine Uniform, während Sam Wilson in die des Unteroffiziers schlüpfte.

»Russ Burns lassen wir einfach liegen«, ordnete McGrath dann an. »Die Soldaten wissen, daß ein Schuß gefallen ist. Also muß es auch irgendwo eine Leiche geben.« Er griff nach der Uzi des Unteroffiziers. »Kann irgend jemand damit umgehen?«

»Ja, ich«, erklärten Wilson und Zimmerman gleichzeitig. McGrath warf die Waffe Wilson zu. »Wunderbar. Jetzt muß nur noch die Hautfarbe stimmen.« Damit warf er Wilson eine

Dose mit schwarzer Farbe zu. »Das Zeug stinkt zwar fürchterlich, aber es erfüllt seinen Zweck.« Wilson begann, sich die schwarze Schmiere auf Gesicht und Händen zu verteilen.

Ich behielt die Flinte, während Wingstead die Pistole des Obersten an sich nahm. Damit hatten wir vier Schußwaffen, plus McGrath' Totschläger und, weiß Gott, was er noch an Messern und anderen Waffen besaß. Viel war das jedenfalls nicht, um einen Krieg zu beginnen.

»Wie sind Sie eigentlich hier reingekommen, Mick?« erkundigte sich Wingstead.

McGrath deutete nach oben. »Durchs Dach. Das Wellblech ist an manchen Stellen völlig durchgerostet. Aber wir werden uns nicht auf dem Weg aus dem Staub machen. In der Rückwand der Halle ist eine Tür. Ich habe sie zwar von außen nicht aufbekommen, weil sie von innen verriegelt war. Sie ist hinter den Baumwollballen verborgen. Wir müssen sie nur freiräumen, dann kommen wir problemlos raus.«

»Dann gehen wir am besten gleich«, schlug Hammond ungeduldig vor.

»Alles schön der Reihe nach, Ben«, bremste McGrath Hammonds Eifer. »Wir sollten erst noch unsere Chancen etwas erhöhen, daß wir auch wirklich mit heiler Haut hier rauskommen. Aber jetzt hört erst mal zu. Als ich sah, was auf uns zukam, habe ich mich erst einmal in den Busch verzogen. Mir war nicht unbedingt danach zumute, so lange zu warten, bis uns die Soldaten von allen Seiten eingekreist haben würden. Ich habe mich also auf die Suche nach Sadiq gemacht. Bei dieser Gelegenheit wäre ich von seinen Leuten um ein Haar abgeknallt worden. Die Jungs haben ihren Finger verdammt schnell am Abzug.«

»Wie weit ist er denn etwa weg von hier?« wollte Wingstead wissen.

»Gar nicht so weit. Er hat Kundschafter ausgeschickt und ist zu folgenden Schlußfolgerungen gelangt. Das fünfzehnte Bataillon hier war in erbitterte Kämpfe, vermutlich mit der regierungstreuen Siebten Brigade, verwickelt und hat dabei schwere Verluste erlitten. Von dem ganzen Bataillon sind nur noch zweihundert Mann übriggeblieben, also ein Viertel ihrer ursprünglichen Stärke.«

»Das sind trotzdem immer noch wesentlich mehr, als wir verkraften können«, warf Zimmerman ein.

»Jetzt lassen Sie mich doch erst mal in Ruhe ausreden«, zischte McGrath gereizt. »Maksa hat bereits die meisten seiner Leute über die Brücke vorausgeschickt und auf dieser Seite des Flusses nur noch fünfzig Mann und ein paar Fahrzeuge zurückgelassen. Viele von ihnen sind verwundet. Außerdem befinden sich nur zwei Offiziere unter ihnen. Sadiq ist zum Angriff bereit. Sobald wir ihm das entsprechende Zeichen geben, nimmt er Maksas Leute mit seinen Granatwerfern unter Beschuß, als würde es Konfetti regnen.«

»Und was haben Sie mit uns vor?« fragte ich.

»Ganz einfach. Wir schnappen uns als erstes die Offiziere. Wenn niemand mehr Befehle erteilt, werden die Soldaten entweder wie aufgescheuchte Hühner die Flucht ergreifen oder sich uns ergeben.«

»Und wie wollen Sie das machen?« fragte Hammond.

»Na, wie Sie alle sehen, habe ich mir von unserem Herrn Hauptmann etwas Schuhcreme besorgt; und sehe ich etwa nicht verdammt eindrucksvoll aus in der Uniform des Obersten? Wenn ich seine Mütze aufsetze, werden sie auf diese Maskerade schon so lange hereinfallen, bis wir sie, einen nach dem anderen, hier hereinrufen.«

»Wie wollen Sie das machen?« gab Zimmerman zu bedenken. »Sie werden doch an Ihrer Stimme sofort erkennen, daß irgend etwas faul ist.«

»Wozu haben wir Doktor Kat?« schlug Lang vor.

McGrath holte ein Stück Papier aus seiner alten Jacke. »Die meisten Offiziere haben bereits den Fluß überquert. Zurückgeblieben sind Hauptmann Mosira – das ist der Bursche mit der Sonnenbrille – und Leutnant Chawa. Wir locken sie in die Halle, und nachdem wir sie unschädlich gemacht haben, schleichen wir uns hinten raus, bringen die Krankenschwestern zum Tieflader – er wird zwar von ein paar Soldaten bewacht; aber das dürfte weiter kein Problem werden –, und dann signalisieren wir Sadiq, er soll loslegen.«

Wingstead mußte sich erst noch eine Weile an Katabisirua die Zähne ausbeißen, da der Arzt Bedenken hatte, seine Verpflichtung zur Gewaltlosigkeit zu verletzen.

»Meine Güte, Doktor, wir verlangen doch nicht, daß Sie jemanden umbringen. Sie sollen doch nur mit ihnen reden«, redete nun auch noch McGrath auf ihn ein, so daß er sich schließlich doch bereit erklärte zu tun, was wir von ihm verlangten.

Ich wandte mich an McGrath. »Was passiert, wenn wir die Offiziere aus dem Verkehr gezogen haben?«

McGrath zog ein Messer hervor und kauerte zu Boden. »Wenn Sadiq zum Angriff übergeht, möchte er auf keinen Fall von den Truppen auf der anderen Seite des Flusses gestört werden. Unsere Aufgabe ist es also, die Brücke zu halten.« Er kratzte mit der Messerspitze ein paar Striche in den Boden. »Hier ist der Fluß, und hier ist die Brücke. Gleich am Beginn der Brücke auf der anderen Seite haben sie einen Saracen-Panzer aufgestellt. Wir müssen auf jeden Fall verhindern, daß er auf unsere Seite herüberkommt.«

»Womit ist die Kiste denn bestückt?«

»Mit einem schweren MG, das in einem Turm montiert ist, sowie mit zwei leichten MGs auf einem Scarfe-Ring.«

Hammond blies die Luft aus seinen Backen. »Und wie sollen wir das Ding aufhalten? Unsere Kugeln prallen doch an der Panzerung ab. Und sobald Sadiq zum Angriff übergeht, fahren die doch los.«

»Ich werde sie schon zum Stehen bringen«, erklärte McGrath. »Mit Barry Langs Hilfe.«

Lang starrte ihn mißtrauisch an.

»Also hier ist der Tieflader. Bis auf eine sind alle Zugmaschinen vorgespannt, und sie sind bereits so aufgestellt, daß wir unverzüglich auf die Brücke fahren können. Die vierte Zugmaschine steht hier, in unmittelbarer Nähe der Brücke. Wir fahren also einfach auf die Brücke und rammen den verdammten Saracen damit.«

Wingstead fuhr energisch dazwischen. »Wie stellen Sie sich das vor, Mick? Die schweren MGs werden Sie doch in kürzester Zeit völlig durchlöchert haben.«

»Nicht, wenn wir rückwärts fahren«, entgegnete McGrath ruhig.

Langs Miene erhellte sich unverzüglich.

»Hinter dem Führerhaus sind zwanzig Tonnen in Beton

gefaßter Stahlplatten angebracht. An denen sollen sie sich erst mal die Zähne ausbeißen. Wir brauchen nur Feuerschutz. Das Führerhaus hat leider keine Panzerglasscheiben; und außerdem müssen wir uns aus dem Fenster lehnen, um was zu sehen. Die Soldaten auf dieser Seite des Flusses dürften zwar vollauf beschäftigt sein, aber man kann ja nie wissen. Deshalb besteht Ihre Aufgabe darin, uns Feuerschutz zu geben.«

»Und womit?« fragte Kemp.

»Wir haben bereits drei Gewehre und eine Pistole, und dann werden wir ja auch noch den beiden Offizieren ihre Schußwaffen abnehmen«, sagte ich. »Außerdem stehen noch vier Wachtposten vor dem Tor der Halle. An ihre Maschinenpistolen müßte doch auch ranzukommen sein. Aber jetzt, glaube ich, haben wir genug geredet.«

»Ganz meiner Meinung«, nickte McGrath entschlossen und stand auf. »Stellen Sie sich alle noch mal in Reih und Glied auf. Nur zwei postieren sich links und rechts vom Tor.«

»Was ist mit mir?« fragte ich.

»Wenn der erste Offizier in die Halle kommt, geht er bestimmt davon aus, daß Sie und Mister Wingstead bei Maksa stehen, weil Sie hier die Bosse sind. Deshalb werden Sie also von mir und Sam Wilson mit unseren Waffen bedroht werden.« Er gab sein Messer Lang und den Totschläger Bert Proctor. »Ihr nehmt euch der Leute an, die durchs Tor in die Halle kommen. Aber erst, wenn das Tor wieder geschlossen ist. Harry, Sie nehmen die andere MP und postieren sich da, wo ich vorhin stand. Wenn die Wachen reinkommen, können Sie über unsere Köpfe hinweg das Feuer eröffnen. Doktor Kat, Sie stellen sich auch mit den anderen auf. Glauben Sie, Ihre Stimme ist laut genug, daß man sie draußen hören kann?«

Der Doktor nickte widerstrebend.

»Ich nehme die Flinte, wenn Sie nichts dagegen haben, Mister Mannix«, wandte sich McGrath mir zu. Obwohl ich sie ihm nicht ohne gewisses Widerstreben reichte, hatte er natürlich recht. Wenn er seine Rolle überzeugend spielen wollte, brauchte er die Flinte. Trotzdem kam ich mir ohne sie ein wenig hilflos vor.

Wir standen da wie Schauspieler, die darauf warteten, daß der Vorhang sich hob. Mir gegenüber hatte sich McGrath postiert, und überraschenderweise sah er sogar von meinem Standpunkt aus dem Obersten verblüffend ähnlich. Gerade so, wie ich bei einer früheren Gelegenheit Kemp und Wingstead das Ruder aus der Hand genommen hatte, übernahm McGrath es nun von mir. Er war der geborene Anführer, und er würde danach sicher nicht leicht aus seiner Führerrolle zu verdrängen sein – falls es ein Danach überhaupt gab.

21

McGrath öffnete einen der Torflügel und streckte, die Flinte weiter im Anschlag haltend, seinen Arm durch die schmale Öffnung nach draußen. Dr. Kat stand direkt hinter ihm, so daß man ihn zwar nicht sehen konnte, aber gleichzeitig der Anschein erweckt wurde, als gehöre seine Stimme dem falschen Obersten. McGrath hielt sein Gesicht abgewendet, als behielte er seine Gefangenen im Auge, aber seine Rangabzeichen und die rote Armbinde waren deutlich zu erkennen. Dr. Kats Stimme wies zwar nicht sonderlich viel Ähnlichkeit mit der Maksas auf – aber was blieb uns übrig, als zu hoffen, daß die Soldaten auf unser Täuschungsmanöver hereinfielen? Nachdem McGrath das Tor wieder geschlossen hatte, atmete er erleichtert auf.

»Na wunderbar«, seufzte er. »Gleich werden die beiden Offiziere hereinkommen. Ihr drei – seid ihr bereit?«

Die beiden Männer, die neben dem Tor postiert waren, nickten stumm, und im hinteren Teil der Lagerhalle winkte Zimmerman kurz mit seiner Maschinenpistole, um dann hinter dem obersten Baumwollballen zu verschwinden. McGrath trat auf Burns' Leiche zu und postierte sich vor ihr, den Rücken dem Eingang zugewandt. Er stand mit gespreizten Beinen da und richtete den Lauf der Flinte auf Burns' zerschmetterten Schädel – ein höchst wirkungsvolles Tableau. Jeder würde beim Eintreten seinen Rücken sehen und dann seinen Blick auf die übel zugerichtete Leiche zu McGrath' Füßen senken.

McGrath bemängelte, daß es in der Halle zu ruhig war.

»Sagen Sie irgend etwas, Mister Mannix«, forderte er mich auf. »Fahren Sie in Ihrer Unterhaltung mit dem Obersten fort.«

»Ich bin nicht an Ihrem blöden Öl interessiert«, improvisierte ich. »Ich arbeite nicht für eine Ölgesellschaft, sondern für eine Firma, die Kraftwerke baut.« Proctor drückte sein Ohr gegen das Tor und hob den Totschläger. Ich fuhr fort: »Wir sind doch schließlich nicht für die Zustände in Ihrem Land verantwortlich ...«

Das Tor ging auf, und zwei Offiziere traten in die Halle. Mosira trug immer noch seine dunkle Brille. Ein wesentlich jüngerer Offizier folgte ihm. Ich redete einfach weiter. »Oberst Maksa, ich verlange, daß Sie unseren Ärzten gestatten, sich um unsere ...«

Proctor schlug den Leutnant mit dem Totschläger nieder, so daß er lautlos zu Boden sackte. Hauptmann Mosira dagegen versuchte noch, seine Pistole zu ziehen. Lang hatte ihm zwar seinen Arm um den Hals geschlungen, aber die andere Hand mit dem Messer fuchtelte wild durch die Luft. Zum Glück konnte Mosira keinen Laut von sich geben, weil Langs Arm ihm die Kehle zuschnürte. Er sank jedoch erst bewußtlos zu Boden, nachdem McGrath sich umgedreht und ihm den Kolben der Flinte gegen den Kopf geschlagen hatte.

Draußen rührte sich nichts, und auch in der Halle herrschte nun vollkommene Stille. McGrath streckte Barry Lang seine Hand entgegen, um das Messer zurückzuverlangen. »Ich habe doch gesagt, ihr sollt nicht zimperlich sein«, sagte er eisig.

Lang reichte ihm das Messer. »Tut mir leid, Mick, ich ...«

»Wer kann damit umgehen?«

»Ich«, meldete sich Hammond.

Ohne Zögern warf ihm McGrath das Messer zu. »Also gut, Leute, dann schnappen wir uns mal die Knarren und schaffen diese Burschen aus dem Weg.«

Beide Offiziere trugen Pistolen. Am Gürtel des Leutnants hing noch eine Handgranate. Ich bekam eine der Pistolen. Dann wandten wir uns in Erwartung weiterer Anweisungen wieder McGrath zu.

»Jetzt schnappen wir uns die Wachtposten, Leute. Es sind höchstens sechs oder sieben Mann. Das Ganze dürfte kein Problem werden.«

Alles hing nun von McGrath ab. Seine Entschlossenheit und Ruhe griff auch auf uns über. Paradoxerweise kam uns auch Maksas Persönlichkeit zugute. Er war eindeutig ein sehr strenger Vorgesetzter, der keinen Widerspruch duldete; kein Soldat wäre auf die Idee gekommen, einen seiner Befehle in

Frage zu stellen. Deshalb hatten wir mit den Wachtposten auch leichtes Spiel, als wir sie zum Eintreten aufforderten.

Wir verstauten sie zusammen mit der Leiche von Russ Burns hinter den Baumwollballen, und dann legten wir die Tür in der Rückwand frei.

»Bei der ersten Gelegenheit, die sich uns bietet, geben wir das Signal für Sadiq«, erklärte McGrath. »Sie wissen, was Sie zu tun haben, Mister Mannix?«

Ich nickte. Die Rückseite der Halle war unserem Lager abgewandt, so daß wir uns zur Frontseite schleichen mußten, wo wir jeden Augenblick auf feindliche Soldaten stoßen konnten. Eine Gruppe sollte die Ärzte und Schwestern mit Dan Atheridge zum Tieflader bringen und sich dann wieder dem Rest anschließen. Wir würden uns so nahe wie möglich an die Brücke heranschleichen und so gut es ging Deckung suchen, um McGrath und seinem Begleiter Feuerschutz bieten zu können.

McGrath sah Barry Lang prüfend an. Er hatte gezaudert, als es darum ging, Mosira unschädlich zu machen. Würde er für das geplante Unternehmen tauglich sein? Aber da die beiden ein gut eingespieltes Arbeitsteam waren, entschied McGrath sich schließlich doch für seinen Partner, da er es offensichtlich in jedem Fall für besser hielt, einen Mann zur Seite zu haben, den er kannte. »Also gut, Barry«, wandte er sich schließlich an Lang. »Du kommst mit mir auf die Zugmaschine. Und halte dich immer schön in meiner Nähe. Hast du mich verstanden?«

»Was ist das Signal, daß Sadiq angreift? Die Leuchtpistole?« fragte ich.

»Ja. Eine rote Kugel – wie verabredet.«

»Die Pistole ist noch in dem Koffer vor dem Tieflader, falls sie die Soldaten noch nicht gefunden haben.«

Grinsend kletterte McGrath noch einmal auf die Baumwollballen und sprang mit der Leuchtpistole in seiner Hand wieder herunter. »Wieder mal für eine Überraschung gut. Was sagen Sie dazu?«

Ich fragte ihn nicht, woher er wußte, wo die Pistole versteckt gewesen war. Offensichtlich hatte er mich beobachtet, als ich sie versteckt hatte. Möglicherweise hatte er mich auch gesehen, als ich die Flinte verstaut hatte, so daß sich mir neuerlich die Frage aufdrängte, wie Maksa so rasch auf sie gestoßen war.

»Nehmen Sie, Mister Mannix.« McGrath reichte mir die Leuchtpistole. »Das ist Ihre Sache.«

»Was wollen Sie jetzt eigentlich tun?« fragte ich.

McGrath grinste. »Ich werde Barry mit vorgehaltener Waffe aus der Halle führen. Ich trete weiterhin als Oberst auf, und Sam kommt als Unteroffizier mit. Wir gehen mit Lang zur Brücke runter, und wenn wir nahe genug sind, rennen wir auf die Zugmaschine zu. Sam geht irgendwo in Deckung und wartet auf Sie, wenn Sie nicht schon dort eingetroffen sind.«

Das war ziemlich riskant, aber es konnte durchaus klappen.

»Sicher werden aller Augen auf Sie gerichtet sein«, warf Wingstead ein.

»Wir haben trotzdem eine Chance. Sobald wir auf die Zugmaschine zurennen, geben Sie das Signal zum Angriff, damit Sadiq uns die Soldaten vom Leib hält.«

So leise wie möglich verbarrikadierten wir das Tor mit ein paar Baumwollballen. Dann waren wir bereit zum Aufbruch. Ich öffnete die Hintertür einen Spalt und spähte nach draußen. Die Szenerie war in schwaches Mondlicht getaucht, das McGrath auf der Zugmaschine sicher zugute kommen würde. Und da die Luft rein war, traten wir vorsichtig ins Freie.

Während wir zur Vorderseite der Halle schlichen, sahen wir die Feuer im Lager der Aufständischen und um den Tieflader, der nur von wenigen Soldaten bewacht wurde. Am Weg zur Brücke gab es, wie wir richtig in Erinnerung gehabt hatten, zahlreiche Möglichkeiten, Deckung zu suchen.

»Also gut, Mick, es kann losgehen«, flüsterte ich.

Wie verabredet, schlichen wir uns von der Halle fort. Gleichzeitig löste sich McGrath mit Wilson aus dem Schatten des großen Gebäudes. Vor ihnen ging Lang; Sam Wilson, die Unteroffiziersmütze tief ins Gesicht gezogen, preßte ihm den Lauf seiner Maschinenpistole in den Rücken. McGrath folgte den beiden mit der Flinte. In meinen Augen wirkten sie ziemlich überzeugend. Der Rest von uns verteilte sich im Schutz der Dunkelheit über das Gelände.

Die drei hatten fast den Tieflader erreicht, als ein Soldat

einen Schrei ausstieß. Ich hörte McGrath' unverständliche Antwort und eine scharfe Erwiderung, worauf der Soldat sein Gewehr hob. Er feuerte zwar keinen Schuß ab, schien jedoch sichtlich verwirrt.

Dann ertönte hinter dem Tieflader das Knattern einer Uzi. Einer unserer Leute war entdeckt worden. Als sich der Soldat daraufhin unsicher dem Geräusch zuwandte, schoß ihn McGrath mit der Flinte nieder. Dann rannte er mit Lang auf die Zugmaschine zu, während Wilson in den Büschen am Straßenrand verschwand. Die Flinte krachte noch einmal, und unmittelbar danach fielen ringsum Schüsse, deren Mündungsblitze die Nacht flackernd erhellten. Ich richtete die Leuchtpistole zum Himmel und feuerte eine rote Leuchtkugel ab, die zu einer weithin sichtbaren Lichtblume erblühte, während ich neben Bert Proctor in Deckung ging.

Von überallher schienen plötzlich Soldaten aufzutauchen. Das Lager hallte vom Krachen der Schüsse wider. Dann folgte das ohrenbetäubende Dröhnen mehrerer gleichzeitig startender schwerer Fahrzeugmotoren. Die Lichtkegel zahlreicher Wagenscheinwerfer durchschnitten das Dunkel. Und dann schlugen krachend die ersten Granaten im Lager der Aufständischen ein.

Wir verließen die schützenden Büsche und hetzten auf unseren Konvoi zu. Das nächste Fahrzeug war Kemps Landrover, neben dem wir uns zu Boden warfen. Unter lautem Dröhnen rumpelte ein Fahrzeug auf uns zu, und als ich erkennen konnte, was es war, stöhnte ich laut auf. Es war ein Saracen. Maksas Männer mußten ihn in der Zwischenzeit von der Brücke geschafft haben. Der Panzerwagen bewegte sich nur langsam vorwärts, sein Geschützturm schwenkte unschlüssig von einer Seite zur anderen, als suchte er noch nach einem passenden Ziel.

»Diese Scheißkiste fährt genau auf uns zu!« stieß Proctor entsetzt hervor.

Hinter uns ertönte nun das tiefere Brummen der Zugmaschine, deren Motor McGrath wohl gerade angelassen hatte. Der Saracen steuerte direkt darauf zu. Wir mußten den Panzer irgendwie aufhalten. Mit der Uzi würden wir gegen die solide Panzerung nichts ausrichten, aber vielleicht konnte eine

Leuchtkugel, gegen den Turm abgefeuert, den Fahrer des Saracen ein wenig aus dem Konzept bringen. Während der Panzer, die Zugmaschine bereits unter Beschuß nehmend, an uns vorbeifuhr, zielte ich mit der Leuchtpistole auf den Turm und drückte ab. Die Leuchtkugel streifte den sich drehenden Turm und entzündete sich erst, als sie die dahinterliegende Panzerung traf. Irgendwie hatte ich wohl genau das Richtige getan. Ein gewaltiger Blitz zuckte auf, gefolgt von einer heftigen Explosion, deren Druckwelle uns ein Stück über den Boden schob und den Landrover ins Schaukeln brachte. Als wir uns aufrichteten, brannte der Saracen lichterloh. Aus seinem Innern ertönte entsetzliches Schreien.

Ich tastete nach meiner Uzi, konnte sie jedoch nicht finden. Während der brennende Panzer von der Straße abkam und durchs Gebüsch davonholperte, fuhr auf der Straße die Zugmaschine vorbei. McGrath beugte sich aus dem Führerhaus und brüllte zu mir herunter.

»Lang hat was abgekriegt. Schaffen Sie ihn hier raus!«

Ich rannte auf die Beifahrerseite der Zugmaschine zu. Der Saracen hatte mehrere Büsche in Brand gesetzt, und in dem flackernden Licht konnte ich Blut auf Langs Brust erkennen. Ich wuchtete ihn aus seinem Sitz. Währenddessen setzte die Zugmaschine ihre Fahrt langsam fort.

»Bleiben Sie bei mir, Mannix!« brüllte mir nun McGrath durch das Führerhaus zu, während ich noch an der offenstehenden Tür hing. Ich hangelte mich ins Innere des Führerhauses und ließ mich auf den Beifahrersitz sinken.

»Willkommen an Bord«, grunzte McGrath zu mir herüber. »Passen Sie hinten auf. Wenn uns irgend etwas in die Quere kommen sollte, dann schreien Sie!« Er selbst versuchte, so gut es ging, durch das Rückfenster zu schauen.

Selbst auf einer völlig verlassenen Straße bei Tageslicht rückwärts zu fahren, ist nicht immer ganz einfach, aber unter diesen Umständen war es beängstigend. Von einer Seite zur anderen schlingernd bewegte sich die Zugmaschine auf die Brücke zu. Im Rückspiegel konnte ich nun bereits den zweiten Saracen auf der anderen Seite der Brücke erkennen. Die Zugmaschine wurde immer wieder kräftig durchgeschüttelt; der Saracen nahm uns unter Beschuß, trat dann aber den

Rückzug an. Offensichtlich war sein Fahrer zu der Einsicht gelangt, daß er größeren Bewegungsspielraum hatte, wenn er von der Brücke fuhr. Wir mußten ihn rammen, bevor er dazu Gelegenheit fand. Und tatsächlich konnten wir ihm gerade noch zuvorkommen.

Der Fahrer des Saracen hatte sich beim Rückwärtsfahren versteuert und war leicht gegen das Brückengeländer geprallt. Dieser Fehler wurde ihm zum Verhängnis. Die Zugmaschine krachte gegen seine Frontseite, daß die Funken stoben. Um ein Haar wäre unser Motor abgestorben, aber McGrath fing ihn gerade noch ab und rückte dem Saracen weiter unerbittlich zu Leibe.

»Na, das wäre doch gelacht, wenn wir mit diesem Scheißkerl nicht fertig würden!« schrie McGrath in wildem Triumph, während er sich mit Steuer und Gaspedal abmühte.

Unser Sieg stand außer Zweifel. Obwohl der Panzerwagen ringsum durch massive Stahlplatten geschützt war, hatte er den vierzig Tonnen unserer Zugmaschine nur zehn Tonnen entgegenzusetzen. Der Aufprall der Zugmaschine mußte seine Besatzung außer Gefecht gesetzt haben, da die Schüsse schlagartig verstummten. Der Turm war völlig verbeult und somit unbrauchbar.

Erbarmungslos schob McGrath den Panzerwagen weiter, bis er ein lautes Knirschen hörte, das uns anzeigte, daß er den Saracen gegen die Abgrenzungsmauer der Brücke gedrückt hatte. Wir wollten jedoch jede Beschädigung der Brücke vermeiden; McGrath hielt sofort an, um den Panzerwagen nicht von der Brücke zu schieben.

Der Motor des Saracen war inzwischen ebenfalls nur noch ein Haufen Schrott, so daß sich das Gefährt aus eigener Kraft nicht mehr bewegen konnte. Für die Aufständischen auf der anderen Seite des Flusses war die Brücke also nicht mehr passierbar, so daß Sadiq von hier nichts mehr zu befürchten hatte.

McGrath legte den ersten Gang ein und fuhr unbehelligt wieder über die Brücke zurück. An ihrem Ausgang ließ er die Zugmaschine stehen, um eine zweite Straßensperre zu bilden. Als wir aus dem Führerhaus kletterten, bereitete man uns einen begeisterten Empfang.

»Wo ist Barry?« fragte ich als erstes.

»Wir haben ihn zum Tieflader geschafft. Die Ärzte kümmern sich schon um ihn«, gab Proctor Auskunft.

McGrath reckte seine Glieder. »Das haben Sie wirklich toll hingekriegt, Mick«, bemerkte ich anerkennend.

»Sie haben sich auch nicht schlecht gehalten. Womit sind Sie eigentlich dem anderen Saracen zu Leibe gerückt – mit einem Flammenwerfer?«

»Nein, ich habe die Leuchtpistole darauf abgefeuert. Das Ding hatte eine wesentlich nachhaltigere Wirkung, als ich erwartet hatte.«

Währenddessen konnten wir ringsum schemenhafte Gestalten erkennen, die auf der flußabwärts gelegenen Seite der Brücke dem Ufer zustrebten. Ab und zu fielen noch vereinzelte Schüsse. Der Rest von Maksas Truppen auf dieser Seite des Flusses schien offensichtlich nur noch daran interessiert, sich möglichst schnell in Sicherheit zu bringen. Plötzlich ertönte das Krachen von Granatwerfereinschlägen, und gleichzeitig verstummten die Schüsse.

Angespannt nahmen wir diese neuerlichen Feindseligkeiten zur Kenntnis, stellten dann jedoch zu unserer Erleichterung fest, daß diese Kampfhandlungen sich in ziemlicher Entfernung von uns abspielten.

Geoff Wingstead, der neben mir stand, sagte: »Mir reicht's für heute. Soll sich Sadiq um alles weitere kümmern. Ich habe genug vom Soldat-Spielen.«

Doch McGrath warnte: »Das Gröbste hätten wir zwar vorläufig überstanden, aber trotzdem ist nach wie vor Vorsicht geboten. Wir dürfen die Brücke auf keinen Fall unbeaufsichtigt lassen. Sadiq ist nicht in der Nähe. Und was ist, wenn sie doch noch die Brücke zu stürmen versuchen? Vielleicht haben sie ja doch noch Interesse an uns.«

»Das will ich nicht hoffen. Wir haben schon einen Verwundeten, und das genügt fürs erste.«

»Ich fürchte, dabei ist es nicht geblieben«, klärte mich Wingstead auf.

»Wer noch?« fragte ich besorgt.

Wingstead deutete auf eine Gruppe neben dem Tanklaster – Harry Zimmerman, einer der Russen und Brad Bishop.

»Einen der Russen hat es erwischt«, erklärte Wingstead. Gemeinsam gingen wir nun auf Zimmerman zu, der bedrückt auf den leblos am Boden liegenden Körper des Russen starrte. »Das tut mir aufrichtig leid«, wandte ich mich seinem Landsmann zu, der ein wenig benommen daneben stand. »Wer von den beiden ist es – Breschnew oder Kossygin?« erkundigte ich mich dann bei Zimmerman.

Der antwortete mir mit einem schweren Seufzen. »Sein richtiger Name lautete Andrei Djawachischkili; er kam aus Tiflis in Georgien. Ich habe ihn während der letzten Tage etwas näher kennengelernt, und ich muß sagen, er war ein feiner Kerl.«

Die restlichen zwei Stunden bis Tagesanbruch verliefen ohne Zwischenfälle. Zusammen mit Sadiq, der inzwischen zurückgekehrt war, saßen wir im Schutz unserer Fahrzeuge auf dem Boden und warteten auf das Morgengrauen. Wir rechneten nicht mehr mit einem Angriff. Der Weg über die Brücke war versperrt, und sowohl Sadiqs wie unser entschlossenes Zuschlagen hatte die Kampfmoral des Gegners empfindlich geschwächt.

Bei Sonnenaufgang konnten wir auf der anderen Seite des Flusses nichts Verdächtiges sehen. Ringsum bot sich uns ein Bild der Zerstörung; die niedergebrannte Vegetation schwelte vor sich hin; das Lager war von Trümmern übersät; das Wrack des ersten Panzerwagens lag im Straßengraben. Die Leichen der drei Insassen fanden wir in unmittelbarer Nähe des Saracen; zwei davon waren ihren Verbrennungen erlegen, einer war erschossen worden. Auf dem Hügel, wo die Soldaten ihr Lager aufgeschlagen hatten, lagen noch mehr Tote; Sadiqs Männer schafften sie beiseite, so daß uns dieser Anblick erspart blieb.

Unsere Seite der Brücke wurde durch die Zugmaschine versperrt, und auf der anderen Seite stand immer noch der zweite Saracen quer auf der Fahrbahn. Dahinter war keine Spur von irgendwelchen Fahrzeugen oder Soldaten zu sehen.

»Und was jetzt, Hauptmann?« wandte ich mich an Sadiq.

Statt einer Antwort suchte er erst sorgfältig mit seinem Feldstecher das andere Flußufer ab; er mußte ihn mit einer

Hand halten, sein anderer Arm steckte in einer Schlinge. Er war keineswegs mehr der makellos gekleidete, stramme Offizier von früher mit der messerscharfen Bügelfalte und den blitzblank polierten Stiefeln. Seine Schuhwichse hatte McGrath konfisziert, und seine Uniform war angesengt und zerknittert.

Um Mund und Augen hatten sich deutlich sichtbare Falten der Anspannung gebildet. Dennoch erklärte er ruhig: »Wir warten erst einmal ein paar Stunden ab und sehen, was sich auf der anderen Seite tut. Wenn sich dann immer noch nichts rührt, schicke ich einen Spähtrupp hinüber.«

»Das ist aber ziemlich riskant.«

»Was wäre das im Krieg nicht, Mister Mannix?«

»Sie haben sich gestern abend wirklich wacker geschlagen, Hauptmann. Wenn wir Sie nicht gehabt hätten ...«

Er nickte ernst. »Ja, wir haben unsere Sache gut gemacht. Aber für Sie gilt das nicht weniger. Vor allem Mister McGrath hat mir imponiert; er ist ein sehr erfahrener Kämpfer. Ich weiß nicht, wo wir ohne ihn geblieben wären.«

Das war auch mir bewußt, wenn ich mich auch nicht länger über dieses Thema auslassen wollte. So gern ich McGrath meine volle Anerkennung gezollt hätte – ich konnte es nicht. Zu meiner Zufriedenheit teilte mir Sadiq mit, daß er unter seinen Männern bis auf ein paar Verwundete keine Verluste zu beklagen gehabt hatte.

Wir waren dagegen schwerer betroffen worden.

Der Russe war tot. Langs Zustand erwies sich als ziemlich bedenklich; er lag auf Dr. Kats Operationstisch. Proctor hatte einen Streifschuß am Bein abbekommen, Kemp an der Schulter. Die anderen wiesen die unvermeidlichen Prellungen und Abschürfungen auf. Doch dann stellte sich heraus, daß einer unserer Leute fehlte. Nach einigem Suchen fanden wir die Leiche von Ron Jones; sie wies Schußwunden in Kopf und Bauch auf.

22

Es wurde zehn Uhr, bis Sadiq sich über die Brücke wagte. Zuerst wollte er die Zugmaschine beiseitegeräumt haben, damit notfalls sofort Verstärkung anrücken konnte. Im übrigen schickte der Hauptmann nun doch nicht, wie ursprünglich geplant, einen Spähtrupp über die Brücke; es wäre zu gefährlich gewesen. Stattdessen wollte er selbst in dem Scorpion-Panzer hinüberfahren, was keineswegs weniger riskant war – irgendein versprengter Infanterist mochte noch über eine Panzerabwehrwaffe verfügen. Sadiq wurde dabei von einem Fahrer, einem Kanonier und einem Funker begleitet. Außerdem erteilte er strikte Anweisungen, daß niemand sich von der Stelle rühren sollte, bevor er zurückgekehrt war oder über Funk hatte durchgeben lassen, daß die Luft rein war.

Wir räumten im Lager auf, so gut es ging; wir reparierten, was sich noch reparieren ließ, und erstellten eine Liste der Schäden, die bei Gelegenheit noch zu beheben waren. Zum Glück hatten Maksas Männer nichts von entscheidender Bedeutung zerstört. Mit Hilfe der anderen bereiteten Bishop und Bing eine Mahlzeit für alle, und auf dem Tieflader hatten die Ärzte und Krankenschwestern alle Hände voll zu tun.

Max Ottermans Leiche fanden wir neben dem Tieflader. In seinem Rücken steckte eine Kugel. Außerdem waren zwei Rippen gebrochen; diese Verletzung rührte vermutlich von seinem Sturz her, konnte jedoch auch auf einen Fußtritt zurückzuführen sein. Wir hoben neben der Straße zwei Gräber aus. In das eine legten wir Otterman, Burns, Ron Jones und Andrei Djawachischkili, so daß sich also ein Rhodesier, ein Amerikaner, ein Waliser und ein Georgier die letzte Ruhestätte teilten; jeder bekam ein eigenes Brett mit seinem eingeritzten Namen als Grabstein. Im anderen Grab betteten wir zwei von Sadiqs Leuten und vier Aufständische zur letzten Ruhe, welche der Umstand verband, daß sie alle Nyalaner waren.

Überraschenderweise bekamen wir in den frühen Morgenstunden Besuch.

Sandy Bing, der gerade einen Eimer mit heißem Wasser auf den Tieflader zuschleppte, blieb plötzlich stehen und rief: »Nicht zu fassen! Sehen Sie sich das mal an, Mister Wingstead.«

In der Ferne tauchten, lautlos und fast schüchtern, kleine Gruppen von Nyalanern auf – nach wie vor hauptsächlich Frauen und Kinder. Nachdem sie sich uns ein Stück genähert hatten, blieben sie jedoch in gebührendem Abstand wieder stehen, um ihrem Talisman auf Rädern die gebührende Reverenz zu erweisen. Ein paar von ihnen sprachen mit den Soldaten, und nachdem auch Dr. Kat und zwei nyalanische Krankenschwestern sich unter sie gemischt hatten, kehrten sie nach einer Weile mit der Nachricht zurück, daß die meisten Flüchtlinge sich so weit zurückgezogen hatten, daß sie noch hören konnten, ob noch gekämpft wurde, um sich dann wieder uns anzuschließen, sobald sie zu der Überzeugung gelangt waren, daß die Luft rein war.

»Das dürfte vermutlich heißen, daß keine aufständischen Soldaten mehr in der Gegend sind«, meinte Dr. Kat dazu. »Die Flüchtlinge betrachten sie als das Böse und hätten sich wohl kaum zurückgewagt, wenn sie noch in der Nähe wären.«

»Aber die Soldaten halten sich doch auf der anderen Seite des Flusses auf«, warf ich ein. »Woher wollen diese Leute wissen, was am anderen Ufer vor sich geht?«

»Ich glaube, Sie nennen das Buschtelegraph«, sagte der Arzt zum erstenmal seit langem wieder lächelnd. »Die Nachrichtenübermittlung hat in Afrika schon immer hervorragend geklappt. Sie werden sehen: Hauptmann Sadiq wird sicher bald zurückkommen, um uns mitzuteilen, daß wir nichts mehr zu befürchten haben. Aber jetzt muß ich mich um eine Frau kümmern, die sie zu mir gebracht haben. Sie hat sich gestern nacht das Bein gebrochen.«

Danach sah ich mir den ausgebrannten Saracen näher an. Ich hätte gerne gewußt, wie es möglich gewesen war, daß meine Leuchtkugel eine so nachhaltige Wirkung gezeigt hatte. Ein Panzerwagen ist schließlich keine Papiertüte, die man mal schnell mit einer Leuchtpistole in Brand schießt.

Doch als wir das Ganze dann rekonstruierten, erwies sich die Lösung einfacher, als wir gedacht hatten. Offensichtlich war der Saracen gerade aufgetankt worden, als die ersten Schüsse fielen, und dann hatte jemand in der allgemeinen Hektik den Tankverschluß nicht mehr ordentlich festgeschraubt. Und als dann die Leuchtkugel gezündet hatte, mußte ein Funke direkt in den Treibstofftank gelangt sein, so daß das ganze Fahrzeug in die Luft geflogen war. Der Tankverschluß befand sich nämlich tatsächlich noch an Ort und Stelle, aber er war eben nicht ordnungsgemäß festgeschraubt.

Mir stand noch eine unangenehme Aufgabe bevor; ich mußte unter vier Augen mit McGrath sprechen. Als Einleitung erzählte ich ihm von dem Saracen, was er mit einem zufriedenen Grinsen zur Kenntnis nahm.

»Da haben Sie aber Glück gehabt«, bemerkte er dazu. »Na ja, das hatten wir ja alle bitter nötig.«

»Mir liegt da noch etwas auf dem Herzen, McGrath.«

»Na, dann tun Sie sich keinen Zwang an, Mister Mannix.«

»Sie haben uns in der Lagerhalle erzählt, Maksa hätte bereits alle Vorbereitungen getroffen, uns mitsamt der Halle niederzubrennen. Ich habe nirgendwo im näheren Umkreis der Halle Treibstoffässer gesehen. Überhaupt haben die Aufständischen ihre Treibstoffvorräte auf die andere Seite mitgenommen. Unser Tankwagen ist noch abgeschlossen, und niemand hat die Schlüssel an sich genommen.«

»Vielleicht wollten sie es eben irgendwie anders versuchen«, entgegnete er leichthin.

»Kommen Sie mir bitte nicht auf die dumme Tour, McGrath. Haben Sie tatsächlich davon reden gehört, daß sie etwas Derartiges vorhatten?«

»Meine Güte«, stöhnte er, zum erstenmal aus seiner gewohnten Ruhe gebracht. »Irgend etwas *mußte* ich Ihnen doch erzählen, um Sie endlich auf Touren zu bringen! Sonst wären Sie doch noch ewig weiter so herumgestanden und hätten alles über sich ergehen lassen. Oder Sie hätten uns vermutlich einfach aus der ganzen Chose herausgeredet.«

»Sie waren doch auf freiem Fuß; überdies waren Sie bewaffnet. Was zum Teufel hat Sie eigentlich dazu veranlaßt, noch einmal zurückzukommen?«

»Wenn ich der Überzeugung gewesen wäre, Mister Mannix, daß ich mich irgendwie auf eigene Faust hätte durchschlagen können, hätte ich das auch versucht. Aber ich bin nun mal auf Sie angewiesen.« Und dann setzte er dieser ebenso ungerührten wie egoistischen Begründung noch die Krone auf. »Ich muß schon sagen: Ottermans Tod kam uns wirklich verdammt gelegen. Das hat dann letzten Endes den Ausschlag gegeben.«

Während noch der Ekel über diese Worte in mir aufstieg, kam mir ein weiterer entsetzlicher Gedanke.

»McGrath, haben Sie Ron Jones umgebracht?«

Er sah mich eher amüsiert als bestürzt an. »Weshalb hätte ich so etwas tun sollen?«

»Das wissen Sie genau so gut wie ich. Und Gelegenheit dazu hätten Sie mehr als genug gehabt. Mein Gott, wie sollte ich Ihnen auch nur Glauben schenken können, selbst wenn Sie sagen, daß Sie es nicht getan haben?«

»Ja, das können Sie allerdings nicht, Mannix. Deshalb würde ich an Ihrer Stelle am besten aufhören, mir über derlei Dinge zu sehr den Kopf zu zerbrechen. Ich war's übrigens tatsächlich nicht, obwohl ich nicht behaupten könnte, daß es um den Kerl schade war. Abgesehen davon, hat er eine größere Gefahr für Sie dargestellt, als man das je von mir hätte behaupten können.«

Diesem Köder vermochte ich nicht zu widerstehen. »Wie meinen Sie das?«

»Na, ja, er mußte doch immer schon seine Nase in Dinge stecken, die ihn nichts angingen. Er hat gesehen, wie Sie die Flinte in die Lagerhalle gebracht haben, Mannix, und er war es auch, der es dann dem Obersten gleich auf die Nase binden mußte. Ich habe es selbst gehört.«

Schlagartig überkam mich die Erkenntnis, daß dies der Wahrheit entsprach. Mir fiel wieder Jones' übertriebene Angst in der Lagerhalle ein, wie er dem Obersten möglichst aus dem Weg zu gehen versuchte; vielleicht hatte er befürchtet, Maksa könnte ihn aus purer Grausamkeit oder auch aus einer plötzlichen Laune heraus vor uns bloßstellen. Mein Mitleid mit Jones war plötzlich verebbt. Gleichzeitig hatte ich ein gewisses Verständnis für McGrath und seine Rücksichtslosigkeit. Er hatte uns genau an den Punkt gebracht, an dem wir zu etwas bereit waren, worauf er sich am besten verstand – zum Kämpfen und Töten. Dabei hatte er sich von rein egoistischen Motiven leiten lassen, und dies ohne die geringsten Gewissensbisse. Und dennoch war er mit seinem Mut und seiner Kampferfahrung von entscheidender Bedeutung für unser Überleben, was sein Vorgehen vielleicht sogar rechtfertigte.

Ich drehte mich um und entfernte mich schweigend. Ich würde nie in Erfahrung bringen, ob er Ron Jones auf dem Gewissen hatte oder nicht. Aber das schlimmste war – und dieser Umstand erfüllte mich mit ebensolcher Verachtung für mich selbst wie für McGrath –, das schlimmste war, daß es mir völlig gleichgültig war.

Sadiq fand, daß der Zeitpunkt zum Aufbruch gekommen war.

»Mister Mannix, für den Fall, daß ich nicht zurückkehren sollte, habe ich das Kommando über meine Leute meinem Unteroffizier übertragen«, verabschiedete er sich von mir. »Und sie werden bei Ihnen bleiben, solange sie nicht von einem meiner Vorgesetzten den Befehl erhalten, Sie zu verlassen.«

»Vielen Dank, und alles Gute.«

Er salutierte und kletterte auf den Scorpion, um sich durch die Einstiegluke in das Innere des Panzers zu hangeln und schließlich die Luke über sich zu schließen. Er ging keinerlei Risiken ein. Der Panzer fuhr langsam über die Brücke auf den Saracen zu. Sadiq war davon ausgegangen, daß der Panzer an dem Saracen vorbeikam, wenn er ihn nur etwas zur Seite schob; er sollte damit recht behalten. Sobald er daran vorbei war, beschleunigte der Panzer, und der Fahrer machte sich nicht die Mühe, den herumliegenden Toten auszuweichen. Dabei fiel mir ein Spruch ein, den ich in Korea öfters gehört hatte: Wenn man schon auf dem Schlachtfeld tot umfallen will, dann besser nicht, wenn Panzer in der Nähe sind.

Nicht ein Schuß fiel, als der Scorpion von der Brücke fuhr. Er kroch die Uferböschung hinauf. Oben angelangt, drehte er nach rechts ab und entschwand unseren Blicken. Uns blieb also nichts anderes übrig, als zu warten. Es wurde eine sehr lange Stunde, bis der Panzer schließlich wieder über die Brücke ratterte und vor uns hielt.

Sadiq erschien in der Luke und verkündete: »Von den Aufständischen war keine Spur mehr zu sehen. Sie sind abgezogen.«

Diese Nachricht wurde von allen, Soldaten wie Zivilisten, mit lautem Beifall begrüßt.

»In welcher Richtung haben sie Ihrer Meinung nach den Rückzug angetreten?« wollte Wingstead wissen.

»Ihre Fahrzeuge können eigentlich nur die Straße genommen haben.« Das war nun keine so gute Nachricht. Auch wir waren, wenn wir weiterfahren wollten, auf die Straße angewiesen. Sadiq fuhr fort: »Wir haben zwei Fahrzeuge schwer beschädigt am Straßenrand gefunden. In ihrer Nähe lagen eine Menge Uniformstücke herum. Daraus schließe ich, daß sich das Fünfzehnte Bataillon aufgelöst hat. Sie waren sowieso schon ziemlich dezimiert, und wir haben ihnen dann noch den Rest gegeben. Auf jeden Fall können wir die Brücke nun gefahrlos überqueren; ich werde fürs erste Spähtrupps hinüberschicken. Der Rest meiner Männer bleibt hier bei uns zurück. Inzwischen entscheiden wir, wie wir im weiteren vorgehen wollen.«

Demnach stand als nächstes ein kleiner Kriegsrat bevor.

Sadiqs Truppe war inzwischen auf zweiundzwanzig Mann zusammengeschrumpft. Dazu kamen sechzehn von uns und die neun Personen medizinisches Personal. Auf dem Tieflader waren fünfzehn Patienten untergebracht, unter ihnen die Mutter mit dem kranken Neugeborenen. Insgesamt waren wir also etwa siebzig Personen, von denen ein nicht unbeträchtlicher Teil auf fremde Hilfe angewiesen war. Wir konnten weder bleiben, wo wir waren, noch umkehren, womit uns keine andere Wahl blieb, als weiter in Richtung Pirie-See zu fahren und dort zu versuchen, in die Republik Manzu zu kommen, falls eine Weiterfahrt nach Port Luard ausgeschlossen sein sollte.

Unsere Vorräte an Lebensmitteln und Medikamenten waren auf bedrohliche Weise zusammengeschrumpft; auch unsere Treibstoffreserven schwanden rasch dahin. Das einzige, was wir im Überfluß hatten, war Wasser. Die Soldaten verfügten kaum noch über Munition; ihr Vorrat an Granaten war sogar vollends erschöpft. Obwohl unsere Lage nach den Kämpfen der letzten Nacht keineswegs rosig war, waren wir alle erstaunlich zuversichtlich.

Wir rechneten für die Strecke bis Fort Pirie mit einer Fahrzeit von knapp drei Tagen. Die Straße dorthin verlief ausnahmslos durch abschüssiges Gelände. Wir erwogen wieder, den Tieflader zurückzulassen, gelangten jedoch dann zu dem Schluß, daß wir die Kranken und Verwundeten unmöglich in den anderen Fahrzeugen hätten unterbringen können.

Kemp und Hammond inspizierten die Brücke. Durchaus solide gebaut, war sie doch etwas mitgenommen worden und nicht mehr völlig stabil. Es wurde beschlossen, unsere Patienten nicht auf dem Tieflader über die Brücke zu transportieren, sondern separat hinüberzuschaffen. Dr. Kat und Schwester Ursula machten sich auch gleich mit ihrem gewohnten Tatendrang daran, alles dazu Nötige in die Wege zu leiten. Für den Rest des Tages hatten wir alle Hände voll zu tun; und bei Einbruch der Dunkelheit richteten wir uns auf eine weitere Nacht in unserem Makara-Lager ein. Ein paar Soldaten hielten Wache, und wir waren bereit, bei Tagesanbruch zur Weiterfahrt aufzubrechen.

Kemp und Hammond fuhren auf dem Tieflader, McGrath steuerte die Zugmaschine, und Thorpe assistierte Bob Pitman mit der Airlift-Vorrichtung. Inzwischen hatte sich auch ein interessiertes Publikum versammelt, um zu beobachten, wie sich das schwere Gefährt Zentimeter für Zentimeter über die Brücke schob. Der zerstörte Saracen war abgeschleppt worden; irgendwer hatte auch die zermalmten Leichen beiseitegeschafft. Nach einer Stunde voller Spannung hatte der Tieflader das andere Ufer erreicht. Nun konnten wir uns daran machen, die Patienten auf notdürftig zusammengebauten Tragen über die Brücke zu schaffen.

Als wir schließlich losfahren konnten, war der Vormittag bereits ziemlich weit vorgerückt. Das Fünfzehnte Bataillon hatte eine Reihe von Fahrzeugen zurückgelassen; wir konnten uns die besten aussuchen. Trotz möglicher Treibstoffprobleme bestand Sadiq darauf, den verbleibenden Saracen mitzunehmen. Dafür ließen wir ein paar Lkw zurück, darunter auch den Lastzug der Russen. Dufour dagegen durfte sich dem Konvoi mit seinem Lastzug anschließen. Brad Bishop meinte, daß angesichts unserer augenblicklichen Lebensmittelknappheit eigentlich auch der Proviantlaster überflüssig wäre, obwohl ihm deutlich anzusehen war, daß er sich nur sehr ungern davon getrennt hätte.

Kemp, der wegen seiner Schulterverletzung auf dem Tieflader gefahren war, schloß sich nun Wingstead und mir im Landrover an. Atheridge fuhr mit Dufour. Die grobe Behandlung durch Maksas Männer hatte fast so etwas wie freundschaftliche Bande zwischen den beiden geschmiedet; ähnliches traf im übrigen auch auf Harry Zimmerman und Wassili Kirilenko, den zweiten Russen, zu. Seit dem Tod seines Partners wurde er plötzlich nur noch bei seinem richtigen Namen genannt.

Wingstead schlug vor: »Wir können ja schon mal vorfahren. Soll sich Ben Hammond um die Organisation des Konvois kümmern. Wir müssen unbedingt über McGrath sprechen.«

»Ich glaube, der Kerl ist ein Psychopath«, fuhr Wingstead nach einer längeren Pause fort. »Sie haben in letzter Zeit mehr mit ihm zu tun gehabt als jeder andere von uns. Was denken Sie, Neil?«

»Dieser Dreckskerl kennt wirklich keinerlei Skrupel«, fuhr Kemp aufgebracht dazwischen. »Dabei bin ich für seine Einstellung verantwortlich. Wenn Sie also denken, ich hätte einen Fehler gemacht, dann sagen Sie das ruhig.«

»Nehmen Sie diese Geschichte doch nicht gleich so persönlich«, versuchte Wingstead ihn zu beruhigen. »Wenn Sie meine Meinung hören wollen, halte ich ihn immer noch für den besten Zugmaschinenfahrer, der je für uns gearbeitet hat. In diesem Punkt wäre wirklich nicht das geringste gegen McGrath einzuwenden.«

»Ganz meiner Meinung«, nickte ich.

Kemps Gewissensbisse ließen sich jedoch nicht so leicht aus dem Weg räumen. »Das war mir selbstverständlich klar. Aber ich konnte es mir einfach nicht leisten, ihn nicht einzustellen, Geoff. Schließlich brauchten wir für diesen Auftrag erstklassige Kräfte. Aber seine Papiere waren nicht in Ordnung. Er hat sich auf eine Annonce hin gemeldet. Er legte zwar die nötigen

Zertifikate vor, aber irgend etwas kam mir an ihnen doch faul vor. Ich glaube außerdem, daß er einen falschen Paß hat.«

Kemp war also bereits zu ähnlichen Schlüssen gelangt wie ich.

Jedenfalls weihte ich die beiden nun ein, was ich über McGrath mit Sicherheit wußte und was ich vermutete. Am Ende meiner Ausführungen trat erst einmal betroffenes Schweigen ein.

Schließlich platzte Kemp heraus: »Er hat Sisley umgebracht? Aber weshalb sollte er so etwas tun?«

»McGrath kennt auf jedes Problem nur eine Antwort – Gewalt. Ich vermute, daß er ein irischer Untergrundkämpfer ist. Er ist verdammt gefährlich. Und er unternimmt nicht das geringste, uns etwa von dieser Meinung über ihn abzubringen.«

»Glauben Sie, er könnte auch Burke auf dem Gewissen haben?« fragte mich Wingstead.

»Jones' Version der Geschichte zufolge jedenfalls nicht.«

»Und hinsichtlich Ron Jones' Tod sind Sie nicht sicher?«

»Nein, das ist nur eine Vermutung. Immerhin haben vier Männer mit eigenen Augen gesehen, wie McGrath Sisley erschossen hat. Burke hat die Flucht ergriffen, ist aber vermutlich inzwischen ebenfalls tot. Jones hat das Zeitliche gesegnet, und Lang ist schwer verwundet, obwohl sich in diesem Fall mit Sicherheit sagen läßt, daß er nicht auf McGrath' Konto geht. Demnach bleibt von den vieren also nur noch Bob Pitman; ich würde an seiner Stelle künftig ebenfalls vorsichtig sein. Was auch immer wir im Falle McGrath' wissen oder befürchten mögen, würde ich doch vorschlagen, das Ganze weitgehend für uns zu behalten, um uns weitere Schwierigkeiten möglichst zu ersparen.«

Darauf wandten wir uns wieder den bevorstehenden Aufgaben zu.

»Kurz hinter der Grenze von Manzu liegt eine größere Stadt – Batanda«, erklärte Wingstead. »Ich habe zwar keinerlei Informationen über das Gebiet jenseits des Katali, aber die politischen Verhältnisse in Manzu sind zumindest relativ stabil. Es muß auf jeden Fall eine Straße geben, die Batanda mit der Fähre über den Pirie-See verbindet, da auf diesem Weg ein

Teil des Handels zwischen den beiden Staaten abgewickelt wird. Falls es uns also gelingt, mit der Fähre den Pirie-See zu überqueren und dann Batanda zu erreichen, dürften wir in Sicherheit sein.«

»Wie sieht es in Fort Pirie aus?« wollte Kemp wissen.

»Eine kleine Ortschaft, ähnlich wie Makara. Möglicherweise ist es in Fort Pirie jedoch zu Kämpfen gekommen. Niemand kann sagen, was uns dort erwartet.«

»Was hat Sadiq im weiteren vor?« fragte Kemp.

»Er wird auf jeden Fall bis Fort Pirie bei uns bleiben und uns dann helfen, den Fluß zu überqueren, falls wir nicht nach Lasulu weiterfahren können. Er wird natürlich unter keinen Umständen nach Manzu mitkommen. Er darf mit seinen Soldaten das Land nicht verlassen. Aber er wird froh sein, uns endlich loszuwerden.«

»Sicher nicht annähernd so froh wie ich, wenn das alles endlich vorbei ist«, brummte Kemp mißmutig.

Wir ließen die Savanne allmählich hinter uns, und die Vegetation wurde dichter und üppiger. Das enorme Wachstum der Dschungelregion machte nicht einmal vor dem Asphalt des Straßenbelags halt. Die Fahrbahn war zu beiden Seiten von hohen, üppig wuchernden Bäumen gesäumt; wir fuhren durch einen gigantischen Tunnel aus sattem Grün. Der Dschungel war zwar von unzähligen Vögeln bevölkert, aber dafür waren im Gegensatz zur Savannenregion keinerlei andere Tiere zu sehen.

Bevor Maro Ofanwe die Geschicke des Landes in seine Hände genommen hatte, war diese Straße über lange Strecken ein einfacher Weg gewesen, der nur einspurig befahrbar war. Montags, mittwochs und freitags verlief der Verkehr in der einen Richtung, dienstags, donnerstags und samstags in der anderen. Sonntags blieb man entweder zu Hause, oder man betete zu Gott, daß einem kein Fahrzeug entgegenkam. Im übrigen gab es in Nyala noch eine ganze Reihe von Straßen, auf denen der Verkehr auf diese Weise geregelt wurde.

Gelegentlich tat sich im Dschungel eine Lichtung auf, die meist das gleiche Bild bot. Um eine Lagerhalle aus Wellblech gruppierten sich ein paar armselige Hütten. Hier waren die Sammelstellen für Baumwolle, Kaffee oder Kakao, die aus den umliegenden Plantagen hierhergeschafft wurden. Zwar waren alle diese kleinen Ansiedlungen bewohnt, aber man konnte dort so gut wie keine Lebensmittel einkaufen. Auch sprach kaum einer der Bewohner Englisch. Wir versuchten natürlich trotzdem, Informationen über die allgemeine Situation zu bekommen, doch es fand sich niemand, der uns mehr hätte sagen können, als wir bereits selbst wußten.

In einigen größeren Dörfern konnten wir zumindest unsere Benzin- und Dieselvorräte etwas auffrischen. Daß es dort überhaupt noch Treibstoff gab, war ein gutes Zeichen; es bedeutete, daß auf der Straße nach Fort Pirie kaum Verkehr herrschte. Wir trieben auch etwas zu essen auf, wenn auch die meisten Lebensmittel ziemlich ungenießbar waren. Unser Gefolge aus Nyalanern war ständigen Schwankungen unterworfen; einmal schloß sich uns eine größere Gruppe an, um uns ein paar Kilometer zu folgen; dann trennte sich wieder eine größere Anzahl von uns und dem Tieflader, wobei ihre Stelle jedoch wenig später von anderen eingenommen wurde. Insgesamt wuchs die Prozession, welche dem Tieflader folgte, stetig an. Sadiqs Angaben zufolge war die Zahl der Nyalaner in unserem Gefolge inzwischen auf mehrere hundert Personen angestiegen. Sie fielen mit derselben Unerbittlichkeit über uns her wie ein Schwarm Heuschrecken, wobei die Folgen für das Land, das wir durchzogen, nicht weniger verheerend waren. Aber wir konnten nichts dagegen unternehmen.

Zwei Tage vergingen ohne besondere Vorkommnisse. Auf dem Tieflader verschlechterte sich Langs Zustand mehr und mehr, und einer der Soldaten erlag seinen Verletzungen. Schwester Ursula war mit unermüdlichem Eifer um unser Wohl besorgt. Sie sah immer wieder nach dem Rechten, um uns bei dieser Gelegenheit auch aufs nachhaltigste zu ermahnen, sowohl auf innerliche wie auf äußerliche Sauberkeit zu achten. Wenn sie gekonnt hätte, hätte sie sicher an uns alle Abführmittel verteilt und dann auch noch mit eigenen Augen überwacht, daß auch jeder gehorsam seine Tablette hinunterschluckte.

Auch Margretta Marriot machte die Runde unter uns; sie wechselte die Verbände und untersuchte unsere Verletzungen auf mögliche Infektionen. Sonst gab es für sie auf dem

Tieflader kaum etwas zu tun, so daß sie hin und wieder ein Stück mit uns im Wagen mitfuhr. Die von Natur aus ernste und strenge Frau hatte sich Hals über Kopf in die Arbeit gestürzt, um darüber ihr eigenes Leid zu vergessen. Dagegen strahlte Schwester Ursula, so sehr sie uns auch gängeln mochte, nach wie vor eine ansteckende Fröhlichkeit und Zuversicht aus.

Am Morgen des dritten Tages kehrten Sadiqs Kundschafter mit der Nachricht zum Konvoi zurück, daß sie den Pirie-See erreicht hätten. Von unserem Lager bis zum Ufer des Sees, bei dem es sich eigentlich um ein verbreitertes Flußstück des Katali handelte, waren es nur wenige Stunden Fahrt. Was auch immer uns dort erwarten mochte, wir hatten ein Teilziel erreicht, ohne daß unser Konvoi Schaden erlitten hatte.

Am Tag zuvor hatte ich die meiste Zeit bei Sam Wilson im Führerhaus des Wassertankers gesessen, und nun fuhr ich bei Ritchie Thorpe im Werkstattwagen mit, als mir einer von Sadiqs Soldaten meldete, der Hauptmann wünsche mich zu sprechen.

»Ich fahre schon mal voraus, Mister Mannix«, erklärte Sadiq. »Ich möchte mir selbst ein Bild von der Lage machen. Nicht weit von hier liegt ein Dorf, in dem es eine Tankstelle gibt. Würden Sie und Mister Kemp bitte mit uns kommen, um dort die Lage zu sondieren?«

Ich erwiderte: »Harry Zimmerman hat mir erzählt, daß sich hier irgendwo in der Nähe ein Treibstofflager seiner Gesellschaft befindet. Am besten nehmen wir ihn auch noch mit.«

Froh über die Abwechslung, fuhr ich mit Zimmerman und Kemp hinter den Soldaten her. Es dauerte nicht lange, und wir sahen einen grünen Schimmer zwischen den Bäumen; dann erreichte die Straße schließlich die riesige Wasserfläche, nach den endlosen Tagen in Busch und Dschungel ein ebenso überwältigender wie herzerfrischender Anblick. Glitzernd lag der See unter der gleißenden Sonne vor uns.

Für eine Weile saßen wir einfach nur da und starrten auf das Wasser hinaus.

Nachdem wir der Straße, die am Ufer des Sees entlangführte, ein paar Kilometer gefolgt waren, kamen wir an eine Tankstelle mit einem großen, verblichenen Lat-Am-Schild. Dahinter schloß sich eine größere umzäunte Fläche an, auf der Ölfässer gelagert waren. Ich nahm an, daß das Öl und Benzin mit Tanklastern hierher geschafft, in unterirdische Tanks gepumpt und von dort wiederum in Fässer umgefüllt wurde, die dann an die Plantagen und Farmen verteilt wurden.

Wenn es in dieser gottverlassenen Gegend jemanden gab, der Englisch sprach, dann würden wir ihn am ehesten hier finden. Dummerweise hatte ich nicht daran gedacht, einen Dolmetscher mitzunehmen. Doch zum Glück erwies sich das als unnötig.

Anfänglich war niemand zu sehen. Irgendwo tuckerte eine Bewässerungspumpe vor sich hin, unterbrochen nur durch das Gackern einiger mickriger Hühner und das gelegentliche Krächzen eines Urwaldvogels. Ich warf einen nachdenklichen Blick auf die Hühner, drückte dann aber doch auf die Hupe, deren Geräusch sie erst einmal davonscheuchte. Offensichtlich waren sie jedoch an so etwas gewöhnt; sie ließen sich nicht sonderlich aus der Ruhe bringen. Ein Nashornvogel flog gemächlich von einem Baum hoch, um sich gleich auf dem nächsten Ast wieder niederzulassen und uns mit leicht zur Seite geneigtem Kopf zu beäugen. Beim sechsten Hupen ging schließlich die Tür des Tankstellenhäuschens ein Stück auf, und durch den schmalen Spalt spähte ein braunes Gesicht vorsichtig nach draußen.

Wir waren diese Reaktion bereits gewohnt. Schließlich konnte man es den Eingeborenen kaum verdenken, daß sie jedem Fremdling mit unverhohlenem Argwohn begegneten. Aber wir fuhren kein Militärauto und waren in Zivil; das kam uns zugute. »Guten Morgen«, rief ich. »Ist Ihre Tankstelle geöffnet?«

Die Tür ging ein Stück weiter auf, und ein Nyalaner trat ins Freie. Er trug einen abgenutzten Overall mit dem Lat-Am-Emblem.

»Ich habe nicht geöffnet«, erklärte der Mann. »Im Moment ist hier nichts los.«

Ich stieg aus dem Wagen in die sengende Vormittagssonne. »Das wird sich gleich ändern«, versicherte ich ihm. Durch die offene Tür erspähte ich einen Kühlschrank mit einem vertrauten roten Emblem darauf. »Sie haben doch nicht etwa kaltes Coca-Cola?«

»Wie viele Flaschen wollen Sie?« erkundigte sich der Tankwart vorsichtig.

»Ich könnte im Augenblick ohne weiteres zwei vertragen. Also zwei für jeden – insgesamt sechs. Ich zahle alles zusammen.« Während ich eine Handvoll Kleingeld aus meiner Tasche holte, kam mir plötzlich der Gedanke, wie er es wohl schaffte, das Zeug kaltzustellen. Der Tankwart nahm erst das Geld entgegen, um dann kurz zu verschwinden und mit den sechs Flaschen wieder aufzutauchen. Die Flaschen fühlten sich wunderbar kalt an. Ich trank die erste mit einem Zug zur Hälfte leer. »Ganz schön still hier, finden Sie nicht auch?«

Der Schwarze zuckte mit den Achseln. »Wir haben in letzter Zeit einige Scherereien gehabt. Und wenn das so ist, dann bleiben die Leute immer aus.«

»Meinen Sie mit Scherereien den Krieg?«

Er schüttelte den Kopf. »Von einem Krieg weiß ich nichts. Allerdings sind eine Menge Soldaten unterwegs.«

»Wo treiben sich die Soldaten rum?« fragte Kemp. »Hier?« Danach sah es nun keinesfalls aus. Doch unsere eben aufgetane Informationsquelle war noch keineswegs erschöpft. »Nicht hier. Aber in Fort Pirie sind viele Soldaten.«

Diesmals atmete ich hörbar ein. Wenn es sich bei den Soldaten in Fort Pirie im Aufständische handelte, dann hieß das für uns nichts Gutes. Ich hätte gern gewußt, wie es Sadiq in der Zwischenzeit ergangen war.

»Ist es hier zu Kämpfen gekommen?« wollte Kemp wissen.

Ein Kopfschütteln. »Nein, hier nicht.«

»Wo denn?«

Diesmal bekamen wir wieder ein Achselzucken als Antwort. »Irgendwoanders. Jedenfalls nicht hier.«

Es war ganz schön mühsam, aus dem Kerl etwas herauszubekommen. Ich trank die erste Flasche leer und gab mir Mühe, meine Ungeduld unter Kontrolle zu halten. Doch dann fuhr der Tankwart zu unserer Überraschung ungefragt fort: »Vor zwei Tagen sind von Fort Pirie zwei Panzer hier vorbeigekommen. Und dann sind sie wieder zurückgefahren. Sie haben aber nicht getankt.«

»Haben die Soldaten Sie bedroht? Ich meine, waren Sie schlecht zu Ihnen?«

»Nein, sie waren nicht so schlimm. Es waren Regierungstreue.«

Das hätte ich nicht unbedingt für bare Münze genommen; trotzdem hörte sich das Ganze inzwischen schon etwas besser an. Offenbar waren diese Truppen nicht ganz so rabiat wie Maksas Leute.

Nun verschwand der Tankwart unvermutet in seinem Häuschen, um gleich darauf mit einer Flasche Coke wieder aufzutauchen und einen kräftigen Schluck daraus zu nehmen. Ich faßte dies als eine Geste auf, mit der er demonstrieren wollte, daß er uns bis zu einem gewissen Grad akzeptiert hatte. Amüsiert überlegte ich, in welchem Umfang seine Vorräte auf diese Weise Verwendung fanden und wie er diesem Umstand bei seiner Buchführung Rechnung trug. Aber wir sollten ihn noch näher kennenlernen.

»Vor einer halben Stunde sind Soldaten vorbeigekommen. Es waren allerdings nicht viele. Sie sind in dieser Richtung gefahren. Früh am Morgen sind auch schon welche vorbeigekommen; sie sind später wieder zurückgefahren. Angehalten haben sie nicht.«

Er deutete in Richtung Fluß. Mir war natürlich klar, daß er damit nur Sadiq und seine Männer meinen konnte, wobei ich jedoch keine Eile hatte, ihn hinsichtlich unserer Zugehörigkeit zu irgendwelchen Truppenteilen aufzuklären. Wir tauschten noch ein paar weitere Allgemeinplätze aus, bis ich schließlich angesichts der beiden Drähte, die sich von einem Telegraphenmast auf der anderen Seite der Straße auf das Dach der Tankstelle herabsenkten, fragte: »Könnte ich mal Ihr Telephon benutzen?«

»Leider ist die Leitung tot.«

Das wäre ja auch zu schön gewesen. »Ja, das hängt wohl irgendwie mit den vielen Soldaten zusammen. Was ist denn mit Ihrem Radio?«

»Die meiste Zeit kommt nur Musik, und dann wieder lange nichts.« Er fand, daß nun langsam er an der Reihe war, Fragen zu stellen. »Wo kommen Sie eigentlich her?«

»Von Kodowa.«

»Jemand hat erzählt, daß Kodowa völlig zerbombt und niedergebrannt ist. Ist das richtig?«

Ich nickte. »Ja, so ist es. Aber in Makara ist noch alles in Ordnung. Ist Fort Pirie auch zerbombt worden?«

Langsam begannen wir, Informationen auszutauschen. »Nein, da sind keine Bomben gefallen. Es wurde auch nicht geschossen. Nur viele Soldaten sind in der Stadt, hat mir jemand erzählt. Wo wollen Sie jetzt hin?«

»Wir wollen nach Fort Pirie weiter, wenn es dort einigermaßen sicher ist. Wir haben eine ganze Menge Leute dabei, vor allem Frauen und Kinder. Wir sind keine Soldaten.«

»Weiße Frauen? Sie sollten lieber zu Hause bleiben. Im Augenblick ist man hier seines Lebens nicht sicher.« Er schien ernstlich besorgt.

»Sie können mir glauben, mein Freund, daß sie nichts lieber als das täten. Wir fahren jetzt zurück und holen sie. Außerdem wollen wir etwas Benzin kaufen, wenn wir zurückkommen.«

»Ich verkaufe kein Benzin.«

»Ich habe ja auch Diesel gemeint. Diesel, und was Sie sonst noch alles hier haben. Ach, noch was – wie viele Cokes haben Sie noch in Ihrem Eisschrank?«

»Viele. Etwa zwanzig, vierundzwanzig.«

»Ich kaufe alle. Suchen Sie schon mal eine Schachtel dafür, und wenn Sie noch ein paar Flaschen haben, können Sie sie ja schon mal kaltstellen. Wir nehmen Ihnen Ihren ganzen Vorrat an Coca-Cola ab, wenn wir zurückkommen.«

Dieser Vorschlag schien ihn zu amüsieren, zumal ich auf der Stelle bar bezahlte. »Leben hier in der Nähe viele Menschen?« erkundigte sich Kemp. »Könnten wir vielleicht irgendwo Lebensmittel für unsere Leute bekommen?«

Darüber dachte der Tankwart eine Weile nach. Er war keineswegs vorschnell mit seinen Antworten. »Nein, es gibt hier kaum Leute. Viele sind weg, als die Soldaten aufgetaucht sind. Aber ich denke schon, daß Sie etwas zu essen bekommen können.«

Kemp waren natürlich die Hühner keineswegs entgangen – und ebensowenig das kleine Maisfeld hinter der Tankstelle. Selbst Kemp, dessen Gedanken sich sonst ausschließlich um Treibstoffvorräte, Straßenzustandsberichte und andere technische Probleme drehten, ließ sich also herab, auch einen Gedanken an unsere leeren Mägen zu verschwenden. Indessen hatte der Tankwart seinen gesamten Cola-Vorrat in einen Karton gepackt, den er uns feierlich überreichte. Danach zählte er noch einmal sorgfältig das Geld nach, das ich ihm dafür gegeben hatte, und deponierte es in seiner altersschwachen, kleinen Ladenkasse. Zimmerman, der bisher kein Wort gesprochen hatte, sah dem Tankwart aufmerksam zu, als er unseren Landrover auftankte und auch den Betrag hierfür eintippte. Als wir schließlich wieder losfuhren, erklärte er anerkennend: »Nicht schlecht, wie der Bursche seinen Laden schmeißt. Hat mich ehrlich gefreut, das zu sehen, zumal wir für dieselbe Firma arbeiten. Wir müssen ihm also auf jeden Fall ein faires Angebot machen, wenn wir mit unserem Konvoi bei ihm anrollen.«

Als Lat-Am-Angestellter betrachtete Zimmerman die Tankstelle schon fast als sein persönliches Eigentum.

»Keine Sorge, Harry«, beruhigte ich ihn deshalb, während gleichzeitig ein durch nichts gerechtfertigter Optimismus in mir aufstieg. »Wir werden ihn schon nicht übers Ohr hauen. Darauf können Sie sich verlassen.« Ich tätschelte meine Schachtel mit Cola. »Das wird unsere Leute ordentlich aufmöbeln, glauben Sie nicht auch? Irgendeine innere Stimme sagt mir jedenfalls, daß es von jetzt an nur noch aufwärts gehen kann.«

Ganz so sollte es aber nicht werden.

23

Wir wurden mit etwas gedämpfter Freude empfangen, als wir mit unseren Neuigkeiten und den Cokes, die noch nicht ganz ihre Kühle verloren hatten, ins Lager zurückkehrten. Geoff Wingstead entschied, daß wir, falls wir binnen einer Stunde keinen gegenteiligen Bescheid von Sadiq bekämen, mit dem Tieflader bis zur Tankstelle weiterfahren sollten, um auf diese Weise kostbare Zeit zu sparen. Ich schlug vor, er sollte Kemp mit dieser Aufgabe betrauen und noch einmal mit mir vorausfahren. Ich hatte verschiedene Ideen, die ich an ihm ausprobieren wollte.

Er erklärte sich einverstanden, worauf wir uns, diesmal mit Zimmerman und Ben Hammond, mit dem Landrover erneut auf den Weg machten. Auf diesem relativ unproblematischen Streckenstück konnte sich Hammond ohne weiteres von Proctor vertreten lassen. Diesmal fuhren wir an der Tankstelle vorbei und hielten erst an, als sich der Dschungel, der in der Umgebung der Tankstelle noch ziemlich dicht gewesen war, etwas lichtete und den Blick auf das Wasser freigab. An dieser Stelle war der Pirie-See etwa acht Kilometer breit, wobei er sich nach rechts noch weitete. Man hatte uns gesagt, daß der See an der Stelle, wo die Fähre übersetzte, ein paar Kilometer breit war, so daß man das andere Ufer gerade noch erkennen konnte. Aber die Landkarten waren, wie wir mehrfach hatten feststellen müssen, nie sonderlich genau, und so wußte ich nicht, wo die Stelle exakt sein sollte.

»Wie ein Fluß sieht das nicht aus«, meinte Wingstead.

Für ihn als Engländer, in dessen Augen die Themse der Vater aller Flüsse war, war das natürlich durchaus verständlich; ich mußte an den Mississippi denken. »Das alles ist nur ein Teil des Katali«, erklärte ich. »Die Bezeichnung Pirie-See ist ein wenig irreführend, im Grunde ist es nur eine breitere Stelle des Flusses.« Dieser verbreiterte Abschnitt erstreckte sich über eine Länge von etwa fünfzig Kilometern, wonach der Fluß wieder zu seiner gewohnten Breite zurückfand – für afrikanische Verhältnisse ein Tümpel, für uns dennoch eine recht beachtliche Wasserfläche.

»Nur schade, daß der Strom nicht schiffbar ist, wie die meisten europäischen Flüsse.« Kemps Gedanken kreisten wieder einmal nur um Transportprobleme.

»So ist es fast mit allen afrikanischen Flüssen«, erwiderte ich. »Mit ihren Wasserfällen, Stromschnellen, Sandbänken, Felsen und Krokodilen sind sie nun einmal nicht gerade förderlich für jede Art von Schiffsverkehr.« Diese Feststellung ließ Zimmerman laut loslachen. In diesem Augenblick hörten wir ein Dröhnen näherkommen, und dann tauchte auch schon um die nächste Biegung ein Saracen auf; uns blieb nichts anderes übrig als zu hoffen, daß es der unsere war. Er war es in der Tat. Ein paar von Sadiqs Soldaten winkten uns zu; dann hielt der Panzer neben uns an.

»Wir kommen zurück, um Ihnen zu sagen, daß Sie auf keinen Fall weiterfahren sollen, Sir«, teilte mir einer der Soldaten mit.

»Wieso? Was ist los?«

Sie hatten nichts Gutes zu berichten. Die Anlegestelle der Fähre lag etwa zehn Kilometer weiter flußabwärts und befand sich in den Händen aufständischer Truppenteile, die zwar nicht sehr umfangreich waren, aber den Fährverkehr zum Erlahmen gebracht hatten. Sadiq hatte es aus der Ferne beobachtet. Doch er hatte auch mit Bings Hilfe den Funkverkehr der Aufständischen abhören können. Aus dem, was er auffing, ging hervor, daß Kigonde ihm damals nicht die ganze Wahrheit gesagt hatte. Die Aufständischen waren wesentlich stärker, als man uns glauben gemacht hatte. Erhebliche Teile des Heeres waren übergelaufen, und die Region um Fort Pirie, wenn nicht sogar bis hinunter nach Lasulu, befand sich fest in ihren Händen.

Soviel wir dem Bericht von Sadiqs Soldaten entnehmen konnten, bestanden inzwischen sogar Zweifel, ob man die Aufständischen nicht schon besser als die Streitkräfte der neuen Regierung von Nyala bezeichnen mußte. Jeglicher Funkverkehr mit Port Luard war abgerissen. Auf welche Seite die Luftwaffe sich geschlagen hatte, war völlig unklar, wobei jedoch ziemlich außer Zweifel stand, daß sie es am Ende mit Sicherheit verstehen würde, sich auf die Seite der Sieger zu schlagen.

»Vielen Dank für die Neuigkeiten«, wandte ich mich dem Anführer des Trupps zu, obwohl ich keinerlei Dankbarkeit verspürte. »Sagen Sie Hauptmann Sadiq, daß wir mit dem Konvoi nur bis zur Tankstelle fahren und dort auf weitere Anweisungen von ihm warten.«

In Sadiqs Augen würden wir vermutlich auch damit schon gefährlich nahe an den Feind heranrücken. Der Saracen wendete und verschwand. Wir kehrten niedergeschlagen zur Tankstelle zurück. »Kann denn zur Abwechslung nicht auch mal was klappen«, schimpfte Wingstead, der sich sonst nicht so leicht unterkriegen ließ; ich hoffte, daß seine momentane Verzagtheit nur eine Folge der Erschöpfung war.

»Es hätten doch auch mal Regierungstruppen sein können«, fiel nun auch Zimmerman in das Klagelied ein.

»Glauben Sie im Ernst, das hätte einen Unterschied gemacht? In einem Bürgerkrieg ist es für Ausländer in jedem Fall geraten, möglichst jeden Kontakt mit dem Militär zu vermeiden – ganz gleich, welcher Seite es nun angehört. Dreckskerle wie Maksa gibt es in der Regel auf beiden Seiten.«

Als wir die Tankstelle erreichten, fuhr ich den Landrover hinter das Tankwarthäuschen, damit der Wagen von der Straße nicht zu sehen war. In der Tür erschien das mißbilligende Gesicht des Tankwarts, das sich jedoch sofort erhellte, als er sah, daß wir die Besucher waren. »Ich habe noch mehr Coca-Cola kaltgestellt«, verkündete er stolz. »Wie Sie gesagt haben.«

»Wußten Sie eigentlich, daß bei der Anlegestelle der Fähre Soldaten sind? Sie stehen nicht auf der Seite Ihrer Regierung.«

Inzwischen waren auch die anderen ausgestiegen. »Wir würden uns hier gern etwas näher umschauen«, fuhr ich fort. »Ich glaube fast, daß es bald zu Scherereien kommen könnte. An Ihrer Stelle würde ich den Leuten im Dorf schon mal sagen, sie sollen sich lieber aus dem Staub machen, bis alles vorbei ist; was im übrigen auch für Sie gilt.«

Darauf erwiderte der Tankwart. »Die anderen sind schon alle fort. Aber ich nicht – ich bleibe hier.«

»Wieso?«

»Wenn ich nicht hierbleibe, bringt Mister Obukwe mich um«, erklärte er bestimmt.

»Wer ist das?«

»Mein Boß in Fort Pirie.«

Dieser Mr. Obukwe mußte eine ziemlich beeindruckende Persönlichkeit sein, wenn er eine solche Treue zur Firma bewirken konnte. Ich grinste Harry Zimmerman amüsiert an, als er vortrat und den Tankwart fragte: »Wie heißen Sie eigentlich?«

Der Schwarze überlegte erst, ob er ihm antworten sollte. Aber schließlich sagte er doch: »Sam Kironji.«

»Freut mich, Sie kennenzulernen, Sam.« Zimmerman streckte ihm seine Hand entgegen. »Mein Name ist Harry Zimmerman. Nennen Sie mich einfach Harry. Ich arbeite auch für Lat-Am. Sehen Sie.« Er klappte seine Brieftasche auf und hielt Kironji eine Ausweiskarte unter die Nase.

»Sehr gut, daß Sie gekommen sind«, erklärte der Tankwart freudestrahlend. »Dann können Sie Mister Obukwe ja sagen, daß ich zur Zeit außer Coca-Cola hier nichts verkaufe.«

»Klar, das mache ich. Wenn Sie also gehen wollen, können Sie das ohne weiteres tun. Neil hat vollkommen recht. Wir müssen jeden Augenblick mit Scherereien rechnen.«

Kironji dachte kurz nach und bedachte ihn dann mit einem strahlenden Lächeln.

»Ich werde bleiben. Das ist meine Tankstelle, und ich werde hier weiter nach dem Rechten sehen. Ich habe doch vor den Soldaten keine Angst wie die da.« Er winkte verächtlich zu dem verlassenen Dorf hinüber. »Wenn Sie noch mehr Cola wollen oder sonst etwas, dann kann ich Ihnen das vielleicht besorgen.«

»Das wäre natürlich wunderbar«, sagte ich. »Wir könnten so viel Coke und Lebensmittel brauchen, wie Sie nur anschaffen können. Sobald unsere Lastwagen hier eintreffen, werden wir auch noch einiges an Diesel brauchen.« Möglicherweise mehr, als unser neuer Verbündeter sonst in einem Jahr verkaufte, dachte ich. Ich deutete auf einen Weg, der von der Straße abzweigte. »Sagen Sie mal, Sam; wohin führt dieser Weg?«

»Zum Fluß.«

»Aber wir sind doch hier schon am Fluß.«

»Er führt nach dort hinten.« Dabei deutete er vage in die Richtung der umzäunten Lagerfläche.

»Wie weit?«

»Nicht weit. Vielleicht eine halbe Stunde.«

»Gut, dann fahren wir gleich mal mit dem Landrover los«, erklärte ich. »Wenn irgendwelche weißen Männer hier vorbeikommen, dann sagen Sie ihnen, sie sollen auf uns warten.«

»Das geht nicht«, fuchtelte Kironji mit dem Zeigefinger wild durch die Luft. »Das ist alles Firmengelände.«

Ich bedachte ihn mit einem amüsierten Blick. Mit diesem Tankwart hatte Lat-Am wirklich einen guten Fang gemacht. »Harry?«

Zimmerman konnte Kironji mühsam überzeugen, daß wir im Auftrag seiner Firma unterwegs waren, so daß er schließlich nachgab.

Der Weg befand sich in einem besseren Zustand, als ich erwartet hatte, und er wies auch alle Anzeichen auf, daß er oft befahren wurde. Wo der Straßenbelag zu starke Abnutzungserscheinungen aufgewiesen hatte, war er relativ aufwendig ausgebessert worden. Offensichtlich maß Mister Obukwe von Lat-Am Oil diesem Weg eine gewisse Bedeutung bei. Und wir hätten nun gern in Erfahrung gebracht, worauf das zurückzuführen war.

Die Fahrbahn war gerade so breit, daß ein großer Lkw zwischen den Bäumen durchkam. Auf der rechten Seite war der Bewuchs sehr dicht, während die Bäume auf der linken kaum den Blick auf den See versperrten. Auf beiden Seiten war zu sehen, daß sie regelmäßig zurückgeschnitten wurden.

Der Weg verlief parallel zur Hauptstraße und zum Seeufer. Als wir nach einer Weile eine Lichtung erreichten, blitzte uns die immense Wasserfläche wie ein funkelnder Diamant entgegen. Der größte Teil der Lichtung war umzäunt. In dem abgesperrten Gelände waren weitere Treibstoffässer gelagert. Vom Ufer ragte ein primitiver Landungssteg von etwa zweieinhalb Metern Länge und drei Metern Breite ins Wasser hinaus. Er bestand aus einer hölzernen Plattform, die wie ein Floß auf mehreren leeren Ölfässern schwamm.

Sogar ein kleines Boot mit einem Außenbordmotor war am Steg vertäut. Ich trat auf die Holzplattform hinaus, die unter meinen Schritten leicht schwankte, und sah mir das Boot genauer an. Es machte nicht mehr den frischesten Eindruck und hatte schon ein paar kleine Lecks; der Außenborder schien noch gut in Schuß zu sein.

Dann wandte ich meine Aufmerksamkeit dem See zu. Das andere Ufer war schätzungsweise sieben Kilometer entfernt. Durch mein Fernglas konnte ich ganz deutlich die verschiedenen Wege erkennen, die von der anderen Seite darauf zuführten. Das also war Manzu, wo kein Bürgerkrieg tobte – ein Land, das uns im Augenblick verlockender schien als das Paradies auf Erden. Gleichzeitig war es für uns jedoch auch so unerreichbar weit entfernt wie die Rückseite des Mondes. Dabei kam mir ein Gedanke, der mir ein trauriges Lächeln entlockte. Wenn wir nur an uns selbst zu denken gehabt hätten, wäre es für uns vier ein leichtes gewesen, dieses Gelobte Land in wenigen Minuten zu erreichen.

»Eine herrliche Aussicht ist das, finden Sie nicht auch?« Wingstead gingen wohl ähnliche Gedanken durch den Kopf, während er gleichfalls mit dem Fernglas das andere Ufer absuchte.

Ich wandte mich wieder nach der Lichtung um. Nun lagen die Gründe für den guten Zustand des Wegs auf der Hand. Der Treibstoff wurde auf dem Wasser hierher transportiert, was selbstverständlich weniger aufwendig war als der Transport auf dem Landweg.

In der Nähe des Ufers stand ein Bretterschuppen, dessen Tür jedoch verriegelt war. Durch die Ritzen zwischen den Planken konnten wir erkennen, daß es sich um eine Werkstatt handelte. Das Innere machte einen recht ordentlichen Eindruck, offenbar war die Werkstatt regelmäßig in Gebrauch. Dann ging ich am Zaun entlang um das Treibstofflager. Ich stieß auf ein verschlossenes Tor, neben dem auf der Innenseite des Zauns eine kleine, palmgedeckte Hütte stand. In diesem Augenblick kam mir der Gedanke, daß sich die relativ langgezogene Lichtung hervorragend als Versteck für den Tieflader und den Rest unseres Fahrzeugparks geeignet hätte. Der Weg machte zwar keinen sonderlich vertrauenerweckenden Eindruck, aber ich hatte inzwischen von Kemp genügend gelernt, um zu wissen, daß es unseren Anforderungen gerecht werden würde – eine Ansicht, in der mich Wingstead voll und ganz bestätigte.

»Gar keine so schlechte Idee. Außerdem haben wir auf diese Weise unser Ziel auch noch ständig vor Augen«, meinte er, als ich ihm meinen Vorschlag unterbreitete.

Am anderen Ufer war eine kleine Ansammlung von Gebäuden zu sehen, die sich vermutlich gleichfalls um eine Anlegestelle gruppierten. Auf dem See selbst waren keinerlei Boote unterwegs. Entweder herrschte auf dem Pirie-See sowieso kaum Schiffsverkehr, oder er war angesichts des drohenden Bürgerkriegs zum Erliegen gekommen.

Wieder bei der Tankstelle, luden wir das Cola und die Lebensmittel, die Kironji in der Zwischenzeit beschafft hatte, in den Landrover. Seine Behausung diente auch als eine Art Laden, obwohl es mit Ausnahme von ein paar Konservendosen kaum etwas Brauchbares gab. Er hatte sogar einen kleinen Verbandskasten, der aber das Plündern nicht wert war. Als Kironji die letzte Schachtel mit Coke zum Wagen hinaustrug, machte ich jedoch eine interessante Entdeckung.

»Sind das etwa Bierdosen, Sam?«

»Das sind meine.« Er stellte sich trotzig vor den Karton.

»Keine Sorge, Sam, wir nehmen Ihnen Ihr Bier schon nicht weg.« Kironji sah mich daraufhin eine Weile zögernd an, bis er schließlich fragte: »Möchten Sie ein Bier?«

»Das würde ich Ihnen nie vergessen, Sam.«

Grinsend drückte er mir eine wunderbar kalte Dose in die Hand. »Das Bier ist aber nur für Sie und Ihre Freunde. Es ist nicht für den Verkauf.«

Es schmeckte köstlich. Selbst unser Vorrat an warmem Bier war schon seit Ewigkeiten aufgebraucht.

Ich blickte mich um, während ich trank. Das Innere des Häuschens war sehr sauber und ordentlich. Es war eine Mischung von Büro und Lager; an der Rückwand waren in einem Regal ein paar Reifen und Ersatzteile gestapelt. Sicher würde Hammond etwas damit anfangen können, und er hatte sich tatsächlich auch schon über Kironjis Lager hergemacht, um seine Schätze näher zu untersuchen. Eine Tür in der Rückwand führte in Kironjis Wohnraum. Als Junggeselle wohnte er offensichtlich mit Vorliebe gleich am Arbeitsplatz und konnte auf diese Weise sein über alles geliebtes Lat-Am-Eigentum rund um die Uhr wie seinen eigenen Augapfel hüten. Der Wohnraum beherbergte neben dem spärlichen Mobiliar noch eine Werkbank und weiteres Werkzeug.

»Arbeiten Sie hier ganz allein als Mechaniker, Sam?«

»Ja, Sir. Ich habe eine Menge Werkzeug und habe auch eine gute Ausbildung gehabt. Meistens arbeite ich allerdings unten am See.« Wir hatten selbst gesehen, daß der Schuppen neben dem Landesteg mit Werkzeugen ausgerüstet war.

»Wem gehört das Boot?« erkundigte ich mich.

»Mir. Ich fahre damit manchmal angeln.«

»Würden Sie es mir für eine Weile leihen? Ich hätte mir gern mal den See näher angesehen.«

Er schüttelte zwar den Kopf über mein verrücktes Vorhaben, aber schließlich konnten wir uns doch über den Preis einig werden, der im übrigen ganz schön gesalzen war. Aber der gute Sam war nun nicht gerade jemand, der sich für dumm verkaufen ließ.

Als Wingstead hereinkam, spendierte ihm Kironji zu seiner großen Freude ebenfalls ein Bier, das Geoff sich mit zwei Schlucken einverleibte.

»Sie sagen, daß noch mehr Leute kommen«, erkundigte sich Kironji. »Was machen Sie hier eigentlich?«

»Wir wollten Ersatzteile zu den Ölfeldern in Bir Oassa raufschaffen«, erklärte ihm Wingstead. »Doch dann ist der Krieg ausgebrochen, so daß wir umkehren mußten. Und jetzt versuchen wir, uns nach Lasulu durchzuschlagen.« Manzu ließ er vorerst ganz aus dem Spiel.

Kironji dachte kurz nach und fragte dann: »Wissen Sie eigentlich von diesem Krankenhaus?«

»Es gibt hier ein Krankenhaus?« Ich dachte nämlich erst, damit meinte er ein Krankenhaus in der Nähe. Aber seine Bemerkung bewies wieder einmal nur, wie hervorragend im Busch die Verständigung auch über weite Entfernungen klappte.

»Ich habe gehört, daß es jetzt auf einem riesigen Anhänger durch das Land fährt – mit vielen Kranken und Verwundeten. Und viele Leute folgen ihm zu Fuß.«

»Na, so was«, entfuhr es Wingstead. »Wir sind ja regelrecht

berühmt geworden! Wenn sogar Sam hier an diesem gottverlassenen Ort schon davon gehört hat, dann weiß doch inzwischen sicher ganz Nyala über uns Bescheid. Ich weiß nur nicht, ob ich das nun als eine gute oder schlechte Nachricht ansehen soll.«

»Ja, Sam«, schaltete ich mich wieder ein. »Wir gehören zu diesem Krankenhaus auf Rädern. Die Kranken sind alle auf einem riesigen Tiefladeanhänger untergebracht. Wir haben sie von Dr. Katabisiruas Krankenhaus in Kodowa bis hierher gebracht.«

Sams Miene erhellte sich. »Doktor Kat! Ich kenne ihn. Er ist ein guter Arzt. Er hat meinen Bruder geheilt, als er sich letztes Jahr das Bein gebrochen hat.« Das war zur Abwechslung mal wieder eine gute Nachricht; schließlich konnte uns der gute Ruf, in dem Dr. Kat stand, nur zugute kommen.

»Er wird heute noch hierherkommen, Sam«, erklärte Wingstead.

Kironji bedachte ihn darauf nur mit einem leicht ungläubigen Blick.

In diesem Moment erschien Hammond in der Tür. »Der Hauptmann ist da, Mister Mannix. Er möchte Sie sprechen.«

Ich warf Hammond zwei Dosen Bier zu. »Eines für Sie und eines für Harry. Aber erzählen Sie den anderen lieber nichts davon«, schärfte ich ihm ein. »Mehr gibt es nämlich nicht.«

»Sie haben doch gesagt, daß keine Soldaten im Spiel wären«, wandte sich nun Kironji vorwurfsvoll an mich.

»Es sind nur ein paar. Sie sind uns wohlgesonnen. Außerdem weiß Doktor Kat über sie Bescheid.«

Sadiq wartete draußen auf mich. Nachdem ich mich für die Warnung, nicht weiterzufahren, bedankt hatte, fuhr ich fort: »Ich habe Mister Wingstead vorgeschlagen, daß wir hier haltmachen. Und er ist einverstanden. Der Weg zum Fluß runter ist ziemlich gut, und vor allem ist er nicht so leicht einzusehen. Wir könnten dort den ganzen Konvoi mitsamt dem Tieflader verstecken, und selbstverständlich auch noch Ihre Männer, wenn Sie wollen.«

Sadiq gefiel diese Idee offensichtlich, und er zog los, um sich selbst zu vergewissern. Kironji beobachtete ihn von der Tür seines Häuschens aus.

»Sam«, wandte ich mich nun wieder dem Tankwart zu. »Sind Sie schon mal mit der Fähre gefahren?«

»Nein. Wozu? Ich arbeite hier. Was sollte ich also in Manzu?«

»Wer benutzt denn hauptsächlich die Fähre?«

Er dachte eine Weile nach. »Von Manzu fahren viele Lastwagen zu den Ölfeldern hoch. Außerdem Farmer und Regierungsbeamte. Die Fähre benutzen alle möglichen Leute.«

Offensichtlich herrschte in glücklicheren Zeiten ein reger Grenzverkehr zwischen Manzu und Nyala, zumal dies die einzige Verbindung zwischen den nördlichen Nachbarländern Nyalas und den Ölfeldern darstellte. Jedenfalls schloß ich aus Kironjis Hinweis, daß die Fähre auch Lkw über den Fluß transportierte; das Schiff mußte größer sein, als ich vermutet hatte. Geoff Wingstead winkte mir zu.

»Wenn der Tieflader hier eintrifft, schaffen wir ihn sofort von der Straße. Für meinen Geschmack sind wir nicht weit genug von Fort Pirie entfernt, und ich sehe keinen Grund, ein unnötiges Risiko einzugehen. Die Lichtung unten am See ist groß genug, und vor allem kann man sie von der Straße aus nicht sehen. Nur die Abzweigung werden wir etwas verbreitern müssen.«

Während der nächsten Stunde kamen Wingstead, Zimmerman, Hammond und ich ganz ordentlich ins Schwitzen. Wir rollten ein paar Felsbrocken zur Seite, rissen ein paar Büsche aus und rückten einigen besonders hartnäckigen Dornensträuchern mit einer Machete zu Leibe; wir brachten Unordnung in Sam Kironjis sorgsam gehütetes kleines Königreich. Hätte Harry Zimmerman nicht ebenfalls für Lat-Am Oil gearbeitet, hätte er dieses Zerstörungswerk mit Sicherheit nicht zugelassen, ganz zu schweigen von der Überwindung, die es ihn kostete, uns dabei auch noch behilflich zu sein.

Vier Stunden später kam der Tieflader schließlich in der Lichtung am See zum Stehen. Die Plattform wurde zu Boden gelassen, damit die Federung entlastet wurde. Wir brachten fast alle unsere Fahrzeuge auf der Lichtung unter, und die wenigen, die dort nicht mehr Platz fanden, stellten wir entlang des Weges auf, so daß sie schleunigst die Flucht ergreifen oder den Weg zur Lichtung versperren konnten. Wir wären so gut wie unsichtbar gewesen, hätte es nicht die Scharen von nyalanischen Flüchtlingen gegeben, die uns hartnäckig folgten. Sie schlugen ringsum ihre Lager auf und saßen schwatzend an ihren Kochstellen. Zudem herrschte ein ständiges Kommen und Gehen. Nach Sam Kironjis Aussagen stammten viele unter ihnen aus der näheren Umgebung, zogen es aber offensichtlich vor, sich uns anzuschließen, als zu Hause zu bleiben.

Sadiq schickte seine Leute aus, um sie zu überreden, wieder in ihre Dörfer zurückzukehren – ohne Erfolg. Der Tieflader übte auf diese Menschen eine stärkere Anziehungskraft aus, als wir uns je hätten vorstellen können. Die Leute weigerten sich höflich, aber bestimmt, uns zu verlassen. Die nähere Umgebung wurde sorgsam nach allem Eßbaren abgesucht; Sam Kironjis Hühner waren längst verschwunden, bevor wir uns über einen Kauf hätten einig werden können.

Ich stieß auf Schwester Ursula, die gerade ein paar Laken, die sie in Kironjis Behausung aufgetrieben hatte, in Streifen riß, um sie als Verbandsmaterial zu verwenden. »Lassen Sie mich das machen«, erbot ich mich. »Sie haben Wichtigeres zu tun.«

»Danke.« Sie hatte ihre Haube abgenommen, und ihre Kopfhaut, unter dem extrem kurz geschnittenen Haar deutlich zu erkennen, schimmerte von Schweiß.

»Wie geht es, Schwester?«

»Es könnte schlimmer sein«, erwiderte sie kurz. »Wir haben keine Todesfälle mehr, und dem kranken Neugeborenen geht es inzwischen auch besser. Um Mister Lang machen wir uns allerdings etwas Sorgen.« Er hatte wohl inzwischen Max Ottermans frühere Rolle als Sorgenkind übernommen. »Doktor Marriot meint, daß es auch Schwester Mary etwas besser geht, aber sie muß jede Anstrengung vermeiden. Trotzdem müssen wir unbedingt in nächster Zeit ein Krankenhaus erreichen. Besteht irgendeine Aussicht?«

Nun blieb mir nichts anderes übrig, als sie in unseren Plan einzuweihen. »Wissen Sie, ob es in Manzu Krankenhäuser gibt?« fragte ich sie deshalb.

Sie konnte mir in diesem Punkt nicht weiterhelfen und zeigte sich sichtlich überrascht, daß wir vorhatten, nach Manzu überzusetzen. Aber der Gedanke gefiel ihr.

»Das ist eine großartige Idee, Mister Mannix. Etwas Besseres hätte Ihnen gar nicht einfallen können. Dann können sich diese bedauernswerten Menschen endlich wieder einmal in Ruhe niederlassen.«

»Wie stellen Sie sich das vor?« versuchte ich ihren Enthusiasmus zu dämpfen. »Es handelt sich hier doch um nyalanische Staatsbürger. Sie können sich doch nicht einfach ohne Papiere in ein anderes Land begeben.«

Schwester Ursula lachte. »Sie sind naiv, Mister Mannix. Für diese Menschen ist das alles hier nur ein einziges großes Land – Afrika. Staatsgrenzen haben für sie keinerlei Bedeutung. Sie überqueren sie einfach, wie es ihnen gerade paßt, ohne sich viel um die Behörden zu scheren; und die Behörden haben ebenfalls Wichtigeres zu tun, als sich um die paar illegalen Grenzgänger zu kümmern. Diese Leute ziehen einfach dorthin, wo es Weideland und Wild gibt.«

Wenn das Ganze nur auch für uns so einfach gewesen wäre! Ich ließ Schwester Ursula bei ihren Verbänden zurück und machte mich auf die Suche nach Hammond, McGrath und Wilson.

Gemeinsam gingen wir zum See hinunter und traten auf den Landesteg hinaus. »So viele Möglichkeiten haben wir eigentlich gar nicht«, meinte Hammond, während wir unsere Blicke über die Wasserfläche wandern ließen. »Wenn es eine Brücke gäbe, dann könnten wir wenigstens um sie kämpfen.«

»An der Anlegestelle der Fähre wimmelt es von Aufständischen«, entgegnete ich. »Und wir sind nicht stark genug, um mit ihnen fertig zu werden.«

»Schon komisch«, meinte Hammond nachdenklich. »Die ganze Zeit habe ich mir Sorgen wegen unserer Treibstoffvorräte gemacht, und jetzt, wo wir nicht mehr weiterkönnen, hätten wir Sprit in Hülle und Fülle.«

»Ja, der Gedanke ist mir auch schon gekommen«, schaltete sich McGrath ein. »Wir könnten ein paar Ölfässer auf die Fähre zutreiben lassen und das Ganze dann in Brand stecken.«

»Du hast vielleicht Ideen, Mick«, bemerkte Wilson darauf

mit einem Unterton, der mir irgendwie bekannt vorkam; ich war offensichtlich nicht der einzige, der dem Iren nicht über den Weg traute.

Hammond schlug vor: »Wir könnten doch die Leute in Dreier- oder Vierergruppen auf die andere Seite schaffen – mit dem kleinen Boot da ... na ja, oder vielleicht auch nicht«, fügte er rasch hinzu, nachdem er den Landesteg überquert hatte, um einen kurzen Blick auf das Boot hinabzuwerfen. Dann sprang er ein paarmal hoch, um den schwimmenden Landesteg ins Schwanken zu bringen und dann vom Ufer aus nachdenklich zu betrachten.

»Ich möchte wissen, warum die hier einen schwimmenden Steg gebaut haben.«

»Wieso? Hat das denn irgend etwas zu bedeuten?« Ich war kein Seemann, so daß sich mir diese Frage nie gestellt hätte. Aber Wilson griff Hammonds Idee sofort auf.

»Ein fest verankerter Steg wäre wesentlich einfacher zu bauen, es sei denn, das Ding soll sich dem veränderten Wasserstand anpassen. Allerdings frage ich mich, welchen Sinn das hier haben sollte; hier gibt es doch keine Ebbe und Flut.«

»Man kann aber sehen, daß sich der Wasserstand geringfügig verändert.« Hammond deutete auf ein paar Stellen am Ufer, die Wilson offensichtlich als Beweis für seine Behauptung akzeptierte; mir sagten sie nichts. »Und woher kommt dann dieses zusätzliche Wasser?« fragte ich. »Jetzt ist gerade Trokkenzeit. Der Fluß steigt doch sicher beträchtlich, wenn die Regenzeit einsetzt. Ist das der Grund?«

»Das allein kann es nicht sein«, meinte Hammond nachdenklich. »Ich würde eher vermuten, daß sich am Ende des Sees ein Staudamm befindet.« McGrath hörte ihm aufmerksam zu, und ich konnte mir schon vorstellen, was in ihm vorging; falls tatsächlich ein solcher Staudamm existierte, dann überlegte er sicher schon, wie er am besten in die Luft zu sprengen wäre. Ich konnte mich jedoch nicht erinnern, auf irgendeiner Karte einen Damm eingezeichnet gesehen zu haben; auch hatte ich nie von einem reden gehört.

Doch darum ging es Hammond im Augenblick gar nicht.

»Sie brauchen jedenfalls einen schwimmenden Landesteg, weil der Wasserstand des Sees sich verändert. Das heißt ...«

»Na und?«

»Das heißt, daß sich der Steg auch als Floß benutzen läßt.« Hammond deutete auf das Motorboot. »Das Ding ist zwar nicht sonderlich seetüchtig, aber wir könnten damit unseren schwimmenden Anlegesteg mit der entsprechenden Anzahl von Leuten über den See schleppen.«

Damit ließ sich allerdings etwas anfangen.

»Natürlich immer nur ein paar auf einmal«, fuhr Hammond fort. »Aber wir könnten auch ein größeres Floß bauen. Vielleicht finden wir auch noch einen zweiten Außenbordmotor.« Langsam begann Hammond sich für seine Idee zu begeistern.

»Angenommen, das ginge. Was soll aus den Kranken und Verwundeten werden, wenn wir sie auf die andere Seite geschafft haben? Wir hätten dann keine Fahrzeuge mehr, und bis Batanda ist es noch ziemlich weit.«

»Daran habe ich noch nicht gedacht«, erklärte er darauf düster.

Ich schaute mich um. Ein Boot, ein schwimmender Landesteg, ein Außenbordmotor, Treibstoff in Hülle und Fülle, eine Werkstatt ... ausreichend Arbeitskräfte ... Rohmaterialien ... mein Gehirn arbeitete fieberhaft, und schließlich wandte ich mich mit wachsender Zuversicht an die anderen: »Am besten lassen wir uns das Ganze alle noch einmal in Ruhe durch den Kopf gehen. Aber erzählen Sie den anderen noch nichts davon.«

Ich stieg in den Landrover und fuhr zur Tankstelle zurück. Als ich Sam Kironji in seinem Häuschen aufsuchen wollte, fand ich die Tür verschlossen. Er öffnete mir nur widerstrebend.

»Erst kommen Sie allein an, und dann ziehen Sie einen ganzen Rattenschwanz von diesem Gesindel hinter sich her. Diebespack! Warum haben Sie mir nicht gesagt, daß alle diese Leute hier auftauchen würden? Sie haben mir alles gestohlen, was ich besitze. Alles, was nicht niet- und nagelfest ist, haben sie mitgenommen.« Er war ebenso gekränkt wie wütend.

»Regen Sie sich nicht auf, Sam. Wir haben sie nicht mitgebracht; sie sind uns nachgelaufen. Sie haben doch selbst gehört, welch ein mächtiger Zauber von unserem Krankenhaus auf Rädern ausgeht.«

»Das hat nichts mit Zauber zu tun. Das ist *Diebstahl*. Und dann sagen Sie noch, ich soll mich nicht aufregen: Wie soll ich das Mister Obukwe erklären?«

»Das wird Mister Zimmerman schon regeln. Und Sie können sicher sein, daß Lat-Am Oil sehr zufrieden mit Ihnen sein wird. Vielleicht bekommen Sie sogar eine Sonderentschädigung. Haben Sie noch ein Bier?«

Er starrte auf seinen Schreibtisch, während ich im Kühlschrank nachsah, der jedoch völlig leer war. Auch die Regale an der Rückwand waren restlos geplündert. Kironji grinste mich sarkastisch an. »Diebe! Jetzt sehen Sie es selbst. Da!« Er griff unter den Schreibtisch und brachte eine Dose Bier zum Vorschein, die er mir mit einer verlegenen Geste zuwarf, als schämte er sich seiner eigenen Großzügigkeit. Ich nahm sie dankbar an und sagte: »Außerdem ist ja noch immer eine Menge da, Sam. Was wollen Sie denn?«

»Können Sie mir vielleicht sagen, wer meine Reifen ißt – und meine Batterien?«

Ich ließ mich auf der Kante des Schreibtisches nieder. »Sam, da sind doch diese Ölfässer, die Sie draußen und unten am See haben.«

»Wieso? Was ist mit ihnen? Wollen Sie mir die vielleicht auch noch stehlen?«

»Nein, natürlich nicht. Wieviel Liter fassen die Fässer?«

Er versank wieder in die Betrachtung der Schreibtischplatte. »Zweiundvierzig Gallonen.«

»Englische?«

»Was heißt hier englische? Gallonen eben – was denn sonst?«

Zweiundvierzig englische Gallonen, was sie vermutlich waren, entsprachen etwa fünfzig amerikanischen Gallonen.

»Sam, Sie könnten mir einen Gefallen tun«, setzte ich schließlich an. »Geben Sie mir bitte etwas Papier und einen Kugelschreiber oder Bleistift, und dann lassen Sie mich eine Weile hier in Ihrem Büro allein. Ich muß ein paar Berechnungen anstellen, und dafür brauche ich Ruhe. Ich wäre Ihnen wirklich sehr dankbar.«

Widerstrebend legte er einen Block und einen Kugelschreiber vor mich auf den Schreibtisch. »Den Kugelschreiber möchte ich aber wieder zurückhaben«, erklärte er bestimmt, bevor er sich zur Tür wandte.

»Einen Augenblick noch. Wieviel wiegt ein leeres Faß?«

Er zuckte mit den Achseln. »Woher soll ich das wissen?«

Im Augenblick war das gar nicht so wichtig. »Wieviele leere Fässer haben Sie im Moment hier?«

Seine Schultern zuckten erneut in die Höhe. »Zu viele. Der Nachschub bleibt aus. Deshalb liegen hier massenhaft leere Fässer rum.«

»Bitte, Sam – wie viele?«

»Etwa tausend, vielleicht auch mehr. Ich habe sie nicht gezählt.«

Diese Zahl notierte ich mir fürs erste. »Danke, Sam. Sehen Sie, so geht es doch gleich wesentlich besser. Woher nehmen Sie eigentlich Ihren Strom?«

»Fragen!« Er deutete mit dem Daumen hinter sich. »Haben Sie ihn nicht gehört, Mann? Vom Generator natürlich!«

Ich hatte mich so an das Tuckern des Generators auf dem Tieflader gewöhnt, daß mir gar nicht aufgefallen war, daß dieser ein etwas anderes Geräusch machte. »Dann haben Sie also auch einen Generator?«

»Warum? Wollen Sie mir den auch noch wegnehmen?«

Er streckte mir ärgerlich seine Handflächen entgegen. »Bitte, bedienen Sie sich. Jetzt ist sowieso schon alles egal. Mister Obukwe wird so und so wütend auf mich sein.«

»Machen Sie sich deswegen mal keine Sorgen«, tröstete ich ihn. »Niemand wird Ihnen den Generator oder sonst etwas wegnehmen. Aber was halten Sie davon, wenn wir ihn Ihnen abkaufen? Ich arbeite für die British Electric. Vielleicht können wir Ihnen den Generator abkaufen?«

»Zahlen Sie in bar?«

Ich mußte laut lachen. »Nicht ganz, aber letzten Endes werden Sie Ihr Geld schon in bar bekommen. Aber jetzt lassen Sie mich erst mal eine Weile allein und in Ruhe hier arbeiten.«

Bevor er ging, notierte er noch meine Dose Bier auf einem Rechnungsblock.

24

Mit meinen Berechnungen hatte ich eine Weile zu tun. Wir Amerikaner neigen zu der Annahme, daß unsere Art, an die Dinge heranzugehen, die beste wäre. Dennoch ist das in Europa gebräuchliche metrische System wesentlich effektiver als unser Durcheinander von verschiedenen Maßeinheiten; sogar die erzkonservativen Briten haben dieses System übernommen. Selbst die englische Gallone ist ein wesentlich praktikableres Hohlmaß als die amerikanische: eine englische Gallone faßt genau zehn englische Pfund Süßwasser. Ich hatte bald errechnet, daß ein leeres Faß einen Auftrieb von vierhundertzwanzig englischen Pfund hatte.

Doch das war erst der Anfang, und ich ging sogar so weit, mit einer rostigen Schere das Papier in bestimmte Formen zurechtzuschneiden. Schließlich streckte ich mich in Sams Stuhl, verstaute seinen Kugelschreiber in einer Schreibtischschublade, warf einen hoffnungsvollen, aber vergeblichen Blick in den Kühlschrank und machte mich schließlich zu Fuß auf den Weg zum See hinunter. Ich nutzte die Zeit zum Nachdenken und sah mir den Landesteg noch einmal genauer an.

Das Ganze war eine ziemlich primitive Konstruktion – ein paar leere Ölfässer mit einer grob zusammengezimmerten Holzplattform oben drauf. Die schwimmende Plattform war schon ziemlich verwittert, und was ihre Stabilität betraf, hätte ich damit nicht einmal den See im New Yorker Central Park überqueren wollen.

Ich schrie nach irgend jemandem. Bob Pitman antwortete.

»Bob«, bat ich ihn, »schaffen Sie mir doch ein paar Leute her – Kemp, Hammond und Wingstead. Ach, und Mick McGrath. Sagen Sie ihnen, sie sollen zum Landesteg kommen.«

»Wird gemacht«, antwortete Pitman und trollte sich davon. Als alle sich versammelt hatten, stellte ich fest, daß auch

Zimmerman Wind von unserer Besprechung bekommen hatte. Ich ließ meine Blicke von einem zum anderen wandern und holte erst einmal tief Luft.

»Ich habe da eine etwas verrückte Idee«, begann ich.

Das gab zu ein paar ironischen Bemerkungen Anlaß, und ich wartete, bis sie langsam wieder erstarben, bevor ich fortfuhr: »Mein Plan ist ebenso verrückt wie gefährlich; aber vielleicht läßt er sich trotzdem in die Tat umsetzen. Wenn wir hier rauskommen wollen, müssen wir etwas unternehmen. Eigentlich haben Sie mich auf diese Idee gebracht, Ben. Sie und Mick.«

»Tatsächlich?« fragte Hammond.

»Ja. Und zwar würde ich vorschlagen, daß wir ein Floß bauen.«

»Ich weiß, daß diese Idee von mir stammt, aber dann hatten Sie ja gleich wieder Ihre Einwände.«

»Trotzdem – ich habe mir die Sache durch den Kopf gehen lassen. Wir werden nicht auf dieses wacklige Ding zurückgreifen, sondern selbst ein Floß bauen. Ich habe dazu bereits meine Berechnungen angestellt und bin zu dem Schluß gelangt, daß das durchaus im Bereich des Möglichen liegt. Das Problem ist nur, daß so etwas in der rauhen Wirklichkeit meist etwas anders aussieht als auf dem Papier.« Ich weihte die anderen in die näheren Umstände ein. »Ben hat vorgeschlagen, wir sollten den schwimmenden Anlegesteg mit dem Motorboot über den See schleppen und jeweils ein paar Patienten damit ans andere Ufer schaffen. Aber dieses Floß ist weder groß noch stabil genug, um mehrere Personen zu befördern; und außerdem sind wir, sobald wir Manzu erreicht haben, auf andere Transportmittel angewiesen. Ich glaube jedoch, inzwischen eine Lösung für dieses Problem gefunden zu haben.«

»Wollen Sie ein größeres Floß bauen?« fragte Wingstead.

»Wie wollen Sie dieses Riesending fortbewegen?«

»Woraus wollen Sie es bauen?«

»Wo, glauben Sie, sind wir hier eigentlich? Auf einer Schiffswerft?«

Ich hob meine Hand. »Immer schön der Reihe nach. Lassen Sie mich Ihnen erst mal alles in Ruhe erklären.« Mein Plan hatte zwei Abschnitte, und ich hielt es für das beste, alles schön der Reihe nach darzulegen. Ich konzentrierte mich also zuerst auf den Bau des Floßes. »Gleich als erstes: Jedes leere Ölfaß, das hier herumliegt, hat einen Auftrieb von hundertneunzig Kilo. Und so viel ich gesehen habe, gibt es hier Hunderte von diesen Dingern. Für das, was ich vorhabe, sind jedoch kaum mehr als, sagen wir mal, hundert leere Fässer nötig.«

»Wenn Sie mich fragen, klingt das reichlich hirnrissig«, rief Kemp dazwischen. »Mit hundert von diesen Ölfässern können Sie doch kein Floß bauen, mit dem Sie irgend etwas irgendwohin schaffen können.« Mir war klar, daß er sich ein Floß vorzustellen versuchte, das auf einem Unterbau von hundert leeren Ölfässern über den See schwamm – eine Vorstellung, über die auch ich eine Weile nachgedacht hatte.

»Der Bau eines Floßes ist nur die erste Phase meines Plans. Und solange niemand einen besseren Vorschlag hat, werden wir auch genau das versuchen. Wir können nicht ewig hierbleiben.«

»Das klingt ja ganz so, als hätten Sie noch einiges auf Lager«, warf Wingstead ein. Sein Tonfall war jedoch keineswegs ermutigend. »Rücken Sie schon mal raus damit.«

»Um noch einmal auf das Floß zurückzukommen – natürlich stellt dieses Vorhaben auch einige Anforderungen an unser aller Erfindungsgabe. Aber wozu haben wir schließlich so viele helle Köpfe? Die nötigen Materialien sind in Hülle und Fülle vorhanden, und an Zeit und Arbeitskräften fehlt es uns ebenfalls nicht.«

»Meinen Sie damit die Nyalaner?« Hammond fing langsam Feuer für meine Idee.

»Wir werden dafür natürlich einige Arbeitskräfte benötigen. Die Frauen können aus Lianen Seile flechten, und einen Teil der Männer werden wir für den Transport der Materialien heranziehen. Hier habe ich bereits ein paar provisorische Konstruktionspläne angefertigt.« Ich hielt den Block hoch.

Zimmerman und Hammond erweckten bereits den Eindruck, als wären sie gewillt, sich jeder Herausforderung zu stellen. Kemp dagegen schob sein Kinn in einer Art nach vorn, die mir verriet, daß er wieder einmal an nichts anderes denken konnte als an die Sicherheit des Tiefladers. Er würde sich jedem

Vorschlag widersetzen, der nicht die Rettung seines über alles geliebten Gefährts einschloß.

Geoff Wingstead zeigte sich überraschend unschlüssig, was mich etwas verwunderte. Eigentlich hatte ich vor allem auf seine Zustimmung gezählt und wunderte mich nun, weshalb er so zurückhaltend auf meinen Vorschlag reagierte. McGrath hatte die ganze Zeit kein Wort gesagt; er hörte im Hintergrund aufmerksam zu.

»Wie sollen wir die Nyalaner dazu überreden, uns zu helfen?« warf Hammond ein. »Wir können sie doch nicht bezahlen.«

»In diesem Punkt hat mir Schwester Ursula einen wichtigen Hinweis gegeben. Wir können alle, die mit uns kommen wollen, nach Manzu schaffen. Sobald der Krieg zu Ende ist, werden sie vermutlich wieder nach Nyala zurückkehren. Aber im Augenblick sind sie nicht weniger in Gefahr als wir selbst. Ich bin ziemlich sicher, daß wir auf ihre Mitarbeit zählen können.«

Kemp hatte mit einem Stöckchen in den Sand gezeichnet und sagte nun: »Das ist doch vollkommen absurd, Neil. Allein die Vorstellung, ein Floß bauen zu wollen, um mehrere hundert Menschen damit über diesen See zu schaffen, ist verrückt genug, aber Sie wollen auch noch Fahrzeuge damit transportieren. Wie haben Sie sich das eigentlich gedacht? Ich muß Sie doch wohl nicht daran erinnern, daß jede Zugmaschine gut und gern ihre vierzig Tonnen wiegt. Und wie wollen wir die schweren Maschinen verladen?«

»Sie machen sich eben immer noch falsche Vorstellungen von dem, was ich vorhabe«, sagte ich. »Aber wir bauen ja auch kein Floß, um Hunderte von Leuten nach Manzu zu schaffen.« Nun war der Zeitpunkt gekommen, die Bombe platzen zu lassen.

»Ja, aber von was reden wir hier dann eigentlich?«

»Wir werden das Floß benutzen, um die Fähre zu kapern.«

Erst starrten mich alle schweigend an. Nur McGrath' Gesicht verzog sich zu einem breiten Grinsen.

Schließlich brach Wingstead das Schweigen. »Sie müssen verrückt geworden sein, Neil.«

»Na meinetwegen, aber können Sie mir vielleicht sagen, was

wir sonst tun sollen? Weiter hier herumsitzen und Ameisen fressen, bis der Krieg zu Ende ist? Wir müssen irgend etwas unternehmen. Die Immunität, auf die wir uns als Ausländer und Zivilisten vielleicht hätten berufen können, sind wir seit unserem kleinen Intermezzo mit Oberst Maksa mit Sicherheit los. Schließlich haben wir bewaffneten Widerstand geleistet. Und was den Ausgang dieses Krieges betrifft, habe ich kein allzu gutes Gefühl; wenn die regierungstreuen Truppen als Sieger aus ihm hervorgegangen wären, hätte sich das schon längst abzeichnen müssen. Die Aufständischen gewinnen mehr und mehr an Boden, und wenn sie endgültig an der Macht sind, dürften sie mit Leuten wie uns kaum sonderliche Milde walten lassen.«

»Damit haben Sie recht«, nickte Wingstead. »Ihr Vorschlag klingt nur ein wenig phantastisch.«

»Keineswegs«, ergriff nun McGrath zum erstenmal das Wort. »Ich finde die Idee großartig, Mannix. Wirklich großartig. Allerdings würde mich doch interessieren, wie ich Sie darauf gebracht haben soll.«

»Sie haben doch davon gesprochen, brennende Ölfässer auf die Fähre zutreiben zu lassen«, erwiderte ich kurz. Ich war zwar mehr denn je auf McGrath angewiesen, wenn mir dabei auch alles andere als wohl war. »Wir werden die Fähre also vom Wasser aus angreifen, denn genau damit werden sie nicht rechnen.«

McGrath war selbstverständlich voll auf meiner Seite. Ähnliches glaubte ich auch von Hammond annehmen zu dürfen. Obwohl er sich der Risiken durchaus bewußt war, reizten ihn die technischen Anforderungen des Plans. Kemp würde sich vorerst dagegen aussprechen, aber wie ich ihn kannte, würde er dennoch nicht umhin können, sich gedanklich mit meinem Vorhaben zu beschäftigen.

Schließlich bemerkte Hammond ganz richtig: »Ich nehme an, daß die anderen vorläufig von der Sache möglichst nichts erfahren sollen, Mister Mannix.«

»Ja, natürlich. Warum fragen Sie?«

»Ich würde Bert Proctor gern von Anfang an hinzuziehen. Er steuert immer ein paar brauchbare Ideen bei, und zudem habe ich schon des öfteren mit ihm zusammengearbeitet...«

»Ja, natürlich«, unterbrach ich ihn. »Holen Sie ihn am besten gleich.«

Während Hammond ging, grinste Wingstead mir zu. »Die beiden sind wirklich ein Gespann.« Trotzdem machte ich mir nach wie vor wegen seiner mangelnden Begeisterung Sorgen. Schließlich war er der Boß unserer Crew, und aller Augen waren auf ihn gerichtet.

Proctor hörte ernst und aufmerksam zu, als ich für ihn noch einmal den Inhalt unseres bisherigen Gesprächs rekapitulierte.

Dann unterbreitete ich der Gruppe meine vorläufigen Pläne hinsichtlich des Baus unseres Floßes. Bezüglich seiner Tragfähigkeit hatte ich noch keine Berechnungen angestellt, aber ich rechnete doch mit einer stattlichen Anzahl von Personen, dazu zwei Lkw und was wir noch als Bewaffnung entwickeln würden. Die Männer zeigten sich skeptisch, aber gleichzeitig fasziniert, und die Ingenieure unter ihnen mußten eingestehen, daß das Ganze technisch durchaus machbar war.

Ich wandte mich an Kemp. »Übrigens ist mir auch noch wegen des Tiefladers eine Idee gekommen, Basil. Ich weiß, wie wichtig er für uns alle ist. Aber darüber können wir uns später noch unterhalten.« Das war allerdings geflunkert. Ich hatte nicht die leiseste Ahnung, was mit dem Tieflader geschehen sollte. Aber ich mußte Kemp so lange wie möglich hinhalten.

»Wie viele Männer werden uns Ihrer Meinung nach zur Verfügung stehen?« wollte McGrath wissen.

»Sadiqs gesamte Mannschaft. Das wären dreiundzwanzig Mann. Was unsere Crew betrifft, können wir zwar niemanden zur Mitarbeit zwingen, obwohl ich annehme, daß sich alle bereit erklären werden, mitzuhelfen. Das wären noch einmal sechzehn Mann. Insgesamt also neununddreißig.«

»Sagen wir lieber fünfunddreißig, abzüglich der unvermeidlichen Unglücksfälle«, rundete McGrath meine Berechnungen ab.

»Das halte ich auch für eine realistische Zahl.«

»Was wußte Sadiq über die Fähre zu berichten?«

»Sie wird von einem Trupp Wachtposten bewacht. Wie stark dieser Trupp ist, wissen wir nicht. Aber wenn wir plötzlich unter schrecklichem Geschrei aus dem Dunkel auftauchen, werden sie sowieso die Flucht ergreifen.«

Die Mienen um mich herum hellten sich langsam etwas auf. Offensichtlich konnte ich ihnen meinen Plan doch schmackhaft machen.

McGrath drängte: »Es wäre sicher gut, wenn wir noch etwas Genaueres darüber erfahren könnten.«

»Natürlich. Im übrigen habe ich noch nicht mit Sadiq gesprochen. Er wird uns sicher Genaueres erzählen können. Außerdem schlage ich eine kleine Expedition vor, und zwar mit Sam Kironjis Boot. Der Kahn dürfte kaum mehr als fünf Personen fassen, also kommen außer mir nur noch Sie, Geoff, Ben und Sadiq mit. Wir lassen uns nachts auf die Fähre zutreiben.«

»Ich weiß nicht, ob das so eine gute Idee ist, Neil«, warf Wingstead ein.

Ich konnte sein Verhalten immer noch nicht fassen. »Was ist eigentlich los mit Ihnen, Geoff? Schließlich hängt das Ganze vor allem von Ihrer Mitwirkung ab. Hören Sie also endlich auf, hier den Pessimisten herauszukehren.«

Ich hätte es sonst nie gewagt, Wingstead in Anwesenheit seiner Leute so schroff anzufahren, aber es war für das Gelingen unseres Plans nun einmal von größter Bedeutung, daß die gesamte Mannschaft mit der nötigen Zuversicht an diese Aufgabe heranging. Ein Zauderer konnte das ganze Unternehmen mit einem Schlag zunichte machen. »Sie müssen mich entschuldigen, Neil. Ich stehe selbstverständlich voll hinter Ihnen. Ich bin nur etwas müde und erschöpft, nehme ich an.«

Zimmerman brach das betretene Schweigen, das auf diese Feststellung hin eingetreten war. »Ich finde nicht, daß Geoff mitkommen sollte, Neil. Er hat schon genügend anderes am Hals. Wie wär's, wenn Sie stattdessen mich mitnähmen?«

Diesen Vorschlag nahm ich mit unverhohlener Erleichterung zur Kenntnis. Natürlich hätte ich Wingstead gerne dabeigehabt, aber in seiner augenblicklichen Verfassung hätte er vermutlich doch eher eine Belastung für uns dargestellt. Allerdings hätte ich nur zu gern gewußt, was mit ihm los war.

»Angenommen, es gelingt uns tatsächlich, die Fähre zu kapern«, wollte Hammond wissen. »Was dann weiter? Würde dann nicht sofort die gesamte restliche Truppe anrücken?«

»Selbstverständlich. Aber sie sind in Fort Pirie stationiert.

Wir müßten auf jeden Fall verhindern, daß einer der Wachtposten entkommt oder sich über Funk mit der Truppe in Verbindung setzt. Der einzige Risikofaktor liegt in der Frage, ob die Fähre auch tatsächlich fahrtüchtig ist. Nach allem, was Kironji mir erzählt hat, war sie bis vor kurzem regelmäßig in Betrieb.«

»Und was dann weiter?« fragte Wingstead.

»Wir fahren mit dem Tieflader zur Anlegestelle und schaffen alle Kranken und Verwundeten an Bord. Dann brechen wir in Richtung Manzu auf. Mit der nächsten Fuhre schaffen wir dann den Rest der Patienten und so viele Fahrzeuge wie möglich rüber – vor allem natürlich die Lkw. Und einmal in Manzu, ist das Ganze nur noch ein Kinderspiel. Wir fahren nach Batanda, setzen uns mit den Behörden in Verbindung und holen die Nachzügler. Außerdem möchte ich wetten, daß sie dort kaltes Bier haben.«

Hammond stand auf und radierte mit der Ferse seine Kritzeleien im Sand aus. »Also gut, wo fangen wir an?« kam er sofort zur Sache.

Wingstead sah regelrecht verschreckt auf. Unter der Bräune wirkte sein Gesicht seltsam bleich, so daß ich mich unwillkürlich fragte, ob er etwa Angst hatte. In der Lagerhalle in Makara hatte er keine Angst gezeigt.

»Ich weiß nicht«, erklärte er unsicher. »Ich möchte mir die Sache lieber noch einmal gründlich durch den Kopf gehen lassen, bevor wir irgend etwas unternehmen. Mir scheint das alles ...«

Das Zögern, die unschlüssige Miene, das alles waren wir von Wingstead nicht gewohnt. Seine Zweifel verscheuchten zunehmend die zögernde Begeisterung, die ich in den anderen zu wecken vermocht hatte.

Doch das Problem sollte sich in kürzester Zeit von selbst lösen. Er stand abrupt auf, schüttelte fast verwundert den Kopf, tat ein paar zaghafte Schritte – und sank dann plötzlich kraftlos zu Boden.

Wir sprangen auf und stürzten auf ihn zu.

»Holt einer sofort Doktor Kat!« brüllte Kemp. Proctor stob davon. Behutsam bettete Kemp Wingsteads Kopf in seinen Schoß. Seine Gesichtshaut war mit einem Mal aschfahl und schlaff. Wir umringten die beiden in betroffenem Schweigen, bis Dr. Kat und Dr. Marriot eintrafen.

Nach wenigen Minuten erhob sich der Arzt wieder vom Boden. Zu meiner Überraschung wirkte seine Miene sichtlich erleichtert. »Lassen Sie bitte eine Trage holen«, forderte er höflich. Wir hatten bereits eine herbeigeschafft und betteten Wingstead darauf. Während Dr. Marriot ihn zum Tieflader begleitete, blieb Dr. Kat bei uns zurück.

»Ich hätte es kommen sehen sollen«, erklärte er. »Aber Sie können unbesorgt sein, meine Herren. Mister Wingsteads Zustand ist völlig unbedenklich.«

»Was hat er denn nun eigentlich?« fragte ich.

»Er ist überanstrengt. Sie dürfen nicht vergessen, daß er den Flugzeugabsturz noch nicht ganz überwunden hat. Haben Sie nicht irgendwelche Anzeichen bemerkt, daß er der allgemeinen Belastung nicht mehr standhalten konnte?«

»Natürlich.« Wütend über mich selbst, schlug ich mir mit der flachen Hand gegen die Stirn. »Ich habe es genau gemerkt. Und trotzdem habe ich ständig wie ein Verrückter auf ihn eingeredet. Es tut mir leid...«

An diesem Punkt fiel mir Kemp abrupt ins Wort.

»Sie haben sich nichts vorzuwerfen, Neil. Ich habe es ebenfalls bemerkt, und obwohl ich Geoff besser kenne als sonst jemand hier, habe ich nichts gesagt oder getan. Wir müssen verrückt geworden sein, daß wir es überhaupt so weit kommen ließen. Wird er auch wieder ganz gesund werden?«

»Alles, was er braucht, ist Ruhe und eine kräftige Mahlzeit. Was letzteren Punkt betrifft, können wir leider nicht allzu viel zu seiner Genesung beitragen, aber ich versichere Ihnen, ich werde dafür sorgen, daß er sich Ruhe gönnt. In diesem Zusammenhang muß ich gestehen, daß ich sogar eher erleichtert bin über Mister Wingsteads Zustand. Ich hatte nämlich befürchtet, es könnte Typhus oder Cholera sein. Ich hatte ständig damit gerechnet, daß plötzlich eine Seuche unter uns ausbricht. Und als ich dann hörte, daß Mister Wingstead zusammengebrochen war, dachte ich selbstverständlich, dies wären die ersten Anzeichen dafür. Daß es nicht so ist, erleichtert mich ungeheuer.«

Ich wandte mich an Hammond. »Ich möchte heute abend

mit der gesamten Crew sprechen, auch mit dem medizinischen Personal. Wir werden sie in unseren Plan einweihen. Ich halte das zwar für etwas riskant, aber andererseits können wir unseren Leuten unmöglich den äußersten Einsatz abverlangen, wenn sie nicht wissen, worum es geht.«

Dann machte ich mich auf die Suche nach Sam Kironji.

»Sam, was ist eigentlich in der kleinen Hütte gleich am Eingang zu der umzäunten Fläche?« fragte ich ihn.

Er bedachte mich mit einem argwöhnischen Blick. Zu seiner Verärgerung hatte er bereits feststellen müssen, daß das Tor zu dem umzäunten Bezirk aufgebrochen war, und daß Harry Zimmerman mit zwei Helfern dort die leeren Fässer zählte. »Wieso interessiert Sie das?«

Ich übte mich wieder einmal in Geduld. »Was ist in der Hütte?«

Sie enthielt nichts von Bedeutung – etwas kaputtes Werkzeug, Seile und allerlei unnützen Kram. Sam brachte dort all das unter, wofür er keine Verwendung mehr hatte.

Ich ließ in der Hütte eine Stelle freiräumen und Kironjis Schreibtisch dort aufstellen. Bis auf weiteres war die Hütte mein Hauptquartier. Das Häuschen neben der Tankstelle war zu weit von unserem Lager entfernt. Irgendein Witzbold nahm auch noch einen Pirelli-Kalender von der Wand von Kironjis Häuschen und hängte ihn in meine Hütte. Dies war der Übergriff auf sein Eigentum, der ihn wohl am meisten kränkte.

»Jetzt nehmt ihr mir auch noch meine Frauen weg«, klagte er.

»Wir wollen sie uns doch nur ansehen – genau wie Sie. Außerdem bekommen Sie sie ganz bestimmt wieder zurück. Und noch mal vielen Dank für den Schreibtisch und den Stuhl, Sam.«

Er machte eine verzweifelte Geste. »Nehmen Sie alles, was Sie wollen. Inzwischen ist es mir wirklich egal. Mister Obukwe wird mich sowieso feuern.«

Hammond hörte Kironjis Klagen amüsiert zu. »Keine Sorge, Sam. Wenn er das wirklich tun sollte, dann stelle ich Sie an.« Damit drängte er ihn behutsam aus der Hütte. Ich nahm auf dem Stuhl Platz, und Hammond machte es sich auf dem Schreibtisch bequem. Beide hatten wir einen Block vor uns.

»Also so habe ich mir das in etwa vorgestellt, Ben.«

Ich machte ein paar flüchtige Skizzen auf dem Block.

Man nehme ein leeres Ölfaß und stelle es aufrecht hin. Dann ordne man um es herum sechs weitere Fässer an, deren Verschlüsse fest verschraubt sein müssen. Dann baue man dafür einen sechseckigen Holzrahmen mit Ober- und Unterseite. Die Seiten brauchen nicht vollständig verkleidet zu werden; es genügt, wenn sie den Ölfässern Halt geben. Ich bezeichnete diese Konstruktion, welche das Grundelement unseres Floßes darstellte, als Sechseck-A. Sie hatte den Vorteil, daß wir keine Löcher in die Fässer bohren mußten; dadurch konnten wir Zeit sparen und das Risiko von Lecks verringern.

Wie hoch war nun die Tragfähigkeit von Sechseck-A?

Die Antwort auf diese Frage sollten wir schnell genug finden. Während wir gerade unsere Berechnungen anstellten, stürzte Sandy Bing in unser Büro. »Mister Mannix, ich habe dreiundvierzigeinhalb Gallonen in ein Faß gebracht.« Er war klatschnaß, und offensichtlich schien ihm seine Aufgabe Spaß gemacht zu haben.

»Vielen Dank, Sandy. Dann sehen Sie gleich mal nach, wie viele leere Fässer Harry Zimmerman bisher aufgetrieben hat.«

Das Fassungsvermögen der Fässer war offiziell mit zweiundvierzig Gallonen angegeben; da sie jedoch nie bis zum Rand gefüllt wurden, kam uns dieses zusätzliche Volumen nur zugute. Wir gingen davon aus, daß der Auftrieb des Holzrahmens ungefähr das Gewicht der Fässer kompensieren würde, und nachdem uns Bing mit seinem Experiment noch ein paar hundert Kilo Auftrieb zusätzlich beschert hatte, gelangten wir zu dem Schluß, daß mein Sechseck-A eine Tragfähigkeit von etwa anderthalb Tonnen haben würde.

Allerdings würde die Ladefläche nicht sonderlich groß sein; und vor allem würde die Stabilität des Floßes einiges zu wünschen übriglassen.

Ein solches Gefährt zu bauen, würde natürlich einige Zeit in Anspruch nehmen; allzu problematisch dagegen sollte es auch nicht werden. Das fertige Produkt auf seine Schwimmfähigkeit zu testen, würde bestimmt recht interessant werden;

seine Fortbewegung würde uns noch einiges Kopfzerbrechen bereiten. Aber insgesamt stand für mich außer Zweifel, daß sich das Ganze irgendwie machen lassen würde. Ganz sicher würde sich das Endergebnis nicht durch Schönheit und Eleganz hervortun; aber seinen Zweck würde es erfüllen. Als nächstes stellte ich eine Liste der benötigten Materialien auf. Einige davon würden schwer zu beschaffen sein.

»Wir müssen noch einen Schritt weitergehen«, wandte ich mich, weiter zeichnend, an Ben Hammond. »Was halten Sie davon?«

Das Sechseck ist eine sehr vielseitige geometrische Form – Sie brauchen nur die Bienen zu fragen –, wenn ich auch zu bezweifeln wage, daß es in der Schiffahrt bisher allzu häufig Anwendung gefunden hat.

»Wir hätten also erst einmal Sechseck-A«, erläuterte ich Ben. »Und jetzt geht es folgendermaßen weiter.«

Man nehme ein Sechseck-A und lasse es in seichtes Wasser, dann ordne man darum sechs weitere Sechsecke-A an und verbinde sie miteinander.

Das Ergebnis ist ein Sechseck-B mit einer Tragfähigkeit von zehneinhalb Tonnen; ausreichend also, um etwa hundert Personen oder einen mittleren Lkw zu befördern. Wir beschlossen, zwei solcher Sechsecke-B zu bauen, wofür wir hundert leere Ölfässer benötigten.

Hammond war gleichermaßen beeindruckt wie begeistert. »Wie bauen wir die Rahmen?« fragte er.

»Das dürfte nicht allzu schwierig werden«, antwortete ich. »Größere Sorgen bereiten mir eigentlich die Planken für das Deck, da sie einigermaßen eben sein sollten. Die nyalanischen Frauen können die nötigen Seile flechten; auf diese Weise können wir die Sechseck-A-Rahmen untereinander vertäuen, ohne daß wir Nägel brauchen. Etwas problematisch dürfte allerdings die Vertäuung der großen B-Sechsecke werden. Dafür benötigen wir in jedem Fall Stahltrossen.«

»Davon habe ich noch einen gewissen Vorrat«, gestand Hammond etwas zögernd.

»Darauf möchte ich im Augenblick noch nicht zurückgreifen. Vielleicht fällt uns noch etwas anderes ein.«

Ich stand auf. »Es ist jetzt vier Uhr. Bis Einbruch der

Dunkelheit haben wir also noch gut zwei Stunden Zeit. Bauen wir schon mal ein Sechseck-A.«

Wir verließen gerade das Büro, als Bing wieder angelaufen kam.

»Mister Zimmerman sagt, daß sie bisher nur siebenundsechzig leere Fässer gefunden haben«, stieß er atemlos hervor.

Wir machten uns also auf den Weg zum Fässerlager, wo wir Zimmerman, Kirilenko und Derek Grafton über und über mit Altöl verschmiert und etwas übel gelaunt vorfanden. Offensichtlich gab es doch nicht so viele leere Ölfässer. Kironji bekam die leeren Fässer meist nicht zurück, und die wenigen, die er hatte, waren wahllos über das ganze Lager verteilt, so daß Zimmerman und seine Helfer sie oft unter einer Reihe von vollen Fässern herauswuchten mußten. Dazu kam noch, daß weder Grafton noch Kirilenko wußten, wozu sie eigentlich leere Ölfässer suchen sollten, was ihren Arbeitseifer nicht gerade steigerte.

Ich ließ also Milde mit den beiden walten und genehmigte ihnen eine Verschnaufpause, nachdem wir acht oder neun Fässer zum See hinuntergerollt hatten. Zimmerman blieb jedoch bei uns. Hammond machte sich auf die Suche nach Kironji, damit er ihm seine Werkstatt aufschloß. Er wollte ein paar Balken für den Holzrahmen zurechtschneiden und sie dann mit Seilen zum Prototyp von Sechseck-A zusammenfügen.

»Ich weiß nicht, wo wir die restlichen leeren Fässer auftreiben sollen«, brummte Zimmerman mißmutig.

»Schon mal von dem Mann gehört, der in einen Laden kam, um Eier zu kaufen? Im Schaufenster hing ein Schild mit der Aufschrift: ›Angepickte Eier zum halben Preis.‹ Darauf verlangte der Schlauberger, sie sollten ihm doch mal ein Dutzend Eier anpicken.«

Zimmerman brachte nur ein gequältes Lächeln zustande.

»Sie meinen also, wir sollen einfach ein paar volle Fässer ausleeren?«

»Warum nicht? Zuerst werden wir damit die Tanks sämtlicher Fahrzeuge auffüllen, und dann noch die Reservekanister. Danach werden zwar immer noch einige Fässer übrigbleiben, aber die können wir in eine große Grube leeren, die wir etwas abseits vom Lager ausheben werden. Und vor allem dürfen wir nicht vergessen, ein Schild aufzustellen: ›Rauchen verboten!‹«

Jetzt erst wurde Zimmerman bewußt, daß mein Vorschlag vollkommen ernst gemeint war, und sein Unterkiefer kippte deutlich sichtbar nach unten. Als Mitarbeiter einer Ölgesellschaft war er wohl mehr daran gewöhnt, das Zeug aus der Erde zu schaffen, anstatt es wieder dorthin zurückzubefördern. An diesem Punkt wurden wir wieder einmal von Sam Kironji unterbrochen.

»Jetzt sägen Sie auch noch meine Bäume um!« schrie er aufgebracht. »Mit meiner Säge! Wollen Sie denn gar nicht aufhören, hier alles kaputtzumachen?«

Ich warf Sandy Bing einen fragenden Blick zu, der in diesem Augenblick hinter Kironji auftauchte. »Ja, Mister Mannix. Mister Hammond hat in der Werkstatt eine Motorsäge gefunden. Sehr lange wird sie allerdings nicht mehr halten. Die Zähne sind schon ziemlich abgenützt, und eine Ersatzkette gibt es nicht.«

Kironji schüttelte niedergeschlagen den Kopf. »Wenn Sie unbedingt meine Säge benützen müssen – bitte. Aber wenn Sie damit die Bäume fällen, werden Sie es mit Mister Nyama zu tun bekommen.«

»Wer ist Mister Nyama, Sam?«

»Jeder kennt Mister Nyama. Er ist der Leiter der Forstverwaltung. Er hat hier schon eine Menge Bäume gefällt – mit einer riesigen Maschine.«

»Heißt das etwa, daß sich hier in der Nähe ein Holzlager der Regierung befindet?«

»Aber sicher.«

»Und wo liegt es genau?«

Sam deutete am Ufer entlang. »Vielleicht drei Kilometer von hier. Sie müssen nur den Weg noch ein Stück weiterfahren.«

Dabei fiel mir wieder ein, daß der Weg ja noch weiter als bis zum Treibstofflager führte; allerdings hatte ich mir bis dahin noch keinerlei Gedanken gemacht, was dahinter liegen könnte.

»Motorsägen.« Zimmermans Stimme nahm fast einen verklärten Klang an. »Äxte, Schabeisen, und was wir sonst noch alles brauchen werden.«

»Das könnte nicht besser sein. Sehen wir gleich mal nach.

Für den Augenblick haben wir sowieso genügend leere Fässer. Nehmen Sie noch ein paar Männer als Verstärkung mit – wenn es sein muß, auch ein paar von Sadiqs Leuten. Ich werde das schon mit ihm regeln. Und dann packen Sie ein, was Sie nur tragen können, Harry; irgendwann werden wir unsere Schuld dann schon begleichen. Wenn es sein muß, brechen Sie einfach in das Gelände ein. Wahrscheinlich wird sich dort im Augenblick sowieso kein Mensch herumtreiben.«

Während Zimmerman bereits aufgeregt davonrannte, sagte Kironji vorwurfsvoll: »Sie schrecken wirklich vor nichts zurück. Sie bestehlen sogar die Regierung.«

Hammond nahm die erfreuliche Neuigkeit mit einem strahlenden Lächeln zur Kenntnis, zumal er auch selbst eine gute Nachricht zu überbringen hatte. »Ich habe ein Schweißgerät und eine Myford-Drehbank gefunden; die werden wir sicher gut gebrauchen können.«

»Das nenne ich zur Abwechslung mal gute Nachrichten.«

»Das ist noch nicht alles. Ich habe auch noch einen zweiten Außenbordmotor aufgetrieben.«

»Nehmen Sie alles«, kreischte Kironji, einem hysterischen Anfall nahe. »Bitte, bedienen Sie sich; Sie können alles haben. Auf diese Weise brauchen Sie das Zeug wenigstens nicht mehr zu stehlen.«

Ich konnte mir ein schadenfrohes Grinsen nicht verkneifen. Wenn uns der arme Kerl auch noch sehen würde, wie wir sein kostbares Benzin in ein Loch im Boden kippten, würde er endgültig durchdrehen. »Los, bauen wir unser erstes Sechseck-A.«

Wir waren zu sechst und brauchten fast zwei Stunden, bis unser Prototyp schließlich fertig war. Allerdings mußten wir dabei noch vieles ausprobieren. Die Flüchtlinge beobachteten uns aus sicherer Entfernung und dachten sich wohl ihren Teil dabei. Unsere Leute kamen von Zeit zu Zeit vorbei, wobei sie sich die entsprechend bissigen Bemerkungen natürlich nicht verkneifen konnten. Schließlich zerrten wir den Prototyp zum Wasser hinunter. Er schwamm anstandslos, wenn er auch etwas Schlagseite hatte. Da es bereits dämmerte, zogen wir das Floß nach seiner kurzen Jungfernfahrt wieder ans Ufer. Währenddessen kam Sandy Bing angelaufen, um uns mitzuteilen, daß das Abendessen fertig war. Ich verfiel in eine zufriedene Müdigkeit. Dieser Tag hatte sich wirklich gelohnt.

Nach einem ziemlich kärglichen Mahl versammelten wir uns mit der ganzen Mannschaft am Lagerfeuer. Hammond und ich erläuterten den Anwesenden die Grundzüge unseres Plans. Auf den militärischen Aspekt des Unternehmens gingen wir so gut wie gar nicht ein und würgten auch jegliche Fragen zu diesem Thema möglichst ab. Stattdessen konzentrierten wir uns vor allem auf unser unmittelbares Ziel, den Bau der zwei großen B-Sechsecke.

Grafton äußerte sich skeptisch. Möglicherweise lag es daran, daß er bereits am eigenen Leib erfahren hatte, mit welchem Arbeitsaufwand unser Vorhaben verbunden war.

»Sie haben zwei Stunden gebraucht, um dieses Ding zu bauen? Und wie viele davon werden Sie brauchen?«

»Für zwei B-Sechsecke insgesamt vierzehn – vielleicht sogar ein paar mehr.«

»Bei dem Tempo wird das also Tage dauern.«

»Haben Sie schon mal was von Henry Fords größter Erfindung gehört?«

»Meinen Sie das T-Modell?«

»Nein. Ich hatte eher das Fließband im Sinn.«

»Das hat Ford nicht erfunden«, fiel mir Hammond, wie aus der Pistole geschossen, ins Wort. »Die Royal Navy hat in Chatham schon siebzehnhundertfünfundneunzig Flaschenzüge am Fließband produziert.«

»Wenn mich nicht alles täuscht«, warf Atheridge ein, »gibt es fließbandähnliche Vorrichtungen sogar schon auf ägyptischen Wandgemälden.«

»Wir wollen hier keine Geschichte des Fließbands schreiben«, sagte ich. »Wir wollen uns diese Einrichtung lediglich für unser Vorhaben zunutze machen. Wir bauen uns zuerst simple Schablonen; in den Sand getriebene Pfähle werden dafür ausreichen. Sie markieren die sechs Ecken eines A-Sechsecks. Und dann rücken die Arbeitsteams im Kreis um die Pfähle herum. Jeder Arbeiter geht von Faß zu Faß, macht dabei immer den gleichen Handgriff. Erst werden die Bodenplanken verlegt, dann die Fässer daraufgestellt, und zuletzt werden die Haltebalken zwischen den Pfählen verstrebt.

Dann muß nur noch die Decksplattform obenauf befestigt werden.«

Die Männer lauschten meinen Ausführungen sehr aufmerksam, bis sich schließlich Antoine Dufour zu Wort meldete. Er sprach ziemlich gut Englisch, wenn auch mit französischem Akzent.

»Ich habe mit so etwas meine Erfahrungen. Meiner Meinung nach würde es ein fürchterliches Durcheinander geben, wenn jeder Arbeiter von Faß zu Faß gehen muß. Ich halte es für besser, wenn jeder Mann seinen festen Platz hat.«

Es bedurfte keines langen Überlegens, um einzusehen, daß Dufour recht hatte.

»Sie sehen das Problem richtig, Antoine«, stimmte ich ihm deshalb auch ohne Zögern zu. »Es dürfte wirklich wesentlich effektiver sein, wenn jeweils ein Team ein Sechseck von Anfang bis Ende zusammenbaut. Ein Team wird für die Materialbeschaffung zuständig sein; ein zweites wird die leeren Fässer ans Ufer rollen, und schließlich werden wir noch ein paar besonders kräftige Männer brauchen, um die fertigen A-Sechsecke ins Wasser zu bringen. Vielleicht wäre es das beste, sie auf Matten über den Sand zu ziehen. Wir haben Gummimatten in den Lkw.«

Ich wandte mich Dufour zu. »Sie haben eben gesagt, Sie hätten Erfahrung mit so etwas. Haben Sie Lust, zusammen mit Dan die einzelnen Teams zusammenzustellen und zu beaufsichtigen?«

Er dachte kurz nach und nickte dann. »Gut, ich bin einverstanden.«

Sein Vertrauen in die Durchführbarkeit des Vorhabens übte eine spürbare positive Wirkung auf die restliche Mannschaft aus. Mit einem Mal wurden aus allen Richtungen Fragen und Vorschläge laut, und ich machte mir eifrig Notizen. Schließlich hob ich die Hand, um Ruhe zu erbitten.

»Das reicht fürs erste. Und nun hören wir uns an, was Doktor Kat zu berichten hat.«

In kurzen Worten schilderte uns der Doktor Langs und Wingsteads Zustand. Geoff schlief inzwischen tief und fest, und wenn er für die nächsten paar Tage ausreichend Ruhe haben würde, gab sein Zustand keinerlei Anlaß zu Befürchtungen. »Schwester Mary geht es auch wieder besser, und sich um Mister Wingstead zu kümmern, ist genau die richtige Aufgabe für sie. Sie wird dafür sorgen, daß er schön stillhält.«

Ich hatte zwar bisher noch kaum Gelegenheit gehabt, die Bekanntschaft der alten Nonne zu machen, aber wenn sie nur eine annähernde Ähnlichkeit mit Schwester Ursula aufwies, würde sie Geoff Wingstead schon dazu bringen, sich ruhig zu verhalten und sich nach ihren Anweisungen zu richten.

Was die anderen Patienten betraf, erklärte Dr. Kat, daß, sobald ein Kranker so weit genesen war, daß er entlassen werden konnte, sofort ein anderer seine Stelle einnahm. Die Krankenstation unter den Palmdächern auf dem Tieflader war nach wie vor voll belegt.

Ich wandte mich Harry Zimmerman zu.

»Harry hat auch noch ein paar gute Nachrichten«, sagte ich.

»Ja, wir haben ein Holzlager aufgespürt«, erklärte er. »Und wir haben uns dort gleich zwei Lkw voll Werkzeug ausgeliehen – Motorsägen, Äxte, Hämmer, Nägel und Schrauben und eine Menge nützlicher Dinge. Die schweren Motorsägen haben wir vorerst noch nicht mitgenommen. Aber sie funktionieren. Außerdem haben wir jede Menge Planken gefunden. Wir werden gleich morgen früh die erste Ladung ankarren.«

Auf diese Nachricht reagierte die Versammlung mit einer Begeisterung, die ich kaum für möglich gehalten hätte.

Nach Beendigung der Versammlung zerstreuten wir uns, ohne über den geplanten Angriff auf die Fähre gesprochen zu haben; ich war nur froh darüber. Ich beriet mich noch mit den Männern, die mich in Kironjis Boot begleiten sollten. Wir beschlossen, schon vor Tagesanbruch aufzubrechen, um rechtzeitig wieder zurück zu sein, wenn mit dem Bau der Sechsecke begonnen wurde.

Wir hatten inzwischen auch Sadiq in unser Vorhaben eingeweiht, und wenn er sich auch nicht gerade begeistert darüber zeigte, so erklärte er sich doch bereit, uns zu begleiten, um sich ein Bild von der Situation im feindlichen Lager zu machen.

25

Im Dunkel der frühen Morgenstunden versammelten wir uns am Anlegesteg. Beim Überqueren der Lichtung dämpften wir die Lichter unserer Taschenlampen und gaben uns Mühe, möglichst leise zu sein. Zwar gelang es uns nicht, uns völlig unbemerkt davonzuschleichen; aber es war eine gute Übung für später, wenn alles davon abhing, daß wir keine Geräusche verursachten.

Hammond hatte während der Nacht noch das Boot abgedichtet und festgestellt, daß der Außenbordmotor noch sauber lief, wenn man von gelegentlichen Aussetzern absah, wie sie bei Außenbordern gang und gäbe sind. An Bord befanden sich ausreichend Treibstoff, zwei Anker, ein paar Wasserbehälter und ein paar Rollen Seile.

Da wir auch Ruder, aber nur eine Ruderklampe gefunden hatten, hatte jemand aus einem Stück Alteisen eine zweite angefertigt. Wir umwickelten sie mit Stoffetzen, um das Klappern möglichst zu dämpfen.

Wir fünf mußten uns in dem kleinen Boot ziemlich eng aneinanderdrängen. Hammond und McGrath saßen auf der Mittelbank, um uns auf den See hinauszurudern; wir wollten den Motor erst ein gutes Stück vom Ufer entfernt starten. Ich saß als der leichteste von uns im Bug, Zimmerman und Sadiq quetschten sich auf die Heckbank. Eine Vergnügungsfahrt würde es sicher nicht werden.

»Wie ist das eigentlich mit den Krokodilen?« wollte Hammond wissen.

Zimmerman, der schon mehrere Jahre in Afrika zugebracht hatte, schnaubte verächtlich. »Von denen haben wir nichts zu befürchten, Ben. Sie bevorzugen seichte Gewässer, und vor Morgengrauen sind sie sowieso kaum in Bewegung zu bringen. Verdammt faul, diese Viecher.«

»Mister Hammond, von den Krokodilen haben wir nichts

zu befürchten«, schaltete sich nun auch Sadiq in ernstem Tonfall ein. »Sie greifen nur selten ein Boot an, das mit einem Motor ausgerüstet ist.«

»Wir sollten uns eher vor den Nilpferden in acht nehmen«, warf McGrath an dieser Stelle grinsend ein, um Hammonds Ängste erneut zu schüren. Deshalb fuhr ich ihn barsch an, er sollte diesen Blödsinn lassen. Ich verschwieg jedoch, daß ich, in seemännischen Dingen absolut unerfahren, fest davon überzeugt war, daß unser kleines Boot jederzeit kentern konnte, um dann mit uns allen zu versinken.

Natürlich sanken wir dann doch nicht, wenn wir auch im Gesicht und an den Füßen ziemlich naß wurden. Nach einer Weile schlug Hammond vor, den Außenbordmotor anzulassen, was nach einigen wüsten Flüchen und Fehlstarts gelang. Das kleine Boot geriet bedrohlich ins Schwanken, bevor der Motor schließlich in ein gleichmäßiges Tuckern verfiel und wir langsam an Fahrt gewannen. Wir fuhren in einiger Entfernung am Ufer entlang, um Schlingpflanzenfelder zu vermeiden. Im schwachen Licht des Morgengrauens wurden die ersten Details erkennbar.

Da wir mit der Strömung fuhren, kamen wir rasch voran. Nach Hammonds Berechnungen sollten wir etwa gegen fünf Uhr, eine Stunde vor Sonnenaufgang, auf Sichtweite an die Fähre herangekommen sein. Wir würden dann den Außenborder abstellen und auf die Anlegestelle zurudern, um schließlich wieder flußaufwärts zurückzufahren und nach einer geeigneten Anlegestelle zu suchen. Von dort würden wir dann unseren Erkundungsgang an Land fortsetzen.

»Was ist, wenn die Fähre am anderen Ufer liegt?« fragte Zimmerman.

»Dann fahren wir über den See und kassieren den Dampfer ein«, schlug Hammond vor. »Ein bißchen mehr nach rechts, Mick.«

»Sie glauben doch nicht etwa«, warf ich ein, »daß uns die Leute in Manzu die Fähre einfach überlassen werden?«

»Nein, aber vermutlich werden sie uns die alte Kiste, wenn auch zu einem horrenden Preis, vermieten.«

Ich hatte schon die ganze Zeit überlegt, wer wohl die Fähre für uns steuern sollte. Abgesehen von den Schwierigkeiten, ein so großes Schiff zu manövrieren, bedurfte es dazu mit Sicherheit auch noch genauer Kenntnis der Fahrrinnen auf dem See. »Keine schlechte Idee«, nickte ich deshalb. »Sobald sich die Anlegestelle in unserer Hand befindet, schicken wir eine Delegation los und nehmen die Fähre wieder in Betrieb – allerdings ausschließlich für unsere Zwecke.«

»Das könnte unter Umständen sogar klappen«, meinte McGrath nachdenklich. Seine Zahlungsform würde wahrscheinlich ein Pistolenlauf sein, den er dem Kapitän gegen den Bauch drückte.

»Kapern wir nur erst mal die Fähre«, schlug ich vor. Vielleicht wurde sie nur von fünf Mann bewacht, die wir problemlos gefangennehmen oder sonst irgendwie unschädlich machen konnten; doch ich hatte meine Zweifel, daß uns dieses Manöver so leicht fallen würde.

Schweigend glitten wir weiter über den See, bis am Ufer schemenhaft die ersten Behausungen auftauchten. Wir waren angekommen, und bis Sonnenaufgang war es immer noch eine halbe Stunde.

»Da wären wir«, flüsterte ich und deutete zum Ufer hinüber. Zimmerman stellte unverzüglich den Außenborder ab. Langsam zeichneten sich die ersten Umrisse aus dem Dunkel ab; Genaueres war jedoch noch nicht zu erkennen. In etwa hundert Metern Entfernung ragte eine gewaltige, dunkle Masse aus dem Wasser, die wir noch nicht näher identifizieren konnten. Eine Insel vielleicht? Hammond und McGrath ruderten inzwischen leicht gegen die Strömung an, damit wir nicht an der Siedlung vorbeigetrieben wurden. Wir anderen suchten währenddessen sorgfältig das Ufer ab, ob sich dort etwas Verdächtiges bemerkbar machte.

Wie überall in Äquatornähe wurde es in wenigen Minuten hell. Die Luft um uns herum färbte sich in dunstiges Grau, die ersten Sonnenstrahlen streiften die Wasseroberfläche, und dann schien plötzlich ein alles verhüllender Schleier von der Landschaft um uns herum gehoben.

»Es ist die Fähre!«

Sie lag nicht weit vom Ufer vor Anker, und sie war wider Erwarten groß. Alle Vorstellungen von einem ein Fahrzeug fassenden Floß, das von singenden Fergen über den See gerudert wurde, konnte ich dankbar vergessen. Kironji hatte behauptet, die Fähre befördere auch Lkw, und daran bestanden nicht mehr die geringsten Zweifel. Diese Fähre würde sogar mehrere Lkw auf einmal fassen. Und da war noch etwas an ihren sich gegen den Dunst abhebenden Umrissen, das mein Herz schneller schlagen ließ. Der lange, flache Rumpf mit der Verladeklappe im Bug und den ungefügen Heckaufbauten war nur ein schwacher Abklatsch der eleganten, modernen Fährschiffe, wie sie inzwischen in Europa zum Einsatz gelangten.

Wir glitten aus dem Schatten ihres Bugs und ruderten rasch ans Ufer. Dort suchten wir eine halbwegs versteckte Stelle, die von der Anlegestelle aus nicht zu sehen war, und warfen beide Anker aus.

Nachdem wir an Land gegangen waren und im Gebüsch Deckung gesucht hatten, wandte ich mich McGrath zu. Er und Sadiq hatten jetzt das Sagen; ich war gespannt, wer von beiden das Kommando übernehmen würde. Doch dann begann der Hauptmann, seine Anweisungen zu erteilen, und McGrath kam ihnen widerspruchslos nach.

»Mister Mannix, Sie und Mister Zimmerman kommen bitte mit mir«, ordnete Sadiq an. »Mister McGrath geht mit Mister Hammond los. Wir schleichen uns auf die Häuser zu. Mein Trupp nähert sich ihnen von der Rückseite, Mister McGrath und Mister Hammond von dieser. Beobachten Sie alles genau. Wir müssen in Erfahrung bringen, mit wie vielen Soldaten und Offizieren wir es zu tun haben, und wie sie bewaffnet sind. Außerdem, wo sich das Funkgerät und das Telephon befinden, über welche Transportmittel sie verfügen, ob sich noch weitere Personen auf der Fähre aufhalten, welche Boote sich sonst in der Nähe befinden und wie das Gelände beschaffen ist.«

Ich stieß einen leisen Pfiff aus. Das war ein ausführlicher Befehl. Sadiq wollte mehr oder weniger alles wissen.

»Sollten Sie gefangengenommen werden«, fuhr der Hauptmann fort, »dann machen Sie so viel Lärm wie möglich, um die anderen zu warnen. Falls sich die Gelegenheit bieten sollte, Waffen zu erbeuten, nutzen Sie sie; aber machen Sie keinen Gebrauch von den Waffen.«

Dabei sah er vor allem McGrath eindringlich an, der jedoch mit keiner Wimper zuckte. »Das wäre alles«, schloß Sadiq. »Viel Glück, meine Herren.«

Das Verblüffende war, daß alles genau so ablief, wie er es geplant hatte. In meiner Phantasie hatte ich bereits hunderterlei Dinge schiefgehen sehen. Sämtliche Möglichkeiten hatte ich in Gedanken durchgespielt, wie wir gefangengenommen, gefoltert, erschossen wurden, wie plötzlich überall bis auf die Zähne bewaffnete Soldaten auftauchten, ganz zu schweigen von meinen Befürchtungen, die Fähre könnte zerbombt oder gar nicht vorhanden sein. In der Realität erwies sich das Ganze dann jedoch höchst problemlos, und es hätte sich dabei ohne weiteres um die ergiebigste Aufklärungsmission in den Annalen des Kriegshandwerks handeln können.

Dies lag einfach daran, daß die Fähre nur von wenigen Leuten bewacht wurde. Unser Team zählte fünfzehn Mann, das von McGrath kam auf siebzehn. Der ranghöchste Soldat, der uns unter die Augen kam, war ein Feldwebel. Bis auf ihre Gewehre und ein leichtes MG verfügten die Soldaten, soweit wir das feststellen konnten, über keinerlei Bewaffnung. Sie hatten ein Funkgerät mit Kopfhörern. Ein zweites Gerät in einem der Wagen war defekt; Hammond hatte seine Bestandteile in einem wilden Durcheinander auf dem Beifahrersitz des Wagens verteilt gesehen. Sie hatten zwei Lastwagen – bei einem fehlte die Windschutzscheibe – sowie einen Suzuki-Geländewagen und einen klapprigen, alten Volvo.

Jedenfalls hatte dieser Wachtrupp eine eher symbolische Funktion; er sollte etwas bewachen, dem niemand auch nur die geringfügigste Bedeutung beimaß. Wer würde schließlich schon von Manzu nach Nyala übersetzen wollen, um mitten in einen erbitterten Bürgerkrieg hineinzugeraten, zumal die Fähre auch noch auf der falschen Seite des Sees vor Anker lag?

Anderthalb Stunden später trafen sich die beiden Spähtrupps wieder beim Boot, um ihre Ergebnisse zu vergleichen. Wir waren mit dem Erfolg unserer Mission zufrieden; wir hatten alles ermittelt, was Sadiq wissen wollte. Nur McGrath zeigte sich vielleicht etwas enttäuscht darüber, daß alles so glatt verlaufen war.

Ich hätte mir die Fähre gerne noch einmal näher angesehen,

aber bei Tag hätten wir uns ihr unter keinen Umständen unbeobachtet nähern können.

Mit ein paar leeren Bierdosen, die wir sicherheitshalber mitgenommen hatten, schöpften wir unser Boot aus und ruderten dann dicht am Ufer stromaufwärts wieder zurück. Sobald wir die Fähre außer Hörweite hinter uns gelassen hatten, starteten wir den Außenbordmotor, mit dem wir nun auch gegen die Strömung zügig vorankamen. Am Mittag erreichten wir das Lager.

Wir lieferten einen knappen Bericht über die Ergebnisse unserer Erkundungsfahrt ab, der allgemein mit Beifall quittiert wurde. Unter anderem hatten wir in Erfahrung gebracht, daß die Anlegestelle Kanjali hieß. Nur eins wußten wir nach wie vor nicht: in welchem Zustand sich die Fähre befand. Es war nicht ausgeschlossen, daß an ihr irgendein Sabotageakt verübt oder daß sie aus Sicherheitsgründen außer Betrieb gesetzt worden war. Überdies war es immer noch eine offene Frage, wer das Schiff eigentlich in Betrieb nehmen und steuern sollte.

Nach einem spärlichen Mahl sahen wir den Floßbauern bei der Arbeit zu.

Dufour strahlte eine nüchterne Autorität aus; daß er die Landessprache nicht verstand, wurde durch Atheridges Kenntnisse ausgeglichen. Außerdem hatten sich den beiden ein paar von Sadiqs Soldaten als Dolmetscher zur Verfügung gestellt, als sie versucht hatten, eine Reihe von Flüchtlingen für den Bau der Flöße zu rekrutieren. Die Aussicht, nach Manzu in Sicherheit gebracht zu werden, bewirkte, daß sich fast alle bereitwillig anheuern ließen. Diese Menschen waren in einem gewissen Sinn frei, wie wir das wohl nie so recht hätten begreifen können. Für sie schien es die natürlichste Sache der Welt zu sein, sich notfalls in den Busch zurückzuziehen, den sie so gut kannten, um sich erst, wenn die Unruhen vorüber waren, wieder in ihre Dörfer zurückzubegeben, wo sie dann, unbehelligt von irgendwelchen Regierungsprogrammen, ihrem gewohnten Alltag nachgingen. Unser Tieflader hatte nun freilich eine ganz besondere Bedeutung für sie gewonnen, und dies allein genügte, daß sie sich uns zur Verfügung stellten.

Unterdessen machten sich unter Dufours Leitung vier Teams an den Bau der ersten A-Sechsecke; sie brauchten für ein

Sechseck etwa eine Stunde. In einer Fabrik wären diese Arbeiten sicherlich etwas rascher vonstatten gegangen, aber in unserem Fall begleiteten unsere Arbeitskräfte die einzelnen Handgriffe, die sie in gemächlicher, aber steter Regelmäßigkeit vollführten, mit einlullenden, rhythmischen Gesängen. Dufour war klug genug, sie nicht zu größerer Eile anzutreiben.

Der erste Arbeitsgang vollzog sich in unserem Sägewerk, wo ein Arbeitsteam die Balken für die Verstrebung der Fässer paßgerecht zuschnitt. Von dort wurden sie ans Ufer transportiert. Dann wurde die jeweils nötige Anzahl von Balken an die einzelnen Konstruktionsteams verteilt, die sich jeweils aus einem Wyvern-Mann, drei Nyalanern und einigen Frauen zusammensetzten. Nicht wenige dieser Frauen trugen ein Baby auf dem Rücken oder hatten einen kleinen Knirps am Rockzipfel hängen.

Die vier Männer legten die Holzbalken an den in den Sand getriebenen Stützpfählen in Position. Gleichzeitig rollte ein weiterer Arbeitstrupp aus dem Treibstofflager leere Ölfässer ans Ufer, um sie dann in Siebenergruppen auf die einzelnen Konstruktionsteams zu verteilen. Dann stellten die vier Männer die leeren Fässer aufrecht zwischen die Balken des Holzgestells. Darauf wurden die Seitenbalken im rechten Winkel zu den Grundbalken eingepaßt, die oberen Querbalken aufgesetzt und das Ganze mit Keilen stabilisiert.

In diesem Stadium wurde das A-Sechseck nur von den Keilen und den in den Boden gerammten Pfählen zusammengehalten. Doch nun vertäuten die Frauen diese Konstruktion mit Seilen. Dies war der aufwendigste Arbeitsgang, und die Männer machten sich indessen bereits an den Bau des nächsten Rahmens.

Sobald ein A-Sechseck endgültig fertig war, wuchtete ein Team von besonders kräftigen Männern es aus der Pfahlschablone heraus. Dabei zeigte sich bereits, ob die einzelnen Balken ordentlich vertäut waren; notfalls mußten sie noch einmal von neuem befestigt werden. Das Sechseck wurde dann auf eine Gummimatte gelegt und zum Wasser hinabgezogen.

Im Wasser stellte dann eine Gruppe von Halbwüchsigen, die ihre Aufgabe eher als eine Art Karneval betrachteten, die einzelnen A-Sechsecke zu einem B-Sechseck zusammen. Inzwischen war bereits abzusehen, daß bis Einbruch der Dunkelheit beide B-Sechsecke sowie ein paar zusätzliche A-Sechsecke fertig sein würden.

Am frühen Nachmittag suchte ich Wingstead auf dem Tieflader auf, um ihn über den Stand der Arbeiten zu unterrichten. Er wirkte zwar geschwächt, war aber sonst guter Dinge – eine Beschreibung, die im übrigen auch auf seine Pflegerin, Schwester Mary, zuzutreffen schien; Wingstead begegnete ihr mit offenkundigem Respekt. Ich sah auch nach Lang, dessen Zustand sich weiter verschlechtert hatte. Alle Fürsorge dieser Welt konnte eben nicht den Mangel an Medikamenten wettmachen. Auch Grafton traf ich auf dem Tieflader an; er war mit dem Bein zwischen zwei Fässer eines A-Sechsecks geraten und hatte sich den Knöchel gebrochen. Dieser Umstand führte mir drastisch vor Augen, daß wir unsere etwas ungewöhnlichen Flöße auf jeden Fall mit Decksplanken versehen mußten.

Dieses Problem wurde jedoch durch eine Fahrt zum Holzlager gelöst. Es gab dort einen stattlichen Vorrat an Stämmen, die als Telegraphenmasten Verwendung finden sollten. Das Nächstliegende war, sie durch das Gatter laufen zu lassen und als Decksplanken zu verwenden. Angesichts unseres unerschöpflichen Vorrats an Arbeitskräften erwies sich auch der Transport als relativ unproblematisch. Diese Aufgabe fiel in den Zuständigkeitsbereich von Zimmerman und Wassili, die inzwischen genügend leere Ölfässer aufgetrieben hatten. Zimmerman erklärte kategorisch, daß er für den Rest seines Lebens nichts mehr mit Öl zu tun haben wollte.

Der Tag verging. Der Trupp Nyalaner, der auf Proviantsuche ausgeschickt worden war, kehrte mit ausreichend Lebensmitteln für alle ins Lager zurück. Schwimmer wuchteten die Planken auf das Deck des ersten fertiggestellten B-Sechsecks. Es war ein recht unförmiges Gefährt mit grobfaserigen Seitenwänden und primitiven Vertäuungen, aber es lag stabil im Wasser. Wir stellten fest, daß das B-Sechseck einen Lkw mit einem Achsstand von maximal zweieinhalb Metern aufnehmen konnte – vorausgesetzt, wir schafften ihn irgendwie auf die Deckplattform.

Zimmerman, der in der Zwischenzeit das Lager nach nützlichen Gegenständen durchforscht hatte, kam auf mich zu und verlangte, mich unter vier Augen zu sprechen.

»Sie sollten darüber Bescheid wissen, Neil. Ich habe mir alle Lastwagen angesehen, einschließlich den des Franzosen.« Dufour hütete seinen Lkw wie seinen Augapfel. Er ließ niemanden anderen ans Steuer und stellte ihn auch immer abseits von unserem Fuhrpark ab, wenn wir irgendwo haltmachten.

»Er transportiert ja alles mögliche mit seiner Karre. Ben wird sich bestimmt über die Nachricht freuen, daß sich unter seiner Ladung auch ein paar Sauerstoff- und Azetylenflaschen befinden sowie einige Schweißstäbe. Aber das ist noch nicht alles. Der Bursche verstößt auch gegen das Gesetz. Er hat nämlich auch noch sechs Kisten mit vierzigprozentigem Gelignit geladen, die auf seinem Frachtschein nicht eingetragen sind. Und das ist eindeutig gegen die Vorschriften. Man darf Sprengstoff nicht zusammen mit anderen Frachtgütern transportieren.«

»Wir sollten ihn überreden, das Zeug nicht mehr weiter mitzunehmen. Aber was könnten wir damit anfangen? Wir können es doch nicht einfach hier liegen lassen.«

»Wäre doch gelacht, wenn wir für das Zeug nicht irgendeine Verwendung finden könnten«, entgegnete Zimmerman mit verschmitztem Grinsen. Er war schließlich Sprengstoffexperte.

»Also gut, warten wir vorerst noch einmal ab. Aber sagen Sie Dufour nicht, daß Sie Bescheid wissen. Sorgen Sie nur dafür, daß niemand in der Nähe seines Lkw raucht. Kein Wunder, daß er die Kiste immer in einigem Abstand von unserem Konvoi abstellt.«

Die Arbeiten an dem zweiten B-Sechseck kamen gut voran, trotzdem ordnete ich an, für diesen Tag Schluß zu machen. Langsam wurden wir alle müde, und das war genau der Punkt, an dem am ehesten Unfälle passierten.

Außerdem war es Zeit für einen neuerlichen Kriegsrat.

Nach dem Abendessen versammelte sich die ganze Mannschaft um das Feuer. Wir waren insgesamt fünfzehn Mann, von denen ich jedoch zwei sofort wieder fortschickte.

»Geoff, Sie haben hier nichts zu suchen.« Wingstead hatte Erlaubnis erhalten, mit uns zu essen, und war danach seiner Bewacherin entschlüpft.

»Ich lasse es bestimmt nicht mehr so weit kommen wie letztes Mal«, gestand er. »Aber ich werde doch wohl noch Ihrer Besprechung beiwohnen können, Neil. Ich muß schließlich wissen, was Sie vorhaben. Vielleicht kann ich sogar ein paar brauchbare Vorschläge beisteuern.«

»Meinetwegen.«

»Auf Derek werden Sie verzichten müssen«, erklärte Wingstead. »Sein Knöchel ist angeschwollen wie ein Luftballon; er kann keinen Schritt gehen. Sie sollten mal sehen, wie wütend er ist.«

»Ich würde liebend gern mit ihm tauschen«, schaltete sich Thorpe ein.

»Das geht leider nicht, Ritchie; Sie haben uns nun mal am Hals. Sie haben eben Pech gehabt, daß Sie in Port Luard zur Verfügung standen, als ich einen Beifahrer brauchte.«

»Wenn ich nachträglich noch einmal entscheiden könnte, würde ich trotzdem wieder mitkommen«, erklärte er tapfer.

Ich wandte mich unserem nächsten Invaliden zu.

»Dan«, sagte ich behutsam. »Sie wissen, daß Sie unmöglich mitkommen können.«

Atheridge blickte auf seinen gebrochenen Arm und seufzte. »Ich weiß. Aber passen Sie mir bloß auf Antoine auf, haben Sie gehört?« Darauf grinsten er und der Franzose sich an.

»Bert, wie sieht es mit Ihrem Bein aus?«

»So gut wie neu, Mister Mannix.«

Das hörte ich gern. Kräftige Burschen wie Bert Proctor würden wir gut gebrauchen können. Auch Kemps Schulter stellte inzwischen kein nennenswertes Problem mehr dar, und sonst waren alle unverletzt.

»Hauptmann Sadiq hat einundzwanzig Mann zur Verfügung«, fuhr ich daraufhin fort. »Einer seiner Leute ist an Ruhr erkrankt. Damit wären wir insgesamt vierunddreißig Mann stark. Die Fähre wird von siebzehn Soldaten bewacht. Wir wären genau zwei gegen einen. So gesehen müßte unser Plan eigentlich gelingen.«

In diesem Augenblick trat eine dunkle Gestalt auf unseren Kreis zu. Ich rutschte ein Stück zur Seite, um Hauptmann Sadiq Platz zu machen.

Dann fuhr ich fort: »Wir werden folgendermaßen vorgehen.

Zuerst fahren wir auf dem B-Sechseck flußabwärts, so daß wir vor Tagesanbruch an der Anlegestelle der Fähre eintreffen. Wir müssen versuchen, die Wachmannschaft zu überrumpeln, ohne daß sie sich lange zur Wehr setzen kann. Wir verfügen über ein paar Schußwaffen, und da wir den Überraschungseffekt auf unserer Seite haben, können wir den Posten vielleicht ihre Waffen abnehmen. Im Idealfall würde kein einziger Schuß fallen.«

»Zimperlich, Mannix?« Dieser Zwischenruf kam, wie nicht anders zu erwarten, von McGrath.

»Darum geht es nicht«, entgegnete ich. »Wir wissen nun mal nicht, wie nahe der Hauptteil der Truppe lagert. Es ist also ein Gebot der Vernunft, bei der Übernahme der Fähre so wenig Lärm wie möglich zu veranstalten.«

»Wir müssen vor allem auch ihr Funkgerät sofort in unsere Gewalt bringen«, warf Sandy Bing ein.

Entgegen meiner ersten spontanen Reaktion verbot ich ihm nicht, an der Expedition teilzunehmen. Bing war immerhin schon neunzehn und nach mittelalterlichen Maßstäben durchaus imstande, in die Schlacht zu ziehen; und was uns nun bevorstand, kam verdammt nahe an die Methoden mittelalterlicher Kriegführung heran. Zudem war er körperlich absolut fit, intelligent und sich der mit diesem Unternehmen verbundenen Risiken voll bewußt.

»Ja, das ist Ihre Aufgabe, Sandy«, nickte ich. »Sie müssen das Funkgerät unbeschädigt übernehmen und verhindern, daß der Feind noch Gebrauch davon macht. Das zweite Gerät im Wagen sieht zwar defekt aus; aber zur Sicherheit sollten Sie sich auch das genauer ansehen. Brad, Sie sorgen dafür, daß Sandy freie Bahn hat.« Der so Angesprochene nickte entschlossen; von nun an würde er die Verantwortung für Bing tragen.

»Hauptmann?« Ich wandte mich Sadiq zu.

»Meine Männer machen den ersten Ausfall«, erklärte er. »Wir verfügen über die nötigen Waffen und die entsprechende militärische Ausbildung für so ein Unternehmen. Es dürfte nicht sonderlich schwierig werden, den Wachtrupp außer Gefecht zu setzen.«

Zimmerman flüsterte Kirilenko hastige Übersetzungen zu.

»Bert, Sie machen zusammen mit Ben und Antoine sämtliche

Fahrzeuge fahruntauglich, deren Sie habhaft werden können. Aber so, daß sich der Schaden rasch beheben läßt«, fügte ich mit einem Schmunzeln hinzu. »Also nicht gerade ein Brecheisen durchs Getriebe.«

»Keine Sorge, das machen wir schon«, erwiderte Bert mit seinem gewohnten Phlegma.

»Mick, Sie geben Bing in der Funkkabine Deckung und sehen sich dann nach Waffen um; nehmen Sie alles mit, was uns von Nutzen sein könnte. Nehmen Sie...« Ich wollte ihm eben Bob Pitman zuteilen, als mir gerade noch rechtzeitig einfiel, daß die beiden kein ideales Gespann abgegeben hätten. »Nehmen Sie Harry und Kirilenko mit.« Die drei würden gut zusammenpassen.

Ich wartete kurz, ob McGrath vielleicht seinerseits ein paar Vorschläge zu machen hatte. Er schwieg jedoch, was keineswegs dazu beitrug, meine bösen Ahnungen zu vertreiben.

Als nächstes wandte ich mich Pitman zu.

»Bob, Sie bleiben bei mir und helfen mir, das Floß zu vertäuen. Dann besetzen wir zusammen mit Kemp die Verladerampe der Fähre. Gerade die Rampe wird für uns von besonderer Wichtigkeit sein, Basil.« Ich mußte in Kemp irgendwie den Glauben aufrechterhalten, daß wir den Tieflader an Bord der Fähre schaffen würden, um ihn für unseren Plan zu begeistern. Ich ließ meine Blicke weiterwandern.

»Ritchie, ich brauche noch einen Meldeläufer, und Sie sind der Glückliche, der diese Aufgabe übernehmen wird. Sie stellen die Verbindung zwischen mir, Hauptmann Sadiq und den anderen Teams her. Ich hoffe, Sie sind einigermaßen gut zu Fuß?«

»Ich und laufen? Ich bin immer als letzter ins Ziel gekommen, Mister Mannix«, entgegnete er ernst. »Aber wenn es darum geht, sich aus dem Staub zu machen, dann holt mich so schnell keiner ein!«

Mit dieser Antwort hatte er einige Lacher auf seiner Seite. Ich dagegen spürte die Müdigkeit und konnte kaum mehr einen zusammenhängenden Gedanken fassen. Alles, was wir bisher noch nicht geklärt hatten, würde bis morgen warten müssen. Die Männer standen nacheinander auf, bis schließlich nur noch ich und Sadiq am Feuer saßen.

»Glauben Sie, daß wir es schaffen, Hauptmann?« fragte ich.

»Unsere Chancen stehen meiner Meinung nach nicht sehr hoch, Mister Mannix«, entgegnete er bedächtig. »Andererseits weiß ich nicht, was wir sonst tun sollten. Für Kranke und Verletzte zu sorgen und leere Ölfässer durch die Gegend zu rollen, das sind keine Aufgaben für einen Soldaten. Deshalb begrüße ich es, daß sich uns wieder eine Gelegenheit zum Kämpfen bietet.«

Damit stand er auf und verschwand in der Dunkelheit. Ich blieb noch eine Weile sitzen und dachte, während ich ins Feuer starrte, darüber nach, wie unterschiedlich es doch in den Köpfen der Menschen aussah. Wovor ich Angst hatte, dem sah er mit einer gewissen freudigen Erregung entgegen. Dazu fiel mir nur wieder einmal ein Zitat – diesmal freilich von keiner Gestalt der Weltliteratur, sondern von keinem Geringeren als Bugs Bunny ein: Die Menschen sind schon die verrücktesten Leute.

26

Am Spätnachmittag herrschte am See ein kaum kontrollierbares Durcheinander. Dicht am Ufer lag das erste B-Sechseck. Als Anker dienten riesige, an rostigen Ketten befestigte Felsbrokken. Eine Rampe aus halbierten Telegraphenmasten, über die ein Lkw gefahren werden sollte, verband das Floß mit dem Ufer. Daneben lag das gerade fertiggestellte zweite B-Sechseck im Wasser.

Scharen von Nyalanern hatten sich versammelt, um voller Stolz mitzuerleben, wie die Ergebnisse ihres Fleißes in Betrieb genommen wurden. Einige von ihnen hatten sich sogar freiwillig gemeldet, uns zu begleiten, wogegen Sadiq jedoch Einspruch erhoben hatte. Ich glaube auch nicht, daß er über unsere Teilnahme an dem Unternehmen sonderlich begeistert war, aber da hatte er nun einmal keine andere Wahl.

Vom Tieflader beobachteten Patienten und Schwestern unser Treiben. Wir wollten den Lkw schon jetzt auf das Floß fahren, solange die Sicht noch gut war, als dies erst in der Dunkelheit der Nacht zu versuchen.

»Weshalb überhaupt ein Lastwagen?« wollte Wingstead wissen. »Wenn Sie die Anlegestelle eingenommen haben, stehen doch mehr als genug Fahrzeuge zur Verfügung. Außerdem besteht doch keinerlei Möglichkeit, den Lkw wieder vom Floß zu schaffen.«

»Sie müssen sich ihn als eine Art Trojanisches Pferd vorstellen, Geoff«, erklärte ich ihm. »Zum einen können sich in und hinter dem Lkw einige Männer verstecken. Wenn die Aufständischen uns auf sich zutreiben sehen, dann sehen sie zunächst nur Lastwagen auf einem Floß und ein paar Männer, die ihnen hilfesuchend zuwinken. Zum anderen können wir auf diese Weise unsere Waffen besser verstecken. Im Augenblick ist es eben kein Lkw, sondern die Kommandobrücke eines Schiffs.«

Hammond pflichtete mir bei. Er war einmal auf einem

Frachter als Matrose gefahren und hatte noch am ehesten einige seemännische Erfahrung. Deshalb ernannte ich ihn auch zum Kapitän von Sechseck-B. »Vom Führerhaus habe ich einen wesentlich besseren Überblick als von Deck.«

Es gab auch noch einen vierten Grund, von dem jedoch selbst Hammond nichts wußte.

Die Rampe war fertig. Kemp dirigierte den Lkw auf sie zu. Am Steuer saß Mick McGrath. Das Ganze würde ein ziemlich heikles Manöver werden. Zimmerman verschwand hinter dem Lastwagen, als McGrath vorsichtig auf die Rampe zusteuerte.

Plötzlich ertönte ein lautes Knirschen, und im gleichen Augenblick neigte sich der Lkw gefährlich zur Seite. McGrath' Gesicht tauchte im offenen Fenster des Lasters auf; gleichzeitig ertönten laute Rufe.

»Vorsicht! Das Hinterrad hat sich gelöst!«

McGrath sprang aus dem Führerhaus und begutachtete den Schaden. Ein Hinterrad hatte sich von der Achse gelöst, so daß der Lastwagen nach hinten in den Sand gesackt war.

»Die Wagenheber!« brüllte er.

»Nein«, fuhr ich dazwischen. »Dafür reicht die Zeit nicht. Wir nehmen einen anderen Wagen. Zimmerman, fahren Sie sofort einen her! Alle anderen machen sich sofort ans Abladen.« Ich ließ ihnen keine Zeit zum Nachdenken, und Kemp, auf den in solchen Krisensituationen immer zu zählen war, war sofort an meiner Seite. Ausgehend von der Tatsache, daß ich den Zwischenfall bereits vorhergesehen hatte und er nicht, ordnete er erstaunlich rasch die nötigen Maßnahmen an. In Eile ließ er auf dem von Treibholz übersäten Ufer eine zweite Fahrspur freiräumen, so daß der Ersatzwagen an dem gestrandeten Lkw vorbei auf die Rampe fahren konnte. Und wenig später kündigte das rasch näherkommende Dröhnen eines Motors an, daß Zimmerman mit einem Ersatzfahrzug anrückte.

Mit käseweißem Gesicht sprang Antoine Dufour vor.

»Nein! Kommt gar nicht in Frage! Das ist *mein* Laster!« brüllte er.

Seine heftige Reaktion ließ die Umstehenden unwillkürlich zurückschrecken.

»Reg dich doch nicht auf, Frenchie«, versuchte schließlich

jemand, Dufour gut zuzureden. »Deine Kiste ist genau so gut wie jede andere.«

»Nein! Nicht mit meinem Laster!«

»Tut mir leid, Dufour; aber offensichtlich muß Ihrer gerade irgendwo in der Nähe gestanden haben«, redete ich auf ihn ein. Außer sich vor Wut, aber machtlos mußte der Franzose zusehen, wie sein Lastwagen vorsichtig auf die Verladerampe zusteuerte. Zimmerman sprang aus dem Führerhaus, um McGrath Platz zu machen. Aber im nächsten Augenblick hatte sich Dufour auch schon auf den Iren gestürzt.

»Sie werden meinen Laster nicht nehmen!« verfiel er unvermittelt in seine französische Muttersprache. Doch Zimmerman hatte ihn bereits von hinten gepackt, um ihn von McGrath wegzuzerren.

»Was soll der Blödsinn!« fuhr Kemp dazwischen. »Reißen Sie sich zusammen, Dufour. Ihr Lkw gehört zu unserem Konvoi. Deshalb werden wir ihn auch benutzen, wenn dies sich als nötig erweist.«

»McGrath«, drängte ich. »Steigen Sie ein und fahren Sie die Karre rauf.«

Er sah mich aufsässig an.

»Wir haben doch genügend andere Laster, Mannix. Lassen Sie Frenchy doch seine Freude.«

»Werden Sie vielleicht, verdammt noch mal, endlich einem Befehl nachkommen!« Ich hatte, von Dufour selbst abgesehen, mit keinerlei Widerstand gerechnet. McGrath sah mich einen Augenblick unverwandt an und drängte sich dann an Dufour und Zimmerman vorbei, um sich ins Führerhaus zu schwingen. Dann ließ er die Kupplung kommen, so daß der Wagen mit den Vorderrädern ruckartig auf die Rampe schoß. Doch dann hatte McGrath sich bereits wieder unter Kontrolle; er ließ den schweren Wagen mit der gebotenen Vorsicht auf die Plattform des Floßes rollen. Das groteske B-Sechseck neigte sich zwar unter dem enormen Gewicht merklich zur Seite, kenterte jedoch zu unserer Erleichterung nicht. Und obwohl das Wasser die Reifen des Lasters umspülte, gab es keinen Zweifel, daß unser Vorhaben gelingen würde.

Kemp schickte ein paar Männer auf das Floß, um Bremsklötze unter die Reifen zu schieben und den Lkw zu vertäuen.

Nachdem auch unsere Ausrüstung umgeladen worden war, wurde das Floß ein Stück weiter auf den See hinausgeschleppt.

Ich wandte mich wieder Dufour zu.

Er hatte sich inzwischen wieder etwas beruhigt, wirkte aber immer noch ziemlich blaß und mitgenommen. Als ich auf ihn zutrat, kam ich an Zimmerman vorbei, dem ich kurz zunickte, um dann Dufours Arm zu ergreifen.

»Kommen Sie, Antoine«, sagte ich. »Ich hätte gern einen Augenblick mit Ihnen gesprochen.«

Während wir uns von der Gruppe entfernten, starrte Dufour über die Schulter auf seinen Lkw zurück, der, für ihn unerreichbar, ein gutes Stück vom Ufer entfernt auf dem See trieb.

Sobald uns die anderen nicht mehr hören konnten, blieben wir stehen.

»Ich muß mich bei Ihnen entschuldigen, Antoine. Das war vielleicht nicht sehr nett von mir.«

»Monsieur Mannix, wenn Sie wüßten, was Sie getan haben.«

»Das weiß ich sehr wohl, Antoine. Sie trauern dabei sicher Ihrer geheimen Fracht nach.«

Sein Unterkiefer sackte nach unten. »Sie wissen davon?«

»Natürlich weiß ich davon. Zimmerman hat Wind davon bekommen und mir davon erzählt. Vermutlich riecht er Gelignit zehn Kilometer gegen den Wind.«

Dufour starrte mich entsetzt an. Ich beeilte mich, ihn zumindest hinsichtlich eines Punktes zu beruhigen.

»Nun regen Sie sich nicht unnötig auf, Antoine. Mir ist völlig gleichgültig, weshalb Sie das Zeug mitführen. Oder woher Sie es haben. Das geht mich nichts an. Im Augenblick ist der Sprengstoff jedoch die wirksamste Waffe, über die wir verfügen, und wenn wir dieses Abenteuer einigermaßen heil überstehen wollen, dann brauchen wir das Zeug.«

»Herr im Himmel.« Er sah mich mit einem bitteren Lächeln an. »Sie wollen meinen Laster also als schwimmende Bombe einsetzen?«

»Ich hoffe, daß sich das als überflüssig erweisen wird. Aber zumindest hätten wir damit einen verdammt wirksamen Trumpf in der Hand. Harry Zimmerman wird unseren Leuten erzählen, daß wir diese Bombe als Rückhalt haben. Das kommt auf das gleiche hinaus, als könnten wir die Aufständischen mit einem Geschütz bedrohen. Sie haben keine Waffen, mit denen sie uns etwas anhaben können; wir dagegen können sie vernichten. Deshalb haben wir doch das zweite B-Sechseck gebaut. Falls wir das erste als Bombe benützen müssen, können unsere Leute auf das zweite Floß umsteigen. Begreifen Sie jetzt?«

»Angenommen, ich würde Ihnen sagen, daß der Sprengstoff nichts taugt?«

»Damit werden Sie kaum etwas erreichen. Wir brauchen das Zeug unbedingt.«

Dufour setzte sich, als hätten ihm seine Beine plötzlich den Dienst versagt. Nach einer Weile sah er wieder zu mir hoch und sagte: »Ja, ich verstehe. Sie sind verdammt gerissen, Monsieur Mannix. Ich kann uns allen nur noch viel Glück wünschen.«

Wieder im Lager, regelte ich noch meine Privatangelegenheiten. Ich hinterließ dem Doktor einen Brief persönlichen Inhalts und überreichte Sam Kironji ein beeindruckend aussehendes Schreiben auf British Electric-Firmenpapier, in dem ich mich dafür verbürgte, daß meine Firma für den ihm entstandenen Schaden aufkommen würde; außerdem schlug ich für ihn eine zusätzliche Belohnung vor. Dazu legte ich ihm noch einen Scheck bei, für den ich persönlich zeichnete, was ihn ganz besonders beeindruckte.

Dann besprach ich mich mit Wingstead wegen des Tiefladers. Sobald wir die Fähre in unseren Besitz gebracht hatten, sollte der Konvoi nach Kanjali kommen, damit wir die Patienten auf die Fähre bringen konnten. Den Tieflader würden wir allerdings an der Anlegestelle zurücklassen müssen.

»Wir müssen auf Kemp aufpassen«, warnte mich Wingstead. »Sie wissen selbst, wie viel ihm an dem Tieflader liegt. Wirklich verrückt. Man könnte meinen, er hat für ihn inzwischen dieselbe Bedeutung wie für die Nyalaner.«

»Ich wüßte nur zu gern, was sie tun werden, wenn wir das Ding einfach stehenlassen.«

»Vermutlich werden sie wieder in ihre Dörfer zurückkehren. Der Tieflader wird seinen Zauber ebenso schnell verlieren, wie er ihn bekommen hat.«

»Und was wird dann aus ihm?«

»Wer auch immer aus diesem Bürgerkrieg als Sieger hervorgeht, wird jemanden anheuern, die Kiste nach Bir Oassa hochzukarren. Ich möchte allerdings nicht dabei sein, wenn der ganze rechtliche Kram geregelt wird, den das alles nach sich zieht. Aber eins kann ich Ihnen jetzt schon sagen, Neil; wer auch immer den Transport durchführen wird, ich werde es bestimmt nicht sein. Mir langt es inzwischen wirklich. Ich werde den Tieflader an den Meistbietenden verscherbeln.«

»Und was dann?«

»Dann fahre ich mit Kemp und Hammond nach Hause und baue einen besseren. Wir haben hier schließlich eine Menge wertvoller Erfahrungen gesammelt.«

»Und dann werden Sie sich lieber wieder auf irgendwelche Kraftwerkprojekte in Schottland konzentrieren?«

Wingstead lachte. »Im Augenblick wäre mir jedenfalls mehr nach so etwas. Aber man kann ja nie wissen.«

In den frühen Morgenstunden des nächsten Tages brachen wir auf. Meine Gefühle waren beklemmend. Waren schon die Erlebnisse des gestrigen Tages für jeden, der keine Erfahrung im Guerilla-Krieg hatte, aufregend genug gewesen, so würde der heutige Tag unseren Nerven sicherlich das äußerste abverlangen.

Die zwei B-Sechsecke ragten kaum aus dem Wasser. Die Verladerampe hatten wir an der Seite des Floßes vertäut, auf dem der Lkw stand. Wir kletterten an Bord und verstauten unsere Waffen im Führerhaus.

Hammond hatte mit seinem Team die zwei B-Sechsecke aneinander befestigt. Der Lastwagen paßte gerade auf das hintere B-Sechseck, so daß ringsum vielleicht noch ein knapper halber Meter Platz war. Am Heck hatte Hammond Sam Kironjis Außenbordmotoren befestigt; sie waren mit vierzig und fünfundvierzig PS fast gleich stark, so daß sie uns nicht im Kreis fahren lassen würden. Sie wurden jeweils von einem Mann bedient, und Hammond erteilte vom Führerhaus seine Anweisungen, um die Motoren aufeinander abzustimmen.

Wir waren alle sehr still, als wir schließlich aufbrachen.

Beim Abschied, von dem ich hoffte, daß er nur ein vorübergehender sein würde, teilte uns Dr. Kat noch mit, daß Lang möglicherweise nicht mehr lange genug am Leben bleiben würde, um noch den Boden von Manzu zu betreten. Ich fragte mich unwillkürlich, für wie viele von uns das zutreffen würde.

Unterwegs hatte ich noch ein seltsames Erlebnis. McGrath hatte seit dem Zwischenfall beim Verladen des Lastwagens noch zweimal eine gewisse Aufsässigkeit an den Tag gelegt, und da er für unser Vorhaben ein wichtiger Mann war, beschloß ich, der Sache auf den Grund zu gehen.

»McGrath, ich hätte gern mal kurz mit Ihnen gesprochen.«

Er wandte sich von mir ab.

»Jetzt auf der Stelle!«

Geduckt entfernte ich mich etwas von den anderen, und zu meiner Erleichterung stellte ich fest, daß McGrath mir folgte.

Wir ließen uns schließlich am Bug nieder, wo uns immer wieder kaltes Wasser ins Gesicht spritzte.

»Mick, was ist eigentlich los mit Ihnen?« fragte ich.

Er stierte bockig vor sich hin. »Nichts. Ich weiß nicht, was Sie meinen.« Dabei sah er mich nicht an.

»Wenn Sie wegen irgendetwas verärgert sind, dann sagen Sie es, verdammt noch mal.«

»Wir sind hier nicht beim Militär, Mannix. Sie sind nicht mein Vorgesetzter, und ich bin nicht Ihr Untergebener, der zu kuschen hat.«

»Großer Gott!« stöhnte ich. »Führen Sie sich doch nicht auf wie eine Primadonna. Also, raus mit der Sprache: wo drückt Sie der Schuh?«

»Ich habe es satt, mich von Ihnen herumkommandieren zu lassen.«

Ich holte erst einmal tief Luft. Das war völlig verrückt.

»Mick, Sie sind der beste Fahrer, den wir haben«, begann ich. »Sie sind auch der einzige in unseren Reihen, der etwas vom Kämpfen versteht, weshalb wir vor allem auf Sie angewiesen sind – sogar mehr noch als auf Sadiq.«

»Glauben Sie nicht, Mannix, Sie könnten mich mit ein paar Schmeicheleien wieder einfangen.« Ich traute meinen Ohren nicht, aber McGrath klang tatsächlich beleidigt.

»Na gut, McGrath, Süßholzgeraspel beiseite. Wo liegt der Hund begraben?«

Er zuckte mit den Achseln. »Ich weiß auch nicht.«

»Warum sind Sie dann plötzlich so eigenartig? Sie halten doch sonst mit Ihrer Meinung auch nicht hinter dem Berg.«

Er hieb mit der Faust in die Handfläche. »Na ja, bisher sind wir ganz gut miteinander ausgekommen. Schließlich sind wir uns ja auch nicht ganz unähnlich. Aber seit Makara haben Sie kaum mehr ein Wort mit mir gesprochen.«

Ich sah ihn mit unverhohlenem Erstaunen an. Dieser hartgesottene, gestandene Mann benahm sich wie ein Schuljunge, der von seiner Angebeteten einen Korb bekommen hat.

»Ich hatte einiges zu tun.«

»Das ist es nicht allein. Irgendwie haben Sie was gegen mich.«

»Ich weiß wirklich nicht, was Sie wollen, Mick. Wie soll ich Ihnen vertrauen, wenn Sie meine Befehle nicht befolgen? Wir können diese Operation doch nicht einfach ins Wasser fallen lassen, bloß weil Sie sich auf den Schlips getreten fühlen! Wenn wir in Kanjali ankommen, bleiben Sie hinten. Glauben Sie, ich vertraue Ihnen Bing an, wenn Sie hier den Beleidigten spielen?«

Darauf erhob ich mich abrupt, um zum Lastwagen zurückzugehen. »Mannix! Warten Sie doch!« rief McGrath hinter mir her.

Ich kauerte mich wieder auf die Planken des Decks nieder – eine etwas lächerliche Haltung, um zu streiten – und wartete.

»Sie haben recht. Es tut mir leid. Ich werde künftig Ihren Anweisungen unwidersprochen folgen. Sie werden mich doch nicht wirklich hinten lassen?«

Für einen Augenblick fehlten mir tatsächlich die Worte.

»Also gut«, erwiderte ich schließlich mit einem schweren Seufzer. »Sie kommen mit, wie geplant. Aber lassen Sie künftig Ihre Extratouren. Und jetzt sollten wir lieber zu den anderen zurückgehen, bevor wir hier noch ganz naßgespritzt werden.«

Später dachte ich ausführlicher über dieses seltsame Gespräch nach.

Während seiner Zeit beim Militär und vermutlich auch im irischen Untergrund war McGrath nie befördert worden – ein Mann, der Befehle auszuführen hatte, und keineswegs der Einzelgänger, als der er einem bei oberflächlicher Betrachtung erscheinen mochte. Gerade deshalb mußte er zu der Person, von der er seine Befehle entgegennahm, voller Respekt aufschauen können – ein Respekt, der nichts mit dem Dienstgrad oder der gesellschaftlichen Stellung des Betreffenden zu tun hatte. Vor Kemp hatte er zum Beispiel gar keinen Respekt und vor Wingstead nicht sonderlich viel. In meinem Fall war das jedoch anders. Der Grund hierfür war vielleicht darin zu suchen, daß ich mich nicht gescheut hatte, ihn direkt auf den Mord an Sisley anzusprechen; mit Sicherheit hatte er außerdem gespürt, wie oft wir in denselben Bahnen dachten und zu denselben Schlüssen gelangten. Und vielleicht hatte ihm gerade das Respekt abverlangt.

Nun hatte ich McGrath jedoch während der letzten Tage unmißverständlich die kalte Schulter gezeigt. Ich war ihm bewußt aus dem Weg gegangen, seit wir auf Ron Jones' Leiche gestoßen waren. Und McGrath war feinfühlig genug gewesen, meine abweisende Haltung zu bemerken. *Mein Gott, Mannix,* dachte ich, *du bist zur lebensgroßen Vaterfigur eines ausgemachten Psychopathen geworden!*

Wieder brach gerade der Tag an, als wir uns Kanjali näherten. Der Himmel begann sich leicht rötlich zu färben, die Luft war frisch und kühl. Hammond gab dem Mann, der die Außenborder bediente, ein Zeichen, das Gas zurückzunehmen, so daß wir nach einer Weile kaum mehr schneller als die Strömung dahintrieben. Es dauerte nicht lange, und die gedrungenen Umrisse der Fähre und der Gebäude an der Anlegestelle rückten stetig näher. Sadiq erteilte geflüsterte Anweisungen, und seine Männer holten ihre Gewehre aus dem Führerhaus. Etwas oberhalb der Stelle, wo wir an Land zu gehen beabsichtigten, steuerte Hammond das Floß dicht ans Ufer heran, so daß das Schilf seine Fahrt behutsam bremste. Einige Männer schwangen sich über Bord und rannten mit mehreren Tauen ans Ufer, um das Floß von dort noch ein Stück weiterzuziehen, bis ihnen Hammond das Zeichen zum Anhalten gab. Der Gedanke an seine Angst vor Krokodilen entlockte mir ein leises Schmunzeln. Der Lärm, den wir bei unserem Anlegemanöver machten, hätte mit Sicherheit selbst das unerschrockenste Tier in die Flucht gejagt, und ich konnte nur hoffen, daß er die Soldaten in Kanjali nicht aus dem Schlaf riß.

Nachdem das Floß sicher vertäut war, brachten wir unsere Waffen an Land. Hammond machte sich mit seinem Team daran, das Floß wieder in seine ursprünglichen zwei B-Sechsecke zu zerlegen und die beiden Außenborder an dem leeren Floß zu befestigen. Mit diesem Gefährt wollten wir entweder fliehen oder nach Manzu übersetzen, um von dort Hilfe zu holen, wenn wir die Fähre nicht allein in Betrieb setzen konnten.

Einmal an Land, fand ich zum erstenmal Gelegenheit, Hammond in das Geheimnis von Dufours Lkw einzuweihen. »Harry hat sechs Kisten von dem Zeug entdeckt. Wenn es unbedingt nötig sein sollte, werden wir damit drohen, das Floß als eine Art gigantischen Torpedo einzusetzen. Harry hat schon einen Zünder gebaut. Sobald er ihn am Laster angebracht hat, binden wir das Floß los.«

»Aber es könnte doch an der Anlegestelle vorbeitreiben, bevor es in die Luft fliegt«, wandte Hammond ein. Sein Entsetzen über unseren naiven Plan bewies, daß ich nur recht getan hatte, ihn nicht früher in unser Vorhaben einzuweihen. »Oder es könnte auf Grund geraten. Der Zündmechanismus könnte versagen. Oder es fliegt in die Luft, bevor es auch nur annähernd an die Anlegestelle herangekommen ist.«

»Das ist mir natürlich ebenso klar wie Ihnen, Ben. Aber die Bewacher der Fähre wissen das nicht. Wir müssen ihnen einfach nur so massiv drohen, daß sie gar nicht auf die Idee kommen, unsere Drohung in Frage zu stellen.«

Unser Plan war dem Mut der Verzweiflung entsprungen; aber wir hatten keine andere Wahl. Und daran konnte auch der Umstand nichts ändern, daß Antoine Dufour auf uns zutrat und sagte: »Bitte, Monsieur Mannix, rechnen Sie nicht zu sehr mit meiner Sprengstoffladung.« Er wirkte zutiefst verstört.

»Wieso? Was soll denn damit sein? Wenn das Zeug schon alt und nicht mehr ganz zuverlässig ist, dann müssen wir eben auch dieses Risiko eingehen«, entgegnete ich.

»Ich habe ja nur gemeint.« Er zuckte, immer noch besorgt, die Achseln. Ich spürte, daß er mir eigentlich noch etwas mehr hatte mitteilen wollen, aber ich hatte im Augenblick keine Lust mehr, mich mit den Problemen der anderen zu befassen. Ich hatte schon genügend eigene Sorgen.

Sadiq brach mit seinen Männern auf. Angespannt und nervös folgten wir ihm. Möglichst geräuschlos schlichen wir im Schutz der Bäume auf die Anlegestelle zu. Dabei hielten wir so viel Abstand zu Sadiqs Leuten, daß wir sie gerade noch im Blickfeld hatten, bevor sie die Anlegestelle stürmten. Wir machten am Rand der Lichtung halt, die sich um Kanjali legte. Nun hatte ich eine zweite Gelegenheit, einen Blick auf die Fähre zu werfen, auf die eben die ersten Sonnenstrahlen fielen.

Und diesmal bemerkte ich etwas, das mir beim ersten Mal entgangen war.

Es war keine moderne Fähre, sondern ein abgetakeltes, altes Schlachtroß, das im Kampf gegen den allgegenwärtigen Rost unzählige Male übermalt worden war, ohne ihm noch etwas entgegensetzen zu können – ein altes Landungsboot aus dem Zweiten Weltkrieg, von dem Typ, der bei der Invasion in der Normandie zum Einsatz gelangt war. Nach dem Vorbild der breiten Frachtkähne mit geringem Tiefgang entwickelt, hatten diese Landungsboote immerhin ein paar Panzer, einige kleine Fahrzeuge und die dazugehörige Infanterie befördern können. Viele dieser Landungsboote befanden sich, über die ganze Welt verstreut, noch im Gebrauch.

Wie dieses knapp zwanzig Meter lange Gefährt allerdings über einen nicht schiffbaren Strom zu diesem See mitten in Afrika gelangt war, war mir ein Rätsel.

Ich wandte meine Aufmerksamkeit wieder der Anlegestelle zu, die vor uns lag. Die Abzweigung von der Straße nach Fort Pirie führte ziemlich steil zum Seeufer herab. Die eigentliche Anlegestelle bestand aus einer massiven Betonrampe, um die sich fünf Gebäude gruppierten und über die die Fahrzeuge auf die Fähre fahren konnten. Sie wurde von ein paar massiven Winden und Pollern gesäumt. Unmittelbar dahinter stand eine Garage.

Das größte Gebäude war die Zollstation. Dahinter schloß sich eine weitere Garage, ein kleiner Laden mit einer Zapfstelle und ein scheunenartiges Gebäude an, das vermutlich als Lagerhalle diente.

Sadiqs Männer schwärmten aus und umstellten Zollstation, Laden und Lagerhalle. Kurz darauf rannten Kemp, Pitman und ich auf die Verladerampe zu, um hinter der vordersten Garage in Deckung zu gehen. Als Thorpe sich uns anschließen wollte, schickte ich ihn zu McGrath.

Angespannt lauschten wir auf irgendwelche Geräusche. Kemp unterzog währenddessen bereits die Zufahrt zur Anlegestelle und die Betonrampe einer professionellen Begutachtung. Daneben lag noch ein alter, brüchiger Kai, dessen Poller schon lange nicht mehr benutzt worden waren. Vermutlich hatten hier kleinere Schiffe zum Be- und Entladen angelegt, bevor die Fähre in Betrieb genommen worden war. Offensichtlich erwog Kemp bereits, ob dieser Kai möglicherweise als Abstellplatz für den Tieflader in Frage kam. Die steile, schlecht befestigte Zufahrtsstraße mochte ihm allerdings einige Sorgen bereiten.

Immer noch war nichts zu hören.

»Soll ich mal sehen, was los ist?« schlug Pitman nach ein paar endlos scheinenden Minuten vor. Ich schüttelte den Kopf.

»Noch nicht, Bob.«

Im selben Augenblick ertönte ein Ruf, der von einer anderen Stimme erwidert wurde. Dann folgte das Geräusch rascher Schritte und eine Salve von Gewehrschüssen. Vorsichtig spähte ich um die Ecke der Garage. Währenddessen ertönte aus ihrem Innern eine unverkennbar europäische Stimme. »Hey! Was ist da draußen eigentlich los?«

Wir wechselten erstaunte Blicke. Ich klopfte mit der Faust gegen ein mit Brettern vernageltes Fenster in unserer unmittelbaren Nähe.

»Wer ist da drinnen?«

»Um Himmels willen, lassen Sie uns raus!«

Nachdem ich mich erst eine Weile mit einem Stein vergeblich an dem vernagelten Fenster abgemüht hatte, versuchten wir es am Tor, das mit einem neuen Vorhängeschloß versperrt war. Und während wir uns noch daran zu schaffen machten, wimmelte es plötzlich ringsum von Menschen, die wild durcheinanderrannten. Außerdem fielen neuerlich Schüsse.

Ich mühte mich auch an dem Vorhängeschloß ohne Erfolg ab.

»Großer Gott, sie ergreifen die Flucht!« sagte Kemp neben mir.

Und er hatte recht. Ein paar Soldaten standen mit erhobenen Armen herum. Einige sanken getroffen zu Boden; wieder andere rannten auf die Straße zu. Irgendjemand startete den Volvo und fuhr mit aufheulendem Motor an, worauf das Fahrzeug jedoch sofort ins Schleudern geriet und gegen die Lagerhalle krachte. Sadiqs Männer hatten den Wagen sofort umringt; der Fahrer, ein Nyalaner in Zivilkleidung, befreite sich mühsam aus dem Inneren und sank zu Boden. Die Tür des Hauptgebäudes war offen, und unter dem Feuerschutz von Sadiqs Soldaten rannten ein paar von unseren Leuten über den offenen Platz auf das Gebäude zu, um gleich darauf darin zu verschwinden. Ich hoffte, daß Bing unter ihnen war, um sich des Funkgeräts anzunehmen.

Gleichzeitig setzte der Rest von Sadiqs Leuten sämtlichen Nachzüglern entschlossen nach.

Weder Kemp noch Pitman oder ich waren unmittelbar in das Geschehen verwickelt worden; und in fünf Minuten war schon alles vorbei. Ich konnte es noch gar nicht fassen; das einzige, womit ich in meiner Phantasie kein einziges Mal zu rechnen gewagt hatte, war die reibungslose Inbesitznahme der Fähre gewesen.

Hammond kam von einem der Lkw grinsend auf uns zu und zeigte uns einen Zündverteiler in der erhobenen Hand. Sadiq schien allgegenwärtig zu sein; er zählte seine Leute und verteilte Wachtposten. Wir gesellten uns erst einmal zu den anderen und ließen die in der Garage Eingeschlossenen warten.

»Das war vielleicht ein Ding. Wirklich gut haben Sie das gemacht, Hauptmann! Wie viele waren es?«

»Unseren Schätzungen zufolge nicht mehr als vierzehn Mann«, erwiderte Hammond. »Weniger, als wir erwartet hatten.«

»Irgendwelche Verluste?«

McGrath neben mir grinste düster. »Nicht auf unserer Seite. Und die anderen haben bestenfalls ein paar Beulen am Kopf zu beklagen. Diese Burschen haben halb geschlafen und vermutlich gar nicht gemerkt, was mit ihnen geschah. Ein paar sind abgehauen. Wenn Sie mich fragen, haben sie uns für böse Geister gehalten.«

Ich sah mich um. Verschiedene Gesichter fehlten.

»Bing?« fragte ich.

»Bastelt schon an ihrem Funkgerät herum«, beruhigte mich McGrath. »Brad und Ritchie sind bei ihm.«

»Den Volvo können wir vergessen«, meinte Hammond, »aber die anderen Fahrzeuge sind ohne weiteres wieder einsatzfähig. Sie hatten nicht einmal Wachen aufgestellt.«

Verwunderlich war das allerdings nicht. Im Grunde hatten sie nichts zu befürchten gehabt; und dann war auch kein Offizier in der Nähe, der ihnen auf die Finger gesehen hätte.

»Wir haben übrigens eine interessante Feststellung gemacht«, rückte ich nun mit unserer Neuigkeit heraus. »In der Garage an der Verladerampe ist jemand eingeschlossen. Das Tor ist mit einem Vorhängeschloß verriegelt. Aber das können wir jetzt ohne weiteres aufschießen.«

Wir versammelten uns vor dem Garagentor, und ich rief: »Können Sie uns hören?«

»Natürlich können wir das«, antwortete aus dem Innern eine gedämpfte Stimme. »Lassen Sie uns endlich raus hier.«

»Wir schießen das Schloß auf. Sehen Sie zu, daß Sie nicht in der Schußlinie stehen.«

Einer von Sadiqs Soldaten legte sein Gewehr auf das Schloß an und schoß es in Stücke, worauf die Tore von selbst ein Stück aufknarrten.

Ich nehme an, daß wir in den Augen der beiden Männer, die nun zum Vorschein kamen, ebenso verdreckt und abgerissen aussahen, wie sie uns erschienen. Es waren zwei Weiße, der eine sehr groß und leicht übergewichtig, der andere mager und fahl. Beide waren verletzt. Der linke Arm des großen Mannes steckte in einem schmutzigen Verband, und über das Gesicht seines Begleiters zog sich eine verschorfte Schnittwunde. Der magere Mann tat ein paar kraftlose Schritte und sank dann auf die Knie nieder.

Einige von uns stürzten auf ihn zu, um ihn zu stützen.

»Bringen Sie ihn in den Schatten«, ordnete Kemp an. »Und holen Sie ihm etwas Wasser. Ist bei Ihnen alles in Ordnung?« wandte er sich dann an den anderen Mann.

Der nickte nur und kam ohne fremde Hilfe auf uns zu. Wenn er zusammengebrochen wäre, hätten wir ihn bestimmt nur zu viert tragen können.

Ich überließ für eine Weile Kemp das Kommando und zog Sadiq beiseite.

»Haben Sie die Lage wirklich im Griff?« fragte ich ihn. »Was ist mit den Männern, die geflohen sind?«

»Ich glaube kaum, daß sie jemandem von dem Vorfall erzählen werden. Wenn sie es doch tun, kann ich nur hoffen, daß uns noch genügend Zeit bleibt, bis die anderen hier anrücken.«

»Glauben Sie, wir können den Konvoi jetzt hierher schaffen? Wenn wir die Fähre in Betrieb setzen können, gilt es, keine Zeit zu verlieren.« In mir keimte bereits Hoffnung auf. Sadiq ließ sich in seiner bedächtigen Art etwas Zeit, bis er schließlich antwortete:

»Wir sollten es auf jeden Fall versuchen.«

»Basil, fahren Sie mit Ihrem Team zur Tankstelle zurück«, rief ich Kemp zu. »Kommen Sie mit dem Konvoi sofort hierher. Den Tanklastzug und den Proviantlaster können sie vorerst zurücklassen. Aber bringen Sie auf jeden Fall den Tieflader und die Zugmaschinen hierher. Den Rest stopfen Sie irgendwie in die übrigen Lkw; aber nehmen Sie nicht zu viele davon mit.«

Die zwei Gefangenen aus der Garage wurden erst einmal notdürftig medizinisch versorgt. Dann kauerte ich mich neben unseren beiden Neuzugängen nieder.

»Ich bin Neil Mannix von British Electric«, stellte ich mich vor. »Der Rest dieser Leute hier arbeitet für Wyvern Transport. Wir schaffen einen Schwertransport zu den Ölfeldern rauf – das heißt, wir hatten es vor, bis dann der Krieg ausbrach. Die Soldaten in unserer Begleitung stehen auf seiten der Regierung. Wie es scheint, stecken wir jedoch alle ziemlich in der Klemme.«

Der größere der beiden Männer sah mich mit einem strahlenden Lächeln an.

»Und ob wir in der Klemme stecken. Diese verdammten Idioten! Nach allem, was ich für sie getan habe! Sie sind doch Amerikaner? Freut mich, Sie hier zu sehen – Sie alle. Sie sind genau im richtigen Augenblick hier aufgetaucht. Ich bin Pete Bailey und stamme aus Southampton.« Er streckte mir eine mächtige Pranke entgegen, in der meine fast verschwand. Er strahlte eine unerschütterliche gute Laune aus.

Dann senkte sich seine Pranke auf die Schulter seines Begleiters nieder. »Und das hier ist mein Kumpel Luigi Sperrini. Er spricht ziemlich gut Englisch, obwohl er selbst anderer Meinung ist. Sag den Leuten mal guten Tag, Luigi. Die Jungs sind in Ordnung.«

Sperrini hatte offensichtlich starke Schmerzen und verfügte nicht über die enorme Energie seines Freundes. Dennoch nickte er uns zum Gruß höflich zu.

»Ich bin Sperrini«, stellte er sich dann vor. »Ich bin Ihnen sehr dankbar, daß Sie uns da rausgeholt haben.« Nach diesen wenigen Worten schloß er die Augen, als bereitete ihm das Sprechen Mühe.

»Gibt's endlich mal was zu essen?« rief ich Bishop ungeduldig zu, um mich dann wieder Bailey zuzuwenden. »Wie lange waren sie da drinnen eingesperrt?«

»Vier Tage. Ich bin mir dessen nicht ganz sicher, man konnte da drinnen den Tag nicht von der Nacht unterscheiden. Dummerweise ist uns ziemlich schnell das Wasser ausgegangen. Um ihre Rinder kümmern sich diese Idioten wesentlich mehr als um uns.« Er schien jedoch keinen allzu großen Groll gegen seine Gefängniswärter zu hegen, obwohl sein Begleiter dem Hungertod nahe schien.

Dann schickte ich mich an, die Frage zu stellen, die mir am meisten auf der Zunge brannte.

»Wer sind Sie eigentlich? Was machen Sie hier?«

Und ich bekam genau die Antwort, die ich mir am meisten gewünscht hatte.

»Was glauben Sie wohl? Wir schippern die Fähre über den See.«

27

»Läuft der Kahn denn noch?«

Fast wäre Bailey auf diese Frage hin ärgerlich geworden.

»Was glauben Sie denn«, entgegnete er. »Luigi und ich basteln schließlich nicht umsonst den ganzen Tag an der alten Kiste herum. *Katie Lou* läuft noch wie geschmiert – genau wie das Mädchen, nach dem ich sie benannt habe; und noch um einiges zuverlässiger.«

Die Zeit bis zur Ankunft unseres Konvois verbrachten wir auf recht angenehme Weise. Wir stießen auf ein umfangreiches Proviantlager und machten uns daran, auch für den erwarteten Konvoi eine Mahlzeit vorzubereiten. Außerdem fanden wir zahlreiche Wasserbehälter, die wir umgehend mit Wasser füllten; wir rissen Laken in Streifen, um sie als Verbandsmaterial verwenden zu können, und brachten auch noch eine Reihe von Waffen und anderen nützlichen Gegenständen in unseren Besitz. Wir hatten einen regelrechten Schatz entdeckt.

Mit dem Funkgerät war nichts mehr anzufangen. Es ließ sich selbst mit Teilen des bereits zerlegten Geräts nicht mehr in Betrieb setzen; wir würden also nicht erfahren, was sich sonst im Land tat. Auch Bailey und Sperrini wußten kaum Neues zu berichten. Wir waren besser informiert als die beiden. Zu unserer Verwunderung stellten wir jedoch fest, daß auch sie bereits von unserem Krankenhaus auf Rädern gehört hatten.

»Dieses Krankenhaus, das durchs Land fährt«, brummte Bailey kopfschüttelnd. »Ist diese Geschichte also tatsächlich wahr! Wir hielten das Ganze für ein Märchen, wie man sie hier jeden Tag zu hören bekommt. Die Einheimischen erzählten, daß Hunderte von Kranken geheilt worden wären – von Wunderdoktoren; Sie kennen ja diese Geschichten. Sie dürften allerdings nicht ganz den Tatsachen entsprechen, stimmt's?«

»Nicht ganz«, erwiderte ich trocken, um sie dann über den wahren Zustand unseres Krankenhauses auf Rädern zu unterrichten. In Sperrinis Interesse freute Bailey sich zu hören, daß wir mit richtigen Ärzten unterwegs waren, denn die Gesichtswunde seines Begleiters war offensichtlich infiziert.

»Das war einer von diesen Blödmännern mit seinem Revolver«, erläuterte uns Bailey das Zustandekommen ihrer Verletzungen. »Mich haben diese Trottel erst noch in den Arm geschossen. Wenn die Burschen nicht ganz so unhöflich gewesen wären, hätten wir uns sicher etwas hilfsbereiter gezeigt. Als ob ich mich mit *Katie Lou* von hier aus dem Staub machen könnte – also so was! Im Augenblick kommen wir doch nicht weg von hier!«

»Höchstens nach Manzu«, sagte ich und informierte Bailey dann über unsere Absichten. »Es wundert mich nur, daß Sie auf diesen Gedanken nicht schon länger selbst gekommen sind.«

»Natürlich hätten wir nach Manzu rüberfahren können«, erklärte er. »Nur wußte ich bis dahin noch nicht, daß die Dinge sich so zu ihrem Nachteil entwickeln würden. Bisher haben wir vom Krieg so gut wie nichts gemerkt. Wir hatten eben unsere Ladeklappe runtergelassen, um die Fahrzeuge an Land fahren zu lassen, als es hier plötzlich von Kerlen wimmelt, die meinen, sie müßten unbedingt Soldaten spielen. Und dann hat ihr Boß verlangt, daß wir ihnen die Fähre ausliefern. Meine *Katie Lou* ausliefern! Ich dachte, der Kerl muß verrückt geworden sein. Oder vielleicht kam er auch nur mit seinem Englisch ein bißchen durcheinander; so was kommt bei den Schwarzen öfter mal vor. Jedenfalls fällt ihnen nichts Besseres ein, als mich anzuschießen und Luigi nach Strich und Faden zu verprügeln. Und dann haben sie uns in die Garage gesperrt.«

Die beiläufige Art, in der Bailey das erzählte, nahm der Geschichte etwas von ihrem bedrohlichen Charakter.

»Natürlich haben wir versucht, auszubrechen. Aber ich habe diese Garage mit eigenen Händen gebaut und dafür gesorgt, daß man da nicht so leicht einbrechen kann; und nun saßen wir drin und konnten nicht raus. *Auntie Bess* hatten sie zum Glück nicht angerührt; aber weil ich die Schlüssel nicht eingesteckt hatte, konnte ich damit auch nicht viel anfangen. Ich habe versucht, sie kurzzuschließen, was mir aber nicht gelang. Ich muß schon sagen, daß ich mir reichlich dämlich vorkam.«

»Wer – oder besser, was – ist *Auntie Bess?*« fragte ich – wir hatten noch keinen Blick in die Garage geworfen.

»Das zeig ich Ihnen gleich. Erst muß ich die Schlüssel auftreiben. Und um ehrlich zu sein, würde ich lieber erst *Katie Lou* in Betrieb nehmen.«

Das sollte sich als relativ einfach herausstellen. Es gab ein kleines Boot, mit dem Bailey zur Fähre hinausfuhr; anstelle seines angeschlagenen Kumpels Luigi nahm er Dufour, Zimmerman und Kirilenko als Helfer mit. »Alles schön nach dem Parkinsonschen Gesetz«, erklärte er gut gelaunt. »Drei von Ihren Leuten für einen von uns. Die Fähre läßt sich an sich problemlos von zwei Mann bedienen, aber ein paar zusätzliche Helfer können nie schaden.«

Er fuhr also mit seiner frischernannten Crew zur Fähre hinaus und steuerte sie dann mit der Präzision eines Uhrwerks auf die Verladerampe zu. Nach dem Anlegen wurde die Ladeklappe heruntergelassen, die mit metallischem Scheppern auf dem Beton der Rampe aufschlug. Nachdem das Schiff ordnungsgemäß vertäut war, untersuchte Bailey es nach irgendwelchen Mängeln. Zum Glück konnte er jedoch keine feststellen.

Luigi beobachtete ihn dabei aufmerksam.

»Er ist ein erstklassiger Seemann«, erklärte er bewundernd. »Ich habe ihn noch nie einen Fehler machen sehen. Bei dem Job könnte ich mir keinen besseren Partner denken.«

Als ich mich Bailey gegenüber anerkennend über seine *Katie Lou* äußerte, strahlte er übers ganze Gesicht.

»Etwas arg verrostet ist sie zwar schon, aber sonst kann der alte Kahn sich durchaus sehen lassen«, meinte er. »Ich wußte von Anfang an, daß auf die Kiste Verlaß ist.«

»Wie haben Sie die Fähre eigentlich hierher geschafft?« fragte ich.

»Früher haben Luigi und ich schon die alte Fähre gefahren. Wir sind schon seit einiger Zeit in diesem Geschäft, wie Sie sehen. Aber die alte Fähre war verdammt schwerfällig und faßte nur ein paar Passagiere und etwas Fracht. Mir war klar, daß wir bestimmt eine Menge Lkw über den Fluß schaffen mußten, sobald die Arbeiten bei den Ölfeldern in Angriff genommen wurden. In Manzu gibt es zwar kein Öl, aber wesentlich bessere Häfen, um schwere und sperrige Frachtgüter zu verladen.«

Das schrieb ich mir für später gleich mal hinter die Ohren – für den Fall, daß es für uns ein Später geben sollte.

»Die beiden Länder haben ein Verkehrsabkommen ausgehandelt. Und wir haben uns gleich nach einer besseren Fähre umgesehen. Ich hatte schon immer diese alten Landungsboote im Auge. Ich habe die Kisten damals bei der Invasion in der Normandie in Aktion erlebt, und seitdem habe ich sie nie wieder vergessen. Schließlich bin ich mein Leben lang in diesem Geschäft.«

»Ich auch«, schaltete sich Luigi ein. »Ich bin schon als Junge mit meinem Vater zur See gefahren.«

»Fragen Sie uns lieber nicht, wie wir den Kahn hier raufgeschafft haben«, fuhr Bailey dann fort. »Das ist eine lange Geschichte, die ich Ihnen vielleicht mal bei einem kalten Bier erzähle. Jedenfalls haben wir das alte Landungsboot irgendwo an der nordafrikanischen Küste aufgespürt und für eine ziemlich unerhebliche Summe gekauft. Dann sind wir an der Küste bis nach Manzu runtergefahren und haben sie von dort auf dem Landweg zum Pirie-See schaffen lassen.«

Ich stieß einen leisen Pfiff aus. Nach meinen jüngsten Erfahrungen im Schwertransportwesen wußte ich, daß so etwas im Bereich des Möglichen lag, wenn es auch keineswegs ein Honiglecken gewesen sein dürfte. Als ich ihm das sagte, schwoll ihm vor Stolz der Kragen.

»Das haben wir wirklich toll hingekriegt, kann ich Ihnen sagen«, schwärmte er. »Nicht einen Kratzer hat die Kiste abbekommen – na ja, jedenfalls nicht allzu viele. Sie war ihr Geld wert. Luigi und ich, wir können wirklich nicht klagen.« Er wurde mit einem Mal nachdenklich. »Andererseits hat sich während der letzten Tage einiges verändert. Aber wenn sich die Lage wieder einigermaßen normalisiert hat, werden wir uns vielleicht sogar nach einem noch größeren Schiff umschauen.«

Sandy Bing war ständig zwischen den Gebäuden an der Anlegestelle und der Hauptstraße unterwegs. Daß er das Funkgerät nicht hatte reparieren können, erfüllte ihn mit Nervosität und Unrast. Plötzlich kam er auf uns zugerannt, um

Baileys Erzählung mit einer Neuigkeit zu unterbrechen. Der Konvoi war unterwegs.

»Wir schaffen als erstes die Kranken und Verletzten auf die Fähre«, wandte ich mich an Bailey. »Einschließlich der Nyalaner, die mit uns nach Manzu kommen wollen. Außerdem würde ich vorschlagen, daß Sie schon mal ein Fahrzeug – am besten den Landrover – mit rübernehmen.«

»Kein Problem.«

»Wie lange wird es in etwa dauern, bis Sie wieder zurückkommen? Bei der zweiten Tour wollen wir ein paar Lastwagen rüberschaffen. Je mehr Fahrzeuge uns zur Verfügung stehen, umso besser. Glauben Sie, daß die Zeit auch noch für eine dritte Fahrt reicht?«

»In der Regel setze ich zweimal pro Tag über«, erwiderte Bailey. »Aber wenn ich mich etwas beeile, kann ich in zwei Stunden zurück sein. Ich glaube nicht, daß drüben jemand da ist, der uns helfen könnte, die Kranken an Land zu bringen. Das wird einige Zeit in Anspruch nehmen. Aber ich sehe selbstverständlich zu, daß ich so schnell wie möglich wieder zurückkomme.«

Luigi richtete sich mühsam auf.

»Ich komme auch mit«, erklärte er. »Ich kann zwar nicht viel tun, aber zumindest kann ich nach Ihnen Ausschau halten.«

»Na klar kommst du mit, Luigi«, nickte Bailey. »Ohne dich ginge das doch gar nicht. Wir brauchen allerdings noch ein paar Ihrer Leute, Neil.«

»Die können Sie gerne haben.«

»Was wollen Sie tun, wenn es zu irgendwelchen Schwierigkeiten kommt, bevor wir zurück sind?«

»Wir haben noch die Fahrzeuge, mit denen wir hierher gekommen sind. Die sollten Sie erst mal sehen, Pete!« Trotzdem war ich mir meiner Sache keineswegs so sicher. Unser Floß war viel zu weit entfernt am Ufer vertäut, um uns im Notfall als Fluchtfahrzeug dienen zu können.

»In diesem Fall habe ich genau das Richtige für Sie«, erklärte Bailey mit einem breiten Grinsen. »Ich wäre Ihnen sogar dankbar, wenn Sie meine *Auntie Bess* ans andere Ufer schaffen könnten.«

»Nun sagen Sie schon. Was ist diese *Auntie Bess*?«

»Eine Ente«, entgegnete er, um über meinen Gesichtsausdruck in schallendes Gelächter auszubrechen.

»Eine *Ente?*« Ich hatte plötzlich eine Vision von Lohengrins Schwanenboot. »Wir sollen auf einem gigantischen Schwimmvogel über den See schwimmen?«

»Kommen Sie, und sehen Sie selbst«, forderte er mich nun auf. »Sie wird Ihnen bestimmt gefallen.«

Zusammen mit Zimmerman und Kirilenko folgte ich ihm in die Garage. Nachdem wir die beiden Torflügel ganz aufgeklappt hatten, starrten wir angestrengt in das Dunkel im Innern, wo ich erst nur eine längliche, flache Form erkennen konnte, aus der ich im ersten Moment nicht recht schlau wurde. Doch dann fiel es mir wie Schuppen von den Augen.

»Ein Schwimmwagen!«

Bailey tätschelte liebevoll die Motorhaube des ungewöhnlichen Gefährts.

»Darf ich Ihnen hiermit *Auntie Bess* vorstellen, benannt nach der anpassungsfähigsten Dame, die ich jemals kennengelernt habe. Nichts konnte sie aufhalten. Ich habe übrigens die Schlüssel gefunden; nichts hindert uns, eine kleine Probefahrt zu machen.«

Fasziniert umringten wir das flache, etwa sechs Meter lange Fahrzeug; es hatte keinerlei Aufbauten. Hinter den doppelten Hinterachsen war die durch Metallplatten geschützte Bootsschraube zu sehen. Das Vorderteil des seltsamen Gefährts ähnelte noch am ehesten einem Boot; er war mit alten Reifen behängt, die als Fender dienen sollten. Die Scheinwerfer waren hinter stabilen Gittern angebracht. Den einzigen Schutz für den Fahrer bot eine altmodische Windschutzscheibe, obwohl sich entlang der Seiten Befestigungsmöglichkeiten für ein Gestell fanden, über das eine Plane gespannt werden konnte.

Dazu kamen noch zahlreiche Ausrüstungsgegenstände, die an jeder freien Stelle festgebunden waren – ein Anker mit dazugehörigem Tau, ein Rettungsring, ein paar Treibstoffkanister, ein Wagenheber, Schaufeln und Ersatzreifen. Ähnlich wie *Katie Lou* war auch *Auntie Bess* ziemlich rostig, aber sonst schien sie ganz in Ordnung. Bailey schwang sich hinters Steuer, und der Motor sprang ohne Zögern an; das Gefährt rollte ins Freie.

»Ich dachte schon daran, die Kiste *Molly Brown* zu taufen.« Bailey hieb mit der Handfläche liebevoll gegen die Seitenwand des Fahrzeugs. »Aber sie könnte eines Tages sinken. Auf ihre alten Tage neigt sie nämlich dazu, etwas zu lecken. Aber sie hat diesen Tümpel schon so oft überquert, daß sie es auch diesmal problemlos schaffen wird. Dafür lege ich meine Hand ins Feuer.«

Mit dem Amphibienfahrzeug ließ sich ohne weiteres ein Dutzend Personen befördern. »Ist die Kiste schwer zu fahren?« erkundigte ich mich.

»Ich kenne mich mit diesen Dingern ein bißchen aus«, erklärte Zimmerman. »Allerdings habe ich mich noch nie damit ins Wasser gewagt.«

»Dann probieren wir's doch gleich aus«, sagte Bailey. »Ich zeige es Ihnen.«

Zimmerman schwang sich über die Seitenwand auf den Beifahrersitz, worauf das Amphibienfahrzeug auf das Wasser zurumpelte. Während Bailey seine *Katie Lou* sehr behutsam behandelte, sprang er mit dem Amphibienfahrzeug eher rabiat um. Eine etwas kümmerliche Hecksee hinter sich herziehend, fuhr er eine weite Schleife auf dem See.

Als wir von der Anlegestelle zur Straße hinaufgingen, traf der Tieflader ein. Kemp und Hammond stellten ihn vorerst oberhalb Kanjali an der Hauptstraße ab. Dann verlegten wir die Kranken auf ein paar Lkw, um sie an Bord der Fähre zu schaffen. Bailey und Luigi stiegen ebenfalls das Stück zur Straße hoch, wo der Tieflader abgestellt war, um sich das Gefährt aus der Nähe anzusehen und sich verarzten zu lassen.

Der Tieflader mit seiner imposanten Fracht sah nach wie vor höchst beeindruckend aus. Die Veränderungen, die wir in der Zwischenzeit daran vorgenommen hatten, wirkten höchst bizarr. Die Palmdächer waren immer wieder vom Wind fortgeblasen und durch neue ersetzt worden, so daß sie ein buntscheckiges Bild ergaben. Der Operationsplatz war von einer Plane umgeben, die wie die Tarnung eines Geschützstandes wirkte. Von allen Plattformen baumelten primitive Strickleitern herab, und hier und da spähten die neugierigen Gesichter der Patienten von ihren Strohbetten auf uns herab.

»Das ist wirklich ein Ding«, sagte Bailey erstaunt. »Dagegen ist ein normaler Wanderzirkus eine lahme Angelegenheit. Und was ist das denn?«

Er meinte die Prozession von Nyalanern, die immer noch ihrem Fetisch folgten und nun neugierig vom Straßenrand auf die Anlegestelle hinunterschauten. Und Luigi sollte dann in Worte fassen, was wir schon die ganze Zeit über diesen seltsamen Zug gedacht hatten.

»Das ist eine richtige *processione sacra*«, erklärte er feierlich. »In Italien machen wir so etwas zu Ehren eines Heiligen.«

Ich erzählte Kemp und Hammond von *Auntie Bess*. Hammond zeigte sich hoch erfreut und bedauerte nur, daß er vermutlich keine Zeit finden würde, um das skurrile Gefährt selbst einmal auszuprobieren.

»Möglicherweise werden wir es als Fluchtfahrzeug einsetzen müssen«, erklärte ich.

»Was ist mit dem Floß und Dufours Lkw?«

»Vielleicht brauchen wir es noch, wenn Gefahr im Anzug ist«, entgegnete ich. »Ben, Sie könnten doch mit Harry und Kirilenko zu unserem Floß runtergehen und es ein Stück weiter zur Anlegestelle fahren. Aber so, daß es von hier aus nicht gesehen werden kann. Bringen Sie es so nahe wie möglich heran, daß wir es nötigenfalls sofort zur Hand haben. Natürlich ist das kein Befehl, sondern allenfalls ein Vorschlag. Was halten Sie davon?«

»Das werden wir schon kriegen«, stimmte mir Hammond zu. »Wäre doch gelacht, wenn wir eine so wirkungsvolle Waffe ungenutzt lassen würden.«

Nachdem Zimmerman kurz auf Kirilenko eingeredet hatte, erklärte er: »Wir sind dabei.«

Und damit machten sich die drei auf den Weg.

Inzwischen war mit dem Verladen der Patienten begonnen worden. Wingstead und die anderen hatten von Kemp von unserer Einnahme der Anlegestelle erfahren; trotzdem blickten sie gespannt zur Fähre hinüber, die mit abgesenkter Ladeklappe an der Verladerampe lag. An Bord verteilten Bishop und Bing Essen und Wasser an die Patienten, die auf notdürftige Strohlager gebettet wurden.

Was die Verteilung der Lebensmittel betraf, war Dr. Kat sehr strikt. »In Manzu können diese Leute soviel essen, wie sie wollen«, erklärte er. »Aber sie dürfen auf keinen Fall zu früh zuviel in sich hineinschlingen. Schwester, sagen Sie ihnen, daß die Überfahrt mit der Fähre wesentlich sanfter vonstatten gehen wird als die Fahrt auf dem Tieflader, und daß das Ganze völlig ungefährlich ist. Einige von ihnen waren sicher noch nie auf einem Schiff. Und versichern Sie ihnen auch, daß sie in Manzu endlich wieder anständig untergebracht und versorgt werden. Schwester Mary! Was tragen Sie dieses Kind herum! Setzen Sie es sofort wieder ab. Helen, übernehmen Sie jetzt bitte hier.« Seine Augen schienen überall zu sein; er kümmerte sich um jedes Detail.

»Was ist das für ein Gefühl, Nyala zu verlassen?« fragte ich ihn während einer kurzen Verschnaufpause.

Er sah mich erstaunt an. »Was sollte ich schon verspüren, Mister Mannix? Nur Erleichterung. Zumindest sehe ich nun eine Möglichkeit, diese bedauernswerten Menschen in Sicherheit zu bringen. Natürlich haben die Anstrengungen der letzten Tage an mir gezehrt; ebensosehr, wie ich unsere Verluste bedauere, beklage ich diesen sinnlosen Krieg und die Wunden, die er meinem Land schlägt. Aber ich werde zurückkehren, sobald es möglich ist. Ich habe die Absicht, das Krankenhaus in Kodowa wieder aufzubauen.«

Der Doktor war wirklich ein Mann, der sich ganz seiner Sache verschrieben hatte.

Einem plötzlichen Impuls folgend, ergriff ich seine Hand. »Wir alle sind Ihnen zu Dank verpflichtet, Doktor. Ich hoffe, daß Ihnen eines Tages auch von offizieller Seite die gebührende Anerkennung zuteil wird.«

Meine Worte schienen ihm Freude gemacht zu haben, als er ging, um sich wieder um seine Patienten zu kümmern.

Inzwischen waren alle Kranken an Bord der Fähre. Die letzten Nyalaner, die nach Manzu mitkommen wollten, huschten über die Verladerampe. Diejenigen, die mit der Fähre bereits vertraut waren, wiesen die anderen ein.

Hammond, Thorpe und Kemp, aber auch McGrath, Zimmerman, Kirilenko und Dufour blieben zurück. Bishop und Bing, Pitman, Atheridge und Proctor fuhren mit, um am anderen Ufer beim Ausladen zu helfen. Eigentlich hätten nur zwei von uns zurückbleiben müssen, um die Lkw an Bord zu fahren, aber wir wollten den Tieflader noch nicht zur Gänze aufgeben.

Die Ladeklappe der *Katie Lou* hob sich, und dann beobachteten wir, wie das Schiff langsam ablegte. Als die Männer der neu ernannten Crew den Heckanker einzogen, wurde die Fähre von der Strömung langsam herumgedreht. Die Schrauben begannen, sich schneller zu drehen, und die *Katie Lou* gewann langsam an Fahrt. Bailey winkte uns von der Brücke aus zu, während die Fähre auf die Mitte des Sees zusteuerte und ihre kostbare Ladung aus der Gefahrenzone brachte.

Uns Zurückgebliebenen fiel ein Stein vom Herzen. Was auch immer von nun an geschehen mochte, wir würden für niemanden außer für uns selbst die Verantwortung tragen. Diesem Umstand trugen wir mit so manchem erleichterten Seufzer Rechnung.

Und dann schien mit einem Mal die Welt unterzugehen. Mit einem lauten Pfeifen fuhr ein Geschoß ein gutes Stück hinter dem Heck der Fähre ins Wasser. Eine gewaltige Fontäne spritzte auf, gefolgt von einer zweiten, ebenfalls ein gutes Stück hinter der Fähre. Mit einem dumpfen Knall krachte das Geschoß unmittelbar hinter der Laderampe in den Boden, Gesteinsbrocken und Staub wirbelten durch die Luft. Gleich darauf ertönte hinter unserem Rücken das Stottern von Maschinengewehrfeuer, und von der Straße drang ein lauter Schrei zu uns herunter.

»Mein Gott, sie beschießen die Fähre!« hauchte Thorpe entsetzt.

»Keine Sorge«, schnitt ich ihm das Wort ab. »Sie ist schon außer Reichweite ihrer Geschütze.«

Nun wimmelte hinter dem Tieflader ein Schwarm von Soldaten hervor; sie rannten die Zufahrt zur Laderampe herunter. Andere brachen aus dem Gebüsch am Rand der Lichtung hervor, wie wir das etwas früher an diesem Tag auch schon getan hatten. Sadiqs Männer sahen sich einer erdrückenden Übermacht gegenüber.

»Das Floß«, schrie Zimmerman. »Es ist unsere einzige Chance.«

Zusammen mit Kirilenko rannte er zum See hinunter. Sie sprangen ins Wasser und waren dann nicht mehr zu sehen.

Hammond verschwand in den Büschen am Seeufer. Im Schutz der Staubwolke, die das dritte Geschoß aufgewirbelt hatte, ging McGrath hinter der Garage, wo *Auntie Bess* stand, in Deckung. Dufour, Kemp, Thorpe und ich hielten unsere Stellung. Die Aufständischen kamen auf uns zugerannt, und es kostete uns einige Überwindung und Selbstdisziplin, stehenzubleiben und ihnen entgegenzusehen. Binnen weniger Augenblicke waren wir von allen Seiten von Soldaten umringt.

28

Sie schwärmten über das ganze Gelände aus, durchsuchten sämtliche Gebäude, musterten den Tieflader und die anderen Fahrzeuge des Konvois und durchstreiften auf der Suche nach Flüchtigen das Gebüsch. Auf der einen Seite des freien Geländes wurden Sadiqs Soldaten, die gefangengenommen worden waren, von ein paar Aufständischen in Schach gehalten. Auch uns waren ein paar Bewacher zugeteilt worden. Um möglichst harmlos zu erscheinen, setzten wir vier uns auf ein paar herumstehende Kisten. Zu meiner Erleichterung wurde *Auntie Bess* nicht aus der Garage geholt, obwohl die Soldaten sichtlich einiges Interesse für das merkwürdige Gefährt bekundeten. Ich nahm an, daß Zimmerman die Schlüssel dafür hatte.

Zum Glück war die Fähre in Sicherheit. Die Aufständischen hatten keinerlei Geschütze, deren Reichweite groß genug war, um *Katie Lou* noch etwas anhaben zu können. Ich hoffte nur, daß Bailey nicht noch einmal zurückkam. Als wir darüber gesprochen hatten, was wir tun wollten, falls uns etwas zustoßen sollte, hatte er nur widerstrebend zugestimmt, auf keinen Fall mit seinem Schiff zurückzukehren.

Ich war wütend über mich selbst. Hätte ich nicht darauf bestanden, die Lastwagen ans andere Ufer zu schaffen, hätten wir längst alle in Sicherheit sein können.

Weder vom Floßteam noch von McGrath war auch nur das geringste zu sehen. McGrath war sofort verschwunden, und ich konnte ihm nur Glück wünschen, was immer er auch vorhaben mochte. Daß er uns im Stich ließ, hielt ich für ausgeschlossen, solange uns das Amphibienfahrzeug als letzte Fluchtmöglichkeit zur Verfügung stand.

Nach einigem Warten bekamen wir Besuch. Begleitet von einer Motorradeskorte und einem Lastwagen mit mehreren Infanteristen und einem Geschütz auf der Ladefläche, kam der unvermeidliche Stabswagen die Zufahrt zur Anlegestelle herunter. Als er nicht weit von uns anhielt, erhoben wir uns langsam von unseren Kisten.

Der Mann, der ihm entstieg, war ein hochgewachsener, stattlicher Offizier in der mir inzwischen sattsam bekannten Uniform eines Obersten. Ähnlich Sadiq hatte er arabisch anmutende Gesichtszüge, die mich jedoch in seinem Fall eher an die Tuareg Nordafrikas erinnerten. Mit seiner ebenso stolzen wie unnahbaren Miene sowie dem in die Seite gestemmten Arm und dem kleinen Stöckchen, mit dem seine behandschuhte Hand spielte, erinnerte er mich an meinen ersten Vorgesetzten während meiner Grundausbildung beim Militär. Den Dreckskerl hatte ich von Anfang an gehaßt.

»Wer sind Sie?« bellte er uns an.

Nachdem ich Kemp einen kurzen Blick zugeworfen hatte, übernahm ich die Rolle des Sprechers. »Ich bin Neil Mannix von British Electric«, erklärte ich. Zu meiner Erleichterung schien er unsere Namen nicht zu kennen, wenn er auch sicher schon von unserem Krankenhaus auf Rädern gehört hatte.

»Und die anderen?« hakte er ungeduldig nach.

»Das sind Mister Basil Kemp und Mister Thorpe, beide von Wyvern Transport. Und das hier ist Monsieur Antoine Dufour, den wir unterwegs getroffen haben. Wer sind Sie?«

»Was?«

»Ich möchte erfahren, wer *Sie* sind.«

Er funkelte mich zwar drohend an, aber ich hatte es satt, zu kuschen. Ich würde auf unser Recht als Zivilpersonen, Ausländer und Arbeitnehmer seiner Regierung pochen.

Der Oberst nickte nachdenklich. »Sie sind also wütend. Nun, Mister ... Mannix, an Ihrer Stelle wäre ich das vielleicht auch. Persönlich habe ich nicht das geringste gegen Sie. Aber leider sind Sie durch korrupte Elemente innerhalb der letzten Regierung irregeleitet worden. Obwohl Sie sich in bezug auf die Geschicke unseres Landes und Ihre moralischen Verpflichtungen als höchst nachlässig erwiesen haben, wollen wir Ihnen zugute halten, daß Sie getäuscht wurden, und deshalb Milde vor Recht ergehen lassen. Unter meiner Anleitung werden Sie sich nun einer nützlicheren und dem Allgemeinwohl förderlicheren Aufgabe zuwenden. Es ist also ganz in Ihrem Interesse, mit uns zusammenzuarbeiten.«

Vermutlich sah ich genauso verblüfft aus, wie mir zumute war. Und ich konnte an den Mienen der anderen ablesen, daß es ihnen ähnlich erging. Das klang eindeutig anders als das, was wir von Oberst Maksa zu hören bekommen hatten.

»Das klingt selbstverständlich höchst interessant, Herr Oberst«, erwiderte ich deshalb. »Und was haben wir uns darunter vorzustellen?«

»Wir möchten, daß Sie für uns bestimmte Aufgaben übernehmen, die keineswegs Ihre Fähigkeiten und Möglichkeiten übersteigen. Ich fürchte jedoch, daß ich in diesem Fall etwas drastischere Maßnahmen werde ergreifen müssen.« Dabei deutete er auf einen Wagen hinter seinem. Zu meiner Besorgnis stellte ich nun fest, daß es sich um Sadiqs Stabswagen handelte und daß der Hauptmann zwischen zwei Wachtposten auf dem Rücksitz saß. Man hatte ihm Handschellen angelegt.

»So können Sie einen Kriegsgefangenen nicht behandeln«, protestierte ich. »Was haben Sie sich dabei gedacht?« Sadiq hatte sich als zuverlässiger Soldat erwiesen, der sich uns gegenüber absolut loyal verhalten hatte. Nun war es an uns, für ihn einzutreten.

Doch der Oberst ignorierte meine Beschwerde und erklärte: »Ich bin Oberst Hussein Wadzi und gehöre der Befreiungsarmee der Volksrepublik Nyala an. Ich habe einen Auftrag für Sie. Sind das alles Ihre Leute?«

»Lassen Sie erst Hauptmann Sadiq frei. Dann können wir weiterreden.«

Der Oberst winkte kurz nach hinten, worauf der Wagen mit Hauptmann Sadiq auf dem Rücksitz wendete und den Weg zur Hauptstraße hochfuhr, wo er dann stehenblieb.

»Hauptmann Sadiq steht hier nicht zur Debatte. Er wird für seine Verfehlungen zur Rechenschaft gezogen werden«, erklärte Wadzi. »Nun – wer von Ihnen ist für den Schwertransport zuständig?«

Kemp trat vor. Sein Gesicht war totenbleich.

»Rühren Sie bloß den Tieflader nicht an«, erklärte er aus tiefster Überzeugung.

Wadzi lächelte amüsiert. »Daran würde ich nicht im Traum denken. Meine Vorgesetzten sind sich des Werts dieses Gefährts sehr wohl bewußt. Wir möchten Sie damit beauftragen, gegen eine entsprechende finanzielle Entschädigung den Schwertransport in die Hauptstadt zurückzubringen, damit wir dort mit Ihrer Firma über eine weitere Zusammenarbeit verhandeln können. Wir haben vor, das Projekt in Bir Oassa weiterzuführen, und in diesem Zusammenhang sind wir selbstverständlich auf Sie und Ihre Firma angewiesen.«

Während der Oberst dies sagte, vollzog sich in Kemps Miene eine erstaunliche Wandlung. Wie unwahrscheinlich dies alles auch klingen mochte, Kemp glaubte ihm aufs Wort. Der Tieflader würde also auf wunderbare Weise vor dem Untergang bewahrt, im Triumph nach Port Luard zurückgebracht und dort für eine neuerliche Fahrt hinauf zu den Ölfeldern instandgesetzt werden – und das alles unter der wohlwollenden Obhut einer neuernannten Regierung von Nyala, die sogar noch großzügige finanzielle Unterstützung anbot. Und er, Basil Kemp, war ausersehen worden, diese ehrenvolle Aufgabe zu übernehmen. Sein schönster Traum war Wirklichkeit geworden, und Kemp war entschlossen, sich diese Illusion von niemandem zerstören zu lassen.

Wäre nur Wingstead dabei gewesen! Er war der einzige, der Kemp vielleicht zur Vernunft hätte bringen können. Auf mich hätte er sicher nicht gehört, und über die Einwände der anderen hätte er sich einfach hinweggesetzt. Leider konnte ich auch keine konkreten Gründe angeben, weshalb ich diesem verlockenden Angebot des Obersten zutiefst mißtraute. Vielleicht sagte Wadzi tatsächlich die Wahrheit. Auch er war jedoch nur ein unbedeutendes Rädchen innerhalb des Räderwerks von politischen Machtkämpfen und Intrigen, die Nyala gegenwärtig heimsuchten. Aber ich glaubte ihm kein Wort. Wir hatten bereits zu viel gesehen, waren zu tief in die politischen Geschicke des Landes verwickelt worden, als daß es nicht früher oder später ratsam hätte erscheinen können, sich unser ein für allemal zu entledigen.

Doch Kemp war sofort Feuer und Flamme.

»Ja, ich trage die Verantwortung für den Transport«, erklärte er.

»Können Sie ihn für uns nach Port Luard zurückfahren?«

Kemp sah sich nach Hammond und McGrath um. Ich hielt

den Atem an. Am Ende würde er uns in seinem Übereifer noch alle verraten.

»Selbstverständlich ist das möglich. Wir werden allerdings Treibstoff benötigen – und Wasser. Ich werde dem Konvoi vorausfahren müssen, um mich des Straßenzustandes zu vergewissern. Den Anlasser müßten wir reparieren. Ich denke, wir brauchen …«

Sein Verstand arbeitete bereits auf Hochtouren, während er in Gedanken die wichtigsten Vorbereitungsmaßnahmen für eine baldige Weiterfahrt durchging. Thorpe wollte ihm schon ins Wort fallen, verstummte aber gerade noch rechtzeitig, als er meinen warnenden Blick auffing. Solange Kemp mit seinen technischen Problemen beschäftigt war, würde er nicht darauf zu sprechen kommen, daß unsere Fahrer fehlten.

»Das läßt sich sicher alles machen«, unterbrach ihn Wadzi. »Es freut mich, daß Sie bereit sind, uns zu helfen. Wie ist das mit Ihnen, Mister Mannix? Sie scheinen nicht sonderlich begeistert.« In dieser Bemerkung schwang unmißverständlich eine leichte Drohung mit. Ich spürte verstärkt das Pulsen meiner Halsschlagader.

»Ich und begeistert! Wissen Sie eigentlich, wer sich auf dieser Fähre befunden hat, Herr Oberst?«

»Ich nehme an, Sie haben den Kapitän der Fähre befreit«, entgegnete Wadzi, »um dann auch noch eine nicht unbeträchtliche Anzahl von nyalanischen Staatsbürgern, einschließlich einiger Ärzte und Krankenschwestern, die für unser Land von Wichtigkeit sind, nach Manzu zu bringen. Wir werden die nötigen Schritte unternehmen, um ihre Auslieferung zu veranlassen, was selbstverständlich mit einigem Aufwand verbunden sein wird. Sie werden sich denken können, daß ich das keineswegs erfreut zur Kenntnis genommen habe.«

»Also wußten Sie, daß es sich um ein Lazarettschiff handelte. Sie haben auf ein Schiff voller Kranker und Verletzter geschossen, ganz zu schweigen von den zahlreichen Frauen und Kindern. Meines Wissens nennt man so etwas ein Kriegsverbrechen. Sie haben gegen die primitivsten Grundsätze der Menschlichkeit verstoßen; Sie verdienen es nicht, Ihre Uniform zu tragen.«

Meine Begleiter starrten mich entsetzt an. Dieser waghalsige Vorstoß schien mir dennoch die einzige Möglichkeit, den Obersten von den Vorgängen um uns herum abzulenken. Wir mußten dem Team auf dem B-Sechseck eine Chance bieten, mit unserer einzigen Waffe die Anlegestelle zu erreichen, wenn mir auch keineswegs klar war, wie wir sie dann einsetzen sollten. Ich hatte Wadzi in seiner Eitelkeit getroffen, und er biß nur zu bereitwillig auf meinen Köder an, sein Vorgehen zu rechtfertigen. Oberst Maksa hätte mir unter denselben Umständen einfach eine Kugel durch den Kopf gejagt.

»Was bilden Sie sich eigentlich ein! Es steht Ihnen nicht im geringsten zu, Mister Mannix, mir derartige Vorhaltungen zu machen oder meine Autorität in Frage zu stellen. Ihr Verhalten kann Ihnen nur schaden; seien Sie versichert, daß Sie dafür büßen werden!«

»Daran zweifle ich nicht im geringsten«, entgegnete ich grimmig.

»Es stünde durchaus in meiner Macht, drastische rechtliche Maßnahmen gegen Sie zu ergreifen, Mannix«, drohte Wadzi, was in mir gewissen Zweifel weckte, ob er sich wirklich so sehr von Maksa unterschied.

Ritchie Thorpe kam mir tapfer zu Hilfe.

»Sie können ihn doch nicht einfach erschießen lassen, Herr Oberst! Wie denken Sie sich das eigentlich?«

Zwei Soldaten traten mit erhobenen Gewehren vor, um die Drohung ihres Vorgesetzten zu unterstreichen; doch Wadzi hielt sie mit einer kurzen Bewegung seines Stöckchens zurück, um sich nach einem drohenden Blick auf Thorpe wieder Kemp zuzuwenden. »Dieser Mannix – ist er für die Durchführung des Transports notwendig? Mister Kemp! Ich habe Sie etwas gefragt.«

Kemp war in Gedanken ganz woanders. Vermutlich plante er bereits die Rückkehr nach Port Luard. Als er jedoch seinen Namen nennen hörte, schreckte er abrupt aus seinen Gedanken hoch und sah verwirrt von Wadzi zu mir.

»Was? Wie bitte? Ach so, Neil? Natürlich brauche ich ihn«, erklärte er geistesabwesend. »Er hat sich bisher als sehr nützlich erwiesen. Wir brauchen jeden Mann, der uns zur Verfügung steht.« Er ließ seinen Blick über das Gelände der

Anlegestelle wandern. »Thorpe, wo steckt eigentlich Ben Hammond? Ich muß ihn dringend sprechen.«

Indem er mich rettete, beschwor Kemp die nächste Krise herauf.

Wie nicht anders zu erwarten, wollte der Oberst nun auch sofort wissen: »Hammond? Wer ist das?«

»Er ist eben los, um für Mister Kemp etwas zu erledigen«, erklärte Thorpe.

Im selben Augenblick drangen vom See Stimmen zu uns herauf. Wie auf ein Kommando wandten wir uns gleichzeitig in die Richtung, aus der das Geräusch kam. Halb von den Wellen überspült und gefährlich schräg im Wasser liegend, glitten die aneinandergekoppelten B-Sechsecke langsam auf die Verladerampe zu. Auf dem vorderen Floß stand Dufours Lkw; seine Vertäuung war inzwischen gelöst worden, so daß ihn nur noch die Bremsklötze unter den Rädern auf der schwankenden Plattform hielten. Zimmerman und Kirilenko bedienten die beiden Außenbordmotoren, während ihnen Hammond die entsprechenden Anweisungen erteilte.

Die Stimmen der Soldaten erstarben. Auch Wadzi starrte wortlos zum See hinunter.

Mit äußerster Behutsamkeit und Präzision steuerte das Floß auf die Rampe zu, bis es die beiden Außenbordmotoren unter lautem Knirschen ein Stück auf den Beton geschoben hatten, so daß der vordere Teil der Plattform auf festem Boden zu liegen kam. Unsere schwimmende Bombe war eingetroffen.

Kemp wirkte nicht weniger erstaunt als der Oberst.

»Neil, was zum Teufel soll das nun wieder?« wandte er sich an mich. »Sie wissen doch genau, daß wir das Floß nicht mehr brauchen ...«

»Gut gemacht, Hammond!« rief ich den Neuankömmlingen zu, wobei ich versuchte, Kemps Stimme möglichst zu übertönen. »Das ist doch der letzte Lkw, oder nicht? Wie Sie sehen, haben wir Besuch bekommen. Das ist Oberst Wadzi, der den Tieflader mit unserer Hilfe nach Port Luard zurückbringen will. Er hat Mister Kemp die Leitung des Unternehmens anvertraut, und Mister Kemp hat selbstverständlich seine Mitarbeit zugesagt.«

Ich versuchte, Hammond auf diese Weise möglichst viele Informationen zukommen zu lassen und gleichzeitig Kemp daran zu hindern, noch mehr zu sagen, was Wadzis Argwohn hätte wecken können. Der Oberst trat nun auf mich zu und riß mich unsanft am Arm. »Was soll das?« stieß er drohend hervor.

»Das sind die Vorräte für den Konvoi – oder besser, ein Teil davon«, setzte ich eilends zu einer Erklärung an. »Das letzte unserer Transportfahrzeuge. Wir haben noch auf sein Eintreffen gewartet.«

»Wozu dieses Theater mit dem Floß? Ist der Lkw defekt?«

»Nein. Wir haben mehrere von unseren Lkw auf Flößen transportiert...«

Indessen war Hammond ans Ufer gesprungen, um das Floß in aller Seelenruhe zu vertäuen, als wäre die Anwesenheit von Soldaten für ihn etwas völlig Alltägliches. Nun schaltete er sich wie beiläufig in unsere Unterhaltung ein. »Auf diese Weise läßt sich eine Menge Treibstoff einsparen, Herr Oberst. Zwei Außenbordmotoren schlucken nun mal wesentlich weniger Sprit als ein voll beladener Lkw. Deshalb haben wir unsere Lastwagen auf Flößen hierher gebracht. Ich nehme doch an, daß ich den Lkw zu den anderen Fahrzeugen fahren soll, bevor wir nach Port Luard aufbrechen, Mister Mannix?«

Dieser Vorschlag Hammonds jagte mir einen eisigen Schauder den Rücken hinunter. Er erklärte sich also bereit, den mit Sprengstoff vollgepackten Lastwagen unter die Soldaten zu fahren und da in die Luft zu jagen, wo er die größte Wirkung und den nachhaltigsten Schaden verursachen würde. Ob er mit dieser Verzweiflungstat unser Leben retten konnte, war fraglich; gewiß war, daß er das seine dabei verlor.

Und nun wartete er, daß ich ihm die entsprechenden Anweisungen erteilte.

»Das kann bis später warten, Ben«, hielt ich ihn jedoch zurück. »Besprechen Sie sich erst mit Mister Kemp wegen des Tiefladers. Ich glaube, er hat einige Probleme und benötigt dringend – Ihren Rat.«

Ein Blick auf Kemp genügte, und Hammond wußte Bescheid. Er hatte den Ernst der Lage instinktiv erfaßt und nickte mir kurz zu.

»Sehen wir uns doch unsere Route noch einmal auf der

Landkarte an, Mister Kemp«, wandte er sich ruhig an seinen Chef.

»Ich habe Sie schon die ganze Zeit gesucht«, fuhr ihn Kemp an. »Wo sind die Karten?«

Binnen kurzem waren die beiden in ihre technischen Fachsimpeleien verstrickt. Ich hoffte nur, daß Hammond seinen Chef lange genug ablenken konnte. Kemp befand sich in einem Zustand höchst gefährlicher Überdrehtheit, und wenn wir ihn nicht baldigst dazu brachten, wieder Vernunft anzunehmen, stellte er für uns eine ebenso große Gefahr dar wie Oberst Wadzi selbst.

Zimmerman und Kirilenko kamen vorsichtig auf uns zu. Keiner der beiden sprach ein Wort. Zimmerman jedoch vollführte mit seiner Hand eine Drehbewegung, als sperrte er ein Türschloß auf, und strich dann wie beiläufig über seine Armbanduhr. Ich wußte sofort, was das zu bedeuten hatte. Er hatte einen Zeitzünder an der Sprengladung in Dufours Lkw angebracht.

»Wie lange? Wie lange haben Sie für die Fahrt gebraucht, Harry?« fragte ich laut.

»Nur fünfzehn Minuten, Neil.«

Großer Gott! Damit blieb uns lediglich eine Viertelstunde Zeit, um uns aus dem Staub zu machen, bevor der Lkw in die Luft flog. Sicherheitshalber sollten wir sogar von nur zehn Minuten ausgehen; der in aller Eile zusammengebaute Zeitzünder arbeitete sicher nicht auf die Minute genau. Vielleicht ging er auch gar nicht los. Verzweifelt wog ich die verschiedenen Möglichkeiten gegeneinander ab, während ich mich gleichzeitig voll auf Wadzi zu konzentrieren hatte.

Er wußte mit meinem plötzlichen Gesinnungswandel nichts Rechtes anzufangen. Nachdem ich anfänglich auf stur geschaltet hatte, zeigte ich mich nun mit einem Mal durchaus kooperationsbereit. »Mister Mannix«, fragte er mich, »sind das jetzt alle Ihre Leute?«

»Ja.« Ich dachte an McGrath.

»Gut. Sie begleiten uns jetzt mit Ihrem Tieflader bis Fort Pirie. Dort werden wir dann weitersehen. Ich nehme an, daß Sie nicht zu den Fahrern gehören. Ist das richtig?«

Ich hätte gern gewußt, wieviel er sonst noch über uns wußte.

»Ganz richtig, Herr Oberst. Aber ich bin natürlich durchaus imstande, eine der Zugmaschinen zu fahren.«

Auf der verzweifelten Suche nach irgendeinem rettenden Einfall sah ich mich auf dem Gelände um. Überall standen Fahrzeuge und Soldaten herum. Wadzi hatte sowohl den Tieflader wie unsere anderen Fahrzeuge unter Bewachung stellen lassen. Sadiq saß nach wie vor auf dem Rücksitz seines eigenen Stabswagens, der oben auf der Hauptstraße stand. *Auntie Bess* befand sich immer noch in der Garage. Von der Fähre war keine Spur zu sehen.

Hammond hatte Kemp auf die andere Seite der Verladerampe geführt, wo er ein gutes Stück vom Floß entfernt war. Die beiden waren in das Studium einer Landkarte vertieft, die Hammond auf dem Boden ausgebreitet hatte. Auf diese Weise hatten wir zwar vorerst von Kemp nichts zu befürchten, aber gleichzeitig mußten wir auf Hammond verzichten.

Zimmerman stand, die Hände in den Hosentaschen, nicht weit von Dufour. Kirilenko hielt sich wie immer in seiner Nähe auf. Neben mir stand Thorpe, dem die Angst offensichtlich in die Knochen gefahren war, und auch Dufour hinter ihm machte keinen sehr glücklichen Eindruck. Seine Augen wanderten unablässig zwischen mir und seinem Lastwagen hin und her, als wollte er mir etwas äußerst Dringliches signalisieren.

Eigentlich ist das Ganze doch höchst simpel, dachte ich. Du steigst in den Laster, fährst ihn mitten unter die Soldaten, tust so, als wäre dir der Motor abgestorben, und fummelst dann so lange am Anlasser herum, bis die verdammte Kiste in die Luft fliegt. In dem darauf folgenden Chaos, in dem mit etwas Glück einige feindliche Soldaten einschließlich ihres freundlichen Obersten umgekommen sind, rennen die eigenen Leute in die Garage und fahren mit dem Amphibienfahrzeug davon. Nichts einfacher als das. Das einzige Problem bei der ganzen Geschichte war, daß derjenige, der den Lkw vom Floß fuhr, dieses Manöver ebenfalls nicht überleben würde. Irgend etwas hielt mich jedenfalls davon ab, meinen Plan in die Tat umzusetzen, wobei ich verzweifelt hoffte, daß der Grund hierfür nicht einfach schiere Feigheit war. War es nicht vernünftiger, mit dem Ausspielen unseres letzten und einzigen Trumpfs noch ein wenig zu warten?

Außerdem hatte vielleicht auch noch McGrath etwas in petto.

Wenn dem so sein sollte, dann blieben auch ihm höchstenfalls noch zehn Minuten Zeit. Ich schluckte schwer und trat zwei Schritte auf Dufours Lkw zu.

»Ich fahre den Lastwagen schon mal zu den anderen«, wandte ich mich an Wadzi.

Dieser Satz zog unter unseren Leuten eine unübersehbare Reaktion nach sich, die auch dem Obersten nicht entging. Dufour hatte noch kaum vor Schreck nach Luft geschnappt, als Wadzi auch schon seinen Revolver gezogen und direkt auf mich gerichtet hatte.

»Keine Bewegung!« fuhr er mich barsch an.

Diesem Befehl kam ich wohlweislich nach.

»Wo sind die Schlüssel zu diesem Lkw?« fragte er dann. Zimmerman ballte unwillkürlich seine Faust – eine Bewegung, die Wadzis Luchsaugen nicht entging. »Geben Sie her.« Er schnippte mit den Fingern und streckte seine Hand aus.

»Machen Sie schon«, forderte ich Zimmerman auf.

Darauf legte er die Wagenschlüssel in Wadzis ausgestreckte Hand. Ohne seinen Blick auch nur eine Sekunde von mir abzuwenden, warf der Oberst die Schlüssel einem seiner Leute zu.

»Fahren Sie den Lkw an Land«, befahl er. Diese Anweisung hatte er zwar auf Nyalanisch erteilt, aber trotzdem hegte niemand hinsichtlich ihres Inhalts auch nur den geringsten Zweifel. Der Soldat rannte auf das Floß zu und kletterte ins Führerhaus. Ich schloß unwillkürlich die Augen. Wenn der Mann nicht vorsichtig fuhr, konnte das verheerende Folgen haben.

Zwei andere Soldaten entfernten die Bremsklötze. Der Lkw schob sich auf die Laderampe, so daß das Floß sich gefährlich schwankend ein Stück weiter aus dem Wasser hob. Als Fluchtfahrzeug kam es für uns jedenfalls nicht mehr in Frage. Blieb nur noch das Amphibienfahrzeug.

Der Lkw kämpfte sich mühsam die Zufahrt zur Hauptstraße hoch. Wadzi rammte seinen Revolver wieder in seine Tasche zurück.

»Ich warne Sie, Mister Mannix«, fuhr er mich mit schneidender Stimme an. »Unternehmen Sie künftig nichts ohne meine ausdrückliche Erlaubnis – was ist?«

Niemand von uns achtete auf seine Worte. Er wirbelte herum, um zu sehen, was unser aller Aufmerksamkeit auf sich gelenkt hatte.

»Mein Gott, das ist Mick!« schrie Thorpe.

Hinter einem der Gebäude kam ein Mann hervorgerannt. Er hatte eine Maschinenpistole und schoß damit wie wild auf die Soldaten, die ihn umringten. Binnen weniger Sekunden hatte McGrath den Lkw eingeholt, ohne daß einer der Umstehenden ihn hätte aufhalten können. Die Soldaten waren durch sein plötzliches Manöver vollkommen überrumpelt worden.

Ein Gewehrschuß fiel. Oben an der Hauptstraße hatte sich Sadiq im Fond seines Wagens aufgerichtet, ein Gewehr in den gefesselten Händen. Einer seiner Bewacher stürzte rücklings aus dem Wagen. Sadiq gab einen zweiten Schuß auf die Soldaten in McGrath' Nähe ab, die in wilder Flucht das Weite suchten. Einer von ihnen sank getroffen zu Boden.

»Nicht, Mick!« brüllte Zimmerman. »Laß den Wagen!« Er hatte einen in seiner Nähe stehenden Soldaten entwaffnet. Gleichzeitig ließ Kirilenko einen anderen mit einem gezielten Tritt in den Unterleib zu Boden gehen. Meine ganze Aufmerksamkeit galt nun Dufours Lkw. Bevor McGrath ihn erreichte, stolperte er, so daß ihm die Maschinenpistole entglitt.

»Er hat einen Treffer abgekriegt!«

McGrath rappelte sich jedoch noch einmal hoch und in das Führerhaus, aus dem einen Augenblick später die Gestalt des schwarzen Soldaten stürzte. Der Lastwagen beschleunigte seine Fahrt und rumpelte die Zufahrt zur Hauptstraße hoch, wo der Tieflader stand.

Neben mir öffnete Wadzi gerade den Mund, um einen Befehl zu erteilen.

In diesem Moment stürzte ich mich auf ihn, so daß wir beide wild um uns schlagend zu Boden gingen. Ich versuchte, Wadzis Revolver zu fassen zu bekommen, während Thorpe dem Obersten die Beine festhielt. Als ich mich schließlich mit der Waffe in der Hand aufrichtete, sah ich Sadiq in hohem Bogen aus dem Fond des Stabswagens segeln; das Gewehr war seinen Händen entglitten. Dann schlug er leblos auf der Erde auf.

Währenddessen bearbeitete Kirilenko mit seinen Stiefeln Oberst Wadzis Brustkasten, so daß dieser endlich hustend und würgend liegen blieb. Seine Männer stoben in allen Richtungen davon.

»Harry, weiß Mick Bescheid?« stieß ich atemlos hervor.

»Ja, ich hab's ihm gesagt! Großer Gott, die Kiste kann jeden Augenblick in die Luft fliegen!«

Und dann hatte mich plötzlich Dufour am Arm gepackt und herumgerissen, so daß ich ihm direkt in die Augen sah. Er starrte mich an und schüttelte mich, als wäre er plötzlich von Sinnen. »Mannix, ich habe die ganze Zeit versucht, es Ihnen zu sagen; ich habe es *versucht*! Der Wagen wird nicht explodieren!«

»Und ob das Ding in die Luft fliegt«, fiel ihm Zimmerman ins Wort. »Ich habe doch selbst den Zünder angebracht.«

»In den Kisten sind nur vier Flaschen Gelignit«, stotterte Dufour. »Nur die vordersten vier enthalten Sprengstoff ... die anderen ...«

»Was?«

Währenddessen rumpelte der Lastwagen weiter zur Straße hoch; er wurde von allen Seiten beschossen. Falls der Zeitzünder versagte, würden die Kugeln das ihre tun. Aber was wollte Dufour uns eigentlich sagen?

»Die anderen Flaschen enthalten kein Gelignit! Großer Gott, Mannix, sie enthalten *Gin*!«

Mit einem Mal begriff ich. In Bir Oassa, das in einer vorwiegend islamischen Region lag, war jeglicher Alkoholgenuß streng untersagt. Alkoholisches wird dort zu enormen Schwarzmarktpreisen gehandelt. Das Gelignit stellte insofern einen doppelten Bluff dar, als die Behörden dadurch abgehalten wurden, sich ausgiebiger mit Dufours illegaler Fracht zu beschäftigen. Wer hantierte schon gern mit Sprengstoff? Der Franzose hatte also Alkohol zu den Ölfeldern hinaufgeschmuggelt.

Und nun würde es anstatt der gewaltigen Explosion, mit der wir gerechnet hatten, nur einen kurzen, relativ harmlosen Knall geben, der lediglich dem Lastwagen selbst Schaden zufügen würde. McGrath' heldenhafte, selbstzerstörerische Tat würde völlig sinnlos sein.

Wir standen wie erstarrt da. Wadzi, der stöhnend auf der Erde lag, konnte sich jeden Augenblick wieder hochrappeln. Immer noch waren wir von bewaffneten Soldaten umringt; nirgends tat sich ein möglicher Fluchtweg auf. Wir saßen in der Falle. Der Revolver baumelte schlaff in meiner Hand, und ich fühlte mich wie gelähmt. Wir hatten alles auf eine Karte gesetzt und verloren.

Der Lkw kam vom Weg ab, schleuderte über die Kante der Böschung und rutschte auf den Tieflader zu. Das konnte nur bedeuten, daß McGrath schwer verwundet oder sogar schon tot war. Jedenfalls blieb der Lastwagen neben dem Tieflader stehen, wobei seine Hinterachse gefährlich über die Kante der Böschung hinausragte. Mein Herz pochte wie wild beim Anblick der Gestalt im Führerhaus – es war das letzte, was ich von Mick McGrath sah.

Der Lastwagen explodierte.

Es war nicht besonders spektakulär. Der Lkw ging unter einem lauten Knall abrupt in Flammen auf. Die umstehenden Soldaten und Fahrzeuge waren durch die gewaltige Masse des Tiefladers geschützt, dem die relativ harmlose Explosion nichts anzuhaben vermochte.

Doch da war noch die Straße. Sie war vor Jahren mit der gewohnten Nachlässigkeit gebaut und wies zahllose Schlaglöcher auf; der Straßenbelag war rissig und trotzdem nie ausgebessert worden – und das Ganze wurde an dieser Stelle nur durch die ausgedörrte, von der spärlichen Vegetation kaum zusammengehaltene Erde der steilen Böschung gestützt, die der Straße kaum mehr Halt verlieh als eine Sanddüne.

Die Explosion des Lastwagens genügte, diesen höchst labilen Unterbau endgültig zu zerstören.

Krachend zog sich ein Riß durch die mitgenommene Asphaltdecke, die schon durch das enorme Gewicht des Tiefladers über Gebühr beansprucht worden war. Und dann ertönte ein tiefes Poltern, gefolgt von einer wallenden Staubwolke. Die Böschung gab unter dem enormen Gewicht des Tiefladers nach.

Mit seiner Ladung, dem dreihundert Tonnen schweren Transformator, und mit den Zugmaschinen im Schlepptau rollte das gigantische Gefährt die steile Böschung hinab und auf das Gelände der Anlegestelle zu; dabei riß es gewaltige Erd- und Asphaltbrocken mit sich. Ständig schneller werdend, rollte der Tieflader auf uns zu.

In wilder Flucht stürzten alle Umstehenden davon. Motoren sprangen an; scheppernd fielen Gewehre zu Boden, als die Soldaten versuchten, sich in Sicherheit zu bringen. Mit entsetzlicher Wucht krachte der Tieflader gegen das erste Gebäude und zerstörte es, ohne daß seine rasende Fahrt dadurch aufgehalten worden wäre.

Wie gelähmt sahen wir zu, wie sich das Gefährt, das sich von uns so willig durch halb Nyala hatte geleiten lassen, sich in eine unzähmbare Bestie verwandelte, die auf uns zustürzte. Und dann gellte ein Schrei durch dieses wilde Chaos, wie ich ihn noch nie zuvor gehört hatte.

»Nein! Nein! Halt! Haltet ihn auf... nein...«

Mit verzerrtem Gesicht zwängte Kemp sich zwischen uns durch und rannte, bevor wir ihn zurückhalten konnten, auf den Tieflader zu. Bevor wir begriffen, was er vorhatte, war es schon zu spät.

Während alle anderen vor dem todbringenden Gefährt die Flucht ergriffen, stürzte Kemp, die Hände in einer ebenso vergeblichen wie verzweifelten Geste von sich gestreckt, auf den heranrollenden Tieflader zu. Der Juggernaut mochte viele Opfer unter seinen Rädern zermalmt haben – eines davon warf sich ihm aus freien Stücken vor.

Sobald der Tieflader ebenes Gelände erreicht hatte, verlangsamte sich seine Fahrt; wenige Augenblicke später kam er abrupt zum Stehen. Aus der verbeulten und zerfetzten Masse ragte immer noch – etwas mitgenommen, aber nach wie vor erkennbar – der gigantische Transformator empor. Dichte Staubwolken verhüllten gnädig die Blutspur, die das Gefährt hinter sich hergezogen hatte.

Meine Knie drohten, mir den Dienst zu versagen, und meine Gesichtshaut schmerzte, so straff war sie gespannt. Hammond verfiel in ein haltloses, trockenes Schluchzen, das ihm den Atem zu rauben schien. Zimmerman verbarg sein Gesicht in den Händen; von einer Wunde, die ihm offensichtlich ein durch die Luft fliegender Splitter zugefügt hatte, tropfte Blut. Dufour und Thorpe standen wie angewurzelt und in völligem

Schweigen da; Dufours Arme hatten sich in eisernem Zugriff um Ritchie Thorpes Schultern geschlungen. Alle waren totenblaß und wie betäubt.

Ringsum ertönten verzweifelte Hilfeschreie, untermalt durch das Stöhnen der Verletzten und das Krachen einstürzender Gebäudeteile; doch wir standen inmitten einer Oase der Stille. Außer Oberst Wadzi befanden sich keine Soldaten in unserer Nähe. Die Uniform des Obersten war zerrissen und verdreckt; er schien sich nur mit Mühe auf den Beinen halten zu können.

Ich holte tief Luft.

»Sehen wir zu, daß wir hier wegkommen.«

Wadzi sah mich verstört an.

»Meine Männer...« begann er zögernd, um schließlich etwas bestimmter fortzufahren: »Ich habe hier einiges zu tun. Verschwinden Sie. Wir wollen Sie hier nicht mehr sehen.«

Seine Stimme war völlig emotionslos. Wir waren für ihn gestorben. Er wollte nichts mehr mit uns zu tun haben.

»Mein Gott, der arme Kerl«, stieß Hammond, noch wie betäubt von dem Schock, hervor.

Mir war klar, daß er damit Kemp meinte; doch ich mußte dabei an McGrath denken.

»Es gibt hier nichts mehr, was uns noch halten könnte«, erklärte Thorpe leise, aber bestimmt.

Ich nickte. Das Amphibienfahrzeug war von der zerstörerischen Fahrt des Juggernaut verschont geblieben; unversehrt wartete es in der Garage.

»Ja, wozu haben wir schließlich *Auntie Bess*«, sagte ich. »Los, fahren wir den anderen nach.«

Desmond Bagley

Die Täuschung

Roman

Aus dem Englischen von Ingeborg F. Meier
352 Seiten, gebunden

»In ›Die Täuschung‹ entfaltet sich noch einmal das ganze schriftstellerische Können Bagleys. Eine spannende Romanhandlung, eingebettet in farbige Naturschilderungen der Südsee – phantastisch!«

Saarbrücker Zeitung

»Desmond Bagley, ein Setzer aus Blackpool, der sich erst tüchtig in der Welt umgesehen hat, ehe er seine Erfolgsromane schrieb, führt den gespannten Leser in so wohlklingende Gefilde wie Panama, Tahiti oder auf die Fidschiinseln. Und der Leser folgt ihm nur allzu willig.«

Kurier, Wien

»Hier wird Action mit traumhafter Nostalgie verbunden.«

Nordsee-Zeitung, Bremerhaven

»Keiner versteht es wie Bagley, die vier Elementargewalten, Erde, Wasser, Feuer, Luft in einen Roman hineinzudramaturgisieren.«

Zeitschrift Titel

Hoffmann und Campe